Knaur

Über den Autor:

Colin Harrison ist Lektor in einem großen New Yorker Buchverlag. Vorher war er lange Zeit Redakteur der amerikanischen Zeitschrift *Harper's Magazine*. Mit seiner Frau, der Schriftstellerin Kathryn Harrison, und seinen beiden Kindern lebt er im New Yorker Stadtteil Brooklyn.

Colin Harrison

Alles hat seinen Preis

Roman

Aus dem Amerikanischen von
Reinhard Tiffert

Knaur

Die amerikanische Originalausgabe erschien unter dem Titel
»Afterburn« bei Farrar, Straus & Giroux, New York.

Besuchen Sie uns im Internet:
www.knaur.de

Vollständige Taschenbuchausgabe 2003
Droemersche Verlagsanstalt Th. Knaur Nachf., München

Umschlaggestaltung: ZERO Werbeagentur, München
Umschlagabbildung: Zefa, Düsseldorf
Satz: Ventura Publisher im Verlag
Druck und Bindung: Clausen & Bosse, Leck
Printed in Germany
ISBN 3-426-62270-X

2 4 5 3 1

Für meinen Vater

Inhalt

»Die Folter ist eine aus Angst
geborene unfruchtbare Raserei:
Man will aus einer Kehle inmitten der Schreie und des
Blutspuckens das Geheimnis aller herausreißen.
Nutzlose Gewalt; ob das Opfer spricht oder stirbt unter
den Schlägen, das unnennbare Geheimnis ist anderswo,
immer anderswo, außer Reichweite.«
Jean-Paul Sartre

Prolog
US-Luftwaffenstützpunkt, Thakli, Thailand
Mai 1972

Er schlief auf der Erde, aber er wachte am Himmel, er erinnerte sich an Jahre, um Sekunden zu vergessen, er lebte, damit andere starben.

In seiner Unterkunft, einem Betonbungalow, surrte die Klimaanlage Tag und Nacht. Die thailändischen Hausmädchen verschwanden, sobald er sich morgens rührte. Er ging steifbeinig vom Besprechungsraum zu seiner Maschine, einer F-4 Phantom. Später Bier und Darts im Offiziersclub. Und dann alles wieder von neuem. Aufstehen zum Briefing, bei dem der Teilbefehl bekanntgegeben wurde – die unvollständige Zielnennung, die direkt aus Saigon oder der Fernost-Abteilung des Pentagons kam. Dann hieß es: rasch frühstücken, den Wetterbericht hören, den Einsatz durchsprechen, einen Blick auf die Bombenlast werfen, die Fluginstrumente kontrollieren, die Maschinen der Staffel in einer Reihe aufstellen, vom Boden abheben, über den Dschungel donnern, während sich vor der fernen Bergkulisse Wolken auftürmten – zugegeben, es war wirklich ein schönes Land –, Bombenlast abwerfen und sofort wieder zurück. Duschen, Rapport schreiben, am folgenden Tag wieder das gleiche. Die Einsätze zählen. Kein richtiger Schlaf, aber erstklassiges Essen. Zusammen mit anderen Piloten hatte er ein Basketballfeld in der Nähe des Flugplatzes angelegt und die Linien mit Kalk markiert. Mit seinen einunddreißig Jahren schaffte er es immer noch, die

Handfläche über den Rand des Korbs zu bringen. Untereinander diskutierte man über alles mögliche. Über Nixon. Footballteams. Wie man einen Affen zubereitet. Über die innere Organisation des CIA. Oder Jagdbüchsen. Man besprach die unterschiedlichen Theorien über den anatomischen Ort des weiblichen Orgasmus. Und die Techniken, wie letzterer herbeizuführen sei. Dann war wieder Einsatz.
Die Fliegerstaffeln wetteiferten darum, wer bei den Einsätzen die meisten Treffer landete. Die Ziele reichten von Eisenbahnanlagen im Süden von Hanoi über Brücken, Lastwagendepots und Fabriken bis zu Truppenstellungen der nordvietnamesischen Armee sowie Batterien von Boden-Luft-Raketen und manchmal auch unbewachsenen Berghöhen, die als Hubschrauberlandeplätze genutzt werden sollten. Hatte er ein paar Tage Erholungsurlaub, dann flog er nach Saigon. Ein blauer Bus der US-Luftwaffe, dessen Fensterscheiben durch Drahtgitter ersetzt worden waren, weil daran Granaten leichter abprallten, holte ihn vom Militärflugplatz Tan Son Nhut ab und brachte ihn entlang der Duong Tu Do bis ins Zentrum. Lambretta-Motorräder glitten durch den dichten Verkehr. Er überragte fast alle um Haupteslänge. Die Luft war immer feucht, die Schwüle drückend. Kleine Jungen zupften einem ständig am Ärmel. »Bob Diilan, Jimmi Heendrix?« riefen sie mit langgezogenen Vokalen. Im violetten Licht der Straßenlaternen boten vietnamesische Schwarzmarkthändler Zigaretten, Tampons, Radios und Schokolade an. Und überall US-Soldaten, die herumstanden, flanierten oder mit Prostituierten im Minirock schäkerten. Zehn Dollar war der übliche Preis, und selbstverständlich dachte auch er daran. Zierliche, immer lächelnde Mädchen, in die du deinen Schwanz reinstecken kannst. Was war er doch für ein Monster – oder würde es eines Tages werden.
Er reiste auch in andere Städte – nach Bangkok oder Hongkong zum Einkaufen. Spielzeug für die Kinder, eine Armbanduhr für

Ellie, einen maßgeschneiderten Anzug. Dann mußte er wieder zurück – das Spiel ging weiter. Da er einen höheren Rang bekleidete, blieb ihm der Papierkram nicht erspart, aber das war bloß Routine im Vergleich zu den Adrenalinstößen, die ihm das Fliegen versetzte; *tack, tack* machte der rote Abzug am Steuerknüppel. Er fühlte sich klar im Kopf. Er wußte, warum er hier war. Und er wußte, wie das Spiel stand, denn er las die täglichen Geheimdienstberichte. Er wußte Bescheid über Truppenbewegungen, reparierte Pontonbrücken, Eisenbahnlinien, Lastwagen chinesischer Fabrikation. Er kannte die Wetterbedingungen beim Bombenabwurf und die Höhenmessereinstellungen. Man lebte nach festen Regeln, hielt sich an seine Pflichten, man wußte, wer man war. Und dann die Maschine – zum Fliegen brauchte man einen klaren Kopf.

Ellie fehlte ihm, ihr Körper unter seinem, wenn er in sie eindrang und sie zum Stöhnen brachte, doch das wartete alles daheim auf ihn. Ein Mann kann darauf verzichten, wenn er Größeres vorhat. Eine Frau, ihre Haut, das Bett – das waren begrenzte und bekannte Gefühle. Nicht zu vergleichen mit den Kampfeinsätzen im Jagdbomber, denn die Nähe zu Tod und Ewigkeit ließ ihn über sich hinauswachsen. Es war ein großes, furchterregendes Geheimnis, das keiner, der es nicht selbst erlebt hatte, verstehen konnte – in ganz Amerika waren es nur ein paar tausend Männer. Und davon waren nur einige Hundert jetzt tatsächlich im Einsatz, und er gehörte zu ihnen.

Er konnte darüber nicht mit Ellie sprechen, nicht wirklich. Er bewahrte ihre Briefe säuberlich gestapelt in seiner Schreibtischschublade auf. Wenn er keine Lust zum Schreiben hatte, sprach er auf Band, was ihm gerade in den Sinn kam: einen Kuß für Julia und Ben. Schließ den Hypothekenvertrag ruhig ab, Schatz. Was war ein Hypothekenvertrag gegen eine sowjetische MiG-21? Er hatte es früh zum Kapitän der Luftwaffe gebracht, konnte ohne Unterbrechung fünfhundert Sit-ups machen. Er hatte im Sands

Hotel in Las Vegas gepokert, schaffte es im Bett immer noch dreimal in einer Nacht, besaß achthundert IBM-Aktien und hatte mit Ellie auf ihrer gemeinsamen Hochzeit Tango getanzt. Er hatte einen Jaguar-Coupé mit hundertachtzig Sachen zu Schrott gefahren und hatte die Gehirnerschütterung spielend weggesteckt, er hatte auf dem US-Luftwaffenstützpunkt Wiesbaden eine F-86 auf das Rollfeld gesetzt. Er war getestet und für gut befunden worden. Ein Mann in den besten Jahren. Hundertzwei Einsätze konnte er für sich verbuchen, drei MiG-Abschüsse, die Zerstörung Dutzender Nachschub-Lkws, Eisenbahnzüge und Artilleriebatterien. Wie viele tote Vietcong, wie viele tote reguläre nordvietnamesische Soldaten? Er kannte die Zahl mehr oder weniger genau. Es war eine Zahl, nichts weiter. Aber er sagte sie niemandem, und niemand fragte ihn danach.
Selbstverständlich war er auch wütend. Immer dann, wenn schlechte Technik sein Leben aufs Spiel setzte. Ellie verstand das nicht, und wenn er in seinen Briefen über seinen Job sprach, schrieb er, er fliege Transportmaschinen nach Guam. Die Militärbürokratie widerte ihn an mit ihren Schreibtischgenerälen, die in den ruhigen fünfziger Jahren Karriere gemacht hatten, in weitläufigen Büropalästen saßen und am grünen Tisch Krieg spielten. Ihre Kriegführung bestand aus Formularen und Berichten und der Manipulation von Statistiken. Auch die protestierenden Kriegsgegner setzten ihn unter Druck, selbst wenn sie es nicht wußten. Er formulierte Vorschläge für Lufteinsätze und unterbreitete sie seinen Vorgesetzten, von denen viele den ganzen Tag lang die Stimme des Pentagons in einem Ohr hatten. Aber Washington hatte entschieden, die Luftwaffe über Nordvietnam nur als Stachel zu benutzen, um eine Reaktion des Gegners herauszufordern, ohne aber verheerende Schäden anzurichten. Damit wurde der Luftwaffe nicht erlaubt, das zu tun, wozu sie in der Lage gewesen wäre, nämlich die nordvietnamesische Industrie und die Nachschublinien zu zerstören. Es gab Zeiten, da durften

die Staffeln nicht einmal angreifen. Ein nordvietnamesisches Transportflugzeug, das Kriegsmaterial an Bord hatte, war kein Angriffsziel, auch nordvietnamesische Flugplätze wurden nicht bombardiert. Er verlor drei Mann durch MiG-Abfangjäger, die auf einem Flugplatz geparkt standen, über den er regelmäßig hinweggeflogen war. Alle fliegenden gegnerischen Ziele mußten erst durch Sichtkontakt identifiziert werden, als ob die MiGs über keine Luft-Luft-Geschosse und die amerikanischen Maschinen, Spitzenprodukte der Militärtechnologie, über keinen Radar verfügt hätten. Aber das war eben diese Scheißpolitik. Manche Jungs aus der Staffel ließen ihre Bombenlast trotzdem fallen und gaben später vor, es habe einen Defekt an der Aufhängevorrichtung gegeben. Das Pentagon scherte sich nicht um die Variablen bei Einsätzen – das Wetter, wechselnde Stellungen der SAM-Raketenbatterien, die Unsicherheit, ob MiG-Jäger zur Abwehr bereitstehen würden. Und die MiGs hatten einen Vorteil gegenüber den amerikanischen Maschinen. Sie waren kleiner und ohne Bombenlast, das machte sie wendiger als die amerikanischen Kampfbomber, und dadurch konnten sie die dominierende Sechs-Uhr-Position einnehmen – aus dieser Position konnte man mit einer chinesischen Rakete abgeschossen werden. Hanoi verfügte über das dichteste Flugabwehrsystem der ganzen Welt: Hunderte, über Computer verbundene SAM-Raketenbatterien, die einen Schutzschild über die Hauptstadt legten. In den Außenbezirken teilten 100-Millimeter-Flaks ihre Peitschenhiebe bis in dreitausend Meter Höhe aus. Bei dem bloßen Gedanken wälzte er sich nachts im Bett und hatte das Gefühl, als würden ihm die Eingeweide weggeputzt. Er konnte abgeschossen werden und als Asche vom Himmel rieseln.

Doch daran durften Piloten gar nicht denken – das konnte sie unsicher und anfällig machen. Aber wie hätte er nicht daran denken sollen? Er hatte das Hao-Lo-Gefängnis in Hanoi, das Hanoi Hilton, überflogen. Der Gebäudekomplex hatte einen rautenartigen

Grundriß, und über das, was hinter den Mauern vorging, wußte man einiges. Noch unter den Franzosen erbaut, diente Hao Lo als das größte Gefängnis Nordvietnams und bildete das Zentrum des gesamten Strafvollzugssystems des Landes. Es hatte fast die Größe eines Häuserblocks. Die Krone der fast fünf Meter hohen Mauer war mit den Scherben unzähliger zerbrochener Champagnerflaschen gespickt. Darüber lagen drei Stränge Stacheldraht, der oberste war unter Strom. Kein amerikanischer Pilot war aus dem Hanoi Hilton je entkommen. Einigen war es gelungen, nach draußen zu gelangen, doch das bedeutete wenig, da ausgemergelte eins fünfundachtzig große Kerle, die in den Gassen von Hanoi herumschlichen, sofort auffielen. Dennoch waren Informationen über das Innenleben der Anstalt nach außen gedrungen. Aus geschickt verschlüsselten Briefen von US-Piloten, denen Hanoi manchmal erlaubte, Briefe an ihre Ehefrauen zu schicken, hatten CIA-Agenten Informationen entnommen. Auch die wenigen »umerzogenen« Gefangenen, die Hanoi freigelassen hatte, waren diesbezüglich nützlich. Er dachte vor allem an den Auftritt eines US-Piloten im nordvietnamesischen Fernsehen, das von den amerikanischen Stellen verfolgt wurde. Unrasiert, der abgemagerte Körper in einem gestreiften Schlafanzug, hatte der Gefangene vor laufender Fernsehkamera eine hanebüchene Schmährede gegen die Vereinigten Staaten und ein Lob auf den Kommunismus abliefern müssen. Der Mann zeigte dabei keinerlei Emotionen. Die Geheimdienstleute dachten anfangs, er habe unter Drogeneinfluß gestanden. Doch das hatte er nicht, er konzentrierte sich nur. Die Experten merkten bald, daß er durch Wimpernschlag eine Geheimbotschaft in Morsecode übermittelte: Folter. CIA-Beamte hatten den Film bei einem Briefing über Hao Lo gezeigt. Im Gefängniskomplex waren die Amerikaner in einem von vier Arealen untergebracht: Lagereinheit, Las Vegas, Herzensbrecher und Dorf für Grünschnäbel. Jeder Raum hatte einen Namen: der Fleischerhakenraum; der Höckerraum (wegen

der faustgroßen Gipshöcker an den Wänden, die die Schreie verschluckten); der Peitschenraum; der Quizraum und Kalkutta. Die Nordvietnamesen verstanden das Folterhandwerk, weil sie Jahre zuvor von den Franzosen ausgiebig gefoltert worden waren.
Amerikanische Kriegsgefangene verständigten sich mit zwei Codes: mit der Standard-Zeichensprache, die nur aus Handzeichen bestand, und dem AFLQV-Code, den Kriegsgefangene in Korea entwickelt hatten und der sehr viel leichter zu erlernen war als das Morsealphabet. Es lohnte sich, den Code eine Stunde in der Woche zu üben – und das tat er auch, für den Fall, daß er ihn einmal brauchen sollte. Jeder Buchstabe hatte seinen Platz in einem Quadrat aus fünfundzwanzig Buchstaben.

A	B	C	D	E
F	G	H	I	J
L	M	N	O	P
Q	R	S	T	U
V	W	X	Y	Z

Das K wurde durch das C ersetzt. Das erste Signal bezog sich auf die Spalte: Zwei kurze Schläge bezeichneten zum Beispiel die mit B beginnende Spalte. Das zweite Signal wies auf die Reihe. Ein *tak, tak … tak, tak, tak* bezeichnete den Buchstaben M. Eine Sequenz der Art 2, 3 – 1, 1 – 3, 3 lautete also ausbuchstabiert MAN, das heißt Mensch oder Mann. Seither waren Kurzformeln und visuelle Varianten entstanden, auch Sequenzen, die durch Kratzen, Husten und Spucken markiert wurden – alles was geeignet war, der Kontrolle der Nordvietnamesen zu entgehen, alles, was noch Raum für Hoffnung ließ.
Er versuchte, nicht daran zu denken. Aber in Kriegsgefangenschaft zu geraten war eine schaudererregende Vorstellung. Die Nordvietnamesen hatten die Genfer Konventionen von 1949 unterzeichnet, weigerten sich aber, das Abkommen über die

Behandlung der Kriegsgefangenen auf amerikanische Piloten anzuwenden. Für sie waren die Piloten »Kriegsverbrecher« und keine Gefangenen. Die Konventionen verboten ausdrücklich Folter und Diskriminierung und verpflichteten die Vertragsparteien, die Unversehrtheit und Würde der Gefangenen zu gewährleisten. Unter dem Eindruck der unter Hitler begangenen Verbrechen waren im Text jedoch Einschränkungen bei den Rechten von Kriegsverbrechern gemacht worden. Darunter verstand man Personen, die Kriegsverbrechen (»vorsätzliche Zerstörung von Städten und Dörfern sowie alle nicht durch militärische Gründe zu rechtfertigende Verheerungen ...«) oder Verbrechen gegen die Menschlichkeit (»Mord, Ausrottung, Versklavung, Verschleppung und andere unmenschliche Handlungen gegen die Zivilbevölkerung ...«) begangen hatten. Die Nordvietnamesen hatten diese Einschränkung aufgegriffen und zu einem Element ihrer weltweiten Propagandakampagne gemacht. Indem sie amerikanische Militärs der Luftwaffe als scheußliche Massenmörder hinstellten, erhöhten sie einerseits den Druck der Weltöffentlichkeit auf die USA und hatten andererseits eine Rechtfertigung für Inhaftierung, Hunger, Verhöre, Gehirnwäsche und Folter.

Das waren seine geheimen Ängste. Bei der Instandsetzung war er als Perfektionist bekannt, der vor jedem Flug die Elektrik und Hydraulik der F-4 selbst überprüfte. Die Piloten der Staffel, die unter seinem Kommando stand, flogen am liebsten mit ihm. Bisher hatte er nur fünf Mann verloren. Doch selbst die besten Piloten wurden abgeschossen, und nicht unbedingt dann, wenn die Wahrscheinlichkeit dafür besonders groß war. Bei seinem letzten Heimaturlaub vor acht Monaten hatte er spontan einen von Bens Holzbauklötzen in seine Jacke gesteckt. Jetzt hatte er ihn bei all seinen Flügen dabei. Beim routinemäßigen Briefing vor jedem Einsatz, während über Wetterverhältnisse, Tankfüllungen, Anflug und Locktaktik, mögliche SAM-Standorte und vorrangige Ziele gesprochen wurde, hielt er das kleine gekerbte Stück Holz in den Fingern und rieb es mit dem Daumen. Im Briefing ging es um Wolkenbildungen und geographische Anhaltspunkte. Man sollte sich den Einsatzablauf vorstellen und auf mögliche Überraschungen vorbereitet sein. Das Leben der Männer hing von ihm ab. Wenn sie Zweifel hatten, durften sie Fragen stellen, und manchmal änderte er den Einsatzplan, nur um ihnen das Gefühl zu geben, daß auch sie an der Entscheidung beteiligt waren. Das mußte man tun, um zu wissen, was in ihren Köpfen vorging. Ließ das Interesse am Zustand des Flugzeugs nach? Fehlte der Appetit? Nahm der Alkoholkonsum zu? Sprachen sie zunehmend über ihre Frauen? Wenn die Männer nachlässig wurden, wenn sie sich mit den thailändischen Hausmädchen einließen, dann bedeutete das höhere Verluste. Darauf mußte er achten, auf alles mußte er ein Auge haben.

Der Teilbefehl an diesem Morgen nannte ein bekanntes Ziel, das zur Gespensterkulisse des Krieges gehörte. Es war die Paul-Doumer-Brücke, eine nach einem französischen Staatsmann benannte Konstruktion von riesenhaften Ausmaßen, die den Roten Fluß südlich von Hanoi überspannte und von größter Wichtigkeit für die nordvietnamesischen Nachschublinien war. Tausende Tonnen Bomben hatten den Stahlbetonfundamenten der Brücke nichts anhaben können. Kampfbomber hatten Einsatz auf Einsatz geflogen und doch nur wenig mehr als die Asphaltdecke aufgerissen. In ihrer bürokratischen Ohnmacht hatte die US-Luftwaffe versucht, B-52-Bomber einzusetzen, ja schwimmfähige Sprengmittel flußaufwärts abzuwerfen und sie dann unter den Brückenbögen zu zünden. Nichts davon hatte das erhoffte Resultat gebracht. Die Brücke wurde beschädigt, aber nie zerstört. Und nun, so hieß es im Teilbefehl, sei die Brücke mit Bambus eingerüstet, und ein Reparaturkahn sei an einem Pylon festgemacht. Die Luftaufklärung hatte den

Kahn lokalisiert. Seine Aufgabe bestand darin, ihn zu versenken.

Er stand um fünf Uhr früh auf, aß rasch etwas, sprach den Einsatz durch, während ein paar seiner Jungs Zahlen auf Karten kritzelten, und ging dann in den Pilotenumkleideraum. Dort legte er wie üblich Ehering, Armbanduhr und Brieftasche ab, alles Dinge, die er beim Fliegen nicht brauchte, die aber den Nordvietnamesen im Fall seiner Gefangennahme wichtige Hinweise geben konnten. Er schlüpfte in den Fliegeroverall, dann in den Anti-*g*-Anzug, ein aufblasbares Kleidungsstück, das Bauch und Beine bedeckte und das im Cockpit an ein Ventil angeschlossen wurde, aus dem komprimierte Luft kam. Wenn die F-4 über 2,5*g* beschleunigte, füllten sich automatisch Abschnitte des Anzugs mit Luft und sorgten für Gegendruck auf Beine und Rumpf. Andernfalls hätte sich das Blut in der unteren Körperregion gesammelt und zur Bewußtlosigkeit geführt. Über den Anti-*g*-Anzug legte er Haltegurte, die ihn mit dem Pilotensitz verbanden. Dies verhinderte, daß er beim Drehen der Maschine durch die Kanzel geschleudert wurde. Darüber kam nun noch die zehn Kilo schwere Überlebensweste, vollgestopft mit Karten, Codelisten, einer Wasserflasche, Leuchtmunition, Messer, Patronen, einer Säge, Trockennahrung, Kompaß, einer Angel, einem Pfund Reis, Löffel, Goldmünzen, einem Erste-Hilfe-Set, Streichhölzern, einem Haifisch-Abwehrmittel, einer Pfeife, Signalspiegel, Nähzeug, Wasserreinigungstabletten und Morphium. Zum Schluß schnallte er sich eine 38er Pistole an die Wade.

Leicht gebeugt unter dem Gewicht der Überlebensweste, den Helm in der Hand, ging er hinaus zu den Maschinen. Seine Ausrüstung klapperte bei jedem Schritt. Er blinzelte in die tiefstehende Sonne im Osten, noch den Geschmack von Kaffee auf der Zunge. Der Geruch von Flugbenzin lag in der Luft. Erst jetzt setzte er die dunkelgrüne Fliegersonnenbrille auf, in der sich, nun grünlich gefärbt, bogenförmig der Flugplatz spiegelte. Vor dem Hintergrund aus grünem Dschungel und blauem Himmel karrten Männer Bomben zu den in Reihe aufgestellten Kampfbombern.

An seiner Maschine arbeitete noch die Wartungsmannschaft. Langsam machte er einen Gang um den Jet. Dabei betrachtete er aufmerksam die spitze Rumpfnase, die Stummelflügel und die Höhenruder. Das Metall fühlte sich kalt an. Er kannte die Oberfläche seiner Maschine besser als die Gesichter seiner Kinder, all die Zacken und Dellen, die Risse, aus denen Hydraulikflüssigkeit ausgetreten war, die rostigen Stellen, die auf Schäden im Kampf hinwiesen. Die F-4 Phantom, die sich auf dem Reißbrett in makelloser Eleganz präsentierte, war im Krieg zu einer schmutzigen, narbigen, wenig gepflegten Mühle geworden, die dennoch ihre Leistung zuverlässig brachte. Er stieg die Leiter hinauf und ließ sich behutsam ins Cockpit gleiten, um nicht versehentlich gegen die Instrumentenschalter zu stoßen. Er lehnte sich gegen Sitz, Fallschirmpaket und Kopfstütze. Im Cockpit roch es nach Schimmel, altem Schweiß, Hydraulikflüssigkeit und verbrannten elektrischen Leitungen. Die Luft in der Glaskanzel hatte über fünfunddreißig Grad Celsius – Treibhaustemperaturen. Er klinkte die Verschlüsse der Haltegurte an den vorgesehenen Stellen ein und legte den Schienbeinschutz an. Für den Fall, daß er den Schleudersitz betätigen mußte, verhinderte diese Vorrichtung, daß die Beine des Piloten gegen den Kanzelrand stießen und womöglich amputiert wurden. Er schloß den Anti-*g*-Anzug an die Maschine an, setzte den Helm auf und legte die Sauerstoffmaske an. Der Startwagen neben dem Flugzeug heulte auf, er schaltete auf Außenstromversorgung. Im Cockpit gingen die Lichter an. Meßnadeln erzitterten, orangefarbene Warnlichter blinkten, in der Sprechverbindung knackte es. Er stellte die Frequenz ein und schlug eine Fliege tot, die sich in die vordere Cockpithaube verirrt hatte. Die Hitze sammelte sich über dem Helm. Weit weg, wie in einer anderen Welt, machte

Ellie nach dem Abendessen den Abwasch, die Kinder ließen die Fliegentür zufallen. Er bemühte sich, über ihre parallelen Leben auf dem laufenden zu bleiben. Ellie band Ben die Turnschuhe zu, Ellie hörte sich am Telefon die Klagen ihrer Mutter an, Ellie machte Einkäufe im Supermarkt. Die pflichtbewußte, die starke Ellie. Sah so ihr Leben aus? Ellie, die Offiziersgattin auf dem Luftwaffenstützpunkt in Amerika, er, der Techniker in einer Aluminiumbüchse, Soldat und Schauspieler in einem von Politikern inszenierten Stück? Darauf gab es keine Antwort. Er stellte sich seine Frau lieber so vor, wie er sie bei seinem letzten Urlaub gesehen hatte – ein Glas Wein neben ihrem Sessel, ein großer Bildband über Renaissancemalerei auf dem Schoß. In dem Buch waren lauter muskulöse Körper zu sehen, in Posen, die Qual, Sehnsucht und Verzückung ausdrückten. Ihr Haar war vors Gesicht gefallen. Er stellte sich vor, wie sie die Abbildungen betrachtete, den Wein austrank, später unter die Bettdecke schlüpfte und die Finger über ihren Leib gleiten ließ. Er hoffte, daß sie das, und nur das tat – und nicht etwa wegen seiner Abwesenheit verbittert war. Wenn sie doch verbittert war, konnte er es vielleicht später mit Anstand tragen, da er selbst die Ursache dafür war. Aber vielleicht mache ich mir einfach etwas vor, dachte er, vielleicht ist sie ohne mich glücklich, oder doch die meiste Zeit. Man glaubte es zu wissen, tatsächlich aber wußte man es nie. Die Kinder, um die sie sich den ganzen Tag über allein kümmern mußte, strengten sie an. Um diese Zeit war sie vermutlich allein. Doch Ellie zweifelte nie daran, daß er wiederkommen würde. Machte sie sich heimlich Sorgen, oder glaubte sie felsenfest an sein Überleben?

Inzwischen hatte sein Waffenoffizier für die elektronische Kriegführung auf dem hinteren Sitz Platz genommen. Sie konnten sich nicht sehen, standen aber über Mikrofon in Sprechverbindung. Er zündete das linke Triebwerk, bewegte den Leistungshebel nach vorn und beobachtete, wie die Anzeige für

Drehzahl und Brenntemperatur stieg. Als das linke Triebwerk rund lief, zündete er das rechte und schaltete auf autonome Stromversorgung. Das Bodenpersonal schob die Starthilfen unter dem Flugzeug fort. Er griff nach oben und ließ die Cockpithaube einrasten. Per Handzeichen verständigte er sich mit der Bodenmannschaft und testete die Bremsen, die Landeklappen sowie die Höhenruder. Dann streckte der Mann von der Crew beide Daumen in die Höhe. Die Sonne stand jetzt über der Wipfellinie, sog Dunst auf und ließ Hitzeschleier über dem Flugfeld aufsteigen. Sein Flügelmann war jetzt ebenfalls fertig.

»Zwei oben.«

»Drei fertig.«

Er fuhr zügig über das Rollfeld zur Startposition. Am Beginn der Startbahn duckte sich ein Flugzeugwart unter den Rumpf und machte die Bomben scharf.

»Blau eins fertig zum Starten«, meldete er dem Tower.

»Start frei für Blau eins.«

Er gab seinem Flügelmann ein Zeichen, betätigte den Leistungshebel und brachte das Triebwerk auf volle Leistung – 10 200 U/min. Der Zeiger des Fahrtmessers sprang auf fünfzig Knoten. Er legte den Leistungshebel seitlich nach vorn, um den Nachbrenner einzuschalten. Höchstleistung. Gib mir alles, raunte er, mit Vollgas in den Himmel. Die Maschine donnerte los, die Räder rollten über das Betonband der Startbahn – in Fußballfeldlängen schoß sie unter ihm vorüber –, und dann neigte sich die Rumpfnase nach oben, und die Maschine richtete sich himmelwärts. Er betätigte die Klappen, und die Maschine hob ab, der Fahrtmesser kletterte auf über dreihundert Knoten. Abwechselnd fauchte und heulte, flatterte und rumpelte es. Die Triebwerke bildeten einen zylinderförmigen Schallraum. Das pneumatische System zischte und pfiff. Unter, über und um ihn herum rauschte die Luft über dem Flugzeugrumpf. Der Boden fiel immer weiter zurück. Dreihundert, sechshundert, neunhundert Meter. Er war im Himmel.

Die vier anderen Maschinen der Staffel bildeten eine Kampfformation und flogen, gut einen Meter voneinander Abstand haltend, in einer Höhe von elftausend Metern in nördlicher Richtung. So nahe war er seinem Flügelmann, daß er die Nieten und Kratzer am Cockpitrahmen und darunter die mit Schablone aufgebrachten Notfallmarkierungen erkennen konnte. Der Flug ging jetzt durch sich auftürmende Wolkenberge – sie ähnelten vier Haifischen der Luft, die durch blasse Abgründe dahinschossen. Aus dem Radio kamen Stimmen und Geräusche, die sich überlagerten: Funkverkehr anderer Besatzungen, weibliche Stimmen nordvietnamesischer Sender, die mit falschen Positionsangaben, Beschimpfungen und obszönen Bemerkungen die Piloten ablenken sollten, sowie akustisches Störfeuer nordvietnamesischer Bodenstationen. Die Geräusche gingen ineinander über, schwollen an und ab, manchmal von ein paar Takten Musik oder fernen, unverständlichen Wortfetzen unterlegt.
Die Wolken lösten sich auf. Elftausend Meter unter ihm tat sich eine Landschaft aus überfluteten Reisfeldern auf, hingestreut wie Spiegelsplitter, die den Himmel reflektierten, gespeist vom Wasser eines Flusses, der sich wie der Schwanz einer Katze träge dahinwand. Über ihnen lag eine dünne Decke Schleierwolken.
»Blau Führung«, meldete sich der Radar-Leitoffizier von der Bodenkontrolle, »hier ist Rote Krone. Banditen in zweihundertvierzig Grad, fünfunddreißig Kilometer entfernt.«
»Roger«, antwortete er durch sein Helmmikrofon. »Blau Flug, laß uns einen Zehn-Grad-Schwenk nach Süden machen. Die sollen uns ruhig jagen.«
»Blau Führung, hier Blau zwei. SAMs in vierzig Grad, acht Kilometer entfernt.«
»Roger.« Die Nordvietnamesen verstärkten ihre Flugabwehr, die F-4-Staffel sollte Treibstoff verschwenden.
»Blau Führung, hier Rote Krone. Drei SAMs von vorn kommend.«

»Die Banditen müssen mit den Bodenstellungen in Kontakt sein.«
»Kennen Sie die Höhe der SAMs, Blau zwei?«
»Fünftausend Meter.«
Der Gegner baute eine SAM-Abwehr auf und jagte die Staffel geradewegs hinein. Die SAMs waren so programmiert, daß sie über einem weiten Raum explodierten.
»Blau Führung, MiGs in Sieben-Uhr-Position, dreizehn Kilometer entfernt.«
»Roger.«
»Ich habe drei von vorn kommend, Blau Führung.«
»Blau Führung, drehen Sie hart nach Norden ab. SAM in fünfzehnhundert Meter Höhe im Anflug.« Er zog am Steuerknüppel, die Maschine schwenkte nordwärts. Er sah eine Staffel MiGs über und hinter sich. Die SAMs explodierten in einem Kilometer Entfernung, ohne Schaden anzurichten.
»Banditen oben.« Der geplante Einsatzablauf kam durcheinander. Sollte er weiterhin die Brücke ansteuern, die noch vierhundert Kilometer entfernt lag, oder den Kampf mit den MiGs aufnehmen, die wie schwarze Stechmücken mit rotgestreiften Flügeln hinter ihnen her waren. Er mußte sich entscheiden. Der Gegner war jetzt in Reichweite, um angeschossen zu werden.
»Blau Führung, ich habe drei startende SAMs auf dem Monitor.« Er konnte die SAMs sehen, die in einer langgezogenen Kurve geradewegs auf ihn zukamen.
»MiGs im Anflug.«
»Blau Führung, Sie haben zwei MiGs zu Ihrer ...«
Er sah sie kommen und ebenso eine SAM, die vor ihm aufstieg. Die nordvietnamesische Bodenstellung kannte mittlerweile ihre genaue Flughöhe und hatte die SAMs entsprechend neu programmiert. Bei einem Volltreffer würde das Flugzeug in Millionen Teile zerbersten und wie ein Metallregen über dem Dschungel niedergehen. Er stieg höher, und die SAM explodierte hundertzwanzig Meter unter ihm.

Die MiGs waren jetzt nah. »Blau Führung, Sie haben ...«
»Ich sehe sie!«
Die eine MiG feuerte. Er kippte in einen Sturzflug. Der wärmeempfindliche Flugkörper der MiG folgte ihm. Der Druck wurde stärker. Er spannte die Beinmuskeln an, um das Blut wieder nach oben ins Gehirn zu treiben. Er stöhnte. Der Flugkörper kam näher – ein zischender, rauchender Pfeil, der seinen Kurs immer dann änderte, wenn auch er es tat. Seitlich konnte er nichts mehr erkennen, ihm wurde schwarz vor Augen. Der Anti-*g*-Anzug pumpte sich bei 7,33 *g* automatisch auf. Er flog nur noch nach Gefühl, die Maschine zitterte. Der Flugkörper mußte jetzt auf fünfzig Meter herangekommen sein. Ein, zwei kurze Atemzüge, dann schwenkte er aus dem Sturz. Der Flugkörper war vorbeigezischt. Er konnte wieder sehen und hielt nach seinem Flügelmann Ausschau. Doch kaum hatte er seine Kurve vollendet, kam der Ruf »SAM, SAM« aus der Funkverbindung, und ein greller Lichtschein hüllte den rechten Flügel des Düsenjets ein.
Durch die Maschine ging ein Ruck. Die Feueralarmanzeige leuchtete auf.
Sofort an Höhe gewinnen! Das Feuer war in der Elektronik für die Bewaffnung ausgebrochen. Er drückte den Bomben-Auslöseknopf und erleichterte damit die Maschine um achttausend Kilo Last. Die Bomben fielen zur Erde hinab.
»Blau Führung, Ihre Maschine hat Feuer gefangen. Erkennbarer Flügelschaden.«
Das Flugzeug ruckelte, und er zog den Steuerknüppel an, um die Vibration unter Kontrolle zu bringen. Wenn sich die Tragfläche verbog, würde die Maschine ins Trudeln geraten, und das wäre das Ende. Wenn er aber hier ausstieg und den Absturz überlebte, würde er bald das Hanoi Hilton von innen sehen. Die Treffer schienen nicht die Treibstoffleitungen beschädigt zu haben, daher konnte er noch den Nachbrenner zünden. Andererseits

jedoch würde die höhere Geschwindigkeit den Druck auf den beschädigten Flügel verstärken. Er mußte es versuchen.
»Blau Flug«, sagte er, »zünde Nachbrenner, löse Notfallprozedur aus. Ich versuche, so weit wie möglich von hier wegzukommen. Zwei, alarmieren Sie die RESCAP-Truppe über Funk, und sagen Sie denen, was passiert ist.«
Er schaltete auf Bordsprechfunk, um mit dem Waffenoffizier hinter ihm zu sprechen. »Larry, ich geb' die Sporen, damit wir einen besseren Platz zum Abspringen finden.«
»Ganz meine Meinung.«
Er zündete den Nachbrenner. Die Maschine hechtete nach vorne. Ja, dachte er, hau mich hier raus, bring mich nach Hause. Der glühende Lichtschein spiegelte sich am Schwanz des Flugzeugs neben ihm wider. Und ab ging die Post. Dann leuchteten drei rote Lämpchen auf. Druckabfall in der Hydraulik, Schäden im Haupt- und im Notfallsystem. Ohne Hydraulik war er aufgeschmissen. Mit tausend Knoten Geschwindigkeit raste er in einem manövrierunfähigen Flugzeug dahin, der schiere Wahnsinn.
»Blau Flug. Hydraulik funktioniert nicht mehr. Prüft Bodenposition. Ich steige gleich aus.« Unter ihm glitt der Dschungel vorüber. Er tastete nach dem Auslösering zwischen seinen Schenkeln. Der Ort war mit Bedacht gewählt, denn bei den Beschleunigungskräften, die in einem abstürzenden Flugzeug wirkten, war ein Pilot nicht mehr in der Lage, die Hand zu heben.
»Blau Führung. RESCAP ist informiert.«
»Mach dich bereit, Larry.«
Die Beleuchtung der Hauptinstrumententafel erlosch, die Stromversorgung brach zusammen. Vielleicht war er schon über der entmilitarisierten Zone. Der Steuerknüppel ließ sich nicht mehr bewegen. Das Feuer fraß sich von innen durch den Flugzeugrumpf. War das da unten schon Südvietnam? Wenn ja, dann hatte er eine Chance. Er konnte die Gebirgszüge nicht erkennen. Geschwindigkeit schätzungsweise 1,1 Mach, fallend.

Vier Sekunden pro Kilometer. Der Boden unter ihm raste vorüber.
»Blau Führung, Blau Führung, Ihr Flügel bricht ab. Verlassen Sie die Maschine.« Er merkte, wie der Jet absackte. Langsamer. Aushalten, noch aushalten. Über die entmilitarisierte Zone hinaus. Sechs Sekunden pro Kilometer ... Sie verloren weiter an Geschwindigkeit, jetzt bloß nicht trudeln. Er zählte: eins, zwei, drei, vier ... Während des Schleudervorgangs mußte man sich geduckt halten. Das lag an einem Konstruktionsfehler; große Männer waren dabei schon geköpft worden ... acht ... nicht mit den Armen fuchteln, man bricht sich leicht was ... neun –
»Charlie, raus aus dieser Scheißkiste ...«
Er schoß durch die Cockpithaube und wurde nach draußen katapultiert – er stieß mit vierhundert Knoten gegen eine Wand aus Wind. Das Herz drückte gegen die Wirbelsäule, die Schultern gegen die Rückenlehne des Schleudersitzes, die Luftröhre preßte sich zusammen, die bloßliegende Haut an Hals und Händen brannte, während er kopfüber ins Leere fiel. Das Brausen, die Stille. Das Blut in seinen Adern konnte mit dem sich drehenden Körper nicht mithalten, er spürte seine Eingeweide im Mund. Immer noch hundert Knoten Geschwindigkeit. Jetzt fiel der Schleudersitz ab, und der Fallschirm entfaltete sich knisternd über ihm. Die Gurte zogen an Brust und Schenkeln an, er atmete auf in der dünnen Luft und spürte, daß das Herz wieder schneller schlug. Soweit alles okay. Einen Kilometer weiter trudelte die Phantom, eine Rauchfahne hinter sich lassend, zu Boden. Er schaute sich nach seinem Waffenoffizier um, der gleichzeitig mit ihm aus dem Cockpit geschleudert worden war. Wo ist denn sein Fallschirm? Das kann nicht wahr sein. Er spähte zwischen seinen Füßen hindurch und sah, wie eine mit den Armen rudernde Gestalt mit Helm, immer noch am Schleudersitz angegurtet, wie ein Stein nach unten fiel. Kein Fallschirm für Larry. Gott sei ihm gnädig.

Er würde jetzt noch dreißig Sekunden in der Luft bleiben. Er schaltete seinen elektronischen Pieper ab, um die Batterie zu schonen und es den Nordvietnamesen, wenn sie in der Gegend waren, schwerer zu machen, ihn zu orten. Der Dschungel unter ihm lag in Dunstschleier gehüllt, ein grüner Teppich, der auf ihn zukam. Er lenkte seinen Fallschirm zu einer Anhöhe hin, die aussah, als hätte dort kürzlich ein Feuer gewütet. Vielleicht kannte die RESCAP-Truppe das Gelände schon? In wenigen Minuten würde Blau Flug an den KC-135 Tankerflugzeugen andocken, die in einer sicheren Zone ihre Kreise zogen, und dann zurückkommen. Dann würde er den Funkkontakt wiederherstellen. A-1 Skyraiders und AC-47 der RESCAP-Truppe standen bereit zum Einsatz, um im Bedarfsfall feindliche Flugabwehr auszuschalten. Dann erst würde ein Hubschrauber direkt auf der Anhöhe landen und ihn aufnehmen. Manchmal klappte es, manchmal nicht. Entweder fiel der Pieper des Piloten aus oder es wurde zu dunkel draußen oder der Hubschrauber hatte Motorschaden, die Navigation war fehlerhaft, das Bodenfeuer zu heftig.
Der Wind riß an den Leinen des Fallschirms. Er konnte jetzt einzelne Bäume unter sich erkennen. Kein Bodenfeuer. Er spannte und löste abwechselnd die Wadenmuskeln in Erwartung des Aufpralls. Die Anhöhe kam rasch näher, es war Zeit, sich einen Platz auszusuchen, wo man den Fallschirm verstecken konnte. Dann sah er gegen Westen plötzlich Gewehre im Sonnenlicht aufblitzen: Eine Vietcong-Patrouille bahnte sich einen Weg durch dichtes Unterholz. Sie hatten es nicht nur auf ihn abgesehen, vielmehr suchten sie nach einer geeigneten Stellung für einen Flak-Angriff auf die RESCAP-Flugzeuge und Hubschrauber. Die Piloten der Rettungstruppe hatten Order, den Boden mit Feuer zu belegen, um den Gegner aus der Reserve zu locken. Doch der Vietcong bewies oft eine übermenschliche Geduld und harrte im dichtesten Raketenhagel aus, bis die Rettungstruppe nahe genug herunterkam. Manchmal lockten sie die Rettungs-

truppen auch mit dem Pieper eines toten Piloten an. Jetzt beobachtete ihn ein Vietcong durch sein Fernglas und zeigte den anderen, in welche Richtung sie zu gehen hatten.
Er landete, rollte sich am Boden ab und stand auf. Er nahm seinen Helm ab, konnte aber den unförmigen Anti-*g*-Anzug nicht ablegen, ohne eine Minute lang ungedeckt im Freien zu stehen; und das war jetzt zu gefährlich. Er stieg aus seinem Fallschirm und lief, den Fallschirm hinter sich herziehend, zum Rand der Kuppe. Er fand eine mit Schlingpflanzen bedeckte Mulde, kroch hinein und hockte, schweißgebadet und von Insekten umgeben, im Blattwerk. Er schaute auf die Fliegeruhr, entsicherte seine Pistole. Entweder hatte die Patrouille Schwierigkeiten, sich durch das Gestrüpp zu hacken, oder sie wartete auf den Rettungstrupp. Er entdeckte einen schwärzlichen Krater keine zehn Meter entfernt. Wahrscheinlich war dort eine fehlgegangene Rakete oder eine Granate explodiert, auf jeden Fall bot es bei einem Feuergefecht eine bessere Deckung als Schlingpflanzen und Blätter. Er hastete auf allen vieren über schwarze Wurzeln vorwärts und rollte in das Loch.
Drinnen lag eine verkohlte Leiche, mit leeren Augenhöhlen und eingebranntem Gesicht. Ein Vietcong, nach den Sandalen zu urteilen. He, Schrumpfkopf, dachte er, du kannst mich mal. Er schaute wieder auf die Uhr. Die Luft war schwülheiß. Und so still. Es schien, als könnte er hier ruhig aufstehen und warten. Wieder ein Blick auf die Uhr. Larry. Larrys Frau. Wenn draußen vor einem Haus in der Siedlung eine Limousine der US-Luftwaffe vorfuhr und zwei Beamte langsam aus dem Wagen stiegen, dann wußten die Frauen sofort, was das zu bedeuten hatte. Ellie würde »O nein« flüstern. Dann sah er die Phantoms hoch oben am Himmel. Er schaltete seinen Pieper ein. Dort oben würden sie in rund achtzehnhundert Meter Höhe einen Bogen schlagen, und die langsamere Maschine würde direkt Kurs auf die Anhöhe nehmen. Die Propellermaschine des Rettungstrupps, ein

häßliches, plattnasiges Monstrum, strich über den Dschungel. Sie würde bald einen engen Kreis in etwa sechshundert Meter Höhe fliegen und so den mittleren Rang der ganzen Rettungsaktion bilden.
Dann ein Dröhnen in geringer Höhe – Hubschrauber im Anflug. Er würde sich jetzt zeigen müssen. Da begann die schwere Propellermaschine das ausgezirkelte Areal mit 20-Millimeter-Kanonen unter Feuer zu nehmen. Er drückte den Kopf gegen die verbrannte Erde und zählte bis dreißig. Die beiden Helis, grüne, insektengleiche Gebilde, erschienen über dem Rand des Waldes. Für solche Rettungsaktionen aus der Luft brauchte man eiserne Nerven. Die MG-Schützen saßen direkt an der offenen Tür. Er setzte seinen Helm wieder auf, sprang aus dem Krater und lief in die Mitte der Lichtung. Einer der Hubschrauber kam über den Waldrand und machte Anstalten zu landen.
Von der anderen Seite der Lichtung kam ein gleißender Blitz. Schatten bewegten sich im Blattwerk. Einer der MG-Schützen kippte nach hinten und hielt sich den Hals. Der Hubschrauber stieg wieder höher und zog sich unter anhaltendem feindlichem Feuer an den Waldrand zurück. Dann flog er erneut mit Bord-MG und Raketenwerfer gegen die Lichtung an. Sie beschossen systematisch die andere Seite der Lichtung. Die Propellermaschine stieg höher. Eine Kette von A-1 Skyraiders kam vor ihm im Tiefflug herunter und begann, Raketen abzuschießen. Sie kamen geradewegs auf ihn zu, keine vierzig Meter links und rechts von ihm, die Luft war ein einziges Dröhnen. Er legte sich flach auf den Boden, der Kopf schmerzte ihm von den Druckwellen der Explosionen. Die Skyraiders hoben ab, kippten die Flügel. Rauch stieg aus dem Dschungel. Zeit, sich zu bewegen. Er konnte nicht glauben, daß der Vietcong das Feuer überlebt hatte.
Ein Hubschrauber senkte sich, während der andere mit hoher Geschwindigkeit die Lichtung umkreiste, der MG-Schütze weiterhin feuernd. Er lief durch das niedergedrückte Elefantengras auf

den ersten Hubschrauber zu, der in Hüfthöhe über dem Boden schwebte. Der Schütze an der Tür machte ihm ein Zeichen, in Deckung zu gehen, dann strichen MG-Salven über ihn. Er kroch auf Händen und Füßen weiter, noch dreißig Meter bis zum Hubschrauber. Feuer kam von allen Seiten, Salven prallten gegen den Hubschrauber. Er schaute sich um und sah einen Vietcong, die Panzerfaust im Anschlag, aus dem Dschungel treten. Der MG-Schütze winkte dem Piloten, aufzusteigen. Da stand er auf, um die letzten fünfzehn Meter zu laufen. Etwas pfiff an ihm vorbei, und gleich darauf schlugen Flammen aus dem Hubschrauber. Die Tür an der Pilotenseite wurde herausgesprengt und die Windschutzscheibe zerbarst. Er fiel auf die Knie. Die Rotoren des Hubschraubers kamen in einem Feuerball zum Stehen, und die ganze Maschine sackte zu Boden. Brennende Männer sprangen ins Gras und schlugen um sich. Eine Gluthitze brandete ihm entgegen, er rannte vom Feuer weg. Dann explodierten die Tanks, und er wurde zu Boden gedrückt, ein brennendes Rad landete gleich neben ihm.

Er lag still, wartete.

Schüsse ratterten aus automatischen Waffen. Schreie von Männern. Die Schüsse ließen nach. Stimmen, die nach etwas suchten. Er stellte sich tot. Noch zwei Schüsse, *pop, pop*. Stimmen, immer näher kommend. Nun knallt mich schon ab. Schade, Ellie, ich dachte, ich würde es doch noch schaffen. Ben, Julia, meine lieben Kinder. Stimmen im Gras. Man packte ihn an den Fußgelenken und drehte ihn um. Ihre Blicke trafen sich. Dann schlugen sie ihn mit ihren Gewehren, er kannte das.

Auftauchen aus tiefem Dunkel. Schräges Licht, diffuse Geräusche. Er merkte, daß er noch lebte. Dann spürte er den Schmerz, irgend etwas stimmte nicht mit seinem Rücken. Er schlug die Augen auf und sah, daß er in einer niedrigen Bambushütte auf einer Kiste saß, die Hände gefesselt vor sich. Seine Überlebens-

weste und seine Pistole waren nicht mehr da. Er fühlte sich benommen. Ein nordvietnamesischer Offizier las stockend aus einem schmalen Buch vor. Ein Dolmetscher, ein kleiner Mann mit froher Miene, stand neben ihm. Der Offizier las ein paar Sätze aus dem Buch, und der Dolmetscher übersetzte: »Du nicht mehr in die USA zurückkehrst, du mußt das erkennen. Die Demokratische Republik Vietnam kämpft seit fünfzig Jahren. Wir Vietnamesen kämpfen seit zweitausend Jahren für unsere Unabhängigkeit. Gegen die Mongolen, Japaner, Franzosen, Amerikaner, du siehst, es macht keinen Unterschied. Die Regierung deines Landes versteht das nicht. Deshalb du nicht zurückgehst in die USA. Captain Charles Ravich, du bist ein Kriegsverbrecher. Ich sage dir, wenn du das einsiehst, wir lassen dich in Frieden, wenn nicht, du erhältst eine Strafe. Das kann schmerzhaft sein. Deine Armee bringt den Tod für viele Genossen von uns. Wir sind ein kluges und ein gutes Volk. Du kennst uns nicht. Wir erwarten nicht, daß du dich sofort entscheidest. Aber du nimmst an unsere Ideologie, früher oder später. Wir wissen, deine Vorgesetzten haben dir gesagt, diesen Schritt nicht zu tun und zu widerstehen. Ich sage dir, Charles Ravich, höre auf dein Herz und nicht, was deine amerikanischen Vorgesetzten sagen. Verstehst du mich?«
Wortwechsel in Vietnamesisch.
»Was für ein Kampfflugzeug fliegst du?«
Fast flüsternd nannte er seinen Namen, Rang und seine Dienstnummer.
»Das wissen wir schon, wir haben dein Rangabzeichen am Kragen gesehen. Ich frage, was für ein Flugzeug?«
Er wiederholte, was er bereits gesagt hatte.
»Das Flugzeug. Sag uns.«
»Nein.« Er blickte den Dolmetscher an. Wenn sie glaubten, daß er die Seiten wechseln würde, hatten sie sich in ihm getäuscht. »Das werde ich nicht.«

»Wir können warten eine Weile, Charles Ravich. Du überlegst. Denke vielleicht daran, wo du jetzt bist.« Der Offizier verließ die Hütte. Die Frage nach dem Flugzeug war nur der Anfang. Sie wußten, daß er eine F-4 geflogen hatte. Der Dolmetscher saß auf einer Binsenmatte, das Gewehr neben sich.
»Sag«, fuhr der Dolmetscher fort, »du redest.« Ein Soldat brachte ihm Wasser und einen klebrigen, faserigen Brei – gestampften Reis mit Bambussprossen. Der Soldat bedeutete ihm zu essen. Hungrig, wie er war, begann er sofort mit den Fingern zu essen. Danach fühlte er sich besser. Er wußte nun, woran er war. Jetzt hieß es, alle körperlichen und psychologischen Torturen ertragen, bis er entweder den Verstand oder das Leben verlor. Jetzt bloß keine Aussagen machen, die propagandistisch ausgeschlachtet werden konnten. Sollte er an den Punkt kommen, sprechen zu müssen, dann würde er lügen oder nur wertlose Informationen preisgeben. Schwer abzuschätzen, wie raffiniert sie waren. Manche Nordvietnamesen waren auf französische Schulen und Universitäten gegangen, andere waren Opportunisten, wieder andere kommunistische Eiferer. Er konnte ihnen sagen, daß seine Eltern Schweinezüchter in Iowa waren. Wo befand er sich genau? Etwas nördlich der entmilitarisierten Zone? Oder in Ostlaos? Auf jeden Fall in einem Gebiet, wo ein nordvietnamesischer Offizier problemlos in Uniform umherspazieren konnte, aber weit genug südlich, daß Vietcong als Soldaten dienten. In der letzten Minute hatte er seinen Kurs nicht mehr kontrolliert. Ein paar Grad auf dem Kompaß konnten Befreiung oder langjährige Haft bedeuten. Genaueres war jetzt nicht zu erfahren. Er mußte jetzt auf Essen und medizinische Versorgung bestehen. Je besser seine körperliche Verfassung, desto länger würde er Strafen ertragen. Die US-Luftwaffe trainierte die Piloten dahingehend, unter Folter nichts preiszugeben, ging aber im stillen davon aus, daß es doch passieren konnte. Jeder Mensch hat einen Punkt, an dem er bricht. Das militärisch relevante Wissen konnte

in drei Kategorien gegliedert werden: Von größter Wichtigkeit waren das Waffensystem und die militärische Kapazität, denn die UdSSR und Rotchina hätten daraus nützliche Informationen für andere Konfliktregionen der Erde gewinnen können; ebenfalls wichtig waren Details über die einzelnen Einsätze und das dahinterstehende strategische Ziel; nur geringe Bedeutung kam hingegen Ausbildungstechniken und der Politik der US-Luftwaffe zu – solche Informationen wurden unter Folter als erste preisgegeben. Je länger ein gefangener Pilot, wurde er nicht sofort nach Hanoi gebracht, überlebte, desto mehr wuchs seine Chance, von amerikanischen oder verbündeten südvietnamesischen Truppen befreit zu werden.

Nach mehreren Stunden kam der Offizier zurück. Er öffnete eine schmale Akte.
»Captain Charles Ravich, wir fangen an.«
Er hob den Blick.
»Wir bringen dich auf einen großen Pfad, sobald repariert. Bald. Nun höre zu –«
»Ich bin Kriegsgefangener und amerikanischer Offizier. Ich –«
»Charles Ravich, du bist ein Kriegsverbrecher. Ich erkläre bereits vorhin. Wir informieren dich vor der schwierigen Frage. Zeige dem Kriegsverbrecher Charles Ravich das erste Foto.«
Der Soldat brachte drei schmale, in schwarzes Leder gebundene Alben.
»Das erste Foto zeigt Jungen, der neben der Eisenbahnlinie steht, als eure Kampfflugzeuge attackieren.« Der Offizier trat zu ihm, legte ihm eine Hand um den Nacken und zwang ihn, sein Gesicht ganz nah an die kleinen, quadratischen Farbfotos zu bringen. »Die Bilder zeigen, was eure Bomben in meiner Heimat anrichten, Charles Ravich. Das ist nur ein kleiner, ein sehr kleiner Beweis. Du bist verantwortlich. Viele Tote, zu viele. Schau auf das nächste Foto … Zweiundsechzigjährige Frau. Sie repariert

gerade ihr Haus, als eure Bomber angreifen. Siehst du, das ist Napalm. Sie lebt danach noch vier Tage, dann ist sie tot. Nun, du kennst das westliche Denken. Der Mensch ist die Summe seiner Taten. Der Mensch muß Verantwortung tragen. So denkt der Westen. Ich sage dir, als Mensch zu Mensch, warum tust du uns das an, warum wirfst du Bomben auf unsere Kinder? Menschen in meiner Heimat sterben. Du sagst, vielleicht ist das die normale Art und Weise, einen Piloten und Kriegsverbrecher zu behandeln. Nein. Ich bemühe mich, höflich mit dir zu sein, Charles Ravich. Aber ich sage dir auch, ich möchte dich töten, rasch. In meiner Familie sind sie alle Bauern. Nun frage ich dich – hast du einen kleinen Sohn? Eine kleine Tochter? Ah, dein Gesicht ändert sich. Tochter. Nun frage ich dich … nächstes Foto! Ist es das, wohin deine Verantwortung führt? Das da! Nächstes Foto! Und das da. Das sind eure Taten. Du bist ein Mann des Westens, du kennst die Verantwortung des einzelnen. Warum du machst dich selbst zum Verbrecher?«
Nach dem ersten Album zeigte man ihm noch zwei weitere. Er erkannte Gebäude und Anlagen im Hintergrund. Eisenbahnschuppen. Brücken. Lkw-Depots. Gleisanlagen. Er hatte sie schon einmal gesehen. Er hatte sie zerbombt.

Abenddämmerung. Mücken schwirrten um eine Lampe, die vom Bambusdach herabhing. Der Offizier tupfte sich mit einem Taschentuch den Mund ab. Stunden vergingen. Sein Rücken wurde immer steifer. Ein Soldat kam in die Hütte und sprach sehr schnell. Irgendein Notfall. Man band ihm einen schmutzigen, nach Benzin riechenden Lappen um die Augen. Er hörte draußen ein fegendes Geräusch, wie wenn ein Besen über Kehricht streicht. »Runter!« schrie der Dolmetscher und schlug Charlie ins Gesicht. Er ging in die Knie und spürte die bloße Erde. »Da hinein!« schrie der Dolmetscher. Er bekam einen Fußtritt in die Rippen, man drängte ihn in eine Grube – diese Schweine wollten ihn in einer Grube umbringen. Er kannte seine Kinder noch gar nicht richtig, er hatte sie ja kaum gesehen. Er kroch vorwärts und befand sich plötzlich in einem engen Gang. Jemand stieß ihn von hinten, und wieder hörte er das fegende Geräusch. Seine Schultern stießen an die Tunnelwände. Während er auf Händen und Knien vorwärtskroch, schrie eine Stimme hinter ihm *»Nanh len!«* Beeilung. Er tastete die Wände ab, um Breite und Höhe des Tunnels auszumachen. Erstaunlich regelmäßig gebaut. Der Boden unter Händen und Knien fühlte sich kühl und fest an. Kein Licht. Jemand schlurfte hinter ihm her und stieß ihn mit einem Gewehr vorwärts. So krochen sie eine ganze Weile weiter. Die Hände taten ihm bald weh. Die gebückte Haltung bereitete ihm noch mehr Schmerzen – irgendein Wirbel in der Kreuzgegend mußte angeknackst, angeschlagen oder gebrochen sein. In wiederkehrenden Abständen stieß er auf flache Holzleisten, möglicherweise zur Entfernungsangabe. Er versuchte die Schritte zwischen den Leisten zu zählen, geriet aber durcheinander, als der Tunnel sich senkte und einen Bogen machte. Einmal hörte er Wasser rauschen. Dann vernahm er Stimmen, nahe und ferne, ein geisterhafter Singsang, Lachen und Flüstern, vielleicht auch das Weinen eines Babys und hin und wieder das Piepsen eines Kurzwellenradios. Die vietnamesischen Bergdörfer. Er kam an Tunnelkreuzungen, wie er aus den Echos und dem leichten Windzug schloß, der ihn umhauchte. Mit dem Gewehrlauf bedeutete man ihm, in welche Richtung er zu gehen habe. Die Luft roch erst frisch, dann modrig. Unterirdische Gräber, das sah dem Vietcong ähnlich. Die Toten verstecken, damit das Ausmaß der Verluste unklar blieb. Oder roch es nur nach faulem Fisch? Der Tunnel hob und senkte sich, bog in eine andere Richtung ab. Dann hörte er gewaltiges Donnern, das aus der Mitte der Erde zu kommen schien. Die Tunnelwände erzitterten. Instinktiv ging er flach zu Boden. *»Nanh len!«* schrie der Soldat hinter ihm und stieß ihn mit dem Gewehrlauf. Er stemmte sich auf die Knie und kroch vorwärts. Ab und zu blieb er an Wurzeln hängen, während der dröhnende Lärm in Wellen näher kam und das Erdreich immer tiefer und stärker erschütterte. Er stieß an eine Erdwand. Der Soldat versetzte ihm einen Stoß, packte ihn dann an der Schulter und wies ihm den Weg. Er hörte den Atem des Soldaten, das Gemurmel auf vietnamesisch, vielleicht zählte der andere die Abstände und horchte auf die Explosionen über der Erde. Sie kamen näher. Wie tief lagen die Tunnel? Feuchtigkeitsgehalt des Erdreichs, Detonationshöhe ... Er versuchte, sich daran zu erinnern, wie tief eine 250-Kilo-Bombe den Boden aufwühlt. Die B-52-Bomber luden auch manchmal 500-Kilo-Bomben ab ... Das Donnern schien fast über ihnen zu sein. Der Soldat sang in seiner Angst irgendein Lied und schien auf Antwort zu warten. Er verstand – ein Tunnel entfernte sich von der Flugbahn der Bomben, der andere lag gerade darunter. Die Erde bebte. Er stützte sich auf Hände und Knie und blieb wie gelähmt in dieser Position, vor sich nur Dunkel und Schwaden heißer, dumpfiger Luft.

»Nanh len!« rief der Soldat erneut und zerrte ihn nach links. Er stürzte vorwärts, über ihm donnerndes Getöse, gefolgt von einem Hitzeschwall. Dann Stille. Die beiden Männer hielten kurz inne, ehe sie weiterkrochen.

Licht. Geruch von brennendem Kerosin. Der Gewehrlauf bohrte sich in ihn, wenn er stehenblieb. Stimmen, die Vietnamesisch sprachen. Etwas traf ihn zwischen die Rippen – ein Stock? Gelächter. Mit seinen Händen fühlte er Juteleinen, Reiskörner. Ölgeruch, irgendwo wurde Metall gefeilt. Dann wieder Dunkel. Das Schlurfen seines Wächters hinter ihm und seinen eigenen Atem, sonst hörte er nichts. Während er Stunde um Stunde schwitzend weiterkroch, hatte er das Gefühl, als dringe der Schmutz nach und nach durch alle Poren in ihn ein. Eine Kruste aus Schmutz bedeckte sein Gesicht. Der Fallschirmabsprung aus der F-4 schien schon Tage her zu sein. Ich gewöhne mich schon ein, Ellie, ich gewöhne mich viel zu schnell.

Eine Hand packte ihn am Fuß. Mit dem Gewehrlauf wurde ihm die Richtung nach oben in das von Fliegengesumm erfüllte Freie gewiesen.
Ein Soldat nahm ihm das Tuch vor den Augen ab. Er stand nun auf einem dunklen Dschungelpfad. Man legte ihm eine Schlinge um den Hals. Sein Kreuz tat ihm weh, doch er versuchte seinen Schmerz nicht zu zeigen, damit sie es nicht gegen ihn ausnutzen konnten. Jetzt, einige Stunden nach der Morgendämmerung, drang kein direktes Sonnenlicht mehr durch das dichte Blätterdach. Überall wuchernde Vegetation. Von den Blättern tropfte es. Er sog die dicke, feuchte Luft ein. Scharen von Fliegen und Mücken umgaben ihn in dichten Wolken. Die Männer banden ihm die Arme auf den Rücken. Sofort empfand er einen stechenden Schmerz, und Haß gegen seine Peiniger stieg in ihm auf. Er spürte, wie der Schweiß durch seinen Fliegeranzug troff, seine Achselhöhlen und seine Leistengegend wundscheuerte. Zu gern hätte er sich gekratzt, die Arme losgemacht. Aber die Stricke schnitten sich so tief in seine Handgelenke, daß er schon nach ein paar Minuten taube Finger hatte.
Ein Trupp Soldaten kam mit elastischen Schritten den Pfad entlang, jeder in einer pyjamaähnlichen schwarzen Uniform und mit einem AK-47-Gewehr auf dem Rücken. Mit ihnen ging ein B-52-Pilot, das erkannte er an dem Fliegeranzug. Man hatte ihm eine Schlinge um den Hals gelegt. Er überragte die Soldaten um Haupteslänge. Sein Gesicht kam ihm bekannt vor, vielleicht hatten sie vor Jahren einmal eine Ausbildungsklasse zusammen absolviert. B-52-Bomber wurden selten abgeschossen, aber es war nicht unmöglich. Im Tiefflug waren die riesigen Maschinen leichte Ziele, zumal sie nur schwerfällig reagierten, wenn sie unter Flakfeuer gerieten. Der Pilot trug einen blutdurchtränkten Verband um Mund und Kiefer. Vielleicht stammte er sogar von einer der Maschinen, die in der Nacht zuvor im Einsatz waren. Er ging unsicher und mit schlur-

fenden Füßen, wobei sein Kopf hin und her baumelte, als ob irgend etwas in seinem Hals lose wäre.
»Der Mann braucht einen Arzt.« Er fragte sich, ob seine Bewacher überhaupt Englisch verstanden.
»Du gehst«, sagte ein Vietcong-Soldat und stieß ihn auf den Pfad.
»Ich brauche Verbandsmaterial und Wasser. Wenn man mir die Hände losbindet –«
Der Vietcong legte den Lauf seines Gewehrs ans Ohr des verwundeten Piloten und gab dadurch zu verstehen, daß er den Mann so oder so erschießen würde.

Nach drei Stunden unausgesetzten Marschierens brach der verwundete Pilot auf dem Pfad zusammen. Der Vietcong schrie und trat nach ihm, um ihn zum Aufstehen zu bewegen.
»Gebt ihm zu trinken«, sagte Charlie.
Der Vietcong schnitt ein paar Schlingpflanzen ab und baute daraus eine primitive Trage. Der Pilot stöhnte auf, als man ihn darauf rollte.
Durch die Fesselung war alles Gefühl aus Charlies Händen gewichen. Der Schmerz begann an den Ellbogen, stieg die Arme hinauf, strahlte in die Schultern und stach ihm in die Brust. Er versuchte, die Finger zu bewegen, damit die Durchblutung wieder in Gang kam. Vergeblich. Wenn man ihm je die Stricke abnehmen sollte, würde es Stunden dauern, bis er die Arme wieder gebrauchen konnte. Noch schlimmer aber war der Durst. In der brütend heißen Luft hatte er drei bis dreieinhalb Liter ausgeschwitzt, ohne auch nur einen Tropfen getrunken zu haben. Die Kehle war ausgedörrt, die Lippen wund. Seine Blase war leer. Zweige und Ranken peitschten ihn; aus Striemen und Schnitten blutete es. Summende Insekten ließen sich auf sein Gesicht nieder. Eine Zeitlang konzentrierte er sich darauf, einen Schritt vor den anderen zu setzen. Eins und zwei. Und eins und zwei, sag es

dir einfach immer wieder. Eine blöde Trainingshilfe beim Football. Eins und zwei. Der Boden war dunkel und feucht. Der Pfad sah sehr ausgetreten aus. Er war froh, daß ihm die Soldaten nicht die Fliegerstiefel mit den Stahlbeschlägen weggenommen hatten. Wie konnten die Vietcong nur in ihren dünnen schwarzen Turnschuhen marschieren? Er hörte, wie sein Landsmann stöhnte und nach Leuten rief, die nicht hier waren.

Der Pfad ging mehrere Kilometer bergab, bis sie einen breiten Fluß erreichten. Glänzende schwarze Insektenlarven hingen zu Tausenden von den Zweigen. Die Bäume waren regelrecht von einer feucht-klebrigen Nässe bedeckt. Beim Vorüberstreifen lösten sich die Tiere haufenweise von den Bäumen und fielen auf die Männer herab. Er schüttelte sich, doch die Larven blieben an ihm hängen, drangen durch den Stoff und zwickten ihn mit ihren Zangenmäulern. Sie befielen auch die Vietcong, doch denen schien es nichts auszumachen. Über die schmutziggrüne Flut spannte sich eine Hängebrücke aus Bambus, Schlingpflanzen und Stacheldraht. Der nur zwei Fuß breite Boden der Brücke bestand aus Stahlstücken, die zu Streifen von rund vier Metern verbunden waren – alte Raupenketten eines Panzers. Als sie das andere Ufer erreicht hatten und auf trockenem Boden standen, brach einer der Soldaten die Hülle einer Granate, entfernte den Sprengstoff und vermischte ihn mit einem anderen Pulver, das er ebenfalls bei sich trug. Er tat die Mischung in ein großes grünes Blatt und zündete das Ganze mit einem Gasfeuerzeug an, das mit dem Zeichen der Miami Dolphins verziert war. American Football League. Don Shula. Beißender Rauch verbreitete sich. Der Soldat sagte etwas auf vietnamesisch und ging dann mit dem qualmenden Blatt durch die Reihen der Männer. Die Larven fielen ab, und der Marsch ging weiter.

Dann erreichten sie einen alten, erhöhten Fahrdamm. Die Wächter eilten, nach rechts und links spähend, über das offene Feld. Auf der anderen Seite stand im hohen Gras das verrostete Wrack eines Bulldozers, den man auf der Suche nach Ersatzteilen ausgeschlachtet hatte. Ein Überbleibsel der Kolonialzeit, als die Franzosen vergeblich versucht hatten, ein Straßensystem zu errichten. Sie hatten hundert Jahre in Vietnam verloren, ein Jahrhundert von Sonnenuntergängen.

Eine Stunde später banden die Männer ihm die Arme los, ließen aber die Schlinge um seinen Hals. Die Arme fielen ihm an den Seiten herab und baumelten schlaff. Es war mühsam, so zu gehen, und er wartete darauf, daß wieder Gefühl in die Arme kam. Der Pfad wurde jetzt breiter und ebener, schmalere Wege zweigten vom Hauptpfad ab. Es war, als ob sic eine unsichtbare Grenze überschritten hätten, denn die Bäume waren plötzlich verbogen, teilweise zerfetzt. Haufen von braunen, abgestorbenen Blättern hingen von den Zweigen, und Licht fiel in seltsamen Mustern durchs Blattwerk. Die Landschaft öffnete sich zu einem Tal.

Vor ihm war der Boden über Hunderte von Metern schwarz und von Kratern übersät, als ob der Planet Erde mit etwas Verheerendem zusammengestoßen wäre, das eine gewaltige Schleifspur hinterlassen hatte. Verkohlte Baumstämme ragten tot und kahl in die Luft. Vögel flogen lautlos vorüber, und graublauer Rauch hing über Bodensenken. Hier und da erkannte man unter aufgeworfenen Erdklumpen die Reste einer Hütte, zerbrochenes Geschirr, verschütteten Reis, das Rad eines Fahrrades.

Die Soldaten zogen am Strick um seinem Hals und trieben ihn weiter. Er hob die Augen und verstand, warum er keine Menschen gesehen hatte. Ein Bach verlief unterhalb des Dorfes. Die schlammigen, aufgewühlten Ufer waren von Leichen gesäumt. Wie in einem erstarrten Höllenspektakel lagen sie kreuz und quer, verstümmelt übereinander. Frauen, Kinder, Greise, die Bäuche aufgedunsen, halb verwest. Über den Körperpartien, die aus dem Wasser ragten, bildeten sich Schwärme von Fliegen, die sich im nassen schwarzen Haar, auf den Genitalien, auf Zehen, Nasen und Knien niederließen. Und eins und zwei. Weiter fluß-

abwärts lagen fünf tote Wasserbüffel in den Fluten. Sie schienen feist und wohlgenährt. Auch dort Fliegenschwärme. Er wußte, warum sich die Dorfbewohner alle an einer Stelle konzentrierten. Die B-52 hatten bei langsamer Geschwindigkeit ihre Last abgeworfen und einen Bombenteppich gelegt. Die großen grünen Echsen waren so hoch geflogen, daß keine Warnung für das Dorf möglich gewesen war. Die Bewohner waren dann vor der heranrollenden Feuerwalze geflohen und hatten die Wasserbüffel vor sich über den Fluß getrieben. Dort hatten die Bomben sie dann eingeholt.
Der Soldat stieß ihn mit dem Gewehrlauf. Sie gingen weiter.

Die Soldaten marschierten nach Westen, bis sie einen hochgelegenen Bergsporn erreichten. Er war hungrig und erschöpft, doch immerhin spürte er seine Hände wieder. Er vermutete, daß die Soldaten auf dem Weg nach Laos waren, da sie einen klaren Kurs nach Westen, auf den Höhenkamm zu, verfolgten, der die Ostgrenze markierte. Während die Dämmerung fiel, stiegen sie immer höher den Bergsporn entlang. Er brauchte etwas zu essen und Schlaf. Die Nacht war klar. Hinter ihm nach Süden und Osten erstreckte sich das wellige Land in der Dunkelheit. Dann setzten die Soldaten den anderen Piloten ab und begannen, ein Lager aufzuschlagen. Sie aßen kalten, pappigen Reis und legten sich abwechselnd schlafen. Man setzte ihn in die Nähe einer abschüssigen Stelle, die Arme an einen Baumstamm gebunden, so daß er sich bei jeder Bewegung an der Rinde wetzte. Er bekam eine Schale Reis.
Mitten in der Nacht sah er vielleicht dreißig Kilometer südlich eine gewaltige, lautlose Explosion aufgehen. Nur ein großer Feuerschein, der plötzlich aufblitzte, gefolgt von kleineren Explosionen, jede von geisterhafter Schönheit und in der Entfernung völlig lautlos. Am Morgen war er sich nicht sicher, ob er es geträumt und ob er überhaupt geschlafen hatte.

Er vermißte seine Kinder, ihre Münder, Nasen und Augen. Daddy, Daddy.

Am folgenden Tag kamen sie in ein Dorf. Man schleppte ihn in einen Pferch mit einem verzinkten Trog. Der Boden war mit großen Kotfladen übersät. Auf einer Seite standen, mit ihrem Schwanz träge um sich peitschend, drei große Wasserbüffel bis über die Hufe im Morast. Ein älterer Vietcong-Soldat versuchte ihm wieder mit Hilfe des schmalen Buchs, das auch der erste Offizier benutzt hatte, die Geschichte Vietnams als jahrtausendelangen Abwehrkampf gegen Feinde von außen beizubringen: Dschingis-Khan und die Mongolen, die Chinesen, die japanischen Faschisten, die französischen Imperialisten und jetzt die Amerikaner. Jedes feindliche Land, so erklärte der Soldat in seinem eigentümlichen Singsang, habe einen Vorwand zum Krieg gehabt – der Zugang zu den Gewürzstraßen, der christliche Glaube, die französische *mission civilisatrice,* der »Schutz der Freiheit« –, und jedesmal hatten die Vietnamesen (der Vietcong machte keinen Unterschied zwischen Nord- und Südvietnam, außer daß sich die einen bemühten, die anderen aus der Macht der Amerikaner und deren »Marionetten« zu befreien) den Angriff zurückgeschlagen. »Wir haben zehn, zwanzig, fünfzig Jahre lang gekämpft. Deine Regierung will, daß der Krieg möglichst rasch vorbei ist. Da kennt sie Ho Chi Minh schlecht! Auch wenn wir zehn Mann für jeden von euch verlieren, werden wir trotzdem noch siegen.«
Der Mann las seine vorgefertigten Sätze ab, und beharrte darauf, daß Charlie im Hanoier Staatsfernsehen erscheinen und sich von den USA lossagen müsse. Vor dem Gehege drängten sich immer neue Gesichter gegen die Zaunlatten. Und wieder Fragen. Gipfelhöhe, Tankkapazität. Tarnmanöver bei Einsätzen über Hanoi. Er schüttelte nur den Kopf. Der Mann fuhr in seinem Singsang fort, nun mit verärgertem Unterton. Die Dorfbewohner vor dem

Pferch fingen an zu schreien, während ein paar Männer seinen Kopf in die Nähe des Wassertrogs drückten, in dem tote Fliegen, Dung und Büffelhaare schwammen.
»Rede!«
Er schüttelte den Kopf.
Sie tauchten ihn tief in den Trog. Er zählte bis fünfzehn.
Sie rissen ihn aus dem Wasser. »Rede! Was für Manöver?«
Sie tauchten ihn wieder unter. Er hielt den Atem an, eine Frage der Konzentration; spare Luft, bleib ruhig, verbrauche keinen Sauerstoff ... Bestimmt zogen sie ihn gleich wieder heraus ... Seine Lungen brannten ... Ein purpurfarbenes Dunkel trübte sein Bewußtsein ... Sie zogen ihn aus dem Trog heraus. Die Brust schien zu platzen.
»Rede!«
Sie ließen ihm keine Zeit, zu antworten. Diesmal brannten seine Lungen gleich beim Eintauchen. Er spürte Wasser durch die Lippen sickern, die Knie wurden ihm weich, der Kopf dröhnte ...
Sie tauchten ihn Dutzende Male unter, dann hörten sie plötzlich auf und schleppten ihn zu einer Grube mit einem Bambuskäfig darüber, gleich neben der Büffelkoppel. Hier ließen sie ihn allein, obwohl einige Dörfler an den Käfig herantraten und hineinstarrten. Dort wo die Grube steiler war, zwängte er den Kopf gegen die Stäbe, weil er von dort aus das Dorf und die weitere Umgebung überblicken konnte. In den unterhalb liegenden Feldern waren junge Frauen damit beschäftigt, Reiskörner auf flachen Körben zu schwenken, um sie zu reinigen. Soldaten, die Maschinenpistole über der Schulter, standen untätig daneben, schwatzten und rauchten kleine Pfeifen. Weiter oben auf dem Hügel trieben ein paar Dörfler mit Schaufel und Hacke einen Stollen in die Erde. Der Eingang zu dem Schutzraum war mit Balken abgestützt; Frauen kamen mit Schubkarren aus dem Stollen. Der ganze Hügel wurde untertunnelt. Andere Dörfler schütteten schalenweise Reis in Jutesäcke, die anschließend

zugenäht wurden. Die Soldaten beobachteten alles mit wachsamem Auge. Hühner scharrten in der aufgeschütteten Erde. Ein alter Mann hobelte lange Stücke grüner Bambusstangen mit einem Messer. Daß sie Schutzräume bauten und Vorräte anlegten, hieß, daß die Vietcong heranrückende amerikanische Bodentruppen fürchteten. Sie hatten sowjetische 130-Millimeter-Kanonen vom Typ M-46 im Umkreis des Dorfes in Stellung gebracht. Zwei chinesische Lkws standen, bis zur Achse im getrockneten Schlamm feststeckend, am Rand des Waldes. Vielleicht lag das Dorf an einer Kammlinie längs des Ho-Chi-Minh-Pfades, fünfzehn bis zwanzig Kilometer diesseits oder jenseits der laotischen Grenze. Wenn amerikanische Truppen in der Nähe waren und wenn die provisorischen Dschungelpisten nur schwer befahrbar blieben, würde die Luftaufklärung die Lkws ausmachen.

Einen Tag darauf holten sie ihn aus dem Bambuskäfig und setzten ihn in eine Hütte. Der B-52-Pilot lag auf einer Strohmatte. Sein Atem war so schwach, daß die austretende Luft nicht einmal die Fliegen an Nase und Augen verscheuchte.
»Ihr müßt dem Mann helfen.«
Der B-52-Pilot wurde hinaus in die Sonne gezerrt.
Dann führten sie mit Charlie das Verhör fort. Wieder war es der ältere Mann mit dem dünnen Büchlein.
»Rede. Die Gipfelhöhe der F-4.«
Er schüttelte den Kopf.
»Die Höchstgeschwindigkeit? Wieviel Treibstoff braucht sie von Ubon bis Hanoi? Rede!«
Als er sich hartnäckig weigerte, banden sie ihm die Arme noch fester auf den Rücken, so daß sich seine Ellbogen fast berührten. Sie fesselten ihn auch an den Füßen und verbanden Fuß- und Handgelenke mit einem Strick. Dann knüpften sie einen weiteren Strick an die Handgelenke und führten ihn am Rücken entlang bis

zum Adamsapfel. Bei der geringsten Bewegung straffte sich der eine oder andere Strick und ließ ihn jede Verbindung zwischen Knochen, Knorpel und Muskelfasern schmerzhaft spüren. Irgend etwas in seinem Kreuz war gebrochen, diese Gewißheit hatte er nun.

In der ersten Stunde sagte er nichts, sondern versuchte, sich Klarheit zu verschaffen. Er bemühte sich, den Schmerz zu verstehen und so einen Weg zu finden, ihn nicht zu empfinden. Er glaubte, seine ganze innere Kraft zu nutzen, doch es funktionierte nicht. Wollte er schlafen, gossen sie ihm heißes Wasser über den Kopf. Kein siedendheißes, aber doch sehr heißes. Mit bloßer Willenskraft kam er dagegen nicht an. Die Soldaten schoben einen Stock durch die Stricke und trugen ihn zurück in seine Grube.

Es regnete. Er leckte die Stäbe des Käfigs. Jede Minute, die ich am Leben bleibe, hilft mir, noch eine Weile zu leben. Neben dem Käfig standen Soldaten und lachten.

Ein Tag, eine Nacht, ein Tag, eine Nacht, vielleicht noch ein Tag, auf den eine weitere Nacht folgte, oder war jener Tag vor einer Nacht oder war jene Nacht vor einem Tag dieselbe, aus der er gerade erwacht war? Er versuchte, die Sonnenaufgänge und -untergänge zu zählen, scheiterte aber rasch mit diesem System. Bald murmelte er Zahlen vor sich hin, von denen er nicht wußte, was sie bedeuteten oder warum er sie behalten wollte. Seine Beine waren so steif geworden, daß er nicht mehr richtig stehen konnte. Selbst nachdem man ihm die Stricke abgenommen hatte, schaffte er es nicht, die Arme nach vorne zu bewegen. Die Stricke hatten sich durch den Fliegeranzug in die Haut gescheuert. Jedesmal wenn die Soldaten die Fesselung lösten, schlugen sie ihn. Die gefesselte Stellung ertrug er inzwischen besser. Er haßte sie, aber zugleich wartete er auch ungeduldig darauf. Auf seinen Lippen lag Schorf. Sein ganzer Körper war mit Schmutz bedeckt, nicht mit dem schlammigen braunen Schmutz seiner

Kindheit (der Schlamm vom Flußufer, wo sie sich auf die Reifenschaukel gesetzt, sich hoch über das Wasser geschwungen hatten und dann in die trübe warme Flut gesprungen waren, um dann wieder das glitschige Ufer hinauf zur Schaukel zu klettern), sondern mit einem klumpigen Morast, in dem rote Würmer zuckten. Er beobachtete, wie Fliegen Eier im Morast ablegten. Die Dörfler stapften mit ihren konischen Strohhüten vorüber, selbst die Kinder fanden ihn nicht mehr interessant. Sein Kot wechselte von dünner zu harter Konsistenz. Er verfolgte den Schmerz in den Eingeweiden, und wenn dann der Kotbrocken endlich abging, betete er, das ganze Elend herauspressen zu können. Sie schleppten ihn aus seinem Bambuskäfig, schütteten zur Reinigung einen Eimer Wasser über ihn aus und stellten ihm eine Holzschale mit Reis vors Gesicht. Zerstampfte Bambussprossen, Reis, tote Fliegen. Er sollte es wie ein Hund essen, und das tat er dann auch.

Ein paar Jungen stießen einen Stock in die Leiche des B-52-Piloten, und sofort trat ein übelriechendes Gas heraus.

Eiliges Durcheinanderlaufen. Dann wieder Ruhe. Nacht und Tag. Er kannte das.

Sie brachen ihm die Arme, und er sagte, ja, er habe einen Kampfjet geflogen und Bomben abgeworfen.

Sie ließen ihn am Leben, aber warum, das wußte er nicht. Sie zwangen ihn zu essen. Er erinnerte sich an seine Kinder. Ein kleines Mädchen und ein kleiner Junge. Gott sei Dank würden sie ihn nie so sehen. Sie würden aufwachsen, ohne ihren Daddy gekannt zu haben, und wenn Ellie vernünftig war, würde sie so bald wie möglich wieder heiraten. Sie wußte, daß er es so wollte. Mach noch mehr süße Babys, Schatz, sobald du kannst.

Er sagte eine Menge über viele verschiedene Dinge. Sie gaben ihm Wasser und versuchten, seine Aussagen aufzuschreiben, während er weiterredete, und vielleicht konnten sie einen Sinn darin erkennen. Eines Tages stand plötzlich das vollständige elektrische System der F-4 als dreidimensionales Modell vor seinem inneren Auge. Dann verschwand es wieder, und er wußte, daß er es für immer vergessen hatte.

Sie versuchten, ihn zu wecken, damit er fühlen konnte, was sie mit ihm machten.

Eines Morgens flog eine amerikanische Propellermaschine über das Dorf und warf Flugblätter ab, in denen zum Überlaufen aufgefordert wurde. Die Flugblätter fielen auf die Erde, einige auch durch die Stäbe seines Käfigs. Er hatte Übersetzungen solcher Flugblätter gelesen. Dieses hier paßte gerade in seine Hand und zeigte das Bild eines B-52-Bombers mit offenen Luken, aus denen reihenweise Bomben fielen. *Day phong phao co khong lo B.52* … »Das ist die mächtige B-52. Schon bald werden Sie ihren Bombenhagel erleben, der Tod und Verwüstung bringt. Mit diesen Flugzeugen, die sehr rasch kommen, macht die vietnamesische Regierung unmißverständlich deutlich, daß sie der Friedensbedrohung durch den Vietcong ein Ende setzen will. Das Gebiet, in dem Sie leben, wird immer wieder angegriffen, ohne daß Sie wissen können, wann und wo. Die Flugzeuge fliegen zu hoch, um gesehen oder gehört zu werden. Sie werden ihre tödliche Fracht ohne Vorwarnung vom Himmel herabregnen lassen. Verlassen Sie Ihre Behausung, und retten Sie Ihr Leben. Benutzen Sie dieses Flugblatt oder den Geleitschein der südvietnamesischen Armee, und melden Sie sich beim nächsten staatlichen Außenposten. Die Soldaten der Republik Südvietnam und das ganze Volk werden Sie dort mit offenen Armen empfangen.« Die Dorfkinder sammelten die Flugblätter ein und verbrannten sie.

Sie verlegten ihn in eine Bambushütte. Obwohl sie ihm die alten Stricke abnahmen, konnte er seine Stellung nicht ändern. Dann banden sie ihm die Arme zusammen und fesselten ihn an einen Pfahl.

Er verbrachte einen ganzen Tag damit, sein Bein auszustrecken. Als er schließlich das Ergebnis betrachtete, war das Bein dennoch nicht gerade, nicht im entferntesten.

Eines Morgens legten sie ihm ein Brett über die Schienbeine und setzten drei mit Steinen gefüllte Reissäcke darauf. Bis zum Nachmittag hatte er ihnen gesagt, Ellie habe eine Hypothek in Höhe von 47 000 Dollar aufgenommen, und seine Lebensversicherung sei 35 000 Dollar wert. Sie interessierten sich für solch große Summen und schrieben sie auf. Du bist sehr reicher Mann. Was besitzt du noch? Er sah keinen Nutzen darin, es ihnen vorzuenthalten. Sie würden ihn so oder so umbringen, das wußte er. Was besitzt du noch? IBM-Aktien, flüsterte er, achthundert Stück. Was ist IBM? International Business Machines, eine Firma. Was sind Aktien? Das ist ein Anteil, ein kleiner Anteil an der Firma. Wie viele Teile hat die ganze Firma? fragten sie. Ich weiß es nicht. Sie schlugen ihm mit einem schlaffen Fahrradschlauch auf den Rücken. Vielleicht zehn Millionen, schrie er. Diese Zahl schien ihnen zu hoch gegriffen, deshalb schlugen sie ihn weiter.

Er betrachtete sein Bein. Er war nur noch Haut und Knochen.

Granatbeschuß erschütterte das Dorf, ließ den Boden erzittern. Es war Nacht. Hubschrauber schwebten in der Ferne, schwarze Insekten im Mondlicht. Ein Schwarm von F-105 donnerte im Tiefflug über den Dschungel und hinterließ ein Dröhnen in der Luft. Sekunden nachdem sie vorbeigeflogen waren, ging die

Sonne auf. Skyraiders fielen tieffliegend ein. Splitterbomben, Granathagel. Er mußte in Laos oder Südvietnam sein. Soldaten liefen vor seiner Hütte hin und her. Eine Frau eilte vorüber, unter dem Arm ein Bündel, aus dem Arme und Beine ragten. Er lächelte. Das ganze Dorf war in heller Aufregung. Er hörte Rotorblätter die Luft peitschen, dann Maschinengewehrfeuer. Durch die Bambusstäbe der Hütte sah er, wie Soldaten durch den Schlamm liefen, manche mit Reissäcken beladen. Ein hektischer, lächerlicher Aktivismus. Er sah seinen ledernen Baseballhandschuh vor sich und wartete darauf, abgeholt zu werden. Auf dem linken Daumen befand sich eine kleine Ausbuchtung, auf der zu lesen stand: *… ist Besitzer dieses echten Rawlings-Handschuhs.* Da sollte man seinen Namen eintragen.
Die Vietcong zogen sich nun aus dem Dorf in den Dschungel zurück. Obwohl ihn die Stricke an den Handgelenken behinderten, robbte er bis an die Wand der Bambushütte. Drei Marines gingen langsam von Hütte zu Hütte. Einer feuerte ein paar Salven in jede Hütte, ehe er hineinging. Manchmal kam er mit Unterlagen heraus, die er in einen Ranzen steckte. Meist brachte er mit vorgehaltenem Gewehr einen Dörfler ins Freie. War eine Hütte durchsucht, trat einer mit einem Flammenwerfer heran und setzte das Strohdach in Brand. Aus den brennenden Hütten stieg beißender Qualm in den Himmel auf. Die GIs fanden auch ein junges Mädchen in einer Hütte und zerrten es ins Freie. Sie wehrte sich heftig.
»Baby-san, machst du's mir?« sagte ein GI.
»Ich kein Vietcong. Kein Flittchen.« Sie spuckte ihm ins Gesicht.
»Die ist wahrscheinlich umerzogen. Laß sie doch.«
»Du dummes Stück, Vietcong-Nutte, du kannst mich mal.«
Der GI packte das Mädchen an den Haaren. Sie schlug um sich. Er lachte nur und stieß sie fort. Danach kontrollierten die Soldaten die Hütten gar nicht mehr, sondern brannten sie sofort nieder.

Er beobachtete das Treiben und fragte sich, ob er jetzt den Ball kriegen würde. Charlie, Junge, paß auf, daß du ihn genau in den Handschuh bekommst. Die drei GIs setzten die Nachbarhütte in Brand. Als nächster würde er an der Reihe sein. Charlie, du willst doch auch ins Team kommen! Er war immer noch mit den Armen an den Pfahl gefesselt. Er hörte, wie Soldatenstiefel vor der Hütte herumstapften. Einer der Männer feuerte eine Salve in die Hütte.
Ein Stück von dem, was sein Bein war, wurde weggerissen.
Ein GI sagte: »Hast du etwas gehört?«
Mehr Schüsse. Er rollte sich ein. Etwas Heißes durchbohrte seine Hand und strich zwischen seinen Beinen hindurch. Er stöhnte nur schwach auf.
»Mann, das ist eine Falle. Halt den Flammenwerfer drauf.«
Seine Zunge gehorchte ihm nicht, und aus seiner Hose quoll Blut. Noch eine Gewehrsalve strich über ihn. Dann Stille. Ein Schatten erschien vor dem Eingang der Hütte. Eine Hand tastete nach seiner Erkennungsmarke. »Hol das Funkgerät. Wir haben hier einen Flieger gefunden. Der hat gerade eine Ladung Blei abgekriegt.« Eine Hand gab ihm einen derben Klaps auf die Wange. Ein schwarzes Gesicht neigte sich zu ihm herab, die Augen blutunterlaufen. »Junge, kratz mir bloß nicht ab – zum Abkratzen sind heute andere da.«

China Club
Hongkong
7. September 1999

Er würde es überleben. Ja, zum Teufel, Charlie hatte es sich fest vorgenommen, er würde auch das überleben – sein neuntes feierliches Bankett an ebenso vielen Abenden hier in China. Noch eine Schale Haifischflossensuppe, serviert von einer endlosen Reihe von Lakaien in roten Livreen, die dienstbeflissen vor der Seidentapete standen und so taten, als würden sie das selbstgefällige Geschwätz der Gäste, die sie bedienten, nicht verstehen. Außer den anderen *gweilos* – dem Asienvertreter von British Petroleum, einem schelmischen Deutschen von der Lufthansa und zwei jungen amerikanischen Managern von Kodak und Citigroup – saßen noch ein Dutzend Chinesen an dem mächtigen runden Mahagonitisch. Die meisten waren in den Fünfzigern und vertraten große global operierende Banken und Firmen: Bank of China, Hong Kong Telecom, Hang Seng Bank, China Motors – und keiner, das hatte Charlie bemerkt, ließ sich in die Karten schauen. Selbstverständlich war auch Charlie mit seinen achtundfünfzig Jahren klug genug, niemanden erkennen zu lassen, was er dachte, es sei denn, er wollte es. Das galt auch für Ellie. Am Telefon heute morgen – in New York war es Abend – hatte er sich ihr gegenüber bemüht, nicht allzu besorgt wegen Julia zu klingen. »Das wird schon klappen, Schatz«, hatte er beteuert, während sein Blick über die dunstige Silhouette des Hongkonger Hafens glitt, wo der dichte Verkehr von Tankern, Frachtern und

Kähnen Chinas Bemühungen belegte, im Welthandel mitzumischen: Exportiert wurde alles, vom Fotokopierer bis zu Baseballkappen, importiert ebenfalls alles, von der Ölraffinerie bis zu Kontaktlinsen. »Sie wird schwanger, da bin ich ganz sicher«, sagte er zu Ellie. In Wirklichkeit war er sich alles andere als sicher. Tatsächlich schien es so, als sei es für ihn leichter, eine Elektronikfabrik in Shanghai aus dem Boden zu stampfen, als für seine Tochter, ein Kind auszutragen.

»Wir sind hier als Freunde versammelt«, begann der chinesische Gastgeber, Mr. Ming, der Vizepräsident der Bank of Asia. Mr. Ming, der Charlie zweiundfünfzig Millionen US-Dollar Kredit für den Bau seiner Shanghaier Fabrik gewährt hatte, war beileibe kein Freund; die Beziehung zwischen ihnen konnte zutreffender als die zwischen Geldgeber und Kontraktabhängiger bezeichnet werden. Doch das war nicht anders zu erwarten, und deshalb lächelte Charlie wie die anderen Gäste, während der Banker, stehend und in makellosem Upper-class-Englisch ein oberflächliches, optimistisches und verschönertes Bild der Wirtschaft Südostchinas zeichnete, gegen das niemand, vor allem nicht die Ministerien in Peking, etwas einzuwenden gehabt hätte. Die chinesischen Vertreter nickten höflich zu Mr. Mings Ausführungen, tupften sich bisweilen den Mund mit ihren Servietten ab und lächelten vage. Selbstverständlich machten auch sie sich geheime Sorgen – je nachdem, ob sie Unternehmer waren (und Schifffahrtslinien, Grundstücksimperien oder Textilkonzerne aufgebaut hatten) oder Manager großer staatlicher oder privater Institutionen (und Milliarden Dollar, die ihnen nicht gehörten, verwalteten). Im stillen verachteten die Unternehmer die langweilige, risikoscheue Biederkeit der Manager, die ihrerseits die Bürde von Generationen von Vorgängern auf sich lasten fühlten. Zwar hatten die Manager nichts ex nihilo geschaffen, aber sie hatten Scheffel für Scheffel Gehorsamkeit zusammengetragen, um einen Riesen damit heranzuziehen. So wie sich Schößling und

uralter Baum voneinander unterscheiden, so hatten auch ihre mächtigen Konzerne, Baumriesen mit ausladenden Kronen, politische Stürme, Mißmanagement und lähmende Bürokratie überstanden. Und doch, so schien es Charlie, überwogen bei den Männern letztlich doch die Gemeinsamkeiten. Jeder hatte seit langem gelernt, bei Hausse (1997) zu verkaufen und bei Baisse (1998) zu kaufen, und damit hatten sie ein Vermögen angehäuft, das gar nicht mehr aufgezehrt werden konnte. Diese Reichtümer sorgten auch für die Ähnlichkeit ihrer Lebensstile: Jeder von ihnen besaß mehr Häuser, Gemälde und Rolls-Royces, als man überhaupt gleichzeitig bewundern und benutzen konnte. Jeder spielte passabel Golf oder Tennis; jeder hatte einen kanadischen oder britischen Paß erworben; jeder besaß eine Vierzig-Millionen-Dollar-Jacht oder Vierzig-Millionen-Dollar-Häuser oben auf Victoria's Peak oder Vierzig-Millionen-Dollar-Gattinnen. Wie die Superreichen der New Yorker East Side ließen sich die chinesischen Manager von den gleichen Ärzten behandeln, frequentierten die gleichen Antiquitätenhändler und suchten Rat bei den gleichen Feng-Shui-Gurus. Jeder hielt sich eine junge, schlanke Mätresse, sei sie Asiatin, Russin oder Deutsche, die er in einem Luxusapartment in Hongkong einquartiert hatte – und die sich nach ihnen den Mund leckte, wenn es von ihr verlangt wurde. Jeder verfügte über eine abhörsichere Telefonleitung zu einem der Ministerien in Peking oder spekulierte gegen den Hongkong-Dollar, während er sich gleichzeitig von dessen Stabilität überzeugt gab – kurz, jeder leistete sich jene kostspieligen Possen, von denen reiche Herren nicht lassen können.
Die Männer am Tisch verkörperten wie andere auch die Macht des Geldes, insbesondere des US-Dollar, des Euro und des Yen. Sie taten es gleichzeitig und waren alle gegen Schwankungen ebendieser Währungen abgesichert. Die Männer verkörperten das Geld, aber umgekehrt galt das nicht. Geld konnte jede beliebige Gestalt oder Farbe oder jedes politische Credo annehmen,

es konnte Feuer oder Stein oder Traum sein. Es konnte Armeen aufstellen oder Atome binden und ohne Rücksicht auf die Stimmungen der Sterblichen jederzeit kommen und gehen. Und just in dieser Nacht, so dachte Charlie, als er die elfenbeinernen Eßstäbchen sorgfältig auf den lackierten Teller legte und dem Lakaien mit einem Kopfnicken bedeutete, er könne abräumen, in dieser Nacht erkannte er deutlich, daß Geld zwar die Gestalt der Männer im Saal (ihn selbst eingeschlossen, mit seinen Schuhen, seinen Zahnfüllungen) angenommen hatte, aber dennoch in unterschiedlicher Dichte, Volumen und Helligkeit existierte. Charlies Vermögen, das sich zwischen dreißig und dreiunddreißig Millionen Dollar bewegte, war in dieser Runde nicht mehr als ein Nasenwasser. Nein, mein Herr, in diesem Bankettsaal stellten Geldsummen unterhalb von hundert Millionen Dollar eine *quantité négligeable* dar, und politische Bedeutung erhielten sie erst ab dem Fünffachen dieses Betrages. Geld fand hinsichtlich Dichte und Schwere seinen komprimiertesten Ausdruck in der Gestalt des schmalen kleines Mannes, der Charlie schräg gegenübersaß – Sir Henry Lai. Dieser war ein in Oxford erzogener Chinese, ein Mogul im chinesischen Wettgeschäft, Herr über eine ganze Flotte von Tragflügelbooten, Besitzer eines Dutzends von Hotels und der meisten Spielcasinos in Macao und Vietnam. Ein milliardenschwerer Mann.

Doch, so überlegte Charlie weiter, vielleicht irrte er sich auch. Er konnte sich eine Gestalt vorstellen, die Geld noch nicht angenommen hatte, obgleich eine ganze Menge dafür schon ausgegeben worden war, vielleicht hunderttausend Dollar alles in allem. Geld bewohnte wohl die Seele des cleveren chinesischen Geschäftsmannes ihm gegenüber, aber konnte es auch die Form von Charlies eigenem Enkelkind annehmen? Das war die Frage, die er am meisten fürchtete, diese Frage hatte ihn und Ellie nun schon seit Jahren geplagt, und auf sie würde er bald eine Antwort erhalten: In weniger als fünf Stunden würde Julia

ihnen endgültig mitteilen, ob sie in der Lage war, ein Kind zu bekommen.
Mit jedem Monatszyklus hatte sie eine neue Enttäuschung erleben müssen. Hunderte Male folgte auf die Hormongabe dic Aufnahme von Eizellen mit der Spritze, dann die Begutachtung der Eizellen, die Auswahl der geeigneten Eier, die Befruchtung der Eier (auf Video aufgezeichnet; wieder eine Nadel, die in ein Schälchen spritzt), die Einpflanzung der befruchteten Eier (ebenfalls auf Video dokumentiert, mit Hilfe eines Ultraschallgeräts) und schließlich die Erwartung: Wie würden sich die Eier entwickeln? Meine Eier, meine Eier, das war Julias trauriger Refrain. Sie hatte es sieben Jahre lang versucht. Daß ihre Eileiter blockiert waren, konnte an einem Intrauterinpessar liegen, das sie vor Jahren benutzt hatte. Auch eine Abtreibung, das wußte Charlie, konnte Ursache dieses Problems sein, aber er hatte sie nie danach gefragt, und seine Tochter hatte nie davon gesprochen. Nun sollte für Julia, eine Frau von fünfunddreißig Jahren, in deren Haar sich schon die ersten grauen Strähnen schlichen, das letzte Wort in dieser Angelegenheit gesprochen werden. Um elf Uhr vormittags, Manhattan Ortszeit, wollte sie in ihrer Anwaltskanzlei sitzen und das Ergebnis des letzten Versuchs einer In-vitro-Befruchtung erfahren. Ihr neunter. Drei mehr, als die Ärzte gewöhnlich unternehmen. Sieben mehr, als die Versicherung bezahlt. Fast schien es so, als ob sie es stellvertretend für alle anderen Familienmitglieder tat, nach dem, was mit Ben passiert war. Es war das Bemühen, neues Leben in die Familie zu bringen. Die gute Nachricht wäre, wenn eines der befruchteten Eier sich in Julias Gebärmutter eingenistet hätte. Die schlechte Nachricht, wenn keine Chance für eine Empfängnis mehr bestünde; dann wäre als nächstes eine Eispende oder eine Adoption in Erwägung zu ziehen. Wenn der Bescheid negativ lauten würde, dann, ja, dann hieße das etwas. Es hieße, daß seine einzige Tochter eine gebrochene Frau war und, mehr noch, daß er,

Charlie Ravich, genetisch betrachtet, am Ende angelangt war, daß seine eigenen Spermatozoen – von denen eines eine Generation zuvor seinen Weg in Ellies Ei gefunden hatte, um zu Charlies Tochter zu werden – nun auf Grund gelaufen waren, daß er selbst das Ende der Reise erreicht hatte. In gewisser Hinsicht hieß es auch, daß er schon tot war.
Und nun wurde wie zum Hohn auf seine Gedanken Fisch serviert, ein zwanzig Pfund schwerer kapitaler Brocken, samt Kopf, die Augenhöhlen mit Radieschen dekoriert, das offene Maul in makabrem Amüsement erstarrt. Der Oberkellner präsentierte den Fisch und trug ihn dann auf die Anrichte, wo ein anderer Kellner, ein funkelndes Besteck in der Hand, sich anschickte, ihn zu tranchieren. Charlie schaute auf seinen Teller. In China nahm er immer ab, ruiniert von Sojabohnenöl, gebackener Geflügelhaut und dem leberartigen Geruch von Schildkrötenfleisch. Immer wieder Entenzunge und Schweineohr und Fischlippe und andere höllisch kostspielige Gerichte. Und alle hatten sie diesen unheilschwangeren Geruch.
Dann kam das Tischgespräch, wie so oft in Shanghai und Peking, auf das Thema, wie ungerecht doch Amerika die Chinesen behandele. »Das Verhalten der amerikanischen Senatoren bleibt mir ein Rätsel«, sagte Sir Henry Lai mit seiner weichen, gepflegten Stimme. »Sie kommen zu uns herüber, reden mit uns und behaupten, sie verstünden, daß wir in China einfach nur wir selber sein wollen.« Er sagte dies alles in makellosem Englisch, aber selbstverständlich konnte er auch Mandarin- und Kantonchinesisch sowie einen Dialekt, den er als Kind mit seinen Eltern gesprochen hatte, die 1947 vor den heranrückenden Kommunisten aus Shanghai geflohen waren. Es hieß, Sir Henry Lai stehe in Verhandlungen mit Gaming Technologies, der großen amerikanischen Hotel- und Casinokette, die Anteile in Las Vegas, in den Spielcasinostädten am Mississippi und in Atlantic City besaß. Wußte Sir Henry, wann China den Bau von Spielcasinos nach

westlichem Muster auf seinem Territorium erlauben würde? Sicherlich kannte er all die hohen Tiere in Peking, und vielleicht war das schon Grund genug, daß die Aktien der GT im letzten Vierteljahr um siebzig Prozent in die Höhe geschnellt waren, nachdem Sir Henrys Interesse an der Firma publik geworden war. Oder lag es daran, daß GT eine elektronische Version von Mah-jongg, dem Wettspiel, dem mehrere hundert Millionen Chinesen frönten, auf den Markt gebracht hatte? Lai lächelte milde. Dann zog er die Brauen zusammen. »Die US-Senatoren sagen, ihnen gehe es nur darum, daß sich der internationale Handel ungehindert entfalten könne, und dann gehen sie zurück in den Kongreß, erheben die Faust und verleumden China. Stimmt das etwa nicht?«

Die anderen nickten scheinbar beifällig, ohne zu vergessen, was für eine Delikatesse sich gerade zwischen ihren Eßstäbchen befand.

»Einen Moment bitte, die Frage kann ich beantworten«, drängte sich der junge Mann von der Citigroup vor. »Mr. Lai, ich darf doch annehmen, daß wir hier offen reden können. Bedenken Sie, daß die amerikanischen Senatoren die Hosen gestrichen voll haben. Wenn sie im Senat an der Rednertribüne stehen, sagen sie Dinge, die nichts, absolut nichts zu bedeuten haben.«

»Ah, das ist für uns Chinesen schwer zu verstehen.« Sir Henry setzte eine finstere Miene auf. »Wir in China glauben an unsere Führer. Deshalb bekommen wir immer einen Schreck, wenn wir hören, wie amerikanische Senatoren über China herziehen.«

»Sie sind zu bescheiden uns gegenüber, Mr. Lai«, unterbrach ihn Charlie mit einem Lächeln. »Wir wissen – oder einige unter uns wissen –, daß Sie schon viele Male in den USA waren und viele US-Senatoren persönlich kennengelernt haben.« Ganz zu schweigen von einigen Dritte-Welt-Diktatoren, dachte er, sprach es aber nicht aus. Er machte eine kurze Pause, als sich Lai belustigt zeigte. Dann fuhr er fort: »Für die anderen aber, die noch nicht Mr. Lais tiefe Freundschaft mit amerikanischen Politikern kennen, möchte ich bestätigen, was mein Kollege zu meiner Rechten gesagt hat. Die Auftritte im amerikanischen Senat sind bloße Fensterreden. Sie sind für das amerikanische Publikum bestimmt –«

»Für das blutrünstige amerikanische Publikum, meinen Sie«, unterbrach ihn der Citigroup-Mensch, der, wie Charlie jetzt merkte, zuviel getrunken hatte. »Die alten Knaben im Senat wissen nur zu gut, daß die meisten Wähler China auf der Weltkarte gar nicht finden würden. Eine Schande, wie wenig die Amerikaner über China wissen.«

»Wir würden Ihren Landsleuten gerne Nachhilfe geben«, schlug Sir Henry Lai amüsiert vor. Offenbar wünschte er nicht, daß die Unterhaltung in dem schneidenden Ton weitergeführt wurde. Er ließ ein höfliches, kühles Lachen ertönen und schaute in die Runde. Sein Lachen fand bei den anderen ein Echo, und die Lage entspannte sich.

»Habe ich das richtig verstanden«, bellte der Deutsche von der Lufthansa, »daß die Amerikaner die chinesische Flotte binnen ein paar Tagen versenken könnten?«

Der Mann hätte es besser wissen sollen. »Das mag sein«, antwortete Charlie, »aber das spielt keine Rolle. Früher oder später wird die amerikanische Nation den Vorrang Chinas in dieser Hemisphäre anerkennen müssen, und –«

»Einen Augenblick!« unterbrach ihn Lai freundlich. »Sie sind, was die chinesische Flotte betrifft, einer Meinung mit Ihrem deutschen Freund?«

Die Frage appellierte direkt an das Nationalgefühl der anderen Chinesen am Tisch.

»Sie meinen, ob die USA die chinesische Flotte binnen Tagen versenken können?« wiederholte Charlie. »Ja, selbstverständlich.«

Sir Henry Lai lächelte. »Sie müssen sich in diesen Dingen auskennen, Mister« – er blickte auf das Namensschild vor dem Gedeck – »Mr. Ravich. Von der Firma Teknetrix, wie ich sehe. Was wissen Sie über Kriegführung?« fragte er. »Bitte, sagen Sie es mir, ich bin neugierig.«

Der chinesische Milliardär fixierte ihn mit erhobenen Augenbrauen, sein glattes, gepflegtes Gesicht war ein einziger Ausdruck der Überlegenheit. Wäre Charlie jünger oder wirklich beleidigt gewesen, hätte er wohl von den Jahren vor seiner Existenz als Geschäftsmann erzählt, doch er wußte, daß es im allgemeinen von Vorteil ist, nicht zu erkennen zu geben, daß man einen Vorteil hat. Und außerdem war die Unterhaltung bei Tisch ein bloßer Zeitvertreib: Lai war die chinesische Flotte völlig schnuppe; ihm ging es allein um die Frage, ob er bald für achthundert Millionen Dollar eine Beteiligung an GT erwerben sollte oder nicht – ob er in das Unternehmen einsteigen sollte, das den Markt beherrschte.

Aber Lai ließ nicht locker. »Was wissen Sie darüber?«

»Nur was ich in den Zeitungen gelesen habe«, antwortete Charlie bescheiden.

»Aha! Dachte ich es mir doch!« Lai lehnte sich lächelnd zurück und strich sich mit kleiner, fleischiger Hand über das schüttere Haar. »Er weiß es nicht aus eigener Erfahrung. Das ist eine gefährliche Sache, meine Herren. Die Leute sagen vieles über China und Amerika, ohne Wissen aus erster Hand zu haben –«

Und schon war die nächste Runde in der Konversation eingeläutet! Das gleiche Gespräch hatte er schon am Abend zuvor in Shanghai gehört, und er war nicht daran interessiert, schon wieder zu erfahren, wer welchen Prozentanteil des Containerumschlags im Hafen von Hongkong kontrollierte oder ob Shanghai bald Hongkong überflügeln werde und warum, oder wie die Zukunft des Privatkundengeschäfts in China aussehe oder welche Verhältnisse im Westen Chinas herrschten, wo Bauern noch in mittelalterlicher Fron lebten, oder wann ein dem Namen nach demokratisches Taiwan mit einem kommunistischen China wiedervereint werden könnte. Besonders aber langweilte ihn die Frage der Handelsbilanz zwischen China und den USA. Wozu darüber reden? Jeder im Saal, auch die servil dreinschauenden Lakaien, von denen die meisten wahrscheinlich am chinesischen Aktienmarkt spekulierten oder gestohlene Autoteile verschoben, wußte es doch! Jeder wußte, daß die Chinesen nach Belieben schalten und walten konnten. Die Welt gehörte ihnen – wenn nicht schon heute, dann morgen.

Zum Glück begannen nun die Rotlivrierten, Löffel aufzulegen und Tee und Kaffee anzubieten. Charlie entschuldigte sich und ging in Richtung Toiletten. Die Lakaien beobachteten ihn, nicht so sehr wegen seiner Größe – auch die Chinesen, das hatte Charlie bemerkt, wurden allmählich größer – als vielmehr wegen seines leicht hinkenden Ganges. Warum ging er so vorsichtig über den Teppich, wie jemand, der auseinandergenommen und dann nicht mehr ganz richtig wieder zusammengesetzt worden war? Nun, sollten sie doch gaffen. Es machte ihm nichts aus, denn schon lange hinkte er nicht mehr wirklich. Dazu waren zehn Jahre und acht Operationen nötig gewesen, darunter ein Eingriff am Rückenmark und ein künstliches Kniegelenk. Leider auch ein Pfusch. Und er hatte gemerkt, daß es für ihn besser war, wenn er sein Gewicht um die achtzig Kilo hielt. Wenn er diese Grenze überschritt, kehrten die alten Beschwerden in Rücken und Bein zurück und mit ihnen andere, alte seelische Schmerzen. Insgesamt war er sehr viel mehr an der großen weiten Zukunft als an seiner eigenen engen Vergangenheit interessiert. Diese Vergangenheit konnte seinetwegen zum Teufel gehen, was zählte, war die Zukunft.

Die Zukunft würde viel heiterer aussehen, wenn die Neuigkeit lautete, daß seine Tochter bald ein Kind bekommen würde. Bitte, lieber Gott, es ist nur eine kleine Gunst. Ein Ei, das sich in einer warmen rosa Gebärmutterwand einnistet. Er und Ellie hätten nach Ben noch ein weiteres Kind haben sollen, hätten wenigstens den Versuch machen sollen. Ellie war damals zweiundvierzig. Aber damals war der Schmerz zu groß, und jetzt war es zu spät. In der Herrentoilette, einem Sarkophag aus schwarz und silberglänzendem Marmor, saß ein alter chinesischer Diener, neben sich ein silbernes Tablett mit Haarspray, Kämmen, Bürsten, Zahnstochern und Atembonbons. Der Diener stand sogleich auf. Charlie nickte ihm zu, wählte die zweite Kabine und verriegelte die schwere Marmortür hinter sich. Die feingeäderten Marmorplatten von Tür und Seitenwänden reichten bis etwa dreißig Zentimeter unter die Decke. Der fotoelektrische Sensor über der Toilette hatte die Bewegungen des Benutzers erkannt und vorzeitig die Spülung ausgelöst. Charlie löste den Gürtel und ließ sich auf der Toilettenschüssel nieder, immer darauf bedacht, die rechte Rückenpartie zu schonen. Diese Seite bereitete ihm hartnäckige Schmerzen, er hatte sich sogar darauf verlegt, Golf wie ein Linkshänder zu spielen.

Dann, als er schon fertig war, hörte er, wie der alte Diener einen weiteren Mann begrüßte, aber diesmal in Kanton-Chinesisch.

»Guten Abend, der Herr.«

»Ja.«

Die Tür der Kabine neben Charlie wurde geöffnet und dann verriegelt. Der Mann rang nach Atem, als wäre er gelaufen. Das Geräusch von Hosen, die heruntergelassen werden, lautes Husten, ein seltsames, schwaches Plätschern und dann plötzlich das gedämpfte Geräusch eines Körpers, der gegen die Trennwand sinkt.

»Sir?« Der Diener klopfte gegen Charlies Tür. »Machen Sie Tür auf?«

Charlie schloß den Gürtel seiner Hose und entriegelte die Tür. Ein altes Männergesicht schaute zu ihm herein, mit weit aufgerissenen Augen und übelriechendem Atem.

»Nicht ich!« sagte Charlie. »Nebenan!«

»Keinen Schlüssel! Steigen da hinauf!« Der alte Diener zeigte auf die Lücke zwischen Trennwand und Decke, glitt an Charlie vorbei, stieg auf die Toilettenschüssel und streckte sich empor. Seine knochigen Hände klatschten hilflos gegen den kalten Marmor. Nun hörte man den Mann nebenan stöhnen und auf chinesisch um Hilfe bitten. Charlie schob den Diener beiseite und stieg selber auf die Toilettenschüssel. Mit ausgestrecktem Arm konnte er den Rand der Trennwand erreichen. Er holte tief Atem und versuchte, sich hochzuhieven. O Gott, wie schwach doch seine Arme geworden waren. Mit vor Anstrengung verzerrtem Gesicht konnte er sich bis an den Rand der Trennwand hochziehen. Ehe er hinüberschauen konnte, sackte er aber wieder nach unten.

»Gehen Sie!« befahl er dem Diener. »Holen Sie Hilfe, bringen Sie einen Schlüssel mit!«

Der Mann nebenan stöhnte weiter, sein röchelnder Atem verriet seinen Schmerz. Charlie zog sein Jackett aus und stieg nochmals auf die Toilettenschüssel. Diesmal sprang er genau in dem Augenblick nach oben, als er mit den Armen zog – ein alter Kindertrick –, ja und dann, eins und zwei, war er oben, brachte ein Bein über den Rand und hakte sich fest. Nun konnte er sehen, wie Sir Henry Lai zusammengesackt auf dem Boden lag, das rot angelaufene Gesicht zu einer Maske verzerrt, die herabgelassenen Hosen um die Knöchel; ein Urinfleck breitete sich auf den seidenen Boxershorts aus. Mit den Händen hatte er noch versucht, die Krawatte zu lösen. Die Halsadern waren auf Bleistiftdicke angeschwollen, die weit aufgerissenen Augen starrten von unten zur makellosen Toilettenschüssel hinauf, in die, wie Charlie von oben erkennen konnte, ein kleines silbernes Pillenetui gefallen war. Der Deckel war aufgegangen und weiße Pillen lagen verstreut im Wasser und lösten sich langsam auf.

»Halten Sie durch«, sagte Charlie angestrengt. »Halten Sie durch. Es kommt gleich Hilfe.« Er versuchte, sich durch die Öff-

nung zwischen Trennwand und Decke zu zwängen, vergeblich; der Kopf paßte durch, aber nicht Schultern und Rumpf. Sir Henry Lai hustete in Abständen, als ob er eine letzte geheime Botschaft mitteilen wollte, dann verkrampfte er sich und starrte mit schmerzverhangenem Blick gerade in Charlies Augen. Plötzlich riß er die Augen weit auf, und aus seinem Mund quoll eine rötliche Brühe aus unverdautem Shrimps-, Tauben- und Schildkrötenfleisch hervor, troff über beide Wangen und floß in die Luftröhre zurück. Sein Bewußtsein war schon zu weit eingetrübt, als daß er das Erbrochene aus den Lungen hätte husten können. Dann löste sich der Krampf in seinen Händen – er starb gleichzeitig an Herzversagen und an Erstickung.
Der Toilettenwärter kehrte mit zwei Lakaien und Sir Henrys Leibwächter zurück. Sie schlugen mit etwas Schwerem gegen die Kabinentür und brachen den Marmor. Der feingeäderte Stein brach in Stücke, einige fielen auf Sir Henrys Schuhe. Charlie blickte ihm ins Gesicht. Henry Lai war tot.
Die Männer drangen in die Kabine ein, und Charlie wußte, daß er jetzt nicht mehr gebraucht wurde. Er ließ sich wieder auf den Boden gleiten, hob sein Jackett auf und verließ den Toilettenraum, vor dem er einen Menschenauflauf erwartete. Ein Lakai eilte mit einem Tablett lachsroter Rosen vorüber. Offenbar wußten die bei Tisch versammelten Geschäftsleute nicht, was geschehen war.
Mr. Ming sah ihn wieder eintreten.
»Ich muß Sie leider verlassen«, entschuldigte sich Charlie höflich.
Mr. Ming erhob sich, um ihm zum Abschied die Hand zu geben. »Ich erwarte noch heute abend einen wichtigen Anruf von meiner Tochter.«
»Hoffentlich gute Nachrichten.«
Banker liebten nur gute Nachrichten. »Vielleicht. Sie wollte mir mitteilen, ob sie schwanger ist.«

»Ich hoffe, daß sich ihr Kinderwunsch erfüllt.« Mr. Ming lächelte mit Zähnen so weiß wie Ellies Östrogenpillen.
Charlie nickte ihm herzlich zu. »Und wir werden zusammen eine tolle Fabrik bauen. Bis Ende des Jahres sollte die Produktion anlaufen.«
»Wir sind in zwei Wochen zum Lunch in New York verabredet, nicht wahr?«
»Auf jeden Fall«, bestätigte Charlie. Jetzt kam es auf jede Minute an.
Mr. Ming neigte sich näher und flüsterte: »Und Sie werden mir alles über den Quad-Port-Transformer erzählen, den Sie gerade entwickeln?«
Damit meinte er wohl sein geheimes Datenübertragungsgerät, mit dem er die Konkurrenz ausstechen wollte. Nein. »Ja.« Charlie setzte eine Maske glatter Freundlichkeit auf. »Das Geschäft ist gebongt.«
»Ausgezeichnet«, sagte Mr. Ming. »Einen guten Flug.«
Die Treppe führte in mehreren Windungen an rückwärtig beleuchteten Vitrinen mit Jadedrachen, Korallenschiffen und allerlei anderem Nippes nach unten. Er eilte an Tiffanyglas und Mahagonipaneelen vorüber. Nicht rennen, schärfte sich Charlie ein, nur keine Eile zeigen. Dennoch hatte er seine Garderobenmarke schon in der Hand, ehe er die letzte Stufe erreicht hatte. In London, das sieben Stunden hinter Hongkong zurück war, wurde an der Börse noch gehandelt. Er zeigte der Garderobenfrau seinen Mantel und betrat den Lift. Dreizehn Stockwerke tiefer winkte er am Ausgang dem ersten Taxi, das draußen wartete. Die hintere Wagentür ging automatisch auf, und er stieg ein.
»FCC.«
»Foreign Correspondent's Club?«
»Genau.«
Das war der einzige Club in Hongkong, wo man auch nachts Zugang zu einer Bloomberg-Box hatte – diesem magischen elektro-

nischen Gerät, das auf seinem Bildschirm zu jeder Zeit rund um den Globus jeden Aktien- oder Anleihewert in jedem Markt anzeigte. Er holte sein Handy hervor und rief seine Börsenmaklerin in London an. Er hatte sein Aktienkonto dorthin verlegt, damit er gleichzeitig am asiatischen, europäischen und amerikanischen Markt operieren konnte.

»Jane, hier ist Charlie Ravich«, sagte er, als sie sich meldete. »Ich möchte eine massive Verkaufsoption tätigen. Stoßen Sie alles ab.«

»Das ist eigentlich nicht Ihre Art, Charlie.«

»Das hier ist ganz und gar einmalig. Verkaufen Sie all meine Microsoft-Anteile zum Marktpreis, verkaufen Sie alle Ford, Merck und Lucent, alles von der Hong Kong Shanghai Bank. Bitte jetzt gleich, ehe London schließt.«

»Gut, nur noch einmal für das Band: Sie weisen uns also an, achttausend Aktien von –«

»Ja, ja, das ist meine Absicht«, stieß er für die automatische Tonbandaufnahme hastig hervor. »Aber rasch.«

Jane verließ einen Augenblick das Telefon, sie beauftragte wohl einen anderen Makler, die Order auszuführen. »Klingelingeling, da bin ich wieder«, meldete sie sich erneut. »Nun schießen Sie los.«

»Das Geschäft hat ein Volumen von 1,07 Millionen«, erklärte er. »Ich kaufe Puts auf Aktien von Gaming Technologies, diese Spielcasinogruppe. Ein amerikanisches Unternehmen, das aber an der Londoner Börse notiert wird.«

»Ja.« Ihre Stimme verriet nun Interesse. »Ja, gut.«

»Wie viele Puts auf GT-Aktien kann ich damit erwerben?«

Sie rief ihren Angestellten etwas zu. »Warten Sie einen Augenblick …« Dann erneut: »Ja? Sehr gut. Ich habe Ihr Konto auf dem Bildschirm. Alle Aktien werden flüssig gemacht. Wir verkaufen sie am Markt und warten auf – ja. Die Verkäufe werden schon angezeigt …« Er hörte Tastengeklicker. »Wir haben … eine Million siebzigtausend US-Dollar, plus Wechselkursspanne. Jetzt also, die Gaming-Technologies-Aktie hat einen Stückpreis von sechsundsechzig –«

»Fällt der Preis?«

»Nein, nein, beim letzten Handel vor zwei Minuten stand er ein Achtel höher.«

»Wie viele Puts kann ich für 1,07 Millionen Dollar kaufen?«

»Oh, eine ziemlich große Menge, würde ich sagen, Charlie.«

»Wie viele?«

»Rund … 1,6 Millionen Aktien.«

»Das ist wirklich viel.«

»Wollen Sie die Spekulation absichern?« fragte sie.

»Nein.«

»Wirklich nicht?«

»Die Aktie wird fallen.«

»Wenn Sie es sagen.«

»Kaufen Sie die Puts, Jane.«

»Ich bin schon dabei, Charlie, bitte. Der Kurs ist stabil. Timothy? Ja, nimm das hier …«, sagte sie zu einem Angestellten. »Gib mir Puts auf GT zum Marktpreis. Ja, sofort. Bleiben Sie dran, Charlie. 1,6 Millionen Volumen. Ja. Ich gebe meine Erlaubnis.«

Die Leitung war für einen Augenblick still.

»Sind Sie sich ganz sicher, Charlie?«

»Das ist ein todsicheres Geschäft, Jane.«

»Das ist das größte Risiko, das Sie jemals eingegangen sind, Charlie.«

»Oh, Jane, bei weitem nicht.«

Draußen glitt neben seinem Taxi ein roter Rolls-Royce vorbei. Aus dem Nummernschild ging hervor, daß es sich bei dem Besitzer um einen Offizier der Volksbefreiungsarmee handelte. So etwas gab es jetzt in Hongkong. Armee-Angehörige – roh, gefährlich und schlau, wie sie waren – kamen durch Korruption zu Reichtum. »Haben Sie es?« fragte Charlie.

»Noch nicht ganz. Werden Sie mir das Spiel erklären, Charlie?«
»Wenn der Kauf getätigt ist, Jane.«
»Wir erhalten die Bestätigung in ein, zwei Minuten.«
Ein Ende im Scheißhaus, dachte Charlie. Kann jedem passieren. Elvis Presley ist es nicht besser ergangen, wenn man's genau nimmt.
»Charlie?«
»Ja.«
»Wir haben Ihre Puts. 1,6 Millionen GT-Aktien zum Preis von sechsundsechzig.« Wieder hörte er Tasten klickern.
»Erklären Sie es mir nun?« quengelte Jane.
»Mache ich«, sagte Charlie. »Lesen Sie mir nur noch die Bestätigung für das Band vor.«
Während sie den Preis und das Ordervolumen wiederholte, schaute er aus dem Fenster, um zu sehen, wie nahe das Taxi inzwischen dem FCC war. Zum erstenmal war er dort 1970 gewesen, auf Urlaub. Damals war der Club voll von betrunkenen Zeitungs- und Fernsehjournalisten, CIA-Beamten, Angehörigen des militärischen Geheimdienstes, pensionierten britischen Admirälen, die unter den Einheimischen lebten und in ihren eigenen Clubs nicht mehr wohlgelitten waren, verrückten Texanern, die Geschäfte mit dem Krieg machten, und einsamen Ex-Patrioten, die sich nach Unterhaltung sehnten. Seither hatte sich das übrige Hongkong radikal verändert: Es war aufgebaut und wieder abgerissen und erneut aufgebaut worden, nur das in einer Seitenstraße liegende FCC war gleichgeblieben.
»Ich möchte nur die Uhren vergleichen«, sagte Charlie zu Jane, als sie fertig war. »Hier in Hongkong ist es ein paar Minuten nach 21 Uhr an einem Dienstag. Wie spät habt ihr es in London?«
»Kurz nach 14 Uhr.«
»Die Londoner Börse ist noch gut eine Stunde auf?«
»Ja«, bestätigte Jane.
»New York öffnet in einer halben Stunde.«

»Ja.«
»Ich kann das Marktgeschehen von hier aus verfolgen, Jane.«
»Ja.«
»Aber ich muß Sie bitten, in Ihrem Büro zu bleiben und New York für mich zu bedienen.«
Sie tat einen Seufzer. »Ich sollte eigentlich meinen Sohn von der Schule abholen.«
»Brauchen Sie ein Auto, ein neues, meine ich?«
»Jeder kann ein neues Auto gebrauchen.«
»Bleiben Sie nur ein paar Stunden länger da, Jane. Dann können Sie sich morgen vormittag einen Mercedes aussuchen und ihn mir in Rechnung stellen.«
»Sie sind ein Charmeur, Charlie.«
»Ich meine das ernst. Der Betrag geht von meinem Konto ab.«
»Na schön, aber werden Sie mir jetzt bitte erklären …«
Aber selbstverständlich würde er, nicht nur, damit sie einen Einblick in die Operation erhielt, sondern auch, weil er die Information bewußt ausstreuen wollte. »Sir Henry Lai ist vor kurzem gestorben. Keine fünfzehn Minuten ist es her.«
»Sir Henry Lai …«
»Der milliardenschwere Casino-Tycoon aus Macao, der in Verhandlungen mit GT stand –«
»Ja, Ja!« rief Jane. »Sind Sie sich sicher?«
»Ja.«
»Das ist kein bloßes Gerücht?«
»Jane. Sie reden mit Charlie Ravich.«
»Wie haben Sie es erfahren?«
»Jane, trauen Sie dem alten Charlie nicht mehr?«
»Bitte, Charlie, noch ist Zeit für mich, auch noch ein bißchen zu partizipieren.«
»Ich habe es mit meinen eigenen Augen –«
»Oh, Scheiße, Scheiße!«
»– gesehen, Jane. Gerade vor mir ist es passiert.«

»Der Preis fällt! Oh, schon vierundsechzig«, rief sie enttäuscht. »Auf und davon. Neunzigtausend Aktien. Jemand anderes muß Wind davon bekommen haben! Dreiundsechzig und – Charlie, o Gott, Sie sind ihm vielleicht knapp eine Minute zuvorgekommen.«

Er sagte, er werde sie später anrufen. Dann stieg er langsam, um seinen Rücken zu schonen, aus dem Taxi und ging in den Club. Der Angestellte am Eingang nickte ihm nur kurz zu, hier ging es ungezwungen zu. Den ganzen Tag über kamen Leute auf einen Drink in die große Bar, einem rechteckigen Raum mit vielen berühmten Schwarzweißfotos von AP und UPI über Asien: Mao in Peking, das nackte vietnamesische Mädchen, das geradewegs in die Kamera läuft, im Hintergrund ihr vom Napalm brennendes Dorf, der sitzende buddhistische Mönch, der sich aus Protest selbst anzündet, Nixon an der Großen Mauer. Mehrere Dutzend Gäste, Männer und Frauen, saßen rauchend und trinkend an der Bar, darunter viele amerikanische und britische Journalisten, auch einheimische Geschäftsleute, die sich schon seit langem dem Alkohol ergeben hatten, ausgebrannt und verloren waren oder einfach im Leben aufgegeben hatten.

Er bestellte sich einen Whisky und setzte sich vor eine Bloomberg-Box, wo er eine Weile probierte, bis er das richtige Menü für den Aktienhandel an der Londoner Börse auf den Bildschirm bekam. Er hatte Millionen verdient, und die New Yorker Börse hatte noch nicht einmal eröffnet. Was wissen Sie über den Krieg? Sagen Sie es mir bitte, ich bin neugierig. Ha! Die großen amerikanischen Teilhaber an GT und, mehr noch, ihre Analysten und Marktbeobachter, meistens junge Schnösel in den Dreißigern, banden sich jetzt noch die Schnürsenkel, warfen einen letzten selbstverliebten Blick in den Spiegel und überflogen die New York Times. Bald würden sie sich Kaffee in einem koreanischen Lebensmittelladen kaufen, der Dame am Empfang hallo sagen und sich dann vor ihren Bildschirm setzen. Alles verlorene

Minuten! Wenn sie dann erfuhren, daß Sir Henry Lai im China Club in Hongkong um 20.45 Uhr Ortszeit an Herzversagen gestorben war, dürfte ihr erster Gedanke sein, so hoffte Charlie zumindest, daß jedes mögliche Geschäft mit GT, da Lai einem asiatischen Familienunternehmen vorgestanden und nach Patriarchenart alles selbst entschieden hatte, für absehbare Zeit kein Thema mehr war. Dann würden sie den Preis der GT-Aktien, der auch nach Charlies Londoner Geschäft noch absurd hoch lag, neu festlegen und ihn purzeln lassen.
So konnte es gehen. Er bestellte sich noch einen Whisky, dann rief er Jane an.
»GT ist um fast fünf Punkte gefallen«, verkündete sie sofort. »New York hat gerade eröffnet.«
»Aber ich kann noch keine Panik erkennen. Wo bleibt denn der Großverkauf?«
»Den werden Sie hier nicht sehen, nicht beim Öffnen der New Yorker Börse. Die Leute glauben, New York wird kaufen, ehe die Nachricht durchgedrungen ist. Ich bleibe jetzt an meinem Platz.
»Ausgezeichnet, Jane. Vielen Dank.«
»Nein, ich habe zu danken.«
»Warum?«
»Ich bin selber in den Handel bei vierundsechzig eingestiegen und bei einundsechzig wieder ausgestiegen. Damit habe ich heute nachmittag ein hübsches Sümmchen verdient, Charlie.«
»Warum sind Sie nicht dringeblieben?« fragte er. »Ich bin sicher, daß der Kurs noch weiter fällt.«
»Vielleicht, ich habe eben nicht Ihre Nerven.«
»Jane. Sie denken wohl, der gute alte Charlie wird diesmal im Bach landen, ich kann das aus Ihrer Stimme heraushören.«
»Nein, Charlie, bestimmt nicht. Rufen Sie mich an, wenn Sie abstoßen wollen.«
Er beendete die Verbindung und schaute auf den Bildschirm. Der

Echtzeit-Kurs von GT lag jetzt bei neunundfünfzig Dollar pro Aktie. Noch immer keine Meldung, weder von Reuters noch von Bloomberg.
Er ging an die Bar zurück und schob sich an ein paar Journalisten vorbei. »Noch einen Whisky?« fragte der Barmann, der vielleicht die Narbe an Charlies Hand bemerkte.
»Ja, einen doppelten«, sagte er laut und vernehmlich. »Ich kann es brauchen. Ich habe gerade etwas Schlimmes erlebt.«
»Oh, das tut mir leid.« Der Barmann blickte gar nicht auf.
»Ja«, seufzte Charlie und nickte nachdenklich. »Sir Henry Lai ist heute nacht gestorben. Herzversagen im China Club. Eine scheußliche Sache.« Er schob einen Hongkonger Hundertdollarschein über den Tresen. Gleich mehrere Journalisten schauten zu ihm herüber.
»Entschuldigen Sie«, fragte einer von ihnen, ein großer Engländer mit einer widerspenstigen roten Mähne. »Habe ich richtig gehört, Sir Henry Lai ist tot?«
Charlie nickte. »Ist noch keine Stunde her. War schlimm anzusehen. Ich stand zufällig ganz in der Nähe, im China Club.« Er nahm einen Schluck Whisky. »Entschuldigen Sie mich bitte.«
Er kehrte an die Bloomberg-Box zurück. Der Engländer war inzwischen zu einem Münztelefon gegangen, das sich in einer Ecke befand. Die New Yorker Börse, das Spielcasino der ganzen Welt, hatte vor einer Minute den Aktienhandel eröffnet. Er wartete. Drei, vier, fünf Minuten. Und dann kam endlich, worauf er gewartet hatte, Sir Henry Lais Epitaph: Der Preis der GT-Aktien schrumpfte, während ihr Volumen rasant zunahm – eine halbe Million Aktien, Preis achtundfünfzig, sechsundfünfzig Dollar, zwei Millionen Aktien, Preis fünfundfünfzigeinhalb. Er verfolgte gebannt den Handel. Vier Millionen Aktien waren es jetzt. Die Aktie würde in den Keller gehen und dann wieder hochschnellen. Er wollte warten, bis sich das Volumenwachstum verlangsamte. Bei fünfundfünfzig und ein Viertel zog er sein Handy aus

der Tasche und rief Jane an. Bei fünfundfünfzig und sieben Achtel kaufte er die Aktien zurück, auf die er für sechsundsechzig eine Option erworben hatte. Das bedeutete einen Gewinn von mehr als zehn Dollar pro Aktie. Ein großer Batzen, sechzehn Millionen vor Steuern. Viel Geld, echtes Geld.
Der Whisky tat seine Wirkung. Er hatte jetzt das bestimmte Gefühl, in Kürze betrunken zu sein.

Es war fast elf Uhr, als er ins Hotel zurückkam; das Gebäude leuchtete hell in der Nacht. Vom Swimmingpool im vierzehnten Stock wehten Stimmen und leise Musik in die neblige Luft hinaus. Der indische Portier, ein Relikt aus der Zeit des British Empire, nickte ihm zur Begrüßung zu. In der geräumigen Hotelhalle ließ ein Klavierspieler ein paar Melodien erklingen, die Charlie melancholisch stimmten. Er setzte sich in einen Sessel mit Blick auf den Hafen. Überall war reger Schiffsverkehr, Hunderte von Kähnen, Frachtern und Dschunken durchfurchten die Gewässer, und weiter draußen gab es die Supertanker. Weiter im Osten erstreckte sich der neue Flughafen – man hatte die Pisten im Meer aufgeschüttet und dafür Tiefwasser-Schwimmbagger aus der halben Welt hergeholt. Auch das war Geschichte. Er schaute den Schiffen zu, die über die dunklen Fluten glitten, doch man hätte auch sagen können, er sinne über das einundzwanzigste Jahrhundert nach und über seine Landsleute, die keine Jobs in den Fabriken fanden. Die armen Teufel hatten keine Ahnung, was da auf sie zukam, keinen Schimmer. China war ein Riese, eine gewaltige, wimmelnde Menschenmasse. Schon jetzt baute es Flugzeugträger, und es kaufte Taiwan auf. Krisen in den westlichen Finanzmärkten quittierte es mit einem Achselzucken. Wechselkursschwankungen, Inflation, Deflation, Volatilität – nichts davon war von Bedeutung verglichen mit der Tatsache, daß China achthundertfünfzig Millionen Bürger unter fünfunddreißig Jahren hatte. Und die wollten all das, was Amerikaner heutzutage für selbstverständlich hielten, einschließlich des Rechts, jeder anderen Nation auf die Zehen zu treten. Außerdem waren die Chinesen tüchtig: Sie verlegten Glasfaserkabel in ihren Stadtzentren, sie rissen Shanghai nieder, eine Vierzehn-Millionen-Metropole, und bauten sie neu auf. Die Zentralregierung hatte Millarden von Dollars dafür bereitgestellt und ließ ganze Stadtviertel niederwalzen, die dem Fortschritt im Weg standen. Wem das nicht gefiel und es auch laut sagte, der wurde von chauvinistischen Behördenvertretern für einen Monat an eine Tür gefesselt, mit einem Loch zum Durchscheißen. Die Chinesen wußten nur zu gut, daß Amerika keinen Finger rühren würde. Zuviel Geld stand auf dem Spiel, das konnte er hier sehen: die Schiffe auf dem Weg nach Norden, der Epochenwechsel.

Aber, ha! Die Sache hatte auch etwas Tröstliches! Er lehnte sich zurück, setzte seine Lesebrille auf und löste seine kleine Rechenaufgabe auf einer Hotelserviette. Nach Abzug von Maklercourtage und Steuern hatte ihm die Börsenspekulation an diesem Abend fast acht Millionen Dollar netto eingebracht – eine Summe, die grotesk anmutete, weniger wegen ihrer Größe, als wegen der Leichtigkeit und Rasanz, mit der er sie erworben hatte – zwei Telefonanrufe hatten gereicht –, und wegen der Verhöhung jeglicher menschlicher Mühe und Arbeit. Die heutige Welt war tatsächlich grotesk. Er hatte nichts weiter getan, als das auszunutzen, was Wirtschaftstheoretiker eine Ineffizienz des Marktes nannten und was jeder Zeitungsleser unter dem Begriff Insiderhandel kannte. Aber wenn er schon ein Ghul, ein leichenfressender Dämon, war, der Dollar aus Sir Henry Lais besudeltem Mund sog, dann sollte das Geld wenigstens einem guten Zweck dienen. Er wollte es für Julias Kind anlegen. Damit konnten Kleidung und Schulgeld, Kinderarztrechnungen und dergleichen mehr bezahlt werden, kurz, das Geld würde für ein ganzes Leben reichen. Er erinnerte sich, daß sein Vater früher der Werkstatt der Verkehrspolizei von Minnesota abgefahrene Autoreifen für einen

Dollar fünfzig abgekauft hatte. Damals, 1956, gab es noch keine stahlverstärkten Gürtelreifen. *Charlie, mein Junge, jetzt zeige ich dir mal, wie man einen gerissenen Keilriemen wieder repariert. Kann ganz schön nützlich sein, wenn man irgendwo unterwegs ist und plötzlich …* Er hatte 1967 seinem Vater eine F-105 gezeigt und ihm gesagt, die NASA würde in ein paar Jahren auf dem Mond landen. Sein Vater hatte das nie geglaubt. Er hatte seinem Vater auch erzählt, er habe 1970 bei Testflügen einen kleinen atomaren Sprengkopf in der Maschine mitgeführt. Auch das hatte sein Vater nie geglaubt. Man überschreitet Zeitgrenzen, und wenn einem die Menschen dabei nicht folgen, dann verliert man sie. Jetzt lebte er in einer Epoche, in der achtundfünfzigjährige amerikanische Geschäftsleute acht Millionen Dollar netto einheimsen konnten, bloß weil sie einem Mann beim Ersticken zugeschaut hatten. Sein Vater hätte das nicht verstanden, und vermutlich würde auch Ellie es nicht verstehen. Nicht wirklich. In letzter Zeit stimmte irgend etwas nicht mit ihr. Sie entwickelte sich in eine andere Richtung. Vielleicht war es wegen Julia, vielleicht aber auch nicht. Sie wirkte besorgt und reizbar, lag ihm ständig mit Seniorenresidenzen in den Ohren und beklagte sich, daß er zuviel unterwegs sei. Sie schien auch zerstreut. Sie kaufte teures Gemüse, das sie dann im Kühlschrank vergammeln ließ, sie wechselte ständig die Haarfarbe, sie nahm versehentlich Charlies Blutdrucktabletten, sie legte den Telefonhörer nicht richtig auf. Er wollte Geduld mit ihr haben, aber es gelang ihm nicht. Sie machte ihn noch wahnsinnig.

Er saß eine Stunde lang in der Hotelhalle, las jeden Artikel der *International Herald Tribune* und aß einen Schokoladenkuchen. Er fragte sich, wie wohl Mr. Ming von dem Quad-Port-Transformer erfahren haben konnte. Die Fabrik, die Ming finanzierte, sollte anfangs die vorhandene Modellreihe der Datenübertragungsprodukte der Firma Teknetrix herstellen, nicht den Q4. Immerhin war es möglich, daß ein Firmenvertreter mit dem Q4 geprahlt hatte oder daß Leute aus der Entwicklungsabteilung bei einem Kongreß Informationen preisgegeben hatten. Sein Hauptkonkurrent, Manila Telecom, wußte wahrscheinlich über die Entwicklung des neuen Modells Bescheid, so wie Charlies Firma über die Produktentwicklung des Konkurrenten im Bilde war.

Doch das kümmerte ihn jetzt nicht, Julia war wichtiger. Er schaute auf die Uhr, und gegen Mitternacht entschloß er sich, nicht auf ihren Anruf zu warten. Er holte sein Handy hervor und wählte die Nummer ihres Büros in Manhattan.

»Hier ist Dad«, begann er, nachdem die Sekretärin ihn weitergeleitet hatte, »sag mir, Schatz …«

»Oh, Dad …«

»Ja?«

Stille. Und dann hörte er sie weinen.

»Schon gut, ich verstehe«, flüsterte er und schloß die Augen.

Sie nahm sich zusammen. »Es geht wieder. Ich bin okay. Man braucht nicht um jeden Preis Kinder, um ein erfülltes Leben zu haben. Ich muß mir das selbst immer wieder sagen. Draußen ist ein schöner Tag. Ich schaffe das schon. Mach dir um mich keine Sorgen.«

»Sag mir, was die Ärzte meinen.«

»Sie sagen, daß ich wahrscheinlich nie eigene Kinder haben werde. Wahrscheinlich ist das unmöglich, die Chancen stehen … Ich habe das Brian noch gar nicht gesagt, ich sitze hier nur und – ich kann mich nicht auf meine Arbeit konzentrieren oder denken oder sonst irgend etwas. Ich weiß nur, daß ich nie ein eigenes Baby in den Armen halten werde, niemals.«

»Oh, Schatz.«

»Wir dachten wirklich, diesmal würde es klappen. Weißt du, ich habe fest dran geglaubt. Man hat jetzt neue Techniken zur Manipulation des Eis entwickelt; wie man es am besten dazu bringt, an

der Gebärmutterwand anzuwachsen. Es heißt, das erhöhe die Erfolgschancen.«
Beide schwiegen eine Weile. Er rieb geistesabwesend die Narbe an seiner Hand.
»Irgendwie erwartet man, daß die Technik die Lösung zu allem ist«, fuhr Julia nachdenklich fort. »Das ist so etwas wie die letzte Zuflucht. Wissenschaftler haben es geschafft, eine Dreiundsechzigjährige noch einmal gebären zu lassen. Das ist der aktuelle Rekord. Sie können Sperma aus dem Körper eines toten Mannes entnehmen. Sie können Menschen klonen. All das ist heutzutage möglich, aber was sie nicht können ...« Sie brach ab.
Er hatte einen anstrengenden Tag hinter sich, und nun versuchte er, sich zu erinnern, was Julia ihm früher über Eileiter und Hormonspiegel erklärt hatte. »Schatz«, fragte er behutsam, »es liegt aber nicht eigentlich an den Eiern, oder?«
»Unter anderem sind auch meine Eier ziemlich kümmerlich. Du meinst, ob wir nicht ein Ei von mir einer anderen Frau implantieren könnten, ist es das?«
»Nein, nein – das heißt, vielleicht schon«, seufzte er. Der Gedanke war ihm zuwider.
»Die Ärzte sagen, daß es nicht funktionieren würde. Die Eier sind nicht sehr lebensfähig. Eine Frau kann ein Jahr oder länger behandelt werden, und dann klappt es doch nicht, bloß wegen der Eier.«
»Und deine Eileiter –«
Sie lachte bitter. »Dad, die könnten mir ohne weiteres das perfekte Ei einer Achtzehnjährigen in den Bauch pflanzen. Aber meine Gebärmutterwand ist zu dünn. Die Eier würden nicht haftenbleiben.«
»Aha.«
»Ich bin unfruchtbar, Dad. Ich verstehe jetzt, was dieses Wort bedeutet. Ich kann kein Kind austragen, weder mein eigenes noch das einer anderen.«

Er beobachtete die Positionslichter eines Tankers, der draußen auf dem öligen Wasser vorüberglitt.
Sag jetzt etwas Vernünftiges, dachte er. »Julia, ich weiß, es ist noch zu früh, um über Adoption zu reden, aber es gibt so viele kleine –«
»Brian will nichts davon wissen. Wenigstens sagt er das«, schluchzte sie.
»Warte doch mal, Schatz«, sagte Charlie, als er die Verzweiflung in ihrer Stimme hörte, »Brian hat doch – ein Kind zu adoptieren ist –«
»Nein, nein, und nochmals nein. Brian will kein Baby aus Guatemala oder Litauen oder wer weiß woher. Er will kein anderes Baby als sein eigenes. Es geht um seinen verdammten Penis. Wenn es nicht aus seinem Penis stammt, dann ist es Mist.«
Die Ansicht ihres Ehemanns leuchtete ihm ein, aber das durfte er jetzt nicht sagen. »Julia, ich bin sicher, Brian –«
»Vor ein oder zwei Jahren, da hätte ich noch ein Baby adoptiert. Aber seither habe ich diesen ganzen Scheiß durchgemacht, Hormonbehandlung, zig Spritzen, und Ärzte, die mir seinetwegen Zeug hineinschieben. Ich habe das neunmal durchgestanden, neunmal habe ich mich zur Labornutte machen lassen, Dad. Öfter als jede andere Frau in New York! Und jetzt sind all die Jahre für nichts und wieder nichts … Oh, entschuldige Dad, ich habe einen Kunden. Wir reden weiter, wenn du nach Hause kommst. Ich habe eine Menge Anrufe, die auf mich warten. Mach's gut.«
Er hörte es in der Leitung knacken, dann kam das Freizeichen, dann auf chinesisch die Aufforderung aufzulegen. Sein Flug ging morgen früh um acht Uhr, New York war siebzehn Stunden entfernt, und wie immer sehnte er sich nach Hause, aber andererseits auch nicht, denn sobald er dort ankam, würde er China vermissen. Das Land fesselte ihn, ließ ihn wie ein wiederkehrender Traum oder wie ein Wechselfieber einfach nicht mehr los. Es

zeigte ihm neue Möglichkeiten auf, flüsterte ihm Ideen ein, die er nicht hören wollte. Wie diese acht Millionen Dollar. Es war völlig legal und doch auch etwas wie Schmuggelgut. Wenn er wollte, würde Ellie nie von diesem Geld erfahren; die Auszüge über sein Bank- und Aktienkonto verwaltete seine Sekretärin Karen, und Ellie begnügte sich damit, jeden April eilig die Steuererklärung zu unterschreiben. Schon lange interessierte sie sich nicht mehr für seine Finanzakrobatik, solange genug Geld für die üblichen Ausgaben vorhanden war: zu Weihnachten belgische Schokolade für den Fahrstuhlführer, zweimal in der Woche frische Blumen, das Landhaus mit Swimmingpool in der Toskana. Doch wie der unerwartete grelle Schein eines Blitzes warf der frisch gewonnene Spekulationsgewinn plötzlich Licht auf gewisse Fragen, die sich schon seit geraumer Zeit in sein Bewußtsein drängten. Er war schon lange reich gewesen, aber nun hatte er plötzlich genug Geld, um ein Spiel mit dem Schicksal zu wagen. Hatte er auf diesen Augenblick gewartet? Ja, gewartet, bis er von Julia endgültig Bescheid erhalten hatte, gewartet, bis kein Zweifel mehr möglich war.

Er rief Martha Wainwright an, die Anwältin seines Vertrauens. »Martha, ich habe mich entschlossen, es zu machen«, sagte er, als sie sich am Telefon meldete.

»Um Gottes willen, Charlie, sag das nicht.«

»Doch. Ich habe gerade etwas Spielgeld bei einer Börsenspekulation gewonnen. Das macht das Ganze sehr viel einfacher.«

»Tu es nicht, Charlie.«

»Ich habe eben Nachricht von meiner Tochter bekommen, Martha. Wenn sie Kinder bekommen könnte, wäre es anders.«

»Das ist doch Schwachsinn, Charlie, männlicher Schwachsinn.«

»Ist das deine Meinung als Anwältin oder dein politisches Credo?« Sie war hartgesotten, die gute Martha.

»Ich diskutiere das mit dir, wenn du zurückkommst.«

»Schön, das erwarte ich auch. Bis dahin setz bitte die Anzeige in die Zeitschriften und such die nötigen Unterlagen zusammen.«

»Du mußt doch einen Sparren haben, so etwas zu tun.«

»Wir sehen die Dinge eben jeder auf seine Weise, Martha.«

»Ja, weil du testosteronabhängig bist.«

»Das sind die meisten Männer. Deswegen sind wir ja solche Schweine.«

»Hast du Erektionsprobleme, Charlie? Ist es deswegen?«

»Da liegst du bei mir falsch, Martha. Mein Schwanz ist wie ein alter Hund.«

»Das heißt, er schläft die meiste Zeit?«

»Langsam, aber zuverlässig«, log er. »Kommt, wenn man ihn ruft.«

Sie seufzte. »Warum darf ich dir nicht ein paar Stripperinnen schicken, die dir auf die Pelle rücken? Das wäre unendlich viel billiger.«

»Darum geht es hier nicht, Martha.«

»Oh, Charlie.«

»Mir ist es ernst, wirklich.«

»Ellie wird fürchterlich gekränkt sein.«

»Sie braucht nichts davon zu erfahren.«

»Sie wird dahinterkommen, glaub mir. Frauen riechen so was.« Marthas Stimme klang besorgt. »Sie wird merken, daß du irgendwas im Schilde führst, und dann kriegt sie heraus, daß du über eine Annonce nach einer Frau suchst, die dir dein Kind austrägt. Und wenn sie das erfährt, dann rastet sie aus, Charlie.«

»Nicht, wenn du deine Arbeit gut machst.«

»Hast du wirklich solche Angst vor dem Tod?«

»Nicht vor dem Tod, Martha, vor dem Vergessenwerden. Vergessen zu werden ist das, was ich einfach nicht ertrage.«

»Du hast das eigentlich nicht nötig, Charlie.«

»Setz doch einfach mal die Anzeige in die Zeitung.«

Er legte auf. In ein paar Tagen würde die Anzeige auf den

hinteren Seiten der New Yorker Wochenzeitungen erscheinen, ein diskreter Textkasten in der Rubrik Persönliches, worin erläutert wurde, was er suchte und wieviel er dafür zahlen würde. Martha sollte mit der Vorauswahl der Kandidatinnen beginnen. Er selbst mußte sie sich dann anschauen. Schließlich wußte man nicht, wer da auf einen wartete.

Danach saß er ruhig in seinem Sessel und beobachtete die Schiffe draußen: ein bedrückter, aber wohlhabender amerikanischer Geschäftsmann mit ergrautem, gepflegtem Haar und einem immer noch ansehnlichen Körper, auch wenn ein paar Stahlnägel und Schrauben in den Knochen saßen. Eine von den nicht zu konservativ gekleideten eurasischen Prostituierten, die mit einem Longdrink in der Hand durch die Halle wanderten und dabei die Körpersprache der internationalen männlichen Hotelklientel beobachteten, hatte ein Auge auf ihn geworfen. Vielleicht, weil sie einen willkommenen Kummer in dem still dasitzenden Herrn vermutete, steuerte sie auf ihn zu, neigte sich zu ihm und fragte leise, ob er Gesellschaft wünsche. Doch er winkte ab – obwohl, wie sie wohl bemerkte, nicht ohne eine gewisse Dankbarkeit, nicht ohne ein rasches, hungriges Aufblitzen in den Augen – und schaute weiter still zum Fenster hinaus. Wer ihn jetzt von weitem beobachtet hätte, hätte wohl nicht vermutet, daß hier ein Mann saß, der zugesehen hatte, wie ein Mensch starb, oder der Millionengewinne durch Börsenspekulationen machte oder der seinen Bankier anlog oder sich darüber grämte, daß sein Fleisch und Blut die Zeiten nicht überdauern würde. Eher hätte man denken können, daß hier jemand ganz privat dem Rest des Jahrhunderts zutoastete und sich fragte, welche Offenbarungen es wohl noch bereithalte.

Frauengefängnis
Bedford Hills, New York
7. September 1999

Man male einen azurblauen Himmel, etwa in der Farbe eines Rotkehlcheneis oder eines Kinderluftballons, dann rahme man das Ganze mit einem zwölf Meter hohen doppelten Maschendrahtzaun ein, darüber anderthalb Meter hoher Stacheldraht. An den Ecken des Komplexes plaziere man je einen Wachturm, in dem ein grau uniformierter Wächter sitzt, seine AR-15-Maschinenpistole schußbereit (Feuerleistung: zweihundert Schuß pro Minute, Schußweite: dreihundert Meter). Nun richte man den Blick fort von dieser stahlschimmernden Umrahmung über einen Rasenplatz bis hin zu einer Ansammlung von Backsteingebäuden, von denen einige, wie das Krankenhaus, hundert Jahre alt sein dürften. Sie sind alle in schäbigem Zustand – Farbe blättert von den Fensterrahmen ab, Ziegel müßten neu befestigt werden, Gehwege sind aufgerissen. Man schaue an den Frauen in Grün vorbei, die Wäschewagen in den Westflügel der psychiatrischen Abteilung schieben, wo noch mehr Frauen in Grün, teils paranoid, teils depressiv, teils kriminell veranlagt, vor dem Fernseher sitzen und, eine Nebenwirkung der medikamentösen Behandlung, sich ständig hin- und herwiegen. Von dort muß der Blick noch weiterwandern, vorbei an dem Gebäude mit den engen Schlafzellen (deren Wände mit ausgeschnittenen Illustriertenfotos, Briefen von daheim, Andenken an Kinder und Familie dekoriert sind) zu einer Abteilung, deren Insassen gegensätzlicher nicht sein könnten. Im obersten Stockwerk befinden sich die Zellen für die zum Tode Verurteilten. Daß auch Frauen ein solches Schicksal erwartet, ist einem Wahlversprechen des zuletzt gewählten Gouverneurs des Staates New York zu verdanken. Im darunterliegenden Stockwerk ist die aus sechzehn Zimmern bestehende, makellos saubere Entbindungsstation für Frauen untergebracht, die entweder schon schwanger ins Gefängnis gekommen sind oder auf Freigängen von ihren Gatten geschwängert wurden (was, obgleich gegen die Regeln, immer wieder vorkommt). Manchmal wurden sie aber auch (weniger häufig, aber auch nicht gänzlich unbekannt) bei einer willentlich eingegangenen Sexualbeziehung mit dem männlichen Wachpersonal schwanger. Letzteres bringt für die Frauen, außer dem Erwerb von Zigaretten, Drogen, zusätzlichem Essen und Kosmetik, auch eine willkommene, von keinen Gefühlen befrachtete Abwechslung zu den Sexualbeziehungen mit anderen Frauen (diese Form des Körperkontaktes ist im Gefängnis leicht zu haben; alle wissen, daß die Zellen voll sind mit Frauen, die sich küssen und liebkosen und es auf jede nur erdenkliche Weise miteinander treiben). Dann erreicht man die kleinen Einzelzimmer, in denen die Mütter mit ihren Neugeborenen liegen. Hier lernen sie, wie ihre eigenen Mütter vor ihnen, ihre Babys zu stillen und zu hätscheln und in den Schlaf zu singen. Der Korridor draußen ist düster, aber makellos.

Hier, an einem schwülwarmen Nachmittag im Sommer hielt eine schlanke Frau von siebenundzwanzig Jahren, die mit einem Mop das Linoleum bohnerte, in ihrer Arbeit inne und horchte, den Blick über die Schulter gerichtet. Die schwarzen Haare hingen ihr, zu einem festen Zopf geflochten, den Rücken hinunter. Sie war nicht eigentlich hübsch, vielmehr war da etwas Ruhiges, Kompliziertes in ihrem Wesen. Ja, da war etwas an Christina Welles, an das man sich nachher erinnerte, vielleicht ihre Wachsamkeit, ihre stille Konzentration, die auf einen Intellekt hindeutete, der es nicht nötig hatte, sich anderen mitzuteilen, aber gefährlich werden konnte, wenn er es tat. Oder war es der traurige Zug, der in ihrem Gesicht lag, wenn sie vielleicht den Blick senkte, eine Traurigkeit, die in ihr war, aber die sie lieber verbarg. Aber wahrscheinlich war es nichts von alledem. Was man auf keinen Fall sah, war ein Gesicht, das um Aufmerksamkeit bat oder zum Gespräch einlud. Ihre braunen Augen blickten einen von der Seite an, ehe sie entschied, ob sie einen mochte oder nicht, und obgleich ihr Lächeln ziemlich maliziös war, zeigte sie es selten. Sie wünschte sich, offener und großzügiger zu sein, und zählte ihr Mißtrauen zu den Dingen, die sie an sich selbst nicht mochte. Ich rede nicht genug, sagte sie zu sich selber, außer wenn ich wütend oder verliebt bin, und dann rede ich zuviel. Dann sage ich einfach alles.

Jetzt, wo sie stillstand und horchte, bekam sie jenes Ritual mit, das jedesmal stattfand, wenn eine Frau mit ihrem Neugeborenen eine Zeitlang auf der Säuglingsstation des Gefängnisses verbracht hatte. Das Ritual war wider alle menschliche Natur, und doch wirkte es in seinem bürokratisch geregelten Ablauf an diesem Ort ganz normal. Man nahm also wieder einer Mutter ihr Baby weg. Ich will das nicht sehen, dachte Christina, während sie die Fingernägel in den Stiel des Mops preßte. Dennoch blieb sie ganz in der Nähe des Wöchnerinnenzimmers stehen, so daß sie das Baby sehen konnte. Es war ein Junge, Nushawn mit Namen, und seine Mutter Shannelle hielt ihn zum letzten Mal in den Armen. Die Leiterin der Entbindungsstation, eine freundliche Frau in den Vierzigern, stand auch dabei, ebenso die Verwandte, die sich um Nushawn kümmern würde, bis die Mutter wieder in Freiheit kam – das heißt erst in einigen Jahren. Wie lange, fragte sich Christina, wie lange würde man Shannelle wohl ihr Baby umarmen lassen? Die Antwort lautete in jedem Fall, nicht lange genug. Shannelle verging vor Kummer um Nushawn, der unschuldig nach der gelben Spange in ihrem Haar tapste. Shannelle

war schwanger nach Bedford Hills gekommen. Zusammen mit ihrer Schwester war sie eines Abends ausgegangen, um sich Süßigkeiten zu kaufen. Auf dem Weg hatten zwei Männer sie gefragt, ob sie wüßten, wo ein gewisser Soundso wohne. Die Mädchen, die ahnten, worum es ging, hatten wohl auf eine Belohnung für ihren Tip spekuliert und die Männer zu der nur einen Häuserblock entfernten Adresse gebracht. Als sie dort anklopften, war die Polizei schon da und hatte gerade die Mieter wegen Herstellung und Verkauf von Crack festgenommen. Die beiden Mädchen bekamen unterschiedliche Anwälte, die eine einen Realisten, die andere einen Idealisten. Shannelle bekam den Idealisten, einen frischgebackenen Harvard-Absolventen. Ihre Schwester war einverstanden, sich schuldig zu bekennen, vermied damit das Gerichtsverfahren und erhielt ein Jahr Haft. Shannelles Anwalt überzeugte sie davon, daß er eine glänzende Verteidigung aufbauen würde, wenn sie ihm erlaubte, ihren Fall vor Gericht durchzufechten. Es war das erste Mal, daß ein weißer, akademisch gebildeter Mann sich so um sie bemüht hatte, und so stimmte sie verunsichert dem Angebot zu. Die Geschworenen erkannten binnen vierzig Minuten auf schuldig, worauf der Richter sie widerwillig nach den neuen harten Rockefeller-Antidrogengesetzen verurteilte: Sie bekam drei Jahre.
»So«, seufzte die Leiterin und gab damit das Zeichen für die Trennung. Shannelle drückte ihren Sohn an sich und schaute mit tränenerfüllten Augen auf. »Das überlebe ich nicht«, stöhnte sie. »Ich kann es nicht.« Dennoch nahm man ihr das Baby behutsam weg und legte es der wartenden Verwandten in die Arme.
Guck weg, ermahnte sich Christina. Sie wischte mit ihrem Mop genau dort entlang, wo sie schon tags zuvor das Linoleum gewischt hatte. Die Wochen und Monate zehrten an ihr, vergingen immer langsamer statt schneller. Was anfangs unerträglich schien, damit hatte sie zu leben gelernt, und was belanglos schien, war jetzt nicht mehr zu verkraften. Die Jahre schleppten

sich wie Jahrzehnte dahin; die Zeit ruinierte sie langsam, so wie sie auch die anderen Frauen ruinierte, sie mutlos und krank, fett und schlaff machte, sie dahinwelken ließ, indem sie ihnen ihre Hoffnung, ihre Kinder und ihre Zähne nahm. Es würde noch drei Jahre dauern, bis ihr Fall vor den Ausschuß kam, der entscheiden sollte, ob sie auf Bewährung freikam. Vier Jahre hatte sie hinter sich, drei Jahre vor sich. Sicherlich, sieben Jahre Haft waren nur die Mindeststrafe für Mittäterschaft bei Hehlerei. Die Höchststrafe waren fünfundzwanzig Jahre. Wer sich schlecht aufführte, dessen Haft wurde verlängert – so einfach war das. Und fast jede andere Gefangene, die die Mindesthaftgrenze erreicht hatte, kam ins Gefängnis zurück und wußte von der Ungerechtigkeit des Ausschusses zu berichten. Deshalb versuchte man, sich still und unauffällig zu benehmen, um keine Eintragungen in die Akte zu riskieren. Ja, dachte sie grimmig, hier bin ich, still und unauffällig. Das treffende Wort war eigentlich machtlos – seit vier Jahren schon war sie machtlos, hatte versucht, sich an all die verdammten Regeln zu halten, vergebens. Sie spürte keine Reue. Sie hatte sich nicht »gebessert«. Es war absurd, daß sie im Gefängnis gelandet war. Wenn sie die Zeit hätte zurückstellen können, hätte sie nicht mehr diese Dummheit begangen, die sie ins Gefängnis gebracht hatte. Sie hätte vor dem letzten Coup aussteigen sollen, hätte Tony Verducci und Rick sagen sollen, daß sie mit ihnen fertig war, dann wäre alles anders gelaufen. Das zu wissen war freilich jetzt kein Trost. Sie mußte etwas tun, mußte sich selbst finden. Sie war bereit, dafür die Bestrafung hinzunehmen. Vielleicht wollte sie sogar bestraft werden. Sie wollte irgend etwas. Einen Urintestbecher. Sie wollte einen von diesen kleinen Pappbechern, die in der Entbindungsstation benutzt wurden, innen beschichtet, damit keine Flüssigkeit austreten konnte. Genau so einen Becher brauchte sie. Seit zwei Wochen ging ihr der Gedanke im Kopf herum. Wenn sie ihn so verwendete, wie sie es plante, würde die Vergeltung seitens der Wärter nicht ausbleiben. Sie

versetzten einem Schläge unter der Dusche oder verwüsteten einem die Bude, und das bedeutete in ihrem Fall, daß sie ihre Bücher, das einzige, woran ihr lag, beschlagnahmen oder zerreißen würden. Was soll's, die können mich mal. Viel wichtiger war die Frage, ob sie ihre bedingte Haftentlassung verscherzen würde, wenn man sie erwischte. Wenn sie es sich genau überlegte, mußte sie zu dem Schluß kommen, daß sie tatsächlich ein Risiko einging. Doch die Frage blieb theoretisch. Dagegen war das Problem mit Mazy äußerst dringend. Übrigens hatte sich Christina gut geführt, sie hatte sich nicht an Kämpfen beteiligt, hatte jeden Fortbildungskurs mitgemacht, war in die Anstaltsbibliothek gegangen, so kümmerlich der Bücherbestand auch war, und sich ganz allgemein mit jedem vertragen. Aber jetzt gab es dieses Problem mit Mazy, die wegen dieses blöden Soft T. ein paar Monate Isolationshaft riskierte. Für nichts. Das heißt nein, nicht für nichts. Mazy wollte dem Wärter nicht geben, was er wollte. Mazy hatte drei Kinder, die ihre Mutter seit vier Monaten nicht gesehen hatten, und wenn sie vor dem Besuchstermin nächste Woche in Isolationshaft kam, dann, ja dann würden alle darunter leiden, und wer weiß, was die verrückte Mazy womöglich anstellen würde. Vor Jahren hatte sie einen Selbstmordversuch unternommen, doch nicht das befürchtete Christina, vielmehr hatte sie Angst, daß Mazy in Iso-Haft gehen und völlig verdreht herauskommen würde. Dann würde sie nämlich bestimmt überall anecken und wegen wirklich schwerer Sachen wieder in Iso-Haft gehen müssen, und wahrscheinlich für lange Zeit.
Das konnte Christina nicht zulassen. Sie verstanden sich gut, sie und Mazy. Sie war stärker als Mazy, zumindest nach außen hin. Aber wenn sie beieinanderlagen, Christinas Kopf auf Mazys dunklen, welken Brüsten, dazu das Dreieck aus Schwangerschaftsstreifen, dann war sie im Frieden mit sich selbst. Sie konnte ruhig daliegen und den Duft von Talkumpuder unter Mazys Achseln und zwischen ihren Beinen riechen. Mazy verstand sie. Schlaf

nur, Baby. Mazy war zu gut für diesen schrecklichen Ort, zu gut für fast alles in der Welt, deswegen hatte sie so vieles einstecken müssen. Sie wünschte sich nur, zu lieben und geliebt zu werden, und einmal hatte sie sogar Christina gestanden, sie wünsche sich, Babys und Kinder durch Handauflegen heilen zu können. Daß sie das nicht konnte, bereitete ihr wirklichen Kummer.

Im Korridor begegnete Christina Kathy Boudin, einer alten Revolutionärin aus der Vietnam-Ära, die 1981 zusammen mit anderen einen Geldtransporter überfallen hatte. Boudin war inzwischen eine charaktervoll aussehende ältere Dame, die das Organisieren und Agitieren nicht lassen konnte. Jetzt trat sie für Gefängnisinsassinnen mit Aids ein. Vor vielen Jahren hatten einige Sympathisanten versucht, ihr mit einem Lkw, den sie vor den Maschendrahtzaun gefahren hatten, zur Flucht aus Bedford Hills zu verhelfen. Die meisten anderen Frauen waren jedoch wegen weit weniger exotischen Vergehen hier, wegen Drogendelikten oder tätlichen Angriffen. Ein hoher Prozentsatz verbüßte eine Haftstrafe wegen Mordes – fast immer am Ehemann oder Partner. Manchmal auch an den eigenen Kindern. Man fragte nie direkt, was der andere getan hatte, doch es sprach sich herum. Viele der neunhundert einsitzenden Frauen kannten sich aus der Stadt, und zu den Insassen gehörten manchmal auch Schwestern und Cousinen. Es war sogar ein Fall bekannt, in dem Großmutter, Tochter und Enkelin zur gleichen Zeit einsaßen.

Nun war Christina mit ihrem Mop an der Küche der Entbindungsstation angelangt, wo Dora Plastikfläschchen auswusch.

»Hallo, da bin ich«, sagte Christina leise. »Hast du ihn gekriegt?«

Dora, eine übergewichtige Frau in den Fünfzigern, schaute auf. »Nein, Miss Metzger hat den Schrank abgeschlossen.«

»Ich hole ihn dann selbst.«

»Oh, tu das nicht, Schätzchen«, flüsterte Dora. Sie hatte lebenslänglich bekommen, weil sie einen Fernsehapparat auf den Kopf ihres schlafenden Gatten hatte fallen lassen und ihn dann angezündet hatte. Sie hatte erlebt, wie Dutzende junger Frauen sich während ihrer Haftzeit allen möglichen Ärger eingebrockt hatten.

»Jeder andere würde auch sagen, daß du Ärger kriegst, wenn du das tust«, warnte Dora. »Wenn sie dich dabei erwischen, ist das ein Delikt dritten Grades. Dafür wanderst du in Iso-Haft, wo keiner auf dich aufpassen kann, Mädchen. Wie willste da Bücher lesen? Und schlafen und dir ein bißchen die Beine vertreten kannst du da auch nicht.«

»Soft T. steckt Mazy in Iso-Haft«, sagte Christina.

»Das ist nicht sicher.«

»Doch, ich bin mir ganz sicher. Er hat ihr das schon mehrmals angedroht, und er weiß, daß ihre Kinder sie besuchen kommen. Er hat sie unter Druck gesetzt. Ihre ganze Familie kommt nächsten Samstag zu Besuch.«

»Ich weiß«, sagte Dora. »Trotzdem, das ist zu gefährlich.«

»Ruf Miss Metzger für mich.«

»Oh, ich glaube nicht, daß –«

»Tu's einfach, Dora.«

Die übergewichtige Frau schlurfte den Korridor hinunter. Christina stand neben der Tür zum Lagerraum, wo der gesamte Vorrat der Entbindungsstation untergebracht war: Da gab es Wegwerfwindeln bis zur Decke, ganze Regale voller Schnuller, Schachteln mit Cremes gegen Wundsein, Milchpumpen und andere Utensilien, einschließlich der Urintestbecher.

»Christina?« hörte man es mürrisch aus dem Korridor rufen, gefolgt von obligatem Schlüsselklirren. Es war Miss Metzger, die stellvertretende Leiterin der Station, eine etwas schleimige vierzigjährige Frau mit roten Locken, die, soweit Christina das beurteilen konnte, zuviel Zeit mit ihrem Papierkram zubrachte und sich zuwenig um die Babypflege kümmerte. »Dora sagt, da gebe es ein Problem mit dem Lagerbestand.«

»Ich habe früher schon bemerkt, daß der Windelvorrat nicht reicht«, sagte Christina.
»Hm, das glaube ich eigentlich nicht«, versetzte Miss Metzger mit freundlicher Herablassung und mit der ganzen Überheblichkeit, die ihr ordinäres Make-up, ihr drittklassiges Säuglingsschwesterexamen und ihr feiner Sinn in der Wahl gesunden Schuhwerks ihr erlaubten. »Wir sind erst vor ein paar Tagen beliefert worden.« Sie legte die Hand auf die Türklinke, wie um ihr Territorium zu verteidigen.
Die sieht aus, als hätte sie gerade versucht, mit ihrem Lippenstift zu bumsen, dachte Christina. »Also, ich kann es Ihnen zeigen, ja?«
»Vielleicht sollten Sie erst mal den Korridor fertigbohnern.«
»Mache ich noch, aber zuerst möchte ich es Ihnen zeigen.«
Miss Metzger öffnete die Tür des Lagerraums und trat beiseite. Christina war schon oft hiergewesen. Sie warf einen Blick auf den Windelvorrat, sah die zwei vorhandenen Größen und zählte die Packungen.
»Ich würde sagen, da stimmt alles«, sagte Miss Metzger.
Christina seufzte. »Wir haben acht Babys auf der Station, jetzt, wo Nushawn nicht mehr da ist, oder?«
»Ja.«
»Und ich habe gehört, daß am Samstag zwei dazukommen.«
Miss Metzger nickte. »So ist es.«
»Bis zur nächsten Windellieferung sind es 27 Tage?«
»Tja, da muß ich erst mal nachschauen.« Miss Metzger holte einen Taschenkalender hervor, der mit Terminen und Anmerkungen vollgekritzelt war. »Ja, in 27 Tagen. Also ich finde«, und dabei zeigte sie mit ausladender Geste auf die Wand von aufgetürmten Windelpackungen, »wir haben wirklich genug.«
»Nein, Miss Metzger, das finde ich gar nicht.«
Die Frau runzelte die Stirn. »Wieso?«
»Nun, jedes Baby braucht etwa sieben Windeln pro Tag«,

begann Christina vorzurechnen. Sie trat in den Lagerraum und sah gleich in Kopfhöhe die Urintestbecher auf dem Regal stehen. »Im Durchschnitt läuft es auf diese Zahl hinaus. Sieben Windeln pro Tag multipliziert mit 27 macht 189 pro Baby bis zur nächsten Lieferung. Für die acht Babys sind das 1512, die für 27 Tage reichen.«

Christina legte eine Pause ein. Daß ihre Rechnung stimmte, wußte sie, sie stimmte immer.

Miss Metzger setzte eine gewichtige Miene auf. »Ich folge Ihnen.«

»Aber in zwei Tagen kommen zwei Babys hinzu, und selbst wenn jedes ein paar Windeln mitbringt, brauchen Sie Windeln für 24 Tage mal sieben und das mal zwei, das macht 336. 1512 plus 336 macht 1848. In der Riesenpackung Windeln für Neugeborene sind jeweils 32 Stück. Um den voraussichtlichen Bedarf zu decken, brauchen Sie 57 Packungen der Größe ›Neugeborene‹. Ich zähle aber nur 54.«

Miss Metzger schaute ungläubig auf die Wand von Windeln.

»Doch es wird noch komplizierter. Drei der Babys sind fast drei Monate alt. In, sagen wir, zwei Wochen, werden sie die nächstgrößere Windelgröße brauchen. Bei zu engen Windeln werden die Babys sonst wund. Also braucht man für diese Babys drei mal sieben Windeln täglich mal 13 Tage, das macht 273 Windeln der Größe ›small‹. Wie ich sehe, sind acht Packungen dieser Größe vorhanden, jede enthält 28 Stück. Acht mal 28 macht 224. Wenn die drei Babys in zwei Wochen größere Windeln brauchen, fehlen Ihnen 49 von der kleinen Größe.«

Miss Metzger trat näher an den Windelvorrat und blieb einen Augenblick gedankenversunken stehen, und genau in dem Moment griff sich Christina einen Urintestbecher.

»Wenn Sie aber mehr von den Windeln Größe ›small‹ bestellen, können Sie die 273 Windeln vom ursprünglichen Bedarf von 1848 Windeln Größe ›Neugeborene‹ abziehen, bleiben 1575.

Diese Zahl dividiert durch 32, die Anzahl pro Packung, ergibt 49,2 Packungen Größe ›Neugeborene‹. Vorhanden sind 54. Wenn Sie also Größe ›small‹ nachbestellen, können Sie sicher sein, daß der Vorrat an Windeln Größe ›Neugeborene‹ reicht.«

»Ah ja«, sagte Miss Metzger unsicher.

»Wenn Sie aber keine Windeln Größe ›small‹ nachbestellen, dann müssen Sie die Größe ›Neugeborene‹ für alle Babys und für den ganzen Zeitraum verwenden. Wenn dann die neuen Babys dazukommen, reicht der Vorrat nicht. Rechnen wir mal: Sie haben 54 Packungen, brauchen aber 58. Das sind vier mal 32, macht 128. Bei zehn Babys – von denen vermutlich drei wund sind, wegen der nun zu engen Windeln – mal sieben Windeln pro Tag« – Christina schaute auf ihre Armbanduhr und erinnerte sich an das Problem mit Soft T. – »70 Windeln in 24 Stunden ... Und es fehlen 128 Windeln ... Jetzt haben wir frühen Nachmittag, dann ist der Vorrat irgendwann am Morgen des sechsundzwanzigsten Tages aufgebraucht. Einen Tag bevor die nächste Lieferung kommt.«

»Oh.«

»Selbstverständlich könnte man die Windeln auch rationieren, Miss Metzger. Aber dazu müßten Sie alle Mütter dazu bewegen, nicht mehr als sechs pro Tag zu verwenden, genauer gesagt, 13 in einem Zeitraum von zwei Tagen. Aber wenn sich die Frauen verzählen oder schummeln oder am Morgen zu schläfrig sind, um sich zu erinnern, wie oft sie ihr Baby gewickelt haben, könnte es immer noch passieren, daß in 27 Tagen zehn Babys zwölf bis fünfzehn Stunden lang ohne frische Windeln auskommen müssen. So oder so wird es knapp. Und dabei haben wir bisher vorausgesetzt, daß kein Kind Durchfall bekommt. Sie können die Windeln auch so erfolgreich rationieren, daß Ihnen gerade zum Zeitpunkt, wenn der Lieferwagen eintrifft, die Windeln ausgehen. Aber auch da ist ein Problem.«

»So, welches denn?« fragte Miss Metzger besorgt.

»Ich habe beobachtet, daß der Wagen zwischen zehn Uhr morgens und zwei Uhr mittags eintrifft, ohne daß man sagen könnte, woran es genau liegt …«

»Ach ja?« unterbrach Miss Metzger.

»Lassen Sie mich die Sache zu Ende bringen.«

»Dem steht nichts entgegen.«

»Das meine ich auch.« Christina nahm den Mop in die andere Hand. »Nun kommt es vor, daß der Wagen auch Stöße Papierservietten für den Saal liefert, wo man uns etwas auftischt, was angeblich zum Essen gedacht ist. Die Papierservietten werden alle sechs Wochen geliefert. Das weiß ich, weil ich in der Küche gearbeitet habe. Der Turnus überschneidet sich mit jeder dritten Windellieferung. Derselbe Lieferant, derselbe Lkw, derselbe Fahrer. Manchmal werden Papierservietten, manchmal Windeln, manchmal beides zur gleichen Zeit geliefert. Nun liegt die Laderampe der Küche näher am Haupttor als wir hier in der Entbindungsstation, deshalb wird dort zuerst abgeladen. Entsprechend wird auch der Lkw beladen – die Servietten kommen hinten rein, weil sie als erste abgeladen werden. Der Fahrer des Lkws ist Puertoricaner und quatscht gern mit Luis, dem Burschen aus der Küche. Sie reden über kubanische Baseballspieler, über die besten Diskotheken in der Stadt und darüber, wie pervers ihre Tussen sind – übrigens, Miss Metzger, sind Sie auch pervers?«

»Pervers?« Die sorgfältig nachgezogenen Augenbrauen der Frau hoben sich argwöhnisch. »Manchmal schon.«

»Oh, Miss Metzger, ich auch!« rief Christina. »Oder ich war es früher zumindest. Ich war sogar ziemlich pervers. Und wissen Sie, warum?«

»Sagen Sie es ruhig, wenn Sie müssen«, seufzte Miss Metzger.

Christina beugte sich zu ihr hin. »Es gefiel mir nämlich.« Dann richtete sie sich auf. »Na jedenfalls, diese Experten auf der Laderampe lieben ›intellektuelle‹ Diskussionen wie alle diese Typen, die keine Ahnung haben, wie wichtig Windeln sind. Zu den zwanzig Minuten, die man für das Abladen von Papierservietten im Schneckentempo berechnen muß, kommen mindestens dreißig Minuten über *chinga las putas* und andere gelehrte Ausführungen, also insgesamt mindestens fünfzig Minuten. Fazit, Miss Metzger, selbst wenn Sie die Windeln exakt rationieren würden und Ihnen der Vorrat gerade an dem Tag, dem siebenundzwanzigsten von heute ab gerechnet, ausgehen würde, dann hieße das: Bei durchschnittlich einer Windel alle drei Stunden, wenn die Babys wach sind, wären nach Adam Riese bei zehn Babys für die zusätzlichen fünfzig Minuten drei extra Windeln nötig. Das bedeutet, drei nasse Babypopos, die unweigerlich wund werden, während die beiden Machos herumsitzen und Däumchen drehen.«

»Haben Sie das gerade jetzt ausgerechnet?«

»Ich bin gestern hier vorbeigekommen und habe den Windelvorrat da drinnen gesehen. Das sticht einem sofort ins Auge.«

»Oh«, sagte Miss Metzger mit wieder erstarkendem Selbstbewußtsein. »Sicher wäre uns das früher oder später auch aufgefallen.«

Vielleicht, dachte Christina eine Minute später, sehr wahrscheinlich aber nicht. Sie beeilte sich, zum Gefängniskrankenhaus zu kommen. Sie hatte nicht viel Zeit; keine fünfzehn Minuten. Im Krankenhaus wartete weitere Putzarbeit auf sie, überflüssig wie alles übrige auch. Zum Glück ging sie gern mit Besen und Mop um, es beruhigte sie. Vor der Anstaltsapotheke warteten Frauen auf ihre tägliche Dosis AZT, Methadon, Prozac oder was sie sonst brauchten, um am Leben zu bleiben. In der Iso-Haft brachten sie einem die Medizin in die Zelle, sofern sie es nicht vergaßen. Dort ging es nur um eines: bestrafen. In der Zelle gab es nur ein Feldbett und eine Decke, mehr nicht – es waren Betonzellen, Zookäfige. Kein Fortschritt im Strafvollzug verglichen mit Anstalten im London des achtzehnten Jahrhunderts, von den sanitären Anlagen einmal abgesehen. Täglich dreiundzwanzig Stunden in der Zelle, eine Stunde draußen. Kein Fernsehen, kein Kochen, keine Bücher, kein Besuch, keine Musik, keine Arbeit. Nichts als leere Zeit. Zeit, in der man an den Fingernägeln kaute, wichste und den Geräuschen in der Wasserleitung lauschte. Zeit, in der man Phantasiegerichte kochte und sich einredete, daß das Leben noch nicht vorbei war; in der man sich wünschte, zum eigenen Vater netter gewesen zu sein. Und dann wieder wichsen, mit dem Fingernagel in den Zähnen stochern, tausend Streckübungen machen und zuhören, wie das Mädchen nebenan den Kopf gegen die Zellentür stieß. Soft T. konnte einen in dieses Vakuum befördern. Er brauchte nur mehrmals in der Woche ein paar Bemerkungen in sein Führungsheft kritzeln, dann war man dran. Er hatte Mazy gesagt, sie müsse ihm einmal im Monat einen blasen. Das erste Mal sollte es in einer dunklen Ecke hinter dem Krankenhaus passieren. Und das war in einer knappen Stunde. Soft T. stand auf dicke Frauen, und Mazy, die dreihundert Pfund wog, weil Kummer und Erschöpfung sie aufgeschwemmt hatten, erregte Soft T.s sabbernden Sadismus. Je schwerer sein Opfer, desto größer sein Sieg. Er bemerkte nicht Mazys mütterliche Majestät und ihre stille Großzügigkeit, ihren liebenswürdigen Charme, der sich hinter dem von Narben entstellten Gesicht verbarg, ein jahrzehntealtes Andenken an einen betrunkenen Vater, der mit einem elektrischen Bügeleisen auf sie losgegangen war. Mazy hatte Christina gegenüber gesagt, der Gedanke, sich vor Soft T. niederknien und seine perversen Wünsche erfüllen zu müssen, versetze sie in Angst und Schrecken. Sie könne so was nie und nimmer mit einem Mann machen, ihr würde schlecht dabei. Als Mädchen hatte sie irgend etwas mit einem Onkel gehabt, das habe sie nie vergessen können. Was würde geschehen, wenn sie versuchte, es Soft T. zu besorgen, aber dabei in Tränen ausbrach? Er würde einen Wutanfall kriegen, vielleicht auf sie einschlagen, sie vielleicht so oder so in die Iso-Haft schikken. Als Christina Mazy so gesehen hatte, als sie die vergessene alte Angst wieder in ihren Augen aufflackern gesehen hatte, da stand für sie fest: Sie mußte etwas tun. Zuerst dachte sie an eine Waffe – ein Messer konnte man schon bekommen, wenn man wirklich eins brauchte –, aber dann überlegte sie, daß Soft T. sie rasch überwältigen und wahrscheinlich schlagen würde. Für den Angriff auf einen Wärter riskierte sie, für mindestens ein Jahr in Iso-Haft zu kommen, und dann konnte sie weder Mazy noch sich selbst helfen. Es mußte einen besseren Weg geben, einen schlaueren, und tatsächlich gab es den auch.

Soft T. wartete an einer versteckten, schattigen Ecke hinter dem Krankenhaus, die Hände in die Taille gestemmt. Schweißflecken färbten die Achseln seines Uniformhemdes. Er schaute Christina fragend an. »Wo ist Mazy?«
»Ihr ist was dazwischengekommen.«
»Sie kommt also nicht.«
»Nee.«
Seine Augen verengten sich zu Schlitzen. Die Überraschung würde bald der Wut weichen. »Und sie hat dich hergeschickt, um mir das zu sagen?«
»Nee.«
»Was machst du dann hier? Ich werde melden, daß du dich hier unten herumtreibst.«
»Ich vertrete Mazy. Ich mache es dir und dafür läßt du die Finger von ihr.«
Soft T.s fleischiges Gesicht blieb unbewegt, dann begriff er. »Okay, Mädchen, aber du mußt schon gut sein.«
»Du weißt sowieso nicht, was hier gut heißt.«
»Red, was du willst«, lachte er, »Hauptsache, du tust es.«
Der Boden war mit Glasscherben, Zigarettenstummeln und Abfall übersät. Manche Wärter hatten Kondome mitgebracht, andere nicht. Soft T. verlangte von den Frauen nie vaginalen Sex.

Er rieb sich den Bauch, und als er das Hemd hochzog, sah sie das weiche, karamelfarbene Fleisch um seine Hüften. »Na dann mal los, komm zu Papi«, sagte er, die Hände flach an die Taille legend.

»Den Hosenstall kannst du dir selbst aufmachen, du Sack.«

»Nein, Schätzchen, das machst du.«

Sie kniete sich auf das alte Sperrholzbrett, das über dem Boden lag. Sie spürte ihre Knie, während sie Soft T.s Hosen aufmachte. Keiner kann uns sehen, dachte sie, ich mache das für Mazy. Ich verkrafte die Iso-Haft.

Sie holte Soft T.s Penis aus der Hose, ein kurzer, dicker Fleischzipfel, der nach Eau de Cologne roch. Dann lehnte sie sich gegen ihn. Er brauchte etwas Massage, was sie mit energischen Griffen tat. Er wurde steif. Sie bewegte den Kopf rhythmisch vor und zurück. Ihr Mund war fühllos, sie spürte nichts. Daß sie das früher einmal genossen haben konnte – ach, das war lange her.

»Gut so«, keuchte er. »Du magst das.«

Sie schüttelte nur den Kopf.

»Du lügst. Du magst das.«

Sie warf den Kopf zurück. »Träum du deine perversen Träume.«

Er drückte ihren Kopf nach unten und lachte. »Weitermachen Mädchen, du bist gut.«

Sie ging jetzt mit beiden Händen ran, ließ nicht los.

»Rasch, mach es rasch.« Sein Atem wurde schneller, die Beine begannen zu zittern. »Ah, gut«, stöhnte er.

Sie ließ von ihm ab, als er kam. Weiße Strähnen von Samen hingen ihr an Mund und Wangen.

»So ist's schön«, sagte Soft T. und gab ihr mit dem Penis einen Klaps auf die Wange. »Sau dich schön damit ein.« Er lachte und zog den Reißverschluß hoch. Dann langte er ihr an die Wange und tätschelte sie. »Du bist ein geiles Stück, weißt du das?« Er sah sie streng an. »Beim nächstenmal will ich ein Lächeln sehen.«

Als Soft T. hinter der Ecke des Gebäudes verschwunden war, holte Christina den Urintestbecher aus der Tasche. Mit dem Rand des Bechers nahm sie die Samenflüssigkeit auf, die ihr noch an der Wange hing, nicht alles, aber gut einen Teelöffel voll. Dann drückte sie den oberen Rand zusammen, holte ein Klebeband aus der anderen Tasche und versiegelte den Becher. Erst jetzt rieb sie sich Zunge und Zähne am linken Ärmel, Lippen und Wangen am rechten Ärmel ihrer Bluse ab. Zum Schluß spuckte sie aus – so kräftig, wie sie konnte.

Einige Frauen wußten, was sie geplant hatte, und schauten ihr von ferne nach, wie sie den Weg zum Verwaltungsgebäude einschlug. Delores, eine Puertoricanerin, die frischgemähtes Gras zusammenharkte, rief: »Hast du's?«
Christina nickte.
»Prima, Mädchen«, rief sie.
Christina betrat das Gebäude. »Ich möchte mit dem Direktor sprechen«, sagte sie zu einem Wärter, der als Ringo bekannt war, weil er an jeder Hand mindestens fünf Ringe trug.
»Weshalb?«
»Es ist wichtig.«
»Der Direktor ist beschäftigt.«
»Ich habe gehört, daß ein Mädchen hier harten Stoff hat.«
Ringo, der über die Jahre schon alle möglichen Bitten, Lügen und haltlosen Behauptungen gehört hatte, schaute sie argwöhnisch an. Aber Christina wußte, daß er sie trotzdem vorlassen mußte. Heroin kam mittlerweile aus Mexiko, billige und sehr reine Ware. Auch Kokain wurde manchmal eingeschmuggelt. Wenn eine Insassin daran starb, mußte er den Buckel hinhalten. Der Direktor, ein drahtiger Mann mit graumeliertem, militärisch kurzgeschnittenem Haar, galt als schlau, hart und unfair. Er hatte den Ehrgeiz, Direktor eines Männergefängnisses des Staates New York zu werden. Für eine solche, teilweise auch politische

Aufgabe mußte seine Amtsführung makellos sein. Insassinnen, die Opfer einer Überdosis Heroin wurden, hatten keinen Platz in seiner Karriereplanung.

»Sie können mir sagen, um was es geht«, sagte Ringo.

»Nein«, entgegnete Christina. »Ich muß mit dem Direktor persönlich sprechen.«

Der Wärter nahm die Schlüssel und sein Klemmbrett, schloß die Gittertür auf, trat dahinter und schloß wieder zu. Nach einer Minute war er wieder zurück, sein Gesicht verriet Überraschung. »Ist in Ordnung.«

Sie schritt durch die offene Gittertür und ging den Korridor zum Büro des Anstaltsleiters hinunter. Kühle Luft aus der Klimaanlage wehte sie an. Der Direktor, ein kleiner Mann in einem schlechtsitzenden Anzug, stand neben seinem Schreibtisch und bot ihr mit einer Handbewegung einen Stuhl an. »Miss Welles, Sie –«

»Ich habe eine Aussage zu machen, aber nicht über das, was ich dem Wärter gesagt habe.«

Der Direktor hob die Hand, um sie zu unterbrechen.

»Nein, lassen Sie mich ausreden«, sagte sie. »Soft T. hat Frauen terrorisiert.«

»Mr. Thomas?«

»Mr. Thomas. Er benutzt das Führungsbuch, um die Frauen zu sexuellen Diensten zu nötigen.«

»Das ist eine sehr schwere Anschuldigung.«

»Ich weiß, daß es eine schwere Anschuldigung ist.« Sie ahnte, was er dachte, denn jeder, der ein paar Monate in der Anstalt war, wußte, wie der Laden lief: Die Gefängnisleitung ließ die Wärter in den meisten Dingen gewähren, aber wenn einem Wärter nachgewiesen wurde, daß er erzwungene Sexualkontakte mit Insassinnen hatte, dann bedeutete das für die ganze Anstalt Unannehmlichkeiten: interne Berichte, Konferenzen von Untersuchungsbeauftragten, Zivilprozesse und die Präsenz von Fern-

sehteams. Am Ende mußte der Beamte aus dem Dienst entlassen werden, was für den Mann den Verlust des Lebensunterhalts bedeutete, wie die Gewerkschaft durchaus korrekt hervorhob.
Wärter waren im allgemeinen für keine andere Aufgabe qualifiziert – der Job erforderte Einordnung in eine militärische Kommandostruktur, eine gewisse Unempfindlichkeit gegenüber dumpfer Routine, die verhüllte, aber vorhandene Disposition, schwächere Menschen auszunutzen und nicht zuletzt die Fähigkeit, aggressiv zu werden und, wenn nötig, Frauen zu schlagen.
Der Direktor merkte, daß Christina entschlossen war. »Bitte, reden Sie«, sagte er.
»Er zwingt Frauen, mit ihm oralen Sex zu haben.«
»Sie?«
Sie hielt seinem Blick stand. »Mich.«
»Wann?«
»Eben, vor fünf Minuten.«
Er nickte nur und strich mit den Händen über den Schreibtisch, als ob er aufsteigenden Ärger besänftigen wollte. Die Geste sprach Bände – sie erzählte von zwei Jahrzehnten Verwaltungsroutine, tausend längst vergessenen Arbeitsberichten, hundert durchaus in Erinnerung gebliebenen Unterhaltszahlungen an seine Ex-Frau, Bierdosen in einem ansonsten leeren Kühlschrank, toten Fliegen auf dem Fensterbrett. »Sie kennen das Problem, Miss Welles. Seine Aussage steht gegen Ihre Aussage.«
Sie wartete, bis er zu glauben schien, sie wisse darauf nichts zu erwidern. Und dann noch länger, bis dieser Glaube wieder zusammenbrach.
»Ich habe Beweise.«
Der Direktor verschränkte die Arme. Er hatte in seinem Amt schon alles mögliche gehört. Christina fuhr mit der Hand in ihre Tasche. »Hier. Das ist mehr als nur Worte.« Sie stellte den Papierbecher auf den Schreibtisch des Direktors. »Das ist sein – sein Ejakulat. Lassen Sie eine DNS-Analyse oder was auch

immer machen, und dann testen Sie ihn. Er hat mich vor fünf Minuten damit vollgekleckert. Fragen Sie ihn mal, wie ich daran gekommen bin. Ich habe es mir nicht erschlichen, wenn Sie verstehen, was ich meine.«

Der Direktor nahm den Testbecher, riß das Klebeband ab, schaute hinein und nickte. Dann schaute er Christina an. »Danke«, sagte er.

Sie wußte nicht, wie sie seinen Blick deuten sollte. »Ist das alles? Sie unternehmen also nichts?«

»Ich werde etwas unternehmen, verlassen Sie sich darauf.« Der Direktor schob den Becher beiseite. »Wann und in welcher Weise, das betrifft Sie nicht mehr. Aber –« er schaute auf ein paar Unterlagen auf dem Schreibtisch »– wir haben über etwas viel Wichtigeres miteinander zu sprechen.«

Sie konnte es nicht glauben. Er würde nichts gegen Soft T. unternehmen. »Was?« zischte sie und dachte daran, wozu sie sich gerade hergegeben hatte. »Was haben wir zu bereden, das wichtiger wäre als das, worüber ich gerade mit Ihnen gesprochen habe?«

»Das hier.« Er hielt ein Schreiben in der Hand. »Sie sollen morgen vor Gericht erscheinen, Miss Welles.«

»Vor Gericht?«

»Vor dem Obersten Gerichtshof.«

»Ich verstehe nicht.«

»Ihr Anwalt hat Sie offenbar nicht informiert.«

»Niemand hat mir irgend etwas davon gesagt«, flüsterte sie, nun verängstigt. »Man kann doch nicht meine Strafe erhöhen, es gibt keine –«

»Nein, nein«, unterbrach sie der Gefängnisdirektor, in dessen Stimme Verachtung und Amüsiertheit mitschwangen. Er überreichte Christina das amtliche Schreiben. Es kam von der Staatsanwaltschaft Manhattan.

Sie werden hiermit angewiesen, Christina Welles, Insassennummer 95G1139-112D, dem Obersten Gerichtshof wegen eines Antrags 410.10 vorzuführen. Es ist vorgesehen, daß der Antrag zur Annullierung des Urteils vom Gericht unterzeichnet wird.
Es war uns nicht möglich, Familienangehörige der Insassin zu informieren. Bitte setzen Sie die Insassin über die Veränderung in ihrem Status in Kenntnis und bereiten Sie alles für ihre Entlassung vor.

Sie blickte zum Direktor auf. Er nickte wortlos, nur das Summen der Klimaanlage war zu hören. Sie schaute nochmals auf das Schreiben. Unterzeichnet war es von ihrem Ankläger, den sie zum letzten Mal bei der Urteilsverkündung gesehen hatte. Damals hatte sie ihre sieben Jahre Haft bekommen, ohne daß sie ihrer Anwältin, Mrs. Bertoli, einer drittklassigen Juristin mit aufgedunsenem Gesicht, zu irgendeinem Dank verpflichtet gewesen wäre. Warum hatte der Staatsanwalt jetzt diesen Brief geschrieben? Sie konnte sich kaum an ihn erinnern; es war ein gesichtsloser Mann Ende Zwanzig, der alles wissen wollte, was vor ihrer Verhaftung in ihrem Leben geschehen war, er schien verstehen zu wollen, warum eine junge Frau wie sie eine Kriminelle geworden war. Nicht so wie Mrs. Bertoli, die gerade so viel getan hatte, um ihr Honorar kassieren zu können, das Honorar, das Rick so großzügig von dem Geld bezahlt hatte, das Christina für ihn verdient hatte. Aber Christina hatte sich nicht kooperativ gezeigt, und der Ankläger war fast ohne Widerstand mit seiner Klageschrift durchgekommen. Christina hatte das Urteil angenommen, für sie war es die logische Folge eines aus der Bahn geratenen Lebens. Zu viele falsche Entscheidungen hintereinander, kein Wunder, daß man am Ende einen miesen Platz belegte.
»Komme ich raus?« fragte sie und versuchte, sich in der Stimme nichts anmerken zu lassen.

»Ja«, antwortete der Direktor mit unbewegter Miene.
Sie blinzelte. »Aber das kommt doch nie vor.«
»Gewöhnlich nie.«
»Ich kann das nicht glauben.«
Der Direktor sah sie kalt an. »Ich schon.«

An diesem Abend stand sie unter der einzigen Glühbirne der Zelle und packte ihre Sachen in einen schwarzen Müllsack. Viel war es nicht. Ein paar Bücher, ihre Musikkassetten. Fünf Slips, zwei Hosen, drei T-Shirts, ein häßliches Kleid und ein Paar Turnschuhe. Ein BH, den sie einmal im Versandhandel bestellt hatte. Haarbürste, Zahnbürste und Zahnseide. Tampons, eine Packung Aspirin. Make-up hatte sie schon lange nicht mehr. Unter ihren Papieren waren Fotos von ihrer Mutter und ihrem verstorbenen Vater, außerdem ein altes, nicht mehr aktuelles Adreßbuch. Alle aus ihrem früheren Leben waren umgezogen oder gestorben oder hatten geheiratet oder waren sonst irgendwie aus ihrem Umfeld verschwunden. Sie hatte keinen Kontakt zu Leuten draußen gehalten. Sie wollte sie vergessen, und sie sollten sie vergessen.
Mazy stand da und sah ihr zu. Tränen flossen ihr übers Gesicht und sammelten sich in den Wangengrübchen. »Vielleicht kommst du mal wieder und besuchst mich.«
»Das kann ich nicht, Mazy«, sagte Christina. »Ich werde dich vermissen, aber ich kann nie wieder hierher zurückkommen.«
»Ich kann dir gar nichts mitgeben.«
Christina blickte nicht vom Packen auf. »Du brauchst mir nichts geben.«
»Jemanden wie dich habe ich nie gekannt. Du bist nicht so wie die anderen hier.«
»Ich bin wie jede andere, Mazy.«
»Keine hier wird vergessen, was du heute gemacht hast. Alle reden schon davon. Den Soft T. haben sie heute nachmittag weggebracht. Sie haben ihm die Schlüssel abgenommen.«

Mazy lugte den Korridor hinunter, dann schaute sie Christina zärtlich an.
»Ich kann nicht, Mazy.«
»Wir sind zum letzten Mal zusammen.«
»Ich kann nicht. Mit dem Kopf bin ich schon anderswo.« Sie schaute zur Decke empor. Sie kannte jeden Riß, jedes Fetzchen abblätternder Farbe, das von der Decke herunterzufallen drohte. Noch eine Nacht, und dann würde sie diese Decke nie wiedersehen.
Mazy trat näher, berührte sie aber nicht. »Wollen wir uns nicht noch einmal ganz nah sein?«
Ich werde später über Mazy weinen, sagte sie sich. »Es tut mir leid, Mazy, aber es geht nicht. Ich habe jetzt so vieles im Kopf.«
Mazy seufzte. »Gehst du wieder zurück zu Männern?«
»Das ist es nicht, woran ich gerade denke.«
»Ich weiß, ich habe mich das nur so gefragt.«
»Darüber habe ich noch nicht nachgedacht Mazy, wirklich.«
Sie drehte sich um. Mazy schaute sie mit ihren großen, ruhigen Augen an. »Ich bin mir aber ziemlich sicher, daß du es machst«, sagte sie mit innigem Blick. »So bist du nun einmal, Baby.«
»Das wird sich zeigen.«
»Nein, da bin ich mir ziemlich sicher.«
Vielleicht war es tatsächlich so, bestimmt war es so. Sie fühlte schon etwas in den Knien, als sie nur daran dachte.
»Ich sehne mich nach Männern«, sagte Mazy. »Ich sehne mich nach meinem Robbie, dem Papa meines Jüngsten, dem größten Mann, den ich je hatte.«
»Ja, ich kannte auch mal einen Typ, der hatte überall Muskeln«, sagte Christina, nur damit die verbliebene Zeit mit Reden verging.
»Wer war denn das, Baby?«
»Er war das Arschloch, das mich in den Knast gebracht hat.«
»Davon hast du mir nie etwas gesagt.«

»Ich habe dir vieles erzählt, Mazy. Ich habe dir erzählt, was ich konnte.«
»Erinnerst du dich an Katisha? Das Mädchen kam nach viereinhalb Jahren hier raus. Kaum war sie draußen, rief sie eine Freundin an, und dann hatte sie gleich zehn Männer an einem Wochenende.«
Christina seufzte. »Das ist nun wirklich verrückt.«
»Rufst du deine Mama in Florida an?«
Sie hätte es gern getan, aber das war wohl keine gute Idee. »Ich weiß es noch nicht.«
»Sie wird dich doch vermissen.«
Christina ließ den Sack auf den Boden fallen. »Ich könnte sie auch in dem Glauben lassen, ich sei immer noch hier.«
Mazy runzelte verständnislos die Stirn. »Das ist aber hart.«
Sie straffte sich. Ja, das war es.

Die Möglichkeit, bei guter Führung vorzeitig entlassen zu werden, hatte in so weiter Ferne gelegen, daß sie nicht einmal gewagt hatte, daran zu denken, wie es wohl wäre, wenn sie wieder in Manhattan lebte. Doch jetzt, nur wenige Stunden später, mußte sie an tausend Dinge denken. Eines war klar: Sie brauchte Geld. Auf ihrem Häftlingskonto hatte sie nicht mehr als dreihundert Dollar, wenn sie damit ein paar Wochen leben konnte, wäre das schon etwas. Sie würde sich einen Job suchen und ein Zimmer in der Stadtmitte nahe der First oder Second Avenue mieten. Ganz von vorn beginnen. Keine unüberlegten Schritte tun. Vorsichtig sein mit dem, was man den Leuten erzählte. Wenn es sein mußte, konnte man mit fast nichts auskommen. Jeden Dollar zweimal umdrehen, ehe man ihn ausgab. Vor allem aber wollte sie durch die Straßen gehen und Schaufenster anschauen. Sie würde sich ein kleines Radiogerät kaufen, sich auf dem Bett ausstrecken und Musik hören. Zeitschriften in der Buchhandlung lesen. Zeitschriften fehlten ihr sehr, sogar die schlechten. Ins

Kino gehen, sich mit einer Flasche Cola und einer Tüte Popcorn in den Sessel setzen. Einen Film mit Jack Nicholson sehen, irgendeinen, in dem er mitspielt. Ein Zwei-Stunden-Bad nehmen, das erste nach vier Jahren. Zuschauen, wie das Wasser abläuft, und dann die Wanne wieder vollaufen lassen, das Wasser so heiß machen, daß man es gerade aushalten konnte. Die süßen Babys im Park anschauen und sich fragen, wo die Zeit bloß geblieben ist. Sie würde versuchen, sich in ihre nächste Rolle zu finden. Eine Frau in Manhattan. Eine umsichtige Frau. Eine Frau in einem langen dunklen Mantel, einem gebrauchten Wollmantel mit tiefen Taschen, wie man sie in Greenwich Village für vierzig Dollar bekam. Sie würde Hunde streicheln. Und sich einen Besen kaufen! Die Diele fegen, immer wieder. Vielleicht fand sie auch ein Zimmer, wo man die Dielenbretter streichen durfte. Rosa oder hellgrün. Dann einen Tisch besorgen. Einen schlichten, kleinen Eichentisch, und einen Stuhl dazu. Einen BH, einen hübschen, würde sie sich auch kaufen, wenn sie es sich leisten konnte. So vieles, woran sie jetzt denken mußte. Sie würde sich eine Katze zulegen, einen guten Lippenstift kaufen, sich über die Meinungsseite in der Zeitung aufregen. Sie würde einen Millionär heiraten, ha! Sich eine Kerze kaufen und sie anzünden. Und bei allem sehr vorsichtig sein. Nicht mit zu vielen Leuten reden und ihnen nicht zuviel erzählen. Vielleicht sollte sie sich die Haare schneiden lassen und eine Sonnenbrille tragen. Sie mußte davon ausgehen, daß Tony Verduccis Leute sie suchen und sie beobachten würden. Wenn sie ein Zimmer fand, mußte sie dem Vermieter einschärfen, gut zu heizen. Das Gefängnis war so kalt, ab Dezember wurden die Wände eiskalt; die Hälfte der Frauen holte sich jeden Winter eine Lungenentzündung, hustete und spuckte Schleim in den Duschräumen, vor allem die Frauen mit Aids. Was sonst noch? Nun, auch Wein. Sie würde irgendwo sitzen und ihn schlückchenweise trinken, so, daß er ihr langsam zu Kopf stieg. Seit vier Jahren hatte sie keinen Alkohol angerührt.

Wieder einmal betrunken sein. Und guten Kaffee. Nicht zuviel, nur ein paar Tassen, um besser denken zu können. Auch Zigaretten. Soviel sie wollte. Aber nicht mehr als fünf pro Tag. Sie würde in die Buchhandlung Strand gehen und nach alten Titeln Ausschau halten. In der Abteilung für Geschichte stöbern. Das hatte sie früher gern getan, sie fühlte sich dabei geborgen. Sie würde nach der neuesten Biographie von Charles Dickens fragen. Vor allem brauchte sie irgendeinen anspruchslosen Job, von dem man leben konnte. Nicht auffallen und still für sich leben. Sie wollte nur noch frische Sachen kaufen und im Kühlschrank aufbewahren – Gemüse, Obst und Magermilch. Gutes Brot. Vielleicht ein bißchen Käse. Grapefruits. Was hatte sie nicht alles entbehrt: Zwiebeln und richtiges mexikanisches Essen, Knoblauch und Granny-Smith-Äpfel; aber auch den Geruch der Reinigung oder das Gefühl, eine Zeitung in der Hand zu haben, die noch keiner vorher gelesen hatte, ein gutes Shampoo, ein mit Räucherfleisch belegtes Sandwich von der Theke eines Deli-Shops, die Limousinen draußen vor dem Plaza Hotel zu bewundern, ein eigenes Telefon zu haben und von einer großen Männerhand im Nacken gestreichelt zu werden – ja, das auch. Der Augenblick, wenn der andere ganz in einem drin war und man an nichts mehr denken brauchte, außer –. Und in Fahrstühle steigen und Verkehrsampeln auf Grün springen sehen und das Surren eines Fahrrades hören. So vieles hatte sie entbehrt, an so vieles dachte sie jetzt, auch an das, woran sie nicht denken wollte, was ihr aber keine Ruhe ließ, nämlich die Frage, warum in aller Welt die Staatsanwaltschaft Manhattan sie plötzlich freiließ. Schließlich war sie doch wirklich schuldig.

Orient Point, Long Island, New York 7. September 1999

Er liebte es, sich seinen Tod vorzustellen, o ja – denn es würde nie so geschehen, wie man es sich ausgemalt hatte –, und genau das tat er jetzt wieder. Das Wasser war noch warm genug zum Baden, und er schwamm auf die schaukelnde rote Boje zu, die von drei mit blauschwarzen Muscheln und Seetang besetzten Stahlketten gehalten wurde. Die Wellen zogen an seinem Bart und schwappten gegen seine Lippen; alle paar Sekunden spie er Salzwasser aus. Auch mit siebenunddreißig Jahren hatte er noch einen muskelbepackten Oberkörper, teils vom Holzhacken, teils von der Arbeit auf dem Fischkutter, so daß ihm die Arme schwer im Wasser lagen. Wenn er hier einen Herzanfall bekäme, würde niemand seine Hilferufe hören – denn niemand wußte, wo er war. Erst nach einiger Zeit würde seine aufgeblähte, nackte Leiche bei den Felsen gefunden werden. Die Möwen würden sich an ihm gütlich tun, von den Krebsen gar nicht zu reden. Freßt mich ruhig auf, ihr blödes Mistzeug. Freßt meine Augen und meinetwegen auch meine Eier. Kaut an meinen Tätowierungen herum, ich würde sowieso nichts merken. Ein Hummerfischer, der seine Kisten bei Flut ans seichte Ufer schleppte, würde ihn entdecken. Das wäre dann das Ende vom Lied. Rick Bocca, ein toter Mann.

Auf der Landkarte lag Orient Point am äußersten östlichen Zipfel von Long Islands North Fork. Auf diesem weitgehend unbekannten, fünfundsechzig Kilometer langen, flachen, sehr fruchtbaren Landstrich lebten früher Hunderte von Gemüsefarmern. Heutzutage legten die Leute hier Weingärten an oder bauten Ferienhäuser. Aber auch jetzt noch konnte man auf den unebenen Wegen grünen Traktoren begegnen, die eine Wagenladung Kohlköpfe oder Kartoffeln heimwärts fuhren. An den Kais von Greenport konnte man frisch gefangenen Fisch direkt vom Kutter kaufen. Und in North Fork gab es noch abgelegene waldige Küstenstreifen mit aufgelassenen oder verfallenen Gebäuden, in denen ein Mann, wenn er wollte, unbehelligt völlig zurückgezogen leben konnte. Ein solcher Fleck war auch der Küstenstreifen, vor dem Rick gerade schwamm. Die felsige Landzunge bildete hier eine kleine kieselübersäte Bucht, über der ein niedriges, windschiefes Cottage stand, das er für dreihundert Dollar im Monat gemietet hatte. Die rote Boje ächzte schauerlich, und als er näher kam, flatterte eine Möwe mit schwerem Flügelschlag davon. Er schwamm an den nassen Stahlketten vorbei und hielt sich am glitschigen Rand der Boje fest. Laßt mich in Ruhe, ihr Haie und Müllfische, dachte er, beißt mir bloß nicht in den Schwanz. Ein grüner Saum aus Meerespflanzen hing träge vom muschelbesetzten Blech der Boje. Die Uferlinie war im Dunst verschwunden. Seine Brust hob und senkte sich, die Brustwarzen brannten wegen des Meersalzes. Er brauchte sechzehn Minuten bis zur Boje, und zurück nur neun Minuten, weil die Wogen ihn trugen. Die Boje rieb quietschend an den Ketten, als ob sie dadurch ihr Mißvergnügen über seine Anwesenheit ausdrücken wollte. Er atmete tief ein, stieß sich mit den Füßen ab und kraulte zurück in die dunstige Flut.

Bald darauf watete er aus dem Wasser, erst mit den Zehen im sandigen Uferboden Halt suchend, dann durch Gras, das ihm um die Schienbeine strich. Er hob seine Brille wieder von einem Stein auf. Wie immer probierte er, ob sie richtig saß, ohne aber weiter zu bemerken, daß die Gläser zerkratzt und mit Farbe bekleckert waren und der gebrochene Rahmen mit Klebeband an der Nasenbrücke repariert war. Er sah mit ihr gut genug, und als er die Holzstufen, die zur Klippe hinaufführten, hochgestiegen war, erkannte er sehr deutlich den blau-weißen Polizeiwagen, der vor seinem Cottage parkte. Die Windschutzscheibe war ganz mit Staub bedeckt, und unter dem Scheibenwischer klemmte ein dünner Ahornzweig. Er zuckte zusammen, als ob ihn ein Messer getroffen hätte. Ein Wagen der Polizei von New York City, über hundertsechzig Kilometer von deren Zuständigkeitsbereich entfernt. Die lassen einen nie in Ruhe, dachte er, nie. Dabei sollte man mich eigentlich schon längst vergessen haben.

Er stand immer noch nackt im niedrigen Brombeergestrüpp und überlegte. Der Wind wehte, und kleine Flugsamen verfingen sich im Bart und in seinem Haar, das ihm naß bis auf die Schultern fiel. Kornblumen und Gänsedisteln. Ein gelber Schmetterling setzte sich auf seinen Penis und flatterte dann gleich weiter. Der Bulle war vermutlich auf der anderen Seite des Cottage und schaute durchs Fenster. Rick eilte am Rand des Felsabhangs entlang und in den Schatten des nahen Waldes. Unter den Bäumen drehte er sich um und spähte durch das hohe Gras. Das von kleinen Karambolagen im Großstadtverkehr verbeulte Polizeiauto hatte Schmutzstreifen an den Flanken, denn es führte nur ein schlammiger Weg zur weit von der Hauptstraße entfernt gelegenen Hütte und der zugehörigen Scheune. Der nicht beschilderte Zufahrtsweg war kaum zu erkennen, und das war Rick gerade recht. Nun aber war irgendein Bulle auf die Idee gekommen, von New York hierherzufahren. Die sollen mich in Ruhe lassen, verdammt noch mal. Ich habe seit langem nichts mehr angestellt.

Er strich durchs hohe Gras – die wärmende Sonne schien warm auf seine Schultern, die Haut war fast trocken – und eilte dann auf die Scheune zu, ein baufälliger, fensterloser Schuppen, etwa fünfzig Meter von der Klippe entfernt. Auf der windgeschützten Seite lag ein großer Gemüsegarten. Das schindelgedeckte Dach, von der Eis- und Schneelast im vorangegangenen Jahr beschädigt, hätte repariert werden müssen. Eine Kletterrose, die vielleicht einmal die Frau des Farmers neben dem Tor gepflanzt hatte, war bis über die halbe Scheune gewachsen. Ihr Haupttrieb war so dick wie Ricks Wade. Die Wurzeln schienen sich noch von dem alten Dunghaufen zu ernähren, den es früher hier gegeben hatte, und brachten eine Kaskade rosafarbener Blüten hervor, um die jetzt Bienen summten. Er schlich hinein, zog seine gestreiften Boxershorts an und sperrte das Scheunentor mit einem schweren Riegel ab.

Draußen hörte er plötzlich ein Geräusch. Gras raschelte gegen lange Hosen. Jemand drückte die Klinke des Scheunentors nieder.

»Rick Bocca?«

Er rückte seine Brille zurecht.

Am Tor wurde so heftig gerüttelt, daß der Rahmen knarrte. »Rick!« rief eine Männerstimme. Dann, wütend: »Dieser Arsch!«

Rick wartete. Von den Haaren tropfte es auf die gebleichten Bretter unter ihm. Eine Minute, dann noch eine. Er entdeckte einen Tangfaden in seinem Bart und kämmte ihn mit den Fingern heraus. Wenn sie ihn fänden, würden sie ihn wieder zurückholen. Er hatte zu hart gearbeitet, als daß er das mit sich hätte machen lassen. Vielleicht war etwas passiert, vielleicht mit – nun, mit vielen Leuten konnte etwas passiert sein. Salz hing ihm in den schwarzen Haarbüscheln an Brust und Bauch, in den Hautfalten an den Ellbogen und hinter den Ohren. Warte noch eine Weile, sagte er zu sich selber, zähle bis hundert. Außer dem Wind, der an den Schindeln rüttelte, war nichts mehr zu hören. Er wartete weiter – nichts. Der Teufel soll sie alle holen. Als er schließlich in das helle Licht der Mittagssonne hinaustrat, in deren Hitze die Begonien neben der Hütte die Köpfe hängen ließen, war von dem Polizeiwagen nichts mehr zu sehen.

Aber nicht für lange. Drei Stunden später stand er in Stiefeln auf dem Deck des rostigen alten Kutters, auf dem er arbeitete. Die gefangenen Fische reichten ihm bis zum Knie, einige zappelten

noch. Da tauchte die blau-weiße Limousine wieder auf und steuerte geradewegs auf die Schiffsanlegestelle von Greenport. Die Reifen rumpelten über Planken und hielten keinen Meter vor dem Kutter. Ein etwa dreißigjähriger Mann stieg aus. Er trug ein Jackett und eine Krawatte, die ungebunden über eine Schulter hing. Mit einem Wort, er war von der Kripo.
»Hallo«, rief der Mann.
»Ja?«
»Sind Sie Rick Bocca?«
»Ja.«
»Haben Sie einen Augenblick Zeit?«
Rick nickte und stieg aus dem Fischgewühl auf einen freien Platz an Deck.
»Ich bin Detective Peck.«
»Aha.«
Der Beamte holte ein Foto aus der Brusttasche und zeigte es Rick – es war eine Aufnahme aus seiner Zeit als Bodybuilder, vor fünf, sechs Jahren, als er noch bei Wettbewerben auftrat. Hundertfünfzehn Kilo, fünf Prozent Körperfett. Kein Bart, kurzgeschorenes Haar, gebräunt, rasiert, fast nackt, Kontaktlinsen tragend, Fußnägel pedikürt.
»Sieht aus, als hätten Sie ein paar von den Muskelpaketen verloren.«
»Das Alter, guter Mann, das Alter.«
»Erinnern Sie sich nicht mehr an mich?«
»Nein«, sagte Rick.
»Ich war der Mann, der Christina Welles hopsgenommen hat. Als verdeckter Ermittler.«
»Ach ja, stimmt. Sie sehen jetzt anders aus. Sie tragen die Marke.«
»Sie hätten mit ihr in den Knast wandern sollen, Rick.«
Er hatte sich lange mit diesem Gedanken beschäftigt, wollte es aber nicht sagen.

»Ich wollte nur sichergehen, daß Sie wissen, daß noch jemand anderes Bescheid weiß.«
»Eine Menge Leute hätten einiges tun sollen.«
»Das stimmt.« Der Detective wiegte den Kopf. »Selbstverständlich hat sie uns nie ihr System verraten, das kam noch für sie erschwerend hinzu.«
Rick wartete und horchte auf den Wind, der um die rostigen Bootsaufbauten strich. Ein Fisch schlug mit dem Schwanz.
»Ich sagte, sie hat uns ihr System nie verraten.«
Rick schaute den Detective an. »Es war zu kompliziert für die Polizei.«
Der Beamte steckte die Bemerkung weg. »Ich habe gehört, die vielen Steroide lassen die Männlichkeit schrumpfen.«
Aha, er ändert den Ton, dachte Rick.
»Steht wieder alles in alter Frische, Rick?« Der Detective wartete grinsend auf eine Antwort. »Ich hoffe doch, denn Ihre Männlichkeit werden Sie brauchen. Schauen Sie, all Ihre alten Kumpels in Brooklyn haben Christina nicht vergessen. Wie könnten sie auch? Sie ist ein attraktives Mädchen, eine vom geheimnisvollen Schlag, keine mit übertriebener Lockenpracht und so. Tony Verducci erinnert sich an sie. Und er hat Mickie Simms dazu gebracht, die New Yorker Staatsanwaltschaft anzurufen und ihnen zu verkünden, daß er gelogen habe, daß alles, was über Christina in den Akten stehe, von vorn bis hinten gelogen sei.« Der Detective hob verächtlich die Augenbrauen. »Gewiß, die müssen ihm das nicht unbedingt glauben, aber Tony Verducci sagt, er könne ihnen noch einen anderen Zeugen besorgen – wer genau das sein soll, weiß ich nicht, aber es kämen eine Menge Leute in Frage. Das ist jetzt gerade eine Woche her. Mickie Simms widerruft seine Zeugenaussage. Tatsächlich machen sie einen Deal miteinander. Sie hocken zusammen an einem Tisch, trinken Kaffee und handeln es aus: Du machst das, und wir machen das.« Der Detective holte eine Schachtel mit Rosinen

aus der Tasche. »Ich habe mir den Arsch aufgerissen, damit ich diese Aussage von ihm kriege, und dann kommen die und zerreißen das Papier und sagen, April, April, es war ein Irrtum, Christina Welles und ihr Freund Rick Bocca und der ganze Rest der Bande hätten nichts mit dem Lkw voller Klimageräte zu tun. Daß ich den Lkw gesehen und die Kisten gezählt habe, das gilt plötzlich nichts mehr. Können Sie mir folgen?«

»Ja«, sagte Rick. »Ich verstehe schon.« Was nicht der Fall war. Tatsächlich konnte er sich keinen Reim darauf machen. Was er bisher gehört hatte, war nur eine Geschichte. Jeder konnte so eine Geschichte erfinden. Er kam vom Kutter herunter und lehnte sich gegen die Motorhaube des Polizeiwagens.

»Ich weiß«, fuhr der Detective, Rosinen kauend, fort, »daß Tony Verducci hinter allem steckt. Er hat immer noch seine Leute überall in der Stadt. Ich weiß, Rick, daß Sie mit diesen Burschen nicht mehr reden, aber Sie erinnern sich an sie. Schließlich habt ihr alle mal zusammen Dinger gedreht. Ich höre also von diesem Deal und frage mich, was eigentlich dahintersteckt. Warum will Tony Verducci Christina Welles aus dem Gefängnis holen? Er wird gute Gründe dafür haben, aber ihre Gesundheit ist bestimmt keiner davon.« Peck hörte zu kauen auf. Sein Mund schien voller Käfer zu sein. »Er will etwas aus dem armen Mädchen herausholen und hat dafür keine Mühe gescheut. Er spießt Mickie Simms auf und hält ihn wie einen Watschenmann jedem vor die Nase. Mit dem habe ich ganz persönlich ein Hühnchen zu rupfen, der hat mir meine ganze Arbeit versaut. Außerdem hat er der Staatsanwaltschaft noch jemanden präsentiert. Ich habe denen gesagt, macht das nicht, das Mädchen muß es ausbaden, denn sie weiß doch gar nicht, was gespielt wird. Ich habe im Gefängnis angerufen, sie soll noch eine Weile dort bleiben, okay? Keine großen Kämpfe, nicht mehr lange im Knast. Denn ich finde es sehr unfair, daß sie, im Grunde ein anständiges Mädchen, eine Studentin, an so einen Kotzbrocken namens Rick Bocca geraten mußte. Sie hat ihm rausgeholfen, weil sie ihn liebte oder was weiß ich …« Der Detective schwieg einen Augenblick und sah ihn haßerfüllt an. »Dieses Mädchen hat keine Ruhe vor den Scheißkerlen, keine Minute, und dabei will sie wahrscheinlich nur ihr Leben wieder in Ordnung bringen. Und jetzt hängen sie ihr etwas an.«

Rick legte die Hände auf die Motorhaube, als sollte er im nächsten Augenblick verhaftet werden. Er fühlte sich schwer, so schwer wie schon seit Jahren nicht mehr. Seine Ängste aus alten Tagen waren zwar allmählich gewichen, doch sie waren, wie schwarze Ameisen, die unentwegt den dunklen Stamm eines Baumes auf und ab klettern, immer wahrnehmbar geblieben; er wußte, daß sie da waren, irgendwo – alte Bekannte, offene Rechnungen, tiefer, gegenseitiger Haß.

»Schauen Sie«, fuhr Peck fort, »ich glaube, Tony Verducci hat die Handys allmählich satt. Er kann sie nicht mehr sehen. Er fährt mit ungefähr fünfzig Handys auf der Rückbank durch die Gegend und telefoniert pausenlos. Benutzt eins, schmeißt es nach hinten, schnappt sich das nächste. Das macht es nicht leicht für uns, seine Gespräche zu verfolgen, aber es ist machbar. Wenn wir richtig ranklotzen, schaffen wir das. Er weiß das, jeder weiß das. Außerdem sind nicht alle so vorsichtig wie Verducci. Er studiert die Kolumbianer, bewundert sie. Teufel, ich bewundere sie auch. Aber er weiß: Was er tut, ist nicht sicher. Viele Verschlüsselungscodes können geknackt werden. Das bereitet ihm Kummer; er wird langsam zu alt für den Knast. Der Mann hat Enkelkinder, eines davon soll einen Herzfehler haben. Er hat Spezialisten bezahlt, wir wissen das alles. Wird Zeit für ihn, sich aus dem Geschäft zurückzuziehen, Zeit für die Pantoffeln. Daher vermute ich, daß er noch einen letzten großen Coup landen möchte, und dazu braucht er das beste System, das er je hatte. Er braucht Christina. Denn, Sie erinnern sich, es war nicht ihre Schuld, wenn es damals schiefgegangen ist.«

Und ob sich Rick erinnerte. Die ganze Sache war geplatzt, weil er nicht bemerkt hatte, daß sie überwacht wurden. Er hatte sich beim Abladen der Klimageräte so sicher gefühlt, daß er sogar um den Block gegangen war, um sich ein Sandwich und Zigaretten zu holen. Ja, und was dann kam, war ein einziger Schlamassel, von überallher kamen Bullen, der Rest der Bande tauchte rasch in der Menge unter, während Christina ohne Zündschlüssel im Truck saß, klassische Musik hörte und darauf wartete, daß Rick zurückkam. Das konnte er aber nicht, weil Mickie Simms Rick in den erstbesten Hauseingang gezerrt und ihm die Pistole ans Ohr gesetzt hatte: *Du gehst nicht zurück, Mann, die Bullen haben sie sowieso schon, du kannst sie da nicht mehr rausholen, und ich werde das nicht zulassen.*

»Hinzu kommt«, fuhr der Detective fort, »daß Tony Verducci einen neuen Mann in der Truppe hat, einen Typ namens Morris. Ist wohl aus der medizinischen Fakultät oder so was Ähnlichem geflogen, fuhr dann Krankenwagen. Keine Ahnung, wo sie ihn aufgegabelt haben. Die einen sagen Vancouver, die anderen San Diego. Ich weiß es nicht, und mir ist es auch schnuppe. Morris ist der Mann fürs Grobe. Der geht ran und erledigt die Sache –« Der Detective versetzte ihm einen freundschaftlichen Stoß. »Wissen Sie, was ich damit meine, Rick?«

Rick nickte.

»Keiner weiß, wie viele er erledigt hat. Er ist jedenfalls dabei, mehr weiß ich nicht. Wir erwischen ihn früher oder später, aber jetzt ist er los und spielt den Bluthund. Sie verstehen nun wohl mein Problem, Rick. Da ist die New Yorker Staatsanwaltschaft, die Christina Welles in Freiheit setzt, und sie hat keine Angehörigen, mit denen ich sprechen könnte – die Mutter lebt irgendwo in Florida und hat keinen Kontakt zur Tochter; und da ist Tony Verducci, der immer noch mitmischt, und als Zugabe dieser Morris, und da sind Sie, mein Junge.«

Rick schaute am Detective vorbei aufs Wasser. Durch die Bucht fuhr eine imposante Achtzehn-Meter-Segeljacht, mit Leuten an Bord, die von Ricks Problemen nichts wußten. Er schaute wieder Peck an. »Warum reden Sie nicht selbst mit Christina?«

»Weil es schlicht unmöglich ist, jemanden im Gefängnis anzurufen und mit ihm ein ungestörtes Gespräch zu führen. Dazu kommt, daß ich das alles erst heute morgen um acht erfahren habe. Außerdem« – hier schaute nun auch der Detective hinaus aufs Meer – »um ganz offen zu sein, soll meine Frau morgen auf den Operationstisch kommen, Brustamputation im St.-Vincent-Hospital. Da kann ich sie nicht allein lassen. Ich wäre morgen nach Bedford Hills gefahren, wirklich. Aber nun muß ich mich um meine Frau kümmern, bei ihr sein, erfahren, wo sich der Krebs eingenistet hat, ihr die Hand halten, wenn die Ärzte mit dem Befund kommen. Christina wäre schon längst weg, bis ich dort sein könnte.«

»Und deshalb sind Sie –«

»Deshalb bin ich zu Ihnen gekommen, Rick, denn Sie sind die einzige Trumpfkarte, die ich habe. Sie soll morgen früh gegen neun Uhr aus dem Gefängnis entlassen werden. Wenn Sie –«

»Weiß Tony davon?«

»Nein, ich habe schon daran gedacht und dafür gesorgt, daß die normale Entlassungszeit für sie geändert wird. Sie kommt dort gegen neun Uhr raus. Wenn sie erst einmal in der Stadt untergetaucht ist, wird es eine Weile dauern, sie wiederzufinden.« Peck zog eine Visitenkarte aus der Westentasche. »Ich dachte mir, da sich Ihre Potenz zurückgemeldet hat und nachdem Sie hier draußen vier Jahre lang darüber nachdenken konnten, daß Sie eigentlich wie Christina im Knast hätten sitzen müssen, wäre es vielleicht moralisch angemessen, die Fische hier Fische sein zu lassen und« – er schob Rick die Karte hin – »morgen zum Frauengefängnis zu fahren und sie zu empfangen, wenn sie entlassen wird.«

Abends aß er immer im Dorf. Mit seinem verbeulten Pick-up fuhr er den Zufahrtsweg hinunter, holperte immer über dieselben Baumwurzeln, folgte der kurvigen, welligen Strecke, nur manchmal abbremsend, wenn Damwild über den Weg wechselte und seinen weißen Spiegel zeigte, bis der Kirchturm und die Holzhäuser des Dorfs in Sicht kamen. Er fuhr vor das Restaurant – ein Treffpunkt für Einheimische, Gemüsefarmer, die ihre besseren Hälften ausführten, Teenager, die Hamburger in sich hineinstopften, und vereinzelt auch Künstler, die im Winter hier draußen ein Haus mieteten – und parkte neben einem verrosteten alten Schulbus voller Kaminholz. Drinnen setzte er sich auf seinen Stammplatz. Das Personal bestand aus der Chefin, die seit über siebzehn Jahren hier arbeitete, und drei oder vier Schulmädchen aus dem Dorf, die sich Geld verdienten für Klassenfahrten oder Abtreibungen oder einfach nur, um Spaß zu haben. Die Kellnerinnen brachten ihm schon lange keine Speisekarte mehr, sondern setzten ihm auf seinen Wunsch hin allabendlich das gleiche Tellergericht mit gebratener Hühnerbrust vor. Zwar machte er sie durchaus neugierig – ein nicht sehr gesprächiger, großer, bärtiger Mann in abgetragenem Arbeitsanzug und mit geflicktem Brillenrahmen –, doch verstanden sie es, das nicht zu zeigen. Er hatte das Alter, in dem Männer sie gewöhnlich mit unverhohlenem sexuellem Interesse betrachteten. Andererseits war er auch noch jung genug, dunkelhaarig, muskulös und selbstsicher, um in ihnen etwas auszulösen, das sie nicht recht begriffen. Sie wußten, daß er allein lebte und auf einem Fischkutter draußen vor Greenport arbeitete. Sie waren schlichte Mädchen mit frischem Teint vom Leben an der frischen Luft, doch er schien sich für ihre jungen Körper, ihre Backfischbrüste und schmalen Fußknöchel, ihr Haar, das nach billigem Shampoo roch, nicht zu interessieren. Manchmal nahm sich eines der Mädchen ein Herz und fragte ihn nach seinem Namen, doch er winkte ab. Ihre Naivität langweilte ihn.

Sonnenuntergang. Der verbeulte Pick-up holperte den langen Zufahrtsweg zurück. In den letzten Minuten, ehe es dunkel wurde, pflückte er im Abendlicht ein paar Tomaten. Die reifsten aß er sofort, wobei Saft in seinen Bart kleckerte, ein paar grüne steckte er sich in die Taschen. Es war eine Sorte, die in neunundsiebzig Tagen zur Reife kam. Die Kürbisranken verbreiteten sich über das ganze Beet; sie würden bei seiner Rückkehr reif sein. Mais gab es auch. Er hatte zwanzig Reihen zu je dreißig Pflanzen angelegt – genug, damit der Wind die Narbenfäden von Pflanze zu Pflanze wehen konnte. Er riß einen Kolben ab, schälte ihn und biß in die weißgelben Körner, sein Bart strich dabei über die rauhe grüne Hülse. Die rohen Körner waren für die Jahreszeit erstaunlich süß, und das freute ihn sehr. Morgen würde es regnen, dachte er, während er in den Himmel hinaufblickte, da brauche ich nicht zu gießen. Seine Sonnenblumen, eine hochwüchsige Sorte mit großen breiten Gesichtern, neigten den Kopf zur Erde, bald würden sie welk werden. Über ihm flatterten und kurvten Fledermäuse in der Abendkühle. In einem Monat würde er damit beginnen, abends mit ein paar Scheiten Eichenholz zu heizen. Hinter dem Cottage warf er den Motor der elektrischen Pumpe neben dem Brunnen an und ließ sie fünf Minuten laufen, bis der Wassertank im Keller gefüllt war. Drinnen putzte er sich unter einer nackten Glühbirne die Zähne. Er betrachtete die abgenutzten Borsten der Zahnbürste und zog dann Arbeitsanzug und Hemd aus.
Er wollte Christina abholen. Doch es wäre klüger, nichts zu unternehmen. Tony sagte immer, man müsse von den Kolumbianern lernen, sie verstünden sich darauf, nichts zu tun. Sie deponierten eine Ladung im Wert von fünf Millionen Dollar in einem Lagerhaus, schlossen das Tor und taten dann nichts weiter. Monatelang. Ein Jahr lang sogar. Die Ware lag dort, in Kartons und mit Plastikgurten zu Paletten sortiert. Selbstverständlich behielten sie ein wachsames Auge darauf, sie beobachteten, ob

andere auch daran interessiert waren. Und selbst wenn niemand auftauchte, taten sie immer noch nichts. Nichtstun war eine Form des Handelns, Nichtstun bedeutete, das zu tun, was man schon lange geplant hatte, das heißt innerhalb des ursprünglichen Plans zu bleiben. Ricks ursprünglicher Plan bestand darin, lange Zeit nichts zu tun, bis ihn alle vergessen hatten. Das Schwierige an dem Plan war nun, daß er voraussetzte, daß Christina im Gefängnis war. Peck hatte das begriffen. Oder er hatte richtig geraten, schließlich wurden Inspektoren dafür bezahlt, den richtigen Riecher zu haben. Ferner hatte Peck damals verdeckt ermittelt; vielleicht hatte er Christina und Rick zusammen gesehen. Man brauchte kein Hellseher sein, um zu merken, was zwischen einem Mann und einer Frau vorging. Zumindest nicht, wenn es eine wahre Leidenschaft, eine Obsession war. Nein, das stimmte nicht unbedingt. Peck wußte gar nichts. Rick änderte seine Meinung. Peck war bloß ein ehrgeiziges Arschloch, das in eine bestimmte Richtung hin arbeitete. Rick war nun schon so lange aus dem Geschäft, daß er die Feinheiten nicht mehr mitbekam: Was war nun wahr, was halbwahr, was war erlogen, was war bloß interpretiert, worin bestand die Lüge, die nur den Zweck hatte, Aufmerksamkeit zu erwecken, so daß die andere, entscheidende Lüge unentdeckt bleiben würde, worin bestand die Wahrheit, in der eine Lüge steckte? Was er deutlich erkannte, war Pecks Bemühen, ihn wieder in etwas hineinzuziehen. Warum hätte er ihn sonst aufgestöbert, warum wäre er drei Stunden aus der Stadt bis hier herausgefahren und wieder zurück? Doch all diese Fragen führten zu nichts. Peck ging sicherlich davon aus, daß Rick alles durchdenken würde. Das aber hieß, daß Peck sich seiner Sache sicher war und daß er Rick für nicht fähig hielt, dieses Lügengebäude zu durchschauen. Und das stimmte auch. Blieb also nur die Tatsache, daß Christina aus dem Knast freikam. Sie würde mit ihrem hübschen Hintern und ihren kalten dunklen Augen dort herausspaziert kommen und wer weiß wo verschwinden. Hier ging es um Gefühle, das hatte Peck ganz richtig erkannt. Und wenn Gefühle im Spiel waren, dann gab es ein Problem.

Eine Stunde später war er in einem kleinen, sternenerleuchteten Zimmer mit Blick aufs Meer. Der Rand des Bettlakens schimmerte im Dunkeln, während er mit offenen Augen dalag. In den ersten ein, zwei Jahren hatte er sich unter dem weiten Nachthimmel einsam gefühlt. Bestimmte Bilder ließen ihn nicht los, er bat flüsternd um Vergebung. *Ich habe Schlimmes getan. Zwar habe ich niemanden umgebracht, aber ich habe dennoch Schlimmes getan.* Er hatte versucht, in der Bibel zu lesen, aber da stand nichts von Sattelschlepperzügen voll gestohlener Faxgeräte. Auch nichts von unverzollten Zigaretten oder Industrieaufzügen, von denen jeder eine Viertelmillion Dollar kostete, oder französischen Weinen oder teurem Parfüm oder schweren japanischen Motorrädern oder was sonst noch rund um die Uhr im Kennedy-Airport ankam. Waren, die in dem unersättlichen Rachen der Riesenstadt verschwinden sollten. Christina hatte ihm geholfen, weil er sie darum gebeten hatte. Und jetzt wollte Tony sie noch einmal gebrauchen. Er wußte, wie clever sie war, denn er hatte sie mit der Leitung einer seiner Coups betraut. Wahrscheinlich war kürzlich bei seinen Lieferungen irgend etwas schiefgelaufen, und nun erinnerte er sich, wie gut Christinas System gewesen war. Es hatte sich bestens bewährt, wenn es sich bei den Käufern um russische oder chinesische Gangster handelte, die kaum Englisch sprachen, aber über alle Maßen mißtrauisch waren und soviel Abstand wie möglich wahren wollten. Die Abholtermine wurden nie direkt am Telefon vereinbart. Die Kontaktperson erhielt lediglich ein Fax mit einer einzigen Ziffer auf der sonst leeren Seite. Das muß die Bullen zum Wahnsinn getrieben haben. Die Nummer faxte sie immer von einem Copy-Shop aus, jedesmal von einem anderen. Die Bullen konnten nicht alle

Faxgeräte in der Stadt anzapfen. Die Zahl entsprach weder der Uhrzeit für das Abholen der Ware noch dem Ort, sondern einem öffentlichen Platz mitten in Manhattan. Dort hielt die Kontaktperson nach etwas Ausschau, das von der Straße aus sichtbar war – das war das Geniale an der Sache –, und entnahm daraus, wo und wann die Ware abgeholt werden sollte. Die beiden Seiten bei dem Deal hatten keinen telefonischen Kontakt, sie brauchten sich nicht vorher persönlich getroffen zu haben, ja sie brauchten sich nicht einmal zu kennen. Es hatte immer funktioniert. Sie hatten über dreißig Dinger nach diesem System gedreht.

Wenn du schlau wärst, würdest du dich in eine solche Frau verlieben und alle anderen Coups mit ihr machen. Du würdest deinem Schwanz einschärfen, Schluß jetzt mit anderen Frauen, denn die hier, das ist die richtige. Du würdest deinem Schwanz sagen, daß sich das lohnt, langfristig gesehen. Und dann würdest du das Geld holen, das du in Tante Evas Kellerwohnung in Brooklyn versteckt hast (ihren Haustürschlüssel hatte er vier Jahre lang in seiner Brieftasche mit sich herumgetragen), und Christinas Studium bezahlen, damit sie einen Abschluß in Jura oder einem anderen Fach machen und sich einen guten Platz im bürgerlichen Leben erwerben kann. Wenn du schlau wärst …

Wenn du blöd bist, wirst du sie in Sachen hineinziehen, die sie lieber nicht machen sollte. Aber Rick war nicht schlau gewesen; er war verrückt nach Steroiden gewesen und hatte sich zum Gespött gemacht, ein hundertfünfzehn Kilo schwerer Zampano, der vier Zentner stemmen konnte und der sich zwei Miezen hielt, denen er vorgegaukelt hatte, er besitze einen Autohandel auf Long Island. Na ja, eher einen Laden für gebrauchte Ersatzteile. Sein Schwanz wollte es so, sein ganzes Leben wurde von seinem Schwanz diktiert.

Warum sich Christina mit ihm eingelassen hatte, blieb ein Rätsel. Vielleicht sah sie, was er ohne dieses Doping hätte sein können. Sie war eine Frau, die sich eine eigene Meinung über etwas bildete und dann danach handelte. Du hättest keine Probleme, wenn du einfach nur bei mir bleiben würdest, hatte sie einmal nicht im Zorn, sondern nur konstatierend gesagt. Und es stimmte. Sie hatte sich entschlossen, zu ihm zu halten, und das tat sie auch. Aber dann, nach ihrer Verhaftung, hatte sie ebenso konsequent jeden Kontakt zu ihm abgebrochen. Sie hatte keinen seiner Briefe beantwortet – er trug es ihr nicht nach. (Nun bekam er schon lange keine Post mehr, er hatte gar keine Adresse.) Er konnte ihr nicht das Wasser reichen, das wußte er, auch schon damals, als er sich noch aufspielte, als sei er der King. Das letzte, was sie ihm am Tag ihrer Verurteilung noch sagte – während sie in Handschellen auf dem Weg zurück nach Rikers Island abgeführt wurde und ihm noch einen letzten Blick aus ihren glänzenden dunklen Augen zuwarf –, war der kurze Satz: »Rick, sieh zu, daß du aus der Stadt verschwindest.« Sie meinte das ernst. Alles, was sie über ihn wußte und alles, was ihm ihrer Ansicht nach passieren konnte, hatte sie durchdacht und dann in diesen kurzen klugen Ratschlag gegossen. Du solltest aus der Stadt verschwinden. Verschwinde um Gottes willen aus New York, Rick. Und das tat er dann auch.

Als er eines Tages nach einer Fahrt ins Blaue von Brooklyn kommend in Orient Point ankam, hätte er nie im Leben gedacht, daß er so lange hierbleiben würde. Daß er sich hier vergraben, Arbeit auf einem Fischkutter annehmen und Tomaten züchten würde. Ihm war nur klar gewesen, daß er einen Ortswechsel und die Einsamkeit brauchte. Wenn dies Schmerz und Schwierigkeiten bedeutete, auch gut, das wäre dann seine Buße gewesen. Anfangs war das Schwierigste, für sich allein zu leben. Das Cottage hatte ein altes Telefonkabel, das den ganzen Zufahrtsweg hinunter bis zur Straße verlief. In der ersten Zeit nach seinem Einzug nahm er manchmal den schwarzen Hörer – der alt, brüchig und schwer wie ein Hammer war – von der Gabel und lauschte dem fernen Rauschen des Universums. Dann dachte er an die Leute, die er anrufen konnte, die vielen in der Stadt, die ihm sagen würden: He Rick, altes Haus, du bist schon so lange weg; Zeit, daß du zurückkommst und wieder Geschäfte machst. Und er erkannte, wie sinnlos solche Anrufe wären. Er sehnte sich nach Christina, ja, das mußte er zugeben. Auch nach vier Jahren noch. Und nicht mal, weil er Sex im Kopf hatte; daran dachte er gar nicht so viel, außer an die eine Nacht im SoHo Grand Hotel, als er zusammengeschlagen worden war. Vielmehr waren es die Sonntagmorgen, die ihm fehlten, wenn sie gewöhnlich die Zeitung kaufte und beide dann in die Stadt gingen, um sich einen Film anzuschauen. Sie liebte es, ins Kino zu gehen, außerdem las sie viel. Sie war eine von denen, die ein geheimes Leben mit Büchern führten. Sie las, um sich zu vergessen und wiederzufinden. Und sie fegte gern, weil es sie beruhigte. Sie war eine Frau mit alten Wunden und trug schwer an ihnen, das hatte er bemerkt. Ich kann niemandem trauen, hatte sie ihm einmal fast traurig gestanden, ich möchte schon, aber man hat mir das ausgetrieben. Sicherlich meinte sie damit die Vergewaltigung von damals, als sie noch ein Teenager war. Sie hatte ihm einmal davon erzählt, nur einmal, und schien es gleich bereut zu haben. Du hast es mir erzählt, sagte er. Ich hätte es nicht tun sollen, war ihre Antwort. Du verstehst das nicht, du weißt nicht, was so etwas in einem anrichten kann. Dann hatte sie den Besen aus der Kammer genommen und zu fegen angefangen. Du verstehst das nicht. Du kennst mich nicht.

Während er noch ihren Worten nachhing, legte er behutsam den alten Hörer auf die Gabel. Später hatte er das Telefon abgemeldet. Um nicht wieder rückfällig zu werden, hatte er eine Leiter aus der Scheune geholt, die Leitung durchtrennt, die zum Cottage führte, und die vierhundert Meter Kabel hinunter bis zur Straße aufgerollt und auf seinen Pick-up geworfen. Ein Stück von dem Kabel hatte er abgeschnitten und zwischen zwei Kiefern gespannt, um Wäsche daran aufzuhängen.

Das hast du alles gemacht. Du hast dir eine kleine überschaubare

Welt für dich allein eingerichtet. Mit anderen Leuten hast du kaum geredet. Etwa ein halbes Jahr lang hatte er sich mit einer geschiedenen Frau getroffen. Sie war dreiundvierzig, und ihre Kinder waren schon aus dem Haus. Sie war dick, breitärschig und hatte einen schelmischen Blick. Anfangs fühlte er sich nicht so allein mit ihr. Sie hatten sich im Hafen von Greenport getroffen, er in Watstiefeln und T-Shirt. Sie aß ein Eis an der Waffel. »Hallo, Bob«, sagte sie, »oder Bill oder Jack oder wie immer du auch heißt, du riechst nach Fisch.« Sie wischte sich den Mund mit einem Taschentuch ab und legte zum Maßnehmen ihre Finger um seinen Oberarm. »Meine Hand reicht nicht mal halb herum.« Er schaute sie an. »Lady, Sie wollen doch gar nicht mit mir plaudern.« Sie packte seinen Arm jetzt mit beiden Händen. »Oh, vielleicht doch.« Er merkte, daß sie nicht von ihm erwartete, sie zu mögen, was ihm nur recht war. Er wollte die Gedankengänge einer Frau nicht verstehen, er verstand sich ja selbst kaum. Ihr gehe es nur um Sex, sagte sie frei heraus. Eine ehrliche Haut. Von da an fuhr er zwei-, dreimal die Woche zu ihr hinüber, rieb sich schon im Auto den Schwanz, bis er halb steif war, und stürzte sich in sie hinein. Ficken, was das Zeug hielt, um das zu bekommen, was man – wie alle Männer erfahren mußten – nie bekommen würde. Er fand sie nicht anziehend, doch gerade das machte sie in anderer Hinsicht wieder begehrenswert. Sie war üppiges Fleisch in seinen Händen, überbordend. Die Höfe ihrer Brustwarzen waren so groß wie Untertassen, und diese Monstrosität gefiel ihm. Ihr Hinterteil hatte gut hundertdreißig Zentimeter Umfang, man mußte ihr die Arschbacken auseinanderziehen. Er verstand, daß sie sich einen großen Mann wünschte, der mit ihr spielte, so daß sie sich dabei klein fühlen konnte. Einmal zündete sie sich eine Zigarette an, während er mit ihr zugange war, und ermunterte ihn, ruhig weiterzumachen. »Ich will nicht dabei reden«, sagte sie. Die Abmachung war: Er hatte es ihr zu besorgen. Nie blieb er über Nacht, nie lud sie ihn dazu ein. Ehe er sich seine alten Boxer-Shorts wieder anzog, wusch er sich das Glied mit Seife, wie es ihm als Kind sein älterer Bruder Paul beigebracht hatte, und dann setzte er sich wieder in den Wagen. Manchmal machte er dann noch mit eingeschaltetem Radio eine Spazierfahrt über die dunklen Landstraßen. Doch es war nichts von Dauer. Eines Nachts hatte sie ihn beiläufig gefragt, warum er aus New York weggegangen sei, und er hatte gesagt, willst du das wirklich wissen? Ja, hatte sie geantwortet, wie um ihn herauszufordern, und da hatte er begonnen, von Christina zu erzählen, von ihrer Wohnung und den Restaurants, in die sie damals gingen. Die Frau hatte Rick verzweifelt angeschaut, als ob plötzlich etwas in seiner Stimme sei, was sie bei ihm nicht vermutet hätte, ein Klang, ein Tonfall wie er nur dann zu hören war, wenn man jemanden vorbehaltlos liebte – und dann war sie in Tränen ausgebrochen. »Ich habe dich nie so reden hören. Ich dachte immer, du seist nur so ein grober Seebär.« Der plötzliche Kummer erstickte sie fast, sie zündete sich eine Zigarette an, konnte sie aber nicht rauchen. »Du hast mir alles verdorben«, sagte sie, »am besten, du gehst jetzt.« Von da an hatte er mit niemandem mehr Umgang gehabt, abgesehen von der Mannschaft auf dem Fischkutter. Nieten und Trunkenbolde allesamt, da fiel er nicht auf. Im Winter lauschte er den vereisten Ästen der Zeder, die draußen vor dem Cottage klirrend aneinanderrieben. Manchmal fragte er sich, ob er am Ende noch wahnsinnig würde. Doch auch das ging vorüber. Die Arbeit half ihm – der Job auf dem Fischkutter, die immer gleichen Handgriffe. Er war darüber hinweggekommen, er war in Ordnung.

Und nun das. Das Klügste wäre gewesen, nichts zu tun, nirgendwohin zu gehen.

Ein Streifen grauen Lichts oben an der Wand, ein schwerer Mann auf einer Matratze, Schweiß im Nacken und unter den Achseln. Arbeitsschuhe mit offenen Bändern auf dem Fußboden. Eine schwache Brise erhob sich, das metallische Geräusch der roten Boje war in der Dämmerung zu hören. Er bewegte sich. Der Traum, in dem er gefangen war, entglitt ihm – er hatte sich als Schuljungen geträumt, in Staten Island, mit sauberem Kragen und der Krawatte einer katholischen Schule. Er bückte sich, um etwas Großes, Dunkles, Unbekanntes zu betrachten: eine in sich zusammengesackte monströse Gestalt. Er schlug die Decke zurück und setzte die Brille auf. Beim Aufstehen fühlte er sich steif in den Gelenken. Das Bett stand neben dem Fenster, die drei dicken grünen Tomaten aus dem Garten lagen auf dem Fensterbrett. Er setzte die Füße auf den Boden, stieß sich vom Bett ab und fühlte die Schwere in sich.

Draußen stand er im Wind, einen Becher Milch in der Hand. Er drehte sich um und betrachtete das Cottage. Es war 1805 erbaut worden, hatte ihm ein Farmer im Restaurant erzählt, und seither unzählige Male umgebaut worden. Er trank den Becher aus. Du wirst ihr helfen, sagte er zu sich selbst, du wirst nur Gutes tun.

Wieder im Haus, legte er seine Armbanduhr an und suchte seinen alten Gürtel; Mäuse hatten den Weg in die unterste Schublade gefunden und nur ein paar Fetzen Leder und die eiserne Schnalle übriggelassen. Er besaß nur einen Koffer – etwas klapperte darin. Er ließ den Kofferdeckel aufspringen. Da waren ein paar Lederschuhe, gute italienische Qualität, mit neuen Absätzen. In den vier Jahren hatte er sie nie getragen. Wahrscheinlich hatten sie mehrere hundert Dollar gekostet, eine Unsumme. Er setzte sich auf das niedrige Feldbett und stellte die Schuhe daneben auf den Boden. Dann nahm er den linken Schuh und zog ihn an. Er paßte nicht recht, kaum daß er den Fuß hineinkriegte. Er zog den Schuh wieder aus und probierte den anderen. Gleiches Ergebnis. Vielleicht hatten sich seine Füße gesenkt, vielleicht war es auch wegen der Schwielen, weil er so oft barfuß ging. Die Schuhe, die er sonst trug, waren ein Paar alte ausgelatschte Arbeitsschuhe, die er einmal ein paar Kilometer weiter gekauft hatte. Er hatte sie unter allen möglichen Haushaltsgeräten, billigen Holzmöbeln und gebrauchtem Werkzeug einer Frau abgekauft, die am Straßenrand den Besitz ihres verstorbenen Ehemanns feilbot. Es war eine von diesen unbeugsamen alten Frauen, die auch dann nicht weinten, wenn sie ihr eigenes Leben ausverkaufen mußten.

Er stellte die teuren Schuhe beiseite und warf ein paar Kleidungsstücke in den Koffer. Dann machte er das Bett, drehte den Propankocher aus, stellte den Kühlschrank ab, warf alte Reis- und Bohnenvorräte in die Büsche, schloß die Läden vor den Fenstern, wusch seine Teller ab und stellte sie auf den Trockner neben dem Spültisch ab. Es war vier Uhr morgens; er mußte vermeiden, in den dicksten Verkehr Richtung Manhattan zu geraten. Er steckte sich die Tomaten in die Jackentasche, schloß die Tür ab und versteckte den Schlüssel unter einer alten Austerschale in den Büschen. In der Scheune nahm er die Bogensäge, mit der er vier Jahre lang Holz gesägt hatte und die davon schon stumpf geworden war. Auch hier schloß er das Tor. Als er sich umdrehte, stand er der Kompanie gebeugter Sonnenblumen gegenüber, die ihn wie griesgrämige alte Männer anschauten.

Während der Pick-up im Leerlauf am Straßenrand stand, ging er ein paar Schritte auf dem Weg zurück und fällte eine Eiche von rund dreißig Zentimeter Durchmesser, so daß sie über den Zufahrtsweg zum Cottage fiel. Jetzt mußte man schon eine Kettensäge oder einen Bulldozer haben, um den Weg für ein Fahrzeug freizubekommen, und wenn wirklich jemand den Stamm zersägte oder den Baum beiseite schaffte, dann würde Rick bei seiner Rückkehr sofort Bescheid wissen. Mit dem Geld von seinem Job auf dem Fischkutter konnte er ein paar Tage auskommen. Darüber hinaus würde er einen Teil der Summe in Tante Evas Kellerwohnung holen. Er legte die Säge hinter den Sitz und fuhr nach Westen. Fünfzig Kilometer auf der Route 25, dann hundertzwanzig Kilometer auf der Long-Island-Schnellstraße, der Hauptverkehrsader, die ins Herz der Metropole führte. Er würde in Verkehr geraten, aber dann nach Norden Richtung Gefängnis abbiegen. Selbst wenn er Rast zum Frühstücken machte, würde er vor neun Uhr dort ankommen. Christina wollte ihn sicherlich nicht sehen, das wußte er. Andererseits erwartete sie ihn auch nicht, und er bildete sich ein, daß sie im Augenblick des Wiedersehens vielleicht erkennen würde, daß er auf seine Weise ebenfalls in Gefangenschaft gelebt hatte. Nicht so schlecht wie sie, aber doch eingemauert in Reue und Schmerz um die gemeinsame verlorene Zeit, um ihre verlorene Zeit.

Vor dem Gefängnis angekommen, fuhr er den Pick-up auf den Besucherparkplatz und blickte zu den Backsteinbauten auf der Anhöhe empor. Das Ganze sah nicht wie ein Gefängnis aus, eher wie eine alte Fabrik oder eine leerstehende Schule, die mit dem widerlichsten Zaun umgeben war, den er in seinem ganzen Leben gesehen hatte – Stacheldraht. Der Staat investierte hier nicht viel Geld, vom Stacheldraht einmal abgesehen. Er beobachtete, wie ein paar Frauen in grüner Kluft langsam die Anhöhe hinaufgingen. In dem Betongebäude neben dem Haupttor des Gefängnisses saß ein beleibter Wärter und hob den Blick, als der Neuankömmling sich näherte.

»Unterschreiben Sie hier, legen Sie Schlüssel, Münzen und sonstige Dinge aus Metall auf das Tablett, und gehen Sie durch den Metalldetektor.«

»Ich will gar nicht rein«, sagte Rick, den der bloße Gedanke, das Frauengefängnis zu betreten, ängstigte. »Ich warte auf jemanden, der entlassen wird.«

»Auf wen?«

»Christina Welles.«

»Ich habe gerade erst mit der Schicht begonnen. Ich schaue mal in der Liste nach. Vielleicht ist sie schon weg.«

»Wie kommen die Entlassenen von hier weg, wenn sie keiner abholt?«
»Die Gefängnisverwaltung gibt ihnen vierzig Dollar, und dann nehmen sie sich gewöhnlich ein Taxi«, gab der Wärter zur Antwort. »Das Taxi bringt sie zum Bahnhof etwa zwei Kilometer von hier, und dann fahren sie mit dem Zug nach New York.«
»Ich glaube nicht, daß sie schon weg ist«, sagte Rick. »Könnten Sie drinnen mal anrufen?«
Als der Wärter wieder aufhängte, schüttelte er den Kopf:»Nein, das haben Sie falsch verstanden.«
»Mir wurde gesagt, sie sollte hier entlassen werden.«
»Da hat man Ihnen etwas Falsches gesagt.«
»Wie? Was ist daran falsch?«
»Sie soll heute vor Gericht erscheinen, vor dem Obersten Gerichtshof.«
»In Manhattan?«
»Ich glaube schon.«
Er merkte, daß er von der Stelle, wo er stand, seinen Pick-up nicht sehen konnte, auch nicht, wer in welchem Auto auf dem Parkplatz saß und auf seine Rückkehr wartete. »Mir wurde gesagt, sie sollte um neun Uhr morgens hier herauskommen.«
»Das war falsch. Sie ist schon vorher entlassen worden.«
»Mir wurde neun Uhr gesagt, und zwar aus guter Quelle.«
»Wahrscheinlich hat man das allen gesagt.«
Er wurde stutzig. »Wie meinen Sie das?«
»Ich meine« – und hier zeigte der Wärter ein hämisches Lächeln – »Sie sind schon der zweite, der heute morgen nach ihr gefragt hat. Aber sie ist nicht mehr hier, mein Freund.«

Fifth Avenue 817
Manhattan
9. September 1999

Er nahm einen großen roten Flieger und eine kleine blaue Tablette und wachte auf der anderen Seite des Globus auf. Hellwach hing er in 2500 Meter Höhe über der steinernen Skyline Manhattans, die nach der gläsernen Raketenarchitektur Hongkongs und Shanghais fast heruntergekommen und antiquiert wirkte. Bis er im Schnellschritt durch Zoll und Einreisestelle geeilt und in die auf ihn wartende schwarze Firmenlimousine gestiegen war, hatte er den Traum vergessen, den er im Flugzeug gehabt hatte, erinnerte sich aber wieder an die acht Millionen nach Steuern, die Sir Henry Lais Mund ausgespien hatte. Eine hübsche Summe, genug, um sich ein Anwesen in East Hampton, einen kleineren Picasso oder – besser als das vorher Genannte, und nicht annähernd so kostspielig – ein geheimes Kind zu leisten. Ob Junge oder Mädchen, das war einerlei. Vorausgesetzt, daß Martha Wainwright seinen Wünschen nachgekommen war, würde seine Anzeige unter der Rubrik »Persönliches« in den nächsten Ausgaben von *The Village Voice* und in *New York Magazine* erscheinen. Solche Magazine wurden Woche für Woche von Tausenden junger, fruchtbarer, intelligenter und liebevoller Frauen gelesen, und sicherlich würden sie auf die Anzeige eines Managers im reiferen Alter antworten, der bereit war, Mutter und Kind einundzwanzig Jahre lang finanziell zu unterstützen, Kosten für Gesundheitsfürsorge und Bildung inbegriffen. Sie werden mir bestimmt schreiben, dachte Charlie, warum sollten sie nicht? Das lief also gut an, aber nun kam die schlechte Nachricht, überreicht vom Chauffeur in Form eines von Karen versiegelten Kuverts: der wöchentliche Absatzbericht! Sollte er einen Blick riskieren? Die Zusammenfassung zeigte nur unkommentierte Zahlen, aber er wußte, wonach er schauen mußte. Manila Telecom war ihm auf allen Märkten und bei allen Produkten hart auf den Fersen, ließ ihm keine Ruhe, jagte ihm seine Vertriebsleute ab, betrieb eine aggressive Preispolitik, kopierte Teknetrix' Produkte und schreckte auch nicht davor zurück, die Einkaufsabteilungen seiner Kunden zu schmieren. MT hatte zwei große Fabriken in Indonesien. Wenn es dort doch nur zu ein paar Arbeitskämpfen käme, dachte Charlie, oder Wechselkursschwankungen, irgend etwas, das MT ein bißchen bremste. Er mußte die Fabrik in Shanghai hochziehen und sobald wie möglich mit der Produktion beginnen, sonst würde MT Teknetrix' Marktanteile aufzehren, und damit auch Charlies Frühstück. Was heißt Frühstück: MT würde sich durch Zunge und Schlund bis hinunter zu den Schuhen durchfressen. So lautete das Gesetz bei den Zulieferern der Telekommunikationsbranche. Fressen oder gefressen werden.

Das Autotelefon klingelte – es war Karen.

»Haben Sie den Absatzbericht erhalten?« fragte sie.

»Ja, was gibt es sonst noch?«

»Ihre Tochter möchte Sie im Restaurant zu einem späten Lunch treffen. Außerdem kommt Martha Wainwright um fünf hier vorbei.«

Er schaute auf ein vorübersausendes Taxi. Der Fahrer las Zeitung. »Irgend etwas Neues über die Fabrik?«

»Nein.«

»Wir geraten in Verzug.«

Er wußte bereits, daß der Stromgenerator geliefert worden war, aber mit dem Subunternehmer, der die Gerüste stellen sollte, gab

es Probleme. »Rufen Sie Conroy an, und sagen Sie ihm, daß ich sauer bin.«
Dann rief er Ellie an. »Dein erster Mann meldet sich zurück.«
»Ich habe die Werbebroschüre der Seniorenresidenz auf den Eßtisch gelegt«, sagte sie, als ob sie eine Unterhaltung fortführten, die sie vor kurzem abgebrochen hatten.
»Na wunderbar, was kann man sich Besseres wünschen.«
»Ich habe dich gebeten, einmal hineinzuschauen, Charlie.«
»Ich mache es, um dein schönstes Lächeln zu bekommen.« Er legte eine Pause ein. »Wenn du verstehst, was ich meine.«
»Und wie wäre mein schönstes Lächeln?« fragte Ellie.
»Dein Lächeln ist immer schön.«
»Wenn du versuchst, mir zu schmeicheln, kommst du nicht weit.«
»Weit genug, würde ich sagen.«
»Du bist furchtbar«, erwiderte Ellie, aber er konnte aus ihrer Stimme heraushören, daß es ihr gefiel. »Übrigens, Charlie, was sagt der Absatzbericht?«
»Manila frißt uns bei lebendigem Leib auf.«
»Dann tut dasselbe.«

Der Chauffeur fuhr sie nach Manhattan hinein, vorbei an Werbeplakaten, die man in der Woche, in der Charlie fort war, ausgetauscht hatte. Neue Filme und Fernsehshows, neue Automodelle. Wie rasend schnell sich alles änderte! Der Quad-Port-Transformer, auf den Ming so neugierig war, war vor drei Monaten noch ein fehlerhafter Prototyp gewesen, vor sechs Monaten ein Plan, vor einem Jahr eine bloße Idee und vor zwei Jahren eine technische Unmöglichkeit – eine kühne Hypothese, die davon ausging, daß es Fortschritte in der Signalkomprimierung und in der Polymerforschung geben würde. Erschreckend, dachte Charlie, wenn man einmal darüber nachdachte, aber das sollte man eigentlich nicht.
Sie verließen den Tunnel und kamen nun in den richtigen Hitze-

kessel – die eigentliche City. Aus seiner fahrenden klimatisierten Höhle sah er auf die flirrende Avenue heraus, auf Frauen, die an ihren Blusen zupften, auf schimmernde Häuserfronten, auf Taxis, die sich wie erhitzte Tiere vor roten Ampeln stauten. Eine Schicht Kohlenmonoxid breitete sich unter dem Sauerstoff aus, Gasaustausch und Ausdünstung. Er dachte an Ellie in dieser Hitze, wie es wohl in fünf oder zehn Jahren wäre. Noch ein Grund, warum sie fortwollte.

Während er im Restaurant auf Julia wartete, beobachtete er die Businessmänner und -frauen beim Lunch. Söldner des Kapitalismus des einundzwanzigsten Jahrhunderts. Wie jung und wohlhabend sie alle aussahen! Elegante Schuhe und Krawatten, lächelnde Gesichter. Und wie schnell sie redeten! Daneben bin ich ein Dinosaurier, dachte Charlie. Graue Haare und gedeckter Anzug. Er erinnerte sich, wie er früher in Thailand auf alte Piloten herabgeschaut hatte, Burschen, die den Koreakrieg mitgemacht hatten, einer hatte sogar noch Einsätze am Ende des Zweiten Weltkriegs geflogen. Mittlerweile waren sie alle tot. Wie Sir Henry, dessen Ableben in den heutigen Ausgaben des *Wall Street Journal* und der *Financial Times* gemeldet wurde, aber das war auch schon wieder kalter Kaffee. Neue Zyklen und Jetlag. Telefonanrufe und Schlaftabletten. Hatte er Mühe mitzuhalten? Ja. Nein, nicht wirklich. Sein Traum würde zu ihm zurückkommen. Er erinnerte sich so selten an seine Träume. Das passierte einem, wenn man älter wurde.

Dann sah er Julia. Sie drängte sich an den Kellnern vorbei – Frisur wie eine Geschäftsfrau, Gang wie eine Geschäftsfrau –, wie immer in Eile, aber niemals zu spät. Ausgenommen, wenn es darum ging, Mutter zu werden. Sie hatte zu lange gewartet, und ihre hektische Aufholjagd war ohne Erfolg geblieben. Sie war hochgewachsen wie er und stets ein wenig zu schlank, schlanker, als ihr guttat. Warum diese Unruhe? Sie hatte einen Partner gefunden, und sie hatte eine gute Position. Wenn sie zehn Pfund mehr auf die Waage brächte, dachte er, könnte sie vielleicht schwanger werden.

»Hast du eine gute Reise gehabt?« Sie gab ihm einen Kuß.

»Danke«, sagte er. »Aber zuviel chinesisches Essen.«

»Chinesisches Essen ist doch gut.«

»Ja, die beste Küche der ganzen Welt. Aber man ißt zuviel, und man beginnt, chinesisch zu träumen.«

Sie forderte mit einem Lächeln den Kellner auf, die Karte zu bringen. »Tut mir leid, daß ich am Telefon so aus dem Häuschen geraten bin. Ich hatte gerade erst den Befund bekommen.«

»Was sagt Brian dazu?«

Sie seufzte. »Er kommt damit zurecht. Wir könnten als nächstes eine Leihmutterschaft ins Auge fassen.«

»Du meinst, daß eine andere Frau seinen Samen erhält?«

»Ja. Eine reizende Vorstellung, nicht wahr?« Julia legte sich die Serviette auf den Schoß. »Brian ist auch nicht gerade begeistert. Das bringt so viele Probleme für das Kind mit sich. Man muß ihm erklären, daß die biologische Mutter nicht die eigentliche Mutter ist. Und dann heißt es, Leihmütterkinder entwickeln Abwehrgefühle, von der Art, ›Warum hat meine Mama ihr Ei weggeben oder es verkauft?‹« Julia legte die Hände auf den Tisch, als ob sie etwas glattstreichen wollte. Die Geste hatte sie von Ellie. Sie besagte, daß Menschen vernünftig waren und Probleme gelöst werden konnten. Es beruhigte. Er ahnte, daß Julia das gleiche auch an Konferenztischen überall in der City mit großem Erfolg tat. Sie hatte ein Jurastudium mit glänzendem Abschluß absolviert, einen egomanischen Widerling geheiratet, sich von ihm scheiden lassen, sich ein, zwei Jahre ausgetobt, Brian kennengelernt und mit ihrer eigenen Anwaltskanzlei Karriere gemacht. Rasche Auffassungsgabe, analytisches Urteil, zuverlässig, durchsetzungsfähig. Aber kein Baby. »Es laufen jetzt Versuche«, fuhr sie fort, »bei denen die

DNS der Eizelle einer Frau in die Eihülle einer anderen Frau übertragen wird. Dann wird das Ei befruchtet. Die Spenderin würde dann ihr eigenes Kind haben, aber das Ei einer anderen Frau benutzen. Für mich kommt das allerdings zu spät. Aber die Forschung geht in diese Richtung. Theoretisch kann eine Großmutter das Kind ihrer Enkelin zur Welt bringen – ihr eigenes Urenkelkind. Auch der umgekehrte Fall wäre möglich. Die Enkelin könnte das befruchtete Ei ihrer Großmutter austragen, womit sie ihrem Großonkel oder ihrer Großtante das Leben schenken würde. Es ist schon verrückt, was da auf uns zukommt. Außerdem gibt es die mehrfach befruchteten Eier, die ein Paar genetisch untersuchen lassen kann.«

»Das verstehe ich nicht.«

»Nehmen wir an, Brian und ich hätten sechs lebensfähige Embryonen. Bald wird es Tests geben, mit denen das Wunschkind ausgewählt werden kann: mathematische Begabung, Sprinterbeine, hohe Resistenz gegen Hautkrebs und was sonst noch.«

»Aber diese Technologie steht doch noch nicht bereit«, sagte Charlie.

»Nein, aber sie wird kommen.«

»Und du bist dir sicher, daß du es nicht noch einmal versuchen willst?«

»Noch einmal?«

Er zuckte mit den Achseln.

»Für mich?« fragte Julia. »Oder für dich?«

»Selbstverständlich für dich, Schatz.«

Julia trank ihr Mineralwasser. »Ich habe mich damit abgefunden, Dad.«

Nachdem sie ihre Bestellungen aufgegeben hatten, fragte er, mit dem Thema schon auf dem Rückzug: »Und wie wäre es mit der guten, altbewährten Adoption?«

»Vielleicht, ich weiß es nicht. Wir sind ziemlich erschöpft. Außerdem muß ich all diese Hormone wieder aus meinem Körper bekommen. Wenigstens braucht mir Brian jetzt keine Spritzen mehr in den Hintern zu geben.« Sie lächelte mutig, schließlich wußte sie, daß man an allem auch komische Seiten entdecken konnte, vorausgesetzt, man war bereit, sie zu sehen. »Ich habe ihm immer gesagt, wenn er schon die Nadel dort ansetzt, kann er gleich etwas Fett mit herausziehen.«

»Aber Schatz, ich bitte dich, du bist doch ein flottes Mädchen.«

»Ich fühle mich alt. Ich schikaniere Leute, weißt du das?«

»Was glaubst du, wie ich mich fühle.«

Sie schwenkte abwehrend ihr Brot.

»O Dad, du hältst dich doch bestens. Du bist unverwüstlich. Aber wer mir Sorgen macht, ist Mom.«

Das überraschte ihn. »Warum?«

»Sie ängstigt sich wegen jeder Kleinigkeit.«

»Sie möchte in einen Wohnpark für Senioren ziehen.«

Doch Julia durchschaute das wie immer. »Sie möchte das deinetwegen. Sie möchte mit dir gemeinsame Spaziergänge im Grünen machen. Das ist doch ein schöner Gedanke …«

»Hast du den Park schon gesehen?« unterbrach er sie.

»Wir waren letzte Woche da«, räumte sie ein, seine Reaktion abwartend. »Man braucht anderthalb Stunden mit dem Auto. Es ist wirklich sehr gut angelegt. Großer, alter Baumbestand.«

»Mom hat es gefallen?« fragte er.

Julia runzelte die Stirn, weil er offenbar nicht auf dem laufenden war. »Sie liebt es. Sie hat alle Unterlagen mitgenommen.«

»Was für Unterlagen?«

»Den Kaufvertrag und dergleichen.«

Davon hatte sie ihm nichts erzählt.

»Ich vermisse Ben«, sagte Julia plötzlich. »Die ganze Geschichte mit dem Kinderwunsch wäre nicht so schlimm gewesen, wenn ich mit ihm hätte reden können.«

Er wußte darauf nichts zu entgegnen, er wußte überhaupt nichts zu sagen.

Julia nahm seine Hand. »Es tut mir leid, Dad. Ich hätte nicht davon anfangen sollen.«
»Ja«, sagte er vage, »ist schon gut.«
»Ich muß noch mal auf die Toilette und meine Voice-Mail durchgehen.« Sie holte ihr Handy aus der Handtasche. »Und zwar gleichzeitig.«
Er sah zu, wie seine Tochter durch das Restaurant ging, eine Geschäftsfrau, Ehefrau und vielleicht eines Tages sogar Mutter, aber keine Schwester mehr. Er liebte sie um so mehr, da er wußte, was er verloren hatte. Seinen Sohn, seinen Ben, seinen Jungen: Er sah ihn noch als schlafendes Baby in der Wiege, eine Spuckeblase vor dem Mund, der Kleine, der nachts begierig an Ellies schweren Brüsten saugt, der mit vollgekackter Windel brav in seinem Bettchen Wache hält, mit sechs Jahren dreiundfünfzig Pfund schwer ist und ein Ausbund an Begeisterung, mit sieben eine Narbe über dem Auge hat vom Aufprall einer Schaukel; der in der Badewanne sitzt und an seinem Penis zieht, als wäre es der Starterzug eines Rasenmähers, sich mit zehn eine Zigarette am Gasherd in der Küche anzündet, mit zwölf Charlie beim Streichen des Badezimmers hilft, jahrelang schlecht Trompete spielt, Charlie zeigt, daß er mit einer Hand sieben Liegestütz hintereinander machen kann, als schlaksiger Sechzehnjähriger die Meile in vier Minuten und achtundzwanzig Sekunden läuft, ein Jahr darauf als Holzfäller in Montana arbeitet, sich mit einer Kettensäge das Schienbein lädiert, wegen einer Rauferei in der Bar festgenommen wird – ein schöner Brief nach Hause berichtet über die Umstände der Verhaftung –, heftig über Ronald Reagans Politik diskutiert, sich an der Brown University einschreibt und später gesteht, daß er sein erstes Semester im Bett verbracht hat, und zwar mit der bezaubernden Tochter eines mexikanischen Diplomaten und mit der Lektüre alter Maya-Gedichte. Und dann wachte sein Ben, sein einziger Junge, sein Fleisch und Blut, sein Traum, eines Tages mit dunklen Flecken an den

Beinen auf, die Haut unter den Schwellungen fast zum Platzen gespannt, purpurne Ringe unter den Augen, mit schwachem Atem. Eine Blutkrankheit, sagte der erste Arzt, Leukämie, der zweite; in diesem Stadium können wir nichts mehr tun, sagte der letzte Arzt, und so war es wirklich. Stark, wie Ben war, verweilte er nicht in dieser Welt; er wurde aus dem Leben geworfen und in eine andere Welt gebracht, wo diese auch sein mochte. Das war jetzt fünfzehn Jahre her, und für keinen, weder für Ellie noch für Julia, noch für Charlie, würde es jemals wieder wie vorher sein.

Auf dem Weg ins Büro nickte er dem Sicherheitsmann zu und ging weiter zum Aufzug. Teknetrix belegte drei Etagen in einem Hochhaus an der Park Avenue, von denen jede für weitere vier Jahre für 300 000 Dollar jährlich geleast war. Zweihundert Mitarbeiter in Verkauf, Buchhaltung und technischem Support verwalteten weltweit elftausend Beschäftigte, die fast alle für einen Wochenlohn von fünfzig Dollar in der Produktion auf den Philippinen und Taiwan, in Malaysia und Thailand arbeiteten. Die Büros der Geschäftsleitung befanden sich etwas abgesetzt in der obersten Etage der Firma. Dort saßen nur acht Männer mit ihren Assistenten und Sekretärinnen, ein kleines Königreich von Technokraten, das Charlie wie eine Fliegerstaffel kommandierte. Ein größeres Management brauchte die Firma nicht. Charlie führte sie am kurzen Zügel, übertrug aber seinen Vizepräsidenten viel Verantwortung, so daß sie zu beschäftigt waren, um sich gegenseitig zu bekriegen. Teknetrix war eine kleine Firma, zu neu am Markt, um sich sicher zu fühlen, zu finanzschwach, um den Teppichboden in den hinteren Korridoren erneuern zu lassen.

Karen blickte von ihrer Arbeit auf, als er eintrat. »Bill McGellen hat angerufen.«

Charlie schaute auf seine Armbanduhr. »Die Börse hat doch geschlossen.«

»Ja.«
»Wie schlecht können die Aktien stehen, wenn der Markt geschlossen ist?«
»Das kann er Ihnen sicherlich sagen, nehme ich an.«
»Na schön. Ist ein Paket aus China angekommen?«
»Noch nicht.«
»Eine große Vase für meine Frau.«
Karen lächelte höflich, doch ihre Augen sagten: McGellen anrufen. Das würde er schon noch. Aber zuerst wählte er die gebührenfreie Nummer von Marvin Noff, dem Herausgeber eines Börsenspiegels. Vor ein paar Monaten hatte Noff wärmstens empfohlen, die Teknetrix-Aktie zu kaufen, teilweise wegen des angekündigten Fabrikbaus in Shanghai. Charlie hörte der Computerstimme zu und tippte dann den Börsencode seiner Firma ein. »Nach unserer Wachstumsprognose haben wir Teknetrix auf eine stagnierende Position zurückgestuft. Die neue Einschätzung erfolgte –« Und dann kam das Datum, drei Minuten nach Börsenschluß. Noffs Adepten, Tausende und Abertausende, die Lemminge, die den Markttrend machten, wählten ergeben tagtäglich seine Hotline-Nummer. Nach dieser Meldung würde ein erklecklicher Teil von ihnen Teknetrix-Aktien verkaufen. McGellen, der Börsenfachmann, der Teknetrix an der New Yorker Börse handelte und einen schmalen Gewinn bei jedem Verkauf einstrich, konnte nicht so leicht in Panik versetzt werden. Gewöhnlich hatte er genug Kauf-Orders zu gestaffelten Preisen parat, um einer eventuellen Welle von Verkaufs-Orders gegenzusteuern. Aber nicht heute.
»Guten Tag, Mr. Ravich«, sagte McGellen. »Ich habe etwa vierhundert Verkaufs-Orders für den morgigen Börsenbeginn.«
»Welches Volumen?«
»Eher klein, aber einige große sind auch dabei. Insgesamt summieren sie sich zu mehr, als ich im Rückhalt habe.«
»Nennen Sie mir mal Ihre Zahlen.«

»Ich habe neue Verkaufs-Orders für 300 000 Aktien zu den heutigen Schlußkursen von vierunddreißig bis hinunter zu siebenundzwanzig. Außerdem eine alte Verkaufs-Order für neuntausend Aktien zu sechsundzwanzig.«

Charlie seufzte. Die Firma wurde oft dafür kritisiert, daß sie nicht genug Aktien auf dem Markt hatte, nur sechzehn Millionen, was dem Handel enge Grenzen setzte und das Risiko hoher Volatilität mit sich brachte. »Was sagt Ihnen Ihr Gefühl?« fragte er.

»Wenn ein paar Bösewichter mitziehen, müssen wir uns auf eine ausgeprägte Abstoßbewegung gefaßt machen, vielleicht sogar bis zu zwanzig Prozent. Der Markt ist sehr nervös. Teknetrix wird Prügel beziehen.«

»Was meinen Sie, ab wieviel wird das losgehen?«

»Schwer zu sagen. Vielleicht bei vier Punkten abwärts.«

Er schaute aus dem Fenster, sah ein Stück Papier vorbeisegeln, das von einem Aufwind getragen wurde. Die Aktie seiner Firma ging in die entgegengesetzte Richtung. Teknetrix mußte seinen Preis durch den Rückkauf von Aktien am offenen Markt verteidigen – keine beneidenswerte Aufgabe. Solange eine Firma einen Rückkaufplan hatte, der vom Vorstand genehmigt war, und dies dem Börsenpublikum bekannt war, galt die Aktion als legal. Er rief den Broker der Firma an und teilte ihm mit, den Kurs bei achtundzwanzig Dollar pro Aktie zu stützen.

» Noff will euch wohl verarschen?«

»Ja«, sagte Charlie. »Wenn Sie Ihre Jungs von der Portfolio-Abteilung anrufen und Ihnen sagen, daß unsere Aktien morgen billig sind, hätte ich nichts dagegen.«

Er wollte ein paar Millionen ausgeben, um dadurch einen Verlust von vierzig bis fünfzig Millionen an Marktwert abzuwenden. Zu anderen Zeiten hätte ihm ein Kurseinbruch nichts ausgemacht, aber jetzt kam es denkbar ungelegen, denn Mr. Ming könnte bei einem plötzlichen Verlust des Teknetrix-Marktwertes auf die

Idee kommen, sich den 52-Millionen-Dollar-Kredit noch einmal zu überlegen. Chinesische Banker wurden schnell nervös, kauten zuviel Ginsengwurzeln. Außerdem beschwor ein niedrigerer Aktienpreis das Risiko einer feindlichen Übernahme herauf. Seines Wissens kaufte Manila Telecom in aller Ruhe Teknetrix-Anteile auf. Alles bloß wegen Noff mit seiner Spekulantenpostille. Dieser Heini hatte weder Fabriken noch Zulieferer in der Dritten Welt, sondern begnügte sich damit, ganze Postleitzahlbereiche mit seinen Mailing-Kampagnen zu überziehen und immer neue Lemminge anzulocken.

Martha Wainwright – grauhaarig, zuverlässig, sechzig Pfund über ihrem Idealgewicht und möglicherweise lesbisch, aber das wußte er nicht genau – kam rauchend in sein Büro. Als er die Augen von seinen Papieren hob, sah er den Ärger, der ihr im Gesicht geschrieben stand. Verkniffener Mund, vorwurfsvoller Blick. Er stand auf und schloß die Tür. »Wenn du nichts dagegen hast, Martha, setze ich mich auf meinen Platz, und dann kannst du loslegen –«

»Dafür sehe ich keinen Grund, Charlie.«

»Das überrascht mich nicht. Ist die Annonce schon raus?«

»Ja, das ist sie«, antwortete sie mit funkelnden Augen. »Charlie, es gibt so viele heimatlose Kinder auf der Welt, Kinder, um die sich keiner kümmert. Warum nicht eines von ihnen adoptieren?«

Er atmete aus. »Die Frage ist vernünftig.«

Karen brachte einen Aschenbecher herein, suchte aber sofort wieder das Weite, als sie Marthas Miene sah. »Ist es doch nur Eitelkeit?« fragte Martha und nahm den Aschenbecher. »So erscheint es mir zumindest. Eitelkeit, männliche Eitelkeit, könnte ich hinzufügen.«

Sie meinte es gut mit ihm, sie wollte ihn mit jedem denkbaren Argument konfrontieren, damit ihm keine Illusionen blieben. »Meine Tochter kann keine Kinder bekommen. Was sagst du dazu?«

Sie schüttelte ungehalten den Kopf und blies Rauch zu ihm hinüber. »Deine Tochter könnte doch ein Kind adoptieren.«
»Ich weiß.«
»Wäre das nicht gut genug?« empörte sich Martha. »Könntest du einem solchen Kind keine herzlichen Gefühle entgegenbringen?«
»Selbstverständlich würde ich herzliche Gefühle für ein solches Kind aufbringen. Ich würde alles tun, um ihm ein gutes Leben zu ermöglichen.«
»Und das genügt nicht?«
»Nein, weil es mich nicht tröstet.«
»Willst du das zu deinem Trost tun?«
»In gewissem Sinne schon.«
»Du möchtest, daß etwas von dir weiterlebt.«
»Ja, Martha.«
Sie stand gereizt auf. Er konnte hören, wie ihr Atem pfeifend ging. »Hier geht es um Eitelkeit, Angst und Schwäche, aber nicht um Liebe. Eine Frau würde niemals so denken.«
»Bist du dir da sicher?«
Sie schaute ihn finster an. »Ja.«
»Ich glaube, eine Frau würde deshalb nie so denken, weil eine Frau gar nicht in diese Situation geraten könnte. Achtundfünfzigjährige Frauen können – bis an den heutigen Tag zumindest – keine Kinder mehr bekommen. Ich kann noch zeugen, Martha.«
»Und dennoch ist es ein Fehler, ein moralischer Fehler.«
»Warum? Willst du damit sagen, daß es unmoralisch ist, ein Kind in die Welt zu setzen und seiner Mutter alles zu geben, damit sie es gut aufziehen kann?«
»Ja, wenn nämlich das Geld Kindern zugute kommen könnte, die bereits geboren sind.«
»Martha, als Spezialistin für Erbschaftsangelegenheiten hilfst du Leuten, ihr Vermögen denen zu übertragen, die sie dafür ausersehen haben. Und da willst du mir sagen, daß ich das nicht tun soll?«

»Nein, ich sage dir als dein Rechtsberater, daß ich die ganze Idee abstrus finde.«
»Auf welcher Grundlage?«
»Aus emotionaler Sicht.« Sie drückte ihre Zigarette aus.
»Für wen?«
»Für alle, Charlie. Verflixt noch mal; für die Mutter, für das Kind. Vielleicht auch für Ellie und deine Tochter, wenn sie davon erfahren.«
»Die Mutter kann einen guten Ehepartner finden. Das Kind wird –«
»Das Kind wird dich sein Leben lang vermissen!« unterbrach ihn Martha, rot vor Zorn. »Das Kind wird wissen wollen, wer du bist. Spätestens mit vier wird es Fragen stellen –«
»Und wenn sich die Frau glücklich verheiratet? Sie kann den Partner heiraten, den sie liebt, wenn ich alle Ausgaben zahle.«
Beruhige sie, dachte Charlie. Tu so, als würdest du ihr beinahe zustimmen. Er wiegte nachdenklich den Kopf, wie wenn er ihre Einwendungen bedenken würde. »Wenn ich mich aber doch dafür entschließe«, fragte er sanft, »würdest du dann den Fall für mich übernehmen? Ich meine, die vertraglichen Fragen klären und die Interviews mit den Frauen führen?«
Sie ging zu seinem Schreibtisch, stocherte in seinen Papieren. »Ja, Charlie. Ja, in Gottes Namen, ich mache es für dich.«
»Gut.«
Sie schaute ihn streng an. »Unter einer Bedingung.«
»Und die wäre?«
»Du sagst es Ellie.«
Genau das wollte er auf keinen Fall tun. »Oh«, sagte er. »Selbstverständlich.«

Um sieben stieg er aus dem Taxi und suchte prüfend den Himmel ab – eine alte Fliegergewohnheit –, doch das einzige, was auf ihn zugeflogen kam, war das Grinsen des Portiers Kelly, der dastand, bereit, ihn mit seiner Hilfsbereitschaft zu quälen. Jeden Tag lächelte Kelly, als sei er mit dem Wunsch aufgestanden, nur einmal jemand Würdigem zuzulächeln – eben Charlie Ravich, seinem großen Freund, und nicht etwa dem Mann, der ihm jedes Jahr zu Weihnachten dreihundert Dollar in bar gab, wie es in diesem Haus üblich war und was man tunlichst nicht versäumen sollte, denn sofort würde der Service nachlassen, und obendrein würde man sich die vage Verachtung des gesamten Dienstpersonals einhandeln. Aber Charlie zahlte immer, die Scheine abgezählt in einem sauberen blauen Teknetrix-Umschlag. Deshalb stand Kelly da, lächelte wie ein Mann, der selbst den Teufel mit seinem Lächeln für sich einnehmen konnte, und öffnete die Messingtür des Apartmenthauses. Charlie nickte nur kurz und hinkte in die angenehm klimatisierte Eingangshalle, wo ihn Lionel, der siebzigjährige Fahrstuhlführer, nach oben befördern würde. Lionel verschwendete keine Energie auf eine Begrüßung oder sonstige Formalitäten. Er konzentrierte seinen ganzen Animus darauf, den Messinghebel zum Beschleunigen und Bremsen des Lifts mit größtmöglicher Präzision zu betätigen. Das Ding erinnerte Charlie an den Leistungshebel der alten T-37-Schulungsmaschine, die er erstmals 1962 geflogen hatte. Lionel drückte den Hebel stets bis zum Anschlag durch, damit der Lift gerade so viel Schwung erreichte, daß er beim anschließenden Rückführen des Hebels auf dem Niveau des gewünschten Stockwerks stehenblieb – und zwar so präzise, daß man eine Wasserwaage über den Spalt zwischen Fahrstuhl und Korridor hätte legen können. Lionel erledigte diese Tätigkeit, ohne eine Miene zu verziehen und ohne sichtbare Anspannung, ja, er schien nicht einmal dabei zu atmen. Oben angekommen, öffnete er die Metalltür und blieb auch nach Charlies Dankeschön vollkommen ungerührt. Höchstens kratzte er sich manchmal an der schuppigen Stirnhaut. Hätte man zu seinen Füßen Juwelen auf den Fußboden geschüttet, hätte sich eine junge Frau vor ihm ausgezogen oder ein Fahrgast sich die Nase abgeschnitten und den blutigen Fleischklumpen vor seinem Gesicht geschwenkt, das hätte Lionel nicht erschüttern können. Er war durch seinen Dienst vollkommen abgetötet worden, und paradoxerweise ging diese Erstarrung auf Charlie über. Jedesmal wenn Charlie die Fahrstuhltür aufmachte, fühlte er sich etwas reduzierter. Er hätte gern selber den Hebel betätigt und den Schwung gespürt, ja, vielleicht hätte er sogar absichtlich etwas zu stark beschleunigt, um anschließend den Lift fein dosierend auf die Höhe der Stockwerkmarke zu bringen, doch dieser Wunsch würde sich nie erfüllen.

Die Wohnung war dunkel. Keine Spur von Ellie. Merkwürdig, daß sie aus war. Wo konnte sie um diese Zeit noch sein? Seine Frau wurde wunderlich, Julia hatte recht. Ellie schien besorgt, besorgter als früher. Irgendwie wurde sie ihm zunehmend fremd. Im Bett klappte es schon, wenn auch nicht wie früher. Ihr Sex war vertraut wie ein alter Schuh. Ein kurzes Einpassen der Geschlechtsorgane. Gewohnheit und vage Erinnerung. Manchmal machte es sein Schwanz gut, manchmal nicht. Müdigkeit oder Rückenschmerzen. Er hatte mit der Gymnastik aufgehört. Und da er den ganzen Tag sitzend verbrachte, machte sich das bei ihm im Rücken bemerkbar. Viagra verbot sich wegen der Blutdrucktabletten. Es war einfach kaputt bis ins Mark. Ellie bewies Geduld. Er liebte sie, aber kannte sie nicht. Das war nicht so tragisch, weil sie ihn ja auch nicht wirklich kannte. Sie ahnte nichts von den acht Millionen! Acht Millionen Dollar waren schon ein großes Geheimnis – ein größeres als eine Geliebte, aber nicht so groß wie eine Krankheit. Er brauchte ein Geheimnis wie jeder andere auch.

Er ging durch die Wohnung, ohne das Licht anzumachen, nur der von draußen kommende Lichtschein der Stadt erhellte die Zimmer. »Bitte anschauen«, stand auf dem Zettel, der auf dem Eßzimmertisch lag. Der Prospekt der Seniorenresidenz in New Jersey. Aufreizendes Hochglanzpapier wie bei einem Pornomagazin. Zu sehen waren glückliche Seniorenpaare, die stolz vor »individuell auf ihre Bedürfnisse zugeschnittenen« Eigenheimen posierten; teure, aber geschmacklose Schachtelbauten mit übergroßen Fenstern. Oder sie räkelten sich an einem Swimmingpool mit olympiatauglichen Maßen. Oder kurvten in einem Golfwagen über den makellosen Rasen eines Sechzehn-Loch-Golfplatzes. *Wir verwöhnen Sie. Wir sorgen uns um Sie. Kommen Sie heim nach Vista del Mar.* Gewiß, dort wurde man verwöhnt – bis ins Grab hinein. »Wir freuen uns darauf, Sie mit allen Annehmlichkeiten zu verwöhnen: Eigentumswohnungen mit Hausmeister- und Reinigungsservice, Vier-Sterne-Restaurant, ein Meisterschaftsgolfplatz sowie ein professionelles Pflegeteam eigens für Senioren, das vierundzwanzig Stunden am Tag zur Verfügung steht.« Sicher kippten jede Woche ein paar der alten Knaben aus den Latschen, zuckende Beine in karierten Golfhosen. Er hatte erst vor kurzem einen Herzanfall aus nächster Nähe miterlebt, danke, das reichte. Auch Krebs ging um und hielt vor jedem Haus wie der Wagen des Eismanns. Neugierig geworden, blätterte er vor und zurück. Das Ganze kostete eine schöne Stange Geld – eine Viertelmillion für die Mitgliedschaft, plus eine jährliche Gebühr für das Clubhaus, Gebühren für den Swimmingpool, Gemeinschaftskosten. Ein großes Projekt, die Häuser kosteten weit über eine Million Dollar. Und an alles war gedacht: Gruppenreisen nach Moskau, Tennisstunden, Hunderennen, Handwerker auf Anruf, Garten- und Rasenpflege, Computerkurse, Glasblasen, Tanzveranstaltungen. Hatte man irgendwo auch eine kleine Leichenhalle untergebracht? Eine ganze Seite des Prospekts war den Sicherheitsvorkehrungen der Anlage gewidmet – daß Banden schwarzer Halbstarker aus Newark oder Jersey City bei ihren Spritztouren mit gestohlenen Autos hier aufkreuzen könnten, wurde kategorisch ausgeschlossen. Und wenn doch? Zwar würden sie nicht beim ersten Anruf niedergeschossen, aber, so hieß es im Werbetext, die Schutztruppe von Vista del Mar bestehe aus »erfahrenen Sicherheitskräften« – ein Euphemismus für pensionierte Polizisten, die mit der örtlichen Polizei per du waren und jeden Eindringling ohne Furcht vor Verfolgung zusammenschlagen konnten. Ein sicherer Ort. So sicher, daß man sich dort zum Sterben niederlassen konnte.

Er hörte Ellies Schlüssel im Schloß, das Geräusch von Einkaufstüten, die auf dem Küchentresen abgesetzt wurden. Er blätterte in der Broschüre zurück. Irgend etwas stimmte da nicht. Die Frauen wirkten eine Spur zu sportlich-straff in ihren Badeanzügen; er sah keine Besenreiser an ihren Beinen, keine klumpige Orangenhaut an Schenkeln und Unterarmen; auch die Männer waren erstaunlich fit, rank und schlank und mit verdächtig dichtem grauem Haarschopf – unmöglich, diese dichte Mähne –, ohne Falten am Knie oder sonstige Spuren des Alters, ohne Zeugnisse durchlebter Zeiten! Keine eingefallenen Wangen, keine zottelig herabhängenden Ohrläppchen, keine O-Beine, keine gekrümmte Wirbelsäule, kein traurig im Hosenbein baumelnder überlanger Hoden – nichts dergleichen! Das waren Models! Männer und Frauen in den Vierzigern, die man mit wolligen Strickjacken, knielangen Shorts und graugefärbtem Haar auf alt getrimmt hatte. Zum Teufel mit euch! Nein, ich könnte mich in den Hintern beißen, daß ich das nicht gleich gemerkt habe.

»Ich finde das widerlich, Ellie«, rief er. »Ich finde diesen ganzen Laden widerlich.« Er nahm den Prospekt und ging in die Küche. Sie hatte ein Silbertablett mit Käse und Crackers vorbereitet. »Ich weiß, daß du es nicht magst, aber wir sollten trotzdem darüber nachdenken.«

Da stand sie, seine Gattin, eine attraktive Frau von siebenundfünfzig Jahren, immer noch mit schlanken Hüften, schönen Brüsten, klaren Augen und zierlichen Knöcheln, und dennoch wollte sie sich für den Rest ihrer Tage vergraben. »Ich will aber gar nicht nachdenken«, sagte er schließlich. »Jedenfalls nicht darüber.«

Sie stellte das Tablett vorsichtig ab. »Wir müssen für die Zukunft planen.«

»Wofür müssen wir planen?«

Sie strich mit den Händen über ihren Pullover. »Für die Zeit, wenn wir aus New York fortziehen.« Sie verschwand wieder in der Küche und kam mit einem Glas Milch und seinen Tabletten wieder – gegen hohen Blutdruck, Cholesterin, Herbstallergien, außerdem zusätzliche Gaben von Testosteron und Vitaminen.

Er schluckte artig die Pillen hinunter und wedelte dann mit der Broschüre. »Hast du auch bemerkt, daß eine Leichenhalle auf dem Gelände ist?«

»Die habe ich nicht gesehen.«

»Gleich da drüben. Sie balsamieren die Leute ein und legen sie in einen Liegestuhl mit Blick auf den Golfplatz.«

»Mach nicht solche geschmacklosen Späße.«

Er setzte sich. »Sie haben auch einen Wunschbrunnen voller Zahnprothesen und Hörgeräte.«

»Jetzt wirst du aber gemein.« Sie ging in die Küche.

»Warum ziehen wir nicht lieber nach Hongkong? Dort könnte ich mir jeden Tag die Schiffe anschauen. Und meine Pillen mit Stäbchen essen.«

Ellie kam mit Silberbesteck wieder. »Du würdest also lieber nach Hongkong gehen?«

»Lieber dahin als nach Vista del Muerte.«

»Vista del Mar.« Sie legte sein Besteck auf den Tisch, die Gabel mit den Zinken nach unten.

»Es ist überhaupt nicht in Meernähe!« empörte sich Charlie.

» Man hat eben brachliegendes Farmland dafür genutzt –«

»Ich weiß, was die gemacht haben.« Charlie starrte auf die Gabel. »Sie haben ein schönes bäuerliches Anwesen gekauft und einen blödsinnigen Namen wie Vista del Muerte draufgeklebt.«

»Das stimmt nicht«, sagte Ellie.

»Wie meinst du das?«

»Wenn schon, dann müßte es ›Vista de la Muerte‹ heißen«, erklärte sie. »Du verwechselst männlich und weiblich.«
»Liege ich damit nicht ganz im Trend?« fragte Charlie. »Das ist doch heute cool, oder?«
Sie ging darauf nicht ein. »Dort gibt es alles, was wir irgendwann einmal brauchen könnten.«
»Aber ich bitte dich, Ellie, alles, was du brauchst, hast du doch schon hier. Einen Portier, einen Gynäkologen, eine Schnellreinigung und eine Menge sentimentaler Freunde und Freundinnen mit tragischen Lebensgeschichten, über die ihr reden könnt.«
Ellie rieb mit dem Finger auf der Tischplatte. »Oh, Charlie, New York ist nicht mehr das, was es einmal war«, sagte sie sanft. »Alles geht in die Brüche.«
»Diese Stadt geht schon seit zweihundert Jahren in die Brüche.«
Sie schaute ihn an. »Ich weiß, aber hier war ich bisher nie fast alt. Und wir sind jetzt fast alt, Charlie.«
»Wer ist fast alt?«
»Niemand, Charlie«, schnappte sie. »Niemand wird alt. Barbara Holmes sagt, ihr Mann sei vorigen Monat an multipler Sklerose erkrankt. Es sei über Nacht gekommen! Und Sally Auchincloss, eine Etage über uns, sitzt im Rollstuhl, sie erträgt es heroisch. Und gerade habe ich erfahren, daß Bill tatsächlich Prostatakrebs hat.«
»Ja«, flüsterte Charlie. »Der gute alte Bill gibt seinem Schwanz die Nadel, damit er noch einen hochkriegt. Das ist Heroismus, wenn du mich fragst.«
»Bitte!« sagte sie gequält. »Können wir nicht vernünftig darüber reden?«
»Nein.«
»Charlie.«
Er schaute die Post durch, die auf dem Tisch lag. »Die Chinesen arbeiten, solange sie können, sie sterben in den Sielen, wußtest du das?«

»Ehrlich gesagt, ich verstehe dich nicht«, rief sie hinter ihm.

»Doch, das tust du schon. Wir sind nur nicht einer Meinung.«

»Was haben die Chinesen damit zu tun?« fragte sie, nun wirklich verärgert. »Du bist von den Chinesen besessen.«

Und warum nicht? Die Chinesen bauten gerade das amerikanische F-18-Kampfflugzeug, indem sie alte Ersatzteile illegal aufkauften und fabrikmäßig zusammensetzten. Sie hatten die Regierung Clinton dazu gebracht, ihnen Satellitentechnik vom neuesten Stand zu verkaufen. Mit dieser Technik konnten sie Taiwan erobern. Mittlerweile verstanden sie den Kapitalismus besser als die Amerikaner, denn sie hatten ihn kommen sehen und als ein neues Wunder begrüßt.

»Ich sagte, du bist besessen von den Chinesen.«

Er kaute an einem Cracker. »Ich habe durchaus gehört, was du gesagt hast, Ellie. Mein Gehör ist noch ganz gut für einen Kerl, der lebendig begraben werden soll.«

»Glaubst du, die Chinesen wissen etwas, was wir nicht wissen?«

»Ja.«

Sie kam mit seinem Drink in der Hand zurück. »Was denn?«

»Sie wissen, daß die Stunde geschlagen hat.«

»Schatz –« Sie schaute ihn flehentlich an. »Das mag ja sein, aber hat das irgend etwas damit zu tun, wo wir in den nächsten zehn Jahren wohnen werden?«

Selbstverständlich nicht. Er nahm ihre Hand und hob sie an seine Lippen. »Kümmere dich nicht um mich«, sagte er. »Ich bin nur – ich habe in Hongkong einen Mann sterben sehen. Herzanfall. Ich habe noch versucht, ihm zu helfen, doch es war zu spät. Ich habe schon lange niemanden mehr sterben sehen …« Außer in seinen Träumen, die gelegentlich wiederkamen. Dorfbewohner und Wasserbüffel, rauchende Teile von Lkws, die über dreißig Meter hoch in die Luft geschleudert wurden – aber das war eine alte Geschichte, die alle vergessen hatten. »Vielleicht sollten wir nach dem Abendessen darüber weiterreden.«

Er nippte an seinem Drink. Er schmeckte nicht ganz richtig. »Was soll ich sagen?« Er ließ sie nicht in Ruhe. »Daß ich schließlich doch zustimme? Daß ich es so sehe wie du?«

»Das wäre zuviel verlangt.«

Sie war nicht bereit nachzugeben, das sah er. Er streckte die Hand nach ihr aus. »Na, komm zu mir.«

Sie lächelte gequält. »O nein.«

»Komm doch. Ich bin dein alter Freund, weißt du nicht mehr?«

»Ich weiß jedenfalls, was du vorhast.« Aber sie kam trotzdem zu seinem Stuhl.

Er zog sie zu sich heran. »Du hättest einen netten Mann heiraten sollen.«

Sie schüttelte vor Abscheu den Kopf. »Ich möchte keinen netten Mann. Habe ich nie gewollt.«

Er zog sie an sich, schlang den Arm um sie. Ihr Hintern war weich und fett, aber er mochte ihn trotzdem. »Aber das Nette hält lange vor. Man meint, man möchte wirklich keinen netten Mann, und dann, nach dreißig Jahren mit einem miesen Mann, merkt man, daß etwas Nettes, ja, eben nett gewesen wäre. Alles andere wird langsam welk« – er rieb ihr kräftig die Hinterbacken, ohne dabei ihr Lächeln aus den Augen zu lassen –, »aber das Nette? Das Nette bleibt eben nett.«

»O bitte.« Doch sie wehrte sich nicht gegen seine Küsse.

»Du hast einen Fehler gemacht«, flüsterte er ihr ins Ohr. »Du hast einen Miesen geheiratet. Ein Fehler, den Frauen oft machen, auch die cleveren. Die mögen eben die miesen Typen.«

»Du bist nie mies gewesen.« Ihr Gesicht war glücklich, die Augen hielt sie geschlossen.

Er legte seine Hand zwischen ihre Schenkel. »Bin ich hier richtig?«

Sie machte die Augen wieder auf. »Möchtest du?«

»Ich möchte immer.«

Sie betrachtete ihn. »Gut.«

»Jetzt?«
»Nach dem Essen.«

Zwei Stunden später lag Ellie unter dem Laken, ihr Körper eine Landschaft voller Vergangenheit.
»Oben oder unten?« fragte er.
»Bleib oben.« Sie zog seine Arme zu sich.
Trotz Östrogentabletten hatte sie Probleme, feucht zu werden, deshalb nahm sie mit der Hand etwas Vaselinecreme aus einem Döschen, das sie in ihrem Nachttisch aufbewahrte, und massierte sich selbst und ihn.
»Meine Hände sind kalt«, entschuldigte sie sich.
»Ist schon recht.« Er hatte seit zwei Wochen nicht ejakuliert.
»Komm zu mir«, sagte sie.
Er glitt in sie hinein, während sie anfing, mit geschürzten Lippen und flatternden Augenlidern sich sanft zu stimulieren. Er zählte die Stöße. Gewöhnlich kam Ellie nach rund fünfundvierzig Stößen, nach weiteren fünfzehn oder zwanzig, und dann noch einmal nach zehn. Zumindest in der Hinsicht war seine Frau sehr zuverlässig. Nach dem dreiundzwanzigsten Stoß hielt er inne. Dreiundzwanzig? Was hatte es mit dieser Zahl auf sich? Der Prozentanteil, den Manila Telecom am Markt hatte? Irgend so etwas. Vielleicht hatte das Management von MT mit Marvin Noff gesprochen und Teknetrix angeschwärzt, vielleicht versuchten sie gerade –
»Hör nicht auf«, flüsterte Ellie, »nicht jetzt.«
Mit pochendem Puls in den Ohren machte er weiter. Bei vierundvierzig hob Ellie das Kinn und schrie auf, mit der flachen Hand gegen seine Brust stoßend.
»Mach weiter«, flüsterte er. »Das Holz brennt jetzt.«
Ellie atmete durch, spuckte sich auf die Finger und machte weiter. Sie stieß einen Lustschrei aus und zog an ihm. »Jetzt«, kommandierte sie.

Beim erneuten Zustoßen fühlte er, wie er weich wurde. Er wechselte die Stellung, doch auch das half nicht.

»Soll ich die Beine anziehen?« fragte Ellie im Dunkeln.

»Ja, bitte.«

Sie zog die Knie an und umfaßte jedes mit einer Hand, eine Gewohnheit, die sie in ihren Vierzigern angenommen hatte. Wieder stieß er, doch es klappte nicht.

Sie merkte den Umschwung in ihm. »Soll ich mithelfen?«

Er schnaufte. Es schien nicht der Mühe wert. »Ich bin im Eimer«, sagte er und ließ sich zur Seite fallen.

Sie massierte ihm den Rücken. »Das ist der Jetlag, nehme ich an.«

»Vielleicht.« Er fragte sich, wie bald er mit Antworten auf seine Annonce rechnen könne.

»Denkst du gerade an Manila Telecom?«

»Wir müssen die Fabrik auf die Beine stellen.«

»Du schaffst das schon.«

»Ein bißchen Spielraum haben wir eingeplant, aber nicht soviel.«

Sie hielt sein Glied und rieb es mit dem Daumen, wie es die Geldwechsler in Shanghai mit Packen von Dollarscheinen machten. Acht Millionen Dollar, dachte er, aber keinen Ständer.

»Schatz?«

Ihre Ergebenheit deprimierte ihn. Er nahm ihre Hand und legte sie an seine Brust.

Sie lagen nebeneinander im Dunkeln, bis er Ellies Atem wieder flacher werden hörte. Er lebte nach chinesischer Zeit, fühlte sich nicht müde. Nach ein paar Minuten stand er auf, ging in das Arbeitszimmer neben ihrem Schlafzimmer und blickte aus dem Fenster. Taxis fuhren durch den Central Park. Er würde Jane veranlassen, den gesamten GT-Erlös auf sein Privatkonto bei der Citibank zu überweisen. Es bestand kein Anlaß, die Summe mit seinen übrigen Anlagen zu vermischen. Außerdem konnte er Ted

Fullman, seinen Privatbankier, darum bitten, die Hälfte der Summe aus steuerlichen Gründen anderweitig anzulegen. Laß es mich nicht in die Finger bekommen, Ted. Es war viel Geld, ganze Haufen Banknoten. Nach seinem Tod konnte Ellie damit noch bis hundertvierzig weiterleben, wenn sie mochte, und es würden immer noch Millionen übrigbleiben dank des Teknetrix-Aktienanteils. Anfangs war die Aktie zum lächerlichen Preis von zweieinhalb Dollar angeboten worden, und nun, sechzehn Jahre später, war sie auf 154 Dollar gestiegen. Auch Julia war gut versorgt. Martha Wainwright hatte alle Papiere aufgesetzt, mit denen er sie von jenseits des Grabes weiter unterstützen würde. Nein, das Geld, das er Sir Henry verdankte, war wirklich überflüssig; er konnte es zu Barem machen und vor der Bushaltestelle von Port Authority mit beiden Händen unters Volk verteilen, wenn ihm danach der Sinn stand, das hätte seine Lebensverhältnisse in keiner Weise verändert. Die Summe hätte durch ihn nur eine weitere Transsubstantiation durchlaufen, der regelmäßige Herzschlag eines Milliardärs aus Hongkong wäre zu schmutzigen, durch Manhattan flatternden Banknoten geworden: ein verpulvertes Vermögen, das irgendwo in der Zukunft erneut auftauchte.

Es war schon merkwürdig, in solchem Reichtum und Luxus zu leben. Nie hätte er sich das träumen lassen. Auf den alten Fotos, die hier an der Wand hingen, sah man Charlie steif und schmerzverzerrt neben dem Verteidigungsminister und Präsident Nixon persönlich stehen. Auch seine Orden, der Silver Star und das Purple Heart, hatten hier ihren Platz. Daneben hing in einem Rahmen das T-Shirt der Luftwaffe, das er am Tag seiner Rettung getragen hatte – ausgeleiert, zerschlissen und blutbefleckt. Der Oberst auf dem Luftwaffenstützpunkt Clark auf den Philippinen, wohin Charlie in den zehn Stunden nach seiner Bergung ausgeflogen worden war, hatte angeordnet, das Hemd aus dem Militärkrankenhaus zu holen, es einrahmen zu lassen und mit einem

Messingschild zu versehen, auf dem die Daten seiner Gefangennahme und Befreiung vermerkt waren. Während sich fast alles andere in seinem Leben verändert hatte – Ellie, Ben, Teknetrix, China, die Art und Weise wie Männer und Frauen Kinder machten –, hing das Hemd, ein grauer Fetzen mit rostfarbigen Flecken, unangetastet in seinem Rahmen wie ein lange nicht mehr verwendetes Kriegsbanner.
Nach seiner Befreiung hatte man ihn zehn Monate lang von einem Krankenhaus ins andere verlegt. Als ehemaligem Kriegsgefangenen war ihm ein Platz in der Luftwaffe lebenslänglich garantiert. Man kümmerte sich um ihn. Er wurde zum Oberstleutnant befördert. Doch hinter dem Versprechen stand unausgesprochen die Meinung, daß er diese Fürsorge nötig hatte. Er könnte ja ein gebrochener Mann sein, einer, der im Grunde nichts mehr wert war. Und um die Wahrheit zu sagen, er war tatsächlich ein gebrochener Mann, auf den keiner mehr etwas gab. Er konnte nicht mehr richtig gehen, nicht mehr richtig sitzen, konnte die Kinder nicht hochheben und nicht mit ihnen spielen, ja nicht einmal fernsehen konnte er, ohne Kopfschmerzen zu bekommen. Schmerzen in Nacken, Schultern, Rücken, Armen, in der linken Hand, wo die Kugel durchgegangen war, ehe sie den Hoden traf, in beiden Knien und beiden Fußknöcheln. Außerdem hatte er sich während der Gefangenschaft alle möglichen Infektionen zugezogen und großes Glück gehabt, nicht an ihnen gestorben zu sein – Würmer in den inneren Organen, Pilze am Anus, Infektionen im Ohr. Rückbildung von Knorpel- und Knochensubstanz, Schädigungen der Nerven. Schwindel, Lähmungen und Gefühllosigkeit in den Gliedmaßen. Eingeschränkte Muskelbeweglichkeit an der linken Achillesferse, Schaden an den Kugelgelenken, dauernde Anfälligkeit bei gestrecktem Gelenk. Die vordere Seite des Scheitelbeins war eingedrückt, die Muskelbänder der rechten Schulter atrophiert, die Gelenkhöcker des linken Oberarmknochens waren geschädigt.

Nach den ersten chirurgischen Eingriffen setzte man ihn in eine A-10, einen Büffel von Flugzeug, damit er sich wieder ans Fliegen gewöhnte, doch sein Rückgrat vertrug die Beschleunigungskräfte nicht. Es war, als wollte man zerbrochene Flaschen wieder zusammenkleben. Er fühlte sich unsicher und schwach und betrügerisch – zum ersten Mal in seinem Leben. Holt mich hier wieder raus, ich fliege sonst die Mühle zu Schrott. Insgesamt versuchte man es dreimal mit ihm, einmal sogar mit Schmerzmitteln, was eigentlich gegen die Vorschriften war. Umsonst. Sein Rücken war steif, er hatte sogar Mühe, in den Sitz zu steigen. Er brachte keinen Ball mehr in den Korb, wie sollte er da einen Kampfjet fliegen? Als darüber Gewißheit herrschte, war er nicht länger verwendbar. Für Einsätze an vorderster Front war er nicht zu gebrauchen und als Ausbilder für Piloten ebenfalls nicht. Die Ausbilder waren gute Piloten, die ihre beste Zeit hinter sich hatten. Außerdem kamen mit jedem militärischen Beschaffungsprogramm neue Flugzeugtypen für die Truppe. Die F-14, F-16, F-18 waren alle mit neuester High-Tech-Avionik ausgestattet. Sie besaßen eine Head-up-Instrumentenanzeige und noch mehr taktische Waffen, deren fortgeschrittene Versionen später Saddams armselige Armee in Kuwait in einen Haufen Schrott verwandeln sollten. Schon 1974 stand fest, daß auch Charlie zum alten Eisen gehörte.
Damals wohnten sie in Virginia, wo er einen Schreibtischposten beim Strategischen Oberkommando der US-Luftwaffe in Langley hatte. Ben und Julia waren fast schon Teenager. Sein Sold betrug 21 000 Dollar im Jahr. Er fuhr einen alten Buick, den er sich gekauft hatte, weil die Sitze seinem Rücken guttaten. Ein schlimmes Jahr durch und durch. Kein Geschlechtsverkehr, nicht ein einziges Mal. Der Nervenschaden und die Hautverpflanzungen wirkten auf seinen Rücken wie ein Schraubstock. Kein Gefühl in den Lenden, keine Reizleitung. Auch seine Beine waren immer noch schwach. Ellie war dazu übergegangen, sich beim Sex auf

ihn zu setzen, hatte aber keinen wirklichen Gefallen daran gefunden. Sie probierte auch andere Stellungen aus, doch blieb es Pflicht, kein Vergnügen.
Er war nicht der einzige, dem es so erging. Unter den vielen, die die Luftwaffe nicht mehr brauchte, waren intelligente, tüchtige und fleißige Männer. Mit zweien von ihnen machte er Bekanntschaft: Merle Sokolov und Harold Cole, beides Vietnam-Veteranen wie Charlie. Sie redeten, träumten und tranken viel billiges Bier. Schließlich kamen sie überein, ihr Glück zu dritt zu versuchen. Alle drei hatten Kinder und eine Frau, die sich Sorgen um die Zukunft machte, alle mußten irgendwie ein Kaninchen aus dem Zylinder hervorzaubern. Ihre gemeinsame Lageeinschätzung stützte sich auf drei Einsichten: Erstens, Computer und Geräte zur Datenfernübertragung würden dank der massiven Forschung und Entwicklung im militärischen Bereich und in der Raumfahrt bald eine wichtige Rolle spielen; zweitens, die demographische Entwicklung in den USA eröffnete einen riesigen Markt für junge Konsumenten; drittens, der Wohnungsbau würde nicht in den Stadtzentren, sondern in den Vorstädten und im ländlichen Raum stattfinden, was Investitionen im Bereich der Telekommunikationseinrichtungen mit sich brachte. Es kam nur darauf an, sich vor diese Welle zu setzen, um von ihr emporgehoben und weitergetragen zu werden.
Die drei Männer, so stellte sich heraus, hatten unterschiedliche Talente. Sokolov war der geborene Verkäufer, mit Sinn für schicke Krawatten, elegante Schuhe und modische Haarschnitte. Sie brauchten ihn, um an Venture-Kapital zu kommen. Harold, das pessimistische Genie, verstand etwas von Transistoren und Schaltungen und machte sich autodidaktisch mit der neuen Mikrochiptechnologie vertraut. Das sei alles, was er für sie tun könne, sagte er, und das war mehr als genug. Charlies Stärken lagen im Organisatorischen und in der Menschenführung. Er entwarf die Unternehmensstruktur und stellte die ersten Mitarbeiter ein.

Er brachte den ersten Leasingvertrag über Büroräume unter Dach und Fach, er handelte ein Abkommen mit dem ersten Zulieferer aus, er machte alle Geschäftsreisen in den Fernen Osten, um Subunternehmer zu finden.
Jeder der drei Männer war bestrebt, jüngere Varianten seiner selbst anzuwerben: Harold wählte junge Technikfreaks, die sich in ihrer sozialen Rolle nicht wohl fühlten und die Harolds Gleichgültigkeit allen Äußerlichkeiten gegenüber teilten. Sokolov holte sich einen smarten Vertreter nach dem anderen, verheizte sie rasch und ließ sie zuviel Restaurantbesuche und andere Vergnügungen als Spesen auf Kosten der Kunden abrechnen. Und Charlie? Charlie stellte Arbeitstiere ein. Der einzige Punkt, über den die drei Männer in Streit gerieten, war der Sitz der Firma. Charlie wollte in Virginia bleiben, wo die Kosten niedriger waren, aber Sokolov wollte unbedingt nach New York ziehen und dort billigen Büroraum mieten. Ein Firmensitz in New York würde ihnen einen seriösen Anstrich geben und sie als große Mitspieler auf dem Weltmarkt erscheinen lassen. Das entsprach nicht unbedingt den Tatsachen, aber Tatsache war, daß Sokolov eine neue Freundin in New York hatte und daß die beiden anderen ihn mehr brauchten als er sie. Er hätte nach New York gehen und dort alles mögliche verkaufen können – Autos, Eigentumswohnungen oder Werbung. Ellie hatte Charlie gesagt, sie sollten den Umzug wagen, und das war letztendlich ausschlaggebend. Die Firma bezog ein schäbiges Büro an der unteren Fifth Avenue und arbeitete fünf Jahre lang ohne Gewinn. Die Geldgeber, vier Herzchirurgen an der Schwelle zum Ruhestand, hatten schon aussteigen wollen. Sokolov und Charlie überredeten sie aber, statt dessen sogar noch mehr Geld zu investieren, so daß sich schließlich der Anteil des Trios am Firmeneigentum auf weniger als zehn Prozent belief. Die Herren Doktoren machten weitere Investitionen nur unter der Bedingung, daß Charlie einen Fünfjahresvertrag unterschrieb. Die Firma wäre ohne diesen Druck

bald eingegangen. Gegenüber Sokolov und Harold stellten die Doktoren keine Bedingungen; sie hoben damit Charlie in eine führende Position; entweder bekam er das Heft in die Hand oder der Laden würde dichtgemacht. Sokolov und Harold verstanden das zwar, aber Charlie hatte den Eindruck, sie betrogen zu haben. Die bittere Pille der neuen Machtverhältnisse wurde den Männern dadurch versüßt, daß die Firma anfing, Gewinne zu machen, erst kleine und dann sogar recht große. Dennoch beging Harold Selbstmord, aus Gründen, die Charlie nie verstanden hatte, und Sokolov bedrängte Charlie, ihm seinen Firmenanteil abzukaufen, er wolle ins Immobiliengeschäft wechseln, denn dort stehe der nächste Boom bevor. Charlie tat ihm den Gefallen, womit sich sein Firmenanteil auf fast sieben Prozent erhöhte. Die Herzchirurgen, die nicht bis zum Tag des Jüngsten Gerichts warten wollten, setzten sich für einen Börsengang der Firma ein, um für ihre Investitionen Gewinne einzustreichen. Charlie hatte keine Ahnung, zu welchem Wert die Firma an der Börse gehandelt werden sollte. Die alten Herren holten sich einen großspurigen Yuppie von der Investmentbank Goldman Sachs, der die Bücher in Charlies Büro prüfte.
»Sind Sie sicher, daß die Zahlen stimmen?« fragte er Charlie.
»Ja.«
Der Analyst zuckte nur die Schultern. »Dann ist die Firma achtzig Millionen Dollar wert.«
Zur Feier dieser neuen Epoche des Reichtums hatte Charlie seinen Vater im Pierre Hotel einquartiert, um ihm beim Abendessen die Tragweite des anstehenden Ereignisses zu erklären. Er würde Julia jetzt auf eine angesehene Universität schicken und Ellie eine repräsentative Wohnung kaufen; er selbst würde einem Golfclub beitreten. Doch der alte Mann hörte nicht recht zu, auch er dachte an den Tag des Gerichts. Er konnte kaum den Löffel halten, ohne Suppe zu verschütten. Seine Ohren waren haarig, die geröteten Augenränder hingen schlaff herab, sein Jackett war

ihm zu weit, er war müde und vermißte Charlies Mutter, die schon vor zehn Jahren gestorben war. Er war alt, von langer Arbeit ausgelaugt. New York war ihm nicht geheuer, ebenso der Luxus des Pierre. »Charlie … ich kann dir nicht folgen.« Die übrige Zeit bei Tisch hörte Charlie geduldig zu, was ihm der Vater über seinen Magen berichtete. Wie er verdaute, in welchen Abständen Schmerzen auftraten, was er vertrug und was nicht. Im Rückblick, so mußte Charlie zugeben, hatte sein Vater recht gehabt, sich solche Sorgen zu machen, denn zwei Monate später löste sich der gesamte Verdauungsapparat mehr oder weniger auf. Man kann nicht ohne funktionierenden Magen leben, und Charlies Vater bestätigte diese traurige Wahrheit.

Der Tod war einem stets auf den Fersen. Er nahm den Vater, er nahm den Sohn, er nahm Julias Embryonen. Er hatte Larry genommen, seinen Waffenoffizier in der F-4. Und auch Harold Cole. Keine Enkel zu haben war vielleicht die Strafe für all die Menschen, die er im Krieg getötet hatte. Wie viele? Frag nicht danach, sprich nicht darüber. Er kannte die Zahl. Einmal hatte er sie zusammengerechnet, nur einmal. Es hieß immer, man solle es lieber nicht tun, aber er war alle Einsatzberichte durchgegangen und hatte dann eine Schätzung vorgenommen. Es war schrecklich, diese große Zahl, und ihr gegenüber eine andere Zahl: eins. Ein Kind. Nur ein weiteres Kind. Herr, vergib mir. Ellie hat recht, bald werde auch ich alt sein. Schenke mir noch ein Kind, Herr. Ein Kind gegen den Lauf der Zeit. Laß mich noch einmal würfeln.

Er schlich trostlos durch die dunkle Wohnung und schaute auf die gegenüberliegenden Apartmenthäuser, auf das Mosaik erleuchteter Fenster, Reihen gelber Rechtecke mit Menschen dahinter – wie Passagierflugzeuge in der Nacht, dachte er. Und während er da im Dunkeln stand, brachte ihm der Vergleich plötzlich den verlorenen Traum wieder in den Sinn, außer, daß es gar kein Traum gewesen war, sondern tatsächlich in der Nacht zuvor auf dem Flug von Hongkong geschehen war. Als die Bordbeleuchtung auf Dämmerlicht geschaltet wurde, hatte er sein aufblasbares Kissen in den Nacken geschoben, die Schlafmaske aufgesetzt, die Schuhe ausgezogen, eine Schlaftablette genommen, den Sitz in Liegeposition gebracht und war bald in tiefen Schlaf gefallen. Aber ein paar Stunden später war er plötzlich aufgewacht, das Kissen packte heiß wie ein bedrohlicher Riesenfinger seinen Nacken, die Schlafmaske lag ihm wie ein schwerer Schleier auf den offenen Augen. Hellwach und beinahe erschrocken, hatte er sich in seinem Sitz aufgerichtet. Alle anderen Passagiere um ihn herum schliefen. Ohne recht zu wissen, wieso, stand er auf und ging, die Hand kurz auf jeder Armlehne abstützend, an den Reihen schlafender Passagiere vorbei ans andere Ende des Flugzeugs, einer bauchigen Boeing 767. Geschäftsleute, junge Paare, Kleinkinder, alte Leute, sie alle lagen schlaff und in sich zusammengesackt in den Sitzen, manche in unbewußter Vertrautheit aneinandergelehnt, regungslos und wie tot. Ja, dachte er, während er auf Socken durch den Gang schlich, all diese weichen Gesichter mit offenem Mund, von der Notbeleuchtung nur spärlich beleuchtet, sahen wie tot aus. Er ging bis zu den Serviceräumen in der Erwartung, vielleicht Stewardessen anzutreffen, die in der Bordküche plauderten oder Routinearbeiten verrichteten, oder andere Passagiere, die vor der Toilette warteten, doch da war niemand. Die Stewardessen hatten sich ebenfalls schlafen gelegt, den Kopf im Nacken, die Gesichter glänzend von Make-up wie bei Schaufensterpuppen, die Lippen rot geschminkt, das Haar sorgfältig nach hinten gesteckt, nur die Augen waren geschlossen, die gewohnte Fröhlichkeit war aus ihren Gesichtern gewichen. Er schaute auf die Computergrafik der verschiedenen Bildschirme, die abwechselnd die aktuelle Position des Flugzeugs, die Windverhältnisse, die Reisegeschwindigkeit – 980 Kilometer pro Stunde – und die voraussichtliche Ankunftszeit angaben. Alle würden am folgenden Tag in New

York ankommen, auch wenn sie alle für einen Augenblick tot gewesen waren. Gewiß, das war eine Verkehrung der tatsächlichen Verhältnisse – denn eigentlich waren sie alle für einen Augenblick am Leben, während die Zeit vor und nach ihnen für immer verloren war. Eine Reisegeschwindigkeit von 980 Stundenkilometern, ein Rückenwind von dreiundneunzig, das schien Charlie nicht viel, wirklich nicht, aber nicht deshalb, weil er früher oft mehr als doppelt so schnell geflogen war. Nein, solche Geschwindigkeiten waren nichts, verglichen mit der Schnelligkeit, mit der die Zeit selbst dahinraste – wie der Lichtreflex auf einem Taschenspiegel: Sie hüpfte vor ihm herum, unerreichbar und höhnisch. 980 Stundenkilometer waren lächerlich, Schnekkentempo, Stillstand, eigentlich Rückschritt. Damit konnte man in siebzehn Stunden von Hongkong nach New York gelangen, aber weiter auch nicht.

East Fourth Street 215
Manhattan
9. September 1999

Der Direktor hatte gelogen und bloß mit einem blöden Wisch Papier gewedelt. Es war eine Finte; sie war gar nicht entlassen, sondern nur nach Rikers Island verlegt worden – in dasselbe Gefängnis, in dem sie ihre Haft angetreten hatte: Es war die stromaufwärts von Manhattan gelegene größte Strafkolonie der Welt. Eine Festung der Verlorenen, ein Ort der Verdammten. Ein Packen krimineller Gesichter, der jeden Tag neu gemischt wurde. Die Frauenabteilung, mit offiziellem Namen das Rose M. Singer Center, war als Rosies Heim oder Lesbeninsel bekannt. Viele Frauen, die gleich nach ihrer Verhaftung hierherkamen, machten hier die Qualen des Drogenentzugs durch oder weinten um ihre Kinder. Diejenigen, die ihren Schuß brauchten, erbrachen sich regelmäßig und saßen die übrige Zeit nur da, wiegten sich hin und her und bissen sich auf die Unterlippe. Sie selbst hatte fast mit niemandem gesprochen und nur mit tonloser Stimme mitgeteilt, sie habe vier Jahre in Bedford gesessen, was kein Kirschenessen gewesen sei. Denk darüber nach, Mädchen, wenn du unbedingt über mich nachdenken mußt. Sie hatte ganz andere Sorgen. Der Brief des Direktors, der ihre Entlassung ankündigte, war, wie ihr nun schien, ein perfekter Trick. Nachdem sie ihn gelesen hatte, war es ihr nicht eingefallen, gegen ihren Weggang aus Bedford Hills zu protestieren, auch hatte sie niemandem gesagt, wohin sie gehen würde. Doch die Staatsanwaltschaft von

Manhattan entließ nicht einfach Leute aus dem Gefängnis, es sei denn, etwas wirklich Außergewöhnliches war geschehen. Sie wußte genau, warum Tony Verducci sie aus dem Gefängnis haben wollte, dahinter stand ein sehr genauer Plan, aber warum die Staatsanwaltschaft von Manhattan? Zwei Tage hatte man sie damals verhört und damit gedroht, auch ihre Mutter in die Sache hineinzuziehen. Und doch hatte man aus ihr nichts herausgekriegt, weder über Rick noch Tony, noch die anderen. Ihre Weigerung, mit den staatlichen Stellen zusammenzuarbeiten, hatte ihr eine prompte Verurteilung eingebracht. Aber wenn der Brief des Direktors eine Finte war, wozu dieser Aufwand? Was hatte sie getan? Die Sache mit Soft T. konnte es nicht gewesen sein, denn das war zeitlich nicht möglich. Der Brief war schon geschrieben, ehe sie überhaupt in das Büro des Direktors spaziert war, und außer Soft T. wußte niemand, was kurz davor geschehen war. Das Ganze ergab keinen Sinn. Sie würde versuchen, heute noch ihre Anwältin, Mrs. Bertoli, anzurufen, ihre unehrliche, billige und unengagierte Anwältin. Vielleicht konnte sie von ihr erfahren, was hier eigentlich gespielt wurde. Freilich gingen die Chancen, zu ihr durchzukommen, gegen null. Und wenn sie sie tatsächlich erreichen sollte, würde Mrs. Bertoli wissen wollen, wer ihr Honorar bezahlt, und das war eine Frage ohne Antwort.

Die steinharten Eier und der wäßrige Orangensaft, die hier in Rikers das Frühstück ausmachten, würden erst in einer Stunde serviert werden. Am unteren Ende des Korridors hörte man Frauen reden, um Zigaretten betteln oder miteinander streiten. Sie erinnerte sich von ihrem früheren einmonatigen Aufenthalt an die eigentümliche Unruhe der Insassinnen. Wer hier in Haft saß, war einsam und tief verstört. Auch sie selbst hatte damals mit Kopfschmerzen und Harnwegsinfektionen zu kämpfen gehabt, sie hatte im Schlaf mit den Zähnen geknirscht und an Gürtelrose gelitten. Erst nach der Verlegung nach Bedford Hills akzeptierte sie ihre Situation. Die Gefangenen dort waren ruhiger, jede hatte ihren Status, und alle zusammen bildeten, verglichen mit Rosies Heim, eine richtige Gemeinde. Viele Frauen hatten dort schon ein Jahrzehnt oder länger verbracht. Sie hatten gelernt, das Beste aus der Situation zu machen, an sich zu arbeiten und die Bedingungen im Gefängnis zu verbessern. Es gab so etwas wie Führung und Stabilität. Zwar war es nicht die Stadt auf dem Berge, von der die Bibel spricht, aber insgesamt funktionierte es. Man konnte dort ein wenig leben, während man sich langsam dem Tod näherte. Daher konnte sie kaum glauben, nun wieder in Rikers gelandet zu sein, denn damit wäre sie tiefer gefallen als zu Beginn ihrer Haft. Der Gedanke machte sie krank. Ich bin allein, dachte sie, allein und eine Gefangene des Staates New York. Alles, was ich besitze, ist ein Müllsack voller billiger Klamotten und dreihundert Dollar in einem Umschlag, der vermutlich schon längst gestohlen wurde. Ich bin nirgendwo, ich bin niemand.

Sie lag auf dem Bett und überlegte, wer sie hier drinnen und wer sie draußen haben wollte. Rick wollte, daß sie rauskam, das war klar. Ihre Mutter ebenfalls. Der Direktor dagegen wollte, daß sie drinblieb. Auch der Kripobeamte, der sie verhaftet hatte. Und Tony Verducci? Das war schwieriger zu beantworten. Die Antwort hing davon ab, was er über ihren letzten Coup wußte. Hatte er herausgefunden, was geschehen war? Vier lange Jahre waren vergangen, also wußte er es möglicherweise nicht. Er hatte einmal große Stücke auf sie gehalten, nachdem ihm zu Ohren gekommen war, daß sie es war, die die Planung für Rick machte. Das war wenige Monate vor ihrer Verhaftung gewesen. Es hieß damals, Tony Verducci wolle ihre Bekanntschaft machen. Rick hatte gesagt, sie könne nicht ablehnen – wenn Tony mit einem sprechen wolle, dürfe man nicht nein sagen. Selbstverständlich war es in Ricks Interesse, so zu reden. Sie hatte dann den Vormittag damit verbracht, sich zu überlegen, was man wohl für ein

Vorstellungsgespräch bei einem Gangsterboß anzog. Schließlich hatte sie sich entschieden, so jung und unbedarft und dumm wie möglich zu erscheinen. Sie hatte Jeans und ein enganliegendes Top angezogen und sich ein grelles Schulmädchen-Make-up aufs Gesicht gepflastert, in der stillen Hoffnung, Tony Verducci könnte es sich womöglich anders überlegen. Sein Wagen war für sie in Greenwich Village vorgefahren, und ohne recht an das zu glauben, was sie da tat, hatte sie sich beeilt einzusteigen, weil sie nicht gesehen werden wollte. Der Nacken des Fahrers war mit Furunkeln bedeckt. Sein Gesicht bekam sie nicht zu sehen, nur einmal hörte sie ihn einen unverständlichen Laut ausstoßen, als der Wagen irgendwo auf Long Island ein Tor passierte und dann eine Auffahrt hinauffuhr. Eine kleine alte Italienerin führte sie zu einer Sonnenveranda, wo Tony Verducci in einem geblümten Hemd und mit einer erloschenen Zigarre im Mund ruhig vor sich hin schnaufte und im Fernsehen mit abgestelltem Ton eine Kochsendung verfolgte.

»Ich möchte, daß Sie mir zuhören, Christina«, sagte er freundlich, »einfach nur dem zuhören, was ich Ihnen zu sagen habe, ehe Sie sich entscheiden.« Er schaute sie an, Unterkiefer samt Zähnen vorgeschoben wie die Schublade einer offenen Registrierkasse. »Um das gleich mal klarzustellen, ich weiß, daß Rick ein ziemlicher Trottel ist. Ich behalte ihn nur wegen seinem Bruder. Wir machen Geschäfte zusammen. Wenn Rick Ihnen jemals Schwierigkeiten machen sollte – ein Wort genügt. Sie können jederzeit zu mir kommen, okay? Nein? Sie wissen nicht so recht? Verstehe. Nur so viel, wir mögen Sie. Und wir glauben, daß Sie uns helfen können, sogar sehr. Sie sehen nicht wie jemand aus, der für Leute wie mich arbeitet. Sie sehen aus wie die Freundin von irgendeinem Typ. Vielleicht kränkt Sie das, vielleicht auch nicht. Das ist nicht mein Problem. Mein Problem ist, daß ich eine ziemlich große Organisation zu lenken habe. Folgen Sie mir? Wie Sie vielleicht wissen, bin ich in verschiedenen Branchen tätig. Viele – aber Moment, vielleicht wollen Sie etwas zu trinken. Eistee? Bring ihr doch einen Eistee und ein paar Kekse. Von den guten. Also, Ricks älterer Bruder Paul arbeitet für mich. Er hat Sie kennengelernt und gesagt, Sie hätten ein besonderes Talent, eine Begabung für Zahlen. Er hat mir von dem Trick erzählt, den Sie ihm auf seiner Jacht gezeigt haben. Wissen Sie, wir brauchen gute Leute. Clevere Leute, nicht solche Schlägertypen mit Vorliebe für Lackschuhe. Von denen haben wir schon genug. Die bin ich leid – die machen Fehler, die erst in fünf Jahren wieder aus der Welt geschaffen sind. Außerdem reden die meisten viel zuviel. Sie dagegen reden nicht viel, das habe ich schon gemerkt. Wie jetzt auch. Okay, ich möchte jetzt erklären, was wir so am Laufen haben. Da kommt der Eistee. Gib ihr auch einen Löffel. Wie Sie vielleicht wissen, organisieren wir Wettbüros. Zahlenwetten. Wir konkurrieren mit der Lotterie und den Casinos, nur daß bei uns die Gewinnchancen besser sind. Statt zwanzig Millionen zu eins sind's vielleicht fünfzehn Millionen zu eins. Außerdem, wenn man bei uns gewinnt, kriegt man Bares auf die Hand und braucht niemandem etwas davon zu sagen – nicht dem Finanzamt, nicht dem Ehemann, nicht der Kirche, hehe. In Casinos muß man dagegen eine Quittung unterschreiben. Der einfachste Fall bei den Zahlenwetten ist der, daß jemand auf eine dreistellige Zahl wettet. Eine gerade Wette. Sehr einfach. Man kann jeden beliebigen Betrag setzen von einem Vierteldollar aufwärts. Eine Menge Leute setzen zwei, fünf oder zehn Dollar. Das ist also die gerade Wette. Man kann aber auch auf eine oder zwei Zahlen wetten. Das ist die Einfachwette oder Boleta.«

»Sind die Gewinnchancen besser bei diesen einfachen Wetten?«

»Ja, das ist wirklich was für Leute, die keine Ahnung haben. Die denken, sieben ist ihre Glückszahl und wetten jeden Tag darauf. Wenn sie jeden Tag auf die Sieben wetten, und das zehn Tage lang, meinen sie, sie würden gewinnen. Aber wenn sie bei jeder

Wette einen Dollar einsetzen und nur sechs ausgezahlt kriegen, wenn sie auf die richtige Zahl setzen, dann sind wir mit vier Dollar raus. Wirklich, die Leute sind blöd. Sie werden blöd geboren und bleiben ihr Leben lang blöd. Man kann aber auch auf alle drei Zahlen in beliebiger Reihenfolge wetten. Das nennen wir die Kombination. Die Quote ist niedriger als bei der einfachen Wette. Unsere Gewinnspanne liegt in der Differenz zwischen den Wetteinnahmen und den Auszahlungen. Wir zahlen nie bei realen Chancen, sonst würden wir keinen Gewinn machen. Um Profit zu machen, nehmen wir bestimmte Zahlen aus der Wette. Wir verkleinern den Gewinn bei Zahlen, auf die alle gern setzen. Wenn sich genügend Leute an der Wette beteiligen, sieht man bald bestimmte Muster, und das ist für Leute aus der Branche ganz wichtig. Nehmen wir an, die Bulls spielen gegen die Knicks, dann kriegen wir viele Wetten auf Michael Jordans Trikotnummer – das ist die Dreiundzwanzig –, und wenn die Zahl tatsächlich gewinnt, dann bist du erledigt, wenn du auszahlen mußt. Deshalb würden wir bei dieser Zahl ein Auszahlungslimit setzen. Immer wenn wir ein ungutes Gefühl bei einer Zahl haben, limitieren wir. Wir beschränken die Höhe des Einsatzes und die ganze Wette. Über einen bestimmten Betrag hinaus nehmen wir die Wette nicht an. Es gibt Typen, die zehntausend Dollar auf Nummer dreiundzwanzig setzen wollen, aber darauf gehen wir nicht ein, denn wenn die Dreiundzwanzig tatsächlich gewinnen sollte, wären wir im Eimer.

Wir haben zwei Sportwetten laufen. Die eine heißt New York, die andere Brooklyn. Die Brooklyn-Nummer besteht aus den letzten drei Stellen, Cents nicht berücksichtigt, des Gesamtbetrags der Einsätze des Tages bei einem bestimmten Vollblüter-Rennen in Aqueduct oder Belmont. Die Zahl kriegt man aus der Zeitung, sie wird immer am folgenden Tag veröffentlicht. Wenn beide Rennbahnen geschlossen sind, weichen wir auf eine Rennbahn in Florida aus. Die New-York-Nummer ist komplizierter.

Wir haben sie für Leute eingeführt, die ein Ergebnis noch am selben Tag haben wollen. Das sind Spielsüchtige. In Casinos, beim Lotto, immer wollen sie sofort wissen, ob die gewonnen haben. Das ist eine Krankheit bei denen, die können nicht bis morgen warten. Für solche Leute also ist die New-York-Nummer. Dazu benutzen wir eine Drei-fünf-sieben-Reihe. Das ist gar nicht so kompliziert, wie sich's anhört. Für die erste Stelle der New-York-Nummer addiert man alle Auszahlungen für Sieg, erster und zweiter Platz und die ersten drei Plätze der ersten drei Rennen. Die letzte Stelle, wieder ohne das Zerquetschte, ist die erste Stelle der New-York-Nummer. Verstehen Sie, warum? Die Leute sehen im Fernsehen, daß sie die erste Zahl bei der New-York-Nummer richtig haben, können das kaum fassen und erhöhen den Einsatz. Früher mußten wir die Wettannahme vor dem ersten Rennen schließen, aber seit es Computer gibt, können wir Wetten bis zum Ende des sechsten Rennens annehmen. Wenn die Leute also sehen, daß sie die erste Zahl richtig haben, rasten sie aus. Wir kriegen sie aber über die Quote. Denn wenn der Gewinn steigt, dann auch die Quote. Die zweite Stelle erhalten wir, indem wir die ersten fünf Rennen nehmen. Und für die dritte Stelle nehmen wir die ersten sieben Rennen. Wenn es die Leute einmal begriffen haben, können sie den Ablauf genau verfolgen. Sie hören die Zahlen im Radio und zählen sie selbst zusammen. Sie können auch eine Einzelwette oder Boleta auf die New-York-Nummer abschließen. Alle diese Wetten nehmen wir an vielen Plätzen in der Stadt an, in Lebensmittelläden, Pizzerien, Restaurants, Frisiersalons – sogar eine Eisenwarenhandlung ist dabei. Wir benutzen dreiteilige Wettscheine, damit jeder etwas in der Hand hat. Der Wettnehmer, die Annahmestelle und was wir die Bank nennen. Das sind zwei Burschen, dazu eine Sekretärin und ein Computer in einem kleinen gemieteten Büro. Darin steht ein großer Waschkorb mit den Wettscheinen. Ein Sicherheitsmann überwacht, was die beiden machen. Wir wechseln die

Wachen regelmäßig, damit es keine Mauscheleien gibt. Die Wettscheine kommen also in die Bank. Wir haben neun Banken, jede verwaltet fünfzehn bis zwanzig Annahmestellen. Insgesamt haben wir hundertzweiundsiebzig solcher Stellen in der Stadt. Jede bringt täglich rund dreitausend Dollar, da kommt schnell etwas zusammen. Wir zahlen fünfundsechzig Prozent der Gesamteinsätze als Gewinne aus. Da bleibt eine hübsche Profitspanne übrig. Wir berechnen die Quoten aus allen neun Banken. Auf diese Weise kriegen wir gute Zahlen. Andere Wettbüros, wie zum Beispiel die von diesen Scheißrussen, betreiben ein oder zwei Banken, gehen aber bald den Bach runter. Ein paar Typen liegen mit einer hohen Zahl bei einer New-York-Nummer richtig, und die Russenbank hat nicht genug Wettnehmer, um die Quoten niedrig zu halten. Wir dagegen haben neun Banken. Wenn wir sehen, daß auf eine bestimmte Zahl hoch gewettet wird, schließen wir die Annahme für sie. Früher haben wir die Wetten an Geschäftsfreunde in der Branche weitergereicht, um uns das Risiko vom Leib zu halten, aber davon sind wir jetzt abgekommen. Das macht die Sache unnötig kompliziert und schafft nur Abhängigkeiten. Vielleicht haben die Bullen denen ihr Büro angezapft, oder einer verrechnet sich oder sonst etwas. Little Gotti hat auch so ein Wettgeschäft, aber bei ihm stimmen die Zahlen oft nicht. Schön, welcher Job ist bei uns frei? Wir hatten einen Typ, der sich um alle neun Banken kümmerte, bis er eines Tages lange Finger machte. Da mußten wir schnipp, schnapp mit der Schere ran. Ich spaße nicht, nicht bei solchen Sachen. Ich habe Kinder, doch davon rede ich jetzt besser nicht. Wir haben das Geld zurückbekommen, aber aus der Altersversorgung seines Vaters. Dieser Bastard von einem Sohn. Aber das ist nicht mein Problem. Wir brauchen jemand, der genug Köpfchen hat, um gleichzeitig alle neun Banken zu führen. Jemand mit einem ausgezeichneten Sinn für Zahlen, jemand –«

»Ich habe kein Interesse.«

»Wie?«
»Ich habe kein Interesse.«
»Sie kennen noch gar nicht das Gute daran, wie hoch die –«
»Ich will das wirklich nicht machen.«
»Bring ihr doch noch einen Tee. Lassen Sie mich noch von einem anderen Job berichten.«
»Ich bezweifle auch, daß ich an dem interessiert wäre.«
»Lassen Sie es mich trotzdem erklären. Verdammt noch mal, wir reden hier von echten Okkasionen. Also, wir kaufen über eine kleine Scheinfirma Telefonkarten von Telefongesellschaften. Wir kaufen Karten im Wert von neun Millionen Dollar, das ist der Preis, zu dem sie verkauft werden. Wir zahlen vielleicht acht Millionen. Wir kaufen für acht, verkaufen für neun. Das ist eine Menge Geld, das teilen wir auf fünf oder sechs Investoren auf. Aber beim Telefonkartenverkauf fallen echte Kosten an. Man muß dafür Werbung machen, man braucht Bürokräfte und so weiter. In der Branche herrscht harte Konkurrenz. Gegenwärtig liegt die Gewinnmarge bei rund sieben Prozent. Nicht gerade berauschend. Bei sieben Prozent dauert es eine ganze Weile, bis man eine ordentliche Summe zusammenhat. Wir machen das also sechs bis acht Monate lang, verschaffen uns bei der Telefongesellschaft Bonität. Dann ordern wir Karten in großem Stil, sagen wir im Wert von dreißig Millionen Dollar, und verhandeln hart über den Preis. Wir drücken den Preis auf vielleicht fünfundzwanzig Millionen Dollar. Gut, um die gleiche Zeit werben wir für ein Sonderangebot. Wir würden Karten in einem Volumen von dreißig Millionen Dollar für zwanzig Millionen verkaufen. Klingt so, als würden wir dabei Geld verlieren. Der Eindruck verfestigt sich, daß eine bestimmte Karte billiger sei als die anderen. Die Kunden schauen heutzutage sehr auf den Preis. Das sind kleine Leute. Die Sache muß früh genug losgehen. Bei der Werbung muß man klotzen, damit die Leute hellhörig werden. Das sind die ganzen Kubaner und Brasilianer, die in die alte

Heimat telefonieren. Man muß genügend Dampf machen und den Knaller zum richtigen Zeitpunkt loslassen, zum Beispiel zu Weihnachten, Erntedank oder Muttertag, wenn alle zum Telefon greifen. Wir versuchen, soviel Geld wie möglich reinzuholen. Dann, gerade wenn die Nachfrage nach billigen Karten den Höhepunkt erreicht hat, geht die Order für eine umfangreiche neue Bestellung an die Telefongesellschaft raus. Unsere Bonität ist gut, keiner ahnt etwas. Wir erhalten die Karten im Wert von dreißig Millionen und verkaufen sie rasch für zwanzig Millionen. Gleichzeitig –«
»Zahlt ihr der Telefongesellschaft nichts. Ihr gebt denen einen faulen Scheck, steckt die zwanzig Millionen ein, entlaßt das Personal und erklärt euch für insolvent.«
»Genauso läuft es. Für das ganze Geschäft braucht man ein Jahr, von der Gründung bis zur Insolvenz. Wir würden Ihnen ein Büro in Florida einrichten, ohne daß Ihr Name jemals auf einem Papier erscheinen würde –«
»Nein, tut mir leid.«
»Ist das etwa nicht gut?«
»Nein.«
»So kann man schnell viel Geld verdienen.«
»Darum geht es mir nicht.«
»Wissen Sie, wie Verträge in der Zementindustrie gemacht werden?«
»Das interessiert mich nicht, wirklich.«
»Hier geht es aber ums große Geld. Nicht dieser Pipifax mit Rick, die paar blöden japanischen Motorräder.«
»Ich weiß, aber damit will ich nichts zu tun haben.«
»Warum?«
Weil sie dadurch an Rick gekettet war. Weil sie lieber in der Bibliothek der Columbia University saß. Weil sie ein Mädchen war, gerade zweiundzwanzig Jahre alt. Weil ihr nichts davon gefiel.
»Lieben Sie ihn etwa?«

»Was hat das damit zu tun?«
»Sie sind zu schade für ihn.«
»Das kann ich nicht beurteilen.«
»Was ist denn an Rick so toll, daß die Frauen auf ihn fliegen? Was denn, seine Muskeln?«
»Sein trauriges Gesicht.«
»Wie?«
»Sein trauriges Gesicht. Es hat etwas Sympathisches.«
»Ich verstehe die Frauen nicht, wirklich, ich verstehe sie nicht. Ich bin seit zweiundvierzig Jahren verheiratet, habe drei Schwestern und zwei Töchter, aber bis heute verstehe ich nicht, was in den Köpfen der Frauen vorgeht. Na gut, wie wäre es mit einem Restaurant? Hätten Sie Lust, ein Restaurant zu führen?«
»Wie läuft das?«
»Das Ganze dreht sich darum, ein Restaurant zu führen, das aussieht, als mache man damit Geld, obwohl es gar nicht stimmt.«
»Normalerweise ist es andersherum.«
»Ja, sicher. Normalerweise möchte man seine Gewinne eher verbergen. Aber in diesem Fall möchten wir ein gutes, gepflegtes Restaurant, das kaum Gewinn abwirft. Wir haben eine ganze Reihe davon in Little Italy und eines weiter oben in der Fifty-sixth Street. Wir haben beobachtet, daß Mexikaner eine ähnliche Aussprache wie Italiener haben können. Wenn man ihnen ein paar italienische Brocken beibringt – *buon appetito* oder so was –, merken die Touristen den Unterschied gar nicht. Das Restaurant hat einen Saal, der für private Gesellschaften vermietet wird. Wir sorgen dafür, daß da ab und zu eine tolle Party steigt. Für den Saal nehmen wir nur Bares, das ist Bedingung. Diese Einnahmen werden korrekt verbucht. Der Witz ist bloß, daß der Saal nicht viel benutzt wird. Das Bare für den Saal ist Geld, das von anderen Geschäftsfeldern kommt, zum Beispiel von dem Wettbüro. Wir nehmen das Geld und tun so, als hätten wir eine Superparty im Restaurant gegeben. Fünfzig Gäste, Live-Musik,

nobles Essen, teure Weine, das kostet um die sechzig-, siebzigtausend. Bloß hat die Party nie stattgefunden. Aber das Geld kommt als Einnahme ins Restaurant. Der einzige Beleg für die Party ist eine Notiz wie ›Donnerstag, 18 Uhr, private Gesellschaft, Mastrangello‹. Irgendein Name. Man hat in bar gezahlt, und das Geld ist verbucht worden. Absolut hasenrein. Mit dem Geld wird dann ganz legal angeschafft.«

»Nur, daß Sie nichts wirklich kaufen.«

»Richtig. Wir tun nur so, als würden wir damit Fisch und Olivenöl und Wein kaufen. Diese Kosten werden als Ausgaben verbucht. In Wirklichkeit waschen wir hier schmutziges Geld. Ob Sie es mir glauben oder nicht, Christina, aber eines meiner größten Probleme ist das viele Bargeld. Ich muß wissen, wo es gerade ist. Und die Lappen nehmen viel Platz ein. Wenn man sie in einer Kiste verstaut, wird das eine sehr schwere Kiste. Ich habe Kisten über Kisten mit Bargeld, die ich transportieren, lagern und wieder verschwinden lassen muß. Schließlich kann man solches Geld nicht einfach auf ein Girokonto einzahlen. Ich bin auch nicht scharf darauf, es auf die Caymaninseln oder in andere einschlägige Steueroasen zu transferieren ... Da bin ich altmodisch, ich traue dem nicht ... Na ja, egal. Das Restaurant kauft also Lebensmittel und Wein von anderen Läden, die uns gehören. Diese Läden werden ganz legal geführt. Die verkaufen wirklich Olivenöl oder sonstwas. Das Geld bleibt in der Firma, und es wird sauber. Gewiß, man verliert einen Prozentsatz für Gemeinkosten, aber das muß man in Kauf nehmen beim Geldwaschen. Nachher kann niemand mehr nachweisen, wo es hergekommen ist. Die hundert Dollar aus der Wette werden zu einer Fisch- und Weinbestellung für eine Party, die es nie gegeben hat. Wir veranstalten zwanzig Partys pro Monat, davon finden zehn wirklich statt, die anderen zehn sind nur zum Schein. So können eine halbe Million oder mehr verschwinden. Die Bedienung weiß nicht, was abgeht, weil sie die Buchhaltung nicht kennt. Vielleicht

wundern sie sich, daß der Saal häufig leer steht. Gut, aber eine Antwort erhalten sie nicht. Wir wechseln auch die Methoden. Es muß nicht immer ein italienisches Restaurant sein, wir haben auch ein paar schicke Szenelokale. Das geht genausogut. Die Kellner und Kellnerinnen dort schöpfen nie Verdacht, weil wir immer nur junge Leute anstellen, die die meiste Zeit nur saufen und vögeln und sich nach einem Jahr an nichts mehr erinnern können. Es ist unglaublich, was in solchen Lokalen gevögelt wird. Die machen es in den Toiletten und in der Küche. Einer meiner Geschäftsführer hat mal ein Mädchen erwischt, das sich auf eine gefrorene Rinderhälfte gelegt hatte. Der Typ, der sie gebumst hat, hatte noch die Kochmütze auf dem Kopf. Gesocks ist das, die kriegen nichts mit. Nehmen auch noch Drogen. Wir stellen sie ein und werfen sie nach ein paar Monaten wieder raus. Der Personalwechsel im Gaststättengewerbe ist unglaublich. Woher wollen Sie wissen, wieviel Brot in diesem Lokal, wieviel in jenem gegessen wird? Wir wissen es, denn wir kennen die Bücher. Aber ein Bulle kriegt das nicht raus. Er kriegt nicht heraus, wieviel Fisch an einem Abend vor zwei Jahren von dreißig Leuten konsumiert wurde. Er kann es schätzen, aber wissen kann er es nicht. Das ist Buchhalterarbeit. Würde Ihnen das gefallen? Sie könnten in Manhattan bleiben – ein netter, ruhiger ...«
»Es geht nicht. Tut mir leid.«
Und dann hatte Tony Verducci, in seinem Hawaii-Hemd und an seinem Eistee nippend, sie nur noch verwundert angeschaut. So viel Respektlosigkeit war er nicht gewohnt. Sie hatte sich gewünscht, daß er sie einfach vergessen würde. Und vielleicht hatte er es ja tatsächlich. Er hatte jedenfalls nach ihrer Verhaftung und während ihrer Zeit im Gefängnis nie versucht, mit ihr Kontakt aufzunehmen.

Ein hölzerner Schlagstock ratterte über die Gitterstäbe.
»Welles!«

»Ja?« rief sie ängstlich atmend ins Halbdunkel hinein.
Sie hörte die Wache mit den Schlüsseln klimpern. Als sie den Kopf hob, standen zwei matronenhafte Vollzugsbeamtinnen neben ihr, die eine schwarz, die andere weiß. Beleibte Frauen mit mächtigem Nacken und stämmigen Beinen.
»Aufstehen«, kommandierte die schwarze Matrone. »Sie machen eine Reise.«
»Wohin?« fragte Christina. »Was habe ich denn getan?«
»Das müßten Sie eigentlich selber wissen.«
»Wohin soll ich verreisen?«
»Ziehen Sie sich jetzt an.« Die Matrone sah zu, wie die Wolldecke von Christinas Bein glitt.
»Man schubst mich hierhin und dorthin und sagt mir nicht einmal, wohin die Reise eigentlich gehen soll.«
»Sie verreisen heute morgen, mein Fräulein. Aufstehen.« Die Matrone griff Christina mit fleischiger Hand unter die Achseln.
»Nehmen Sie ihre Sachen«, befahl die andere Matrone. Die Beamtin hielt ihr den Plastiksack hin, den Christina in Bedford gepackt hatte.
»Das Grüne?« Christina zeigte auf die grüne Anstaltskleidung.
»Nein«, sagte die Matrone, »etwas für draußen.«
»Darf ich fragen –«
»Nein! Wir haben es eilig.«
Sie stand auf und pinkelte in die Toilette; die Wärterinnen schauten ihr teilnahmslos zu, ihnen war dieser Anblick alltägliche Gewohnheit. Dann zog sie vor ihnen Jeans und ein T-Shirt an. In der kühlen Luft wurden ihre Brustwarzen steif, und es störte sie, daß die anderen Frauen das sahen. Sie legten ihr die Hände auf dem Rücken in Handschellen und schoben sie aus der Zelle. Einige Insassinnen standen, Hände an den Gitterstäben, an den Türen und beobachteten neugierig, was auf dem Korridor passierte. Na, dich bringen sie wohl auf den elektrischen Stuhl, was? Vielleicht hatte der Direktor veranlaßt, sie in ein anderes Gefängnis zu

verlegen, aber das würde nicht erklären, weshalb sie Zivilkleidung anziehen sollte. Die Gerichte begannen erst in mehreren Stunden mit den Verhandlungen. Vielleicht sollte sie in ein weiter nördlich gelegenes Gefängnis verlegt werden.
»Wohin werde ich gebracht?« fragte sie wieder.
»Das erfahren Sie noch früh genug.«
Man brachte sie zu einem draußen parkenden blau-weißen Wagen der Vollzugsanstalt. Vor dem Einsteigen legten sie ihr Fußringe an. Dann wurde sie auf die Rückbank gehievt, wo man die Fußringe mit einer Kette verband. Sie war die einzige Gefangene im Wagen, was bei der gegenwärtigen Situation im Strafvollzug verwunderlich war. Die Gefängnisse litten unter chronischer Überfüllung und an Geldmangel, deswegen wurden gewöhnlich mehrere Gefangene zusammengesteckt.
»Wohin werde ich gebracht?« schrie sie durch das vergitterte Fenster. Keine Antwort. Der Wagen fuhr durch das mit Stacheldraht gesicherte Tor; ein Wächter schloß es hinter ihnen, ehe er ein zweites vor ihnen öffnete. Durch das schmale Gitterfenster sah sie die Silhouette von Manhattan auftauchen, ein heller Schleier aus Glas, Stahl und Beton. Wie unnahbar und wundersam das aussah! Vielleicht wollte der Staatsanwalt sie wirklich freilassen. Entweder man hatte ihn in die Irre geführt, oder er hatte tatsächlich Gründe, das Urteil zu revidieren – weil er darin einen Vorteil sah. Keine der beiden Hypothesen gefiel ihr. In jedem Fall wurde sie zu einem Spielball in den Händen anderer. Welchen Gedankengang sie auch verfolgte, stets stieß sie auf Personen, von denen sie nicht gern sah, daß sie sie in Freiheit wußten. Wen sie von allen am meisten fürchtete, war Tony Verducci.

Eine halbe Stunde später fuhr der Wagen vor dem wuchtigen Bau des Kriminalgerichts in der Centre Street 100 vor. Die dicken Beamtinnen brachten sie in den Nordturm, der Grabmal genannt wurde. Im zwölften Stock wurden Gefangene auf Verwahrzellen verteilt. Viele waren gerade erst verhaftet worden und warteten auf die Anklageerhebung. Die Verbindungsbrücke zwischen dem zwölften Stock und dem übrigen Gerichtsgebäude war unter dem Namen Seufzerbrücke bekannt. Dorthin wurde sie mit ein paar Prostituierten gebracht, die in hochhackigen Pumps den Korridor bis zu einer Zelle neben einem Gerichtssaal entlangtippelten. Neben ihr gingen wieder zwei Justizbeamtinnen, von denen eine ihren Plastiksack trug. An der Wand klingelte ein Telefon, und eine der Beamtinnen nahm ab.

»Weiter«, sagte sie kurz darauf zu Christina.

Es war der gleiche Gerichtssaal, in dem sie vier Jahre zuvor verurteilt worden war – dieselbe hohe Decke, dieselben tief in den Saal gestaffelten Bankreihen, dieselben grünen Wände. Und vorn saß derselbe Unterstaatsanwalt, der gegen sie Anklage erhoben hatte. Er sah älter aus. Der Vorsitzende Richter, ein Mann in den mittleren Jahren mit Lesebrille, kam durch die offene Tür, setzte sich und griff zum Telefon. Er bemerkte Christina.

»Sie dürfen sich setzen.«

Ein paar Minuten vergingen. Noch ein Mann kam herein und flüsterte dem Unterstaatsanwalt etwas zu. Der Typ von der Kripo, dachte sie, der gegen mich ausgesagt hat.

»Euer Ehren«, sagte der junge Unterstaatsanwalt, »Detective Peck hat erfahren, daß Miss Welles' Anwältin hier irgendwo im Gebäude sein soll.«

Der Richter sah nicht von seinen Papieren auf. »Eine Viertelstunde, sonst vertage ich die Sitzung.«

Detective Peck verließ den Saal.

»Miss Welles«, sagte der Richter, »wir versuchen, Ihren Anwalt herbeizuholen.«

»Oh«, sagte sie. »Warum?«

»Das schreibt das Verfahren vor. Sie brauchen einen Rechtsbeistand.«

»Okay.«
»Haben Sie einen 18-B-Anwalt?«
»Was ist das?«
»Ein Anwalt, der vom Staat bezahlt wird.«
»Nein, ich glaube nicht.«
»Ist es Mrs. Bertoli?«
»Es war Mrs. Bertoli.«
»Hat Mrs. Bertoli nicht Kontakt mit Ihnen aufgenommen?«
»Nein.«
»Nun, vielleicht ist das Schreiben des Staatsanwalts in Mrs. Bertolis umfangreicher Korrespondenz untergegangen«, folgerte der Richter müde. »So könnte es gewesen sein. Es könnte freilich auch sein« – und nun hob er die Augenbrauen –, »daß sie das besagte Schreiben gesehen, aber nicht seine Bedeutung erkannt hat.« Der Richter sah jetzt Christina an. »Ich meine, seine Bedeutung für Sie.«
»Ja«, pflichtete Christina unsicher bei.
»Mrs. Bertoli ist dem Gericht wohlbekannt«, fuhr der Richter fort. »Ihre berufliche Einstellung und ihre Gewohnheiten sind ebenfalls wohlbekannt. Daß sie Sie nicht in Kenntnis gesetzt hat, ist unverzeihlich. Doch sie ist entschuldigt und wird ohne Zweifel auch weiterhin entschuldigt bleiben. Sie ist ein mit Entschuldigungen beladener Packesel, der im Bergwerk gesellschaftlicher Gleichgültigkeit arbeitet. Wir lösen Unberechenbarkeit und Verantwortungslosigkeit aus dem Erz, fördern es zutage und schmelzen es zu Münzen des Chaos.« Der Richter seufzte. »Doch ich will es dabei bewenden lassen. Die Angehörigen des Gerichts haben meine Ausführungen gehört. Das soll mein Protest des heutigen Tages sein. Gewiß, dem Gericht gebührt es nicht, die Qualität des Anwalts der Verteidigung zu bestimmen, aber –«
»Wir sind unter Freunden«, trompetete der Unterstaatsanwalt.
Die Tür ging auf, und herein kam Mrs. Bertoli, gefolgt von

Detective Peck. Sie klappte ihr Handy zu, steckte es in ihren Aktenkoffer und ging dann dienstbeflissen nach vorn. »Ist das wirklich Saal 440.10?«

»Ja, Mrs. Bertoli«, antwortete der Richter. »Beginnen wir also.« Er nahm sein Telefon und murmelte ein paar Worte hinein, bald erschien eine Gerichtsschreiberin und setzte sich an ihre Stenographiermaschine. »Also, Mr. Glass, ich habe Ihre Aussage gelesen. Ihr Beamter, Mr. Peck, ist sich sicher, daß er sich bei der Identifizierung getäuscht hat?«

»Ja, Euer Ehren«, bestätigte der Vertreter der Anklage.

»Nach über vier Jahren erkennt er plötzlich wie durch Eingebung, daß er sich geirrt hat?«

»Bei der Arbeit an einem aktuellen Fall«, sagte Glass, »hat er bemerkt, daß mehrere Personen bei der verdeckten Ermittlung bezüglich Miss Welles' Fall nicht berücksichtigt worden waren. Ich meine damit ungenannte Objekte polizeilicher Überwachung. Er fand also heraus, daß sich an dem fraglichen Tag eine dieser Personen im Lkw befunden hatte und nicht Miss Welles.«

Christina schaute Peck scharf an. Das war doch völliger Unfug. Sie hatte in der Kabine gesessen – dort war sie doch verhaftet worden. Peck vermied ihren Blick, verzog aber sonst keine Miene.

»Hat Miss Welles kein Geständnis abgelegt?« fragte der Richter, während er ein Blatt Papier überflog.

»Nein«, sagte Glass.

»Und über die Möglichkeit, bestimmte Anklagepunkte fallenzulassen, ist nicht verhandelt worden?«

»Nein.«

»Ist die damals der Überwachung entgangene Person mittlerweile verhaftet worden?«

»Detective Peck hat mir gerade mitgeteilt, daß eine Verhaftung in Kürze ansteht.«

»Welche Rolle spielte dann Miss Welles bei der ganzen Sache?«

Glass schaute den Richter direkt an. »Sie war die Freundin eines der Anführer, das ist alles.«
»In Ihrer Zusammenfassung verweisen Sie auf Ungereimtheiten hinsichtlich der Methode, mit der sich die Mitglieder der Diebesbande untereinander verständigten.«
»Wir dachten damals, Miss Welles könnte etwas damit zu tun haben.«
Der Richter schwieg und schien eigenen Gedanken nachzuhängen. »Also kein Geständnis, keine Vertraulichkeiten bei den Vernehmungen?«
»Das ist zwar länger als vier Jahre her, Euer Ehren, aber die Antwort lautet nein. Sie hat zu keinem Zeitpunkt ein Geständnis abgelegt.«
»Keine früheren Vorstrafen?«
»Nein.«
»Keine Verhaftung?«
»Nichts dergleichen.«
»Wie war das Verhalten während der Haft?«
»Tadellose Führung.«
»Haben Sie Detective Peck geladen?«
»Ja.«
Der Kriminalbeamte wurde vereidigt. Er hatte an diesem Morgen besondere Mühe auf Frisur und Krawatte verwendet.
»Gut, dann erklären Sie mir das mal«, bellte der Richter. »Ich bin erstaunt, daß die Presse nicht hier ist. Das gäbe doch eine tolle Story.«
»Das liegt nur daran, daß mich keiner benachrichtigt hat«, schaltete sich Mrs. Bertoli mit heiserer Stimme ein. »Hätte man mich benachrichtigt, hätte ich Himmel und Hölle in Bewegung gesetzt.«
Der Richter beachtete sie gar nicht. »Sie haben das Wort, Detective.«
»Das Ganze ist einfach, Euer Ehren. Wir haben uns bei der

Identifizierung geirrt. Bei der Schmuggelei war noch eine andere Frau beteiligt – gleiche Statur, gleiche Haarfarbe, vielleicht ein wenig kleiner. Richtig aus der Nähe haben wir sie nie gesehen. Ihren Namen haben wir auch nie erfahren. Als wir Miss Welles verhafteten, dachten wir, es handele sich um diese Frau. Miss Welles gab zu, die Freundin von Rick Bocca zu sein, den wir für den Anführer hielten. Aber was sie betrifft, liegen keine weiteren Beweise vor.«

»Nur die Freundin?« fragte der Richter.

»Ja.«

»Wieviel wußte sie eigentlich?«

»Sie könnte einiges passiv mitbekommen haben, Euer Ehren. Aber sie war nicht an der Planung beteiligt. Das waren Profis, erfahrene, abgebrühte Burschen. Bocca war uns bekannt. Sie dagegen war ein junges Mädchen ohne tragende Rolle.«

Man beleidigt mich gerade, dachte Christina, sagte aber nichts.

»Also bloß eine Statistin, eine Freundin, ja?« faßte der Richter zusammen.

»Bocca hatte einige« – der Detective zögerte – »Betthäschen, so könnte man es nennen.«

»Eine Bezeichnung, die herabwürdigend wirkt, weil sie präzise ist«, bemerkte der Richter. »Obgleich Ihr Ausdruck umgangssprachlich ist, hat er doch den Vorzug der Klarheit. Ich glaube, verstanden zu haben.«

In allen meinen Klausuren an der Columbia habe ich nie schlechter als mit Eins minus abgeschnitten, sagte sich Christina wütend, aber dann erinnerte sie sich, daß Peck das ja wußte. Beim Verhör hatte er sie sogar damit aufgezogen: *Wie kommt ein Mädchen, das nur Einsen schreibt, an einen Typ wie Bocca?* Er war clever, dieser Detective Peck, wie er jetzt ganz zerknirscht den Richter anschaute.

»Worin lag der Irrtum?« fragte der Richter.

»Das Problem bestand darin, daß die Hauptakteure ungeschoren davonkamen –«, erinnerte sich Peck. »Wir hatten nur einen Lkw voller Klimageräte. Nach Miss Welles' Verhaftung sind sie in alle Winde zerstoben. Wir wußten, daß Bocca schuldig war, aber er zog aus New York weg und vergrub sich auf Long Island, wo er auf einem Fischkutter arbeitete. Aber vorigen Monat habe ich die damals übersehene Person bei einer Überwachung wiedergesehen, und da habe ich gemerkt, daß ich die falsche Frau identifiziert hatte.« Peck hielt kurz inne. »Ich mußte mir selbst gegenüber ehrlich sein. Ich mußte wissen, ob ich mir sicher sein konnte. Deshalb bin ich zu Mr. Glass gegangen, und der war nicht gerade begeistert über das, was er von mir zu hören bekam.«

Der Richter nickte Mrs. Bertoli zu. »Fangen Sie also an.«

Mrs. Bertoli erhob sich. »In Anbetracht der neuen Tatsachen, die der New Yorker Staatsanwaltschaft zur Kenntnis gekommen sind, beantrage ich hiermit gemäß Absatz 440.10 des Strafgesetzbuches des Staates New York, daß das Gericht das Urteil gegen Christina Welles und die daraus resultierende Strafe aufhebe.«

Der Richter wandte sich an Glass. »Irgendwelche Einwände?«

»Nein, Euer Ehren.«

Der Richter seufzte. »Miss Welles, offenbar muß sich der Staat New York und insbesondere die New Yorker Staatsanwaltschaft bei Ihnen entschuldigen. Wir können Ihnen diese Entschuldigung in aller Form aussprechen; hingegen können wir Ihnen nicht die vier Jahre Ihres Lebens zurückgeben, die Sie zu Unrecht in Haft verbringen mußten. Die Kriminaljustiz bemüht sich nach Kräften, dennoch kommt es, allerdings äußerst selten, zu Justizirrtümern. Das ist nun gerade Ihnen geschehen, wie ich zugeben muß. Ich unterzeichne nun« – und damit zückte er einen Füllfederhalter – »diese Anordnung, durch die Urteil und Strafe aufgehoben werden.« Er schaute von dem Schriftstück auf. »Schön … Sie sind wieder ein freier Mensch, Miss Welles.« Er gab den Beamtinnen ein Zeichen, woraufhin eine vortrat und ihr die Handschellen abnahm. Dann gab sie Christina den versiegelten Umschlag, in dem sich ihr Ausweis und ihr Geld befanden. Glass nahm seine Unterlagen und verließ, ohne Christina auch nur eines Blickes zu würdigen, den Saal.

»Darf ich eine Frage stellen?« sagte Christina, nachdem sie festgestellt hatte, daß sich ihr Geld immer noch im Umschlag befand.

»Ich bitte darum«, sagte der Richter mit aufmunternder Geste.

»Bin ich jetzt frei?«

»Ja, von diesem Augenblick an.«

Sie schaute sich um. »War das alles?«

»Ja.« Der Richter griff nach seinem Telefon.

Christina wandte sich an Mrs. Bertoli. »Kann ich einfach gehen?«

»Offenbar.«

»Wie oft passiert so etwas?«

»Gewöhnlich nie.«

»Aber das Gericht hat die Macht, es zu tun?«

»Ja«, sagte Mrs. Bertoli.

»Kein Mensch hat je so etwas gehört.«

»Es gibt vieles, das die Staatsanwaltschaft den Leuten nicht erzählt.«

»Wußten Sie, daß so etwas passieren würde?«

»Nicht die blasseste Ahnung.«

»Hat man Sie nicht schriftlich benachrichtigt?«

»Das bezweifle ich doch sehr«, sagte sie. »Das Ganze ist schon recht peinlich. Man hat es rasch und diskret erledigt.«

Christina bemerkte Peck, der hinten im Saal stand und auf den Fersen wippte. Er ist möglicherweise einer von denen, die gefährlich werden könnten, dachte sie, doch sicher bin ich mir nicht. »Was wäre, wenn ich das Gefühl hätte, verfolgt zu werden?«

Die Anwältin blickte sich um. »Von wem denn?«

»Ich weiß es nicht.«
Christina beugte sich zu ihr vor. »Na ja, ich –« Besser, ich sage doch nichts. »Ich habe nur Angst, daß mir Leute auf den Fersen sein könnten.«
Mrs. Bertoli nickte.
»Würden Sie mich nach draußen begleiten?« fragte Christina.
Die Anwältin schaute auf ihre Armbanduhr. »Ich habe gleich eine Zeugenvernehmung in einem anderen Gerichtssaal.«
»Könnten Sie mich nicht hinaus auf die Straße begleiten?«
Die Augen der Anwältin zeigten keine Anteilnahme. »Miss Welles, es steht Ihnen frei, zu gehen, wohin Sie wollen. Ich werde Ihnen für den Termin heute morgen auch nichts in Rechnung stellen.«
Nun war der Detective verschwunden. Doch dafür konnten andere sie beobachten, jede Person draußen vor dem Gerichtssaal und im Vestibül. Gewiß, sie konnte sich das Haar hochstecken und eine Sonnenbrille aufsetzen oder den Pulli wechseln, aber das würde nicht reichen. Außerdem hatte sie immer noch ihren lächerlichen, demütigenden Abfallsack als Erkennungszeichen. Sie saß vornübergebeugt in der hintersten Bank des Gerichtssaals. Ich muß das jetzt genau durchdenken, sagte sie sich, bevor ich den nächsten Schritt unternehme. Sie vermutete, daß man sie beschatten würde, sobald sie erst einmal das Gebäude verlassen hatte. Vielleicht bildete sie sich das alles nur ein, aber der Gedanke verließ sie nicht, daß sich etwas zusammenbraute. Der Kripobeamte hatte ganz offensichtlich gelogen. Angenommen, einer von Tony Verduccis Leuten beobachtete sie und wollte sie sprechen?
Sie stand auf und ging aus dem Gerichtssaal und dann den Korridor hinunter. Geh einfach geradeaus, schau weder nach rechts noch nach links, dreh dich nicht um. Noch bist du nicht frei. Sie ging weiter, vorbei an mißmutig blickenden schwarzen Jungen, die von ihren übergewichtigen, erschöpften Müttern begleitet wurden; an jungen Burschen, die zuviel rauchten und schon drei

oder vier Methadonprogramme hinter sich hatten; an schlurfenden Justizbeamten mit solch enormen Bäuchen, daß sie eine geheime Stütze nötig zu haben schienen; an Privatanwälten, deren Augen in Fleischwülsten versanken, obgleich sie einen sehr scharfen Blick hatten; an Polizeibeamten, die versuchten, sich an Zeugenaussagen zu erinnern; an Familien von Opfern, die in Gruppen ihren Zorn zur Schau trugen und jeden argwöhnisch anblickten, der sie in ihrem Verlangen nach gerechter Strafe – je härter, desto besser – behindern konnte. Schaut mich nicht an, beachtet mich nicht, dachte sie, während sie mit gesenktem Kopf weiterging.

Sie betrat einen Fahrstuhl und kam zwischen drei Polizisten und zwei Anwälte zu stehen, die alle kein Wort sagten. Noch ein Mann stieg ein und blickte sie kurz an. Ich mag seinen Haarschnitt nicht, das könnte einer sein, der mich beschattet. Die Fahrstuhltür ging im siebten Stockwerk auf, und sie stieg mit den beiden Anwälten aus. Auf dem Stockwerk befanden sich die Büros der Staatsanwaltschaft. Sie blieb unschlüssig stehen. Der Mann mit dem verdächtigen Haarschnitt war ebenfalls ausgestiegen und wartete. Sie nahm den anderen Fahrstuhl und fuhr bis ins dreizehnte Stockwerk hinauf. Der andere folgte ihr nicht, aber das bedeutete nichts. Das Gerichtsgebäude war ein weitläufiges Labyrinth. Wurde sie immer noch beschattet? Sie ging zurück zum Besucherfahrstuhl und fuhr diesmal bis zum Erdgeschoß. Wenn Tony Verducci etwas von ihr wollte, mußte er warten, bis sie draußen auf der Straße war. Sie flüchtete sich in die Damentoilette, nur um einen Augenblick auszuruhen.

Eine dralle Frau in einem engen weißen Kleid und mit hochhackigen Schuhen stand vor dem Spiegel und ordnete ihre Frisur. Sie taxierte Christina von oben bis unten und schaute dann wieder in den Spiegel.

Gerade in dem Augenblick schaute eine andere Frau herein. »Mona, Bobby wartet im Auto!«

»Ist Jeanette schon draußen?« fragte die Frau vor dem Spiegel.
»Ja, ist sie. Bobby sagt, er will los.« Die Frau verschwand wieder.
Nutten. Gegen Kaution freigelassen. Zuhälter. Christina beobachtete, wie die Frau ihr Make-up erneuerte. »Wenigstens hat sich dein Typ blicken lassen«, sagte sie, vor dem anderen Waschbecken stehend.
»Das sind alles Arschlöcher.«
»Ja, aber du wirst abgeholt.«
Die Frau drehte sich um und betrachtete sie stirnrunzelnd. »Hat man dich mit dem Plastiksack festgenommen?«
»Da sind meine ganzen Sachen drin.«
»Ach so, du bist gerade freigekommen.«
Die Tür ging wieder auf, und die andere Frau rief: »Mona, Bobby ist stinksauer auf uns.«
»Ich bin gleich fertig!« sagte Mona und dann, zu Christina gewandt: »Entschuldige.« Sie ging mit einer Spraydose in eine Kabine und verriegelte die Tür. »Berühr hier bloß nichts, Mädchen, das rate ich dir. Nicht die Kloschüssel, nicht die Klinke und auch nicht das Waschbecken.« Geräusch von Papier. »So mache ich es jedenfalls. Du kannst es glauben oder nicht, aber ich hocke jetzt nur so drüber. Selbst das Klopapier benutze ich nicht gern.«
»Ist dein Typ in Ordnung?« fragte Christina in Richtung Kabine. Monas Schuhe standen einen Fußbreit auseinander.
»Er sorgt für uns. Brauchst du jemanden? Er ist immer auf der Suche nach Mädchen.«
Christina hörte das Zischen der Spraydose in der Kabine. »Er wird bestimmt nicht mit mir reden wollen.«
»Warum nicht?«
»Ich habe nicht die richtigen Klamotten.«
»Er kann dir sagen, ob du gut aussiehst.« Noch mehr Spray.
»Ich weiß nicht recht«, sagte Christina. Ein süßlicher Parfumgeruch wehte zu ihr herüber.

»Er nimmt dich mal probeweise zum Anschaffen, und dann gibst du mir nach der ersten Woche eine kleine Summe, okay?«
»Das geht in Ordnung.«
Die Schuhe unter der Kabinentür standen jetzt nebeneinander.
»Ich denke an zweihundert Dollar.«
»Abgemacht.«
»Ich meine, genau zweihundert Dollar.«
»Natürlich.«
Die Schuhe machten jetzt eine Auswärtsbewegung wie beim Steptanz. »Ganz gleich, ob du eine gute oder schlechte Woche hattest.«
»Ja«, sagte Christina.
Die Spülung rauschte, die Schuhe bewegten sich vorwärts, und Mona kam aus der Kabine. »Komm mit, wir reden mit Bobby.«
Die dritte Frau schloß sich ihnen an, und gemeinsam gingen sie wie zweitklassige Kinostars den Korridor hinunter, ohne auf die Blicke der Polizisten und Schaulustigen zu achten. Draußen stand eine große Mercedeslimousine am Bordstein mit einer vierten Frau im Fond des Wagens. Die Scheibe der Beifahrertür ging auf, und ein Weißer mit Kinnbärtchen schüttelte verächtlich den Kopf. »Hey, wegen euch Weibern muß ich warten.«
»Mann, Bobby«, sagte Mona, »wir haben nicht verlangt, abgeholt zu werden.«
Er nickte nur müde wie ein Geschäftsmann, der imaginären Profiten nachjagt.
»Hat man euch auf freien Fuß gesetzt?«
Mona und die andere Frau nickten. Der Fahrer, ein Dicker mit Sonnenbrille, blieb regungslos.
»Und wer bist du?« fragte Bobby an Christina gewandt.
»Sie ist mit mir gekommen«, erklärte Mona. »Ich mag sie.«
»Ich habe gefragt, wer du bist.«
»Betina«, sagte Christina. »Wie heißt du?«
»Bobby B. Good. Willst du anschaffen?«

»Erst mal brauche ich ein Auto, das mich in die Stadt bringt.«
Er knurrte und schaute zu Mona hinüber. »O Mann, jetzt habe ich auch noch eine Taxizentrale.«

»Kannst du mich in die Stadt mitnehmen?«

»Kannst du mir einen Grund nennen, weshalb ich dich in die Stadt mitnehmen soll?«

»Nicht den Grund, den du erwartest.«

»Warum warst du überhaupt da drin?«

Sie schaute sich besorgt um. Niemand zu sehen. »Das ist eine komplizierte Geschichte.«

Er winkte ab. »Das ist sie immer.«

Sie stieg hinten zu den anderen Frauen ein. Auf dem Rücksitz drängten sich Hüften und Schenkel. Wenn jemand sie zu Fuß beschattete, würde er jetzt nicht folgen können, aber sie wußte, daß Personenbeschattungen immer in Teams durchgeführt wurden. Die Polizei, das hatte ihr Rick erklärt, habe unauffällige Autos, Motorräder, Taxis, Lieferwagen und sogar Busse. Sie hatte sich jahrelang bemüht, so ein argwöhnischer Beobachter wie er zu werden, doch ohne Erfolg. Wenn es darum ging, Unsichtbares zu sehen, war er immer besser; ihre Stärke dagegen lag darin, zu verbergen, was sich vor aller Augen abspielte.

Die Limousine fuhr los. Bobby lehnte sich über den Sitz nach hinten. »Betina, sag schon, warum brauchst du ein Auto?«

»Jemand ist hinter ihr her«, antwortete Mona an ihrer Stelle.

Bobby nickte. »Gerry, bretter mal über ein paar Ampeln, damit das Mädel sich entspannen kann.«

»Wird gemacht, Kumpel.«

Der Fahrer verlangsamte den Wagen bei Gelb, bremste kurz ab und beschleunigte dann gerade in dem Augenblick, als die Ampel auf Rot sprang. Mit Vollgas raste er über die Kreuzung, noch bevor der Verkehr aus der anderen Richtung kam. Er fuhr zwei Häuserblocks nach Westen, suchte sich seinen Weg durch

den entgegenkommenden Verkehr, schlingerte rechts auf einer Einbahnstraße gegen den Verkehr, bog dann einen Block weiter die erste links ab und wechselte von der falschen Fahrspur nach rechts in Richtung Stadtmitte. Hätte ihn wirklich jemand verfolgen wollen, hätte er dazu einen Hubschrauber gebraucht.
»Der Mann ist ein Profi«, verkündete Bobby. »Natürlich muß ich ihn dafür bezahlen.«
»Bobby ist reich«, sagte Mona.
»Wie reich?« fragte Christina.
»Oh, ich bin sehr, sehr reich.«
»Wie reich ist das?«
»Er schenkt all seinen Mädchen Perlenketten.«
»Echte Perlen?«
»Was denn sonst!« sagte Bobby. »Ich kriege sie von einem Typ, der nur beste Ware verkauft. Ein ganz besonderes Geschäft, nur für mich.«
»Schau dir die mal an.« Mona holte ein Perlencollier aus ihrer Handtasche.
Christina hielt sie in der Hand. Sie sahen wirklich gut aus. Aber ihre Mutter, der man in der Hinsicht nichts vormachen konnte, hatte ihr das Geheimnis echter Perlen verraten. »Weißt du«, sagte sie, »es gibt etwas, woran man echte Perlen erkennt.«
»Ja, an dem Preis«, kicherte Mona.
»Nein.«
»Du meinst, ob sie in einer Muschel gefunden wurden?«
»Echte Perlen stammen aus Muscheln«, antwortete Christina. »Aber heutzutage wird nicht mehr nach Muscheln getaucht in der Hoffnung, eine Perle zu finden. Man produziert Perlen planmäßig, indem man ein Sandkorn in die Muschel plaziert. Das nennt man dann Zuchtperlen.«
»Du meinst, das hier sind keine falschen Perlen«, sagte Mona und betrachte argwöhnisch ihr Collier.
Der Wagen fuhr in Richtung Canal Street. »Richtig, ich rede

über den Unterschied zwischen Zuchtperlen und synthetischen Perlen.«
»Synthetisch heißt falsch«, erläuterte Bobby. »Wie meine Zähne.«
»Die Perlen sehen echt aus.«
»Aber sie sind es nicht«, entgegnete Christina, »weit davon entfernt.«
»Kannst du das an der Farbe erkennen?«
»Nein«, sagte Christina, »aber es gibt einen einfachen Kniff.«
»Ich muß mir diesen Scheiß nicht anhören«, fauchte Bobby. »Alle meine Mädchen kriegen echte Perlen von mir, und damit basta.«
»Dann hast du ja wohl nichts dagegen, wenn ich ihr meine zeige«, beharrte Mona. »Nur so als Test.«
»Und wie wär's mit meinen?« kam eine schrille Stimme von der Rückbank. Die Frau langte sich an die Ohrringe. »Bobby hat mir die geschenkt.«
»Schluß jetzt.«
»Da hast du sie, Süße«, sagte Mona und reichte Christina das Perlencollier.
»Faß das nicht an!« Bobby gab dem Fahrer einen Klaps auf die Schulter.
»Gerry, halt hier an. Ich will diese Tussi nicht länger in meinem Auto haben. Die versaut mir alles.«
Der Mercedes hielt vor einem Laden, vor dem ein Chinese gerade Fischen den Kopf abschnitt.
»Steig aus«, befahl Bobby Christina.
»Moment!« rief Mona. »Ich will jetzt wissen –«
»Raus, raus aus meinem Auto!«
Christina machte die Tür auf und stieg mit dem Plastiksack aus dem Wagen, hielt aber den Türgriff fest.
»Laß die Tür los!« donnerte Bobby.
Sie beugte sich nach unten und schaute ihm gerade in die Augen.

Er hielt ihrem Blick nicht stand. Rick hatte ihr beigebracht, woran man einen Blender erkennt. Gewöhnlich rissen sie das Maul weiter als alle anderen auf. »Ich glaube«, sagte Christina leise, »daß du herauskommen und mit mir ein paar Takte reden solltest. Es ist in deinem eigenen Interesse.«
»Was zum Teufel willst du eigentlich?«
»Du weißt nur zu gut, daß du in der Klemme steckst. Ich könnte dir da heraushelfen.«
Er tat, als müsse er seinen ganzen Ärger herausstöhnen, stieg aber dennoch aus. Er war kleiner, als es auf den ersten Blick schien. »Worum geht es, Baby?«
Er machte ihr keine Angst. Er war nur ein kleiner Gangster, ein Zuhälter. Die Stadt war voll mit solchen Typen. »Du willst wissen, woran man echte Perlen von falschen unterscheiden kann, stimmt's? Ich meine, das solltest du einfach wissen.«
»Warum?«
»Weil« – und dabei blickte sie erst auf das Auto und dann auf ihn, zum Zeichen, daß sie seine krummen Touren, seine verschlagene Art erkannt hatte – »ich glaube, daß du einigen Mädchen echte Perlen und anderen nicht ganz so echte gegeben hast. Das ist jedenfalls mein Eindruck.«
Bobby schnitt eine Grimasse im Sonnenlicht. Dann starrte er einen Augenblick auf den Chinesen, der seine Fische zerhackte.
»Was geht dich das eigentlich an?«
»Im Prinzip gar nichts. Ich dachte nur, du wolltest vielleicht gern wissen, wie man Perlen auf Echtheit selbst testen kann, damit« – und nun neigte sie sich näher zu ihm hin – »du deine Geschichte glaubwürdiger machen kannst.«
Er wiegte nachdenklich den Kopf. »Um mir unnötige Probleme vom Hals zu halten.«
»Genau.«
Er zückte seine Brieftasche. »Fünf?«
»Nein.«

»Zehn?«
Sie schüttelte den Kopf. »Fünfzig.«
»Spinnst du?«
Christina zuckte mit den Achseln. »Das ist sehr nützliches Wissen für einen Mann wie dich, Bobby. Du bist Geschäftsmann, hast Leute, die für dich arbeiten, du brauchst ihr Vertrauen, und dir kann nicht egal sein, was sie von dir denken. Es wäre für dich peinlich, wenn sie herausbekämen, welche Perlen echt und welche falsch sind. Du ständest schlecht da. Es wäre unfair ihnen gegenüber. Und wir wissen doch, wie empfindlich Frauen in dieser Hinsicht reagieren. Außerdem mußt du wissen, ob dein Partner dir gute Ware verkauft oder ob er dir Ramsch andreht.«
Bobby schaute scheinbar achtlos die Straße hinunter, es war die Gewohnheit eines Mannes, der wissen will, wer in der Nähe ist. Dann schaute er wieder Christina an.
»Du hast recht.«
»Also fünfzig in bar.«
Er zog eine Brieftasche an einer Kette aus der Jackettasche und gab ihr die Scheine.
»Du nimmst die Perlen in den Mund und fährst mit der Kante der oberen Schneidezähnen darüber. Wenn es sich rauh anfühlt, sind es echte, wenn glatt, dann sind es synthetische.«
Bobby starrte sie an. »Ist das alles?«
»Ja.«
»Man fährt mit den Schneidezähnen drüber?«
»Glatt bedeutet falsch, rauh dagegen echt.«
Er nickte. »Wie bei Menschen auch.«
»Bei manchen Menschen«, warnte sie ihn. »Manche rauhe Typen sind falsch und manche glatten sind echt.«
Er hob herausfordernd das Kinn. »Und wie ist das bei dir?«
Jetzt konnte sie ihn necken. »O Bobby, ich bin wie du.«
»Das heißt?«
»Beides.«

Er schüttelte den Kopf. »Du gefällst mir. Willst du nicht mit dem alten Bobby einen netten Abend verbringen? Bobby würde dich verwöhnen.« Dabei fuhr er sich mit der Hand in den Schritt. »Ich meine, mit Niveau, versteht sich.« Er schaute sie mit der Verschlagenheit des Zuhälters an, so als habe er plötzlich etwas an ihr entdeckt. »Willst du meine Karte? Vielleicht willst du mich ja mal anrufen?«
»Okay.«
Er hatte sie schon gezückt. Eine rote Visitenkarte mit weißer Schrift: BOBBY B. GOOD – VERMITTLUNGEN ALLER ART. Sie nahm die Karte, um ihn loszuwerden. Bobby grinste sie schlau an. »Tja, Betina, ich glaube, in New York wirst du keine Probleme haben. Ich brauche mir um dich keine Sorgen machen.« Dann schlug er die Tür zu, und die Limousine fuhr davon.

War sie frei? Sicherlich fühlte sie sich so. Sie schaute sich um. Niemand. So schien es. Sie warf die billige Visitenkarte weg und glitt in den sonnenüberfluteten Menschenstrom, hinein in die Metropole von acht oder zehn Millionen Menschen. Ganz gleich wie groß die Zahl tatsächlich ist, dachte sie, sie ist groß genug, damit keiner mich findet, wer auch immer hinter mir her sein mag. Sie fühlte sich noch langsam und ein wenig verloren, doch mit jeder Minute kam ihr die Stadt wieder vertraut vor, wie eine Sprache, in die man sich nach langer Zeit wieder hineinfindet. Sie beobachtete alles – die immer schnittiger werdenden Autos, die neue Seitenwerbung auf den Bussen, die auf den Gehwegen vorbeiwogenden Gesichter. Die Leute sahen müde, verschwitzt und mürrisch aus. Überarbeitet und schlecht bezahlt. Oder müßig und die Taschen voller Geld. Da waren chinesische Polizisten, russische Hausfrauen aus Brooklyn, weiße Jungs, die wie schwarze aussehen wollten, und schwarze Jungs, die sich selbst parodierten. Männer, die gern Frauen wären, und Frauen, die Frauen lieben. Jeder trug eine bestimmte Haltung zur Schau,

aber keiner schien eine Ideologie zu verkörpern. Die Stadt hatte immer noch den gleichen Rhythmus, die gleiche Intensität. Vier Jahre lang hatte sie keine hundert Meter geradeaus gehen können, und nun dehnte sich Häuserblock an Häuserblock in unabsehbarer Folge vor ihr. Erst jetzt verstand sie wieder, was Raum eigentlich bedeutete.
Und die Frauen. Hier waren sie: die Lippen geschminkt, in kessen kurzen Röcken und Schuhen mit Plateausohlen. Sie gingen flanieren, einkaufen oder auch ins Büro. Sie aßen mit anderen Frauen im Restaurant oder bummelten mit Männern in Anzügen durch die Straßen; mit Männern, die sich zuvorkommend oder auch uninteressiert zeigten. Wenn sie all diesen Frauen ins Gesicht blickte, sah sie keine, die jemals ins Gefängnis gehen würde. Das sah man ihnen an. Sie würden nie in die Verlegenheit kommen, eine wirkliche Dummheit begehen zu müssen. Sie waren in Sicherheit. Sie wußten gar nicht, wie sicher! Wie gern hätte sie die gleichen großen Handtaschen gehabt, mit Lippenstift, Haarbürste, Filofax und Kreditkarten darin. Während sie weiterging und ihren Plastiksack von einer Hand in die andere wechselte, sah sie allerdings auch andere junge Frauen, die an der Seite ihrer Freunde durch Schuhmärkte bummelten, an Straßenverkäufern vorbeigingen, sich ziellos dahintreiben ließen, Mädchen, die auf Abwege gerieten, deren Haut stumpf aussah, die allen möglichen Kram im ungepflegten oder zu kurz geschnittenen oder grüngefärbten Haar trugen. Mädchen, die zu viele Tätowierungen oder zu viele Ringe in der Nase hatten. Etwas an ihnen bekundete zu laut: So bin ich nun einmal! Vielleicht halte ich nach meinem alten Ich Ausschau, dachte Christina. Doch jenes Mädchen würde sie nie wiederfinden, denn jenes Mädchen war tot, verschwunden und vergessen, jenes Mädchen hatte noch an die Liebe geglaubt und darauf vertraut. Ja, früher habe ich mir so etwas gewünscht, aber jetzt nicht mehr. Sie erwartete nicht, sich in nächster Zukunft in jemanden zu verlie-

ben, und das war gut so. Sie kehrte jetzt zurück in die Welt. Aber sie wollte niemanden kennenlernen, noch nicht. Sie mußte erst einmal sich selbst wieder kennenlernen. Und sie wollte niemanden anrufen. Na ja, vielleicht ihre Mutter. Von einem Münztelefon aus. Das ginge wohl schon. Die meisten anderen aus der Familie waren gestorben. Sie hatte so viele Menschen verloren, mit manchen hätte sie wieder Verbindung aufnehmen können, aber die hätten alles über das Gefängnis erfahren wollen. Ihre Neugierde hätte sie nur ermüdet. Und hätte sie wirklich alte Bekanntschaften angerufen, dann hätten sie sie am Ende nach Rick gefragt – zumindest anstandshalber –, und sie wollte nicht an ihn denken, ganz und gar nicht. Die Nachricht von ihrer Freilassung war vielleicht auch zu ihm durchgedrungen, vielleicht war er schon auf der Suche nach ihr. Er würde ihr sein Herz zu Füßen legen und sie um Verzeihung bitten wollen, und ganz gleich, ob sie ihm verzeihen oder nicht verzeihen würde, in beiden Fällen würde sie sich dafür hassen. Er lebte draußen auf Long Island und arbeitete auf einem Fischkutter; dort sollte er auch bleiben. Sie wollte ihn nie wiedersehen. Wenn es nach ihr gegangen wäre, hätte er in der Hölle braten können.
Sie ging in einen Elektrogeräteladen und fragte nach der größten Einkaufstüte, die man ihr geben konnte. Sie stopfte ihre Sachen in die Tüte und warf den Plastiksack fort. Während sie auf dem Broadway nordwärts durch SoHo ging, sah sie die Dependance des Guggenheim-Museums, ging hinein und besorgte sich eine große Papiertüte mit aufgedrucktem Museums-Logo. Das war noch besser. Nördlich von Houston Street hielt sie an einem Pizzastand. Sie bestellte zwei Pizzastücke mit allem möglichen drauf, dazu eine Cola – eine schöne, eisgekühlte Cola – und trug den fettigen Pappteller an einen der hinteren Eßtische. Von dort warf sie einen Blick auf die anderen Gäste – Laufburschen, Büroangestellte und Sekretärinnen. Als sie in den warmen, knusprigen Teig biß und ihr der Duft von Oregano und Basilikum in die Nase stieg,

fing sie plötzlich an zu weinen. Es war alles so dumm. So dumm und so traurig! Vier Jahre waren vergangen. Alles war weg – ihre Wohnung, ihre Bücher, ihre Katze, die Leute, mit denen sie bekannt gewesen war. Sie hatte Jahre damit verbracht, die Gefängnisroutine zu erlernen. Die mochte zwar wegen ihrer Eintönigkeit hassenswert sein, aber es bedeutete zumindest etwas: ein Muster, eine Gewohnheit die sie verstand. Und sie hatte die Menschen, die mit dieser Routine in Verbindung standen, kennen- und lieben gelernt, an erster Stelle Mazy. Das war jetzt alles vorüber. Sie wußte, wie schwer es sein würde, noch einmal von vorn zu beginnen. Sie würde alles Nötige tun, sich eine Arbeit und eine Wohnung zu suchen, und dabei vermeiden, von Tony Verducci gefunden zu werden. Doch jetzt, mit dem warmen Stück Pizza im Mund, das, gerade weil sie es sich so sehr gewünscht hatte, die ganze Trostlosigkeit ihres Lebens offenbarte, ging ein tiefer Schmerz durch sie hindurch. Ihr wurde schlagartig bewußt, daß sie ganz allein auf der Welt war.

Eine halbe Stunde später hatte sie gefunden, wonach sie gesucht hatte: einen Secondhandshop im East Village, in dessen Schaufenster sich jetzt die späte Morgensonne spiegelte. Die Glocke klingelte, als sie eintrat, und ein älterer Herr in purpurrotem T-Shirt schaute von einer Zeitschrift auf und drückte seine Zigarette aus.
»Guten Morgen, die Dame.« Er schaute auf ihre Guggenheim-Tüte.
»Früher bin ich öfter mal in Ihrem Laden gewesen, ist schon eine ganze Weile her.« Sie sah sich um. »Hier habe ich mal einen sehr schönen Kimono gekauft.«
Der Mann setzte eine Brille mit Halbgläsern auf. »Ich erinnere mich an Sie. Ja, das ist schon lange her. Waren Sie weg aus der Stadt?«
»Ja, allerdings.«

Seine Augen strahlten. »Gab es da nicht einen Mann im Cadillac? Einen Burschen mit hübschen Koteletten?«
Sie lächelte. »Nicht ganz.«
Er kam hinter dem Tresen hervor und taxierte sie. »Oh, dann lassen Sie mich noch einmal raten.«
»Bitte.«
Er nahm die Sache ernst. »Ja, dann würde ich sagen, es war ein – ein großes Unglück, ein Sturm, der Sie davongewirbelt hat, und Sie konnten nichts dagegen tun!«
»Das stimmt so in etwa.«
»Und dann sind Sie hierhergekommen, hierher zurückgekehrt, weil Sie hier einmal glücklich gewesen sind, hier in meinem kleinen alten Laden.«
»Das ist wahr.« Sie lächelte. »Und jetzt brauche ich ein Kleid, ein hübsches, das nicht billig aussieht.«
Er nickte. »So etwas habe ich.«
Er ging rasch einen Kleiderständer durch und zog ein rotes Baumwollkleid heraus.
»Nein.«
»Nein?«
»Darin sehe ich zu fad aus.«
»Aber das sind Sie nun wirklich nicht.«
»Ich weiß, das ist der springende Punkt.« Sie reckte ihr Kinn hoch. »Sie wissen doch, wie die jungen Männer denken.«
»Klar, das weiß ich. Sie sind alle ganz garstig.« Er setzte ein teuflisches Grinsen auf. »Auf die eine oder andere Art.«
»Ich brauche etwas Hübsches, aber nicht – etwas, das ein bißchen, na, Sie wissen schon …«
»Etwas, das sagt, hallo, da bin ich.«
»Genau.«
Er ging an einen anderen Kleiderständer. Während er dort suchte, nahm sie ein Exemplar der *Village Voice* von dem Stapel auf dem Tresen.

»Gibt es das jetzt umsonst?«
»Ja.« Der Mann nickte. »Umsonst wie die Liebe.«
»Wie das?«
»Sie konnten sich nicht gegen die kostenlosen Anzeigenblätter halten. Da steht sowieso überall das gleiche drin. Sex von vorn bis hinten. Das ist der einzige Grund, warum die Leute solche Blätter lesen.«
»Der einzige Grund, warum Leute vieles machen.«
Er zog ein ärmelloses schwarzes Kleid vom Ständer, das vorn provokante kleine Knöpfe hatte. Das Kleid beschwor sogleich ein Bild herauf: Zigaretten, ein Tisch zu zweit, und »Bitte bringen Sie mir einen Martini«. »Also, das ist wirklich eine Wucht!« Sie hatte den schwarzen BH und Unterwäsche in der Papiertüte. »Wie steht es mit Schuhen?« fragte sie.
»Schuhe? Die habe ich auch.«
»Vermietet die alte Dame gegenüber immer noch Zimmer wochenweise?« rief sie dem Ladenbesitzer nach.
»Wenn ich ihr sage, daß Sie in Ordnung sind«, antwortete er mit dem Rücken zu ihr, »dann schon.«
»Würden Sie denn von mir sagen, daß ich in Ordnung bin?«
Seine Miene wurde ernst. »Ich stelle immer erst ein paar Fragen für die Dame. Sie ist wirklich eine nette Person, aber leider hört sie nicht mehr gut.«
»Einverstanden.« Sie nickte kurz.
»Aber flunkern Sie mich nicht an. Ich kümmere mich nämlich auch um die Zwangsräumungen. Ich meine, ich hole jemanden, der es für sie macht, jemanden, dessen Lieblingsbeschäftigung Räumungen sind.«
»Verstehe.« Er ist ein harter Knochen, dachte sie, also bettle nicht.
Er räumte erst ein Kleid auf, dann schaute er zu ihr herüber. »Sie sind also wieder in der Stadt?«
»Und suche eine preiswerte Bleibe.«

»Wo haben Sie zuletzt gewohnt?«
»Im Gefängnis.«
»Oh, dann können Sie es gleich vergessen!« Er winkte energisch ab.
»Was heißt das, ich kann es gleich vergessen?«
»Reden wir nicht mehr davon. Sie haben ein Verbrechen begangen.«
»Nicht wirklich.«
»Was soll das heißen?«
»Ich habe zwar gegen das Gesetz verstoßen, aber ich bin keine Kriminelle.«
»Was haben Sie denn getan?«
Sie holte Luft. In Zukunft würde sie ihre Gefängnishaft nicht mehr erwähnen. Die Leute vertrugen das nicht. »Mein Freund gehörte zu einer Diebesbande, die Ladungen aus Lagerhäusern stahl und das Zeug dann verkaufte. Eine Zeitlang habe ich auf dem College studiert, aber dann habe ich das Studium unterbrochen; in der Zeit habe ich viel gelesen. Dann habe ich meinem Freund ein bißchen bei der Planung geholfen, bis ich erwischt wurde. Die anderen sind davongekommen. Ich habe nicht gesungen, was die Staatsanwaltschaft schier in den Wahnsinn getrieben hat. Dort hatte man, wie soll ich sagen, wenig Mitleid mit mir.«
»Was ist mit dem Rest der Bande passiert?«
»Ich habe keine Ahnung.«
»Waren es Drogen?«
»Das Zeug in dem Lieferwagen? Nein.«
»Nehmen Sie Drogen?« fragte er Christina unverblümt.
»Sie haben schon meine Arme kontrolliert, ich habe es gesehen.«
Er schaute sie durch die Halbgläser an. Dann hob er, als habe er das Interesse an der Unterhaltung verloren, einen silbernen Handspiegel in die Höhe und zeigte ihn ihr.
»Das ist etwas Feines.«

»London, Jahrhundertwende. Liebhaberstück. Ich muß immer dran denken, was für einen exquisiten Stil diese Viktorianer doch besaßen.« Dann verengte er wieder die Augen. »Verfügen Sie über ein geregeltes Einkommen?«
»Demnächst.«
»Kinder, die mit Ihnen wohnen?«
»Nein.«
»Haben Sie überhaupt Kinder?«
»Nein.«
Dann seufzte er und schüttelte den Kopf. »Sagen Sie etwas, das mir hilft, mir ein Bild von Ihrer Persönlichkeit zu machen, etwas, aus dem ich erkennen kann, wie Sie denken.«
»Geht es darum, ob ich präsentabel bin oder nicht?«
»So könnte man es formulieren.«
Sie wiegte wortlos den Kopf und schaute sich um, als ob sie nach einem Anhaltspunkt suchte. Dann nahm sie den alten Silberspiegel und hielt ihn dem Ladenbesitzer dicht vor das Gesicht, damit er sich selbst sehen konnte, seinen Schnurrbart und seine müden Augen. »Das viktorianische England«, begann sie, »war nicht nur für die stilvolle Lebensart seiner vornehmen Kreise bekannt, die Sie ja so attraktiv finden, sondern auch für die Wiedereinführung eines Strafmittels, das man Jahre zuvor abgeschafft hatte: das Auspeitschen bei kleineren Vergehen. Nach dem Gesetz gegen Landstreicherei von 1898 wurden Männer, die ein abweichendes Verhalten zeigten – dazu zählten Exhibitionismus, Anstiftung zu homosexuellen Handlungen, Erscheinen in weiblicher Kleidung – mit einer Lederpeitsche schonungslos ausgepeitscht.«
Er blickte vom Spiegel in ihre Augen. »Ja«, sagte er, »ja, ich verstehe. Ist das Ihre Epoche, das Viktorianische Zeitalter?«
Sie zuckte mit den Achseln.
»Sagen Sie mir noch etwas.«
»Glauben Sie mir denn nicht?«

»Doch, nur zum Vergnügen. Verabreichen Sie mir noch ein oder zwei solcher Fakten.«
Sie schaute sich im Laden um, bis ihr Blick an einem langen Herrenmantel mit schweren Knöpfen hängenblieb. »Als Charles Dickens starb, hat sein Tod so viel Aufsehen erregt, daß sein Grab in der Westminster Abbey zwei Tage lang für die Allgemeinheit offenblieb. In dieser Zeit erwiesen ihm Tausende die letzte Ehre und warfen einen Blick in den Sarg. Hunderte legten Buketts nieder. Er war ein Genie, das in Blumen bestattet wurde.«
»Ja.« Der Ladenbesitzer griff zum Telefonhörer. »Ja!«

Zwanzig Minuten später hatte man sie in das Vestibül eines sechsstöckigen Apartmenthauses auf der anderen Straßenseite gelassen, und nun schüttelte sie die knotige Hand von Mrs. Sanders, einer etwa achtzigjährigen Dame. Mrs. Sanders war gerade dabei, das Futter für ihre Katzen vorzubereiten.Täglich schnitt sie Rinderherz für vier Katzen klein, die sich träge in dem heruntergekommenen Wohnzimmer räkelten und denen es sichtlich egal war, woher das Futter für die nächste Mahlzeit kam. Unterdessen schlurfte die alte Dame im schmutzigen Hausmantel durch den Flur und setzte jeder Katze ein kleines Porzellanschälchen mit Rinderherz vor. »Also«, begann Mrs. Sanders, »Sie wollen ein Zimmer mieten, und Bradford hat sie hierhergeschickt. Das ist gut so. Wie heißen Sie eigentlich?«
»Betina, Betina Bedford.«
»Guten Tag, Betina. Sie können für den Anfang wöchentlich zahlen. Bargeld ist gut. Eigentlich das Beste überhaupt. Ich habe nur ein Zimmer frei, und die Vormieterin könnte wieder zurückkommen. Vielleicht früher, vielleicht später. Deswegen kann ich das Zimmer sehr preiswert vermieten, denn wenn sie wiederkommt, dann müssen Sie raus, ohne Diskussion. Ich weiß nicht, wann, andererseits sollte das Zimmer auch nicht zu lange leer stehen. Sie sagte, sie komme zu Beginn des Herbstes wieder, und

ich vermute, daß – einen Augenblick bitte.« Mrs. Sanders fuhr sich mit dem Finger, an dem noch Reste von Rinderherz hingen, ins lappige rechte Ohr, holte eine wächserne braune Kugel heraus, bei der es sich, wie Christina vermutete, um ein Hörgerät handeln mußte, und fummelte an einem Knopf herum. Sie machte ein enttäuschtes Gesicht. »Ich schaffe es nicht. Diese Dinger werden heutzutage viel zu klein gebaut. Bitte, Miss, könnten Sie vielleicht?« Mrs. Sanders hielt das Hörgerät in der knotigen Hand. Es war nicht größer als der Chitinpanzer eines Insekts, belegt mit ein paar Katzenhaaren. Sie deutete auf einen winzigen Knopf. »Könnten Sie da zweimal draufdrücken?«
Christina drückte vorsichtig mit einem Finger – eigentlich nur mit dem Fingernagel – den Knopf, dann noch einmal, und jedesmal war ein schwaches Klicken zu hören. Sie streckte ihre offene Hand aus, und Mrs. Sanders nahm die kleine braune Kugel wieder an sich und stopfte sie sich ins Ohr. »Ja, ich glaube, es geht jetzt wieder – oh!« Sie riß die Augen auf, als ob das beim Einpassen helfen könnte, zwinkerte und schaute Christina an. »Viel besser. Aber nun muß ich in meinem Buch nachschauen, einen Moment bitte ...« Und sie schlurfte zu einem Schreibtisch, auf dem sich Katzenbücher stapelten. »Ich habe mir alle Mieter notiert. Einen Augenblick, ja, hier ist es.« Sie kam mit einer dicken Kladde wieder, die sie mit beiden Händen an sich drückte, und setzte sich auf das Sofa. »Jetzt haben wir 1989 –«
»1999«, korrigierte Christina.
»Ja, selbstverständlich. Das ist das neue hier.« Mrs. Sanders schlug die Kladde auf, deren Einband mit Klebestreifen repariert war. »Der Band hier beginnt mit 1966. Aber ich lebe schon seit 1951 hier.«
»Da haben Sie sicherlich alle möglichen Mieter gesehen.«
»Gesehen? Oh, ich habe sie gesehen, gehört und manche auch rausgetragen. Einer ist in der Badewanne gestorben. Wir hatten auch einen von den Black Panthers hier. Einmal war Woody

Allen bei Freunden hier zu Besuch. Janis Joplin hat drei Wochen hier geschlafen, und Allen Ginsberg hat ein paar Hosen liegenlassen. Ja, wir haben hier schon einiges erlebt, das kann ich Ihnen sagen. Wir hatten einen Mieter, der versucht hat, in seiner Wohnung Hühner zu züchten. Wir hatten vier oder fünf Transvestiten, und wir hatten einen Mann, der sich zum Schlafen auf den Kühlschrank legte. Wir haben hier schon alles gehabt.«

»Ich habe nicht viel Geld.«

Den Satz hörte die alte Dame wohl nicht zum ersten Mal. »Das hat keiner hier.«

»Ich weiß nicht, ob –«

»Wissen Sie, ich bin Sozialistin. Davon gibt es heutzutage nicht mehr viele. Die Leute wissen nicht mehr, was es heißt, Sozialist zu sein. Ich verlange nicht zuviel für das Zimmer. Ich verlange nur, was ich bekommen kann, und ich verlange, was ich brauche.« Mrs. Sanders blätterte die Kladde durch. »Vor ein paar Jahren hat man versucht, mir meinen Anteil am Haus abzukaufen. Man sagte mir, für mich würde mehr dabei herausspringen. Aber das interessiert mich nicht. Ich bin eine alte Frau, die mit ihren Katzen lebt. Ich habe alles, was ich brauche. Wir haben alle gehofft, daß die Welt besser wird, dafür haben wir gearbeitet. Nun, die Welt ist nicht besser geworden, und viele von uns sind gestorben. Ich bin nur älter geworden – bisher.« Sie lächelte still vor sich hin, faßte sich und schaute Christina gerade in die Augen. »Ich habe auch schon Mädchen wie Sie hier gehabt. Ich weiß etwas über Sie, was Sie selbst noch gar nicht wissen. Ich gebe Ihnen eines der ruhigen Zimmer ganz oben. Fünfter Stock, Straßenseite. Schönes, helles Zimmer. Sie werden dort kaum die Müllabfuhr hören; Sie können dort sitzen und ruhig Ihren Gedanken nachhängen. Die letzte Mieterin ist so rasch ausgezogen, daß sie ein paar Kartons im Wandschrank hat stehenlassen, vielleicht holt sie sie noch, vielleicht auch nicht. Ich kann mich nicht darum kümmern. Wenn Sie mir jetzt folgen wollen …«

Mrs. Sanders stand auf und schlurfte in den hinteren Teil der Wohnung. »Kommen Sie, bringen Sie Ihre Tüte mit. Ja, hier ist der Aufzug, mein Aufzug, nicht der für die Mieter. Ich bin zu alt zum Treppensteigen.« Sie drängten sich in eine enge, vergitterte Fahrstuhlkabine. Mrs. Sanders schloß die quietschende Tür und drückte auf einen Knopf. New York ist die Stadt der Aufzüge, dachte Christina, während die Kabine langsam nach oben glitt. »Es hieß, das Haus sei eine Million Dollar wert. Was kümmert mich das? Wohin sollte ich denn gehen? Ich wohne hier seit dem Ende des Zweiten Weltkriegs. Ich habe in diesem Haus vier Kinder großgezogen, von zweieinhalb Ehemännern.

»Wie sind Sie zu zweieinhalb Ehemännern gekommen?«

»Oh, die ersten beiden waren von der romantischen Art, aber der letzte, der zählte nur halb. Er ist an Leberkrebs gestorben. Er trank ständig, und nie habe ich ihn gebeten, damit aufzuhören.« Mit ihren Erinnerungen kam Farbe in ihre alten Wangen. »Er trank und spielte dann Trompete für mich, es war so abgrundtief traurig. Mir kamen dann immer die Tränen, und ich liebte ihn nur noch mehr. Wenn er Trompete spielte, war er mein Prinz.« Der Aufzug hielt mit einem Ruck an. »Das ist der fünfte Stock. Machen Sie immer ein paar Besorgungen, wenn Sie rausgehen, das ist mein Tip.« Sie gingen einen schummerigen Korridor entlang, vorbei an mehreren Türen und an Wänden, die bessere Tage gesehen hatten. »Also bei mir gelten ein paar Regeln: Ich möchte die Miete jeden Sonntag. Wer zweimal hintereinander nicht zahlt, kommt auf meine Liste. Vermeiden Sie das wenn möglich. Die Leute sagen, Sie können mich nicht rauswerfen, Mrs. Sanders. Ich entgegne darauf immer, daß ich die besten Anwälte in Sachen Mietrecht habe, daß ich alle Richter und alle Inspektoren kenne. In fünfzig Jahren bin ich so clever geworden, daß ich jeden hier herauskriege, wenn es sein muß. Meine anderen Regeln lauten: keine Gewalt, kein Diebstahl, kein Drogenhandel, keine Waffen. Hin und wieder Herrenbesuch ist kein Problem, aber bitte keinen Radau. Ich bin da liberal. Ich finde, daß die Menschen ihr Vergnügen haben sollten. Der liebe Gott schenkt uns mehr Sorgen als Vergnügen. Sorgen vertreiben das Vergnügen, aber Vergnügen vertreibt die Sorgen – wenigstens eine Zeitlang. Aber bitte keinen Radau.«

Sie gelangten zu einer blauen Tür mit der Aufschrift 5A. Das Holz der Tür zeigte Löcher von Reißzwecken und Spuren von altem Klebeband. Mrs. Sanders holte einen Schlüssel aus ihrem Hausmantel. Es war ein einfaches Zimmer von drei mal vier Metern mit einem kleinen Badezimmer gleich daneben. In einer Nische im Badezimmer standen ein kleiner Herd und ein Kühlschrank. Über dem Waschbecken hing der Stromzähler.

»Warum hängt der Stromzähler gerade da?«

»Es ging nicht anders«, sagte Mrs. Sanders. » Wenn Sie viel kochen, lassen Sie bitte das Badezimmerfenster offen, auch im Winter. Das sorgt für Entlüftung und hält die Gerüche draußen. Der Feuerlöscher befindet sich unter der Spüle. Im Brandfall verlassen Sie bitte sofort die Wohnung. Das sage ich allen Mietern. Wir hatten vor fünf Jahren mal einen Brand, bei dem ein junger Mann aus der Karibik im Rauch erstickt ist. Die Feuerwehrleute haben ihn nackt wie einen gefallenen Engel hinausgetragen.« Sie griff in ihre Tasche. »Hier sind Ihre Schlüssel. Das Haus gehört mir. Ich wünsche mir, daß die Leute hier glücklich sind. Wenn Sie das nicht können, Miss Bedford, dann gehen Sie fort und leben Sie mit den Unglücklichen. Anderswo.«

Die alte Dame ging und schloß die Tür hinter sich. Christina stellte ihre Tüte mit den Kleidern auf den Boden. Das Zimmer war genau das, was sie gesucht hatte. Die Wände waren wohl zehn oder zwanzig Jahre nicht gestrichen worden; der Fußboden war abgewetzt und schief; zwei der Fensterscheiben hatten einen Sprung. Das Bett hing an einer Stelle durch. Eine Frisierkommode mit drei Schubladen stand an der Wand gegenüber. Sie zog nacheinander die Schubladen auf und betrachtete die kleinen

Hinterlassenschaften der Vormieter: Briefklammern, Kleingeld, irgendein Teil aus einem Computer, eine Perle von einem Kostümschmuck, der Werbezettel für einen Akupunkteur in der Nachbarschaft, drei Bleistifte mit abgebrochener Spitze, ein Fingernagel, ein nicht mehr gültiger U-Bahn-Fahrschein. Mir gefällt es hier, dachte Christina. Sie zog die zerschlissenen grauen Laken vom Bett und inspizierte die Matratze: In den tiefen, parallel verlaufenden Furchen kamen Flecken unterschiedlicher Größe und Herkunft zum Vorschein. Was sie erkennen konnte, war Urin, Blut, Farbe, Tinte, Wein, Kerzenwachs, Brandspuren von Zigaretten und etwas, das aussah wie Motoröl. Im Wandschrank fand sie einen weißen Damenschuh mit abgebrochenem Absatz. Die Besitzerin hatte sorgfältig weiße Schuhcreme auf eine abgewetzte Stelle an der Spitze aufgetragen. Was der Schuh heraufbeschwor, war nicht nur die vage Bewegung von Seelen durch den Raum, sondern das eindeutige Gefühl des Scheiterns. Ich muß das Zimmer zu meinem eigenen machen, dachte sie. Sie hängte ihr neues Kleid in den Schrank, legte die *Village Voice* auf die Frisierkommode, nahm die Unterwäsche aus der Kleidertüte, faltete sie und legte sie in die oberste Schublade. Im Wandschrank entdeckte sie drei große Pappkartons, die mit Klebeband verschlossen waren und auf denen EIGENTUM VON MELISSA WILLIAMS stand. Das Klebeband war eines von der billigen Sorte, das angefeuchtet und dann angedrückt worden war. Einmal trocken, hatte es angefangen, sich zu kräuseln, und hatte sich stellenweise vom Karton gelöst. Sie konnte es leicht abkratzen. Drinnen lagen durcheinander Briefe, Fotos, abgerissene Kinokarten, Kontoauszüge, eine Packung Präservative, Zeitungsausschnitte, ein paar Taschenbücher – offenbar sämtliches Papier, das Melissa Williams irgendwann einmal in die Hände bekommen hatte. Christina legte die Fotos auf einen Stapel, dann die Briefe, dann alle sonstigen Unterlagen. Auf den Fotos war eine junge brünette Frau mit Brille und Baseballkappe

zu sehen. Nicht gerade eine Schönheit, aber ein nettes Mädchen, das gern ein Bier oder zwei mit einem trinkt. Unternehmungslustig. Aufgeweckt, aber nicht intellektuell. Die Beine waren ein bißchen dick, sie schien nur wenig Make-up zu benutzen. Fleißig sah sie aus, wie jemand, der Zuspruch braucht. Aus den Unterlagen ging hervor, daß Melissa siebenundzwanzig Jahre alt war und bis vor zwei Monaten in der Prince Street bei einer Firma gearbeitet hatte, die Internet-Auftritte gestaltete. Sie war Absolventin des Carleton College und hatte Kurse an der Rhode Island School of Design besucht. Ihre Mutter hatte ihr geschrieben, daß sie sich große Sorgen um Melissas Bruder mache, der in Seattle mit einer Nadel im Arm bewußtlos aufgefunden worden war. Der Ton der Briefe wurde immer verzweifelter. »Dein Bruder wird sich demnächst *umbringen*«, hieß es im letzten Brief, »und ich kann nichts (!) dagegen tun. Gott allein weiß, welche Mühe es gekostet hat, ihn großzuziehen, und nun ist er dabei, sein Leben mit der Nadel *zu ruinieren*. Melissa, ich *weiß*, daß ich nie die Mutter gewesen bin, die Du Dir gewünscht hast. Liebling, ich weiß, daß Deine geregelte Lebensweise und Dein verantwortungsvolles Verhalten eine direkte Reaktion (!!) auf mein Verhalten sind und daß ich jede Chance auf Deine Hilfe verspielt habe. Aber Dein Bruder *braucht* Dich, er braucht jemanden, der ihn da rausholt und nach Hause bringt. Auf Dich wird er hören. Ich flehe Dich an, ich bitte Dich, *rette das Leben Deines Bruders*. Nach dem, was Du mir schreibst, ist man in der Firma sehr zufrieden mit Dir. Ich nehme daher an, daß man Dich für eine Weile gehen lassen würde, wenn Du die Situation erklärst. Du bist in jedem Fall so begabt und vielseitig, daß Du ohne große Schwierigkeiten einen anderen Job in New York finden würdest.«
Christina wünschte sich, ihre Mutter wäre ebenso verständnisvoll gewesen – aber das war sie nicht im entferntesten. Im übrigen schien es so, als ob Melissa, pflichtbewußt und verantwortungsvoll, wie sie war, dem Wunsch der Mutter nachgekommen

war: Nachdem sie einen Umschlag mit Melissas Kontoauszügen aufgeschlitzt hatte, sah sie, daß Ms. Williams vor sechs Wochen, also Ende Juli, dreitausend Dollar von ihrem Girokonto abgehoben hatte und daß das Konto seitdem keine Zahlungseingänge mehr aufwies. Auf der Haben-Seite standen immer noch achttausend Dollar – Melissa W. war wirklich so vernünftig, wie ihre Mutter von ihr behauptet hatte. Christina kam der Gedanke, daß sie mit der Kontonummer hätte in die Bank gehen und versuchen können, Geld abzuheben, ohne sich als Melissa ausweisen zu müssen. Doch sie wollte einer anderen Frau kein Geld wegnehmen. Im übrigen machte es Männer glücklich, für Frauen Geld ausgeben zu können. Für sie war es wie urinieren oder sogar ejakulieren, das war nur eine Frage des Betrags. Nein, sie wollte Melissa nicht um ihr Geld betrügen, vielmehr hatte sie mit einem Mal den Wunsch – als habe sie eine geheime Freundin gefunden –, sich alles, was sich in den drei muffigen Kartons befand, geistig anzueignen.

Schauen wir doch mal, was Melissa gemacht hat, während ich im Gefängnis saß: Melissa W. hatte das Angelika-Theater in der Houston Street besucht; im April 1997 hatte sie eine Abtreibung ohne weitere Komplikationen überstanden; sie hatte die *New York Times* für fünf Monate abonniert; hatte bei einem Zivilprozeß als Schöffin mitgewirkt; Geld für die Obdachlosenhilfe gespendet; stets rote Kreuzchen im Kalender gemacht, wenn sie ihre Periode hatte, die immer regelmäßig kam, bis zu ihrer Abtreibung – und ebenso einen Monat danach; sie hatte sich durch die Romane der Duras gearbeitet; nach einer Reihe von Fotos zu urteilen, hatte sie sich eine Dauerwelle machen lassen; sie hatte eine längere Beziehung mit einem geschiedenen Filmemacher gehabt, der jeden Tag zum Lunch ins Union Square Café kam; sie hatte im weiteren Verlauf einen Aids-Test machen lassen, der negativ ausgefallen war; sie war Zeugin eines Unfalls geworden, bei dem ein Fahrradkurier von einem städtischen Bus überfahren worden war, und hatte darüber eine notariell beglaubigte Aussage für eine Behörde angefertigt; sie hatte dreimal Blut gespendet; sie hatte an ihren Firmenchef geschrieben und eine Gehaltserhöhung erwirkt; kurz, Melissa Williams war eine fleißige, selbständige und relativ glückliche junge Frau, die Hals über Kopf New York verlassen hatte und früher oder später wieder zurückkommen würde. Ich hätte vermutlich, dachte Christina, in all den Jahren ein ähnliches Leben gehabt, wenn – ja, wenn was? Wenn sie den Abend vor einem wichtigen High-School-Schwimmwettkampf nicht biertrinkend mit ihren Freundinnen verbracht hätte. Wenn sie am darauffolgenden Tag beim Hundert-Meter-Rückenschwimmen als zweite und nicht als dritte durchs Ziel gegangen wäre und das Sport-Stipendium für Stanford, ihre erste Wahl, bekommen hätte. Wenn sie nicht statt dessen Columbia University gewählt hätte. Wenn sie im Herbst ihres Junior-Jahres nicht mit ihrem Religionsprofessor geschlafen hätte und, als dieser plötzlich nichts mehr von ihr wissen wollte, eines Abends beim Ausgehen nicht Rick in der Bar des Hotel Pierre getroffen hätte. Er war damals in Anzug und Krawatte, und nach drei Drinks war sie mehr oder weniger bereit, mit ihm das Empire State Building hochzuklettern. Und wenn sie Rick nicht so faszinierend fremd gefunden und in ihm nicht den besten Liebhaber gesehen hätte, den sich ein Mädchen überhaupt erträumen konnte, dann wäre sie nicht auf seine blöde Macho-Masche hereingefallen und hätte ihm nicht bei seinen Diebstählen geholfen. Wenn sie nicht gemerkt hätte, daß Tony Verducci Rick und sie beim letzten großen Coup für seine eigenen Geschäfte eingespannt hatte; wenn sie sich nicht ausgedacht hätte, wie man Tony Verducci austricksen konnte – ja, wenn es diese vielen Wenn nicht gäbe, dann hätte sie ein Leben wie Melissa Williams gehabt.

Das letzte, was sie im Karton fand, war ein Lippenstift. Sie schraubte die Kappe ab und entdeckte zu ihrer Freude, daß die weinrote Farbe genau zu ihr paßte. Sie ging ins Badezimmer und probierte ihn aus. Danke, Melissa W., flüsterte sie in den Spiegel, du weißt ja gar nicht, was du mir alles geschenkt hast. Nun hatte sie einen Lippenstift, ein Kleid und Pumps. In der Kommode lagen ihre einzige heile Strumpfhose, der schwarze BH, der ihr passabel stand, ein ebenfalls schwarzer Slip, eine billige kleine Handtasche mit zerschlissenem Futter und etwas von Mazys Parfum. Damit würde sie, na ja, nicht gerade umwerfend aussehen, aber auch nicht so, wie eine Frau, die am Morgen noch in einer Zelle in Rikers aufgewacht war. In die Handtasche steckte sie ihre Haarbürste, zwei von Melissas Präservativen, das Parfümfläschchen, den Lippenstift, dreiundzwanzig Dollar (den letzten Zwanzigdollarschein klemmte sie unter eine Bettlatte, für den Fall, daß jemand ins Zimmer kam, während sie nicht da war) und ihre neuen Schlüssel. Dann ging sie nach unten und trat auf die Straße, so frei wie schon lange nicht mehr.

Sechs Stunden später lag sie siebzig Häuserblocks weiter nördlich und dreißig Stockwerke über der Straße im Dunkeln. Vorausgegangen waren alle nur erdenklichen Kommentare, Anzüglichkeiten, Witze, losen Sprüche, ernsthaften Fragen und unbestellten Geständnisse, die sie sich hatte anhören müssen, sowie eine Reihe harter Drinks als Einleitung zu einem gepflegten Abendessen mit Schwertfisch als Hauptgericht. Dann hatte sie sich an einen alten Trick erinnert: Sie ließ die Hand zwischen die Beine ihres Gegenübers gleiten, tastete nach seinem Penis und umkreiste ihn einmal mit dem Finger.

»Oh, wow«, stöhnte er. Sein Atem roch nach Wodka, Nachos und einem Haselnußlikör, den sie zusammen getrunken hatten und der zum Besten gehörte, was sie je probiert hatte. Er war noch ein grüner Junge, wirklich. Vielleicht fünfundzwanzig. Die Bars in der Upper West Side waren voller Jungs, Jungs in Anzügen. Vom Bumsen hatte er keine Ahnung, das war sicher – zumindest gemessen am Sex, den sie von früher kannte. Er hatte auf ihr herumgeturnt, sich gewunden und nicht auch nur annähernd jenen hypnotischen Rhythmus erreicht, den sie von früher kannte – und der leider Ricks Bild heraufbeschwor. Bei diesem Jungen hingegen schien sich der Sex eher um ihn zu drehen als um sie. Aber darum ging es jetzt nicht, es war Zeit, zum Abschluß zu kommen. Sie bohrte ihm die Finger in den Rücken und flüsterte ihm irgend etwas Schmutziges ins Ohr – es erregte auch sie ein wenig –, woraufhin der andere einen grunzenden Laut von sich gab und sich in ein dramatisches Finale steigerte. Sich selbst anspornend, stieß er wie rasend immer wieder in sie und rieb sein stoppeliges Kinn an ihrer Stirn. Dann plötzlich, als hätte ihn jemand axtschwingend angegriffen und tödlich getroffen, kippte er seitlich weg und ließ sich aufs Bett fallen. Sie zauste dem Jungen die Haare. So schlecht war er gar nicht, einfach nur zu grün und ahnungslos. Zu jung, um sie gegen Tony Verducci zu beschützen.

»Ich muß mal pinkeln«, flüsterte sie.

»Ach so, ja klar.«

Sie stand im Badezimmer und betrachtete ihre Brüste im Spiegel. Vielleicht hatten sie sich während der Zeit im Gefängnis ein klein wenig gesenkt. Nur eine Spur. Ihre Brustwarzen waren steif von den Liebkosungen des Jungen, auf ihrem Hals waren Flecken. Sie öffnete das Toilettenschränkchen, fand aber nichts Interessantes außer einer Zahncreme, die angeblich die Zähne bleichte. Ich habe den Tag im Gefängnis begonnen, dachte sie, und nun stehe ich nackt im Badezimmer eines Yuppies. Das war doch was. Was es genau zu bedeuten hatte, wußte sie nicht. Sie setzte sich auf die Toilette. Was als nächstes kommen würde, war nicht gut, aber sie mußte es tun. Der Junge hatte sich damit gebrüstet, er habe vergangenes Jahr 300 000 Dollar verdient, seinen Bonus mit eingeschlossen. Vom marxistischen Standpunkt aus war ihr Verbrechen nur eine Umverteilung von Kapital: Es würde an jemanden gehen, der keines besaß.

Sie betätigte die Spülung und ging auf Zehenspitzen ins Schlaf-

zimmer zurück. Er lag auf dem Rücken, Melissa Williams' Präservativ hing noch wie ein schlapper Hut an seinem Penis. Auch das war gut – ihre Mutter hatte immer behauptet, sie beide, Mutter und Tochter, seien gleich gebaut. Das bedeutete ihrer Meinung nach, daß Christina schwanger werden konnte, wenn ein Junge auch nur in Unterhosen an ihr vorbeiging. Erstaunlich, daß sie nie von Rick schwanger geworden war. Sie beobachtete, wie sich der junge Mann räkelte. Er sah gut aus, wie ein Model aus einer Werbung für Unterwäsche, doch sie hatte nichts gefühlt, außer der Reibung, während sie rittlings auf ihm gesessen hatte. Nicht mal in die Nähe eines Orgasmus war sie gekommen. Warum? Früher hatte sie Tausende und Abertausende erlebt. Aber jetzt war sie aus der Übung und wohl auch ein bißchen nervös. Außerdem war er ungeschickt gewesen, hatte mal zu schnell, mal zu langsam gestoßen. Das Ganze war ihr wie eine Fahrt in einem Vergnügungspark vorgekommen. Von weitem sah es spannend aus, aber dann war man froh, wenn es vorüber war. Er hatte keine Ahnung, wer sie eigentlich war, er schien sie für eine Geschichtsstudentin zu halten.
»Hallo, jugendlicher Aufsteiger.«
»Ja?«
»Geht's dir gut?«
Tapsig und betrunken, drehte er sich zu ihr um. »Zugegeben, bei mir ist jetzt die Luft raus …«
Sie kniete sich auf den Fußboden und fand seine Hosen. Er hatte in der Bar mit einer Kreditkarte bezahlt, aber sie war sich sicher, auch Geldscheine in seiner Brieftasche gesehen zu haben.
»Dreh dich um, ich massiere dir den Rücken.«
Er machte es tatsächlich. Er war ein Junge. Wirklich kein schlechter. Hat sein Bestes gegeben. Wenn sie öfter vögeln würden, könnte sie ihm ein paar Sachen beibringen. Sie drückte mit einer Hand zwischen seine Schulterblätter und fuhr dann die Wirbelsäule hinunter. Ein großer, geschmeidiger Rücken, breit

wie eine Tür. Keine Frau hatte solche Schultern. Der Hintern war auch stramm. Mazy hatte recht gehabt, als sie sagte, Christina würde zu Männern zurückgehen. Genaugenommen machte sie sich sogar an die Männer ran. Während sie mit einer Hand seinen Rücken massierte und auf den allmählich ruhiger werdenden Atem horchte, fuhr sie mit der anderen Hand in seine Brieftasche. Rasch steckte sie vier, fünf Scheine in ihren Slip.

»Du hattest wohl einen anstrengenden Tag«, sagte sie, mit der Hand weiter massierend.

»O ja, kann man wohl sagen«, brachte er undeutlich hervor. »Langer Tag, is' 'n Menge passiert. Und wie war deiner?«

»Nichts Aufregendes, außer dir.«

Er lächelte in die Laken. »War's gut für dich? Habe ich's gut gemacht?«

»Ja.« Sie gab ihm einen flüchtigen Kuß auf den Nacken. »Aber jetzt muß ich gehn.«

»Ach nö.«

»Doch, ich muß.«

»Mädchen wollen doch immer bleiben.«

»Welche Mädchen?«

»Alle, die ich bisher gekannt habe.«

Sie streichelte ihm den Nacken, küßte ihn wieder. Er war schon in Ordnung. »Vielleicht hast du noch nie eine wie mich kennengelernt.«

»Das is' wahr. Du bist 'ne heiße Stute.« Er schwang schwerfällig einen Arm, tapste ungeschickt gegen ihre Brust, wie ein Mann, der angerührten Gips an die Wand schleudert. »Kann ich dich anrufen?« lallte er. »Muß dich anrufen.«

»Ich hab dir meine Nummer aufgeschrieben …« Dafür, daß er ihr diese Lüge abnahm, verdiente er noch einen Kuß, sogar drei oder vier den Rücken hinunter. Sie wäre am liebsten über ihm eingeschlafen. Geht nicht, sagte sie sich. Du mußt jetzt gehen.

»Ich steh' auf und ruf dir 'n Taxi«, verkündete er.

»Nein, nein, du bist müde. Ich mach mich allein auf die Socken. Ruf mich am späten Vormittag an, wenn du willst.«
Er seufzte ins Kopfkissen. »Oh, das Angebot nehm' ich gerne an.«
Und ich nehme dir jetzt auch etwas, dachte sie, aber das wirst du noch früh genug merken.
Fünf Minuten später, wieder im schwarzen Kleid mit den aufreizenden kleinen Knöpfen, die Geldscheine in der Handtasche, trat sie auf die Straße, unter dem Arm einen Karton mit gebügelten Herrenoberhemden aus der Reinigung. Die Scheine waren Hunderter, wie sie im Taxi feststellte, fünf im ganzen, die der Fahrer vermutlich nicht wechseln konnte. Aber sie hatte noch ihr eigenes Bares für das Fahrgeld. Während der Wagen stadtabwärts fuhr, machte sie den Karton mit den Hemden auf. Darin war genau das, was sie sich erhofft hatte: zehn maßgeschneiderte Oberhemden, frisch gestärkt und gebügelt, und kein Monogramm. Für jedes würde sie im Secondhandshop sicher zehn Dollar bekommen. Sechshundert Dollar alles in allem, plus Abendessen. Nicht schlecht. Sie schärfte sich selbst ein, den Taxifahrer zu bitten, einen Häuserblock vor ihrem Apartmenthaus zu halten, für den Fall, jemand könnte den Fahrer fragen, wohin er sie gebracht hatte. Diebstahl war etwas, wofür sie sich verachtete, zumindest normalerweise, aber am Anfang mußte sie es tun. Sie brauchte eine gute Startposition, denn ohne einen guten Start, vor allem an einem Tag wie diesem, würde sie nirgendwo hinkommen.

Carroll Street 604
Brooklyn
11. September 1999

Früher Morgen, Verkehrslärm – und niemand hatte versucht, ihn in der Nacht umzubringen. Er rappelte sich auf und warf einen Blick in den Rückspiegel. Muß mich unbedingt kämmen. Er mußte einen gepflegten Eindruck machen, auch wenn er im Auto geschlafen hatte. Kaffee und ein belegtes Brot waren unter dem Fahrersitz. Er machte die Wagentür auf, pinkelte mit einer Hand nach draußen und aß mit der anderen sein belegtes Brot. Niemand sah ihn. Auf der anderen Seite des Parkplatzes standen Männer in Anzügen und droschen Golfbälle auf eine Wand aus Maschendraht. Jenseits des Flusses erwachte Jersey zu einem neuen Tag. Der durchgehend geöffnete Sportkomplex war der sicherste Platz, den er gefunden hatte, und trotzdem hatte er sich einen Baseballschläger gekauft und unter dem Sitz bereitgelegt. Freilich nützte ihm der Schläger nichts, wenn er schlief. Jeder Strauchdieb konnte seine Knarre durchs Fenster auf ihn richten, und *peng!* das war's dann. Er hätte einen Traum gehabt, aus dem er nie wieder erwacht wäre – der Knall der Detonation wäre im Innern des Autos gedämpft worden. Er konnte hier nicht länger bleiben, es war zu gefährlich. Was er brauchte, war ein durchgehend geöffnetes Parkhaus. Das wäre eine sichere Bleibe.
Nach dem Frühstück stieg er aus. Er stand neben dem Pick-up, noch in den Schuhen des toten Farmers, der Rücken steif, und streckte sich. Er ging auf die Knie und machte fünfzig ordentli-

che Liegestütz, weitere dreiundzwanzig nur noch schlecht und recht. Er wurde zu alt für solche Scherze, dabei war das früher seine Stärke gewesen.
Christina war nicht zu dem Zeitpunkt im Gericht gewesen, zu dem sie es eigentlich hätte sein sollen, auch nicht am folgenden Tag, und gestern hatte ihm der Justizbeamte gesagt, sie sei früher am Morgen entlassen worden. Rick hätte den Typen am liebsten erdrosselt vor Wut. Vielleicht war es nur der Schlendrian in der Verwaltung. Vielleicht hatte Peck Rick zum Gefängnis gelotst, damit man ihn von dort aus beschatten konnte. Oder er wollte, daß ein anderer ihn verfolgte, einer von Tony Verduccis Kettenhunden, irgend so ein zwanzigjähriger Bursche mit einem Schlagring in der Tasche – wie es früher einmal auch Rick gewesen war. Nachdem der Justizbeamte ihm mitgeteilt hatte, Christina sei entlassen worden, gab es für Rick nichts mehr zu tun. Behalte einen klaren Kopf, schärfte er sich ein. Mach jetzt keine Dummheiten. Geh nicht in Bars. Hör nicht auf deinen Schwanz. Besuche keine Bars, rede nicht mit Frauen. Du hast einen solchen Hunger nach Frauen, daß du dir selbst nicht trauen kannst. Du hast solches Talent, Dummheiten zu machen, sei jetzt einmal schlau. Setz dich hin und denk nach. Weit kann sie nicht gekommen sein. Sie muß sich hier irgendwo in der Gegend aufhalten. Sie liebt New York, könnte nirgendwo sonst leben. Es gibt Mittel und Wege, sie aufzuspüren. Bestimmt will sie das alte Leben aufnehmen, den Puls des Straßenlebens fühlen, die Menschen, die Häuser, den Lärm um sich haben. Er wußte, daß sie kein Geld hatte. Woher auch? In New York brauchte man immer Geld. Und wenn Tony Verducci jemanden auf sie angesetzt hatte, dann war sie schon in Gefahr. Was wirst du also tun, Rick? Wer bist du und was kannst du? Die Zeit draußen in dem Cottage am Meer wäre nutzlos vertan gewesen, wenn er ihr jetzt nicht helfen konnte. Du hast die Pflicht, ein besserer Mensch zu werden. Du hast den Baseballschläger nicht umsonst gekauft, du mußt ihn, wenn es

nötig sein sollte, auch zu ihrem Schutz benutzen. Er würde sie finden und vor Tony Verducci retten. Vielleicht wollte sie ihn wiedersehen, vielleicht nicht. Wenn ja, wäre es gut. Sie würden rasch merken, ob die Schwingungen zwischen ihnen noch stimmten. Natürlich glaubte er das. Wenn sie von ihm nichts mehr wissen wollte, würde er auch das hinnehmen. Auf jeden Fall wüßte er dann, woran er mit ihr war. Du kannst sie aufspüren, dachte er. Du wirst schon auf Lösungen stoßen, während du suchst. Du kannst sie finden, ehe andere sie finden. Die haben ihre Methoden, und du hast deine. Immerhin kennst du sie, du weißt, was sie mag. Sie wird ihre Mutter anrufen. Sie weiß, daß sie es nicht tun sollte, aber sie wird es tun.
Leider ging ihm langsam das Geld aus. Nur noch hundert Dollar. Er saß wieder in seinem Pick-up und holte die letzte Tomate von der Ablage. Eine Frucht wie gemalt, ohne einen Fleck. Beim Hineinbeißen spritzte ihm der Saft in den Bart. Er dachte an Tante Eva. Wenn sie die Türschlösser nicht ausgewechselt hatte, waren seine Chancen gut. Schnell rein und schnell wieder raus, eine Angelegenheit von ein paar Minuten, keiner würde etwas merken. Gepflegt, ordentlich, das sah nach einem Mann aus, der einen Plan verfolgt. Er ließ den Motor an und fuhr auf dem West Side Highway Richtung Süden und dann um die Spitze von Manhattan herum nach Brooklyn, wo Tante Eva seit sechzig Jahren zwischen Fourth und Fifth Avenue in der Carroll Street wohnte. Jetzt kannte er niemanden mehr dort, und er wollte auch nicht gesehen werden. Früher lebten dort nur italienischstämmige Familien. Es gab einen Nachbarschaftsverein an der Ecke – alte Herren in gebügelten Hosen und Pomade im Haar saßen dort. Alt und müde, aber doch nicht so müde, daß sie keine neuen Cadillacs mehr steuern konnten. Sie wußten, wie die Geschäfte liefen. Manche erinnerten sich an Tony Verducci, als der noch ein junger Dachs war. Manche kannten sogar Paul. Doch die meisten aus den alten Familien lebten nicht mehr oder hatten nach aus-

wärts geheiratet. Neue Bewohner waren in das Viertel mit den alten Sandsteinhäusern gezogen, mit Taschen voller Geld. Es waren Leute aus Manhattan, die in Anwaltskanzleien, Investmentbanken und Computerfirmen arbeiteten. Nach und nach waren sie auch bis zu Tante Evas Block vorgedrungen, wo die Häuser nicht aus Sandstein, sondern aus Ziegeln gebaut und die Wohnungen nur halb so groß waren. Aber sie würde nie von dort wegziehen, nie die Wohnung verkaufen. Vielleicht hatte sie auch die Schlösser nicht gewechselt. Vielleicht war sein Geld immer noch da.
Er bog bei Flatbush ab und fuhr auf der Fourth Avenue weiter Richtung Süden. Eine dralle Frau im kurzen gelben Kleid und gelben Stiefeln stand an der Straßenecke und schaute in die Autos, wobei sie zwei Finger in den Mund steckte und wieder herauszog. Die konnte man auch vergessen. Er fuhr an Bodegas und geschlossenen Radkappenläden vorbei. So früh am Morgen waren nur Taxis und die Lieferwagen der Zeitungsgrossisten unterwegs. Er hatte einmal einen solchen Job im Transportgewerbe abgelehnt. Der Kerl, der an seiner Stelle den Job bekommen hatte, besaß heute eine Zwanzig-Meter-Jacht, mit der er dreitägige Törns auf dem Golfstrom machte. Aber das war das Leben eines anderen. Er wollte erst einmal um den Block herumfahren und die Lage kontrollieren. Im koreanischen Deli an der Carroll Street Ecke Fifth Avenue brannte im Hinterzimmer Licht, vermutlich saß dort irgendein armer Teufel und schabte Mohrrüben. Er roch den Duft einer Bäckerei am anderen Ende der Straße. Keiner würde den Pick-up kennen, keiner würde ihn wiedererkennen. Bei seinem letzten Besuch hier war er mit einem geschorenen Schädel, muskelbepackten Oberarmen und einem Taras-Bulba-Schnurrbart aufgetreten. Die Adern voller Anabolika. Jetzt sah er wie ein ganz normaler Typ aus – ein Typ aus Brooklyn, der im Auto vorbeifuhr. Wenn ihn aber doch jemand erkennen sollte, bekäme Tony Verducci davon Wind. Er bekam alles

mit, was hier vorging. Rick parkte das Auto in der Zufahrt einer Brennstoffhandlung an der Carroll Street Ecke Fourth Avenue. Der Laden würde um diese frühe Stunde noch nicht auf sein, da konnte er den Pick-up ruhig zehn Minuten hier stehenlassen. Er holte die Kiste mit dem Zement, die er tags zuvor gekauft hatte. Keinem würde etwas auffallen, es sah wie ein Farbkanister aus. Zehn Minuten. Daß mir ja keiner an den Wagen geht. Die Frage war, ob Tante Evas Nachbarschaft immer noch gutbürgerlich war, ob die Kinder in die Fußstapfen ihrer Eltern getreten waren. Wenn ein paar junge Männer in schicken Anzügen und mit einem guten Haarschnitt hin und wieder hier zu sehen gewesen wären, hätte man Bescheid gewußt. Früher war es jedenfalls so. Aber was wußte denn Rick schon? Nicht viel: wie man Mais anpflanzt, wie man ein Schiff anleint, wie man zu toten Fischen redet. An den Läden an der Ecke konnte er erkennen, daß mehr Puertoricaner und Schwarze zugezogen waren, aber hier, weiter oben, gab es keine Graffiti, keine vergitterten Fenster, keine Scherben im Rinnstein. Am Straßenrand standen vorwiegend dicke amerikanische Limousinen, und bei keiner hing irgendwelcher abergläubischer Krempel vom Innenspiegel, keine bunten Lämpchen um die Nummernschilder. Die Müllsäcke standen säuberlich zugebunden auf dem Gehweg und warteten auf die Müllabfuhr. Ein paar alte Familien wohnten also immer noch hier.

Das war sicherlich kein Vorteil. Denn gerade die alten Witwen, die schlaflos hinter den Gardinen standen und alles beobachteten, würden als erste die Bullen alarmieren oder es Tante Eva oder sonst jemandem weitererzählen. Hier tratschten alle miteinander, wenn sie nach dem Brötchenkauf beim Bäcker auf dem Gehweg standen. Den Kopf eingezogen und die Zementkiste in der Hand, eilte er die Straße entlang. Vor Tante Evas Tür steckte er seinen alten Schlüssel ins Schloß – er paßte perfekt – und trat leise ein. Sie schlief im ersten Stock im rückwärtigen Zimmer,

das wußte er. Auf dem Tisch neben der Haustür stapelte sich die Post. Es wäre interessant, einen Blick hineinzuwerfen, aber er wollte keine Zeit verlieren. Rein und raus, Ricky-Boy, rein und rasch wieder raus.
Er schaute die Treppe hinauf – oben war es dunkel, kein Laut war zu hören. Er betrat die Diele vorsichtig und trat nur dort auf, wo die Bretter trotz hundert Jahre Gebrauch noch nicht zu lose waren. Jemand hatte die Tür zum Keller am Ende der Diele repariert. Er trug die Zementkiste die Kellertreppe hinunter und schaltete nur ein Licht an. Im Schein der Lampe sah er Kartons mit vergilbten Briefen und Fotografien, beschädigte Gartenmöbel, Stapel alter Kleidung von Onkel Mike, seit zwanzig Jahren nicht mehr getragen, muffig riechend, von Mäusen angeknabbert, ein Knäuel rostiger alter Fahrräder und Leiterwagen, von denen Rick einige als Junge gefahren hatte. Der Heizofen, der noch aus der Zeit stammte, als sie von Onkel Mike Unterstützung erhielt, stand an einem Ende des schmalen, rechteckigen Raums. Asbestumwickelte Rohre ragten krakenartig in die Kellerdecke. Rick sah, daß ein neuer Filter eingesetzt worden war, jemand mußte diese Arbeit für Tante Eva übernommen haben. Er glitt hinter den Ofen, dort, wo sich die Wand befand, die sie mit den Nachbarn, den Marinaros, gemeinsam hatten. Dann legte er die Hände auf das Abzugsrohr, das vom Ofen in den Kaminschacht führte. Das Rohr war an der Stelle, wo es in den gemauerten Kamin eingelassen war, mit Zement abgedichtet, um den Austritt von Kohlenmonoxid in den Heizungskeller zu verhindern. Die alte Zementdichtung brach auf, als er das Rohr aus der Fassung riß. Vor ihm war die dunkle, runde Öffnung des Kamins. Alles schien in Ordnung. Er fuhr mit der Hand in den rußigen Schacht und tastete die Wand ab. Vor Jahren hatte er hier einen Ziegel aus dem Mörtel gelöst, einen weiteren Ziegel weggestemmt, ein mit wasserdichtem Isolierband umwickeltes Paket deponiert und den ersten Ziegel wieder an seinen Platz getan. Dann hatte er ihn mit

dem Handballen festgehämmert, bis er mit der Wand bündig abschloß. Holzstückchen ersetzten den Mörtel. In der nächsten Heizperiode würde sich die Wand des Kamins mit Ruß überziehen und sein Versteck überdecken. Selbst wenn Tante Eva einen Kaminfeger bestellt hätte, was in Anbetracht ihres Alters und ihrer Situation höchst unwahrscheinlich war, hätte der keinen Grund gehabt, hier unten herumzustochern. Nun fand Rick denselben Ziegel und zog heftig daran, bis er sich aus der Mauer löste. War das Paket noch da? Ja. Es war bis in die kleinste Falte von Ruß bedeckt. Nur um ganz sicher zu sein, schlitzte er die Verpackung mit seinem Taschenmesser auf. Drei Zoll dick kamen Hundert-Dollar-Noten zum Vorschein, im ganzen 48 600 Dollar. Es ware noch die alten Hunderter mit dem kleinen Bildnis Benjamin Franklins, aber sie waren immer noch gültig. Das war die letzte Summe aus dem besten Coup, den er drüben in Jersey gelandet hatte. Es war Geld, das er mit Christinas Hilfe gemacht hatte. Damals hatten sie drei neue Cat-Bulldozer von einer großen Baustelle auf der anderen Seite des Hudson gestohlen. Die Maschinen standen mit steckendem Zündschlüssel auf drei Lkws, die einer Baugesellschaft aus Atlanta gehörten. Sie waren mit den Lkws noch in derselben Nacht nach Buffalo gefahren und hatten die Bulldozer für einen Monat auf einem Schrottplatz geparkt. Rick selbst hatte die Bulldozer vom Tieflader gefahren und die Aktentasche entgegengenommen, die man ihm dort übergeben hatte. Da war ein Haufen Geld drin. Vielleicht konnte er etwas davon für Christina ausgeben, ihr ein Kleid oder Schuhe kaufen. Schmuck, Unterwäsche, ein Feuerzeug. Frauen mochten kleine italienische Feuerzeuge.

Er wollte das ganze Geld mitnehmen, aber das bedeutete, keine Reserve zu haben, wenn etwas schiefging, wenn das Geld gestohlen oder er selbst es auf den Kopf hauen würde. Andererseits hatte er sich vier Jahre lang auf dem Land vergraben, da würde ihn ein bißchen Spaß nicht umbringen. Wer sich nicht ab und zu ein bißchen Spaß gönnte, der wußte nicht zu leben. Er halbierte den Stoß Banknoten, steckte die eine Hälfte in seine Tasche und die andere zurück in das Paket, das er dann wieder in den Kamin legte. Der Ziegel war jetzt ein bißchen lose, aber wer würde das schon merken? Er rückte das Abzugsrohr wieder an seinen Platz und öffnete die Zementkiste. Mit einem Spachtel nahm er das Zeug, das wie Haferschrot aussah, und dichtete damit das Rohr in der Kaminwand ab. Das kostete Zeit, aber das mußte man tun, wenn man es ordentlich machen wollte. Ich habe zwar krumme Dinger gedreht, aber niemanden umgebracht. Er mußte dafür sorgen, daß kein Kohlenmonoxid austrat, in die Wohnung eindrang und womöglich Tante Eva vergiftete. Der Zement würde nach einem Tag trocken sein, danach wäre nichts mehr zu sehen. Und jetzt kam es darauf an, sich nicht sehen zu lassen.

Er beendete seine Arbeit, nahm die Kiste und war schon auf der Treppe, als er Babygeschrei aus dem oberen Stockwerk hörte. »Ja, mein Vögelchen, ich komme gleich«, rief eine Frau mit verschlafener Stimme. Er hielt auf der Treppe inne. Tante Eva war über siebzig. Ein Baby bedeutete, daß hier junge Leute eingezogen waren. Ein junger Bursche wohnte hier, dem beim nächsten Filterwechsel der frische Zement auffallen konnte und der, neugierig geworden, vielleicht nachschauen würde. Das Baby schrie wieder. Hol das übrige Geld, sagte sich Rick. Er machte kehrt, polterte die Treppe hinunter, zwängte sich hinter den Heizofen und riß an dem Abzugsrohr. Nichts bewegte sich – er hatte seine Arbeit zu gut gemacht. Er schlug mehrmals mit aller Kraft dagegen, dann erst löste sich das Rohr aus der Fassung. Das Geräusch dröhnte durch das ganze Haus. Er langte in den Kamin, zog den Ziegel aus der Mauer, warf ihn hinter sich, griff sich das Geldpaket und steckte es in die andere Tasche.

Nun hörte er Schritte. Er eilte zur Kellertreppe und nahm drei Stufen auf einmal. Oben an der offenen Tür zur Diele hielt er an.

»He, du da unten, ich hab' 'ne Schrotflinte!«

Der Kerl hatte sich wahrscheinlich auf dem Treppenabsatz im ersten Stock postiert, keine zwölf Schritte von der Tür zum Kellergeschoß, wo Rick jetzt stand. Wenn der andere die Treppe herunterkam, konnte er Rick eine Ladung in den Rücken verpassen, wenn dieser zur Haustür rannte.

Nun kamen Schritte die Treppe herunter.

»Wo ist Tante Eva?« schrie Rick. »Sie ist meine Tante!«

»Wer ist da?« rief der Mann. »Komm da raus.«

»Bist du es, Sal?« fragte Rick. »Du wirst doch nicht auf mich schießen, Sal!«

Das Baby schrie wieder im ersten Stock. »Komm da raus.«

»Sal?«

»Sal wohnt in New Jersey. Wer zum Teufel bist du eigentlich?«

»Ich gehöre zur Familie.«

»Von wegen. Du kommst da jetzt raus.«

Er hielt immer noch die Zementkiste in der Hand. Er warf sie die Diele hinunter, um zu sehen, was passieren würde. Ein Schuß aus der Schrotflinte krachte, Gips wurde fortgerissen, der Türrahmen zersplitterte. Die Frau schrie auf, und das Baby weinte noch lauter.

Der Typ ist nervös, dachte Rick. »Was soll das?« rief er, den Rauch der Schrotflinte in der Nase.

»Wer ist da? Komm jetzt raus, du Sack.« Dann, nach oben gewandt: »Beth, ruf die Polizei.«

»Ich bin's, Rick!«

»Rick? Wer ist Rick?«

»Rick Bocca, Tante Evas Neffe. Sag Beth, ihr Cousin Rick Bocca ist hier.«

»Beth«, rief die Stimme, »der Typ sagt, er heißt Rick Bocca.«

Er hörte, wie sie irgend etwas antwortete. Dann Schritte, die die Treppe herunterkamen.

»Rick?« ertönte eine Frauenstimme. »Bist du es?«

»Ja, Beth, ich bin's – sag deinem Mann, er soll verdammt noch mal nicht auf mich schießen.«
»Er wird nicht auf dich schießen.«
»Komm da raus, du Arsch!« kam wieder die Stimme des Mannes.
»Ich komme runter«, sagte sie.
»Nein, nein, du gehst nicht runter. Er soll rauskommen.«
»Und du schießt auch wirklich nicht?«
»Komm schon!«
Er streckte die Hand hinaus und winkte. Nichts geschah.
»Jetzt komm endlich!«
Er trat in die Diele. Ein kleiner, glatzköpfiger Mann in T-Shirt und einer fleckigen Unterhose hielt eine doppelläufige Schrotflinte in der Hand. Beth, im kurzen Nachthemd, stand hinter ihm.
»Ricky?« rief sie, immer noch erschrocken. »Bist du das?
»Ja, ich bin's.«
»Du siehst so anders aus. Mit Bart und so.«
»Ich bin's trotzdem, Beth.«
»Was machst du da unten?«
»Ich mußte nur was holen, Beth, etwas, das ich dagelassen hatte.«
»Warum hast du denn nicht vorher angerufen?« rief sie, außer sich. »Das ist doch verrückt, du weckst alle auf und jagst uns einen Schrecken ein und –«
»Ich dachte, Tante Eva würde noch hier wohnen.«
»Sie ist seit drei Monaten in einem Pflegeheim.«
»Oh.« Er hatte sich noch nicht von der Stelle gerührt.
»Das hier ist Ronnie.«
»Hallo, Ronnie. Könntest du wohl die Flinte runternehmen?«
Aber Ronnie war ein kleiner Mann, der jetzt einem großen Mann drohen konnte. Eine solche Wonne war ihm nicht alle Tage vergönnt, und er wollte die Situation anscheinend voll auskosten.
»Was mußtest du dir holen?« fragte er.

»Etwas Persönliches, Ronnie.«
»Was?«
Bis zur Haustür waren es zehn Schritte, und wenn er nah genug herankam, würde Ronnie vielleicht keinen zweiten Schuß abfeuern, da seine Frau gleich neben ihm stand.
»Schau mal.« Die Hände erhoben, tat er einen Schritt vorwärts. »Tante Eva hat gesagt, ich darf da unten ruhig etwas dalassen. Sie hat mir einen Zweitschlüssel gegeben.« Er schwenkte den Schlüssel.
»Wir haben gehört, daß du draußen auf Long Island unter die Fischer gegangen bist –«
»Ja, das bin ich, Beth. Aber ich brauchte etwas, deshalb bin ich zurückgekommen.« Er schaute ihr in die Augen. »Ich war da draußen und –«
»Ich will verdammt noch mal wissen, was du da unten holen wolltest!« fuhr Ronnie dazwischen, immer noch mit der Flinte fuchtelnd.
»Ronnie, warte mal. Ich weiß, dir stinkt die ganze Sache, aber versuch's mal aus meiner Sicht zu sehen. Ich wollte Tante Eva nicht erschrecken.«
»Was hast du da unten versteckt?«
Er sah jetzt die Gier in Ronnies Augen, und das brachte ihn auf eine Idee. »Du wirst mir das nicht glauben –«
»Ich höre.«
»Ronnie, um Gottes willen, nimm doch die Flinte weg«, flehte Beth.
Ronnie zielte mit der Waffe auf Rick. »Nein, ich will das wissen. Er ist wegen etwas zurückgekommen, Beth, er wollte etwas ganz Bestimmtes.«
»Also gut, Ronnie. Du kennst dich ja wohl mit dem Heizofen aus, mit dem Abzugsrohr, stimmt's?« Er hörte sich sprechen, ohne recht zu wissen, was am Ende dabei herauskommen würde. »Ich habe Tante Eva früher im Haus geholfen. Und eines Tages,

es ist schon ein paar Jahre her, habe ich eine große Werkzeugkiste im Kamin versteckt, aber so, daß der Rauch immer noch ohne Schwierigkeiten abziehen konnte.«
In einer Werkzeugkiste konnte man Tausende Dollar verstecken.
»Wo ist die Kiste jetzt?« fragte Ronnie.
»Tja, ich habe sie nicht rausgekriegt, sie ist immer noch –«
»Was ist drin?«
Rick wartete, das wütende Heulen des Babys im Ohr. Er brauchte einen bestimmten Dreh. »Ronnie«, rief er, »das da unten ist mein Geld. Alles. Tante Eva –«
»Komm«, sagte Ronnie zu Beth. »Bleib du oben.«
»Wie?« rief sie. »Was hast du vor? Du wirst ihm doch nichts tun?«
»Geh nach oben, blöde Kuh!«
»Ronnie, warte mal –«
»Du kannst jetzt gehn«, bellte Ronnie Rick an. »Na los, ab durch die Mitte.« In einer Hand hielt er die Flinte, mit der anderen machte er die Haustür auf. »Raus.«
»Du, das kannst du nicht machen«, protestierte Rick. »Ich brauch das Geld, Mann, ich stecke in der Klemme –«
»Es ist sein Geld«, sagte Beth.
»Sei doch still!« schrie Ronnie. »Verzieh dich nach oben.« Er deutete mit der Flinte auf Rick. »Raus. Verschwinde aus diesem Haus.«
Rick schaute zurück zur Kellertreppe.
»Ich mein's ernst. Hau ab!«
»Du solltest mir wenigstens einen Teil davon lassen«, sagte er.
»Einen Scheiß werd' ich dir lassen!«
»Laß mir sechzig-, siebzigtausend. Der Rest ist für dich.«
»Nein!«
»Das ist mein Geld!«
»Und das ist mein Haus!«
»Das Haus gehört eigentlich mir«, schaltete sich Beth ein.

»Halt's Maul, verdammt noch mal.«
»Laß ihm vierzigtausend«, kam Beth' Stimme von oben. »Es ist sein Geld, Ronnie.«
Ronnie antwortete nicht. Statt dessen ging er mit vorgehaltener Waffe auf Rick zu.
»Runter. Leg dich auf den Bauch.«
Rick kniete sich hin.
»Auf den Bauch, hab' ich gesagt.«
Er legte sich auf den Bauch, das Gesicht in Gipsstaub und Farbe gepreßt. Ronnie würde gut zehn Minuten brauchen, bis er den Kamin auf der Suche nach dem Geld, das nicht mehr dort war, mit Hammer und Brecheisen demoliert hatte. Dann würde Rick schon in seinem Pick-up auf dem Brooklyn-Queens-Expressway brausen, mit einem Batzen Geld sicher im Handschuhfach.
»Jetzt kriech zur Tür.«
Er kroch auf Tante Evas verschlissenem Läufer, den Onkel Mike vor dreißig Jahren mit einem Teppichmesser zurechtgeschnitten hatte, und erreichte die Haustür. Ronnie konnte die Scheine, die in seinen vorderen Hosentaschen steckten, nicht sehen. Er schaute zu Beth hinauf, die auf der Treppe kauerte. Sie sah verboten aus, selbst wenn man berücksichtigte, daß es halb sieben Uhr morgens war.
»Beth –«
Sie schüttelte ängstlich den Kopf. »Ich kann da nichts machen, Ricky.«
Ronnie trat heran und richtete den Lauf auf Ricks Gesicht. »Wenn du zurückkommst, mache ich das hier mit dir.«
Er hob die Flinte und feuerte nochmals. Der Knall der Detonation traf Rick wie ein Schlag, und für einen Augenblick fühlte er sich taub und übel. Dann aber begriff er, daß Ronnie soeben seine zweite Patrone verschossen hatte. Er sprang auf und packte Ronnie an der Gurgel. Er trieb ihn zurück ins Treppenhaus, und während Beth laut schrie, schlug er ihm den Kopf gegen die

Wand, hakte den Daumen seiner anderen Hand unter Ronnies obere Lippe und zog sie nach oben.
»Was denn?«
Ronnie konnte nicht reden.
»Was wolltest du machen? Sag's noch mal. Was?«
Ronnie brachte einen undefinierbaren Laut hervor, als Rick wieder an ihm zog.
»Du zerreißt ihm das Gesicht!« schrie Beth.
Er schaute sie an.
»Bitte, Rick.«
Er ließ los. Ronnie sackte zusammen und hielt sich mit einer Hand den Mund.

Eine Stunde später fand er genau das Parkhaus, das er brauchte – es war irgendwo versteckt in Chinatown, südlich der Manhattan Bridge. Wenn man nicht genau hinschaute, erkannte man es gar nicht von außen, und das war genau, was er gesucht hatte. Er konnte im Auto schlafen oder ein Zimmer in den billigen Hotels der Umgebung mieten, und wenn er rasch aus der Stadt verschwinden mußte, brauchte er nur aus dem Parkhaus herausfahren, mehrmals rechts abbiegen und schon wäre er auf der Brücke. Er hielt mit dem Pick-up neben einem Wärterhäuschen aus Beton, das nicht größer als eine Telefonzelle war. Der Parkhauswärter, ein älterer Schwarzer mit einer Baseballkappe, saß in einem zerschlissenen Schalensitz, aß Chop-suey von einem Pappteller und schaute dabei Fernsehen. Der Mann blickte aus müden Augen zu ihm herüber, das Gesicht grau von Abgasen.
»Für wie lange?«
»Eine Woche, vielleicht auch länger.«
»Dann trage ich Sie erst mal für eine Woche ein.«
Der Mann hatte Schwierigkeiten beim Atmen und war nur schwer zu verstehen. Rick stellte den Motor ab. »Sie können den Wagen ruhig in die hintere Reihe stellen, das stört mich nicht.«

Der Mann nickte bedächtig. »Sie wollen einen Platz hinten? Die meisten wollen lieber vorn stehen, damit man nicht jedesmal zehn Autos verschieben muß.«

»Mir macht es nichts aus, wenn Sie den Wagen hinten reinstellen.«

Der Wärter beugte sich vor und stellte den Fernseher ab. Es schien so, als hätte die Kiste das ganze Leben aus ihm herausgesaugt, denn nun hellte sich sein graues Gesicht seltsam auf. »Sie wollen den Pick-up da verstecken, stimmt's mein Freund?«

»Der Wagen gehört mir.«

Er lächelte ihn mit braunen Zähnen an, zwischen denen Hühnerfleisch zu erkennen war. »Die Frage bleibt.«

»Ja. Die Antwort lautet ja.«

»Drohende Beschlagnahme? Wir haben das oft.«

»Nein. Der Anwalt meiner Frau steckt dahinter.«

Der Wärter runzelte die Stirn. »Die Burschen nehmen es von den Lebendigen – ja, ich sehe, daß Sie in einer schwierigen Lage sind. Wenn Sie wollen, stelle ich den Wagen ins Untergeschoß ganz hinten.«

»Aus Gefälligkeit?«

Der Mann rieb sich theatralisch am Kinn. »Wissen Sie, ich war immer der Ansicht, daß Verständnis für die Lage der Mitmenschen auch eine kleine Anerkennung verdient.«

»Ich brauch' aber Zugang.«

»Was verstehen Sie unter Zugang, mein Freund?«

»Ich muß an den Wagen rankommen. Jederzeit.«

Er schüttelte den Kopf. »Das machen wir nicht. Ich stelle den Pick-up gern für Sie in die hintere Reihe, aber es geht nicht an, daß Sie zehnmal am Tag rein- und rausgehen, womöglich mit Mädels da hinten Partys veranstalten, Würstchen grillen und so weiter.«

»Nicht zehnmal am Tag, nur einmal.«

Der Wärter wandte sich wieder seinem Essen zu. »Ich dachte, wir wollten über die kleine Anerkennung reden.«
»Hundert Dollar die Woche, dafür stellen Sie den Pick up in die hintere Reihe und lassen mich zu jeder Zeit ins Parkhaus.«
Der Mann stocherte mit der Gabel im Essen herum. »Ja, hundert Dollar die Woche wäre für mich in Ordnung, aber ich bin nur tagsüber da. Nachts schiebt mein Kollege Wache. Der bekäme einen Mordsschreck, wenn nachts so ein Schrank wie Sie hier auftaucht. Der würde denken, Sie wollen ihn umbringen. Wenn Sie ihm erklären, Sie hätten eine Abmachung mit mir, wird er Ihnen nicht glauben, und wenn ich es ihm erkläre, will er seinen Anteil haben.«
»Also gut. Ich gehe auf hundertfünfzig rauf, fünfundsiebzig für jeden von euch beiden. Aber ich schlafe auch in meinem Pick-up.«
»Meinetwegen können Sie ihn auch als Klo benutzen, solange Sie die Fenster geschlossen halten.«
»Wie ist die Luft da unten?«
»Schlecht.«
»Davon möchte ich mich selbst überzeugen.«
Sie gingen in den Lastenaufzug und fuhren ins Untergeschoß. Ein Raum von der Größe eines halben Footballfeldes dehnte sich im Halbdunkel vor ihnen aus. Die Autos hier unten gehörten alle zur oberen Preisklasse: Mercedes, drei Lexus mit dem Aufkleber des Vertragshändlers, Cadillacs, wie sie Tony Verducci fuhr, ein kirschroter Hummer, ein seltener T-Bird.
»Sie haben ein paar klasse Schlitten hier unten.«
»Ja, hier unten wird nicht einfach geparkt, hier wird Sicherheit garantiert.«
Sie gingen bis ans andere Ende des Geschosses.
»Hier.«
»Die Luft ist wirklich schlecht.«
»Das hier ist für Autos gedacht, nicht für Menschen.«

Er fragte sich, wie er wohl hier unten schlafen würde. »Wie komme ich runter und wieder hoch? Muß ich immer den Aufzug nehmen?«
»Nein, es gibt vorn eine Treppe, die rechts neben der Telefonzelle rauskommt. Ich heiße übrigens Horace, falls Sie nach mir fragen.«
Rick gab dem Mann seinen Zweitschlüssel und blätterte ihm ein paar Scheine hin. »Hoffentlich haben Sie Spaß damit, Horace. Ich mußte einigen Ärger einstecken, ehe ich an die Kohle gekommen bin.«
Der Wärter steckte das Geld ein. »Ach nee, wirklich? Im Ernst?« Er legte den Kopf in den Nacken, öffnete seinen kariösen Mund und brach in Gelächter aus. »Ja, ich nehme doch stark an, daß Sie 'ne Menge Ärger hatten. Glauben Sie etwa, ich wüßte nicht, was Sie für einer sind? Mein Freund, ich habe schon alle hier unten gesehen! Alle kommen früher oder später hier herunter, alle Sorten – die Guten und die Schlechten, die Reichen und die Armen, alle!« Er atmete keuchend. »Und Sie wollen mir erzählen, daß Sie Ärger hatten? Ich kenne das doch alles, ich kenne Sie, mein Freund, der Ärger kommt und geht mit Ihnen!« Sein Gelächter ging in trockenes Husten über. »Ich krieg' hier unten keine Luft!« krächzte er. Damit eilte er zum Aufzug, während sein Husten in dem halbdunklen Raum widerhallte.

Als nächstes brauchte Rick ein günstig gelegenes Münztelefon, möglichst nicht auf der Straße. Er ging auf der Canal Street westwärts durch Chinatown, dann nach Norden ins Galerienviertel. Er genoß die Morgensonne und freute sich, den Pick-up los zu sein. Die City schwamm im Geld. In den Galerien, Läden und Restaurants drängten sich die Menschen, es waren viele Europäer und junge Mädchen in engen Kleidern, die glaubten, originell zu sein. Ihm fiel auf, daß die Leute, auch die jungen schwarzen Kerle, ihm aus dem Weg gingen. Er hatte das ganz vergessen. An einer Straßenecke beobachtete ihn ein Polizist im Streifendienst argwöhnisch, als er vorüberging, und hob die Augenbrauen, als ihre Blicke sich trafen. *Wenn du etwas vorhast, Freundchen, mach es anderswo, aber nicht in meinem Revier.* Ich muß mein Aussehen ändern, dachte Rick, ich falle hier zu sehr auf. Die Leute halten mich für einen Hell's Angel oder Catcher oder so etwas in der Richtung. Er fand ein Restaurant mit einem Münztelefon am hinteren Ende, besorgte sich eine Kaffeetasse voller Vierteldollarmünzen und rief die Auskunft in Saratoga Springs, Florida, an, um Christinas Mutters ausfindig zu machen. Er hatte diese Frau nur zweimal in seinem Leben getroffen, das letzte Mal am Tag, als Christina verhaftet wurde.

»Mrs. Welles?«

»Wer ist am Apparat?«

»Rick Bocca, Mrs. Welles.«

»Sie suchen Tina?«

»Ja.«

»Sie ist nicht hier, Rick. Sie ist im Gefängnis.«

Also weiß die Mutter nicht Bescheid, dachte er. »Tja, ich habe mich gefragt, wie es ihr denn so geht. Sie hat auf keinen meiner Briefe geantwortet.«

»Es war im Winter, als wir das letzte Mal miteinander telefoniert haben. Ich war viel unterwegs. Bin gerade erst gestern heimgekommen und fahre bald wieder weg.«

»Wie geht es Mr. Welles?«

»Er liegt flach –«

»Müde?«

»– und lächelt.«

»Lächelt?«

»Er liegt auf dem Friedhof hundertdreißig Kilometer von hier entfernt und lächelt, weil ich ihn nicht mehr piesacken kann.«

»Er war ein Pfundskerl, so kam er mir immer vor.«

»Das war er, mein Lieber, deshalb habe ich ihm auch immer vergeben.«

»Hatte er einen leichten Tod, Mrs. Welles?«

Sie atmete tief ein. »Nein, das leider nicht. Wissen Sie, er hat Tina sehr vermißt. Ich mußte ihm ihre Schulzeugnisse bringen, damit er sie im Krankenbett lesen konnte. Von ihm hat sie das Köpfchen, meines war nicht so gut. Habe ich Ihnen schon mal erzählt, warum ich ihn geheiratet habe?«

Er hatte es mit einer einsamen Frau mittleren Alters zu tun. Da war es das Beste, sie etwas bei Laune zu halten. »Vielleicht sah er sehr gut aus?«

Er hörte, wie sie einen Zug aus ihrer Zigarette nahm. »Nein, das nicht. Es war wegen des Ford Mustang.«

»Davon habe ich gehört.«

»Mr. Welles hat mit einem Kumpel gewettet, daß er ein Mustang-Cabrio binnen zwei Tagen auseinandernehmen und wieder zusammensetzen kann. Nicht die Sitze und auch nicht das Innere des Radios, aber alle Motorenteile, die Bremsen, das Chassis, die Türen und so weiter.«

»Dafür hat er ein paar alte Bettlaken gebraucht, hat mir Christina erzählt. Und das Auto sollte danach wieder fahrtüchtig sein.«

»Ja, sie hatten ein paar alte rosa Bettlaken auf dem Boden der Garage ausgebreitet, damit kein Schräubchen verlorenging. Außerdem durfte ihm ein Freund helfen, Teile in kleine Haufen zu ordnen.«

»Und er gewann die Wette.«

»Nicht bloß die Wette – er hat mich noch dazugewonnen. Ich dachte mir, das ist ein Mann, der kann was. Wir haben das Cabrio die nächsten dreißig Jahre mit uns herumgeschleppt.«

»Schade, daß er nicht mehr unter uns ist.«

»Ja, das denke ich auch, aber deswegen will ich nicht Trübsal blasen.«

»Sie wissen also nicht, wie es Christina geht?«

»Hab' nichts von ihr gehört. Ich hätte es mir gewünscht.«

»Na gut.«

»Ich hab' Sie immer gemocht, mein Lieber. Und gehofft, Tina würde mehr Glück im Leben haben. Sie ist in schlechte Gesellschaft geraten. Das ist alles, was ich dazu sagen kann.«
»Sie hat Ihnen nie gesagt, was eigentlich passiert ist?«
»Nein. Nur, daß sie einen Fehler gemacht hat. Aber ich wußte, daß sie an die falschen Leute geraten war. Es ist immer das gleiche Lied.«
Er verabschiedete sich. Christinas Vater war gestorben, während sie im Gefängnis war, und sie hatte sich nicht von ihm verabschieden können. Das hast du auch verschuldet, du Scheißkerl. Die Schuld mußt du jetzt auch tragen. Er schaute in die Tasse mit dem Wechselgeld und zog Detective Pecks Visitenkarte hervor. Er brauchte nur einmal zu läuten, da hatte er schon die Stimme des Mannes im Ohr.
»Hier ist Rick Bocca.«
»Ja?«
»Ich habe Mühe, sie zu finden. Sie war schon weg, als ich beim Gefängnis angekommen bin.«
»Man hat sie in der Stadt freigelassen.«
»Das haben Sie mir aber nicht gesagt.«
»Man hat mich falsch informiert.«
Und ein falscher Hund bist du, dachte Rick.
»Haben Sie an den richtigen Orten gesucht?« fragte Peck.
»An den vertrauten Orten.«
Es ging jetzt darum zu erfahren, auf welcher Ebene des Spiels sie sich befanden.
»Haben Sie es bei der Mutter probiert?« fragte Peck.
Daß er diese Frage gerade jetzt stellte, konnte Zufall sein. Es war aber auch möglich, daß die Polizei das Telefon der Mutter überwachte. »Ja. Nichts.«
»Vielleicht hat sie gelogen.«
»Vielleicht.« Wie kam Peck darauf, das anzunehmen? »Aber ich bezweifle das.«

»Warum?«
»Sie machte nicht diesen Eindruck.« Er schwieg eine Weile. Peck mußte ihn bei der Stange halten. »Sie ist irgendwo da draußen, und ich habe keine Ahnung wo sie –«
»Ihre Mutter hat noch andere Anrufe bekommen«, unterbrach ihn der Kripobeamte.
»Von wo?«
»Aus der Jim-Jack-Bar, unten am Broadway und Bleecker.«
Es war das Viertel, in dem er sich jetzt befand. »Woher wissen Sie das?«
»Wir wissen es eben. Wir haben unsere Methoden.«
So wie die Polizei wohl auch wußte, daß er aus einem Restaurant in der Thompson Street anrief. Bei der Polizei waren jetzt alle möglichen Arten von Computer im Einsatz, sogar in den Streifenwagen. Er hängte auf. Man suchte also nach ihr. Er wollte nichts weiter, als wieder mit ihr reden. Du hast einen Fehler gemacht und willst ihn jetzt wiedergutmachen. Er hatte gefürchtet, in Tony Verduccis Spiel zu geraten, aber nun sah er sich in Pecks Spiel gefangen. Paul sagte immer, wer bei Spielen mit von der Partie ist, dem wird auch mitgespielt. Er mußte Mrs. Welles noch einmal anrufen. Aber wenn er es von hier aus tat, dann würde die Polizei wissen, daß er sie nach seiner Unterhaltung mit Peck angerufen hatte. Vielleicht konnte Paul ihm weiterhelfen; auch mit ihm mußte er Kontakt aufnehmen. Er ging weiter nach Norden, bog dann nach Osten in die Bleecker Street ab, bis er zur Jim-Jack-Bar kam: Das war ein anspruchsloses Lokal am Broadway mit großen Schaufenstern, billigem Essen und mexikanischer Bedienung. Die Mexikaner waren überall in der Stadt, bald würde es hier wie in Los Angeles aussehen. Das Münztelefon hing an der Wand neben der Bar. Wenn Christina ihre Mutter von hier aus angerufen hatte, würden sie bei der Polizei glauben, sein Anruf sei einer von ihr. Das wäre schlau. Doch es war keine zehn Minuten her, daß er mit

Peck geredet hatte – der Zeitabstand war zu kurz, man würde es sich denken können.
Er erblickte ein Herrenfriseurgeschäft auf der anderen Seite der Bleecker Street und trat ein. Du brauchst ein gepflegtes Aussehen, schließlich wirst du bald mit Leuten zu tun haben. Die Shampooneuse bedeutete ihm, in einem Sessel Platz zu nehmen.
»Lange nicht mehr beim Friseur gewesen, was?« sagte sie.
»Ja.« Er setzte sich.
»Legen Sie den Kopf in den Nacken.« Das tat er auch, und gleich fühlte er warmes Wasser und ihre Hände auf seinem Kopf. Ihre Hüfte drückte an seine Schulter. Er konnte sich nicht daran erinnern, wann ihm eine Frau das letzte Mal die Haare gewaschen hatte.
»He, Sie«, sagte das Mädchen mit einem Lächeln, und er sah ihr Gesicht verkehrt herum über sich. Er blickte zu ihr auf. Sie hatte grüne Augen und eine hübsche Tätowierung am Hals.
»Sind Sie vielleicht ein Meeresungeheuer?«
Er verstand die Anspielung nicht. »Nein, warum?«
Sie beugte sich zu seinem Ohr hinab. »Sie haben Tang im Haar, da dachte ich, Sie sind vielleicht ein Meeresungeheuer.«
Er schloß die Augen. Solche Unterhaltungen sollte er tunlichst vermeiden. Dafür war er nicht hier. So lange nicht mehr in New York gewesen zu sein hatte ihn verändert. Früher hätte er versucht, die Telefonnummer des Mädchens zu bekommen.
Er stand auf und begab sich in den Friseurstuhl.
»Wie wünscht es der Herr?«
»Kurz.«
»Die Ohren frei?« Der Friseur legte Rick einen weißen Umhang um.
»Ja.«
»Soll der Bart auch gestutzt werden?«
»Machen Sie alles kürzer.«

»Wenn ich die Haare kurz schneide, muß ich das gleiche auch mit dem Bart machen.«
»Machen Sie nur alles kurz. Es soll gepflegt aussehen.«
»Ja, damit er nicht mehr wie ein Ungeheuer aussieht«, rief die Shampooneuse von hinten.
Der Friseur schnitt ihm die Haare kurz, schäumte ihm den Hals bis zum Schulteransatz ein, kürzte den Bart auf anderthalb Zentimeter Länge und rasierte ihm sogar die Ohren. Abgeschnittene Haare bedeckten den Boden um den Stuhl herum. Rick konnte im Spiegel wieder sein Gesicht sehen mit den Falten um die Augen vom vielen In-die-Sonne-Blinzeln auf dem Fischkutter.
Danach ging er zu einem Optiker, wo man sich Brillen binnen einer Stunde anfertigen lassen konnte. Der Angestellte hielt Ricks zerbrochene Brille in einen Apparat, der die Sehstärke maß. »Mit den Gläsern können Sie doch nichts mehr erkennen.«
Er wählte ein preiswertes Brillengestell, keine Designerware. Vielleicht würde die Brille Christina gefallen. Er setzte sich und las eine Zeitschrift, während er auf die Gläser wartete. Dann war die Brille fertig. Er setzte sie auf.
»Das macht schon einen gewaltigen Unterschied, oder?«
Wirklich. Er konnte plötzlich alles sehen – Tauben auf den Kranzgesimsen der Hochhäuser, Schuhe im Schaufenster auf der anderen Straßenseite. Doch es war an der Zeit, Mrs. Welles zurückzurufen. Er ging wieder in die Jim-Jack-Bar und holte seine Tasse mit Kleingeld hervor, bereit, einer Mutter Kummer zu machen.
»Mrs. Welles, hier ist noch einmal Rick Bocca.«
»Worum geht's? Ist es wegen Tina?«
»Vorhin habe ich Ihnen nicht gesagt, daß sie nicht mehr im Gefängnis ist. Man hat sie freigelassen, Mrs. Welles. Ich weiß nicht, wo sie ist. Aber die Polizei könnte Ihr Telefon abhören. Nicht wirklich abhören, dazu bräuchte sie eine gerichtliche Erlaubnis. Aber wahrscheinlich verwenden sie ein Gerät, das die Telefon-

nummern aller Leute, die bei Ihnen anrufen, aufzeichnet. Damit können sie herausfinden, wem die Nummer gehört.«

»Oh.«

»Kennen Sie jemanden in New York, Mrs. Welles?«

»Nein, eigentlich nicht. Jedenfalls niemanden, der anruft.«

»Sehen Sie. Ich glaube, Christina hat versucht, Sie anzurufen, Mrs. Welles.«

»Ja, auf meinem Anrufbeantworter waren ein paar Anrufe, aber der Betreffende hat gleich wieder aufgelegt.«

»Wenn Christina anruft, müssen Sie ihr das sagen. Die kriegen sehr schnell heraus, wo sich Ihre Tochter gerade aufhält, wenn die erst mal die Nummer haben. Binnen einer Minute. Tut mir leid, Sie so zu beunruhigen, aber Sie müssen ihr das unbedingt sagen.«

»Ich bin immer in Unruhe, mein Lieber, das hält mich schlank.« Sie hustete trocken, wie es Raucher tun. »Wenn Sie Tina sehen, sagen Sie ihr doch, daß ich heute verreise und in ein paar Wochen wieder daheim bin.«

»Mach' ich, Mrs. Welles.«

Jetzt mußte er wie Christina denken. Früher hatten sie Wohnungen in der Thompson Street und im East Village gemietet. Ohne viel Geld in der Tasche, mußte sie in einer Gegend bleiben, die sie gut kannte. Was würde sie voraussichtlich tun? Zuerst würde sie ein paar Tage brauchen, um eine Wohnung oder ein möbliertes Zimmer zu finden. Dann würde sie das Viertel durchstreifen, die Auslagen in den Schaufenstern anschauen. Weiter unten in Chinatown würde sie einkaufen. Mit dieser Frau hatte er drei Jahre lang zusammengelebt, er wußte, wie sie ging und wie sie sich kleidete, wie sie es im Bett mochte und welche Bücher sie für wichtig hielt, was für Musik sie mochte und wo sie sich in der Stadt wohl fühlte. Sie würde die *Village Voice* kaufen. Und Obst und Fruchtsaft, Brot und Gemüse und auch Zigaretten. Wahrscheinlich würde sie sich auch die Zehennägel lackieren und die

Füße zum Trocknen aus dem Fenster hängen. Vielleicht dachte sie auch daran, sich die Haare kurz schneiden zu lassen. Einen Besen würde sie sich kaufen. Die Sportseiten lesen. Allein in Bars gehen und Gelegenheitsbekanntschaften machen. Er kannte seine Christina. Das hatte eine Weile gedauert. Sie war eine von den Frauen, die auf der Straße nicht auffielen, die nichts durch ihr Äußeres verrieten. Man konnte an ihr vorbeigehen, ohne sie zu bemerken. Riskierte man einen Blick, dann reagierte sie gar nicht und gab sich noch nicht einmal Mühe, ihr Desinteresse zu zeigen. Sie hing ihren Gedanken nach; sie war hier und lebte doch in ihrer eigenen Welt. Das klang nicht sehr sexy, außer man kannte sie. Aber wer sie kannte, für den wurde es schwierig. Er hatte gedacht, von ihr loszukommen, indem er nicht mehr an sie dachte, nicht mehr an den Sex mit ihr dachte. Es führte doch zu nichts, sich daran zu erinnern. Sie konnte ihn ermatten, damals, als er noch fit war. Gewöhnlich bumste er sie neunzig Minuten am Stück, als ob er einen Zehn-Kilometer-Lauf machen würde. Dann rann ihm der Schweiß von Gesicht und Oberkörper, troff in die Bettlaken. Damals war er einunddreißig, zweiunddreißig, und er hatte gewußt, daß er später nie wieder eine solche Ausdauer haben würde. Mach's jetzt, solange du's noch kannst. Und sie konnte es vertragen, sie vertrug alles, was er machte, jede Stellung, egal, wie hart er sie nahm. Wenn er sich daran erinnerte, wurde alles nur noch geheimnisvoller. Besonders an einen Abend wollte er sich nicht erinnern, als sie zusammen eine halbe Flasche Averna getrunken hatten, einen schweren bräunlichen Likör aus Italien, und dann im SoHo Grand Hotel gelandet waren. Rick hatte nur seine Kreditkarte auf den Tresen geworfen und dem Rezeptionisten gesagt, ihm irgendein freies Zimmer zu geben, egal welches und zu welchem Preis. Auf dem Zimmer stellten sie das Radio auf einen Salsa-Sender und bumsten sich dann von vorn, von hinten, in jeder nur denkbaren Stellung, stundenlang, ohne daß Rick zum Höhepunkt kam. Er widerstand der

Versuchung zu kommen und quälte sich, sein Schwanz wund von der Reibung, in einer lustvollen Tortur weiter, zog sich immer, wenn die Lust zu intensiv wurde, zurück und drang dann erneut in sie ein. Sie bat ihn, er solle doch kommen, aber er weigerte sich. Das ist wie Krieg, oder? flüsterte sie. Sie machten weiter. Dann, während er sie gerade von hinten bumste, ihre Kruppe steil in die Höhe ragte, ihre Arme von sich gestreckt über das Bett gebreitet, hörte sie plötzlich auf zu stöhnen und erschlaffte. War sie ohnmächtig geworden? Ihre Hüften wurden schwer, er mußte sie mit beiden Händen halten. Die Vorstellung, sie bewußtlos gebumst zu haben, erregte ihn so sehr, daß er sich heftig in sie ergoß. Und als er fertig war, sich zurückzog und Christina anschaute, die schlaff auf dem Bett lag, sah er das Lächeln in ihrem Gesicht aufblitzen. Du raffiniertes Biest, du Schwanzfopperin. Ich habe dich reingelegt, sagte sie mit schelmischem Lächeln, glitt über ihn und besorgte ihm mit kundiger Zunge einen unendlich langsamen, schmerzhaften Orgasmus. Danach war sein Schwanz zu nichts mehr zu gebrauchen, er selbst ein toter Mann. Er war schon fünf-, sechsmal an ihr runtergegangen, doch sie wand sich immer noch über ihm. Und so steckte er ihr zwei, dann drei Finger hinein und bearbeitete sie zehn Minuten lang, erst langsam, dann immer heftiger. Er wartete darauf, daß sie ihn bitten würde aufzuhören, weil es zuviel wurde; er horchte auf ihren fliegenden Atem, sah, wie sie sich über ihm zurückwarf. Er hörte nicht auf, als sie ihre Zähne in sein Ohr grub, sondern hielt mit der anderen Hand ihr Gesäß, einen Finger fest im Loch, und preßte weiter, ohne sich durch ihr Schreien oder sonst etwas abbringen zu lassen, bis schließlich sein rechter Arm lahm wurde. Genug – er glaubte, daß es genug wäre. Es war genug für ihn. Sie aber zog seine linke Hand hinunter zwischen ihre Beine und benutzte ihn wie einen Prellbock. Sie mußte dann noch vier-, fünfmal gekommen sein, stets unter heiseren Schreien und keineswegs in die Kissen hinein – und

überall war es naß. Das war der Augenblick, als der Sicherheitsmann des Hotels und zwei Etagenkellner die Tür aufbrachen, weil sie glaubten, hier würde eine Frau Opfer eines Lustmordes. Im Dunkeln rissen sie Rick von ihr herunter und schlugen auf ihn ein, traten ihn gegen den Kopf. Schließlich machten die Männer Licht und fragten, noch völlig außer Atem, ob Christina in Ordnung sei. Sie hüpfte nackt von der Bettdecke, zeigte ihren schlanken, jungen Körper und die kecken Brüste und machte mit ausgebreiteten Armen eine bezaubernde kleine Pirouette auf dem Teppichboden. »Nicht mal ein Kratzer, meine Herren«, sagte sie, »wie Sie selbst sehen können.«
Nein, daran wollte er sich nicht erinnern.

»Was ich möchte, das ist so eine Sektdusche. Dieses prickelnde Zeug, das herumspritzt, und dann eine volle Ladung abkriegen. Ins Gesicht. Das ist doch nicht zuviel verlangt. Glauben Sie etwa« – der Mann zeigte mit ausladender Geste auf die anderen Gäste in der Bar, Nachtschwärmer mit Schlips und Kragen, und wandte sich dann wieder an Rick –, »diese Säcke denken nicht genau das gleiche? Ich kriege die Sektdusche, ich hole sie mir. Dann mache ich einen kleinen Trip, geh' rauf nach Alaska zum Fischen oder runter nach Mexiko und probier' dort die Miezen aus.«
»Und wenn Sie's doch nicht kriegen?« fragte Rick.
»Oh, ich kriege es.«
»Woher wissen Sie das?«
»Manche Dinge weiß man eben einfach, Mann. Ich hab mehrere aussichtsreiche Pferdchen im Rennen. Ja, so möchte ich's mal ausdrücken, aussichtsreiche Pferdchen. Wenn eines davon richtig gut vom Start wegkommt, geht es als erstes über die Ziellinie, und dann kriege ich meine Sektdusche. Wenn das klappt, dann mache ich hier alles dicht und ziehe weg. Kein Risiko mehr.«
Rick nickte, ließ aber die Unterhaltung einschlafen. Zuerst hatte

er sich vorgenommen, überhaupt nicht in Bars zu gehen, dann hatte er seinen Vorsatz dahingehend abgeändert, in keine der fünf Bars zu gehen, die Tony Verducci gehörten, und schließlich wollte er nur noch vermeiden, irgend jemandem etwas über Tony Verducci zu erzählen. Wenn er sich daran hielte, würde ihm nichts passieren. Es war ein langer Tag gewesen. Er hatte das ganze East Village durchkämmt, beim Tompkins Square Park um den St. Mark's Place herumgegangen bis zur Tenth Street und nach Westen abgebogen. Dabei war er in jede Bar und jedes Restaurant gegangen, in die koreanischen Delis, in die Coffee Shops, die Trödelläden, nur, um sich rasch umzuschauen, denn vielleicht war sie ja da. Dann war er gleich weitergegangen. Gegen vier Uhr nachmittags hatte er an die hundert Geschäfte abgeklappert, bis er in der Lafayette Street auf ein Fitneßcenter stieß. Er ging hinein. Und kaum war er drin, kaum sah er die Hanteln und Geräte, die Maschinen und Spiegel, da juckte es ihn wieder, es juckte ihn so heftig, daß er ein paar Hundertdollarscheine für ein Vierteljahresabonnement hinblätterte, sich ein T-Shirt, eine Sporthose, ein Handtuch und ein Vorhängeschloß aus der Vitrine kaufte, in die Umkleidekabinen hinunterging und sich umzog. Dort wimmelte es von Schwulen, die nackt herumstanden, manche mit Ringen in den Brustwarzen, im Nabel oder im Schwanz. Er inspizierte die Übungsräume und kam an einen Boxring, wo weiße Frauen gegen schwarze Trainer mit Schutzpolstern kickboxten. Es war ein ziemlich heftiger Schlagaustausch. Da war er: der symbolische Rassenkampf. Oben im Kraftraum sah er ein paar muskelbepackte Typen und zwei schwarze Burschen, die aussahen, als hätten sie schon mal gesessen. Sie erkannten ihn nicht, sie hatten keine Ahnung, daß er es drei Jahre hintereinander in die Endrunde der Bodybuilding-Meisterschaften des Staates New York geschafft und einmal sogar gewonnen hatte. Er wollte es langsam angehen zu lassen. Selbstverständlich hatte er an Kraft verloren, aber das machte jetzt nichts. Er war wieder in seinem Element. Es würde guttun, am nächsten Tag erst einmal einen Muskelkater zu haben und auch noch in den folgenden Tagen, aber binnen einer Woche würde er die ersten Veränderungen an Armen und Schultern beobachten können. Mit Brust und Bauch würde es erfahrungsgemäß etwas länger dauern. Nicht daß er massig werden wollte, sein Körper sollte nur ein bißchen mehr Form, mehr Kontur bekommen. So hatte er etwas zu tun, während er nach Christina Ausschau hielt, und sah obendrein etwas besser aus, wenn er sie schließlich finden würde. Er würde sich proteinhaltige Getränke besorgen und sie bei seinen Mahlzeiten einnehmen. Mit dem neuen Haarschnitt und der neuen Brille war er wieder mit von der Partie. Rick Bocca, *tschingtaratata!*

Nun saß er schon seit über einer Stunde in der Bar, Dutzende gutaussehender Leute waren ein und aus gegangen, mit gepflegtem Haar, Lippenstift, Zigaretten, teuren Lederjacken und eleganten Schuhen. Er war mit dem Barmann ins Gespräch gekommen und hatte schon drei, vier, fünf Glas getrunken, als ihm plötzlich so war, als habe er beiläufig erwähnt, früher einmal für Tony Verducci gearbeitet zu haben. Er hatte sich vorgenommen, mit niemandem zu reden, denn wenn man erst einmal anfing zu plaudern, dann fiel einem dies und jenes ein, und bald hatte man auch das Verbotene gesagt. Wenn man dann noch weitertrank, ging es einem noch leichter über die Lippen. Man hielt sich für wunder wie begnadet oder tiefblickend oder tragisch, und dann plapperte man nur noch drauflos. Wenn er sich nicht so verdammt einsam gefühlt hätte, dann hätte er mit Matthew, dem Barmann mit dem Pokergesicht, nicht zu reden begonnen, sondern den Mund gehalten. Vielleicht hatte er wirklich etwas über Tony Verducci gesagt, vielleicht – ja, er hatte den Namen Tony Verducci erwähnt. Er hatte so etwas gesagt wie: »Wir haben Geschäfte für einen Typ gemacht, der vermutlich mit Tony Verducci in Kontakt stand.« Und als er das sagte, nickte Matthew nur, doch sein Blick wurde kalt. Dann stellte er ein weiteres Glas auf den Tresen und sagte, das sei auf Rechnung des Hauses. Das war dann das sechste Glas Rum, Marke Mount Gay, eine schöne Flasche mit einer Landkarte von Barbados auf dem Etikett; »World's Finest Rum – Since 1703«, stand drauf. Die Farbe war zwar wie Pisse, aber ein bißchen Feiern mußte sein, nicht nur, weil es Ronnie nicht geschafft hatte, ihm mit seiner Schrotflinte das Gehirn wegzupusten, sondern weil er im Kraftraum doch tatsächlich über hundert Kilo gestemmt hatte, was er nicht erwartet hätte; das mußte wohl doch die viele Arbeit auf dem verdammten Kutter gewesen sein, das Einholen der Netze wahrscheinlich. Und nun wußte er, wußte ganz genau, daß er aus dieser Bar so rasch wie möglich verschwinden sollte. Jetzt. Er mußte jetzt gehen. Kaum spricht man den Namen Tony Verducci aus, schon schauen sie einen seltsam an. Verschwinde jetzt, und sie bringen dich nicht um, haha. Der Barmann hatte ihn plötzlich mit einem anderen Ausdruck angesehen, er hatte ihm einen Drink spendiert und war verschwunden. Wahrscheinlich zum Telefonieren, haha. Rick hatte sich sogar über den Tresen gelehnt und gesehen, daß da tatsächlich ein Telefon stand, aber der Barmann würde es nicht benutzen, nein, mein Herr. Hier sitzt ein Typ an der Bar und behauptet, Tony Verducci zu kennen. Haha. Jetzt geh doch endlich, geh zu deinem Pick-up. Du hast dich schon verraten.

»Stört es Sie, wenn ich mich hier hinsetze?«

Erschlag mich meinetwegen, aber die ist schön – hennarotes Haar, Titten wie Fußbälle.

»Nein, überhaupt nicht.«

Er rückte seinen Barhocker etwas beiseite und versuchte, nicht zu ihr hinüberzuschauen. Wenn man sie anschaut, bekommen sie Macht über einen. Im übrigen hatte er kein Interesse, kein wirkliches.

»Entschuldigung, darf ich bei Ihnen eine Zigarette schnorren?«

Er kramte nach seiner Packung und reichte sie ihr. Jetzt sah er sie

an. Sie war älter, als sie sich kleidete. Ein Blick auf ihren Hals genügte. Aber sie war immer noch sehr –
»Danke.«
»Bitte.«
Sie lächelte ihn an.
»Möchten Sie etwas trinken?«
Sie nickte. »Warum nicht?«
Nun kam der Barmann zurück. »Ja?«
Rick machte eine lässige Handbewegung. »Die Lady möchte sich was bestellen.«
»Was hat er denn genommen?«
»Mount Gay.«
»Das nehme ich auch, ganz mein Geschmack.«
»Fein«, sagte Rick. »Alles klar.«
»Ich komme sonst nicht hierher«, sagte sie. »Reiner Zufall, daß ich heute abend hier bin.«
Sie log; sie war vom Barmann geschickt worden, um noch mehr aus ihm herauszuholen, aber er würde das Spiel einfach weiterspielen.
»Ich bin auch zum ersten Mal hier«, sagte er.
»Wirklich? Sind Sie aus New York City?«
»Mehr oder weniger.«
»Was heißt ›mehr oder weniger‹?«
»Manchmal mehr, manchmal weniger.«
»Ah.« Sie blickte ihn fragend an.
»Na, ich war eine Weile aus der Stadt fort.«
»Sie sind Geschäftsmann?«
Auch das war eine hohle Frage, aber egal, warum nicht? »Ich hatte außerhalb von New York zu tun. Übrigens, ich heiße Rick.«
Sie reichte ihm die Hand, eine weiche Frauenhand. »Connie.«
»Ein schöner Name. Klingt nach lauter tollen Sachen.«
Das gefiel ihr. Wie hätte es anders sein können? Er war ein ziemlicher Charmebolzen. Sie rückte näher. »Nach was denn?«

»Oh, Connie, in dem Namen ist Musik drin. Das erinnert an Lippenstift und an ein 75er Cadillac-Kabrio, so eines mit Heckflossen, auch an den Strand von Jersey und an manche alte Songs aus den Sechzigern, eher langsame. Ja, ich könnte den ganzen Abend so weitermachen. Connie, wenn ich den Namen höre, sehe ich lauter Glitzerdinge: Geld, Lippenstift, Knarren und mehr.«

Sie lachte und lehnte sich zu ihm hin. »Sie sind betrunken.«

»Kann man so sagen.«

»Sie gehören also zu den Männern, denen der Alkohol die Zunge löst.«

»Ja, ich rede viel, wenn ich einen in der Krone habe. Kommt wie Federn aus meinem Mund und fliegt davon.«

Sie lächelte.»Das finde ich sympathisch.«

Ja, ja, zieh den Haken noch fester, du Luder. »Ach«, sagte er, »achten Sie nicht auf mein Gerede.«

»Die meisten Männer, die zuviel getrunken haben, werden grob.«

»Ich nicht. Ich werde nie grob, weiß gar nicht, wie das geht.«

»Wirklich?«

»Im Ernst. Ich bin eine Taube. Federn überall.«

»Sie sind ein ganz Süßer, stimmt's?« Sie machte dem Barmann ein Zeichen für eine weitere Bestellung.

»Ja.« Sie kannte den Barmann, das merkte man an seinem Blick. Sie kannten sich und spielten ihm eine Komödie vor. Er hatte den Namen Tony Verducci erwähnt, und in fünf Minuten würde er Feuer unter dem Barhocker bekommen.

»Sie kommen also von auswärts.«

»Ja.«

»Wo sind Sie denn abgestiegen?«

»Im Hilton.«

»Danach sehen Sie aber eigentlich nicht aus.«

»Gebe ich zu.«

Sie blies den Rauch ihrer Zigarette heraus. »Sie reisen inkognito?«
»Ja.«
»Wirklich?«
»Mir fehlt nur noch die Tarnkappe.«
»Vor wem verstecken Sie sich denn?«
»Vor ein paar schweren Jungs, die ich früher einmal kannte.«
»Echte Gangster?«
»O ja, echtc Gangster.«
»Sie haben eine blühende Phantasie«, versetzte sie lachend.
»Stimmt, die habe ich wirklich. Ich habe Ihnen gesagt, was ich bin, aber Sie glauben mir ja nicht.«
»Also, los.«
»Was?«
»Erzählen Sie doch. Ich bin neugierig.«
»Ach wo. Ich bin der langweiligste Typ, den man sich denken kann. Sagen Sie mir lieber, wer Sie sind.«
Sie fuhr sich mit ihren rotlackierten Fingernägeln durch das Haar. »Ich arbeite in der City. Für eine große Anwaltskanzlei.«
»Welche Sparte denn?«
»Oh, in erster Linie Immobilien.«
»Kennen Sie den Unterschied zwischen einer Eigentümergenossenschaft und Eigentumswohnungen im Staat New York?«
»Na ja, das ist so ziemlich das gleiche.«
»Ach ja?«
Sie schaute ihn an. »Würde ich zumindest sagen.«
»Ich wollte das immer schon mal wissen.«
»Wir sind auch für andere Rechtsfälle zuständig.«
Er nickte. Lügen über Lügen. »Und ist Ihr Chef in Ordnung?«
»So ziemlich.«
»Bumst er Sie auf dem Schreibtisch?«
»Wie?«
»Ich habe gefragt, ob er –«

»Ich hab's gehört.« Sie senkte den Blick und betrachtete etwas zu intensiv ihre Zigarette. Das war der Beweis. Jede andere Frau wäre nach solch einem Spruch gegangen. Sie hätte ihn angeschaut, »blöder Hund« zu ihm gesagt und wäre gegangen. Jetzt wußte er, woran er mit ihr war. Er hätte sogar noch ein Glas Rum vertragen können, denn das half ihm, klar zu denken. Manchmal war das wirklich so. Vier Jahre lang hatte er nicht getrunken, und jetzt saß er hier und trank und war so blau, daß er alles ganz klar und deutlich sah. Der Barmann hatte seinen Boß verständigt, und dann hatten sie diese Frau aus dem Hinterzimmer geholt, wo das Geld gezählt wird, und die sollte ihn aus der Bar schleppen, damit sie ihn irgendwo draußen packen konnten. »Hallo«, sagte er zum Barmann, »noch einmal das gleiche für mich, und für die Lady ebenfalls, wenn sie möchte.«

»Ich weiß jetzt«, sagte die Frau schließlich, »warum ich mich neben Sie gesetzt habe.« Ihre Stimme klang verraucht.

Er mußte einen Weg finden, hier herauszukommen. »Sie haben gehofft, daß ich ein paar fiese Fragen stelle.«

»Nein, das nicht. Ich weiß es jetzt. Es ist Ihr Bart.«

»Mein Bart?«

»Sie haben einen tollen Bart.« Sie berührte ihn an der Wange. »Er ist so dicht, aber Sie tragen ihn gestutzt.«

»Ja.«

»Und Sie haben eine Superman-Brille.«

»Superman mit Brille.«

Sie schaute sich um. »Hier wird es langsam zu voll.«

»Eine schicke Bar. Mit so was kann man eine Million Dollar machen.«

»Haben Sie Lust, anderswo hinzugehen, wo es ruhiger ist, und dort den Abend zu beschließen? Ein paar Häuserblocks weiter ist der Temple und das Fez, und noch ein paar andere Lokale sind auch nicht weit entfernt.« Sie schaute ihn mit offenem Mund und halbgeschlossenen Augen an, fixierte ihn aber genau. Ihre Zunge

lag auf der Unterlippe, glitt dann nach außen und verharrte dort voller Verlangen.
Er legte drei Zwanzigdollarscheine auf die Theke.
»Hatten Sie einen Mantel?«
»Nein.« Das Rückgeld kam, und er ließ zehn Dollar liegen. Noch ein Trinkgeld vorm Sterben.
Er mußte hier raus. »Ich gehe nur noch mal auf die Toilette.« Sturzbetrunken, wie er war, konnte er nicht mehr richtig gehen. Seine Füße fühlten sich an wie Fische, die gerade aus dem Wasser geholt worden waren – sie glitschten hin und her, richtungslos. Mit einer Hand tastete er an der Wand entlang. Bleib locker, Ricky-Boy, tu so, als würdest du bloß mal pinkeln gehn. Hier muß es doch irgendwo eine Tür geben, einen Notausgang oder so was. Sicherheitsvorkehrungen für den Brandfall. Er wankte durch die Herrentoilette. Zwei Typen standen da, harmlose Yuppies, jeder eine halbe Million im Jahr wert. Er hatte sich seit Jahren nicht mehr geschlagen, wußte gar nicht mehr, wie das ging. Sie würden es nicht in der Toilette versuchen, es konnte zu leicht schiefgehen; sie wußten ja nicht, ob er eine Waffe bei sich hatte – eigentlich hatte er keine –, nein, sie wollten ihn elegant nach draußen befördern. Bloß keinen Skandal, hier wurde schließlich Geld verdient. Tony Verducci bekam den Wodka für seine Bars, indem er einen Angestellten eines Spirituosengroßhändlers bestach, der ihm dann mitteilte, wo man die beladenen Lieferwagen am besten überfallen konnte. Dann verkaufte er den Wodka zum halben Preis an Käufer, die sich verpflichten mußten, die Ware in einem Gebiet weiterzuverkaufen, wo er nicht im Geschäft war – zum Beispiel in Boston. Verducci scheffelte so viel Geld, daß er ein Foto, auf dem man ihn händeschüttelnd mit Donald Trump sah, in seinem Badezimmer hängen hatte. Rick mußte unbedingt etwas essen, gefüllte Tortillas oder so etwas, um die Wirkung des Alkohols zu lindern, und dann Wasser nachtrinken. Zum Rennen war er zu betrunken, dabei hatte er das

Gefühl, bald rennen zu müssen. Schuld daran war sein loses Mundwerk – seit drei Tagen war er nun in New York und hatte den Namen Tony Verducci gegenüber einem – nein, nein! Er war schon zu lange in der Toilette, er mußte raus, sonst würden sie nachschauen kommen. Eine Tür, wo ist hier eine Tür? Gebt mir eine Tür. Er sah doppelt, torkelte den Gang entlang, stützte sich mit der Schulter gegen die Wand ab. Laß die Zigarette nicht fallen, man könnte ja das Licht ausschalten, kann nichts sehen, die Tür nicht finden, aber tatsächlich gab es keine Tür, nicht einmal ein Hinterzimmer, wo irgendein Mexikaner Kartoffeln schälte, nichts! Die Mexikaner waren überall in der Stadt, machten die Drecksarbeit. Dann war er wieder in der Bar. Connie stand am Ende der Theke und lächelte ihn an. Große, schwere Titten unter dem schwarzen, seidigen Pulli, große Brustwarzen, an denen man wie an einem Kombinationsschloß herumspielen konnte. Vielleicht würde er sie doch bumsen können, vielleicht war sie auch dazu bereit, wenn es sich ergab. Sie sah aus, als gehörte sie zu der Sorte Frauen, die schnell naß werden und einem reichlich von ihrem Saft und Geruch schenkten; für ihn gab es nichts Besseres auf der Welt. Er drängte sich vorbei an irgendeinem Wall-Street-Heini mit einem brennenden Stumpen im Mund – das Ding sah aus, als hätte der Typ einen schwarzen Schwanz zwischen den Zähnen. Die Botschaft lautete, der Kerl war so stinkreich, daß er sich einen schwarzen Schwanz ins Maul stecken konnte und immer noch als Mann galt – die offenkundige Logik des Zigarrenrauchens. Er wankte an Frauen vorbei, die wie Pferde mit Lippenstift aussahen, und an jungen Männern mit sadistischem Haarschnitt, und immer schärfte er sich ein, nicht zu sehr zu torkeln, die Leute verloren sonst rasch jeden Respekt. Und dann die bange Frage: Wo würden sie versuchen, ihn zu packen? Gleich draußen auf dem Gehweg?

»Hallo.« Sie nahm ihn fest bei der Hand. »Ich habe mir schon überlegt, wohin wir gehn könnten.«

»Wie kommen wir da hin?«
»Oh, zu Fuß, es ist nur zwei Blocks von hier.«
Draußen standen Leute Schlange, Taxis warteten: Männer in schicken Anzügen, rassige Frauen im kurzen Rock und Stöckelschuhen. Er blickte zurück in die Bar. Der Barmann stand mit dem Rücken zu ihm, das Handy am Ohr. »Ich kann nicht, Süße«, sagte er mit undeutlicher Aussprache.
»Warum?«
»Kann nicht gehen. Du hast mich betrunken gemacht. Muß unbedingt was essen.«
»Dann nehmen wir ein Taxi.«
»Gut. Irgendwo kriegen wir schon was zu essen. Außerdem brauche ich frische Luft. Ein Taxi ist da gerade richtig. Da bläst einem die Luft ins Gesicht.«
Sie schnippte mit den Fingern, und ein Taxi fuhr heran. Er öffnete ihr wie ein Gentleman die Tür. Dann setzte er sich und sank schwer in die Polster, während sie dem Fahrer Anweisungen gab. Sie holte ein kleines Handy aus ihrer Handtasche, klappte es auf und gab eine Nummer ein. »Sandy? Hier ist Connie. Ich weiß, ich weiß. Ich wollte nur wissen, ob du Warhol sein Futter geben könntest. Eine Dose mit Rindfleisch. Wie? Nein, nein, ich komme nicht zu spät.« Sie lachte. »Vielleicht, vielleicht auch nicht.« Sie schaute lächelnd zu Rick hinüber, legte ihm eine Hand aufs Knie. »Ja, wahrscheinlich war es sein Bart. Ja, ja. Hm? Wir gehen erst mal zur Temple Bar, wenn wir da reinkommen. The Temple, erinnerst du dich? Da gibt es diese tollen Sachen mit Lachs und Kaviar. Schön Sandy, und vielen Dank.«
Sie beendete das Gespräch und ließ das Handy in der Handtasche verschwinden. »Mein Hündchen braucht sein Futter.« Sie schaute ihn an und legte eine Hand auf sein Bein. »Das Lokal wird Ihnen bestimmt gefallen. Dort ist es viel ruhiger, keine Szene.«
»Na toll«, murmelte er. Das Taxi fuhr los, eine Ampel, noch eine,

der Fahrer sah aus wie ein stoppelbärtiger arabischer Terrorist, man hatte wohl bei der Operation »Wüstensturm« nicht alle abgemurkst. Dann ließ er seine Hand auf Connies Schenkel gleiten, und sie hielt sie zärtlich. Er dachte wieder an den Moschusgeruch, der sich auf Bauch und Beinen verbreiten würde. Ja, gib's mir, mach mich naß damit, ich steck' dir erst einen Finger rein, dann die Zunge. Mein Schwanz wird dir gefallen, du geiles Stück, ich verspreche nicht zuviel, bisher haben ihn noch alle Frauen gemocht. Wenn sie ihn vorher noch nie gesehen haben, sind sie völlig aus dem Häuschen, ein Mädchen hat sogar mal ein Lineal angelegt. Ich nehm' dich zuerst mit den Beinen über den Schultern und dann – das Taxi hielt an der Bordsteinkante, und selbstverständlich zahlte er die Fahrt, gab dem Fahrer einen Zehndollarschein. So brachte er das Geld aus Tante Evas Keller durch. Erst beim zweiten Versuch kam er aus dem Taxi heraus. Er war immer noch unsicher auf den Beinen. Von dem Lokal sah man nur eine Tür mit einem Dutzend Leuten davor, die Schlange standen. Viel zu voll, wie sollten sie da reinkommen. Aber der Türsteher winkte sie herein. Drinnen war es dunkel wie in einer Höhle. Überall standen Tische mit Kerzen, die Atmosphäre war sehr gepflegt, ebenso die Gäste. Man konnte das Geld förmlich riechen. Eine Kellnerin führte sie nach hinten. Versuch, möglichst keine Leute anzurempeln. Wie sollten sie hier jemals einen freien Tisch bekommen? Aber es klappte, es gab gerade einen Platz für zwei. Ob auch dieses Lokal Tony Verducci gehörte? Die Leute schauten sie an – warum wohl? Seine Begleiterin sah attraktiv aus, aber das taten die meisten Frauen hier. Ihm fiel ein Notausgang auf: *Beim Öffnen ertönt Signal* stand da. Die Speisekarte versprach nur Erstklassiges. Er würde diesen Lachs probieren und dann die Fliege machen. Renn, Ricky-Boy, renn. Connie kannst du ein andermal bumsen. Sie gaben die Bestellung auf. Die Lachsvorspeise bitte.

»Sie sind so still«, sagte sie.

»Ich habe Sorgen.«
»Weswegen denn?«
»Im Hotel sind sicherlich Nachrichten für mich, die ich eigentlich lesen wollte.«
»Wichtiges?«
»Nicht wirklich wichtig, aber ich möchte es doch gern wissen.«
»Hier.« Sie holte ihr Handy aus der Handtasche. »Sie brauchen nur auf die grüne Taste drücken und dann wählen.«
»Prima.« Er nahm es in die Hand.
»Und ich gehe unterdessen mal meinen Lippenstift nachziehen. Bin gleich wieder da.«
Sie stand auf und ging. An ihrem Gang erkannte er, daß sie daran dachte, wie wohl ihr Hintern aussah. Alle Frauen machten das. So bekamen sie einen stets an die Angel. Die Männer jagten sie, und dann waren es letztlich die Frauen, die die Männer fingen. Er betrachtete das Handy, studierte alle Tasten. Das Ding war so klein, daß sie es sich unten reinstecken konnte. Das war dann Telefonsex, haha. Mann, was war er doch für ein schlauer Junge! Er drückte die kleine grüne Taste und hörte bloß den Wählton. Dann drückte er die Taste »Wahlwiederholung«.
»Ja?« sagte eine männliche Stimme nach zweimaligem Läuten.
»Wo bin ich da?«
»Hier ist die Küche.«
Rick nickte. Natürlich, das war die Bar, in der sie vorhin gesessen hatten. »Ich versuche, Connie zu erreichen.«
»Sie ist nicht hier, ist weggegangen.«
»Sie hat mir aber gesagt, daß man sie da erreichen kann.«
»Sie hat jetzt gerade was zu tun. Eigentlich sollte sie diese Nummer gar nicht weitergeben.«
Er blieb stumm.
»Wer ist am Apparat?«
»Niemand«, murmelte er, »nur ein –«
»Ich habe gefragt, wer am Apparat ist.«

»Hier ist die Polizei«, sagte Rick. »Wir wollen Tony Verducci erledigen.«
Er beendete die Verbindung. Dann drückte er die grüne Taste und wählte aufs Geratewohl eine Nummer. Das wäre dann die Wahlwiederholungsnummer, falls sie es kontrollieren würde. Er blickte auf. Sie kam an den Tisch zurück. Als das Licht von der Bar auf sie schien, konnte er sie deutlich sehen. Man konnte sie noch fast jung nennen, aber es gab auch schon abgelebte Züge an ihr.
»Schönen Dank.« Er reichte Connie das Handy.
»Hat's geklappt?«
»Ja, bestens.«
Die Getränke und der Lachs kamen. Ihm blieben jetzt vielleicht noch drei, vier Minuten. Geh ran und schlag zurück. Ein paar Typen würden im Taxi kommen, waren vielleicht schon unterwegs. Wahrscheinlich hatte sie das Münztelefon neben der Damentoilette benutzt. Er aß den Lachs. Sie schaute sich um, während sie in der Handtasche nach Zigaretten kramte. Sie wartete, sie wartete auf etwas. Jetzt. Spring vom Zug.
Er stand auf.
»He«, sagte sie. »Wo wollen Sie denn hin?«
»Das ist der falsche Zug.«
»Was meinen Sie damit?«
Schnell, zum Notausgang. Tschuldigung, 'tschuldigung, ein junges Paar machte ihm Platz, ja, vielen Dank, sehr höflich, beinahe wäre er gestolpert. »Ja, ja, ich weiß, 'tschuldigung, gehen Sie doch beiseite. He, bewegt euch, los.« *Beim Öffnen ertönt Signal.* Sehr gut, das wird allen einen Schrecken einjagen. Er drückte die Klinke, die Tür ging auf, aber kein Signal ertönte. Doch jetzt stand er draußen, die kühle Nachtluft wehte ihn an, und zu seiner großen Freude sah er drei leere Taxis die Straße heraufkommen. Sie beschleunigten, um es noch über die Ampel zu schaffen. Aber zwei Burschen, gefolgt von Connie, waren ihm auf den

Fersen. Er winkte dem nächsten Taxi und erwischte den Türgriff, als der Wagen am Bordstein hielt. Er zog, stellte aber mit Entsetzen fest, daß die Tür verriegelt war. Er klopfte an die Scheibe, *klick, klick,* ja, endlich! Er riß die Tür auf, sprang hinein, doch einer der Gangster war schon da und hielt die Tür offen. »Gib Gas, Mann«, schrie er den Taxifahrer an. »Die wollen mich umbringen.« Der Fahrer wußte nicht recht, was er davon halten sollte. Der Gangster trabte erst, rannte dann neben dem Wagen her und versuchte fluchend ins Auto zu springen. Schließlich bekam Rick den Griff mit beiden Händen zu fassen. Er schlug die Tür zu, die Hand des Typen hing noch zwischen Tür und Rahmen. Knochen knackten, Finger krümmten sich im Türrahmen. Da machte Rick kurz wieder auf, die eingeklemmte Hand wurde zurückgezogen, und Rick schlug die Tür noch mal zu, diesmal richtig. Dann schaute er durchs Rückfenster und sah, wie der Gangster am Boden lag und seine zerquetschte Hand hielt, während sein Kumpel zu ihm rannte. Etwas weiter entfernt stand Connie, die Arme um sich geschlungen, fröstelnd im Nachtwind. Jetzt sah sie aus wie die, die sie in Wirklichkeit war, nämlich wie eine Schnalle, die für Geld alles machte. Und an diesem Abend hieß das, daß sie zwei Gangstern dabei helfen sollte, herauszufinden, wer der große bärtige Kerl war, der von sich behauptete, Tony Verducci zu kennen, der tumbe Geselle, von dem sie gleich gewußt hatte, daß er auf dem Holzweg war.

Park Avenue IVF-Klinik
Forty-eighth Street/Park Avenue, Manhattan
14. September 1999

»Schon zwei Dutzend Briefe«, verkündete Martha Wainwright, als Charlie in ihr Büro trat. »Sie flattern herein von jeder zweiten einsamen Frau im gebärfähigen Alter, die deine Anzeige gelesen hat.« Er hatte sein Büro bei Teknetrix früh verlassen, unterm Arm die antike Cloisonné-Vase, die er für Ellie aus Shanghai hatte kommen lassen, und war durch die Straßenschluchten aus Hitze und Schatten in der Nähe des Central Park gewandert, stets darauf bedacht, Schuhputzer, früh betrunkene Pendler und schwitzende Touristen zu vermeiden. Die Nicht-New-Yorker erkannte man sehr leicht. Sie sahen aus wie Charlies Vater auf seiner ersten Reise nach Miami Beach im Jahr 1965: Fotoapparat, weiße Socken und schlapper Sonnenhut. Sie waren orientierungslos trotz Stadtplan. Die Gattin hatte meist ein Hinterteil wie ein Kartoffelsack, eine Brille hing ihr um den Hals, und sie beäugte ängstlich die schlaksigen schwarzen Burschen, die lässig herumstanden und sich das Kinn rieben. Der Gatte versuchte in der Regel an der Zeitschriftenauslage einen Blick auf die Pornomagazine zu erhaschen. Geht mir aus dem Weg, dachte Charlie, hier kommt ein verheirateter Mann, der ein uneheliches Kind mit einer ihm wildfremden Frau zu zeugen gedenkt. Wer? Wer würde auf solch eine Anzeige antworten? Er wollte die Briefe selbst lesen, nicht nur, um sicherzugehen, daß Martha keine geeigneten Kandidatinnen ausließ, sondern auch um zu verhindern, daß sie die Briefe in sein Büro schickte, wo sie Karen womöglich öffnete. Und die erzählte es dann vielleicht anderen weiter – zum Beispiel Ellie, die heute schon so oft im Büro angerufen hatte, ohne irgendeinen wichtigen Grund mitzuteilen. Bei ihren Anrufen hatte sie überhaupt keine Rücksicht auf seinen Zeitplan genommen, das war ihm aufgefallen. Sie tat es nur, um sich sicher zu fühlen, und war dabei so nervös und reizbar gewesen, daß sie sich gar nicht daran erinnerte, eine Stunde vorher schon einmal angerufen zu haben. Es schien, als wüßte sie, daß Charlie irgend etwas im Schilde führte. Wahrscheinlich roch sie es oder sah es an der Art und Weise, wie er am Frühstückstisch die Wirtschaftsseiten überflog.

Er hatte sich die Mühe gemacht, die acht Häuserblocks bis zu Marthas Büro zu gehen, weil ihr Privatdetektiv, ein gewisser Mr. Towers, niemanden außerhalb der Kanzleiräume traf. Mr. Towers sollte einen Blick in die Kreditunterlagen und die Krankengeschichte der Kandidatinnen werfen. Martha hatte ihn schon in Dutzenden von Versicherungs- und Scheidungsfällen erfolgreich eingesetzt. Er sei, meinte sie, der beste in der ganzen Branche.

»Da sind sie«, sagte Martha, als sie in eines der Konferenzzimmer ihrer Kanzlei traten. Mit einer ausladenden Geste ihres dicken Arms zeigte sie auf den Packen: »Ein Haufen unerfüllter Sehnsüchte.« Der Packen bestand aus Briefen, Fotos, Lebensläufen und sogar einigen Videobändern. »Hast du's Ellie schon erzählt?«

Er ging auf ihre Frage nicht ein und nahm in einem Sessel Platz.

»Ich lasse dich jetzt allein mit deinen Phantasien, Charlie.« Martha legte die Hand auf die Türklinke. »Bitte bring nicht alles durcheinander.«

»Sagst du das zu den meisten deiner Klienten?«

»Die meisten Klienten sind im Gegensatz zu dir darauf bedacht, Probleme zu vermeiden.«

Sie schloß die Tür, ehe er etwas erwidern konnte. Also wandte er sich den Briefen zu, die teils mit der Hand, teils mit Schreibmaschine oder Computer geschrieben waren. Er legte zwei Mappen an, eine mit der Aufschrift »eventuell«, eine andere mit der Aufschrift »ungeeignet«. Wonach suchte er? Intelligenz und Charakterstärke, das verstand sich von selbst. Auch Gesundheit und Willenskraft. Irgend etwas Besonderes. Er mußte diese Frau nicht mögen, sagte er sich; wichtiger war, daß sie eine starke Persönlichkeit hatte. Er würde stets Charakterstärke über Liebenswürdigkeit stellen. Liebenswürdigkeit war nichts für diese Welt. Liebenswürdige, nette Menschen verloren Marktanteile. Stärke und Intelligenz. Was ich brauche, ist eine gesunde, intelligente und energische Frau. Und ausgeglichen und drogenfrei muß sie sein. Schöne Augen und ein gutes Gebiß wären ein Plus.
Da war eine Frau, die als Armenanwältin arbeitete, eine andere war Tänzerin in einer Ballettkompanie, hatte sich aber kürzlich am Knie verletzt und sah das Ende ihrer Karriere kommen. Eine andere kümmerte sich als psychologische Beraterin um mißhandelte Kinder. Eine andere war lesbisch und argumentierte, solch ein distanziertes Verhältnis sei das Beste für sie, da sie gern ein Kind wolle, aber »Probleme mit Männern« habe. Aber hatten nicht alle Menschen ohne Testikel Probleme mit Männern? Da war eine Frau, die eine Milchfarm im Norden des Staates New York besaß. Ihr junger Ehemann war bei einem Traktorunfall ums Leben gekommen, und nun habe sie einen Bauernhof, freundliche Nachbarn, einen Hund und viel Zeit, weil sie das Weideland an andere Farmer verpachtet habe. Sie und ihr Mann hatten geplant, ein Kind zu haben. Charlie legte ihren Brief in die Mappe mit der Aufschrift »eventuell«. Was war sonst noch da? Eine Frau mit drei Kindern, aber einem unheilbar kranken Mann. Sie war siebenunddreißig Jahre alt. Das Risiko eines Geburtsschadens war in solchen Fällen eins zu dreihundert, zu hoch. Also wanderte der Brief in die »ungeeignet«-Mappe. Der näch-

ste Brief kam von einem homosexuellen Mann, der Charlie bat, ihm bei der Adoption eines Kinds aus der Dritten Welt finanziell zu helfen. »Mein Ersuchen mag Sie irritieren«, hieß es in dem Brief. »Mein Partner und ich, beide Ende Vierzig, leben seit elf Jahren zusammen. Wir sind beide HIV-negativ und führen eine Partnerschaft in gegenseitiger Treue. Wir möchten gern ein Kind aus China, Korea oder Malaysia adoptieren. Viele Vermittlungsagenturen haben Vorurteile gegen schwule Paare, und vielleicht bleibt uns nichts anderes übrig, als ein behindertes Kind zu adoptieren. Aber auch dazu sind wir bereit. Uns hat das Verhalten gewisser schwuler Männer immer schockiert, die sich über heterosexuelle Personen lustig machen, ohne zu begreifen, welche Mühe es kostet, ein Kind aufzuziehen. Wir glauben, daß wir die dazu nötige Selbstlosigkeit und Hingabe besitzen. Bitte helfen Sie uns.«

Das sollte ich, dachte Charlie. Ja, eigentlich sollte ich das. Aber ich tue es doch nicht. Der nächste Brief kam von einer zweiundsechzigjährigen Frau, die Charlies »schöne Anzeige« gelesen hatte und nun ihre Tochter für die Rolle vorschlug. Sophia, so der Name der Tochter, habe viele Enttäuschungen in der Liebe erlebt, würde aber sicherlich eine wunderbare Mutter abgeben. Im weiteren erging sich die Briefschreiberin in der Schilderung, welche Schwierigkeiten junge Frauen heutzutage hätten, passende junge Männer zu finden. Als Folge der sogenannten sexuellen Revolution in den Sechzigern und der Frauenemanzipation, so behauptete die Mutter, habe sich das Verhalten der Männer zum Schlechten gewandelt. Sie selbst habe zwei Söhne, deren Verhalten sie seit fünfzehn Jahren beobachte. Dank Antibabypille und liberalem Abtreibungsrecht stünde es jungen Männern frei, Sex mit vielen Frauen zu haben und sie sogar zu schwängern, ohne sich dadurch veranlaßt zu fühlen, heiraten zu müssen. Zum ersten Mal in der Menschheitsgeschichte gingen biologische Lebenszusammenhänge und sozialverbindliches Verhalten nicht mehr zusammen. Ferner könnten Frauen soviel Sex haben, wie sie sich nur wünschten, ohne eine Schwangerschaft fürchten zu müssen. Gleichzeitig könnten sie in berufliche Domänen vordringen, die früher den Männern vorbehalten waren. Obwohl Frauen von diesem Wandel profitiert hätten, wollten sie nicht zugeben, daß es als Folge der Pille nun einen Überschuß an sexuell erfahrenen, aber irgendwie enttäuschten Frauen in den Dreißigern gebe, die alle um die wenigen noch nicht gebundenen Männer in guter beruflicher Stellung konkurrierten. »Ich habe das bei meinen Töchtern und Nichten erlebt«, schrieb die Frau weiter. »Die Grundstruktur des menschlichen Zusammenlebens ist zusammengebrochen. Ich weiß nicht, was dagegen zu tun wäre. Vielleicht gar nichts. Doch ein Brief wie der Ihre ist erstaunlich. Zumindest eine junge Frau wird glücklich sein, glücklicher, als sie je hätte hoffen können. Ich habe Ihre Anzeige meiner Tochter gezeigt und sie gefragt, ob sie etwas dagegen hätte, wenn ich Ihnen schreibe. Sie ist zu schüchtern. Ich glaube nicht, daß sie etwas dagegen hat, denn sie schien mir doch interessiert. Das habe ich daran erkannt, wie sie Ihr Angebot gelesen hat. Sicherlich bin ich nur eine ältere Mutter, die sich Sorgen um ihre Tochter macht. Aber ich möchte nur das Beste für sie, und die ledigen Männer über fünfunddreißig sind wirklich nur noch der armselige Rest, Verlierer in der einen oder anderen Hinsicht. Die guten Männer sind schnell vergeben. Das ist traurig, aber wahr. Mit der Vereinbarung, die Sie anbieten, würde meine Tochter unabhängig. Und ich bekäme eine Enkeltochter!«

Er legte den Brief auf den Stapel: »ungeeignet«. Die Rolle der Mutter war zu dominierend.

Der nächste Brief war von einer vietnamesisch-amerikanischen Frau, die aus Charlies Alter und seinem militärischen Hintergrund schloß, er könnte den Vietnamkrieg mitgemacht haben. »Wir haben eine tiefe Erfahrung gemeinsam«, begann ihr Brief. »Eine Verbindung der beabsichtigten Art könnte den Beginn

einer symbolischen Heilung beider Kulturen bedeuten.« Eine schöne Idee, dachte er, aber leider hat sie keine Ahnung, wie viele ihrer Landsleute ich auf dem Gewissen habe.
Er las weiter. Der nächste Brief kam von einer Talk-Show-Produzentin. Sie habe seine Anzeige gesehen und würde ihn gern in ihre Show einladen zusammen mit mehreren Frauen, die sich auf seine Anzeige hin gemeldet hätten. »Ich könnte Ihnen die volle Sendezeit einräumen, denn das wäre die nächste große Nummer!« Die Zuschauer daheim, darunter viele verheiratete Frauen zwischen dreißig und fünfundfünfzig, würden die Situation faszinierend finden, und sie versprach – aber wen kümmerte das schon. In die »ungeeignet«-Mappe. Der nächste Brief lautete:

Ihr Brief ist der jüngste Beweis, daß die patriarchalischen Strukturen in unserer Gesellschaft auch nach dreißig Jahren Frauenbewegung intakt geblieben sind. Was bedeuten eigentlich Frauen für Sie? Suchen Sie eine Frau zu Züchtungszwecken? Glauben Sie im Ernst, daß Frauen auf Ihre Anzeige antworten? Denkende Frauen werden Ihren jämmerlichen Versuch, Herrschaft über den Körper einer anderen Frau zu gewinnen, sofort durchschauen. Denn darum geht es doch in Ihrer Anzeige. Herrschaft über eine Frau, Herrschaft über einen Uterus. Sie, der Mann, investieren eine bestimmte Summe, manipulieren eine Minute lang an sich herum und gewinnen dadurch Macht über eine Frau. Wie einfach muß Ihnen das erscheinen. Ja, merken Sie denn gar nichts? Männer wie Sie sind eine Kalamität der rückschrittlichsten Art. Sie ahnen vermutlich nicht, daß Ihre Anzeige bei meinen Studentinnen im Seminar für Frauenforschung bereits zum Gegenstand des größten wissenschaftlichen Interesses avanciert ist. Wir beabsichtigen …

War er wirklich solch ein Ungeheuer? Wahrscheinlich. Schlimmer noch, denn er betrog Ellie und Julia. Er schaute sich den nächsten Brief an. Eine Performance-Künstlerin schlug vor, ihre gemeinsame Verbindung zu dokumentieren, einschließlich einer Videoaufnahme der Befruchtung in den Räumen der IVF-Klinik. Sie plane, Charlie in seinem Leben auf Schritt und Tritt zu folgen, an seinen Arbeitsplatz und bei sich zu Hause. Nur so könne sie seinen Charakter erkennen und ihn adäquat wiedergeben. Sie stelle sich vor, Fotos von ihm zu machen, Ganzaufnahmen, auch Aktstudien, um seine »Körperlichkeit« zu erkunden. Nackt sehe ich nicht so toll aus, dachte er, da ist einiges ziemlich kaputtgegangen. Ellie hatte Jahre gebraucht, bis sie sich an meinen Anblick ohne Unterwäsche gewöhnt hatte. Das Kind, so phantasierte die Künstlerin weiter, würde als Frucht dieses künstlerischen Schaffens erscheinen. Sie stelle sich vor, die Geburtswehen in ihrer Solo-Performance auf der Bühne darzustellen. Dazu wolle sie das Baby emporhalten, während gleichzeitig überdimensionale Fotos des nackten Erzeugers auf einen Bildschirm projiziert würden, auch Fotos aus Kindheit und Leben der Künstlerin. Eine Stimme aus dem Off solle die Lebensäußerungen der Künstlerin auf der Bühne mit einem »thematischen Kontrapunkt, einem rhythmischen Dialog verschiedener Bewußtseinsebenen« verbinden. Der Schrei des Neugeborenen (vom Band) wäre dann der akustische Höhepunkt, »der Urschrei des Lebens selbst«.
Hirnrissig, dachte Charlie, die spinnt doch komplett. Der sind die Östrogene zu Kopf gestiegen. Er suchte jemanden, der wirklich bereit war, die Sorge um ein Kind auf sich zu nehmen.
Die Tür des Konferenzzimmers ging auf. Ein kleiner Herr mit roter Fliege trat ein. Er streckte die Hand aus. »Mein Name ist Towers.«
Charlie schüttelte ihm die Hand und deutete mit dem Kopf auf den Stapel Briefe. »Das da –«
»Bin im Bilde«, sagte Towers. »Sie brauchen es mir nicht weiter

erklären. Sie treffen jetzt eine Auswahl der Briefe, und ich prüfe dann. Dreh die Keksdose um und schau, was wir Schönes haben.«
»Ich werde wahrscheinlich zwei, drei Namen auswählen.«
»Verstehe. Wir werden jeden Fall überprüfen, Fragen stellen und auf hohle Stellen abklopfen. Das ist mein Job, und ich kann Ihnen versichern, daß ich immer den Wurm finde.«
»Steckt denn in jedem ein Wurm?«
»Nein«, sagte Towers und lächelte: »Nicht in mir.«
Er schüttelte nochmals Charlies Hand, reichte ihm seine Visitenkarte und ging. Der nächste Brief kam von einer Studentin der Wirtschaftswissenschaftlichen Fakultät der New York University. Sie wünsche sich ein Kind, wolle aber auch promovieren. Die junge Frau hoffte, nach ihrer Promotion eine Stelle als Assistentin an einer der führenden Universitäten des Landes zu erhalten. Sie wolle Charlie nicht verheimlichen, daß sie trotz guter Allgemeingesundheit entstellende Narben im Gesicht trage, die von einem Autounfall herrührten. »Damit über diesen Punkt Klarheit herrscht, habe ich ein Foto beigefügt«, hieß es weiter. Und wirklich. Auf dem Foto war eine gnadenlos grell angestrahlte Frau mit niedergeschlagenen Augen zu sehen, die eine breite, unregelmäßig verlaufende Narbe im Gesicht trug. Der Streifen ging von der Schläfe hinunter zur Wange, aber auch über die Stirn, über ein Augenlid und ein Stück der Nase und reichte bis zur Unterlippe, dessen Rand sie säumte. Es ist bloß eine Narbe, dachte Charlie. Er selber hatte einige. Er mochte ihre Aufrichtigkeit. Bis jetzt war sie die beste Kandidatin. Er machte eine Notiz an den oberen Rand des Briefs und legte ihn in die »eventuell«-Mappe.
Der nächste Brief lautete:

Sehr geehrter Herr, ich schicke Ihnen in der Anlage meinen Lebenslauf und ein Ganzfoto von mir. (Ich gebe zu, daß das Foto nicht mehr ganz aktuell ist; ich führe keine Badeanzüge mehr vor und habe seit dem Zeitpunkt der Aufnahme gut sechs Pfund zugenommen.) In Ihrer Anzeige weisen Sie zwar darauf hin, daß für die Schwangerschaft kein Sexualkontakt nötig ist, doch möchte ich Ihnen vorschlagen, daß wir für den Fall, daß Sie mich auswählen (und ich Sie), das Kind nach dem altbewährten Verfahren machen. Warum? Nun, einfach weil es netter ist. Mit meinen dreiunddreißig Jahren habe ich gut und gerne achtzig oder neunzig Liebhaber gehabt. Auch wenn Sie es mir nicht glauben, so hat mir diese reiche Erfahrung in keiner Weise den Appetit auf Sex verdorben, im Gegenteil, ich wünsche mir nach wie vor Sex und weiß mehr darüber als der Durchschnitt der Frauen. Ich weiß auch mehr über Lust, wie man sie selber empfängt und wie man sie anderen verschafft. Da Sie mich einladen, mich von Ihrer finanziellen Großzügigkeit beschenken zu lassen, möchte ich Sie meinerseits einladen, von meiner sexuellen Großzügigkeit zu profitieren. Als Frau habe ich eine ungewöhnlich hohe Lustfähigkeit entwickelt, und nach meiner Erfahrung sind es gerade die intelligentesten Männer, die es genießen, sowohl einer Frau Lust zu bereiten als auch von ihr Lust zu empfangen.

Auch auf die Gefahr hin, Ihr Anstandsgefühl zu verletzen, möchte ich ganz offen sein. Ich spreche hier davon, was unter seltenen, aber durchaus plausiblen Bedingungen möglich sein kann. Die Frau (in diesem Fall also ich – mir ist viel von meiner ursprünglichen Bescheidenheit abhanden gekommen, aber für alles folgende werde ich die dritte Person Singular verwenden) sollte sich mit sich selbst (mit ihrem Körper, mit dem Raum, mit ihrer psychischen Verfassung) und mit ihrem Partner (mit seinem Gesicht, Augen und dem ganzen Körper, mit seiner Stimme, seinem Geruch und seiner Aufmerksamkeit für sie) so weit im Einklang befinden, daß sie mit ausgebreiteten Armen, gespreizten Beinen und offenem Mund zu einem beinahe ununterbrochenen Orgasmus fähig ist. Sie gehört zu jenen seltenen Frauen, die nicht durch Reizung der Klitoris, sondern allein durch vaginale Stimulierung zum Orgasmus kommen, sofern die Erektion des Mannes, seine Kontrolle über den Zeitpunkt der Ejakulation und die Lubrizität der Frau in hinreichendem Maße gegeben sind. Was den Mann betrifft, so sollte er zu einer zweistündigen echten Erektion fähig sein und dabei rasch und tief, beziehungsweise langsam und zartfühlend stoßen können. Sein Rhythmus sollte ihren Orgasmus herbeiführen, ohne den eignen auszulösen. Er benutzt auch seine Finger und die Zunge auf eine Weise, die ihr gefällt. Unter diesen Umständen, bei denen manchmal etwas Alkohol oder eine Zigarette nicht schaden, ist die Frau zu fünfzehn, zwanzig oder noch mehr Orgasmen fähig (mein persönlicher Rekord steht bei einunddreißig). Zwar sollte die Größe des Penis nicht unter Durchschnitt sein, doch viel wichtiger – und das wird von vielen Leuten verkannt – ist die Länge des Sexualaktes. Es besteht ein großer Unterschied zwischen zehn Minuten Lust und zwei Stunden Lust. In letzterem Fall geht man über Zustände der Erschöpfung und Befriedigung hinaus und erreicht nach dreißig oder vierzig Minuten ein Stadium halluzinatorischer Verzückung, die Minute für Minute anhält. Der Mann muß körperlich fit sein, um die meiste Zeit über kraftvoll zu kopulieren. (Zur Steigerung des Stehvermögens kann die Frau ihrem Liebhaber eine halbe Stunde vor dem Akt ein großes Glas Orangensaft verabreichen. Noch besser ist es, eine halbe Stunde vorher 450 bis 700 Gramm in Wasser aufgelöstes Glukoseextrakt zu trinken.) Kalorienmäßig wie ein Marathonläufer präpariert, wird der Mann Tausende Stöße ausführen und der optimal stimulierten Frau Kaskaden von Orgasmen verschaffen. Dazu muß er seine Leistungsfähigkeit kennen und für eine bestimmte Zeit sexuell enthaltsam sein, damit er zu einer raschen Erektion kommt. Freilich darf die Periode der Enthaltsamkeit auch nicht zu lang gewesen sein, da sonst die Gefahr spontaner Ejakulation zu groß wäre. Ferner muß die Frau die Leidenschaftlichkeit des Mannes spüren; er muß sich in einem ähnlichen Lusttaumel befinden wie sie und doch die Gefühle der Frau bewußt wahrnehmen. Nicht daß er sein Lustempfinden unter das der Frau stellen sollte, vielmehr ist ihre Lust auch seine Lust.

Was geschieht nun, wenn alle genannten Bedingungen gegeben sind? Die Frau bekommt mühelos Orgasmen; ihr Körper gerät in Zuckungen unter, über oder vor dem Mann. Sie liebkost seinen Nacken oder lutscht an einem Finger, er stimuliert ihre Brüste, und obwohl sie gerade einen vollen Orgasmus erlebt, weiß sie, daß noch weitere möglich sind, da der Mann nicht aufhört zu stoßen. Im Bewußtsein ihrer eigenen Möglichkeiten und ohne Sorge um die Willigkeit und das Stehvermögen ihres Liebhabers spürt sie den gleichen Drang wie vorher, die gleichen Wogen der Lust überfluten sie. In diesem Stadium erlebt sie im Abstand von wenigen Minuten immer neue Orgasmen, da sich ihre Muskeln gar nicht mehr entspannen. Eventuell hat sie das Bedürfnis, eine Pause einzulegen, um dann weiterzumachen. Sie kann aber auch einen Orgasmus nach dem anderen erleben, ja sogar ganze Bündel von Orgasmen, und in einen Zustand psychischer Entgrenzung geraten. Sie kann stumm oder laut, fordernd oder zärtlich, friedvoll oder rasend sein und wechselt ohne erkennbare Reihenfolge von einem Zustand in den anderen. Seltsame Dinge gehen ihr durch den Kopf: Musik, Klänge und Gesichter; sie vergißt sich selbst, sie erinnert sich an alles; sie sieht den Tod, Neugeborene und ihren Vater; sie spürt den Geruch des Meeres und des Waldes. Ihr Liebhaber ist bald ein anderer Mann, bald alle Männer, bald der Teufel, bald ein guter Gott, bald ein Tier, bald ein schwer auf ihr lastender Nachtmahr mit heißem Atem. Sie liebt ihn jetzt und für immer, sie haßt ihn mit gleicher Inbrunst. Sie fürchtet seine überlegene Kraft, weiß aber doch, daß sie stärker ist. Sie gerät vom Wachen ins Träumen, hat Alpträume und erwacht wieder zu klarem Bewußtsein. Er ist ihr Herr und Gebieter, er unterwirft sie sich, er macht ihre Vagina mit seinem Bolzen wund. Er ist ihr Spielzeug, das sie einsaugen und ausstoßen kann, sein Penis ist nicht mehr als ein Anhängsel, das sie mit ihrem Willen beherrscht. Sie ist innen eng, aber zugleich hat sie das Gefühl großer Weite. Der Raum ist dunkel und doch voller Licht. Sie wünscht sich, daß er sie vernichte, aber er sich selbst ebenfalls. Am Ende haben sie mehr erreicht, als sie sich hätten träumen lassen. Sie sind nicht erschöpft und zufrieden, sondern in einem Zustand der Entäußerung. Vor dem Höhepunkt schreit sie ihre Lust hinaus, läßt ihre Hüften rotieren, kneift ihn. Sie möchte, daß auch er seine Leidenschaft zeigt, mit keuchendem Atem und ekstatischen Zuckungen, aus denen er in ihre Arme oder sie in die seinen fällt, beide am Rand völliger Verausgabung, es ist eine Leere, die zugleich Fülle ist.

Ein solcher alles auslöschender Sexualakt ist an sich zwar höchst lustvoll, wird aber später zum Problem, da er unvergeßlich ist. Die Frau, die sich selbst genug kennt, weiß, daß es mit den meisten Männern nicht so ist, ja tatsächlich sind es nur sehr wenige, die zu so etwas fähig sind. Eine wirklich überzeugende Erklärung hierfür gibt es nicht; dieser besondere Mann hat nicht diesen oder jenen Vorzug, vielmehr handelt es sich um ein komplexes Ganzes. Das ist verstörend für sie und bleibt es auch, denn sie weiß, daß für den Fall, daß sie den Mann oder der Mann sie verläßt, die Begegnung mit neuen Sexualpartnern enttäuschend verlaufen könnte. Ihr ist noch in Erinnerung, wie sie in der Vergangenheit Ärger und Enttäuschung verborgen hat, und sie fürchtet, solche Gefühle auch in Zukunft verbergen zu müssen.

Die Frau weiß noch mehr: Ihre Fähigkeit zu immenser Lust-

empfindung flößt den meisten Männern und manchen Frauen solche Angst ein, daß sie sich nur vorsichtig hierzu äußern darf. Männer fürchten die Bewußtheit und die Erfahrenheit der Frau, was sexuellen Hochgenuß betrifft, während Frauen paradoxerweise bestreiten, daß ein solcher Genuß überhaupt möglich ist, und dahinter lediglich erotische Phantasien vermuten. Denn solch ein Gefühl der Lust setzt eine Unterwerfung unter die Macht des Mannes voraus, die emotional gefährlich und gesellschaftlich inakzeptabel erscheint. Andere Frauen verübeln dieser einen Frau ihre detaillierte Schilderung solcher Lustempfindungen, weil sie sich selbst nicht für fähig halten, solche Erfahrungen zu machen, oder, sofern sie es sind, weil die Männer, die ihnen zur Verfügung stehen, zu einer hinreichenden Stimulierung nicht in der Lage sind. Eine solche Frau ist daher eine Außenseiterin. Sie weiß auch, daß nur eine kleine Minderheit von Männern und Frauen zu solcher Lust fähig ist. Bedenkt man ferner, daß diese Fähigkeit nicht mit anderen Faktoren wie Interessen, Intelligenz, Bildung, Alter usw. korreliert und welche Schwierigkeiten Männer und Frauen schon beim Erzielen eines durchschnittlichen Maßes an Sexuallust haben, dann wird man gewahr, wie selten ein solch gelungenes Zusammenspiel ist.

Doch ihr bleibt ein Trost. Sie hütet ein Geheimnis. Sie erinnert sich gern an ihre Lust, weil sie weiß, daß sie es wieder erfahren wird. Wenn sie einen Mann findet, von dem sie annimmt, daß er ihre Wünsche zu erfüllen vermag, dann ist sie liebevoll und geduldig.

Ich möchte gerne so zu Ihnen sein. Ich möchte mit Ihnen in einem solchen Augenblick größter Leidenschaft ein Kind machen.

Gute Frau, dachte Charlie, du bist bei mir an der falschen Adresse. Mit solchen Ekstasen würde sie ihn tatsächlich umbringen, vorausgesetzt, er wäre dazu überhaupt fähig, mit diesem Rücken und allem übrigen. Und wäre sie denn eine gute Mutter? In dem Brief war davon keine Rede. Er legte ihn in die »ungeeignet«-Mappe.

Martha machte die Tür zum Konferenzzimmer auf. Ihr Aussehen entsprach genau dem, was sie war – eine müde, überlastete, übergewichtige Rechtsanwältin, die sich gewöhnlich selbst reden hörte.

»Hast du mit Towers gesprochen?«

»Ja.«

»Und?«

»Er wirkt vertrauenerweckend.«

Martha seufzte. »Tu's nicht, Charlie.«

»Also bitte.« Er reichte ihr die Mappe mit der Aufschrift »eventuell«. »Einige sind recht beeindruckend.«

»Und was soll ich damit?« Sie öffnete die Mappe.

»Ich möchte, daß du mit diesen Frauen Kontakt aufnimmst und sobald wie möglich Termine für ein Gespräch hier in diesen Räumen ausmachst. Am besten schon in den nächsten Tagen. Die anderen sind nicht geeignet. Schreib ihnen, daß sie abgelehnt wurden.«

Martha hob die Augenbrauen. »Abgelehnt?«

»Ja. Schreib ihnen einen netten Brief. Selbstverständlich ohne meinen Namen zu nennen.«

Sie funkelte ihn an. »Ist das dein Ernst?«

»Ja. Übrigens, hast du mir einen Termin in der IVF-Klinik verschafft?«

»Für morgen früh«, antwortete sie. »Wenn du alles sausenläßt, berechne ich dir kein Honorar für das, was wir bis jetzt in dieser Sache getan haben.«

»Martha«, sagte Charlie, »entweder du hilfst mir so gut du kannst und enthältst dich aller Kommentare, oder du nennst mir einen anderen Anwalt. Du bedrängst mich in dieser Angelegen-

heit, und das mag ich nicht.« Er erhob sich. »Also?« Marthas fleischiger Hals rötete sich, während sie ihn anstarrte. Im Zimmer war es still, nur das Surren der Klimaanlage und das Klingeln der Telefone aus den anderen Büros waren zu hören.
»Martha?«
Er wartete auf eine Antwort, und als sie nicht kam, ging er selbst hinaus.

Eigentlich mag ich nicht nach Hause gehen, dachte Charlie, als er mit der chinesischen Vase unter dem Arm aus dem Taxi stieg. Ich mag nicht, aber ich tue es dennoch. Kelly, die dienstbeflissene Ergebenheit in Person, hielt ihm die Wagentür auf.
»Ich habe gerade Mrs. Ravich gesehen«, sagte Kelly.
»Und? Was machte sie gerade?«
»Oh, sie war schwer bepackt, und das bei dieser Hitze.«
»Aha, sie hat also ihre Pflicht gegenüber der amerikanischen Wirtschaft erfüllt.«
»Wie bitte?«
»Wenn niemand mehr unnützes Zeug kauft, gibt es bald eine Rezession.«
Er hinkte an der Mahagonitäfelung vorbei in den Lift. Dort blinzelte ihm Lionel, der gerade seine Spätschicht begonnen hatte, in Zeitlupe zu. Er kam ihm vor wie ein alter Mystiker, nur, daß er die Uniform eines Fahrstuhlführers trug. Seine ganze Vitalität hatte sich auf die Strecke zwischen Ellbogen und Fingerspitzen des linken Arms konzentriert, mit dem er unablässig den Messinghebel betätigte. Dort, wo Lionels rechte Hand gegen das rechte Hosenbein streifte, war der Stoff vom unbewußten Kratzen mit den ungepflegten Fingernägeln blankgewetzt.
Charlie trat hinaus in den Etagenflur vor seiner Wohnung. »Noch einen schönen Abend, Lionel.«
»Ihnen ebenfalls, Mr. Ravich.«
Er öffnete die Wohnungstür. »Ellie?« Er versteckte rasch die

chinesische Vase hinter Mänteln und Stiefeln im Wandschrank. Das sollte eine Überraschung für später sein. »Ellie?« Heitere sie ein bißchen auf, dachte er, verwöhne sie, auch wenn du in tausend Jahren nicht darauf kämst, dich lebendig in diesem Wohnpark für Senioren begraben zu lassen, wo alte Männer in ihre Dreihundert-Dollar-Pullover sabbern und mißmutig still vor sich hin furzen. Ein Offiziersclub für die Abgeschriebenen. Nichts für mich, nichts für den Boß von Teknetrix, der acht Millionen Dollar nach Steuern aus dem Mund eines toten chinesischen Milliardärs gezaubert hat. »Ich bin's!« rief er. »Dein erster Gatte ist wieder daheim und hat nichts Neues zu berichten – keine Nachrichten aus der Ferne, kein Sturz der Aktienkurse, auch nicht die seiner heißgeliebten Firma, keine weltbewegenden Ereignisse, keine privaten Enthüllungen, keine leidenschaftlichen Geständnisse.« Er horchte. Nichts. Schweigen. Das weiße Rauschen des Ehelebens. »Was hast du denn alles gekauft, daß du die Dienste des getreuen Kelly beanspruchen mußtest?«
Ellie kam aus dem Badezimmer neben der Küche und schaltete das Licht aus. »Du redest, als hättest du schon im Büro einen über den Durst getrunken.«
Ein wenig aufgekratzt, dachte er. »Das nicht, aber gegen einen Drink hätte ich nichts einzuwenden.«
»Einen Gin Tonic?«
Er folgte ihr an die Bar im Wohnzimmer. »Was hast du denn besorgt?«
»Besorgt?«
»Einkäufe. Alles zur Unterstützung der amerikanischen Wirtschaft.«
»Nichts.«
»Kelly hat gesagt, du bist mit lauter Einkaufstüten heimgekommen.«
Sie runzelte die Stirn. »Ich glaube nicht.«
Er trug seine Aktentasche durch das Schlafzimmer in sein Ar-

beitszimmer. Auf dem Bett sah er zwei große Einkaufstüten von Bloomingdale's. Sprich sie nicht darauf an, das hat jetzt keinen Sinn. Sie ist mit ihren Gedanken eben anderswo. »Glaubst du«, fragte er sie, als er ins Wohnzimmer zurückkehrte, »daß Julia und Brian es mit dem Ei einer anderen Frau versuchen werden?«
»Das wäre eine Möglichkeit.« Ellie reichte ihm sein Glas. »Das wird jetzt viel gemacht.«
»Aber das Kind wird nie wissen, wer seine richtige Mutter ist.«
»Seine richtige Mutter ist diejenige, die ihm die Windeln wechselt und ihm aus Büchern vorliest.«
Er nippte an seinem Drink. Schrecklich. Viel zu stark. Er goß einen Fingerbreit Gin aus und füllte das Glas mit Tonic Water auf. »Ich meine aber die biologische Tatsache, Ellie. Würde sich das Kind nicht sein Leben lang diese Frage stellen?«
»Es hängt davon ab, wie sicher es aufwächst.«
»Würde es nicht darunter leiden, niemals die Wahrheit erfahren zu haben?«
Ellie brachte das Eis in die Küche zurück, er folgte ihr. »Ich sehe das nicht so«, sagte sie. »Das Kind würde seinen biologischen Vater und eine Adoptivmutter haben. Julia wäre eine wunderbare Mutter.«
»Ich weiß. Vielleicht drücke ich mich falsch aus.« Er mußte das Thema zu seinen Gunsten auslegen, denn am folgenden Tag sollte er in ein Reagenzglas oder eine Cola-Flasche oder sonst ein Behältnis ejakulieren. »Was ich meine, ist: Da sind einerseits Frauen, die ihre eigenen Kinder haben, und andererseits Frauen, die Sperma aus irgendeiner Samenbank erhalten. Wie denkst du darüber? Diese Kinder wissen nicht, wer ihr Vater ist.«
»Das ist schon in Ordnung«, sagte Ellie zerstreut.
»Wie das?«
»Wenn die Frau all diese Mühen in Kauf nimmt, dann wünscht sie sich das Baby wirklich sehr.«
»Aber was ist mit –«

»Männer werden niemals verstehen, was es heißt, ein Baby zu haben. Gewiß, es ist schwerer, ein Kind allein aufzuziehen. Aber es gibt Frauen, für die gerade das die bessere Lösung ist. Sie können sich ganz dem Baby widmen und werden nicht durch den Mann abgelenkt, der um ihre Zeit buhlt.« Sie schaute durch das Küchenfenster auf den Central Park. »Ich habe unsere Kinder aufgezogen, während du fort warst. Und ich war ganz glücklich dabei. Auf der Luftwaffenbasis hatte ich alles, was ich brauchte. Meine einzige Sorge war, ob du in Sicherheit warst.«

»Du warst eine gute Mutter.«

Ellie zuckte mit den Achseln. »Die Kinder haben sich gut benommen. Sie wußten, daß du mit deinem Flugzeug umkommen konntest, und das ist schlimmer, als über einen Vater nachzugrübeln, den man nie zu Gesicht bekommen wird.«

»Ich dachte, du hättest ihnen nie erzählt, was es mit dem Fliegen auf sich hatte.«

»Das habe ich auch nicht, aber Charlie, wir waren schließlich auf einer Luftwaffenbasis! Alle Kinder hatten Väter, die flogen. Erinnerst du dich an Janny McNamara? Und an Susan Howard? Beide haben ihre Männer verloren, und dabei waren die nicht einmal in Vietnam im Einsatz.«

»Das war ein Unfall beim Auftanken während des Fluges.« Der Pilot, Howard, hatte seine Geschwindigkeit falsch eingeschätzt und war in den Tankbaum der vor ihm fliegenden KC-130 gerast. Das Cockpit wurde durchbohrt.

»Daran erinnere ich mich nicht«, fuhr Ellie fort. »Ich will damit nur sagen, daß ich und die Kinder damals miteinander auskamen, auch wenn du uns gefehlt hast, und daß … Also ich werfe diesen jungen Müttern nichts vor. Es ist gut … und richtig, das eigene Kind aufzuziehen – du erinnerst dich doch, wie ich damals war. Und diese jungen Mütter wollen nichts anderes. Warum sollte man ihnen das mißgönnen?«

Nun führte er Martha Wainwrights Argument vor. »Sollten sie nicht besser ein Kind adoptieren, das eine Mutter braucht?«
»Vielleicht, in einer idealen Welt.«
»Was hältst du von den Männern, die ihren Samen für Samenbanken spenden? Ist das nicht Selbstgefälligkeit?«
»Nein.«
»Warum?«
»Sie möchten irgendwie weiterleben. Ich verstehe das.«
Sie möchten irgendwie weiterleben. Sie verstand das.

Nach dem Abendessen legte Ellie ihren Löffel beiseite und blickte ihn an. »Ich wünsche mir wirklich, daß du dir die Seniorenresidenz einmal anschaust.«
»Warum?«
»Weil es dir gefallen könnte. Vielleicht sagst du dir dann: Ellie hat keine schlechte Idee gehabt.«
»Ich schaue es mir an, sobald ich Zeit dazu habe.«
»Wann?«
»Laß mich den Fabrikbau durchziehen, dann fahre ich hin.«
»Mit mir oder allein?«
»Mal sehen.« Am liebsten hätte er sich jetzt aus dem Haus gestohlen, wäre zwei Häuserblocks weiter die Straße hinuntergegangen und hätte sich an die Bar des Pierre gesetzt, wo der Barkeeper einen ausgezeichneten Gin Tonic mixte, mit irgend etwas Süßem drin, und wo man manchmal Henry Kissinger traf. Die dortige Kundschaft war überhaupt sehenswert, viele gutgekleidete Menschen waren darunter. Er genoß es, einfach nur dazusitzen und die Szene zu beobachten. Am Ende kam man mit einem deutschen Fernsehproduzenten oder einem britischen Immobilienmakler oder sonst jemandem zusammen, mit dem man gern eine Stunde verplauderte. Man vergaß darüber, daß der kranke Rücken einen schon zehntausend Nächte lang quälte oder daß die Ehefrau wunderlich wurde oder daß man bei der Bank of

Asia zweiundfünfzig Millionen Dollar aufgenommen hatte, einen Kredit, der binnen zehn Jahren zurückzuzahlen war, den die Bank mit sechsmonatiger Frist einseitig kündigen konnte und dessen Zinsrate mit drei Punkten über den Selbstkosten lag. Das war eine Summe, die ein Zehntel des Firmenkapitals darstellte. Man vergaß, daß man für die Kreditrückzahlung die Arbeitskraft von elftausend Arbeitern in sechs Ländern ausbeuten mußte; das waren elftausend Seelen, die man in Arbeit und Brot brachte und die darauf hofften, daß dieses Ausbeutungsverhältnis fortdauere, denn es war besser als nichts. Nun, die Firmenleitung hatte darauf gedrungen, die Unterkünfte neben der neuen Fabrik human zu gestalten. Er mahnte sich selbst, ein Auge auf den Fortgang der Arbeiten zu werfen. Er konnte die Absatzberichte und Produktionsplanungen für mehrere Monate mitnehmen, sich ein ruhiges Plätzchen im Pierre suchen und die Zahlen durchgehen. Man mußte an der Spitze der flimmernden Indikatoren bleiben, die der Markt durch das Spiel von steigender und nachlassender Nachfrage, von wachsenden Kosten und schmaler werdenden Gewinnspannen in ständiger Bewegung hielt. In den Absatzberichten der Firma hieß es, Kunden sagten, daß die Vertriebsleute von Manila Telecom neue Produkte ankündigten und schnellere Herstellungszeiten versprachen.

Wenn er aber jetzt sofort ging, würde das Ellie noch mehr verdrießen. Er beobachtete sie, wie sie ins Schlafzimmer ging, und folgte ihr. Sie saß matt auf dem breiten Ehebett, das sie sich vor zehn Jahren aus der Toskana hatte liefern lassen. Wenn ich sie nicht so genau kennen würde, könnte man den Eindruck bekommen, sie stehe am Rande eines Nervenzusammenbruchs. Sie nahm eines von Bens Fotos von ihrem Nachttisch und betrachtete es mit gesenkten Augen und schlaffem Mund. In dieser Welt gibt es keine Sicherheit, dachte er, niemals. Sie hatte Ben in ihrem Schoß getragen, und er war gestorben. Schluß, aus. Sie wollte etwas Sicherheit für sich und ihren Ehemann, wer wollte ihr das verdenken? Sie versuchte, gewissermaßen die letzte Etappe einzurichten, und wenn er ein anständiger, liebenswürdiger Mann wäre, dann müßte er Ellie für diesen Liebesdienst und diese weise Voraussicht dankbar sein. Statt dessen empfand er nur Furcht und Verbitterung. Da saß sie also, betrachtete das Bild ihres toten Sohnes und stellte sich Fragen, auf die es keine Antwort gab.

Nach Bens Tod hatte sie abgenommen und eine Zeitlang wieder geraucht. Damals stürzte sich Charlie in die Arbeit und versuchte, Teknetrix ein Entree in die Entwicklungsprogramme der großen Telekommunikationsfirmen zu verschaffen und auf die künftige Produktrichtung zu spekulieren. Er jagte dem Erfolg nach und floh den Kummer. Im Jahr nach Bens Tod war er fast ständig mit dem Flugzeug unterwegs, meist zwischen Fernost und Silicon Valley. Er traf andere Firmenchefs, stellte sich den Herausforderungen, lud alle zum Essen ein, bestellte Autos, die ihn zum Flughafen fuhren und dort abholten ... Bitte wecken Sie mich um fünf Uhr früh. Ich möchte Ihnen zeigen, was Teknetrix innerhalb Ihrer Kostenplanung leisten kann; das ist alles wirklich eine verdammt gute Idee: Wir können es um zehn Prozent verkleinern. Die übliche Leier. Mitte der achtziger Jahre war wirtschaftlich eine schwere Zeit, doch er hatte die Hoffnung, wenn er regelmäßig Aufträge für Teknetrix an Land ziehen könnte, würde die Firma ihren Anteil am Markt erobern und nach oben kommen. Was folgte, waren Hunderte Besuche bei potentiellen Kunden, tausend Tassen Kaffee, hunderttausend Flugkilometer. Und das Ergebnis waren zehn große Aufträge. Die Geschäftsleitung kaufte einen kleineren Konkurrenten auf, stellte bessere Ingenieure ein, die Firma gewann 1984 in zwei Monaten vier Design-Preise. Alles nach Bens Tod. Alles, weil Charlie für die Firma ständig unterwegs war. Wenn Ben weitergelebt hätte, wäre Teknetrix vielleicht pleite gegangen, aber weil Ben starb, eroberte Teknetrix den Markt, der Umsatz stieg binnen drei

Jahren von achtzig Millionen auf zweihundert Millionen Dollar, die strategische Erwerbung inbegriffen. Die Zahl der Beschäftigten stieg von elfhundert auf dreitausend und erreichte dann die neuntausend. Ein mächtiger Sprung nach vorn. Die Ironie lag darin, daß Charlie die Wohltaten dieses neuen Reichtums auf Ben hätte niederregnen lassen wollen. Er hätte ihn irgendwo in der Welt auf eine renommierte Schule geschickt, hätte ihm bei der Gründung einer Familie oder beim beruflichen Karrierestart geholfen. Alles für Ben. Und jetzt war ihnen nicht mehr geblieben als ein paar Fotos und die wenigen Habseligkeiten in Bens Wandschrank, die Ellie nicht wegwerfen mochte: die Jacke aus seiner High-School-Zeit und sein Basketball, der ganz schlaff geworden war. Er fragte sich, ob Ellie diese Dinge auch nach Vista del Muerte mitnehmen würde. Vermutlich schon. Er hatte sie gebeten, Bens Sachen so zu verstauen, daß er nicht zufällig auf sie stieß. Sie konnte eine kleine Weihestätte einrichten, einen Schrein, wenn sie wollte. Sie war so, sie brauchte Reliquien, an denen sie sich festhalten konnte. Irgendwo bewahrte sie Julias Milchzähne auf, ihre erste Haarlocke, die Geburtsanzeigen der Kinder, Bens Fußballschuhe und Julias Zahnspange. Das war schon mehr als sentimental, das war abergläubisch, das hatte etwas Archaisches. Er verstand das Gefühl, das dahinterstand, und das flößte ihm einen Schrecken ein. Denn wenn man mit dem Herzen an diesem und jenem Ding hing, warum dann nicht an allem Vergangenen? Warum hortete man dann nicht jeden noch so lächerlichen Beleg verflossenen Lebens? Doch das war nicht möglich. Ellie hatte von Anfang an am Leben festgehalten, vielleicht weil sie ihre Eltern so früh verloren hatte. Bens Tod hatte ihre schlimmsten Befürchtungen über die Hinfälligkeit der menschlichen Existenz bestätigt, das Leiden kam über jeden Menschen, es ging nur darum, ob man es früher oder später einsah. Er hatte sich oft gefragt, ob sie wohl ein Verhältnis mit einem anderen Mann gehabt hatte, als er in Vietnam war oder als vermißt galt, doch die Hingabe, mit der sie ihn bei seiner Heimkehr umsorgte, hatte ihn davon überzeugt, daß er diese Frage nicht stellen brauchte. Und falls doch, nun, dann war es eben so gewesen. Einen anderen Mann für ein paar Minuten in ihrem Körper zu fühlen – vielleicht hat es sie glücklich gemacht. Das konnte er verkraften. Im großen Strom der Geschehnisse hatte das wirklich kaum Bedeutung. Sie hatten Kinder in die Welt gesetzt, das war es, was ihr gemeinsames Leben ausmachte, das schmiedete sie für immer und ewig zusammen, Amen. Und außerdem konnte Ellie mit der Wahrheit leben, daß er drei Jahre lang Menschen getötet hatte, um seine Familie zu ernähren. Wenn zwei Menschen in ihrem Unglück nicht eins sind, warum dann in ihrem Glück?

Obwohl sie in groben Umrissen wußte, was mit ihm in der Gefangenschaft geschehen war, hatte er ihr nie alles erzählt. Nichts über die Stricke und auch nichts über die Sache mit dem Fahrradschlauch. Wie kann man von der Folter sprechen? Wie soll man erklären, was man dabei dachte, wie man die anderen und sich selbst haßte für alles, was sie einem angetan hatten? Er hatte den Psychiatern im Militärkrankenhaus schon genug erzählt; sie holten alles aus einem heraus, ehe man die Familie damit vergiften konnte. Bei manchen griffen sie sogar zu Psychopharmaka. Sag uns alles, junger Mann. Wir wissen, daß du darüber reden mußt. Aber sie wollten nicht, daß man mit anderen darüber redete. Sag nichts zu den Journalisten, wenn sie dich fragen, diskutiere darüber auch nicht mit aktiven US-Piloten, und vermeide es, deiner Frau zuviel zu erzählen. Das Ganze war Scheißpolitik. Und doch tat er sein Bestes, um sich an die Regeln zu halten. Trotzdem behielt ihn die US-Luftwaffe neun Wochen lang im Krankenhaus und schirmte ihn von der Außenwelt ab. Keine fotografischen Aufnahmen waren erlaubt, außer für die interne medizinische Forschung, kein Besuch von Familienangehörigen. Erst sollten Knochen wieder eingerenkt, Sehnen zusammengeflickt, zerschlagene Zähne ersetzt, sein Körper künstlich ernährt, entwurmt und vom anfänglichen Morphium wieder entwöhnt sein. Damals päppelte man ihn hoch, bis er wieder fünfundzwanzig Pfund zugenommen hatte. Er wurde rasiert, Haare wurden geschnitten, die Fingernägel manikürt, er bekam eine neue Uniform, funkelnagelneue Krücken, fünfzig Tabletten pro Tag und ein Rückenkorsett. Erst dann durfte Ellie ihn endlich sehen. Es war der schönste Augenblick seines Lebens, als er sie in die Arme schloß und die Kinder sich an seine Beine warfen. Selbstverständlich fragte sie ihn, was mit ihm geschehen war, bat ihn, ihr doch zu erzählen, damit sie verstand, warum er immer wieder in langes Schweigen verfiel. Doch er war zu der Erkenntnis gekommen, daß Reden alles nur noch schlimmer, nicht leichter machte. Das Abscheuliche wäre, zur Sprache gebracht, noch abscheulicher geworden, und dann hätte er es nie mehr aus der Welt schaffen können. Sie meinte es gut mit ihm, sie wollte ihm zuhören, aber letztlich war es seine Erfahrung, nicht ihre. Er wollte seine Kinder großziehen und die Zukunft gestalten. Und so hatten sie nie wirklich darüber geredet, und in den ganzen folgenden Jahren ihres gemeinsamen Lebens war seine Zeit als Kriegsgefangener nur noch ein merkwürdiger, dunkler Fleck in einem ansonsten hellen, vertrauten Gewebe gewesen. Schließlich hatte Bens Tod alles geändert, ihren Begriff von Leid grundlegend neu bestimmt. Es gab nur das Leben vor Bens Tod und das Leben danach. In den darauffolgenden Jahren waren sie so wohlhabend geworden, der Wert der Teknetrix-Aktie war so in die Höhe geschnellt, daß es schien, als ob ihr Glaube an die Fortdauer des Leidens auf die Probe gestellt würde. Nachdem ihr Vermögen einen kritischen Betrag erreicht hatte, also etwa zehn Millionen, sproß und blühte es, vervielfältigte sich wie von selbst in der boomenden Konjunktur der neunziger Jahre. Ellie sagte manchmal zu ihm: »Wir haben soviel Geld und dennoch – ich meine, ich gucke mir gerne Shows an, und ich mag unsere

Wohnung, aber weißt du, ich –« Dann brach sie plötzlich ab, ihre blauen Augen schwammen in Tränen, und er nickte nur traurig, denn beide wußten, daß sie nichts tun konnten. Ihr Sohn war tot. Manchmal bekam er an solchen Abenden eine Erektion von solcher Macht, wie er sie nur als jüngerer Mann gehabt hatte. Dann wurde ihre eheliche Routine unter den Laken zu einem erotischen Ritual, in dem sie ihren Kummer teilten. Ellie weinte zwischen mehreren Orgasmen, aber sein eigener Höhepunkt war am Schluß sicherlich kaum beflügelnd oder kathartisch. Er gab nur einem notwendigen Bedürfnis nach. Auch wenn sie ihre Lust wie etwas Kostbares behandelten, wußten sie, daß es ihnen unter den Fingern zerrann, daß am Ende nur Traurigkeit blieb und daß ihnen Jahr für Jahr das, was sie sich am meisten wünschten, immer mehr entglitt. Ellie umschlang ihn dann mit den Beinen und flehte ihn an, sie zu ficken, damit sie ja alles vergesse. Alles, nur nicht, daß sie noch lebte. Er versuchte dann, seinen Rücken nicht zu spüren und das Äußerste zu geben, und manchmal klappte es auch, aber meistens nicht. Wenn es klappte, schrie sie vor Lust, während er den Kopf senkte und sich für sie freute, wohl wissend, daß er selbst zu solcher Erlösung nicht fähig war. Alles ist anders für den, der schon getötet hat, es ist anders, weil man zwar den Tod geliebter Menschen ertragen kann, aber nicht das Wissen, dieses Leid über ungezählte andere Menschen gebracht zu haben. Diese Bürde kann man nicht abwerfen, sie lastet auf einem wie ein Stein. Es änderte nichts, daß er es für sein Land getan hatte, ebensowenig, daß der Krieg unnötig gewesen war. Wenn er damals nur gewußt hätte, was er jetzt wußte. Doch so ging es allen. Er war zum Militär gegangen, weil er ein leidenschaftlicher Flieger war. Und obwohl er technisch sehr begabt war und die Strategie des Luftkrieges verstand, auch das Argument der Verteidigung der Demokratie und den ganzen politischen Zinnober, mit dem die US-Luftwaffe ihre Angehörigen traktierte, nachvollziehen konnte, hatte er doch nicht begriffen, was Zeit war. Er hatte nicht begriffen, daß seine Taten keineswegs spurlos vergingen, sondern Teil seiner selbst wurden, und zwar für immer. Er würde sie stets mit sich herumtragen. Du trägst dein Wasser mit dir herum, hatte sein Vater immer gesagt, und das stimmte. Er konnte nichts mehr an dem ändern, was er früher angerichtet hatte.

Ein paar Jahre lang hatte er gehofft, seine Kriegsgefangenschaft als Strafe zu begreifen, doch diese Vorstellung war nun lächerlich, eine Lüge, mehr nicht; denn schließlich hatte er gelebt, und all jene Menschen waren tot. Das einzige, was einer gerechten Strafe ähnelte, war Bens Tod. Doch selbst der reichte nicht, um die Bilanz auszugleichen. Es reichte auch nicht, sich an Bens letzte Woche im Krankenhaus zu erinnern, wie er sich, auf der linken Seite liegend, die Knie angezogen, die Hände in losen Fäusten vor dem Gesicht, vor dem Gegner duckte. Manchmal öffnete er die verklebten Augenlider, doch was er auch sehen mochte, es stand gewiß nicht vor ihm im Raum. Er konnte nicht mehr sprechen, schien aber innerlich wach zu sein. Daß er in dieser kauernden Lage blieb, schien im Moment des Todes seinen Anspruch auf einen Rest von Intimität anzuzeigen. Sein dünner Bart war gewachsen, daher brachte Charlie ein oder zwei Tage vor dem Ende seinen elektrischen Rasierapparat ins Krankenhaus mit, um ihn zu rasieren. Wie bei einem Baby war Bens Hals zu schwach, um den Kopf zu tragen. Charlie schob seine Hand unter die Wange seines Sohns und rasierte behutsam beide Gesichtshälften. Ellie konnte das Gesicht ihres Sohnes noch einmal sehen, das Knabengesicht im jungen Mann, der nun fast greisenhaft wirkte. Unter Charlies Berührung öffnete Ben die Augen, und um die Mundwinkel schien ein Lächeln zu spielen, ein amüsiertes Lächeln, das typisch war für seine Einstellung zum Leben. Doch daß hier ein weicher Zug über Bens Gesicht huschte, war kein Trost, denn es bedeutete nur, daß alles dem Tod untertan war, auch ein neunzehnjähriger Prinz. Paradoxerweise war seine Jugend der Grund, weswegen er so schnell starb. Ja, alles Irdische kehrte zum Staub zurück, manches zur rechten Zeit, anderes nicht.

Von Ben gab es keine letzten Worte, keine Augenblicke der Erlösung und der Gnade. Er hustete noch einmal schwach, die Brust hob und senkte sich, schwer vom Wasser, das ihm in die Lungen gestiegen war, und dann war er tot. Es war, wie Charlie damals dachte, Bens letztes Rennen, das nicht zu gewinnen war. Charlie blieb bis zum bitteren Ende am Sterbebett, bis die Krankenschwester ihre Hand von Bens Handgelenk nahm und Charlie anschaute, bis sie seinen Körper streckten, solange es noch ging, seine aufgezogenen Beine von der Brust zogen und die knotigen Knie nach unten schoben. Dann legten sie die Arme an die Seiten in die für den Sarg übliche Position – es war die letzte gesellschaftliche Formalität. Als das Krankenhemd hochrutschte, sah Charlie in dem Nest von Schamhaar Bens graues, schlaffes Glied, in dem noch der Katheter steckte – auch hiermit wurde Bens Jugend Gewalt angetan, so als ob auch von dort das Leben aus ihm herausgesaugt worden wäre. Bens Kinn zeigte immer noch nach oben, die Augenlider waren noch nicht geschlossen, und für einen Augenblick machte er eine abwehrende, fast feindselige Miene, die seine Mitmenschen herauszufordern schien. Die Pfleger breiteten einen langen grauen Plastiksack aus und hoben Ben mit eingespielter Routine hinein. Charlie unterbrach sie und bat sie, für einen Augenblick das Zimmer zu verlassen. Dann beugte er sich ganz nahe zu Ben hinab, drückte seine warme Stirn gegen Bens kalte und sagte. »Auf Wiedersehn, mein Junge, ich werde dich immer lieben.«

Er schaute eine Weile lang die Fernsehnachrichten an und ging dann seine geschäftlichen E-Mails durch, während Ellie im Nachthemd durch die Wohnung wanderte. Ihre Füße wirkten klobig. Sie legte ein Buch auf ihren Nachttisch. Es schien, als

ginge sie immer früher zu Bett. Ein Anzeichen für eine Depression? Er erinnerte sich an die Cloisonné-Vase im Wandschrank und fragte sich, ob er sie damit jetzt überraschen sollte.
Er holte die Vase und legte sie aufs Bett.
»Hallo, mein Mädchen«, rief er.
»Was ist denn das? Oh, das ist aber hübsch, Charlie.« Sie nahm die Vase in die Hand und fuhr mit dem Finger um die Nüstern des Drachen. »Wirklich ein sehr schönes Stück.«
»Ich glaube, es ist alt genug, um etwas wert zu sein.«
»Das glaube ich auch. Wo hast du das her?«
»Aus einem Antiquitätenladen in der Altstadt von Shanghai. Ich habe es dort bestellt.«
Jetzt fuhr sie mit den Fingern über die Flügel des Drachen. »Weißt du, ich habe seit fast zwei Wochen nichts mehr von Miriam gehört – Miriam, die über uns wohnt. Ihr ist etwas Schreckliches geschehen. Ihr Sohn ist beim Squash tödlich verunglückt.«
»Wie das?«
»Er ist mit dem Kopf gegen die Mauer gelaufen.«
»Hat sich das Genick gebrochen?«
»Er ist noch auf dem Spielfeld gestorben, sagte Miriam. Er war verheiratet und hatte drei Kinder. Seine Frau ist am Boden zerstört. Miriam muß ihr jetzt finanziell aushelfen. Er hatte wohl nicht genug vorgesorgt, vermute ich.« Sie glitt mit dem Finger über den gezackten Schwanz des Drachen. »Das Problem ist bloß, daß Miriam ihre Schwiegertochter nicht mag. Die beiden sind nie richtig miteinander warm geworden – wo hast du das her?«
»Aus einem Antiquitätenladen in der Altstadt von Shanghai.« Er lächelte sie an. Das brauchte noch nichts bedeuten. »Ich habe es dir vorhin gesagt.«
»Hast du das? Ja, natürlich. Wirklich sehr schön. Danke, Schatz. Ich habe vorhin versucht, mich –« Ellie stand da. »Charlie, ich, äh, ich habe da ein Problem.«
Er nickte nur.

»Ich kann mich an manches nicht erinnern. Vor allem an Kleinigkeiten. Vorhin habe ich versucht, mich an den Geburtstag meiner Mutter zu erinnern, ohne Erfolg. Dann habe ich gedacht, ich könnte doch im Telefonbuch nachschauen. Ich hatte schon die Hand auf dem Telefonbuch, als ich merkte, daß das doch Unfug ist. Solche Sachen passieren mir.«

»Das geht uns doch allen so.«

»Nein, nein, Charlie, tu nicht so.« Sie sah ihn flehentlich an. »Du mußt das wissen.«

»Komm zu mir.«

Er hielt sie in den Armen. »Was denn noch?«

»Oh, ich möchte am liebsten auf alles Zettel kleben, um bloß nichts zu vergessen. Ruf Julia an. Hol die Sachen aus der Reinigung. Gestern bin ich eine halbe Stunde lang mit angezogener Handbremse gefahren.«

»Das tut dem Auto nicht gut.«

Sie seufzte, und beim Ausatmen schien sich auch die Anspannung zu lösen. Sie schaute ihn erwartungsvoll mit leuchtenden Augen an, lächelte sogar. Mein Gott, dachte Charlie, sie hat vergessen, worüber sie so besorgt war.

»Das gefällt mir sehr.« Sie nahm die Vase und befühlte wieder die Nüstern des Drachen. »Wo hast du die her?«

»Du, ich bitte dich.«

»Was denn?«

»Du scherzt wohl?«

Sie schaute ihn an. »Worüber denn?«

»Nichts.«

»Wo ist da der Witz?«

»Das ist kein Witz.«

Sie lächelte hoffnungsfroh. »Du neckst mich wegen irgend etwas.«

»Nein, nein, Ellie, gar nicht. Ich dachte, du wolltest mich wegen der Vase fragen.«

»Ich habe dich auch wirklich wegen der Vase gefragt.«
Er starrte sie an.
»Du machst mich verlegen. Ich dachte, du wolltest mir sagen, daß ich dich schon vorhin wegen der Vase gefragt habe.«
»Richtig.«
»Ich habe dich aber nicht gefragt.«
»Ich dachte, du hättest, Schatz.«
Sie wollte Klarheit über das Mißverständnis, das merkte er.
»Nein, nein, ich weiß, daß ich nicht gefragt habe, Charlie.«
Er nickte. »Du hast recht, Ellie. Sei unbesorgt.«
Er half ihr ins Bett, wo sie drei ihrer Lieblingstabletten nahm – fleischfarbene, ominös wirkende Schlaftabletten. »Alles wird gut, nicht wahr?« fragte sie.
Er blickte sie nachdenklich an.
»Tu mir den Gefallen, Charlie, sag mir, daß alles in Ordnung ist.«
»Ja.«
Sie versuchte aus seinem Gesicht abzulesen, ob er es wirklich so meinte. »Sag es mir noch einmal.«
»Alles wird gut.«
»Glaubst du das wirklich, oder sagst du das bloß, um mich zu beruhigen?«
»Ich glaube das wirklich.« Er nickte mit Nachdruck: »Okay?«
»Okay.«
Ellie schaute ein paar Minuten in ihr Buch, dann legte sie ihre Brille auf den Nachttisch. Er beobachtete, wie sie den Kopf auf das Kissen bettete. Warum, fragte er sich, war sie so besorgt, warum fürchtete sie nur Unheil? Vielleicht spürte sie, daß er etwas im Schilde führte. Oder vielleicht war es auch Julia. Er strich ihr sanft über die Augenbraue. Sie seufzte behaglich. *Seltsame Dinge gehen ihr durch den Kopf,* erinnerte er sich, *Musik, Klänge und Gesichter; sie vergißt sich selbst, sie erinnert sich an alles; sie sieht den Tod, Neugeborene und ihren Vater; sie spürt den*

Geruch des Meeres und des Waldes. Kannte er wirklich seine Frau? Auch jetzt? Ihre Haut war immer noch weich und glatt um Augen und Wangen. Sie hatte einen Anflug von Damenbart am Kinn – er würde das ihr gegenüber nie erwähnen. Sie seufzte noch einmal, kuschelte sich ins Kissen, die Tabletten taten ihre Wirkung. Er erhob sich behutsam von der Bettkante.
Er nahm die Cloisonné-Vase und ging geradewegs ins Eßzimmer. Er haßte dieses Ding. Millionen Dollar aus dem Mund eines Toten – und was bekam er dafür? Eine Ehefrau, die den Verstand verlor. Er schlich aus der Wohnungstür hinaus zum Müllschlukker auf dem Etagenflur. In dem Augenblick kam der Lift herauf, das runde Fenster der Kabine glitt so langsam vorüber, daß ihn Lionel mit dem Blick verfolgen konnte. Du kannst mich mal, Lionel. Er machte die Klappe des Müllschluckers auf und schob die Vase ohne Zögern hinein. Dann horchte er, wie sie durch den langen, dunklen Schacht rutschte und mit einem gedämpften Plumps auf dem Grund landete, wo sie bald unter Werbeprospekten, Zahnpastatuben und fettigen Hühnerknochen begraben sein würde. Wir werfen alles weg, dachte Charlie bitter, vor allem unsere Hoffnungen.

Am folgenden Morgen war der Kurs der Teknetrix-Aktie in den ersten fünfzehn Minuten nach Börsenbeginn um fast zwei Punkte gestiegen – Finanzgurus hatten ihre Zauberrasseln geschüttelt und Aktien von High-Tech-Firmen wärmstens zum Kauf empfohlen –, und das war eine gute Nachricht, auf jeden Fall gut genug, um das Schreckgespenst der chinesischen Banker für ein, zwei Tage zu verscheuchen. Er fuhr in die Spezialklinik für Invitro-Fertilisation in der Park Avenue, wo ihm Martha einen Termin besorgt hatte. Mit einer Hand in der Hosentasche spielte er ein bißchen an sich herum, als ob er erkunden wollte, was er wohl in dieser Hinsicht leisten konnte.
Im Wartezimmer, dessen Wände mit Fotos von Kindern dekoriert

waren, saßen ein halbes Dutzend besorgt dreinblickender Frauen und blätterten in Zeitschriften, ohne miteinander zu sprechen. So jung wie Julia, dachte Charlie. Zwei oder drei blickten kurz auf und schenkten ihm ein mildes Lächeln, so als wäre er einer ihrer Samenspender, was er in einer Hinsicht auch war, in anderer aber nicht.

Eine Krankenschwester rief ihn ins Arztzimmer. Dort las er die unter Glas ausgehängten Urkunden über medizinische Fachabschlüsse, von denen er nicht geahnt hätte, daß es sie gab. Der Doktor, ein kaum vierzig Jahre alter Mann mit gelocktem Haar, kam herein und bat ihn, Platz zu nehmen.

»Verstehen Sie die Vereinbarung?« fragte Charlie.

»Martha hat es ganz gut erklärt.« Der Doktor zuckte mit den Achseln. Er spielte ganz die Rolle des bescheidenen Technikers. Ein freundlicher Embryonenzüchter, der sein Fach so gut verstand, daß er nur einen Daumen brauchte, um Frauen zu einem Kind zu verhelfen. »Scheint mir alles klar zu sein«, fügte er noch hinzu.

Der Yuppie hat womöglich so viele Leben im Labor geschaffen, wie ich zerstört habe, dachte Charlie, und doch sitzen wir uns nun hier gegenüber. »Sie haben damit keine Probleme? Ich meine, das Ganze ist doch schon etwas ungewöhnlich.«

Der Doktor zuckte wieder mit den Achseln. »Wir haben hier alle möglichen Fälle. Lesbische Paare, Witwen, es gibt nichts, was es nicht gäbe.«

»Es ist doch ziemlich ungewöhnlich«, sagte Charlie, »vielleicht sogar etwas unschicklich.«

»Ich helfe Leuten, Babys zu bekommen«, antwortete der Doktor, dem nicht daran gelegen schien, über seine Patienten zu urteilen. »Ich liebe Babys. Ich glaube an Babys.«

»Kommen viele Leute zu Ihnen?«

Der Doktor lächelte. »Wir sind für die nächsten drei Jahre ausgebucht.«

»Wie hat meine Anwältin dann einen Termin für mich bekommen?«
»Martha ist meine ältere Schwester.«
Die gute alte Martha ließ nichts unversucht. »Dann habe ich es also ihr zu verdanken, daß ich jetzt hier bin«, sagte Charlie.
»Nein.«
»Nein?«
»Martha würde so etwas nie versuchen, auch nicht bei ihrem jüngeren Bruder.« Er schüttelte den Kopf. »Der Grund ist vielmehr, daß wir die höchste Erfolgsrate aller IVF-Kliniken in New York haben. Zugegeben, es sind nur 9,1 Prozent, aber es ist tatsächlich die höchste. Sie glauben gar nicht, wie wichtig das ist. Als erstes möchten mögliche Kandidatinnen für eine Behandlung ihre Chancen erkunden.«
»Meine Tochter war in einer Klinik an der Lexington Ecke Fifth Avenue.«
»Oh, die sind sehr gut«, kommentierte der Doktor. »Ihr Ruf ist ausgezeichnet.«
»Sie hat die ganze Prozedur neunmal durchgemacht.«
Der Doktor schüttelte den Kopf. »Nach neun Versuchen ist es aussichtslos.«
»Das glaube ich auch.«
»Wir machen nur sechs Versuche. Nach dem sechsten raten wir unseren Patienten aufzuhören.« Der Doktor holte ein Reagenzglas mit weiter Öffnung und Pfropfen aus der Schublade. »Jetzt muß ich Ihnen nur noch eine Frage stellen.«
»Bitte.«
»Erinnern Sie sich noch, wie man masturbiert?«

Er lag in einem dunklen, ruhigen Raum, kein Schlafzimmer, sondern eine samtdunkle Lounge in einem sehr guten Hotel, vielleicht das Conrad in Hongkong oder das Huntington in San Francisco. Vielleicht auch das Pierre. Sonst war niemand zugegen.

Geruch von Zigaretten. Musik. Saxophon. Nur in einer Ecke stand eine Frau mit einem seidigen, beinahe durchsichtigen, bläulich schimmernden Schleier. Mit jeder Hand hielt sie einen Zipfel des Schleiers. Er bedeckte ihre Nase und fiel von dort gerade herab, hüllte ihren Körper nicht ein, sondern bauschte sich nur leicht auf der Höhe ihrer Brüste. Er trug seinen besten Anzug und näherte sich ihr mit geschmeidigen Schritten, wie es ihm im wirklichen Leben unmöglich war; er hatte den Gang eines Dreißigjährigen. Er und die Frau hatten sich vorher nie gesehen, und doch kannten sie einander. Ihre Augen glänzten warm, man konnte ein schüchternes Lächeln hinter dem Schleier erahnen. Beim Näherkommen roch er ihr Parfüm, einen schweren Duft, so wie er ihn mochte. Sie senkte den Schleier ein wenig, bis ihre Nasenspitze freilag, dann noch tiefer, wobei ihr Blick vom Schleier zu seinen Augen und wieder zurückwanderte. Dann drapierte sie den Schleier für einen Augenblick um sich. So fein war das Gewebe, daß es feucht schien, und als es ihren Körper umschmeichelte, sah er, daß sie erregend schön war. Das Saxophon spielte einen hohen Ton. Sie schaute ihm in die Augen und beugte sich vor, ohne den Blick von ihm abzuwenden. Er nickte, als ob sie ihn etwas gefragt hätte, dann kam sie noch näher, berührte ihn fast. Jetzt senkte sie den Schleier bis zu ihren Brüsten und dann bis zu ihrem Bauch. Ihre Schultern und Arme waren voll, auch ihre Brüste mit ihren großen Höfen und den erigierten Warzen. Seine Hände berührten sie flüchtig – bei der Berührung atmete sie erregt ein. Er mußte sie haben, er mußte – genau in das Reagenzglas zielen. Was ihm auch gelang, wie er feststellte, als sein Sperma in das Gefäß spritzte, eine weiße Schliere, die die Glaswand hinunterglitt. Er drückte noch einen letzten Tropfen heraus, als die Erektion schon nachgelassen hatte und zu einer bloßen Andeutung geschrumpft war. Er holte den Pfropfen aus der Brusttasche, prüfte die Unterseite auf Schmutz und drückte ihn auf die Öffnung des Glases.

Wieder auf dem Gang, traf er kurz darauf die Krankenschwester, eine kugelige Frau, deren Haar die phantasievolle Farbe von Tigerlilien hatte.
»Hat's geklappt?« fragte sie munter, als spreche sie zu einem Kind.
»Ja.«
»Sie können es mir geben.« Sie schaute in das Glas, schüttelte es. Offenbar war sie nicht besonders beeindruckt.
»Ich habe mein Bestes getan«, entschuldigte sich Charlie. Hier konnte von Würde keine Rede sein. Auch wenn ich eine Firma mit einer halben Milliarde Umsatz leite, dachte er, interessiert man sich hier nur dafür, wieviel Wichse ich habe. »Muß ich sonst noch etwas tun?«
»Nein«, antwortete die Krankenschwester. Sie klebte ein Etikett auf die Probe. »Ihr Part ist erledigt.«

Fähre nach Staten Island
Hafen von New York
14. September 1999

Kultur muß man pflegen. Nicht anders als bei einem Fischkutter muß der natürlichen Tendenz zum Verfall entgegengewirkt werden, und Rick hatte sich entschlossen, wieder ein zivilisierter Mensch zu werden. So kehrte er zu seinem Pick-up zurück, beladen mit den Attributen der Kultur – saubere Wäsche, ein Schreibtischkalender, ein Exemplar der *Daily News,* eine neue Zahnbürste und eine Zwei-Pfund-Packung mit Bodybuildingpräparaten als Zusatz zu seiner täglichen Nahrung. Er wollte wieder Muckis bekommen, wieder richtig trainieren und nicht nur im Umkleideraum des Fitneßcenters unter den Augen all der Homos duschen oder in billigen Restaurants essen, wie dem Jim-Jack, wo er schon dreimal nach Christina Ausschau gehalten hatte – leider vergebens. Ein Bankkonto wollte er eröffnen, eine richtige Bleibe für die Nacht finden und in ordentlichen Verhältnissen leben. Und zur Kirche gehen, sagte sich Rick, wenn ich so weitermache, fehlt nur noch, daß ich zur Kirche gehe.
Er trat aus der grellen Mittagssonne in den kühlen Schatten des Parkhauses und sah, daß der kurzatmige Horace nicht in seiner Zelle war und daß der Lastenaufzug gerade benutzt wurde. Das bedeutete, daß Horace gerade ein Auto im Untergeschoß parkte, wo sich auch Ricks Pick-up befand. Rick benutzte jetzt immer die Feuerleiter, weil der rumpelnde Aufzug, der hydraulisch und nicht mit Gegengewichten funktionierte, viel zu lange brauchte.

Mit seinen Besorgungen unterm Arm ging er in Richtung Feuerleiter und kramte nach seinen Schlüsseln. Da bemerkte er, daß Horace einem Auto, einem weißen Crown-Victoria, erlaubt hatte, auf dem Standstreifen hinter seinem Wärterhäuschen zu parken. Horace mochte zwar aus dem letzten Loch pfeifen, war aber ständig damit beschäftigt, all seine Autos im Auge zu behalten. Ein auf dem Standstreifen stehender Crown-Victoria verletzte nicht nur Horace' System, sondern bedeutete auch, daß Horace gerade kein Auto im Untergeschoß parkte. Und es bedeutete auch, dafür hatte Rick einen Riecher, daß ein weißer Crown-Victoria mit hoher Wahrscheinlichkeit ein unmarkierter Polizeiwagen war.
Er wollte wissen, was man da unten trieb. Vielleicht machte man sich an seinem Pick-up zu schaffen. Konnte er vor dem Aufzug das Untergeschoß erreichen? Er hastete die Treppe hinunter, lugte um die Ecke und sah den Aufzug mit drei Paar behosten Männerbeinen herabkommen. Er schlich zur hinteren dunklen Parkhauswand und duckte sich, zwanzig Autos von seinem Pick-up entfernt, hinter einen neuen Lexus. Wenn sie nicht das Parkhaus durchsuchten, würden sie ihn hier nicht finden.
Nun hielt der Aufzug an, und die Männer stiegen aus. Er hatte ein Ohr an den schmutzigen Zementboden gedrückt und konnte nur ihre Füße sehen.
»Ich schau mal nach, muß nur mal kurz überlegen«, war Horace' heisere Stimme zu hören. Sie gingen auf den Pick-up zu. Sechs Schuhe. Ein Paar zerschlissene Basketballschuhe gefolgt von zwei Paar Lederschuhen.
»Da steht er, das ist der Pick-up.«
»Gib mir die Schlüssel. Du bleibst hier stehen und wartest auf uns.«
Die vier Lederschuhe näherten sich dem Pick-up. Polizei? Jemand, der für Tony Verducci arbeitete?
»Er ist zum Lunch oder so ausgegangen.«

Eine Autotür wurde geöffnet, dann die andere. »Schau dir das an.«

»Haust wie ein Schwein.«

»Der schläft echt hier drin.«

»Da liegt ein Baseballschläger.«

»Das ist nicht verboten.«

»Nein, das nicht. Horace?«

»Ja, mein Freund?« kam die Antwort.

»Wann hast du ihn zum letzten Mal gesehen?«

»Gestern.«

»Und die Nachtschicht?«

»Kann sich nicht erinnern.«

»Sicher?«

»Sicher.«

»Du hast nicht zufällig das Baseballmatch im Fernsehen angeschaut und ihn deshalb nicht gesehen?«

»Vielleicht. Ich kann nicht mit hundertprozentiger Sicherheit sagen, wo er sein könnte.«

»Der Typ von der Nachtschicht, hat er nachts geschlafen?«

»So mache ich es wenigstens. Ich schlafe nachts.«

Dann, etwas leiser: »Unser Mann geht hier also ein und aus.«

Lauter: »Laß uns mal ein paar Minuten allein, Horace.«

»In Ordnung.«

»Ich meine, verzieh dich. Mach fünfzig Schritte zurück.«

»Klar, okay.«

Die Basketballschuhe entfernten sich.

»So ein Penner.«

»Sieht aus, als hätte er Aids. Die Hälfte von diesem Gesocks hat Aids.«

Das Geld, dachte Rick, hoffentlich finden sie nicht das Geld.

»Was ich nicht verstehe, ist, warum kriegen weiße Burschen kein Aids.«

»Du meinst Weiße, die richtig gepolt sind?«

»Genau.«

Die Stimme kenne ich doch, dachte Rick. Schwer zu sagen, mit einem Ohr auf dem Zementboden. Detective Peck. Wenn er nicht den Motor untersucht, findet er das Geld nicht.

»Ich hab gelesen, Männer bekommen es nicht durch Geschlechtsverkehr mit Frauen. Man kann's eigentlich gar nicht kriegen, wenn man mit einer Frau bumst.«

»Mit Nutten oder mit normalen Frauen?«

»Ich meine, mit deinem ganz normalen Schätzchen – einer mit einem ordentlichen Job, festem Wohnsitz und so weiter. Eine, die sich nicht spritzt. Schau dir die Statistiken an. Männer, die mit solchen Frauen Sex haben, kriegen kein Aids.«

Rick hörte, wie die Motorhaube geöffnet wurde. Er hatte das Geld in einen Plastiksack verpackt, mit Klebeband versiegelt und einen Draht daran befestigt. Dann hatte er es durch die weite Öffnung des Kühlmittelbehälters gleiten lassen. Um an das Geld zu kommen, mußte man mit der Hand im bläulichen Kühlmittel nach dem Draht fischen. »Die Ärzte wollen bloß nicht, daß das rauskommt.«

»Natürlich nicht.«

»Alle Jungs würden wie wild herumbumsen, wenn sie wüßten, daß sie davon gar kein Aids kriegen können.«

Hatten sie das Geld gefunden? Rick streckte den Kopf hinter einem Reifen hervor und riskierte einen Blick, doch der Winkel war nicht richtig.

»Gehst du immer noch zu deiner Schnalle?«

Die Motorhaube wurde zugeknallt. »Das ist eine streng vertrauliche Information.«

»Du bist doch ein aalglatter Bursche.«

»Ach wo. Ich seh' mein Schätzchen alle paar Wochen. Hübsches Mädchen, echt, und anständig. Hat einen Job in der Computerabteilung von Macy's. Ihre Wohnung ist nicht weit von der First Avenue. Bei meinem letzten Besuch sind wir gleich zur Sache gekommen. Danach macht sie mir immer gern einen Lunch. Ich esse also wie üblich, und dann bringt sie mir als Nachtisch so einen kleinen gedeckten Heidelbeerkuchen, wirklich gut. Besser als alles, was mir meine Frau je gemacht hat, sogar um Klassen besser. Meine Alte macht mir die ewiggleichen Maccaroni, das gleiche Zeug, das sie auch den Kindern gibt. Hundefutter. Ich esse also diesen Heidelbeerkuchen, und er schmeckt wirklich köstlich, besser als in jedem Restaurant, und während ich noch esse, geht sie an mir runter und macht mir den Hosenstall auf. Und fängt an, mir einen zu blasen.«

»Nein.«

»Wenn ich's dir doch sage. Ich will dich nicht verarschen. Erst glaube ich, keinen Steifen kriegen zu können, weil wir ja gerade mal vor einer Stunde gebumst haben. Bin ja nicht mehr der Jüngste. Aber sie will es, und was sie so heiß gemacht hat, ist einfach, daß ich ihren Heidelbeerkuchen esse. Sie besorgt es mir, und ich höre zu essen auf, will mich konzentrieren, ja, aber sie sagt, nein, iß doch weiter, hör nicht auf. Wirklich, der Kuchen ist ein Gedicht. Ich hab' den Mund voll davon, sitze da und schaue, wie mein feuchter Schwanz da unten rein- und rausgeht. Das war wirklich das Geilste, was mir je passiert ist. Ich habe schon viel erlebt, aber das war was Neues. Es hing mit dem Kuchen zusammen.«

»Verstehe.«

Die Basketballschuhe kamen wieder zurück.

»Ich weiß, es klingt –«

»Nein, nein, ich verstehe das, ich – he, Horace, du Pfeifenkopf! He, Ho-race.«

»Was denn?«

»Das hier ist eine polizeiliche Ermittlung. Du kommst erst wieder, wenn ich es dir sage.«

Die Basketballschuhe entfernten sich wieder.

»Wenn dir so was passiert, macht dich das fertig«, sagte der andere Mann.

»Wie meinst du das?«

»Ich kann meine Frau nicht mehr richtig bumsen. Ich muß mir irre was vormachen.«
Ein männliches Stöhnen. »Meine Frau ist neulich sogar dabei eingeschlafen.«
»Ach, komm.«
»Ich schwör's dir. Ich wußte, daß sie müde war, aber sie ist trotzdem aufgestanden, hat sich die Spange vorn reingesteckt und gesagt, okay Schatz, du kannst. Und ich auf sie drauf – ich mein, ich habe schließlich auch den ganzen Tag gearbeitet –, und während ich noch zugange bin, merke ich plötzlich, daß sie eingeschlafen ist.«
»Das hat dir den Spaß verdorben.«
»Ich wieder raus; sie hat es gar nicht mitgekriegt.«
Die Tür des Pick-up wurde zugeschlagen.
»Wieviel gibst du Horace zur Zeit?«
»Er kriegt dreißig Dollar pro Woche, plus zwanzig, wenn seine Tips brauchbar sind.«
»Wußte er, daß der Typ nicht sauber war?«
»Der Typ wollte seinen Pick-up verstecken – das war für sich schon einen Tip wert. Horace versucht, alles zu verkaufen, was er erfährt.«
»Bocca kommt und geht hier vielleicht täglich.«
»Er weiß nicht, was er machen soll«, sagte Peck verächtlich. Die andere Autotür knallte zu. »Er baut Scheiße und versucht das Mädchen zu finden. Dabei ist er an Verduccis Leute geraten und hat sie wütend gemacht. Nur darum geht es mir. Er wird sich in die Nesseln setzen. Bestimmt ruft er mich wieder an und sagt, er weiß nicht, wo sie steckt. Aber am Ende findet er sie doch. Das ist nur eine Frage der Zeit.«
»Glaubst du, sie wissen, wo das Mädchen ist?«
»Ich weiß nicht genau, was sie tatsächlich wissen. Ich bin nicht in die ganze Geschichte eingeweiht. Meine Aufgabe ist es, Bocca im Auge zu behalten.«

»Sie wollen, daß die beiden erst mal zusammenkommen.«
»Sie wollen irgend etwas, das ist klar.«

Nachdem sie gegangen waren, blieb er noch zehn Minuten regungslos auf dem ölverschmierten Zementboden liegen. Er mußte jetzt doch mit Paul reden. Er hätte es lieber vermieden, aber nun blieb im keine Wahl mehr; Paul würde da durchblicken. Er stand auf und bewegte sich im Halbdunkel bis zu seinem Pickup, dessen Türen Peck unverschlossen gelassen hatte. Nichts schien zu fehlen, auch nicht das Geld im Kühlbehälter, und der Motor sprang sofort an. Was wollte Peck von ihm? *Verschwinde um Gottes Willen aus der Stadt, Rick.* Er rief den Aufzug, öffnete das Gitter und fuhr rückwärts hinein. Horace hatte ihn für dreißig Dollar an die Polizei verpfiffen, obwohl Rick ihm fünfundsiebzig Dollar pro Woche zahlte. Das war nicht klug von dir, mein Freund. Er spürte, wie sein Atem schneller ging, wie seine Hände nervös zitterten, wie früher in der Grundschule, wenn irgendein Unheil bevorstand.
Eine Minute später stand er, den Motor im Leerlauf, vor den Häuschen des Parkhauswärters. Der erblickte ihn durch das Fenster und schaltete den Fernseher ab.
»Guten Tag, mein Freund. Ich habe Sie gar nicht hereinkommen sehen.«
Rick schaltete in Parkstellung, griff sich den Baseballschläger und stieg aus.
»Aber, aber, ich sagte, ›guten Tag, mein Freund‹.«
Rot, Rick sah die Welt rot. »Von wegen ›mein Freund‹, damit ist es vorbei.« Wozu noch länger das Getue? »Die wissen jetzt, wo ich mich aufhalte, Mann.«
Rick holte mit dem Baseballschläger aus und schlug die Fensterscheibe ein. Mit dem nächsten Schlag zertrümmerte er die Tür. Horace flüchtete sich unter den Tisch, das Telefon in der Hand. Das Telefonkabel kam aus der blanken Betonwand. Rick schlug

wieder zu, zerrte das Kabel lose und riß die Telefondose aus der Wand.

»Bitte!« rief Horace mit rasselndem Atem. »Tu's nicht.«

Rick schlug noch einmal gegen die Tür. Sie brach in zwei Teile. Er machte einen Schritt in die Zelle, hatte aber hier kaum Platz zum Ausholen. Die Registrierkasse war voll, aber wenn er sich Geld nahm, würde sich die Polizei für den Vorfall interessieren. Bis jetzt war es nur eine persönliche Abrechnung ohne öffentliches Interesse.

»Tu dem Fernseher nichts.«

Er schlug gegen den Fernseher und schloß die Augen, als der Schläger den Bildschirm traf. Das Gerät war nur noch Sperrmüll. Aber es genügte ihm noch nicht. Mit einem Schlag hätte er Horaces Knie zertrümmern und ihn dann unter dem Tisch hervorziehen können.

»Du hast mich verkauft, du Aas.«

»Ich hatte keine Wahl!«

»Steh auf!«

»Du wirst mich umbringen«, krächzte Horace.

»Steh auf.«

»Ich sagte, du wirst mich umbringen.«

Halt, sagte er zu sich selber. Mach jetzt keinen Fehler. Eine Dummheit hast du schon begangen. Er sah den Schlüsselkasten und stieß ihn auf. In mehreren Reihen hingen die Schlüssel, jeder an einem Haken, dem ein Stellplatz im Parkhaus entsprach. Die unteren drei Reihen hatten die Aufschrift »Untergeschoß«. Dort hingen an vielen Haken Schlüssel mit Lexus- oder Mercedes-Emblem.

»Wo ist mein Schlüssel?«

Horace schnappte nach Luft. »Unten links.«

Er holte sich seinen Zweitschlüssel und nahm eine Handvoll weiterer Schlüssel mit.

»Das kannst du doch nicht machen!«

»Klar kann ich das. Die nehm' ich mit, und du kannst es dann den Besitzern verklickern.«
»Oh, Mann, in was für eine Scheiße bringst du mich da? Das kostet mich meinen Job. Wenn rauskommt, daß die Autoschlüssel weg sind, feuern die mich, wenn nicht schlimmer.«
»Das hättest du dir vorher überlegen sollen.«
In Horace' Gesicht stand das blanke Entsetzen. »Ohne Schlüssel kann ich die Autos nicht bewegen!«
»Auch das hättest du dir überlegen sollen.« Ricks Blick fiel auf ein eingerahmtes Foto, auf dem eine Baseballmannschaft der Jugendliga in blau-weißen Trikots zu sehen war. »Was ist das?«
»Was? Was?« Horace schaute umher, Glassplitter im Haar.
»Das hier.«
»Das? Das sind meine beiden Jungs, ihre Mannschaft!« keuchte Horace, die Hände schützend über dem Kopf.
Rick nahm das Foto in die Hand; zwanzig kleine schwarze Jungen in sauberen Baseballtrikots knieten auf einem zerrupften Spielfeld; im Hintergrund stand lächelnd Horace, offenbar ein Hilfstrainer. Der Mann versuchte schlecht und recht seinen Lebensunterhalt zu verdienen – so konnte man das auch sehen. Er hatte einen miesen Job, bei dem er den ganzen Tag Abgase schlucken mußte, und verdiente sich auf andere Weise ein bißchen zusätzliches Geld für seine Söhne. Auch das war ein Beitrag zur menschlichen Zivilisation. Rick legte das Foto zurück, warf die Schlüssel auf den Boden und ging.

Es war drei Uhr nachmittags, als er das Jim-Jack betrat. Der Andrang der Lunchzeit war vorbei, nur eine Kellnerin bediente an den Tischen, während die mexikanischen Hilfskellner müßig herumstanden. Hinter der Theke stand die Barfrau, eine ältere Blondine mit zu vielen Ringen im Ohr. Das Münztelefon hing an der Wand gleich neben dem ersten Barhocker. Das war geschickt, denn so konnte man an der Bar sitzen und gleichzeitig telefonieren. Er stellte sich vor, daß Christina von hier aus ihre Mutter angerufen hatte. Er suchte sich einen Platz am Fenster, und ein Mexikaner kam zu ihm herüber. Er nickte. »Ich suche eine Freundin, ihr Name ist Christina.«

Der Mexikaner verzog keine Miene. Seine Gesichtszüge verrieten viel indianisches Blut, denn er hatte mandelförmige Augen. Die Mexikaner haßten die Weißen, die Konquistadoren. Als Vergeltung, das hatte er mal gehört, fickten sie weiße Frauen grundsätzlich von hinten. Aber das war nicht sein Problem. »Sie könnte mal hier gewesen sein. Ziemlich groß, dunkles Haar, schlank, heißt Christina.«

Der Mex wischte den Tisch ab und schaute über die Schulter. »Ich frage mal nach.« Er ging nach hinten ins Restaurant und flüsterte der Barfrau etwas zu. Die öffnete die Thekenklappe und kam auf ihn zu.

»Haben Sie schon gewählt?« fragte sie.

Rick nickte. »Bringen Sie mir die Maisfladen mit Bohnen, einen Tomatensaft, einen Orangensaft und eine Cola ohne Eis.«

»Ein durstiger Mann.«

Er nickte.

»Geht in Ordnung.« Doch sie war noch nicht mit ihm fertig. »Sie haben nach jemandem gefragt?«

»Ja – nach einer Freundin. Langes dunkles Haar. Sieht eher herb aus. Vielleicht hat sie ein paarmal von hier aus telefoniert. Ich habe gehört, daß sie hier in der Gegend sein soll, also dachte ich, ich schau mal rein.«

»Hübsch?«

»Ja.«

»Eine Freundin?«

»Ja, wir kennen uns schon lange.«

»Wie alt etwa?«

»Nicht so alt wie ich.«

Sie schaute ihn an. »Sie sehen gar nicht so alt aus.«

»Ich bin alt, glauben Sie mir, sehr alt.«
Die Frau lächelte. »Ich glaube, ich habe diese Frau hier telefonieren sehen. Wollen Sie ihr eine Nachricht hinterlassen?«
»Nein. Aber vielleicht könnten Sie mir sagen, wann sie hier gewöhnlich vorbeikommt.«
Sie schüttelte den Kopf. »Das kann ich nicht.«
»Wirklich nicht?«
Sie lächelte wieder. »Das gehört zu unserer Philosophie. Wir haben eine Philosophie in diesem Restaurant.«
»Dann sagen Sie ihr, wenn Sie sie sehn, daß ein Freund hiergewesen ist.«
Sie tat, als würde sie etwas auf ihrem Bestellblock notieren. »Ich schreibe dann einfach ›namenloser alter Geselle‹. Geht das so?«
»Klingt gut.«
Während er auf sein Essen wartete, rief er Paul an. Nachdem ihn die Sekretärin durchgestellt hatte, konnte er hören, wie sein Halbbruder vom Lautsprecher auf Normalgespräch umstellte. »Es ist lange her, Rick, seit ich das letzte Mal von dir gehört habe.« Ein Gefühl der Traurigkeit überkam ihn, er vermißte seinen Bruder sehr, zugleich schämte er sich, allen Kontakt abgebrochen zu haben. Er hatte Paul nie genau gesagt, wo er sich in Long Island vergraben hatte. »Ich weiß«, sagte Rick, »es ist meine Schuld.« Er hatte Paul immer bewundert. Von den beiden Brüdern war Paul der erfolgreiche. Als gelernter Buchhalter hatte er den elterlichen Heizölvertrieb geerbt, außerdem zwei Bars, in denen vor allem Polizisten verkehrten, und eine Bootshandlung draußen in Long Island. Er kannte alle Leute, und jeder fragte ihn um Rat. Paul war ein rechtschaffener Mann, der keinem etwas schuldete. Seine Spezialität waren legale Geschäfte, die Geld einbrachten. Wenn jemand bei ihm Geld zu waschen hatte, dann sollte er ruhig – es war nicht Pauls Problem. Die Alten vertrauten ihm, weil er seine Geschäftsbedingungen klar darlegte und nie mit dem Gesetz in Konflikt gekommen war. Die

Jungen trauten ihm, weil er das Vertrauen der Alten besaß. Wer ihn fragte, was für Aktien man jetzt am besten kaufte, der erhielt von ihm keinen Tip, sondern den Namen eines seriösen Börsenmaklers. Wollte man eine Tankstelle auf Long Island erwerben, wußte er, wen man zu fragen hatte, und stellte die Verbindung her. Es verstand sich dann von selbst, daß die Buchhaltung über seine Firma abgewickelt wurde.

»Wo bist du jetzt?« fragte Paul.

»Wieder in New York. Ich muß dich sprechen. Ich brauche deinen Rat in ein paar Dingen.«

Früher hatte das immer geheißen, daß Rick in Schwierigkeiten war. Pauls Reaktion hing davon ab, welche Sorgenlast er gerade mit sich herumtrug, was seine Frau dazu sagte, worin Ricks Schwierigkeiten bestanden und, ganz zum Schluß, ob Rick Geld brauchte.

»Verlaß dich auf mich.«

Rick erklärte ihm kurz die Situation mit Christina und Peck, einschließlich des Gesprächs draußen am Kai auf Long Island.

»Einiges, was er dir erzählt hat, ist vermutlich Quatsch«, sagte Paul. »Einiges.«

»Kennst du Peck?« fragte Rick.

»Ich kenne Leute, die ihn kennen. Auf die übliche Art.«

Rick sah, daß die Kellnerin sein Essen an den Tisch brachte. Sie bemerkte, daß er am Münztelefon war. »Da kommt etwas Hartes ziemlich schnell auf mich zu, Paulie.«

»Komm zum Abendessen zu uns herüber. Ich komme erst später am Nachmittag aus dem Büro, aber ich kann dich abholen.«

Die Überfahrt nach Staten Island versetzte ihn auch jetzt noch in freudige Erregung. Früher, als kleiner Junge an der Hand seines Vaters, hatte er schon mal die Fähre genommen. Die erleuchteten Burgen Manhattans verloren sich rasch im windigen Abenddunkel; im aufgewühlten, öligen Wasser hinter dem vibrierenden Deck tanzten Späne aus Licht. Er setzte sich auf eine feuchte Bank auf der Jersey-Seite. Ein Containerschiff mit nur drei brennenden Positionslichtern glitt vorbei, dann eine grünlich blinkende Boje, die Freiheitsstatue, schließlich ein weiteres Schiff. Er bemerkte eine junge Frau mit Bubikopf und schönen Augen. Sie saß ein paar Bänke weiter, die Beine übereinandergeschlagen, und wippte mit der einen Schuhspitze. Sie lächelte geheimnisvoll, und er nickte ihr zu. Jede Frau hat eine Geschichte, dachte er, aber man kann nicht mit allen gleichzeitig eine Geschichte haben. In der Kabine sah er müde Büroangestellte, die auf dem Weg nach Hause waren. Sie hatten ihre Jacketts über die Schulter gelegt und lasen im fluoreszierenden Neonlicht Zeitung oder aßen Hot dogs. Es waren alles Leute, auf die Verlaß war, die ihre Rechnungen zahlten und die Gesetze achteten. Zu denen würde er nie gehören.

Die Fähre kam mit einem Ruck zum Stillstand. Draußen an der Schiffsanlege stand Paul in einer Sportjacke und sprach in ein Handy – ein Mann, der keine Minute ungenutzt verstreichen ließ, immer beschäftigt, immer auf dem Sprung zum nächsten Gesprächstermin, dem nächsten Geschäft. Er bekam schon langsam graue Haare, stellte Rick fest. Paul schaute auf und zeigte mit dem Finger auf Rick, zum Zeichen, daß er ihn erkannt hatte. Ein gutaussehender Mann, sein Bruder. Beide hatten den hohen Wuchs des Vaters, doch Paul war nie korpulent geworden, er behielt stets sein Gewicht. Sein Aussehen, sein Benehmen und sein Temperament waren sehr kultiviert. Er las das *Wall Street Journal,* spielte Golf und legte sich alle drei Jahre eine neue Limousine zu. Er spendete bei Wohltätigkeitsveranstaltungen und hatte Handicap zehn – gerade richtig. Paul hatte viele Pferde im Rennen. Zum Beispiel beriet er die Erzdiözese in Finanzangelegenheiten, aber auch Juden schätzten ihn, weil er genauso schlau war wie sie. Er hatte eine Menge Geld, und nur er selbst wußte wieviel. Dazu kamen eine glückliche Frau und Kinder, die gute Noten heimbrachten. Außerdem ein großes Haus in Todt Hill. Jeden Dezember war sein Vorgarten mit hübschen Weihnachtslichtern dekoriert. Alles, wie es sich gehörte.

Paul nahm Rick beim Arm. »Du siehst gut aus. Wieviel wiegst du jetzt?«

»Vielleicht um die zweihundert Pfund.«

»Du scheinst in Form zu sein.«

»Die viele Arbeit auf dem Kutter.«

Im Auto schaltete Paul die Klimaanlage ein. »Und du lebst wirklich wieder in der Stadt?«

»Seit kurzem.«

Paul nickte. Sein Schweigen hatte einen gewissen Unterton. »Bleibst du lange?« fragte er.

»Kann ich jetzt noch nicht sagen.«

»Hast du Zeit, Dad zu besuchen?«

»Ich weiß nicht.«

»Ich kann dich hinfahren.«

»Jetzt ist nicht der richtige Augenblick dafür. Vielleicht in ein paar Wochen.« Kein guter Anfang, das merkte Rick. »Wie geht es ihm denn?«

Paul hob die Hände vom Lenkrad und machte eine resignierte Geste. »Er ist wund vom Liegen, das ist sein Problem. Man dreht und wendet ihn zwar im Bett, aber bestimmte Stellen – Fersen, Gesäß –, wo das Gewicht des Körpers gegen die Laken drückt, machen ihm zu schaffen.«

»Verstehe.« Er wollte davon nichts weiter hören. Es lenkte ihn nur ab. Der elf Jahre ältere Paul hatte ein anderes Zuhause kennengelernt. Damals sei ihr Vater ein glücklicher Mann gewesen, hatte man Rick erzählt. Pauls Mutter war bei einem Verkehrsunfall ums Leben gekommen, am hellichten Tag, den Kombi mit Einkäufen vollgeladen. Eine andere Hausfrau aus Staten Island war mit ihrem Wagen voller Kinder in sie hineingefahren. Eines der Kinder starb ebenfalls. Ein tragischer Unfall, keiner hatte wirklich schuld – es waren Mütter, die ihre Pflicht taten. Paul hatte das damals gut verkraftet, aber sein Vater, später Ricks Vater, war nach dem Tod seiner Frau ein anderer Mensch geworden. Um seinen Kummer zu vergessen, hatte er bald wieder geheiratet. Rick erinnerte sich, seine Mutter abgöttisch geliebt zu haben. Er hing um so mehr an ihr, je mehr sein Vater ihm mit Desinteresse begegnete. Sie war es, die ihm zeigte, wie man beim Baseball wirft und fängt. Vielleicht wäre alles anders gekommen, wenn sie nicht gestorben wäre. Doch das konnte man nicht wissen. Paul war in der letzten Klasse der High-School, als Ricks Mutter erkrankte. Der Brustkrebs raffte sie in kurzer Zeit dahin. Hinzu kam, daß sie erst spät in Behandlung kam, sie hatte ihren Zustand lange vor ihrem Gatten verheimlicht; warum, das hatte Rick nie erfahren. Vielleicht wegen eines Eheproblems, etwas, das er nie erfahren würde. Er warf dem Vater vor, seine Mutter nicht geschont zu haben. Vielleicht hatte sie befürchtet, er könne sich noch mehr zurückziehen, wenn er von ihrer Krankheit erfuhr. So konnte es gewesen sein. Doch es gab niemanden, den er hätte fragen können, weder damals noch später. Nach dem Tod der Mutter führte sein Vater den Heizölhandel weiter und war selten zu Hause. Paul war auf dem College, in der Business School, und dann bei einer großen Buchhaltungsfirma in Manhattan. Alle waren fort. Unterdessen war Rick siebzehn und ein ziemlicher Tunichtgut. Mit neunzehn hatte er mit vier Frauen gleichzeitig ein Verhältnis: mit zwei jungen Mädchen aus der Gegend, ahnungslosen Landpomeranzen, mit der unglücklich verheirateten Frau eines Polizisten und mit einer Immobilienagentin, die in Manhattan arbeitete. Mit dreiunddreißig war sie schon zweimal geschieden; ihre Spezialität bestand darin, mit den Fußsohlen das Kopfteil des Bettes zu berühren, während er sie bumste.

»Mary hat ein großes Abendessen vorbereitet«, sagte Paul. »Ich fahre dich nachher zurück.«

»Schön. Dann reden wir jetzt gleich, willst du das damit sagen?«
»Tja, wenn wir erst einmal zu Hause sind, werden die Jungen mir keine Ruhe lassen.«
Er berichtete Paul diesmal in allen Einzelheiten von Pecks Besuch draußen am Orient Point und von Christinas Entlassung aus dem Gefängnis. Paul nickte nur, während er Rick zuhörte, er war komplizierte Erzählungen gewohnt. Er schien sich selbst an die Geschichte zu erinnern, während Rick noch berichtete – und das war nicht ganz abwegig. Die Leute wußten, daß sie Brüder waren. Tony Verducci war mit Paul bekannt, und Rick wußte, daß sie zusammen Geschäfte gemacht hatten.
»Hast du eine Idee, warum sie Christina haben wollen?«
Paul schaute ihn lange an, dann zuckte er die Achseln. »Sie wissen, daß sie den Job machen kann.«
»Aber es gibt doch noch andere schlaue Köpfe –«
»Du vergißt da etwas.«
»Was denn?«
»Sie hat dem Staatsanwalt nichts verraten.«
»Du meinst, sie bekommt eine Belohnung von Tony Verducci?«
»Nein, das nicht.«
»Was dann?«
»Falls sie wieder geschnappt würde, weiß er, daß sie nichts verraten würde.«
»Das ist kein ausreichender Grund, sie wieder anheuern zu wollen.«
»Ich weiß. Ich zähle ja nur verschiedene Faktoren auf. Ein weiterer Grund ist, daß ihr System damals funktioniert hat.«
»Aber ein anderer könnte sich doch ein anderes System ausdenken. Du könntest das zum Beispiel auch.«
»Ich könnte es, ja, aber ich würde es nicht wollen. Es wär' auch nicht so gut wie ihres. Sie hat eine Begabung für so was. Ich wünschte mir, sie hätte die Begabung nicht, denn ihr habt sie ausgebeutet. Aber Tatsache ist, daß sie diese Begabung hat. Wie

dem auch sei, du vergißt, wie Tony Verducci denkt. Wenn er etwas mag, dann bleibt er dabei. Er soll beispielsweise zehn Paar gleiche Schuhe haben und nie andere anziehen.«

»Solche Halbschuhe, Slippers mit Absatz. Sehen kubanisch aus.«

»Tony Verducci ist kein Kubaner.«

»Also hält er an Christina fest?« fuhr Rick fort. »Dann muß er bestimmt irgend etwas ausgeheckt haben.«

»Möglich.«

»Weißt du, was es sein könnte?«

»Nein.«

»Stimmt nicht.«

»Alles, was ich weiß«, sagte Paul, »ist, daß er Sachen zum Kennedy-Airport fährt, aber nichts abholt. Dort geht alles drunter und drüber. Man baut gerade ein neues Terminal. Überall stehen Lkws herum.«

»Er kümmert sich nicht um die Luftfracht?«

»Nein.«

»Was dann?« Rick war zu lange nicht mehr im Geschäft.

»Er verschickt Sachen, wie ich schon sagte.«

»Dann organisiert er keine Übergaben?«

»Nein.«

»Wozu braucht er dann Christina?«

»Bei großen Geschäften wie diesem kommt das Geld auf ein Nummernkonto.«

»Und?«

Paul holte Luft. »Das Geld wird von einer Partei eingezahlt, und die andere hebt es ab. Klingt einfach. Aber ein Haken ist dabei. Man braucht ein Paßwort oder eine Code-Nummer, um an das Geld zu kommen. Beide Parteien müssen darüber Bescheid wissen.«

»Aha.«

»Verducci ist nun sehr vorsichtig. Er will die Code-Nummer

erfahren, ohne daß man sie ihm direkt mitteilt. Das gleiche gilt für die andere Partei. Sie wollen sich nicht treffen oder miteinander bekannt werden. Nichts soll auf Papier stehen.«

Jetzt verstand er. Christinas altes System zum Erzeugen von Zufallszahlen konnte hier neu angewendet werden. Ursprünglich entsprachen den Zahlen bestimmte Plätze und Uhrzeiten. Nun waren es lediglich Zahlen, die eine Sequenz bildeten. »Aber ein Problem bleibt: Beide Parteien brauchen immer noch ein Stück Papier, auf dem steht, wo sie zu welcher Zeit hingehen müssen. Wie erfährt man, wo man erscheinen muß?«

»Das stimmt«, räumte Paul ein. »Aber es ist noch um einen Grad komplizierter. Es wird nicht die Kontonummer mitgeteilt, sondern irgendeine andere Nummer. Und tilgbar muß sie auch sein.«

»Da kann ich dir nicht folgen.«

Paul regulierte das Gebläse der Klimaanlage. »Nehmen wir einmal an, wir haben ein System, um lange Nummern zu erzeugen, solche mit acht oder neun Stellen. Ein solches System kann jederzeit eingesetzt werden. Wir brauchen aber noch keine neue Zahl zu erzeugen. Tatsächlich wollen wir noch gar keine. Das wäre nicht sinnvoll. Also, du sitzt irgendwo mit deinem Stück Papier und ich ebenfalls. Auf dem Papier stehen eine Reihe Zahlen, jede entspricht einer Zeit- und Ortsangabe. Sagen wir, nächsten Donnerstag um sechs Uhr abends. Dann rufe ich an und sage ›Fünf‹. Du beginnst mit Nummer Fünf und gehst zum Beispiel die nächsten fünf Plätze auf der Liste durch. Oder etwas anderes. Das ist ganz beliebig.«

»Und dann fängst du an?« schaltete sich Rick ein. »Du erhältst die weiteren Stellen für die neue Nummer von den anderen Plätzen auf der Liste?«

»Richtig. Nur suchst du Situationen aus, die sich oft ändern. Zum Beispiel alle fünfzehn Sekunden. Wenn dann das FBI achtzehn Monate später ermittelt, bekommen die nie heraus, daß der

Aufzug am fünften Oktober um zehn Uhr vormittags auf der sechsten Etage bereitstand. Du nimmst also irgend etwas, das sich fast ständig ändert – darauf kommt es an – und das keine Spuren hinterläßt.«

»Dann vernichtest du das Stück Papier, da es nur einmal gebraucht wird.«

»So ist es«, sagte Paul. »Vielleicht müssen es die beiden Parteien auch auswendig lernen, dann kann man es sofort vernichten, ehe es überhaupt losgeht.«

»Das heißt also, wenn die beiden Personen ihre Zahlensequenz zusammenhaben, besitzen sie dieselbe Nummer, ohne sich jemals getroffen oder miteinander geredet zu haben. Sie haben auch kein Stück Papier von der anderen Partei, aus dem hervorgehen würde, wie die Nummer lautet. Wenn man noch einmal an denselben Platz zur selben Tageszeit gehen würde, bekäme man eine andere Nummer.«

Paul nickte.

»Glaubt Tony etwa, er könnte Christina dafür gewinnen?«

»Vielleicht.«

»Das macht sie nie.«

»Er hat sie gerade erst aus dem Gefängnis geholt.«

»Das könnte auch jemand anderes getan haben.«

»Zugegeben«, sagte Paul. »Das ist ja auch nur das, was ich gehört habe.«

»Das macht sie nie und nimmer.«

»Doch, sie wird es tun.«

»Warum?«

»Ganz einfach: Wenn sie es nicht tun will, dann nehmen sie ihren Freund in die Mangel.«

»Wen?« fragte Rick.

»Dich.«

»Mich?« Rick lachte. »Aber sie haben mich nicht.«

»Selbstverständlich haben sie dich.«

»Sie wissen nicht, wo ich bin.«
»Bist du sicher?«
Er überlegte. »Nein.«
»Sie haben dich schon in ihr Spiel hineingezogen«, sagte Paul. »Oder zumindest hat dich Peck hineingezogen. Für wen arbeitet Peck eigentlich?«
»Für sich? Zumindest nicht für Tony Verducci.«
»Ist Peck etwa dein Freund, dein alter Kumpel? Kennst du ihn überhaupt?«
»Nein.«
»Tatsache ist doch, daß er dich nie mochte.«
»Aber Peck hat mir gesagt, daß die Staatsanwaltschaft das gegen seinen Willen getan hat. Er war stocksauer darüber. Er sagte, sie hätten ihm seine ganze Arbeit kaputtgemacht.«
»Vergiß es, das ist bloß Geschwätz.«
»Du meinst, er tut nur so?«
»Ja, weil er möchte, daß du aufspringst.«
»Warum?«
»Das kriege ich noch heraus«, sagte Paul. »Ich habe einiges gehört.«
»Du meinst also, wenn ich mitmache, wäre ihm das ganz recht.«
»Peck stöbert dich auf, teilt dir mit, sie kommt heraus. So, und nun handle, sei ein Held. Er weiß, da kannst du nicht widerstehen.«
Er nickte. »Na gut, du hast recht.«
»Sie haben dich schon in ihr Spiel hineingezogen, Rick. Es ist ein Spiel mit vielen Bällen; manche laufen rasch, andere langsam, und manche kann man kaum erkennen. Sie haben dir gerade mal so viel erzählt, daß du dich auf die Suche nach Christina gemacht hast. Sie bringen euch nicht zusammen, sie fädeln es so ein, daß es auf ganz natürliche Weise passiert, sie lassen dich ein bißchen dafür arbeiten. So stehst du wieder in einer Beziehung zu ihr. Dann schnappen sie dich und sagen ihr, worum es geht. Und dann wird sie tun, was sie von ihr verlangen.«

»Nur wenn es ihr nicht egal ist, was sie mit mir machen.«
»Es wird ihr nicht egal sein.«
»Das weiß man nicht. Ich hoffe ja, daß es ihr nicht egal ist, aber man weiß es ja nicht.«
»Es ist ihr nicht egal. Sie werden es so anstellen, daß sie sich in jedem Fall um dich sorgt.«
»Bei dem Plan gibt es eine Schwierigkeit. Sie wissen nicht, wo sich Christina aufhält.«
»Bist du dir sicher?«
»Ich weiß nicht, wo sie ist, und suche nach ihr.«
»Über den Teil des Plans weiß ich nicht Bescheid. Vielleicht erwarten sie, daß du den Stöberhund spielst und sie findest. Vielleicht haben sie Christina die ganze Zeit über verfolgt, und keiner weiß davon. Vielleicht hatten sie sich an ihre Fersen geheftet, als sie aus dem Gefängnis entlassen wurde, haben sie dann aber verloren. Ich gehe nur Hypothesen durch. Vielleicht erwarten sie auch von Peck, daß er sie findet.«
»Wenn ich jetzt aussteige, dann wäre sie nicht gezwungen, bei dem Spiel mitzumachen«, schlug Rick vor.
»An wen sollte sie sich wenden, an die Polizei?«
»Nein.«
»Da ist noch ein Problem. Wenn du aussteigst, kommen sie und holen dich.«
»Ich könnte nach Südamerika gehn, ich könnte –«
»Hast du einen gültigen Reisepaß?«
»Nein.«
»Glaubst du wirklich, du könntest sie jetzt sich selbst überlassen?«
»Nein«, sagte Rick, »eigentlich nicht.«
»Eben.« Paul tippte sich mit dem Finger an den Kopf. »Diese Leute sind schlau, damit mußt du rechnen.«
»Wenn ich Christina alles erklären kann und wir beide verschwinden könnten, dann hätte ich es geschafft.«

Paul nickte. »Das könnte die Lösung sein. Wenn ihr beide zur gleichen Zeit geht und Tonys Coup auf eine andere Art doch durchgezogen wird, dann ist es nachher vielleicht besser. Das Problem ist freilich, daß Christina dich vielleicht gar nicht sehen und nicht mit dir gehen will.«
»Sie braucht mich.«
»Sie weiß das aber nicht. Sie könnte auch anderer Auffassung sein. Tatsächlich bist du es, der sie braucht.« Paul hob die Augenbrauen. »Du kommst nur dadurch aus diesem Schlamassel, daß du sie mitnimmst oder daß sie Verducci und seinen Leuten genau das gibt, was sie brauchen.«
Paul fuhr die Limousine in die Auffahrt, vorbei an hohen Fichten, die das Haus vollständig verbargen. Fünf baumlange Kerle in Nikolausgewändern hätten aus einem Feuerwehrauto steigen und ins Haus marschieren können, ohne von der Straße aus gesehen zu werden. Paul hatte an alles gedacht.
»Du hast die Auffahrt neu herrichten lassen?«
»Mary wollte die Ölflecken nicht mehr sehen.«
»Wie denkst du darüber?« fragte Rick.
»Du meinst, wie es ausgehen wird? Nicht gut.«
»Schlecht?«
»Wahrscheinlich.«
»Warum?«
»Du warst ein Schuft, Rick, ein ziemlich gemeiner sogar. Du bist davongekommen, und sie mußte ins Gefängnis. Das war nicht lustig für sie. Ich habe gehört, dort oben soll es zu einem Vorfall gekommen sein, es war von erzwungenen sexuellen Handlungen die Rede.«
Wut stieg in ihm auf. »Mit Christina?«
Paul nickte. Sie saßen im Auto vor der Garage.
»Jeden Schritt, den du tust, haben sie vorhergesehen. Alles entspricht einem Muster.«
»Wie meinst du das?«

»Das Geldversteck in Tante Evas Haus zum Beispiel.«
Er hatte das gegenüber Paul noch gar nicht erwähnt. »Das war ein –«
»Oder wie du dich vor ein paar Tagen in der Bar aufgeführt hast.«
»Du wußtest das, bevor ich dich angerufen habe?« fragte Rick.
Paul nickte. »Ich höre so einiges. Die Leute erzählen es mir, und ich erkenne dahinter ein Muster. Ich habe einen Bruder, der sich in einer Kate draußen bei den Fischkuttern vergraben hat. Er kommt wieder zurück in die Stadt, holt sich sein Geld aus dem Versteck, geht in eine von Tony Verduccis Bars und beginnt zu trinken und Quatsch zu machen. Das ergibt ein Muster. Alles deutet darauf hin, daß dieser Mann weiter um sich schlagen wird. Er sucht förmlich Ärger.«
Die Worte seines Bruders taten ihm weh, weil sie zutrafen.
»Ja, so ist das«, sagte Paul.
»Ist das alles, was du weißt?«
»Bis jetzt, ja.«
»Hast du mir noch mehr zu sagen?«
»Nicht jetzt, das Essen ist fertig. Ich sage dir nur noch, was Mary darüber denkt mit ihrem gesunden Menschenverstand. Ich habe mit ihr über deine Lage gesprochen, und sie hat einiges dazu gesagt.«
»Was zum Beispiel?«
»Christina ist ein hübsches Mädchen.«
»Sexy. Nicht eigentlich hübsch. Kein Cheerleader-Typ.«
»Hör mal«, versetzte Paul, »ich kann mich nicht daran erinnern, daß du dich je über ihr Aussehen beklagt hättest. Wir haben noch die Fotos mit euch beiden, als ihr in der ersten Zeit einen Bootsausflug mit uns gemacht habt.«
»Stimmt, damals habe ich Thunfische geangelt.« Vor allem aber erinnerte er sich daran, daß Christina Paul bewiesen hatte, wie gut sie mit Zahlen umgehen konnte. In ihrem knappen schwarzen

Bikini hatte sie auf einem der Anglersitze gesessen. Sie hatte sich kaum um die vorüberziehende Küstenlinie von Long Island gekümmert – statt dessen hatte sie Paul gefragt, wie groß wohl der Thunfischschwarm sei, über den sie gerade mit dem Boot fuhren, welche Form er habe und mit welcher Geschwindigkeit er sich bewege. Gib mir ein paar Schätzwerte, hatte sie ihn gebeten, und nachdem er das getan hatte, sagte sie, er solle den Winkel, in dem er über den Schwarm fuhr, um zwanzig Grad ändern, dann würde der Köder um »rund ein Drittel länger« vor den Fischen bleiben. Paul, der als Buchhalter auch ein guter Rechner war, starrte Christina einen Augenblick lang an, dann bat er Rick, das Steuer zu übernehmen. Nachdem er sich mit Bleistift und Papier für ein paar Minuten unter Deck verzogen hatte, kam er grinsend wieder zurück. Ich habe ein bißchen danebengelegen, sagte Christina. Aber nicht um vieles, hatte Paul nachdenklich erwidert, nicht um vieles.
Paul fuhr nun den Wagen bis vor das Garagentor und drückte einen Knopf am Armaturenbrett. Daraufhin öffnete sich das breite Tor langsam und gab den Blick auf einen hellerleuchteten Raum frei. An der Wand hingen sauber aufgereiht Harken, Spaten und Rechen, außerdem Sportgeräte für die Kinder. In einer Ecke stand ein Motorrasenmäher.
»Und was sagt also Marys gesunder Menschenverstand dazu?«
»Oh, ich sagte lediglich, daß sie gut aussieht.«
»Stimmt.«
»Also werden andere Männer das gleiche denken.«
»Das nehme ich an.«
»Dann habe ich noch eine Frage: Ich glaube zwar, daß ich die Antwort schon weiß, aber damit das Argument überzeugt, muß ich die Frage stellen.«
»Bitte.«
»Wie steht es mit Christinas sexuellem Appetit?« Paul hob beschwichtigend die Hände. »Der Gedanke kommt von Mary, von

einer Frau, die über eine andere Frau laut nachdenkt. Eine schlichte Antwort genügt.«

»Ja, sie fickt gern«, sagte Rick. »Sie mag das, und sie ist gut im Bett. Sie ist auch wählerisch, was das betrifft, aber sie findet immer Typen, die es ihr besorgen.«

Paul nickte. Dieses ständige Nicken ging Rick allmählich auf die Nerven. »Das hat etwas zu bedeuten.«

»Ein anderer Mann?«

»Es ist nur eine Frage der Zeit, bis sie einen findet. Oder ein Typ könnte an ihr Gefallen finden. Die beiden kommen irgendwo irgendwie zusammen. Das ist nur menschlich. Und du weißt nicht, wer es sein wird, ob ein Niemand oder ein Typ, der zum Problem werden könnte. Aber wie auch immer, er macht die Situation noch komplizierter, Rick, er macht für dich alles noch komplizierter. Es könnte ein Mann mit Geld sein oder einer von der Polizei oder einer mit einflußreichen Freunden oder sonstwer. Sobald sie mit ihm liiert ist, wird es ihr schwerfallen, noch an dich zu denken oder etwas für Tony Verducci zu tun, und das bedeutet einen Haufen Ärger.«

Sein Bruder machte ihm die Tür auf. Drinnen erwarteten ihn ein gedeckter Tisch, eine Ehefrau und zwei Kinder mit frisch gewaschenen Haaren. Ein kultiviertes Heim. Das Gespräch unter Brüdern hatten sie vor der Tür gelassen. »Wenn es so ist«, hatte Rick am Ende resümiert, nicht ohne auf ein Zeichen des Mitgefühls von seiten seines Bruders zu hoffen, »dann stehe ich in einem Wettlauf mit Tony Verducci und zugleich mit Christina, denn es ist nur eine Frage der Zeit, bis sie einen Typ findet, den sie mag.«

»In gewissem Sinn, ja.«

»Dann sieht es schlecht aus.«

Pauls Hand lag auf der Klinke der Küchentür. Er drehte sich zu Rick um, doch sein Blick ging durch ihn hindurch. Er sah Handlungsmuster, Zahlen und vieles, was Menschen zustoßen kann – anderen Menschen, darunter auch seinem Bruder.

Ein Haus voller Gerüche: Waschmittel, die rosa Seife im Badezimmer, der Lammbraten in der Küche, Pauls beide Jungen, die vom Toben ganz verschwitzt waren, die nassen Football-Schenkelpolster auf dem Küchentresen, das diskrete Parfüm an Marys Hals und Armen, als sie Rick bei Tisch bediente, die Bleistiftspäne und Zigarren in Pauls Arbeitszimmer. Dort befanden sich übrigens, wie Rick bemerkt hatte, nicht weniger als fünf Telefonanschlüsse und ein professionelles Aufnahmegerät, außerdem ein kleiner Wandtresor in der Holzverkleidung. Die davorstehenden Lockenten deuteten auf Pauls neuesten Zeitvertreib hin: Jagdpartien in Mexiko, die übrigens, wenn man darüber nachdachte, eine gute Gelegenheit boten, sich mit Drogenhändlern zu treffen, wenn man solche Kontakte pflegte. Aber das war bei Paul nicht unbedingt der Fall. Nicht unbedingt. Man wußte es nicht, kaum jemand wußte es, und genauso wollte er es haben. Paul war ein Mann der vielen Masken, der sich auch in seinen Geschäften von niemandem auf die Finger schauen ließ, ganz zu schweigen von dem Bankkonto auf den Caymaninseln, der nirgendwo aufgelisteten Adresse, der geheimen Telefonnummer, dem toten Briefkasten, dem privilegierten Anwalt-Klienten-Verhältnis und dem leistungsfähigen Aktenvernichter. Ja, gleich unter dem Schreibtisch hatte Rick die langen Papierstreifen gesehen, die aus dem Schredder kamen und die nicht wie der normale Hausmüll der New Yorker Müllabfuhr anvertraut wurden, sondern – wenn er seinen Bruder Paul nicht völlig verkannte –, ein paar Schritte weiter im Kamin verbrannt wurden. Zu diesem Zweck standen auf dem Sims eine Spirituskanne und eine Schachtel Streichhölzer bereit – Zahlen und Wörter in Rauch zu verwandeln.

Nach dem Abendessen fuhr Paul Rick zurück zur Fähre.
»Wir haben noch eine Viertelstunde«, sagte er und schaltete die Scheinwerfer aus. »Meine Jungs haben sich über deinen Besuch gefreut, ebenso Mary.«

Rick nickte. Pauls Söhne waren auf ihm herumgeklettert, hatten mit ihm gebalgt und geboxt.
»Zugegeben«, begann Paul, »ich habe noch einiges mehr herausgefunden, was ich dir erst nach dem Essen sagen wollte, um dich nicht zu sehr zu beunruhigen. Nach deinem Anruf habe ich zwei Stunden am Telefon verbracht.
Ich war immer noch damit beschäftigt, als deine Fähre hier ankam. Ich mußte mit ein paar Leuten sprechen, mit denen ich gewöhnlich nicht so gern rede.« Paul legte eine Pause ein, schaute Rick an, dann durch das Fenster. »Als Peck Christina hinter Schloß und Riegel brachte, eiferte er noch seinem Vater nach, der Captain bei der Polizei war. Sein Vater war früher Stammkunde in meiner Bar. Der junge Peck ist also vor etwa einem Jahr befördert worden und hat es irgendwie geschafft, ins Dezernat der Staatsanwaltschaft von Manhattan zu kommen.«
»Die sind gut.«
»Ja, das sind sie, und ob. Mit diesen Burschen möchte man lieber nichts zu tun haben. Es ist schon erstaunlich, daß ein Kripobeamter mit Ende Zwanzig schon im Manhattan-Dezernat ist. Dabei spielt sicherlich der Respekt vor seinem Vater eine Rolle. Doch das kann auch ein Problem werden. Den anderen Burschen kann man nicht so leicht imponieren. Und keiner schenkt ihm dort etwas. Er löst nicht so viele Fälle, wie er eigentlich sollte. Er ist zwar kein Versager, aber etwas angeschlagen. Der Mann ist frustriert. Wir wissen das, ich kenne Leute, die das wissen. Dabei arbeitet er hart, er macht sogar Überstunden. Aber irgend etwas ist faul an ihm. Sie wissen nicht genau, was. Irgend etwas ist schräg. Nicht daß er inkompetent wäre, das nicht. Woher ich das alles weiß? Ich weiß es, weil Tony tatsächlich Peck angesprochen hat. Sie haben ein Arrangement miteinander getroffen.«
Das Essen lag Rick schwer im Magen. »Was für ein Arrangement?«

»Tony geht zu Peck und sagt, ich kann Ihnen ein paar große Fälle auf dem Silbertablett servieren. Ich bringe Mickie Simms dazu, bei der Polizei zu singen. Aber dafür müssen Sie mir Christina bringen. Das hat er zu Peck gesagt.«

»Ein junger Kripobeamter würde da nie mitmachen.«

»Nicht am Anfang.«

»Und dann denkt er darüber nach.«

»Er denkt darüber nach, es geht ihm nicht mehr aus dem Kopf. Und Tony weiß, daß er darüber nachdenkt, weil er ihn von ein paar seiner Leute beschatten läßt. Die beobachten Pecks Haus, versuchen herauszubekommen, was da so abgeht. Sie erkundigen sich nach seinen Trinkgewohnheiten, nach der Ehefrau und so weiter. Dann treffen sich Peck und Verducci ein zweites Mal. Verducci weiß nun schon, wie man es anstellen könnte: Der Detective muß einen Weg finden, wie er seine ursprüngliche Aussage gegen Christina widerrufen kann, ohne als Lügner dazustehen.«

»Moment«, sagte Rick. »Er war doch derjenige, der sie im Lkw identifiziert hat. Er stand auf und sagte, das sei sie.«

»Richtig. Nun muß er statt dessen sagen, daß es jemand anderes war. Er muß sagen, daß er sich geirrt hat. Daß er bei der Ermittlung in einem aktuellen Fall eine andere Frau gesehen hat und diese Frau die richtige war.«

»Das ist doch erstunken und erlogen.«

»Selbstverständlich, aber Identifizierungen sind immer heikel«, meinte Paul. »Woher weiß ich denn, daß du o.k. bist? Schließlich habe ich dich fast vier Jahre lang nicht gesehen. Jetzt stehst du plötzlich vor mir, älter geworden, mit Bart, die Haare angegraut, mit fünfundzwanzig Pfund weniger Gewicht, einem anderen Haarschnitt, Brille, und doch würde ich dich auf zehn Schritt erkennen. Stimmt's? Ich weiß es eben. Seit unvordenklichen Zeiten haben die Menschen dieses Vertrauen. Peck muß also bei dieser Angelegenheit sehr umsichtig vorgehen. Er kann nicht einfach zum Staatsanwalt gehen und sagen: ›Als ich heute morgen aufgewacht bin, ist mir klargeworden, daß es nicht Christina war.‹ So würde das nicht laufen. Er muß es jemand anderem in die Schuhe schieben. Nur so kann er die Staatsanwaltschaft überzeugen. Wie du dich erinnerst, waren bei dem Coup insgesamt vielleicht zwölf oder dreizehn Leute beteiligt.«

»Allerhöchstens sechzehn.«

»Wie viele Frauen?«

»Zwei oder drei, je nachdem.«

»War Christina die einzige, die erwischt wurde?« fragte Paul.

»Ja.«

»Aber es waren doch noch andere Frauen dabei.«

»Deren Rolle war aber nicht so wichtig. Sie haben nur bei Nebensächlichkeiten geholfen.«

»Aber offenbar sind sie immer noch aktiv. Auf jeden Fall ist in der ursprünglichen Anklage von elf Personen die Rede, die überwacht worden waren, aber nur fünf oder sechs hat man identifizieren können. Von den übrigen kennt man den Namen nicht. Darunter waren auch zwei Frauen. Peck kam auf die Idee, eine davon mit Christina zu vertauschen. Er sagte also, nicht Christina sei damals im Lkw gewesen, sondern eine der nicht identifizierten Frauen. Eine, die ihm vor kurzem über den Weg gelaufen ist.«

Rick erinnerte sich nicht einmal an die Namen der anderen Frauen. Patty Soundso. Es waren die Freundinnen der anderen Typen. Er war immer darauf bedacht gewesen, nicht zuviel zu erfahren.

»Das Schöne daran ist«, fuhr Paul fort, »daß Peck sichergehen konnte, daß die andere Frau bei dem Coup dabeigewesen war. Nein, besser noch. Das wirklich Schöne daran ist, daß Peck plötzlich als ehrliche Haut dasteht! So ehrlich ist dieser Mann, daß er seine alte Überzeugung über Bord wirft, obwohl niemand sie in Frage gestellt hatte. Hinzu kommt, daß die damals nicht identifizierte Frau in der Zwischenzeit vielleicht verhaftet worden ist, weil sie irgendwelche krummen Dinger gedreht hat. Die ursprüng-

lich mit dem Fall befaßten Staatsanwälte nehmen sich den Fall erneut vor und sagen sich, der verdeckte Ermittler behauptet, die richtige Verdächtige sei eine Schlampe, die immer noch vom Drogendezernat überwacht wird, also das Gegenteil einer rechtschaffenen New Yorker Bürgerin. Statt dessen steckt Christina im Gefängnis, ein Mädchen ohne Vorstrafen, eine gute Studentin an der Columbia University, zumindest bevor sie in schlechte Gesellschaft kam, vor allem bevor sie diese Kanaille Rick Bocca kennenlernte, den man nie erwischt hat. Außerdem ist ihr Verhalten während der Haft tadellos. Das alles geht dem Staatsanwalt durch den Kopf, es zehrt an ihm. Er muß etwas tun, es läßt ihm keine Ruhe, er berät sich mit seiner Frau. Er fühlt sich schuldig. Diese Burschen haben Macht. Wenn sie meinen, daß jemand unschuldig ist, dann können sie ihn binnen weniger Tage freibekommen.«
»Das wußte ich nicht.«
»Es stimmt aber. Ich habe es mir von zwei Personen aus der City bestätigen lassen. Der Staatsanwalt braucht nur einen Antrag beim Richter einzureichen. Das geschieht so selten, daß der Richter immer ja sagen wird. Der Richter weiß, daß sich die Staatsanwälte die Beine ausreißen, um Leute ins Kittchen zu bringen. Folglich werden sie eine Anklage nur dann revidieren, wenn sie wirklich sicher sind, daß die betreffende Person unschuldig ist.«
»Und rums, Christina ist draußen, Tony setzt alles in Bewegung, um sie zu finden, und dann liefert er Peck ein paar Leute aus. Rentiert es sich für Peck?«
»Das hat man mir jedenfalls gesagt.«
»Wer sind diese Leute?« fragte Rick besorgt.
»Ich weiß nicht. Das konnte ich nicht herausbekommen.«
»Warum hat mich Peck dann besucht?«
»Ich weiß es nicht. Ich habe darüber zwei Theorien.«
»Er wollte, daß ich in die Stadt zurückkomme, eine Dummheit begehe, und dann konnte er mich drankriegen.«

»Vielleicht«, räumte Paul ein. »Wenn das zuträfe, wäre ihm bestimmt viel wohler. Wenn er Christina aus dem Knast holt und dich reinwirft, dann ist die Bilanz wieder ausgeglichen.«

»Oder«, dachte Rick laut weiter, »er hat vor, Tony Verducci damit auszutricksen, indem er mich wegen irgendeiner Sache überführt und mich dann zwingt, alles zu sagen, was ich über Verducci weiß.«

»Vielleicht denkt er, du wärst ihm dermaßen dankbar, weil er dir die Chance gibt, Christina zu helfen, daß du dafür Tony aufgibst.«

Rick rieb sich die Augen. So viele Sätze, die mit »vielleicht« begannen. Die meisten waren zu kompliziert. Er hatte die Erfahrung gemacht, daß ein Plan gewöhnlich schiefging, wenn zu viele Haken daran waren.

»Oder vielleicht gehörst du zu denjenigen, die Tony dem Detective versprochen hat«, flüsterte Paul. »Hast du jemals daran gedacht?«

»Willst du damit sagen, daß Tony ihm alte Geschichten über mich erzählt hat? Daß er mich für Christina austauscht?«

»Das wäre immerhin möglich.«

»Verdammte Scheiße.«

»Aber wenn er das gesagt haben sollte, dann hat er Peck angelogen. Er mag Peck ja gesagt haben, daß er dich festnehmen kann, aber mit Sicherheit wird Tony es nicht soweit kommen lassen, nicht wenn er schlau ist. Wenn er schlau ist, bringt er Christina unter seine Kontrolle, ehe Peck dich erwischt. Und sobald er sich sicher ist, daß sie ihm hilft, schnappt er dich und schickt dich in die Wüste.«

»Woher ich nicht wieder zurückkomme.«

»Das ist nur so eine Idee von mir. Vielleicht hat Verducci Peck ganz andere Leute versprochen. Aber ich wüßte nicht, weshalb man dich sonst da hineingezogen hätte.«

»Woher weißt du das alles?«

»Ich habe mit Leuten gesprochen, die dies und das wußten. Alles Teile eines Puzzles. Damit will ich natürlich nicht sagen, daß ich mit meinen Theorien hundertprozentig richtig liege – es kann sein, daß ich mich in Details oder im Gesamtbild täusche.«

»Nein, ich glaube, du hast es durchschaut.«

Paul schwieg. »Ich habe alles getan, was ich tun konnte.«

»Ja, das glaube ich auch.«

Paul vermied es, ihn anzusehen. »Rick, ich wollte damit sagen, daß ich in dieser Situation nicht genügend Einfluß habe.«

»Ich verstehe, Paulie, ich verstehe. Du hast wirklich viel für mich getan.«

Paul holte einen Umschlag aus seiner Jackentasche.

»Nein, nein, Paulie, ich habe genug Geld.«

»Mach ihn trotzdem auf.«

Rick nahm den Umschlag und öffnete ihn. Darin war ein neuer Reisepaß – sein Paß mit einem alten Foto, ein Flugticket nach Vancouver, eine Zimmerreservierung in einem dortigen Hotel, eine American-Express-Karte auf Ricks Namen und fünftausend Dollar in Reiseschecks.

»Die Kreditkarte geht auf mein Konto. Benutze sie, wann immer du etwas brauchst.«

»Oh, Mann, Paulie.«

Sein älterer Bruder drehte sich zu ihm. »Ich habe alles getan, was ich konnte, Rick. Ich wollte die Gewißheit haben, alles getan zu haben.« Seine Stimme brach. »Ich hätte sonst nicht den Nerv, am Sonntag Vater zu besuchen.«

Rick machte die Beifahrertür auf. Die Fähre würde gleich abfahren.

»Nimm das Flugzeug«, sagte Paul. »Das ist mehr als bloß eine Bitte.«

»Warum? Was weißt du noch?«

»Ich habe dir alles gesagt.«

Rick schaute seinen Bruder an. »Du weißt etwas, daß dir angst macht.«
»Ja, allerdings, du blöder Hund!« Paul schlug plötzlich mit der Faust auf das Lenkrad. »Ich kenne meinen Bruder!« stieß er entnervt hervor, und seine Stimme verriet tiefen Kummer.

Jim-Jack Bar & Restaurant
Broadway/Bleecker Street, Manhattan
15. September 1999

»Wir stellen ein«, las Christina auf einem Schild an der Glastür, als sie aus der warmen Morgensonne in die rauchige Kühle des Restaurants trat, um ihre Mutter anzurufen. Sie liebte es, am Ende der geschwungenen Mahagonitheke zu sitzen und mit dem Rücken an der Wand zu lehnen, während sie telefonierte. Daß man hier so behaglich sitzen und telefonieren konnte, tröstete sie ein wenig. An diesem Morgen war sie von einem Stöhnen geweckt worden, das vom Korridor zu kommen schien. Sie hatte die Augen noch gar nicht aufgemacht, und schon überkam sie ein Gefühl der Verzweiflung, als sie daran dachte, was sie erwartete – die träge verstreichenden Stunden, Mazys endloses Schwatzen, die ungebohnerten Flure der Säuglingsabteilung. Ein Tag, der tot war, noch ehe er begonnen hatte. Dann hatte sie sich im Bett umgedreht, und ihr Blick war auf die Kartons mit den Papieren gefallen, die Melissa William hinterlassen hatte, und auf ihre dürftige Garderobe, die im Wandschrank hing. Auch der neue Besen und eine Tüte Äpfel standen da. War das real? Durch das geöffnete Fenster drang gedämpft Verkehrslärm herein. Sie drehte sich nochmals um. Unter ihrem Fenster stand ein Mann, der behutsam eine Zigarette aus der Gosse aufhob, als sei er ein Goldschmied, der einen Edelstein mit der Pinzette hochhebt. Wenn das ein Traum war, dann war er so gut erfunden, daß er als Realität gelten konnte; und wenn es Realität war, dann war sie doch so undeutlich, daß sie einem Traum ähnelte. Christina war nicht mehr im Gefängnis. Sie lag in einem Bett in irgendeinem Zimmer, einem schäbigen Zimmer, das nun ihr gehörte, mit einem etwas unheimlich von der Decke hängenden Stromzähler, einem Zimmer, in dem vielleicht schon Leute gestorben waren oder noch Schlimmeres. Und plötzlich hatte sie sich nach einem ihr bekannten Ort gesehnt, einem Ort mit Menschen, und seien es auch Fremde, die nichts von ihr wußten. Das Jim-Jack war der einzige Ort, der ihr dafür geeignet schien. Sie war schon mehrmals dort gewesen, und jedesmal hatte sie das Kommen und Gehen der Gäste und das große Fenster auf den Broadway hinaus gemocht. Es gehörte zu den wenigen Restaurants, in denen geraucht werden durfte, und das machte seine Beliebtheit aus. Hierher kamen Einheimische, Studenten von der New York University, europäische Touristen, Seeleute auf Landgang, kleine Geschäftsleute, Rentner, die sich zum Lunch trafen, und einsame Zeitgenossen, die sich mit einer Tasse Kaffee am Fenster niederließen, ihren Träumen nachhingen und zugleich die Szene draußen beobachteten. Dazu gehörten schicke Büromädchen, gestylte Typen mit modischem Haarschnitt (deren Blicke an den Büromädchen hängenblieben), Hütchenspieler und andere Hasardeure (die hofften, die geschniegelten Typen reinzulegen) und der Verkäufer am Hot-dog-Stand gegenüber (der fettige, schmackhafte Würstchen für wenig Geld anbot und niemanden reinlegte). Taxis rauschten heran, verlangsamten, hielten ganz an oder preschten an schweren Lkws vorüber, an denen hinten oft Fahrradkuriere hingen, die sich im Schlepptau durch den sonnenüberfluteten Broadway ziehen ließen, vorbei an den Fassaden der Hochhäuser, viele noch von vor der Jahrhundertwende, aus Eisen und Ziegelstein, manche verziert, andere schlicht. Jedes Gebäude hatte alle möglichen Menschen aufgenommen und wieder ausgestoßen. Christina liebte den heruntergekommenen Charme dieser immer wieder neu gestrichenen Fassaden und fragte sich, wie lange es das Jim-Jack wohl schon gab. Die lange Theke schmiegte sich so vollkommen in den Raum, daß sie vermutlich schon von Anfang an hier gestanden hatte. Ihre Breite und ihr schwulstiger Rand beschworen die Zeiten herauf, als hier Männer, den Hut in den Nacken geschoben, auf Barhockern saßen und zum Lunch Bier aus Steinkrügen tranken; dazu gab es dann hartgekochte Eier in einer Schüssel und mit Dill eingelegtes Saures zu jedem Gericht. Damals gab es Hosen mit Aufschlag, Rita Hayworth kokettierte mit ganz Amerika, die Deutschen fielen in Polen ein, und F. D. Roosevelt hatte schon dunkle Ringe unter den Augen. Heute redete man über Gehirnimplantate und die Gefahr, daß die Gletscher von Alaska wegschmolzen. Sie stellte fest, daß im Jim-Jack mexikanische Aushilfskräfte arbeiteten. Was die Kellnerinnen betraf, so achtete die Geschäftsleitung darauf, nur weiße Frauen in den Zwanzigern anzustellen – keine Männer, keine schwarzen Frauen und auch keine älteren Menschen. Die Kellnerinnen hatten zwar alle ein gefälliges Äußeres, waren aber nicht mit den Models zu verwechseln, die in anderen Restaurants Kürbissuppe und Radicchiosalat servierten, kurz, die Kellnerinnen im Jim-Jack waren nicht so attraktiv, daß die Gefahr bestand, daß sie dem Laden bald wieder untreu würden; und sie waren nicht so keß und aufreizend, daß die Geschäftsleitung sich mit dem Problem herumschlagen mußte, das Personal in den späten Abendstunden vor den Annäherungsversuchen betrunkener Gäste zu schützen. Nein, überlegte sie sich auf ihrem Beobachtungsposten an der Bar, der Besitzer des Jim-Jack wollte Umsatz, die Kundschaft sollte reinkommen und rasch wieder das Lokal verlassen. Die Mädchen, die das Essen an die Tische brachten, sahen alle aus, als hätten sie schon früh gelernt, für Geld ehrliche Arbeit zu leisten. Gewiß, hin und wieder brach die Geschäftsleitung wohl auch die Regel und stellte ein Mädchen an, das zu hübsch war und früher oder später Probleme machte. Geschäftsmänner schäkerten dann womöglich endlos mit ihr und machten nicht rasch genug die Tische frei, ungeduldige Liebhaber leisteten sich geräuschvolle Auftritte, und betrunkene junge Männer flirteten hemmungslos – und mit Erfolg. Vielleicht könnte ich hier Arbeit finden, dachte Christina. So wie ich jetzt aussehe, sehe ich aber vielleicht zu hübsch aus. Sie nahm eine Serviette von der Bar und wischte den Lippenstift ab, dann faltete sie die Serviette und verwischte den Lidschatten, den sie eine Stunde vorher so sorgfältig aufgetragen hatte. Sie kramte ein Gummiband aus ihrer Tasche hervor, band ihr dunkles Haar damit zusammen und steckte es hoch. So konnte es gehen. Wie ein ganz normales Mädchen, dachte sie, ich sehe aus wie ein ganz normales Mädchen, das zufällig hier vorbeischaut. Aber vorher mußte sie ihre Mutter anrufen. Es war die einzige Nummer, die sie auswendig wußte, und obwohl sie seit Jahren nicht mehr in Florida gewesen war, konnte sie sich ganz lebendig vorstellen, wie die beiden Telefone in dem kleinen Bungalow an der Goldküste klingelten: das eine an der Wand in der Küche und das andere, rosafarbene, im Schlafzimmer der Mutter, wo alles andere ebenfalls rosa war – flamingorosa: die Vorhänge, der Teppichboden, die Tagesdecke, die Bettdecken und Satinkissen. Beim Betreten des Zimmers hatte man den Eindruck, noch in etwas anderes einzudringen, und das war in Anbetracht der Vorliebe ihrer Mutter für Herrenbesuch häufig der Fall. Aber es macht sie glücklich, dachte Christina, es macht sie glücklich, und sie ist eine Witwe ohne viel Geld, deren Tochter ihr keine Hilfe ist, also gönne ihr die rosa Tapete und alles andere, was sich die arme, einsame Frau wünscht. Sie möchte wahrscheinlich wegkommen von den alten Fotos, den Arbeitsschuhen, dem Handwerkszeug. Sie hat doch Dad so geliebt, dachte Christina, ich weiß nicht, wie sie das überhaupt aushält. Seine Anzüge hängen sicherlich immer noch im Wandschrank. Und in der Garage stand aufgebockt der alte himmelblaue Ford Mustang, auf dessen Rücksitz sich Kisten stapelten. Das nahm sie wenigstens an. Ob es tatsächlich so war, hatte sie vier Jahre lang tagtäglich beschäftigt, seit sie verhaftet worden war. Mom läßt das Auto bestimmt für immer dort stehen, sagte sie sich, auch wenn die Reifen platt und die Sitze von den Mäusen angeknabbert sind. Die Garage befand sich hinter dem Haus, über beide Gebäude wucherten wilder Wein und Bougainvillea und verdeckten die Schäden, die Termiten und Fäulnis angerichtet hatten. Ihr Vater hatte vor zwanzig Jahren in der Dreierwette mit zehn identischen Losen beim Pferderennen in Brandywine gewonnen und in einem Augenblick plötzlicher Weitsicht das Anwesen gekauft. Auf seinen Fahrten von Philadelphia hatte er es aber versäumt, den Besitz über die Jahre richtig instand zu halten. Eine Woche nach Christinas Verhaftung zogen ihre Eltern dann endgültig nach Florida. Sie schleppten den Mustang und die Puppensammlung ihrer Mutter und was sonst noch alles mit. Ihr guter Vater, der dreißig Jahre lang U-Bahn-Züge in Philadelphia repariert und es am Ende zum stellvertretenden Leiter der Instandsetzung gebracht hatte, wollte den Rest seiner Tage an der Sonne verbringen. Dort wollte er die Ölschmiere, die Lösungsmittel und den Kohlestaub ausschwitzen, die in seine Hände, Lungen und in die Haut eingedrungen waren. Statt dessen starb er. Die tödliche Krankheit ereilte ihn so rasch, daß er nicht einmal die Kisten und das andere Gerümpel aus dem Mustang hatte räumen können, das jedenfalls hatte ihr die Mutter geschrieben. Christina hatte immer versucht, den Gedanken zu verdrängen, daß sie ihn mit ihrer Verhaftung ins Grab gebracht hatte.

Nun kam zum vierten Mal innerhalb von vier Tagen der Satz vom Anrufbeantworter ihrer Mutter: »Falls Sie gerade zu einer passenden Zeit anrufen, bin ich irgendwo anders beschäftigt und werde Sie später zurückrufen. Wenn Sie zu einer ungehörigen Zeit anrufen, könnte ich mit etwas Ungehörigem beschäftigt sein, Schätzchen.« Christina hängte auf. Dieser Spruch hätte sie amüsieren können. Vielleicht, aber in Wahrheit tat er es nicht.

Für wen war die Nachricht bestimmt? Nicht für einen guten Mann wie ihren Vater. Florida war voll von abgehalfterten alten Männern, solchen mit einem Knacks oder einem Sprung in der Schüssel. Es waren Fernfahrer und Pensionäre, die sich herumtrieben. Sie hoffte nur, daß solche Typen dem Mustang in der Garage nicht zu nahe kämen. Wo war ihre Mutter bloß? Manchmal ging sie auf einen Tratsch zur Nachbarin, Mrs. Mehta, einer Indianerin, die Bonsai-Bäume züchtete. Tee und Gebäck und ach, die Post kommt heute aber wieder spät. Aber es war noch nicht einmal zehn Uhr vormittags. Ihre Mutter konnte überall sein, überall und nirgends. Sie verreiste gern mit Männern, die viel Freizeit, aber keine Verwendung dafür hatten; die sich auf den Highways des Westens auskannten; die schon gewaltige Berge von Zigaretten geraucht hatten; deren Kleidung zerknittert und deren Hälse faltig waren; die schon lange keine Zeitung mehr lasen und ihr Geld in einer Brieftasche mit Kette verwahrten. Mit solchen Männern konnte ihre Mutter für ein oder zwei Wochen verreist sein. Manchmal auch für einen Monat – Angeln, Autofahren, Rodeos, noch mehr Autofahren. Sex im Motel. *Love me tender, love me true*. Ihre Mutter wußte, da war sich Christina sicher, wie sie an solche Männer herankam.
Sie winkte der Barfrau, einer Blondine mit mehreren Ringen in jedem Ohr, und bat um Kleingeld. Die Barfrau kam mit einer Handvoll Vierteldollarmünzen zurück. »Wird hier wirklich eingestellt?« fragte Christina.
Die Barfrau nickte. »Es sind gestern zwei Mädchen gegangen.«
»Ich würde mich gern bewerben.«
»Ich hole die Chefin, sobald Sie mit dem Telefonieren fertig sind.«
Sie wählte noch einmal die Nummer ihrer Mutter und sagte nach dem Signalton: »Hallo Mom, ich bin's. Ich habe schon ein paarmal versucht, dich zu erreichen. Es hat sich einiges geändert. Ich bin wieder draußen. Man hat mich freigelassen.« Warum kamen

ihr plötzlich die Tränen? »Ich erzähle dir das alles später einmal ausführlich. Ich wollte dir nur sagen, daß du mir sehr fehlst, Mom. Habe viel an dich gedacht.«

Als sie aufgehängt hatte, kam die Chefin, die gerade die Hände an einem Tuch abwischte, durch die Schwenktüren der Küche. Ihr Hemd war verschwitzt, und ihre Augen sahen müde aus. »Haben Sie schon mal gekellnert?« war ihre erste Frage.

Christina nickte. »Oben im Staat New York.«

Die Frau schien skeptisch. »Wo denn genau?«

»Ungefähr eine Stunde nördlich von New York, in einem ziemlich großen Restaurant.«

Die Frau beobachtete, wie ein Hilfskellner einen Tisch sauberwischte. »Wie hieß das Restaurant?«

»Bedford Inn.«

»Bedford Inn?« Das klang irgendwie ländlich. »Können Sie auch an der Bar bedienen?«

Die Leute sagten immer ja, weil man an der Bar höhere Trinkgelder bekam und auch mal in die Kasse langen konnte. »Nein«, war Christinas Antwort.

»Eis«, befahl die Chefin einem Hilfskellner. Dann wandte sie sich wieder Christina zu. »Wie steht's mit dem Kopfrechnen?«

»Testen Sie mich.«

Die Frau wollte ein paar Zahlen auf ein Stück Papier schreiben.

»Nein, nein, sagen Sie mir einfach die Zahlen.«

Die Frau riß eine fertige Rechnung aus ihrem Bestellblock. »Also, ich sage nur die einzelnen Beträge?«

»Ja.«

»Sechs Dollar plus 2,75 plus 4,75 plus 3,75.«

Christina starrte ins Leere und sah eine Kolonne von Zahlen und darunter gleich das Ergebnis. Ihr Vater hatte bei ihr diese Fähigkeit entdeckt, als sie sieben Jahre alt war. »Mit Mehrwertsteuer macht das 18,67 Dollar.«

Die Frau runzelte die Stirn, als ob Christina das Ergebnis

verkehrt herum abgelesen hätte, und blätterte um. »6,40 plus 8,80 plus zweimal ein Dollar plus 3,15.«

»Gut – mit Steuer macht das 22,03 Dollar.«

Die Chefin schaute sie verdutzt an. »Ich habe schon Mädchen gesehen, die alle Steuerbeträge auswendig gelernt hatten, aber noch nie jemanden, der so gut kopfrechnen konnte.«

»Ich habe schon immer Zahlen gemocht. Das habe ich von meinem Vater geerbt.«

»Gut.« Die Chefin beobachtete, wie eine Kellnerin die Kaffeemaschine nachfüllte.

»Haben Sie schon mal gestohlen? Nehmen Sie Drogen?«

»Nein.«

»Waren Sie im Gefängnis? Haben Sie psychische Störungen?«

»Nein.«

Die Chefin musterte Christina – ihr Gesicht, ihr Haar, die Augen und Hände. Nicht zu hübsch. »Gut. Wir nehmen Sie probeweise für drei Tage. Wenn Sie es gut machen, stellen wir Sie ein. Wenn Sie nicht klarkommen, dann ist Schluß, dann sind Sie wieder draußen.«

»Einverstanden.«

»Sagen Sie mir noch Ihren Namen, damit ich Sie auf dem Plan eintragen kann.«

»Melissa«, sagte Christina, »Melissa Williams.«

»Sie fangen morgen an, Melissa, zur Mittagsschicht. Von elf bis drei Uhr. Kommen Sie um halb elf hierher.«

Sie brauchte immer noch Bargeld – die fünfhundert Dollar, die sie dem jungen Mann mit dem prächtigen Rücken abgenommen hatte, gingen langsam zur Neige. Der Trödler machte seinen Laden gegen Mittag auf, sicher würde er ihr die gestohlenen Hemden abkaufen. Mit fünf, sechs Schichten im Jim-Jack, frischem Obst und ein paar Büchern vom Strand jede Woche würde sie durchhalten. Ich werde ganz unauffällig leben, sagte sie sich.

Sei ein Mädchen ohne Namen. Wenn ich jetzt losrenne, wissen sie, daß ich es war.
Wenn ich aber ein paar Monate unauffällig lebe, dann bin ich's vielleicht auch nicht gewesen. So viel Disziplin bringe ich auf. Falls ich beobachtet werde, sehen sie, daß ich mich nur mühselig durchbringe. Mein Zimmer ist billig, meine Kleider sind billig, mein Job ist billig. Und meine Männer werden wahrscheinlich auch billig sein.
Sie schlenderte nach Hause, durch Schwaden von Räucherwerk, das Straßenverkäufer anboten, vorbei an den pakistanischen Taxifahrern, die sich zu einer Zigarette außerhalb der Einsatzzeit versammelt hatten, an jungen Schwarzen, die Kassetten mit Tanzmusik verkauften, an dem Mann vor den abgerissenen Kinoplakaten, der gestohlene Rauchmelder anbot, vorbei an der jungen Lesbierin in Männerunterwäsche und all den anderen abgedrehten Typen, an Menschen, die Selbstgespräche führten. Jeder von ihnen war nur ein Partikel aus Farbe, Licht und Fleisch vor den geologischen Formationen der Stadt, den Marmor-, Messing- und Backsteinfassaden, den Gesimsen und Toreingängen, den Fenstern und Treppen. Hunderttausend Menschen haben in meiner Straße gelebt, dachte sie, als sie den Schlüssel in die Eingangstür des Apartmenthauses steckte, Tausende sind diese Treppe hochgegangen, Hunderte sind in meinem Zimmer gewesen, ein paar Dutzend haben in meinem Bett geschlafen. Sie haben geredet und geträumt, sich erinnert und vergessen. Wenn ich tot bin, wird mein Platz in der Welt sofort wieder neu besetzt; andere werden in der U-Bahn sitzen, die Schuhe tragen, die ich getragen hätte, den Apfel essen, den ich gegessen hätte. Es bedeutet nichts, daß ich im Gefängnis war oder daß meine Mutter eine Rabenmutter war und ich sie trotzdem liebe oder daß auch Rick ins Gefängnis hätte gehen sollen, das alles bedeutet letztlich nichts.
In ihrem Zimmer holte sie die Schachtel mit den gebügelten Ober-

hemden hervor. Gott sei Dank hatten sie kein Monogramm. Fünf Minuten später stand sie mit der Schachtel im Secondhandshop.
»Na, wie hat sich das Kleid gemacht?« sagte der Ladenbesitzer und schob die Brille von der Stirn zurück auf die Nase.
»Sehr gut. Wahrscheinlich werde ich es heute abend noch mal anziehen.«
Er deutete auf die Schachtel. »Was bringen Sie da Schönes?«
»Oberhemden.«
Er machte die Schachtel auf. »Das ist aber was Edles.« Er befühlte die Kragen. »Gestärkt und gebügelt. Hat Ihnen die Ihr reicher Onkel vermacht?«
»Woher wissen Sie das?«
»Viele Leute haben reiche Onkel, die ihnen schöne Wäsche vermachen.« Er schaute sie mit einem gnädigen Lächeln an. »Vor allem reiche Onkel, die noch jung genug sind, um maßgeschneiderte taillierte Hemden zu besitzen.«
Sie ließ sich auf keine weiteren Erklärungen ein. »Ich nehme an, daß die Hemden neu sechzig Dollar gekostet haben.«
»Ich kann sie für achtzehn pro Stück verkaufen, das bedeutet, ich gebe Ihnen neun Dollar.«
»Zehn.«
»Neun.«
»Zehn, oder Sie können es vergessen.«
Er befühlte nochmals die Hemden. »Also gut.«
»Zahlen Sie gleich?«
»Auf Kommission.«
»In der Zwischenzeit bin ich ja vielleicht verhungert.«
Er hob das Kinn und schaute sie durch die Brille an. »Suchen Sie sich eine Arbeit, meine Liebe. Leben Sie wie die andere Hälfte der Menschheit.«
»Ich habe gerade erst einen Job gefunden und nur noch nicht angefangen. Warum sind Sie nicht so nett und geben mir schon jetzt fünf Dollar für jedes?«

Er holte seine Brieftasche hervor und reichte ihr einen nagelneuen Fünfzig-Dollar-Schein. »Mit Ihnen auszugehen muß ein teures Vergnügen sein.«
»Woher wollen Sie das wissen?«
»Ich habe da so meine Ideen.«
An diesem Abend ließ sie sich aufs Bett fallen und blätterte in der *Village Voice*. Sie fing mit den Annoncen auf der Rückseite an:

HIV positiv und depressiv?
BODYBUILDER-STRIPTEASE, tolle Preise zu gewinnen.
Behandlung bei Depersonalisierung. Fühlen Sie sich öfters wie ein Fremder im eigenen Körper?
Schwule Paare gesucht.
Haben Sie Störungen wegen Kokaingenuß? Leiden Sie an Unruhe und Konzentrationsverlust?
Hondas für 100 Dollar zum Verkauf. FAHRZEUGE AUS BESCHLAGNAHMUNGEN.
VERSUCHSPERSONEN GESUCHT: Gesunde Männer und Frauen zwischen 21 und 45 Jahren für Forschungen zur Wirkung von Drogen und Medikamenten. Stationäre Unterbringung in der Forschungsabteilung eines psychiatrischen Instituts. Teilnahme wird mit 800 bis 1200 Dollar vergütet.
MEIN KLEINER FREUND – Gesucht werden Männer jeden Alters und Herkommens, die bereit sind, in Talk-Shows über ihren Penis zu sprechen. Teilnehmer müssen nicht nackt auftreten.
Herpes Singles Mixer. Absolut vertraulich und geheim. Senden Sie uns einen frankierten Umschlag mit Ihrer Adresse.
Amerikanische Stripper, Sex-Shows und mehr.
Jeeps für 100 Dollar. Abgeschleppte Fahrzeuge. Beschlagnahmungen durch Steueramt und FBI.
Lernen Sie die amerikanische Zeichensprache.

MASTURBATION Haben Sie etwas Witziges über Ihre erste Erfahrung damit zu berichten? Talk-Show im Kabelfernsehen.

Ein Typ im Angelika-Theater Montag nachmittag, blaues, ärmelloses Hemd und grüne Shorts: Du hast mich gefragt, ob ich Ken sei, worauf ich gesagt habe, Ken sei zu spät gekommen. Können wir miteinander plaudern?

Was für eine schöne Welt. Sie blätterte zu der Rubrik »Persönliches« und ließ den Blick über die Anzeigen schweifen: Er sucht sie, sie sucht ihn, sie sucht sie, er sucht ihn, alternative Männer suchen alternative Frauen und Hilfe von Erwachsenen gesucht. Affen in edlem Tuch und Seide, dachte sie, schnuppern an Hinterteilen im Dschungel. In dieser Branche konnte sie wahrscheinlich Geld verdienen, wenn sie sich zu etwas Perversem oder Erniedrigendem bereit erklären würde, aber, Teufel noch mal, sie war nicht so eine Frau. Sie war schon eine ungewöhnliche Frau, aber nicht so eine. Aber sie kannte diesen Typ Frau. Sie mochten sich selbst nicht. Sie wünschten es sich, konnten es aber nicht. Sie suchten den Tiefpunkt, von dem aus sie wieder steil nach oben schnellen konnten, sie bekamen nicht sofort einen Knacks, aber am Ende brachen sie völlig zusammen. Sie hatten harte Sprüche drauf, aber verbrachten die meiste Zeit in der Horizontalen. Sie hatte früher einmal das Zimmer mit einer schönen Russin geteilt, die in Peep-Shows am Times Square auftrat, als es dort noch solche Schuppen gab. Sie strippte vor den kleinen Fenstern mit den mechanischen Rolläden, die aufgingen, wenn der Zuschauer eine Vierteldollarmünze einwarf. Bei ihren Nummern benutzte sie Cremes, Ketten und einen riesigen purpurroten Dildo, aber wenn sie dann spätabends nach Hause kam, heulte sie stundenlang. Sie heulte auf russisch, daran erinnerte sich Christina noch. Ständig kamen Männer zu ihr, die sanft redeten und doch nur verrückt nach ihrer kaputten Psyche waren. Ihr

Unglück machte sie an, sie wußten, daß sie mit ihr eine heiße Nummer schieben konnten. Es war wie bei einer Bank einzubrechen und ungeschoren davonzukommen. So eine Frau bin ich nicht, sagte sich Christina wieder, ich würde mir etwas zurückklauen.
Noch eine Anzeige fiel ihr auf.

> Ich bin ein älterer, vermögender Geschäftsmann und suche eine Frau im gebärfähigen Alter, die gern ein eigenes Kind haben und es auch aufziehen möchte. Ich bin bereit, für die vorgeburtliche Betreuung, die Entbindung und alle weiteren Kosten aufzukommen – Lebensunterhalt, medizinische Versorgung und Erziehung –, bis das Kind das einundzwanzigste Lebensjahr erreicht hat. Mein Angebot sieht keinen Sexualkontakt zwischen den beiden Parteien vor. Die Schwangerschaft soll durch künstliche Insemination herbeigeführt werden. Ferner verzichte ich auf mein Sorgerecht, im Gegenzug verzichten Sie auf alle rechtlichen Ansprüche auf mein Vermögen, meine Bezüge usw. und wahren Stillschweigen über das Arrangement. Die Vergütung erfolgt monatlich über einen Fonds, der von einem unabhängigen Treuhänder verwaltet wird. Die geeignete Kandidatin sollte eine Frau sein, die gesund, drogenfrei und kinderlieb ist –

Und wahrscheinlich nicht ganz richtig im Kopf, dachte sie, und warf die Zeitung fort. Ich muß hier raus, mir fällt die Decke auf den Kopf. Mazy hatte recht behalten. Selbstverständlich würde sie wieder zu den Männern gehen. Vier Jahre ohne Sause, das war zu lang. Das war wie tot sein. Das Zwischenspiel mit dem hübschen Yuppie zählte nicht. Er war zu jung und verstand nicht, was sie brauchte. Aber es gab genug Männer, die es taten, einen mußte es doch geben, verdammt noch mal, und sie wollte versuchen, ihn zu finden, noch diese Nacht. Es sollte wenigstens einer sein, der zu reden verstand. Einer, den ihr Vater begutachtet und dann durchgewunken hätte: »Gute Wahl.« Nicht, daß er es je getan hätte, im Gegenteil. Nach dem Abbruch ihres Studiums an der Columbia University hatte er voller Sorge mitangesehen, wie sie ohne geregeltes Einkommen offenbar doch auf großem Fuß lebte. Ihren Freund Rick, den sie gelegentlich erwähnte, hatte er nie zu Gesicht bekommen. Ein Jahr vor seinem Tod hatte er sie in dem alten Ford Mustang zum Eisessen ausgefahren und ihr dabei erklärt, daß er nie viel Geld für die Familie verdient habe und daß sich daran auch in Zukunft nichts ändern werde. Er werde bald mit ihrer Mutter nach Florida ziehen, um dort einen kleinen Laden für Geschenkartikel zu eröffnen, aber auch darüber mache er sich keine Illusionen. Er habe zuviel von seinem Einkommen für Sachen ausgegeben, die ihm nichts eingebracht hatten – Alkohol, Glücksspiele, Zigaretten, sein Angelboot, das Auto, in dem sie gerade saßen. Dann hatte er ihre Hand in seine großen Hände genommen. »Ich sage dir das alles, Tina, damit du nicht die gleichen falschen Entscheidungen triffst wie ich. Ich habe nichts, womit ich dir weiterhelfen kann. Nichts für einen Start ins Leben. Ich weiß nicht einmal, wie wir uns in Florida durchschlagen werden. Aber etwas habe ich dir mitgegeben ...« er tippte sich an den Kopf – »Ich wußte nichts Besseres damit anzufangen, als eine Million U-Bahn-Wagen zu reparieren. Aber ich wußte, daß ich Köpfchen hatte, und ich weiß, daß du es ebenfalls hast. Deswegen hast du ja auch dein Stipendium bekommen. Benutze deinen Kopf, mein Kind, das ist das Pfund, mit dem du wuchern mußt. Du hast dir jetzt ein Leben in New York eingerichtet. Halte dich an die guten Jungs. Die guten Jungs mögen ja manchmal langweilig sein, aber auf Dauer sind sie die bessere Wahl. Wenn der Typ bloß blendet, laß ihn sausen. Das ist mein –«

»Rat«, sagte sie zu sich selbst, während sie unter der Dusche stand. Sie rasierte sich Achseln und Beine und stutzte auch ihr

Schamhaar ein wenig. Dann stellte sie sich nahe vor den Spiegel, um ihr Gesicht auf Falten und Pickel zu untersuchen. Ich hatte immer eine vollkommene Nase, dachte sie. Augen, Lachfalten, Hals. Einer der wenigen Vorteile des Gefängnisses war wohl, daß man nicht zu oft an den Strand ging und auch keine langen Nachmittage auf dem Tennisplatz verbrachte. Einen Sonnenbrand konnte überhaupt nur bekommen, wer im Sommer den Rasenmäher über den Anstaltsrasen schieben mußte. Sie spannte die Muskeln ihres Oberarms. Nicht schlecht. Nicht so wie in ihrer High-School-Zeit, als sie täglich zwei Meilen schwamm, aber doch nicht schlecht. Jedenfalls genug, um einen Typ von sich zu oder zu sich heranzuziehen.
Wohin jetzt? Vor ihrer Haft war sie oft in der Gegend um den St. Mark's Place gewesen – nur ein paar Häuserblocks von hier entfernt – wo Ausgeflippte, Punks, Hausbesetzer, Rastafaris, Piercing-Freaks, Amateur-Mannequins, Musiker, in New York hängengebliebene Engländer und Teenager aus New Jersey sich in den grell ausgemalten Underground-Schuppen trafen. Sie war schon ein paarmal dort vorbeigegangen und hatte bemerkt, daß es nichts mehr für sie war. Jahre waren vergangen, aber immer noch trafen sich dort die gleichen Leute, die gleiche Sorte Leute. Die Schnalle, die sich an der Bar von Männern lecken läßt, der Rocker, der immer neue Leute braucht, die er erschrecken kann, der sanfte Junkie mit einem Welpen im Hemd, der seine schlechten Tätowierungen begutachtet.
Doch das war damals, und nun war eine andere Zeit. Und so schlüpfte sie wieder in das schicke schwarze Kleid und ging, die Lippen rot, das Haar duftig, *klick klack* die Treppe hinunter. In der Abenddämmerung zog sie stadtaufwärts durch Häuserschluchten und Menschenmassen. Noch war sie etwas wacklig in den hochhackigen Pumps, ihr fehlte die Übung, aber die Hüften hatten schon wieder den wiegenden Schwung aufgenommen. Der Abend war sommerlich, die Luft lau. Alle schienen es eilig

zu haben. Neue Kinofilme, neue Geschäfte, neue Restaurants, Bars und Cafés. Aus allen kam ein Schwall von Gelächter, und in einem würde sie ihr Hähnchen schon finden. Hier brodelt es vor Leben, dachte sie und trat in ein Café an der Thirteenth Street Ecke Sixth Avenue. Sie setzte sich an die Bar und trank ein Glas Merlot. Die anderen Frauen, parfümierte Singles, taten so, als seien sie in ihr Gespräch vertieft, beobachteten aber genau, was um sie herum vorging. Frau sein ist nicht leicht, dachte Christina, man muß ständig auf der Hut sein. Man muß nicht nur seinen eigenen Körper schützen, sondern auch die Vorstellung, die man von sich selber hat. Rick dachte, er wüßte, wer sie war. In Wirklichkeit wußte er es nicht, und das war der Grund, warum sie im Gefängnis gelandet war und er nicht.
Sie leerte ihr zweites Glas und dachte schon daran zu gehen und vielleicht die Sixth Avenue hochzuschlendern, als ein gutaussehender Mann im Anzug sich neben sie setzte.
»David.« Er streckte ihr die Hand entgegen. »Ich dachte, setz dich da mal hin, verdammt noch mal.«
»Verdammt noch mal«, pflichtete sie ihm bei.
»Oder stört es Sie?«
Er roch gut. »Nein.«
»Ich bin ein bißchen, äh –«
Sie mochte seine Krawatte. »Schüchtern?«
»Ja, das heißt, nein.« Er legte die Stirn in Falten, als ob sie gerade einen entscheidenden Punkt in einem langen Gespräch erreicht hätten. »Ich habe das alles schon so oft durchgemacht, daß ich es ganz unverblümt sage. Ich bin Arzt, ein ziemlich erfolgreicher sogar, wenn ich das so sagen darf. Ich bin achtunddreißig und noch zu haben. Ich suche jemanden, mit dem ich zur Ruhe kommen kann, mit einem Wort, ich bin in Heiratslaune. Finanziell stehe ich gut da.«
»Das ist fein«, sagte Christina und zündete sich eine Zigarette an.
»Mir ist klar, daß ich mit der Tür ins Haus falle.« Sein Blick wan-

derte unruhig durch das Café und kehrte dann zu ihr zurück. »Aber Offenheit ist auch ein Vorzug. Ich bin wirklich bereit, mich fürs Leben zu binden. Da habe ich Sie gesehen und gedacht, das ist eine tolle Frau.«
Da ist was faul, dachte Christina. »Sie kennen mich doch gar nicht.«
»Ja und nein.« Er setzte ein weises Lächeln auf. »Sie würden erstaunt sein, was man alles über einen Menschen sagen kann, wenn man ihn zum ersten Mal sieht.«
»Was können Sie denn über mich sagen?«
»Oh, ich weiß, daß wir gut miteinander auskämen.«
»Wie das?« Sie bestellte ein weiteres Glas Wein und bemerkte, daß die anderen Frauen an der Bar zu ihr herüberschauten.
»Nun, ich habe eine ganze Menge zu bieten«, sagte er. »Ich bin heiratswillig und möchte gern Kinder. Ich finde rasch Kontakt zu anderen Menschen.«
»Ich denke nicht daran zu heiraten«, versetzte sie, »nicht im entferntesten.«
Er überprüfte den Sitz seiner Krawatte. »Wirklich nicht?«
»Ganz bestimmt nicht.«
»Was wollen Sie dann?«
»Also hören Sie mal, ich sitze hier und trinke meinen Wein, ja? Ich habe Sie nicht gebeten, mir solche Fragen zu stellen.«
Er zwinkerte verlegen. »Ich dachte, wir würden sexuell gut zusammenpassen.«
Sie lachte und merkte, daß sie ein bißchen betrunken war. »Können Sie das auch sehen?«
»Ja, ich meine schon«, sagte er mit feuchten Lippen. »Ich denke, Sie hätten Verständnis für … für mein … Ich habe nämlich eine kleine Anomalie – oh, keine Angst, nichts Physisches – eine rein ästhetische Angelegenheit. Eine Disposition – nein, eine Praktik, das ist der richtige Ausdruck. Eine Frau, die mich heiratet, wäre gut versorgt und könnte meine Anomalie

als bloß ästhetisch akzeptieren. Nichts Schlimmes. Man kann darüber hinwegsehen.«
Er schwieg und wartete auf ihre Reaktion oder vielleicht auf die Bitte, sich deutlicher auszudrücken.
»David?« sagte Christina.
»Ja?« kam die Antwort und Hoffnung schwang in der Stimme mit.
»Sie haben mir gesagt, was Sie von Beruf sind und wie es um Ihre Finanzen steht. Sie haben mir sogar mehr oder weniger die Ehe versprochen. Sie haben behauptet, daß wir zusammenpassen würden, und Sie haben angedeutet, daß Sie eine anormale sexuelle Neigung haben, richtig?«
»Ja, ich denke –«
»Aber David, eines haben Sie vergessen.«
»Was denn?«
»Sie haben vergessen, mich nach meinem Namen zu fragen.«
»Oh.«
»Ich glaube, Sie gehen jetzt besser.«
Er schaute sie an. »Ja, ja. Tut mir leid.« Er streckte ihr nochmals die Hand hin. »Entschuldigen Sie mich.«
Sie zeigte ihm ein falsches Lächeln. »Schönen Abend noch.«
Er glitt vom Barhocker und schlich an der Bar entlang zu einer anderen Frau. Dann sagte er etwas wie: Er müsse sich neben sie setzen, verdammt noch mal, achtunddreißig Jahre, wolle sich fürs Leben binden.
Ich bin nicht beleidigt, dachte sie, weil ich fast betrunken bin.
»Darf ich?« Ein Mann im kragenlosen schwarzen Hemd setzte sich auf den Hocker neben ihr.
»Warum nicht?« sagte sie mit einem Wink ihrer Zigarette. Er war groß und dünn und hatte einen so radikal geschorenen Kopf, daß sie nicht hätte sagen können, ob er von Natur aus kahl war oder ob er damit etwas ausdrücken wollte. Er trug eine große verchromte Armbanduhr mit drei Zifferblättern. Kein gutes Omen,

wie sie fand. Männer mit großen Armbanduhren hielten nicht, was sie versprachen. Bei Männern mit kleinen Uhren war es allerdings auch nicht viel besser, sinnierte sie. Sie versuchte sich daran zu erinnern, was für eine Uhr Rick trug, es fiel ihr aber nicht ein – wahrscheinlich irgend etwas Goldenes in der Größe eines Eishockeypucks. Dagegen erinnerte sie sich gut an die Uhr ihres Vaters, eine billige Timex mit Maschinenschmiere in den Rissen und abgeschabtem Armband. Eine schlichte Uhr für einen schlichten Mann. Wie sehr wünschte sie sich, er wäre noch am Leben. Sie hatte nun so viel Lebenserfahrung, daß sie ihm mit ungekünstelter Herzlichkeit hätte begegnen können: sie einfach als seine Tochter, er als ihr Vater. Sie hätte gern sein Gesicht berührt. Ich würde alles dafür geben, dachte sie und erinnerte sich, daß er sie ans Steuer des Mustang gelassen hatte, als sie gerade sechzehn war. Er wußte, daß sie den Wagen auf dem Highway bis auf hundertachtzig hochjagen würde, um die Geschwindigkeit in sich aufzunehmen und die ganze verrückte Energie der Jugend herauszulassen. So richtig geklappt hatte es nicht, aber danach fühlte sie sich besser. Sie ging dann auf hundertdreißig, hundertzehn, fünfundneunzig zurück. Er hatte ihr das Auto anvertraut, hatte ihr selbst vertraut. Eigentlich war er der einzige, der ihr jemals vertraut hatte. Mit Ausnahme vielleicht des Professors für Religionswissenschaft an der Columbia University. Aber nachdem beide ein dutzendmal zusammen geschlafen hatten, hatte der Professor sie gefragt, wie sie als neunzehnjähriges Mädchen sexuell so erfahren sein konnte. Dabei war sie es gar nicht, jedenfalls nicht wirklich. Er meine damit auch nicht sexuelle Erfahrenheit, sondern ihre Fähigkeit, jede Stimulierung hinzunehmen. Oh, sie sei eben so. Er war dann in sein Arbeitszimmer gegangen und hatte schweigend aus dem Fenster hinüber zum Riverside Drive geschaut. »Ich hasse das, was ich tun werde«, sagte er, »aber wir müssen miteinander Schluß machen.« »Aber warum denn?« fragte sie. »Ich habe einen Fehler begangen«, sagte er. »Was für einen Fehler?« »Ich dachte, ich hätte dich im Griff, aber das ist nicht der Fall.« »Das verstehe ich nicht«, rief sie mit Tränen in den Augen. »Du machst mich wahnsinnig«, gestand er, »du treibst mich ganz allmählich zum Wahnsinn.« »Wie?« Er schüttelte den Kopf. »Du bist unersättlich.« »Bin ich das?« »Ja«. Er nickte wieder. Woher er das wisse. »Glaube mir, ich weiß das.« »Aber ich bin glücklich mit dir.« »Jetzt noch, jetzt noch.« »Aber ich liebe dich.« Nein, das glaube er nicht. In ihr sei etwas Hartes. »Christina«, sagte er, »du weißt in deinem Innersten, daß du mich fertigmachen kannst. Irgend etwas ist mit dir passiert. Du hast mir nie davon erzählt, und ich will es auch gar nicht wissen. Es hat dich gebrochen, aber auch zu stark gemacht. Ich habe genug Frauen kennengelernt, um das zu verstehen. Ich dachte, weil ich zwanzig Jahre älter bin, hätte ich dich im Griff. Ich war ein Narr. Aber nun muß ich da raus, solange ich noch kann.«

Der kahle Typ neben ihr holte eine Packung Zigaretten hervor und bot ihr eine an. Das Drama beginnt, dachte sie. Sie nahm die Zigarette.
»Das sind französische«, warnte er.
Sie nickte, fühlte sich leicht benommen. »Dann sind Sie wohl kein Franzose.«
»Nein?«
»Franzosen rauchen nämlich amerikanische Zigaretten«, sagte sie. Sie schaute weg. Ihr gegenüber saßen zwei Frauen an einem Tisch und blätterten ein Album mit Fotos von Hochzeitstorten durch.
»So ist es wohl.« Er nippte an seinem Drink. »Ich heiße übrigens Rahul.«
»Melissa«, sagte Christina.
»Warten Sie auf jemanden?«
»Ja.«

»Auf wen, wenn ich fragen darf?«
»Den großen Unbekannten.«
Ich bin ja so witzig, das macht mich ganz krank, dachte Christina.
Er riskierte ein Lachen, war sich aber nicht ganz sicher. »Ist er Ihnen unbekannt oder mir?«
»Sowohl als auch.«
»Wie sieht er denn aus?«
»Seine Schuhe sind nicht abgelaufen«, sagte sie.
Er strecke einen Fuß aus und betrachtete seine italienischen Lederschuhe. »Bis jetzt passe ich noch ins Bild.«
Ein Charmeur, dachte Christina.
»Was noch?« fragte er weiter. »Über den großen Unbekannten.«
»Fragen Sie nicht.«
Er grinste. »Ich lasse nicht locker.«
»Er steht seinen Mann.«
»Er steht seinen Mann«, wiederholte er.
»Ja. Wenn er das nicht kann, soll er es gleich bleibenlassen.«
»Was bedeutet das aber genau?«
»Es hat alle möglichen Bedeutungen, vor allem aber eine.«
Rahul schürzte die Lippen. Er war seltsam, aber auf anziehende Weise. Vielleicht war sie sich auch nicht ganz schlüssig. Vielleicht war sie betrunken. »Was machen Sie so?« fragte Christina und blies Rauch aus. »Haben Sie einen gutbezahlten Job?«
»Ich bin Fotograf.«
Ich mag seine Hände, dachte sie. »Was fotografieren Sie denn?«
»Warum kommen Sie nicht zu mir nach Hause und schauen es sich an?« flüsterte er mit gespielt geheimnisvoller Stimme. »Ich wohne nur ein paar Blocks von hier.«
»Das war aber rasch.«
Er strich sich mit der Hand über die Stirn. »Das ist mein normales Tempo.«
»Langsam ist besser.«
Er zuckte die Achseln und tat verlegen. »Was halten Sie davon?«

Ich habe keine Angst vor ihm, dachte sie.
»Sie sind neugierig, ich sehe es Ihnen an.«
»Aber nur auf einen Sprung«, sagte sie schließlich. »Ich habe eine Verabredung in einer Stunde.«
»Gut«, sagte er.
Sie verließen die Bar und gingen die Straße hinunter. Vielleicht finden sich die Menschen so, dachte sie träumerisch, oder vielleicht bin ich einfach nur schrecklich einsam. Rahul zündete sich eine Zigarette an, und sie fragte ihn, wie lange er schon in diesem Viertel wohne.
»Drei Jahre. Ich habe diese Wohnung gefunden und sofort gewußt, daß ich hier für immer bleibe. Und Sie?«
»Im East Village«, sagte sie, während sie mit verschränkten Armen neben ihm ging.
»Schon lange?«
»Nein.«
»Wo waren Sie denn vorher?«
»Im Gefängnis.« Sie hoffte, daß ihm das zu schaffen machen würde.
»Oh, das ist echt stark.« Rahul wiegte anerkennend den Kopf.
»Warum?« fragte sie. »Warum ist das stark?«
»Ich kenne die unterschiedlichsten Leute.« Er betrachtete seine Zigarette, als wäre es ein Mikrofon. »Vergangene Woche habe ich eine Frau getroffen, deren Job es ist, Werbesprüche am Himmel zu plazieren. Sie muß dafür einen bestimmten Satelliten auf seiner Umlaufbahn abpassen, und nachts sieht man dann ein bestimmtes Logo zwischen den Sternen am Himmel. Ich habe eine andere Freundin, die anderen Leuten das Gesicht absaugt.«
Christina sah ihn verblüfft an. »Wie bitte?«
»Zu ihr kommen reiche alte Schachteln von der East Side. Die lassen sich das Gesicht mit heißen Tüchern wärmen und mit chemischen Mitteln aufweichen, und dann kommt meine Freundin mit ihrem Sauger, sieht aus wie ein Kugelschreiber, nur daß am

Ende ein Saugstutzen angebracht ist, und mit dem saugt sie den ganzen Schmutz aus den Poren. Meist ist es das Gesicht dieser Ladys, manchmal auch andere Körperpartien. Das ist der letzte Schrei: sich einmal im Monat die Nase porentief reinigen zu lassen.«

»Das ist ja widerlich«, rief sie, obgleich neugierig geworden.

»Die Ladys mögen das aber. Gerade weil es widerlich ist, mögen sie es. Dafür blättern sie glatt fünfhundert Dollar pro Sitzung hin.« Er holte seinen Schlüssel hervor, und sie hielten vor der Treppe eines Backsteingebäudes. »Wir sind da.«

Vor dem Eintreten blickte sie sich noch einmal um. Keiner weiß, daß ich hier bin, dachte sie.

Die Tür fiel schwer ins Schloß, dann verriegelte er sie auch noch. Im Flur betrachtete sie die eingerahmten Fotos. »Aber das sind ja alles Tabletten.«

»Ja.«

»Sie fotografieren Tabletten?«

Rahul nickte. »Darin bin ich Meister.«

Sie warf einen Blick in das Wohnzimmer. Möbel im Stil der fünfziger Jahre, teure Sammlerstücke, Tische, Stühle und Lampen, aufwendig aus Chrom, gefärbtem Leder und furnierten Hölzern gefertigt. Ebenso stilvoll wie ungemütlich. An den Wänden hingen dutzendweise gerahmte Schwarzweißfotos. Ausnahmslos Tabletten.

»Sie wären erstaunt, wenn Sie wüßten, wie sehr heutzutage Aufnahmen von Tabletten gefragt sind.« Er berührte ein Foto mit dem Finger. »Ständig kommen neue Tabletten auf den Markt, und die Pharmafirmen brauchen gute Bilder von ihnen. Dazu gehören die richtige Beleuchtung und ein passender Hintergrund. Manchmal muß die Tablette glänzender, manchmal matter aussehen.«

Christina blinzelte aufmerksam. Ich gehe hier gleich wieder raus, sagte sie sich.

»Ich habe fast alle Tabletten, die es überhaupt gibt, fotografiert«, fuhr Rahul fort. »Antidepressiva, Phytopharmazeutika, Antibabypillen. Tabletten zur Regulierung der Schilddrüse, zur Chemotherapie ...« Er beobachtete ihren Gesichtsausdruck. »Tabletten zur Hormonbehandlung, Antibiotika, Herztabletten, entzündungshemmende Tabletten, Tabletten gegen hohen und welche gegen niedrigen Blutdruck, nicht rezeptpflichtige Generika, Cholesterintabletten, Beruhigungstabletten, haarwuchsanregende Tabletten, Tabletten, um andere Tabletten einnehmen zu können, schließlich alle Schmerztabletten wie Morphin. Es gibt sogar eine Tablette, die soll Schmerzen von einer erlittenen Operation vergessen machen, wußten Sie das? Oder ein ganz neues Produkt, das das Wachstum der Fingernägel verlangsamt.« Er ging durch das Wohnzimmer in die geräumige Küche, wo es einen nie benutzten Designer-Ofen gab. »Überall auf der Welt gibt es Pharmakonzerne, die neue Tabletten herstellen. Entweder fahre ich zu ihnen, oder sie schicken mir ihre Tabletten zu. Ich fliege übrigens morgen nach Deutschland. Die Deutschen lieben ihre Tabletten.« Er nahm zwei Gläser aus einem Schrank. »Einen Drink?«

»Ja«, sagte sie. »Vielleicht einen Schluck.«

Sie ging ins Badezimmer und verschloß die Tür hinter sich. Alles wirkte ganz normal. Sehr sauber. Er hatte ja vielleicht eine Putzfrau. Aber vielleicht würfelte er gerade eine Tablette in ihren Drink, und sie würde nachher ohnmächtig umfallen. Sie schaute in das Toilettenschränkchen. Wattestäbchen in einem Glas, das war alles. Welcher Mann hatte einen Vorrat an Wattestäbchen in einem Glas? Ich möchte kein hartes Herz haben, ich will nicht zu stark sein. Das war das Gute an Rick. Er machte sie in einer Weise schwach, wie sie es liebte. Mit ihm verflog ihre Angst; sie lag dann neben ihm im Bett und lehnte sich gegen seinen mächtigen Rücken, den Geruch seines T-Shirts in der Nase, oder sie zog seinen schweren Arm zu sich herüber. So hatte sie in ihrem Leben am besten geschlafen. Er kurierte sie von ihrer Verhärtung. Aber nur vorübergehend. Vielleicht hatte der Religionsprofessor ja recht. Rahul schien gar nicht so schlecht zu sein – nein, das lag wohl nur am Wein. Sie wußte, daß sie sich nicht selbst trauen konnte. Manchmal konnte es jeder x-beliebige Mann sein, und das machte ihr angst. Das hatte der Religionsprofessor damals erkannt.

»Soll ich Ihnen die übrige Wohnung zeigen?« fragte Rahul, als sie aus dem Badezimmer kam.

»Möchten Sie das?« fragte Christina. Sie fühlte sich unsicher auf den hochhackigen Schuhen, folgte aber Rahul ins Schlafzimmer. Auch das sah normal aus, abgesehen von den großen runden Lampen über dem Bett. »Was sind das für Lampen?« fragte sie.

»Das sind Strahler aus dem Operationssaal«, erklärte er. »Die sind echt.« Er drückte einen Schalter, und die Lampen über dem Bett gingen an. Nach einer Minute verbreiteten sie ein gleißendhelles Licht.

Er lächelte lässig. Wenn sie klug war, würde sie sich jetzt aus dem Staub machen.

»Was gibt es sonst noch?«

»Die Dunkelkammer.« Er hob die Augenbrauen. »Als Kontrast.«

»Oh, das möchte ich sehen«, sagte sie.

»Die meisten Fotografen geben ihre Filme ins Labor.« Rahul zeigte auf den Spülstein mit den Chemikalien. »Ich lasse auch das meiste Material draußen entwickeln, aber bei manchen Aufnahmen möchte ich es lieber selber machen.«

Wie bei den Aufnahmen von den toten Frauen im Keller – tranchiert, am Fleischerhaken, den Mund mit Gummihandschuhen gestopft.

Denk nicht an so was, ermahnte sie sich. Schau dich einfach um.

Der Schreibtisch in der Dunkelkammer war übersät mit Papieren, Postkarten, Notizblättern, Kassetten und Münzen in verschiedenen Währungen. Auch ein schwarzes Handy lag dort, nicht größer als ein Päckchen Spielkarten. Sie nahm es in die Hand, ihr gefiel die raffinierte Form. Als Rahul sich umdrehte und anfing, seine Sammlung alter Hasselblad-Kameras zu erläutern, steckte sie das Handy in ihre Tasche. Das könnte ich noch mal brauchen, dachte sie.

Dann fiel ihr Blick auf ein Glas voller Wattestäbchen. »Was für andere Bilder machen Sie eigentlich?« fragte sie und eilte zurück ins Wohnzimmer.

Er folgte ihr. »Was haben Sie denn?«

»Nichts.«

Sein Gesicht glänzte, die Haut schien gespannt. »Sie finden mich wohl merkwürdig?«

»Nein.«

»Doch, den Eindruck habe ich.«

»Warum sollte ich das von Ihnen denken?« sagte sie.

»Ich merke das.«

Vielleicht hatte er Tabletten genommen. »Wir haben alle unsere Macken.« Christina umklammerte ihre Handtasche. Ich habe keine Angst vor ihm, redete sie sich ein. Ich würde zwar in tausend Jahren nicht mit ihm ins Bett gehen, aber er macht mir keine Angst.

»Setzen wir uns doch und plaudern ein wenig«, schlug er vor.

Sie schaute auf ihre Armbanduhr. »Eigentlich sollte ich gehen.«

»Bleiben Sie doch noch. Wir haben ja kaum –«

»Ich werde erwartet.«

»Ich wollte Ihnen gerade die anderen Bilder zeigen.«

»Die anderen Bilder? Keine Tabletten?«

Er zog ein großes Fotoalbum aus dem Regal. »Das ist die erste Serie.«

Sie setzte sich und schlug das Album auf. Wattestäbchen. Ganze Wälder, Konstellationen, Wasserfälle aus Wattestäbchen.

»Das hier hat mich viel Arbeit gekostet«, sagte er und deutete auf eine ganz bestimmte Aufnahme. »Die Ausleuchtung kann ganz schön kompliziert sein.«

»Haben Sie diese Aufnahmen in Ihrem Schlafzimmer gemacht?«

»Woher wissen Sie das?«

»Ich dachte nur so.«

Er war erfreut und strich sich über den kahlen Schädel.

»Wie viele haben Sie denn gemacht? Von den Wattestäbchen, meine ich.«

»Über all die Jahre? Vielleicht tausend Filme. Mit sechsunddreißig Aufnahmen pro Film.«

»Sie haben 36 000 Aufnahmen von Wattestäbchen gemacht.«

Er nickte. »Keiner vor mir hat das wohl jemals gemacht.«

»Rahul, ich muß gehen.«

»Bitte bleiben Sie noch.«

»Ich muß.« Wenn er mich im Keller einsperrt, benutze ich das Handy, dachte sie. Daß er morgen nach Deutschland verreisen mußte, war eine Lüge.

»Geben Sie mir Ihre Telefonnummer?« fragte Rahul.

»Das wäre zu früh.«

Er spielte an seiner Uhr. »Wissen Sie, an Geld fehlt es mir nicht.«

»Das sehe ich.«

»Sie sind sehr schön.«

»Sind wir jetzt soweit?« Sie nahm ihre Handtasche.

»Ich weiß, Männer sagen das immer, aber ich habe ein Auge für Schönheit.«

»Würden Sie mich wohl hinausbegleiten?«

»Noch nicht jetzt, bitte.«

Sie stand auf.

»Ich kann Sie glücklich machen.«

Sie lief zum Hausflur. Mein Gott, wie kann ich nur so dumm sein, dachte sie, während sie im Rausch an den Tablettenfotos vorbeiwankte. Ich muß dumm und verzweifelt sein, mich in eine solche Lage –

»Warten Sie!« rief er hinter ihr her. Er bekam sie an der Haustür am Arm zu fassen. »Sie können mich nicht einfach so stehenlassen. Warten Sie –«
Sie machte die Tür auf, aber er war stärker und drückte sie wieder zu.
»Jetzt warte doch, du blöde Schlampe.«
Sie versetzte ihm mit dem Knie einen Stoß zwischen die Beine, was ihn momentan außer Gefecht setzte. Dann riß sie die Tür auf, stürzte die Treppe hinunter und eilte im Laufschritt auf die Straße. Als sie sich umdrehte, sah sie, daß er ihr nicht gefolgt war.
An der nächsten Straßenecke hielt sie an und zündete sich eine Zigarette an. Ihr Herz schlug heftig, sie fühlte sich schwindelig, flau im Magen, die Stirn brannte ihr. An ihr vorbei rasten Autos die Straße hinunter; eine unternehmungslustige Menge eilte mit Vorfreude den Amüsements entgegen, die sich auch zu vorgerückter Stunde noch boten. Christina inhalierte den Rauch der Zigarette und hoffte auf die beruhigende Wirkung. Sie schaute zurück. Nichts. Sie hatte ein seltsames Gefühl in den Fingern, und erst jetzt merkte sie, daß sie zitterte. Ich habe mich nicht im Griff, dachte sie, einfach nicht im Griff.

Snyder, Wainwright, Lovell & Passaro
Fiftieth Street/Lexington Avenue, Manhattan
20. September 1999

Er hatte sie nicht gefunden. Noch nicht oder noch nicht wirklich. Am vorangegangenen Donnerstag und Freitag war er über Mittag im brütendheißen Taxi zu Marthas Kanzlei gefahren, um mit zwei, drei Frauen nacheinander Gespräche zu führen. Es waren hoffnungsvolle, charmante Frauen gewesen, die bei bester Gesundheit und klarem Verstand waren. Jede schien geeignet; aber keine hatte ihn überzeugt. Die Frauen waren sachlich und aufmerksam, sicherlich hatte Marthas rauhe Mütterlichkeit sie beruhigt. Charlie betrat die Kanzlei mit einem Gefühl der Hoffnung, das redete er sich zumindest ein. Die Absatzzahlen für das dritte Quartal waren geeignet, Marvin Noff mit seinen Unkenrufen endlich zum Schweigen zu bringen. Außerdem hatte er es geschafft, das Spiel der Jets im Fernsehen anzuschauen, ohne daß Ellie die Seniorenresidenz auch nur einmal erwähnt hätte. Vielleicht hatte sie die Idee aufgegeben. Selbst die Verabredung zum Abendessen mit Mr. Ming schien unter einem günstigen Stern zu stehen. Sie würden über die Fabrik sprechen, und Mr. Ming würde wie üblich dazu lächeln. Charlie würde das Abendessen zahlen, Ming die nächste Tranche von zehn Millionen gewähren.

»Wir haben Ihre Bewerbung erhalten«, sagte Martha, als sie Pamela Archer begrüßten, die Frau, die auf einer Farm im Norden des Staates New York lebte. Sie war schlank und

hochgewachsen, trug ein schlichtes Kleid und hatte Turnschuhe an den Füßen. Offenbar hatte man ihr als Teenager keine Zahnspange gegönnt, und auf ihrer Stirn zeigten sich Kummerfalten.
»Ich heiße Martha.«
»Und ich bin Charlie Ravich.«
»Sind Sie der – Geschäftsmann?« fragte Pamela Archer.
»Der bin ich«, sagte er verbindlich.
Sie setzten sich in ein Konferenzzimmer. »Miss Archer«, fing Martha an, »wir möchten Ihnen gern ein paar Fragen stellen und, sofern Sie Ihrerseits Fragen haben, diese beantworten.«
Miss Archer lächelte höflich-nervös. »Schön.«
»Ich erläutere Ihnen zuerst die Idee, die hinter dem Arrangement steht, und dann die Einzelheiten«, sagte Martha. »Dann herrscht Klarheit auf beiden Seiten. Die Abmachung wird selbstverständlich in einem Vertragstext ausformuliert werden, und wenn die Wahl auf Sie fallen sollte, gehen wir davon aus, daß Sie Ihren Anwalt hinzuziehen, um den Text prüfen zu lassen. Ich möchte hier noch einmal betonen, daß über allem das Prinzip des guten Glaubens steht und daß das Wohlergehen der ausgewählten Frau von höchster Bedeutung für uns, für mich ist.« Martha hielt inne, um sich zu vergewissern, daß Pamela Archer ihr folgte. »Das Arrangement soll so fürsorglich wie möglich gestaltet werden.«
Nach diesen Präliminarien gingen sie das eigentliche Vertragswerk durch – die Pflichten jeder Partei, die Zahlungsweise, der Vaterschaftsnachweis, die Abstände, in denen über die Kindesentwicklung Bericht erstattet werden sollte.
»Ferner wären da noch zwei Bereiche, über die wir Auskünfte erwarten«, sagte Martha, stand auf und holte sich eine Tasse Kaffee. »Das eine betrifft Ihre Gesundheit. Nach dieser Unterredung werden Sie in einem Privatwagen zur Untersuchung in eine Arztpraxis gebracht. Das schließt eine gynäkologische Untersuchung und einen Bluttest ein.«

»Das hört sich logisch an.« Pamela Archer lächelte Charlie zuversichtlich an.
»Dort wird man Ihre medizinische Vorgeschichte prüfen«, fuhr Martha fort. »Wir möchten Ihnen jetzt ebenfalls ein paar Fragen medizinischer Natur stellen, die aber eher auf Ihren Charakter als auf Ihre Gesundheit im eigentlichen Sinne zielen.«
»Bitte«, sagte Pamela Archer.
»Rauchen Sie?«
»Nie«, verkündete sie stolz.
»Nie?«
»Nie.«
»Trinken Sie?«
»Kaum. Ich mag ab und zu ein Glas Wein.«
»Nehmen Sie Drogen?«
Pamela runzelte die Stirn. »Das ist lange her.«
»Wenn Sie auch in jüngerer Zeit Drogen genommen haben, sollten Sie das sagen, da die medizinische Untersuchung –«
»Ich bin jetzt absolut drogenfrei«, unterbrach Pamela Archer.
Martha notierte sich das. »Was für Drogen haben Sie – früher – genommen?«
»Marihuana, Speed, psychedelische Drogen, ein paarmal auch LSD.«
»Haben Sie sich jemals gespritzt?« wollte Charlie wissen.
»Nein, niemals.«
»Sind Sie sich da sicher?« fragte Martha.
»Haben Sie sich denn jemals gespritzt?« fragte Pamela Archer.
»Nein!« sagte Martha.
»Sind Sie sich da sicher?«
Martha fuhr erstaunt zurück. »Aber selbstverständlich!«
»Sehen Sie, so sicher bin ich mir auch.«
Martha wandte sich zu Charlie.
»Ich glaube, sie ist sich ganz sicher.«
Martha kehrte zu ihren Unterlagen zurück. »Schön. Hatten Sie

jemals Hepatitis, Gonorrhöe, Syphilis, Herpes oder eine andere sexuell übertragbare Krankheit?«

»Ich hatte mal eine Chlamydieninfektion.«

»Waren Sie schon einmal schwanger?«

»Nein«, flüsterte sie.

»Wann hatten Sie Ihre erste Menstruation?«

»Mit zwölf, glaube ich.«

»Ersten Geschlechtsverkehr?«

»Mit fünfzehn.«

»Zahl der Sexualpartner?«

»Das weiß ich nicht mehr so genau.«

Martha schien diese Antwort nicht zu gefallen. »Ungefähr?«

»Vielleicht zehn oder zwölf.«

»Waren unter den Partnern auch Heroinsüchtige?«

»Nein.«

»Verurteilte Schwerverbrecher?«

»Nein.«

Charlie ging die Akte durch und hörte nur mit halbem Ohr hin. Von den sechs Frauen, die er mit Martha interviewt hatte, waren ihm nur drei wirklich sympathisch gewesen, und Pamela Archer gehörte nicht zu ihnen. Die Chemie muß stimmen, dachte Charlie, ich brauche eine instinktive Affinität. Schließlich würden er und die Mutter in regelmäßigen Abständen miteinander reden, und wenn er sich nach der Gesundheit und dem Gedeihen des Kindes erkundigte, wäre es gut, wenn er und die Mutter sich gut verstünden. Wenn man die Wahl hat, dem eigenen Kind etwas Gutes zu tun, was sollte es sein? Eine Familie? Ein ideales Milieu zum Heranwachsen? Intelligenz? Er konnte für alle drei Voraussetzungen gute Argumente vorbringen. Aber was für das eine Kind ideal war, mußte es nicht unbedingt für jedes andere auch sein. Lebensverhältnisse veränderten sich, Familien zerbrachen. Aber das waren vielleicht die falschen Fragen. Die wichtigste Frage war schlicht und ergreifend, wer die beste Mutter sein würde. Aber die beste Mutter unter welchen Bedingungen? Ellie war immer eine ausgezeichnete Mutter gewesen; lag das vielleicht daran, daß sie nie eine berufliche Karriere angestrebt hatte? Wenn sie zwanzig Jahre später geboren wäre, hätte sie sich vielleicht im Beruf verwirklichen wollen und hätte sich nicht ausschließlich den Kindern gewidmet. Andererseits gab es Leute, die behaupteten, beruflich erfolgreiche Frauen seien die besseren Mütter, weil sie durch ihr Beispiel den Kindern Entfaltungsmöglichkeiten zeigten. Über diese Fragen ließe sich endlos diskutieren, dachte Charlie. Am besten wäre es wohl, die Sache aus dem Bauch heraus zu entscheiden, so hatte er es schließlich immer bei den wichtigsten Angelegenheiten in seinem Leben gehalten. Welche von den Frauen mochte er einfach? Welche meinte er am besten zu verstehen?

»Ich für meinen Teil habe keine Fragen mehr«, sagte Martha. »Ich lasse Sie nun mit Mr. Ravich ein paar Minuten allein.« Damit verließ sie das Konferenzzimmer.

Er zog seinen Stuhl etwas näher heran.

»Hallo.« Pamela Archer lächelte, ihre Augen strahlten.

Sie schaut mich an, als sei ich eine Goldmine, dachte er. »Miss Archer, ich bin mir im klaren, daß dieses Arrangement etwas ungewöhnlich ist.«

»Für Sie wahrscheinlich auch.«

Er nickte.

Ihre Augen bekamen einen besorgten Ausdruck. »Wie viele Antworten haben Sie auf die Annonce erhalten?«

»Über hundert. Und wir bekommen immer noch welche.«

Sie zwinkerte nervös, und Röte legte sich auf Hals und Wangen. »Wie viele haben Sie denn in die Endauswahl genommen?«

»Neun.«

»Mit wie vielen haben Sie schon gesprochen?«

»Mit sechs, Sie eingeschlossen.«

Sie spielte mit den Fingern in ihrem Schoß. »Es ist schon eine etwas verrückte Art, ein Kind zu machen.«
»Ja.«
»Haben Sie schon Kinder?«
Er nickte.
»Warum, wenn Sie mir die Frage gestatten, wollen Sie dann noch eins?«
Charlie lehnte sich zurück. »Die anderen Frauen haben dieselbe Frage gestellt. Der Grund ist einfach der, daß meine Familie, so scheint es mir jedenfalls, am Aussterben ist. Mein Sohn ist schon vor Jahren gestorben, und meine Tochter hat Fruchtbarkeitsstörungen.«
Sie schaute ihn traurig an. »Aber Sie würden das Kind niemals zu Gesicht bekommen.«
»Das weiß ich.«
»Könnte das nicht schmerzlich für Sie sein?«
»Vielleicht. Aber zu wissen, daß ein gesundes Kind –«
Die Tür ging auf. Martha strecke den Kopf herein. »Charlie, ein dringender Anruf.«
Ellie, sagte er zu sich, während er den Flur zu Marthas Privatbüro hinunterging, bitte nicht Ellie.
»Mr. Ravich, hier ist Tom Anderson aus Shanghai«, ertönte eine schrille Stimme, als er den Hörer in Marthas Büro ans Ohr hielt. »Ihre Sekretärin hat mir diese Nummer gegeben. Wir hatten, glaube ich, noch nicht das Vergnügen. Ich bin der stellvertretende Bauleiter Ihrer Fabrik. Leider habe ich schlechte Nachrichten.«
»Wo ist Pete Conroy?« bellte Charlie, wütend vor lauter Schreck.
»Er versucht im Süden unsere Zementlieferung für den nächsten Monat auf die Reihe zu bringen. Er hat mich gebeten, Sie anzurufen, weil ich hier vor Ort bin.«
Charlie schaute durch Marthas Bürofenster, das sich dreißig

Stockwerke über der Erde befand. Im Westen sah er Flugzeuge im Anflug auf La Guardia. »Sagen Sie mir, worum es sich handelt.«

»Wir haben einen Baustopp. Das kam so: Ein Arbeiter ist durch ein einstürzendes Gerüst ums Leben gekommen. Eine schlimme Sache, aber tatsächlich war es seine Schuld. Hier in Shanghai vergeht kein Tag ohne einen Unfall mit Baugerüsten. Die Chinesen kennen nicht dieselben Sicherheitsvorschriften wie wir –«

»Die machen alles noch aus Bambusrohr und Stricken.«

»Genau. Die städtische Gewerbeaufsicht hat also die Baustelle geschlossen. Als ich heute morgen zur Arbeit kam, war das ganze Areal abgesperrt. Ich hatte eine heftige Auseinandersetzung mit den Beamten, aber es war nichts zu machen. Wir konnten heute den gelieferten Stahl nicht in Empfang nehmen, ich mußte die Lkws auf eine andere Baustelle unserer Firma umleiten, aber damit ist ein Risiko verbunden. Hochwertiger japanischer Stahl verschwindet von der Baustelle, wenn man ihn nicht binnen weniger Tage verarbeitet. Ich habe mit dem Dolmetscher über alle möglichen Kanäle versucht, die Aufsichtsbehörde weichzukriegen. Heute abend will ich ein Glas mit dem Amtsleiter trinken gehen. Ich möchte herausbekommen, was ich noch ausrichten kann, aber er steht im Sold der großen Baulöwen.«

Die könnte ich landen, dachte er, als er eine Boeing 747 über Brooklyn in die Kurvenlage gehen sah. Wie man einen Bus parkt. »Ist die Schließung juristisch einwandfrei? Haben die Behörden das Gesetz auf ihrer Seite?«

»Das gesamte Gerüstgeschäft liegt in den Händen von Subunternehmen, die von einem der drei großen Baukonzerne beauftragt werden, die wiederum von den städtischen Behörden kontrolliert sind.« Anderson sprach hastig und schnell wie ein Kind, dem der Atem knapp wird. »Hier gibt es mehrere hundert Großbaustellen und Tausende kleinere. Meiner Ansicht nach gibt es zwei Erklärungsmöglichkeiten. Entweder herrscht

Krieg unter den Gerüstfirmen, und einer hat es geschafft, einen städtischen Vertreter dazu zu bringen, die Schließung anzuordnen –«

»Das ist die erste These. Wie lautet die zweite?«

»Oder die Gerüstfirmen versuchen lediglich die westlichen Firmen noch mehr auszunehmen als sonst.«

Ming! dachte Charlie, ich bin heute abend mit Ming zum Essen verabredet. »Wann werden Sie mehr wissen?«

Keine Antwort. Gespannte Stille. »Das dauert eine Weile, meiner Erfahrung nach.«

»Diese Antwort ist ein Torpedo. Damit versenken Sie mein Schiff.«

»Okay, okay, ich würde sagen ein, zwei Wochen. Wenn die Baustelle aber geschlossen ist, werden Ihnen die Arbeiter abspenstig, und es kostet Zeit, neue Bautrupps aufzustellen. Jeder einzelne Arbeiter muß dann wieder mit dem Projekt vertraut gemacht, das Material dem Arbeitstempo entsprechend angeliefert werden und so weiter. Das ganze Projekt kommt drei, vier Wochen in Verzug, wenn wir den Kahn nicht schnell wieder flottkriegen. Hinzu kommt, daß wir uns der Regenzeit nähern, und laut Plan sollte der Bau vorher unter Dach und Fach sein, damit der Strom gelegt werden kann.«

»Was gedenken Sie zu tun?«

»Ich habe gut die Hälfte der Arbeiter auf eine andere Baustelle umdirigiert und beschäftige sie dort für ein paar Tage, nur damit sie nicht auseinanderlaufen. Das ist allerdings mit Mehrausgaben verbunden, die über das geplante Kostensoll hinausgehen. Ich brauche daher –«

»Ja«, unterbrach ihn Charlie. »Gut, gebilligt. Das kostet ein paar Hunderttausend, aber damit kommt der Baubetrieb nicht wieder in Gang. Wir brauchen eine Antwort von der Aufsichtsbehörde. Wie steht es mit dem stellvertretenden Bürgermeister für die Sonderwirtschaftszone? Ich habe ihn vor ein paar Wochen getroffen. Wir haben uns bei ein paar Gläsern Wein gut verstanden. Er könnte das wieder ausbügeln.«

»Ich kann ihn nicht einfach anrufen, Mr. Ravich. Er ist zu hoch gestellt«, erklärte Anderson. »Es würde ein paar Wochen dauern, einen Kontakt über Mittelsmänner herzustellen. Man weiß hier, daß ich nur der Bauleiter bin. Pete Conroy ist in Shenzhen und kann dort nicht weg. Die leitenden Architekten haben da noch diesen Schweizer –«

»Nein, nein, bloß nicht den, der würde die Chinesen nur vergrätzen. Der ist zu schroff, zu deutsch. Die wissen, daß er sie nicht ausstehen kann.«

»Das haben Sie gesagt, nicht ich.«

Mings Bank hatte eine Niederlassung in Shanghai, Charlie mußte daher beim Beschreiben des Baufortschritts vorsichtig sein. Wenn Ming Zweifel kamen, würde er womöglich jemanden mit einem Taxi vorbeischicken und einen direkten Bericht vor Ort machen lassen. Andererseits schien das Problem bis jetzt nicht so schlimm zu sein. Vielleicht war es besser, den stellvertretenden Bürgermeister nicht zu bemühen.

»Was ist mit dem Mann, der die Gerüstfirma leitet?« fragte Charlie.

»Das kann ich arrangieren.«

»Tun Sie das.«

Sie würden im Peace Hotel mit Blick auf den Huangpu sitzen, schlechten chinesischen Wein trinken und dabei das Problem durchsprechen. In einer solchen Situation brauchte man den persönlichen Kontakt – einen Herrn mit grauem Haar, der einen Toast ausgeben konnte.

»Schön«, sagte er also zu Anderson. »Ich werde Freitag nachmittag, chinesische Zeit, dasein. Ich steige im Peace Hotel ab. Aber ich rufe Sie heute abend, New Yorker Zeit, noch einmal an, um die Details zu besprechen.«

»Ich sage es ungern, aber das ist wahrscheinlich das beste.«

»Sorgen Sie unterdessen dafür, daß auf der Baustelle nicht alles stillsteht.«
»Sie meinen, es soll aussehen, als würde gearbeitet?«
»Ja, es soll aussehen, als laufe alles auf Hochbetrieb.«

»Schön, Sie wiederzusehen, Charlie.« Mr. Ming wiegte klug den Kopf, als er ein paar Stunden später seine weiche Hand in Charlies knochige Pfote legte. Das Restaurant war voll. Es war eine exquisite Adresse, wo ein Aperitif zwanzig Dollar kostete. In einer Ecke saß Barbara Walters und tat, als ob niemand sie kenne. Das Verhältnis Toupet zu Silikon hielt sich die Waage.
»Sie sehen gut aus nach Ihrem Besuch in Hongkong.«
»Ja, die Reise war angenehm.«
»Erfolgreich?«
Wußte Ming von seinem Spekulationsgewinn nach dem Tod von Sir Henry Lai? Aber was wußte dieser chinesische Bankier eigentlich nicht? »Ja.«
Charlie nickte ernst dem Oberkellner zu, worauf er und Ming an Charlies reservierten Tisch geführt wurden, vorbei an anderen Geschäftsleuten, die wie er von ihren Kreditgebern gequält wurden. Zwischen dekorativ arrangiertem Käse und Gemüseplatten bewegten sich gealterte italienische Kellner, die die Finanzmacht ihrer Kundschaft mit der gleichen kühlen Zurückhaltung abschätzten, mit der sie auch den Braten für die Gäste aufschnitten und die entsprechende Rechnung präsentierten. Das Abendessen würde fünfhundert Dollar kosten, kalkulierte Charlie, so viel, wie Vater in einem Monat verdiente.
Mr. Ming legte sich die Serviette in den Schoß und schaute auf. Wieder dieses Fuchslächeln. »Wie gehen die Geschäfte?«
»Wir liegen gut für das nächste Quartal.«
»Wie steht es mit dem Bau der Fabrik?«
»Ein paar Verzögerungen. Der übliche Kram.«
»Wie ernst nehmen Sie Ihren Konkurrenten Manila Telecom?«

»Hinreichend ernst, meine ich«, versetzte Charlie.
»Darf ich Ihnen zeigen, wie ernst wir ihn nehmen?« Ming griff in die Tasche seines Jacketts, holte ein Papier hervor und reichte es Charlie. »Diesen Bericht hat unsere Investmentabteilung angefertigt. Wir haben alle Zulieferer der Telekommunikationsbranche untersucht.«

> Der Marktanteil von Teknetrix ist als Folge des stürmischen Wachstums von Manila Telecom zurückgegangen, allerdings könnte es sich um eine vorübergehende Erscheinung handeln, da die US-Firma über eine erstklassige Produktentwicklung und eine gut ausgebaute Distribution verfügt. Dennoch bleibt Teknetrix ein interessanter Übernahmekandidat für einen gleich großen oder größeren Konkurrenten aus der Reihe der Telekommunikationszulieferer, vor allem wegen seiner technisch hochkarätigen Anwendungen, die auf internetfähige Schnittstellen, Server für Internet-Provider, Multiplexer, digitale Anschlußsysteme und Mobilfunkstationen ausgelegt sind. Die Firma ist ein sehr attraktives Ziel für eine Übernahme.

»Ihr Erfolg macht Sie verletzbar«, kommentierte Ming. »Ebenso Ihre Schwächen.«
»Wir wissen über Manila Telecom genau Bescheid«, versetzte Charlie mit fester Stimme. »Ich nehme mir ihre Absatzberichte immer mit nach Hause.«
Ming sah ihn an. Jetzt bloß nicht den Blick abwenden, dachte Charlie. Er senkte den Blick.
»Wie Sie ja wissen, Charlie, ist das Geschäft mit Firmenkrediten in Hongkong sehr dynamisch.« Ming sprach wie ein Mann, der seinen Blick über ein still daliegendes Gewässer schweifen läßt. »Wir sind zur Zeit auf breiter Front engagiert. Und wir haben erst kürzlich unsere Präsenz auf den Philippinen verstärkt.«

»Drängt Sie die Regierung, Manila Telecom zu unterstützen?« fragte Charlie. »Reden wir Klartext.«
»Ich kann auf diese Frage nicht direkt antworten.« Ming schob sich eine Krabbe in den Mund. »Immerhin kann ich so viel sagen, daß sie unsere Kreditgewährung an US-Firmen nicht ganz zu würdigen weiß.«
»Aha«, sagte Charlie, »ich habe sie laut und deutlich verstanden. Außerdem habe ich den MT-Absatzberichten entnehmen können, daß unser Konkurrent seinen Kunden – unseren Kunden – in ein, zwei Jahren eine erheblich erweiterte Produktpalette anbieten und für eine raschere Lieferung sorgen will. Wir haben daraus geschlossen, daß sie einen großen Kapitalzufluß haben, entweder durch eine neue Aktienemission oder durch einen direkten Kredit oder durch beides.«
Ming nickte.
»Sie sagen dazu nichts?« fragte Charlie, der aus den Augenwinkeln beobachtete, wie Barbara Walters vom Tisch aufstand, die Frisur so steif wie ein Footballhelm.
Ming legte seine Gabel auf den Teller. Er schaute versonnen ins Leere, als sei er damit beschäftigt, ein seltenes, schwieriges Musikinstrument zu stimmen. »Ich sehe mich außerstande«, sagte er schließlich, »die Investitionsstrategien unserer Kunden zu kommentieren.«
»Sie sagen mir, daß Ihre Bank eine neue Niederlassung in der Stadt eröffnet hat, in der sich der Sitz meines wichtigsten Konkurrenten befindet, Sie sagen mir, daß Ihre Bank mit einer Aktienemission oder einem Finanzierungsangebot an MT herangetreten ist. Und das ist Geld, das just für die feindliche Übernahme verwendet werden könnte, auf die in der Marktanalyse Ihres Hauses hingewiesen wurde. Wollen Sie mir das sagen?«
Ming hob die Gabel zum Mund.
Charlie beugte sich vor, was sein Rücken sofort mit Schmerzen

quittierte. »Das wollen Sie mir – verdammt noch mal – doch sagen, oder?«
»Die Verhältnisse in unserer Bank sind sehr verwickelt«, gab Mr. Ming zur Antwort. »Reden wir über den Quad-Port-Transformer.«
»Die Entwicklung geht gut voran«, zischte Charlie. »Das wissen Sie doch selbst.«
»Sie sagen das schon seit einem halben Jahr.«
»Weil es seit einem halben Jahr stimmt.«
»Ich glaube, die Entwicklung ist weiter vorangekommen, als Sie zugeben«, sagte Ming.
»Das freut uns«, räumte Charlie ein. »Wir werden den Verkauf des Produkts aber nicht puschen. Wir müssen es noch testen, die passende Größe finden und die Herstellungskosten kalkulieren.«
»Wenn dieser Apparat bis April auf den Markt kommt, gewinnen Sie einen Vorteil gegenüber MT.«
»Ja, so lange, bis sie uns kopiert haben«, sagte Charlie bitter, »und eine qualitativ minderwertige Ausführung unseres Geräts für zehn Prozent unter unserem Preis auf den Markt bringen.«
Er fragte sich im stillen, was ihm Ming eigentlich sagen wollte. Daß die interne Geschäftspolitik der Bank Ming und seinen Kredit an Charlie in Gefahr brachte? Daß die Bank auf den Boom in der ganzen Branche spekulierte und deshalb beide Firmen unterstützte? Daß die Bank sich noch unschlüssig war, welcher Firma sie finanziell den Rücken stärken sollte? Daß er, Ming, weit genug in die Geschäftsgeheimnisse von MT eingeweiht war, um zu wissen, daß Charlie einen bedeutenden Vorteil erreichen konnte, wenn er die Entwicklung des Q4 um jeden Preis forcieren würde? Oder daß gerade umgekehrt Ming den genauen Entwicklungsstand des Q4 erfahren wollte, damit er MT um so besser über den genauen Zeitpunkt des Übernahmeversuchs von Teknetrix informieren konnte.

Unterdessen kam Mr. Mings Forelle, hingestreckt auf einem Bett von Reis, ein Auge fragend nach oben gedreht. Erst am Haken gefangen, dann gedünstet und bald verspeist. Das bin ich, dachte Charlie. Aber noch konnte Teknetrix zurückschlagen. Es konnte die eigene Artillerie in Stellung bringen, Aktien ausgeben, um MTs angehäufte Kapitalmacht zu schwächen. Es konnte sich auch an eine andere Bank wenden, den Baukredit neu finanzieren, Ming auszahlen und neu angreifen. Und schließlich konnte es auch die Fertigstellung des Q4 beschleunigen, den Produktionsstart in der neuen Fabrik vorverlegen und ein großes Stück vom Markt hinzuerobern. Nachbrenner, sagte er sich, Zeit, den Nachbrenner einzuschalten und den ganzen Schlamassel hinter sich zu lassen.

»Ich muß wieder nach Shanghai«, verkündete er Ellie, kaum daß er die Wohnung betreten hatte.

Ellies Kinnlade klappte nach unten . »Nein.«

»Doch.«

Sie war gerade dabei, die Post zu sortieren. »Aber du bist doch gerade erst von dort zurückgekommen.«

»Ich weiß. Aber die Behörden in Shanghai haben einen Baustopp verhängt. Unser erster Mann für das gesamte Projekt ist angeblich wegen Zementlieferungen in Shenzhen, obwohl ich das für einen Vorwand halte. Dahinter steckt noch ein anderes Problem. Ich fliege Donnerstag morgen.«

Sie warf die Briefkuverts weg. »Charlie, du hast Leute, deren Job es ist, solche Probleme zu regeln.«

»Ich werde da drüben gebraucht. Es ist mit einem einstündigen Gespräch getan, aber der persönliche Kontakt ist unverzichtbar.«

Sie atmete zornig ein. »Ich brauche dich hier.«

»Und meine Firma braucht mich dort.«

»Deine Frau und deine Familie brauchen dich hier.«

»Es ist nur eine sehr kurze Reise, Ellie.«

»Wirst du es dir ansehen, wenn du wiederkommst?« fragte sie.
»Bitte?«
»Was denn?«
»Das Haus. Vista del Mar.«
»Vielleicht gibt es noch andere Orte, die wir uns ansehen könnten«, antwortete er. »Wenn dir diese Idee wirklich so wichtig ist.«
»Nein, ich denke schon, daß es der richtige Platz ist. Ich bin dabei sehr –« Sie schaute ihn ängstlich an. »Ich suche nach dem passenden Wort.«
»Gründlich vorgegangen?«
»Ja.« Sie lächelte verlegen.
»Umsichtig? Systematisch? Sorgfältig? Gewissenhaft? Bist du das auch alles gewesen, Ellie?«
Sie brach in Tränen aus.
Sie macht mir angst, dachte er. »Was ist denn?« Er nahm Ellies Arm und drehte sie behutsam zu sich, so daß sie ihm gegenüberstand. Ihr Blick war starr, ihr Mund fest verschlossen. »Du hast es gekauft, nicht wahr?«
»Ja.« Sie beobachtete, wie er reagierte. »Ja, Charlie.«
»Wieviel hat es gekostet?«
»Eine Menge. Ich habe eine Anzahlung gemacht und den Vertrag unterschrieben.
»Hätten wir nicht darüber reden können?«
»Du hättest nein gesagt.«
Er setzte sich auf einen Stuhl im Eßzimmer. »Gibt es kein Zurück?«
»Ich habe den Mitgliedsbeitrag bezahlt und uns eingeschrieben.«
Das dürfte etwa eine viertel Million Dollar gekostet haben. »Ich habe keine Abhebungen größerer Summen festgestellt.«
Nun legte sich ein stolzes Lächeln auf ihre Lippen.
»Wie hast du das gemacht?« fragte er.
»Ich habe einiges von dem Schmuck verkauft, den ich von Mutter geerbt hatte.«

»Das kann nicht soviel gewesen sein.«
»Ich habe 62 000 Dollar dafür bekommen.«
»Und was ist mit Julia? Ich dachte, du wolltest den Schmuck irgendwann ihr vermachen?«
»Ich habe ihr alles gezeigt, und sie hat sich ausgesucht, was ihr gefiel. Sie wollte nur einen Ring und eine Halskette.«
»Mit 62 000 kommt man noch nicht nach Vista del Muerte, meine Liebe.«
»Ich habe das Geld an der Börse angelegt.«
»Der Markt ist in letzter Zeit eher flau gewesen.«
»Teknetrix hat sich jedenfalls gut entwickelt«, erinnerte sie ihn.
Er stand auf. »Du hast doch wohl nicht etwa mit Tekentrix-Aktien spekuliert!«
Sie schwieg und lächelte nur.
»Ellie, alle meine Börsengeschäfte müssen gemeldet werden. Die Börsenaufsicht macht keinen Unterschied zwischen mir und Familienangehörigen, die –«
Sie legte ihm die Hand auf die Brust. »Schenk deiner Frau ein wenig Vertrauen.«
»Ich verstehe nicht.«
»Du hast gesagt, daß sich auch die Konkurrenz gut hält.«
»Manila Telecom?«
»Du bringst alle paar Wochen Berichte über sie nach Hause.«
Er runzelte ungläubig die Stirn. »Du hast die geheimen Berichte über die Absatzzahlen von Manila Telecom gelesen?«
»Sie enthalten eine Menge Information.«
»Und du hast MT-Aktien gekauft?«
»Wenn sie dir starke Konkurrenz machen, dann müssen sie wirklich gut sein.«
Er trat zwei Schritte zurück. »Du hast Aktien meiner stärksten Konkurrenz gekauft, damit du mich nach Vista del Muerte stecken konntest.«
»Nun, ganz so würde ich es nicht sagen.«

»Das ist wunderschön. Das ist das Beste, was ich je gehört habe. Ich dachte immer, einiges zu wissen, aber nein, Charlie, altes Haus, du hast keinen blassen Schimmer!«
Sie ging auf ihn zu. »Ich sehe, daß du irgendwie doch erfreut bist.«
»Ja, verdammt noch mal, ich sollte eigentlich amüsiert sein.«
»Ich wollte dich überraschen.«
»Das hast du. Weiß Gott, das ist dir gelungen.« Er fragte sich, wie sie das nur angestellt hatte. »Wenn du in letzter Zeit fort warst, hast du dann irgendwo Börsengeschäfte erledigt?«
»Da ist ein netter junger Mann in der Charles-Schwab-Filiale in der Sixth Avenue. Ich habe ihm nichts von Teknetrix gesagt. Ich habe nur davon gesprochen, daß ich Geschäfte mit Aktien von Manila Telecom machen wollte.« Sie konnte ihren Stolz nicht verbergen. »Ich habe mich sehr diszipliniert verhalten.«
»Der Kurs steht bei fünfundzwanzig.«
Sie schüttelte den Kopf. »Nein, nein, er steht näher an vierunddreißig.«
»Großer Gott, ich hatte ja keine Ahnung.«
Sie habe mit Paketen von zweitausend Aktien begonnen, berichtete ihm Ellie, und habe sie verkauft, sobald der Kurs um ein, zwei Dollar stieg, und zurückgekauft, wenn er um zwei Dollar oder mehr nachgab. Das Volumen der auf dem Markt befindlichen MT-Aktien war groß, wie Charlie wußte, und machte es einem leicht, auf- und wieder abzuspringen. An manchen Tagen habe sie ein paar tausend Dollar verdient, an anderen wieder etwas verloren. Dann sei sie zu Orders von fünftausend Aktien übergegangen, und einige Male habe sie sogar zehntausend Aktien riskiert. Da die Aktie den klassischen aufsteigenden Zickzackkurs zeigte, genauso wie Teknetrix auch, sei es nicht schwer gewesen, Geld zu verdienen, wenn man einmal den richtigen Rhythmus erwischt hatte.
»Wieviel?« wollte Charlie wissen.

»Tja, am Ende habe ich es auf fast 300 000 gebracht.«
Warum schmerzte ihn das so? »Du hast aus 62 000 Dollar in fünf, sechs Monaten fast 300 000 gemacht?«
»Ja, und das hat mich in eine richtige Euphorie versetzt. Kein Wunder, daß Männer ständig vom Aktienmarkt reden.«
»Wer wird denn die Kapitalertragssteuer für diese Gewinne zahlen?«
Sie lächelte. »Sie, mein Herr.«
Er forschte in ihrem Gesicht. »Das fürchte ich auch.«
»Vista ist fast ausverkauft. Deswegen habe ich schnell gehandelt.«
»Vista, so nennst du das jetzt also.«
»Genau.«
»Wir sind also drin?«
Sie nickte. »Es ist an alles gedacht. Das Haus ist sehr schön, Charlie.«
»Was hat es gekostet? Nein – sag es mir noch nicht.«
»Damit sind wir versorgt, Charlie. Wir müssen nicht sofort dort einziehen. Aber es steht bereit. Wir können nach und nach umziehen. Ich mußte es so machen. Du hättest nie den Gedanken akzeptiert, dich irgendwo zur Ruhe zu setzen. Dafür kenne ich dich zu gut, Schatz.«
Nicht gut genug, dachte er bitter, nicht gut genug, um zu wissen, daß ich nach achtunddreißig Ehejahren hinter deinem Rücken eine gewaltige Lüge aufbaue, gegen die dein Vista-del-muerte-Coup eine harmlose Flunkerei ist. Ich entziehe mich deiner freundlich gemeinten Lebensplanung, mein teures Weib, ich will nicht an der Leine geführt werden, ich will nicht so vom Himmel geholt werden, nicht ohne meinen eigenen geheimen Trost.

Nachdem Ellie ihre Schlaftabletten genommen hatte (wie viele? Mehr als gewöhnlich?), band er sich seine Krawatte um und wusch sich das Gesicht. An Schlaf war jetzt nicht zu denken; am liebsten wäre er jetzt in Shanghai gewesen, um Anderson zusammenzustauchen, damit er den Fabrikbau wieder in Gang brachte. Ellie verstand nicht, wie dringlich das war, und wenn sie es tat, so war es ihr gleichgültig. Für sie war Teknetrix ein häßliches Ungeheuer, das an Charlie zehrte, wo er doch Golf spielen oder schöne Reisen machen konnte. Tatsächlich bedrückte es sie, daß er sich immer noch so sehr um die Firma kümmerte. Sie versucht, mich da herauszuziehen, dachte er, mit einem Ohr auf das leise Summen horchend, das sie immer machte, wenn sie auf die einschläfernde Wirkung der Tabletten wartete. Manchmal fand er das liebenswert, es klang so, als versuche sie ihren Part bei einer Unterhaltung weiterzuführen, obwohl sie todmüde war. Es gab aber auch Zeiten, wo er in diesem Gebrabbel nur ihre Unfähigkeit sah, von dem endlosen Klatsch mit ihren Freundinnen und Bekannten zu lassen. Reden, immer reden, jeden Vorfall, jede Intrige, jede private Tragödie durchhecheln, am Telefon, beim Tee, beim Mittagessen in ihrem Stammlokal. Nach Frauenart webte sie unermüdlich an diesem unendlichen Gespräch weiter, in dem die Männer nur als grauhaarige alte Knaben vorkamen, deren Ambitionen und Vorlieben mit Nachsicht zu betrachten, aber nicht ernst zu nehmen waren, verglichen mit anderen Themen wie Mütter, Töchter, Großmütter, Schwestern, Tanten, Nichten und Babys. Je älter er wurde, desto mehr verfestigte sich in ihm die Überzeugung, daß zwischen Männern und Frauen unüberbrückbare Unterschiede bestanden. Und dabei verstand er Ellie besser denn je und sie ihn, so seltsam und frustrierend diese Einsicht auch sein mochte. Sie kannten sich beide so genau, daß sie eigentlich gar nicht mehr richtig miteinander sprachen, sondern nur noch Symbole austauschten, jedes von ihnen mit Bedeutungen aufgeladen. Teknetrix, Wohnung, Bett, Tabletten. Freunde und Bekannte. Büro. Tochter. US-Luftwaffe. Frühstück. Seniorenresidenz. Penis. Beerdigungen.

Ich bin hier festgebunden, dachte er, gefangen in dieser Wohnung, in Ellies Kopf, in Mings Bankiersschläue. Er brauchte Bewegung, er wollte etwas unternehmen, nach Shanghai fliegen, den Bau der Fabrik wieder ankurbeln, den Leuten aus der Abteilung Forschung und Entwicklung Dampf machen, damit sie den Q4 zur Produktionsreife brachten, er mußte der ganzen Firma neuen Antrieb geben. Er mußte den Verkäufern Anreize bieten, die Presse mit Mitteilungen bombardieren, die Branchen-Analysten bezirzen, eine neue Produktlinie ankündigen, den Aktienpreis hochtreiben. Er würde seine Pläne morgen dem Vorstand darlegen und dann nach China düsen, nach Hause. Volle Leistung, Baby.

Er hinterließ Ellie eine kurze Nachricht in der Küche – *Mache noch einen Abendspaziergang, konnte nicht schlafen, bin bald zurück, habe das Handy bei mir* – für den unwahrscheinlichen Fall, daß sie aufwachte. Aber bei den Tabletten, die sie schluckte, würde das wohl nicht passieren. Er rief im Etagenflur den Lift und horchte auf das Geräusch der aufwärtsfahrenden Kabine. Die Tür ging auf.

»'n Abend, Mr. Ravich«, grüßte Lionel, nicht wach, nicht schlafend, eine Nachtwächternatur, die Schultern seiner Uniform von Schuppen übersät.

»Guten Abend«, grüßte Charlie zurück. »Ich konnte nicht schlafen und dachte, ich mache noch einen kleinen Spaziergang.«

Lionel nickte, die Diskretion in Person. Er sah jeden – glücklich verheiratete Paare, die sich stritten; Kinder, die ihre Mütter schlugen; Besucher am Nachmittag, die mit nassem Haar das Haus verließen; Witwen, die vergaßen, ihre Zahnprothese einzusetzen –, aber er nahm von niemandem Notiz. Dafür wurde er ja auch gut bezahlt. Schweigend fuhren sie nach unten. In der Eingangshalle grüßte der Nachtportier, den Charlie nur selten zu Gesicht bekam, und nickte, als Charlie an ihm vorbeiging. Bin auf meinem Posten, Sir. Er hatte das Haus nicht unbemerkt verlassen. Falls die Polizei vorbeikam und wissen wollte, ob er daheim oder ausgegangen war, würde sie klare Auskunft erhalten. Mr. Ravich – er hat kurz nach elf Uhr nachts das Haus verlassen, Sir. Falls Mrs. Ravich unten anrief, konnten sie ebenfalls Auskunft geben. Was mit Charlie draußen auf der Straße passierte, stand auf einem anderen Blatt. Aber das betraf sie nicht mehr. Ich muß etwas trinken, dachte er, als er aus der klimatisierten Eingangshalle in die warme Nachtluft trat, irgend etwas Kräftiges, das mir hilft zu schlafen. Er wollte ins Pierre gehen, sich dort einen ruhigen Platz suchen und schauen, ob der Barkeeper, der den guten Gin Tonic mixte, da war. Er war ein älterer Herr, der eine Uniformjacke trug und damit wie ein Admiral aussah. Charlie hatte einmal seinen Vater dorthin mitgenommen. Und der war damals mit der Tasse Kartoffelsuppe nicht zurechtgekommen und hatte sich das Hemd bekleckert. Die Bar war gewöhnlich nicht sehr voll. Zuwenig Fußgänger, keine Restaurants in der Nähe, zuviel Blattgold und Face-Lifting für den Geschmack jüngerer Leute. An einem Montagabend würde es dort ruhig sein, gerade richtig, um sich mit dem Handy hinzusetzen und ein paar Takte mit Anderson zu reden.

Eine Minute später nickte er dem mit Zylinder und weißen Handschuhen bekleideten Portier zu und trat in die gepflegte Kühle des Lokals. An einer Reihe von gepolsterten Stühlen vorbei ging der Weg zur Bar. Müde Geschäftsleute hatten sich hier niedergelassen und hörten der Frau neben dem Piano zu, die von verlorener Liebe sang. Daneben hatten sich ein paar Tennisclubtypen mit ihren Greenwich-Gattinnen zu einem Drink nach der Show eingefunden. Ein paar unbegleitete Frauen mit eleganten kleinen Handtaschen saßen ebenfalls an der Bar. Der Pianist blätterte die Noten um. Die Stunde war schon fortgeschritten, das Licht gedämpft, die Stimmung schläfrig. Hier passiert dir nichts, murmelte Charlie, hier bist du so sicher wie in Abrahams Schoß.

Pierre Hotel, Bar
Sixty-first Street/Fifth Avenue, Manhattan
20. September 1999

Die Nacht war immer noch zu warm. Sie hörte draußen Klaviermusik aus der Hotelbar herüberkommen, der Portier in seiner braunen Uniform und dem grauen Zylinder lächelte sie an, und das schien Grund genug, hier einzutreten, wie sie es vorher schon in drei anderen Hotels, im Carlyle, im Mark und im Plaza, getan hatte. Sie hatte mit der erstbesten Person geplaudert, einen Drink und eine Zigarette angenommen, eine Visitenkarte erhalten und war dann bald wieder weitergezogen. Die Karten hatte sie weggeworfen, bevor sie zum Pierre kam. Die Männer hier sahen freundlich-zerstreut aus, die Frauen, so schien es jedenfalls, waren entweder Gattinnen oder bedeuteten Ärger. Ein paar hochgewachsene, fast zu aufwendig gekleidete Blondinen zogen durch die Bar. Einige der Männer betrachteten Christina, als sei sie jemand, den sie noch nicht kannten. Sie ließ sich auf einem der weichgepolsterten Stühle nieder und bestellte beim Kellner einen Campari. Während sie dasaß und den Klängen des Klaviers nachhing, hörte sie, wie ein gepflegter älterer Geschäftsmann neben ihr in ein Handy sprach.

»Sie reiben denen gefälligst unter die Nase«, sagte er mit weicher, tiefer Stimme, »daß wir per Vertrag 170 000 pro Monat für die Fabrik zahlen müssen, 60 000 für die Schlafräume und die benachbarten Bauten sowie eine städtischen Abgabe von acht Dollar pro Beschäftigten, was bei sechstausend Beschäftigten

48 000 Dollar monatlich macht. Und das alles, bevor ich auch nur einen Dollar Gewinn aus dem ganzen Projekt gezogen habe. Ich stehe schon mit monatlich 90 000 Dollar für Ferritkerne aus Hongkong in der Kreide.« Für einen Mann seines Alters war er schlank und großgewachsen, das Gesicht war von den Jahren gezeichnet, die Nase groß und scharf geschnitten. Er wechselte das Handy in die linke Hand, an der Christina neben einem Ehering auch eine große, nabelähnliche Narbe auffiel. Es schien, als sei die Hand einmal von einem Eisen durchbohrt worden. »Als ich vor ein paar Wochen drüben war, waren alle hocherfreut über meinen Besuch und machten mir Versprechungen. Und nun dies.« Er nahm einen Schluck von seinem Drink und hörte gereizt zu, offenbar nicht glücklich über die Antwort seines Gesprächspartners. »Ich weiß, daß die städtischen Behörden die Sache beschleunigen können. Die brauchen bloß die Gerüstfirma anzuweisen, mehr Arbeiter zur Verfügung zu stellen – Wie? Nein? Das ist schließlich China. Immer noch ein Polizeistaat. Die können machen, was sie wollen. Das ist genau die Art von ausländischer Fabrik, die man dort so dringend braucht. Die Chinesen brauchen Arbeitsplätze, sie brauchen ausländische Devisen … Nein, Mr. Anderson, Sie sind jetzt gefordert. Laden Sie die Herren ein – legen Sie das Treffen so, daß … Nein, nein, verdammt noch mal!« Der Mann schaute zornig auf, ein Blick aus stechend blauen Augen streifte sie. Er wirkte verärgert und frustriert. »Der Hongkong-Chinese wird sich nicht mit Ihnen betrinken, wohl aber der Rotchinese … Ich bin sehr verärgert über diese Geschichte. Sie müssen das aus dem Weg räumen … Ich komme Freitag. Ja, rufen Sie mich dann an. Wiedersehen.« Er beendete die Verbindung und bedeutete dem Kellner, ihm das gleiche noch mal zu bringen. Dann bemerkte er Christina. »Entschuldigen Sie. Ich war wohl etwas laut.«

»Es hörte sich an, als hätten Sie Ärger.«

»Wir versuchen eine Fabrik in China zu bauen.« Er lehnte sich in

seinen Sessel zurück. »Und irgend jemand wirft uns Knüppel zwischen die Beine.«
»Wissen Sie, wer?«
»Das können alle möglichen Leute sein.« Er dachte einen Augenblick nach. »Dahinter steckt Geld. Jemand möchte mehr.«
Er könnte ebensogut von Tony Verducci reden, dachte sie. »Und in diesem Fall?«
»In diesem Fall – aber ich würde Sie langweilen.«
Sie zündete sich eine Zigarette an und paffte den Rauch des ersten Zugs in die Luft. »Überhaupt nicht.«
Er schaute sie an, ohne zu lächeln. »Ich heiße Charlie«, sagte er, »Charlie Ravich.« Er gab ihr die rechte Hand. Sie fühlte sich groß, trocken und kräftig an.
»Melissa«, stellte sich Christina ihrerseits vor, »Melissa Williams.« Frag ihn nicht nach der Hand, mahnte sie sich selbst. »Sie waren gerade dabei, mir von dieser Fabrik zu berichten, die Sie 368 000 im Monat kostet.«
Er machte große Augen. »Ist das der Betrag, alles zusammengerechnet?«
»Ich habe die Zahlen vorhin mitbekommen«, erklärte sie.
»Wir bauen in Shanghai. Es ist ein großes Projekt. Mit sechstausend Beschäftigten.«
»Und was soll hergestellt werden?«
»Elektronische Bauteile. Winzige Elemente, nicht größer als eine Vierteldollarmünze. Über 400 000 pro Tag, wenn die Produktion einmal richtig läuft. Wir liefern sie dann direkt an Unternehmen der Telekommunikationsbranche. AT&T, Lucent, Dallas Semiconductor, IBM.«
»Verwenden Sie Materialien aus China?«
»Nein, kein einziges. Wir holen uns die Materialien aus aller Welt. Ferritkerne, Schaltplatten, Draht, Lötzinn, alles kommt von auswärts. Man muß das so machen, um gute Qualität zu garantieren.«

»Alles kommt in Containern?«
Er schaute sie verblüfft an. »Was wissen Sie denn über Containerlieferungen?«
»Eigentlich nichts.« Nun, ein wenig wußte sie schon über Containerlieferungen, denn das meiste, was Rick damals stahl, kam von Lkws, die mit Containern aus den Häfen von Newark und Baltimore beladen waren. Manchmal, wenn er genau wußte, was in den versiegelten Containern war, holte er sie mit gefälschten Papieren direkt aus dem Hafen ab. Aber sie hatte nicht vor, das Charlie zu erklären. »Benutzen Sie auch Luftfracht?« fragte sie.
Er nickte. »Wir schicken sie zu einem Frachtverteilungszentrum in Hongkong, wo wöchentlich eine Ladung ankommt und auf dem Rückflug eine Ladung mit Fertigware mitgenommen wird.« Er nahm einen Schluck von seinem neuen Drink, offenbar war er mit seiner Beschreibung fertig. »Und Sie, Melissa, was machen Sie?«
»Ich arbeite bei einer Firma, die das Design für Internetseiten macht.« Sie hätte sich gewünscht, nicht lügen zu müssen, wußte aber, daß sie ihm nicht die Wahrheit sagen durfte. »Was mich aber vor allem interessiert, ist Geschichte.«
»Oh?« sagte Charlie erstaunt. »Welche Epoche denn?«
»Die Jahrhundertwende.«
»Die letzte Jahrhundertwende.« Er sah nachdenklich aus. »Die nächste steht uns ja demnächst bevor.«
»Das ist schon verwirrend.«
»Warum sagen Sie das?« fragte er.
»Alles ändert sich ständig.« Sie zuckte nur mit den Achseln angesichts der Evidenz dieser Aussage. »Wir leben nicht in demselben Land, in dem wir zu leben meinen.«
»Die meisten jungen Leute wissen das noch nicht. Ich wußte das jedenfalls nicht, als ich in Ihrem Alter war.«
»Ich glaube, es gibt vier Länder«, sagte sie.

»Das verstehe ich nicht.«
»Man wird an einem bestimmten Ort zu einer bestimmten Zeit geboren, und darüber hinaus gibt es den Ort, wo man zu leben glaubt, den Ort, wo man tatsächlich lebt, und schließlich den zukünftigen Ort, dort, wo man sich immer hinwünscht.«
»Und der immer entweicht, die Zukunft.«
Sie nickte und beobachtete, wie er trank. Sein Gesicht hatte scharfgeschnittene, aber sympathische Züge.
»Wenn Sie mal in mein Alter kommen, Melissa, denken Sie genausoviel an die Vergangenheit wie an die Zukunft.«
»Wann ist der Wechsel gekommen?«
Charlie sah verblüfft aus. »Wie meinen Sie das?«
»Ich meine, wann war der Wendepunkt – wenn es denn einen gab –, ab dem Sie mehr an die Vergangenheit als an die Zukunft dachten?«
Er senkte den Blick, seine Miene verdüsterte sich. Er seufzte, schaute in sein Glas, als sei der Drink schuld daran, daß er so viel redete, und sagte: »Seit ich meinen Sohn sterben sah.«
Er stützte die Stirn in seine große, knochige Hand, und sie mußte sich sehr beherrschen, ihm nicht den Arm um die Schulter zu legen. »Auf jeden Fall«, sagte er, sich wieder fassend, »ist das eine ziemlich gute Frage.«
»Es tut mir leid.«
»Aber nein, aber nein. Die Frage war wirklich nützlich.«
Einen Augenblick schwiegen sie betreten. Frag nicht nach der Hand, sagte sie sich.
»Hier ist es schön«, bot sie ihm als Stichwort an.
»Mir gefällt es auch«, sagte Charlie. »Wir haben hier ein Geschäftskonto.«
»Ihre Kunden kommen zu Besprechungen hierher?«
»Auf diese Weise können wir einen stimmungsvollen Rahmen schaffen.« Gleichzeitig schaute er sich mit Unbehagen um, als ob ihn jemand im Gespräch mit ihr beobachten könnte.

»Was ist denn da passiert?« fragte sie schließlich. Sie beugte sich zu ihm und berührte seine Hand.
»Das da?« fragte er und ließ zu, daß sie seinen Finger hielt. »Das ist eine alte Geschichte.«
»Ich mag alte Geschichten.«
Er rieb mit dem Daumen an der Narbe. »Das war ein Bursche mit einer Maschinenpistole. Das Geschoß ging glatt durch.«
»Wer?«
»Ein US-Marine-Infanterist.«
»Wollte er Sie umbringen?«
Er konnte sich ein Lachen nicht verkneifen, das vielleicht schon lange in ihm gesteckt hatte. »Der hat versucht, jeden umzubringen, der ihm in die Quere kam.«
Stelle keine weiteren Fragen, ermahnte sie sich. Dieser Charlie hat Geheimnisse, und er braucht sie nicht vor dir preiszugeben. Der Mann läuft geschmeidig auf Hochtouren. Das merkt man an seiner Stimme. Man sieht es an den eleganten Manschettenknöpfen aus Gold und Onyx, an dem Charme, der um seine Augen spielt. Ein Wirtschaftskapitän, ständig mit Krisen und Problemen konfrontiert. Besitzt Tatkraft, Sachverstand und einen kühlen Kopf. Der ist nicht heute so und morgen so. Kein Freak, der Wattestäbchen fotografiert. Sie mochte ihn; sie mochte seine Narbe, sein dichtes graues Haar und seinen grauen Anzug, seine blauen Augen, seine messerscharfe Nase. Und wenn er verheiratet war? Sicherlich hatte er eine Frau, die alles für ihn tat. Er hatte sie nicht erwähnt und würde es auch nie tun. Ein Mann wie er ist nicht rücksichtslos, sagte sie sich. Er kann rasch handeln, eine Situation beim Schopf packen, aber er ist nicht rücksichtslos.
»Tja, ich habe morgen einen langen Tag vor mir, Melissa.«
Sie nagelte ihn mit ihrem Blick fest. »Ich habe mich gern mit Ihnen unterhalten, Charlie.«
»Ganz meinerseits.« Er beglich die Rechnung.
»Kommen Sie öfter hierher?« fragte sie.

Er schüttelte lachend den Kopf. »Ungefähr einmal im Jahr.«
»Dann muß ich also ein Jahr warten, um wieder mit Ihnen zu reden?«
Er starrte sie an, dann verstand er. »Ich fürchte Sie haben den falschen Mann erwischt, Melissa.«
Sie hielt seinem Blick stand. »Oh, das bezweifle ich«, sagte sie sanft.
»Ich bin« – er lächelte – »ein alter, verheirateter Mann.«
»Ich weiß«, sagte sie, enttäuscht darüber, daß er das hatte sagen müssen. »Ich hatte nur gehofft, wir könnten ab und zu zusammen plaudern. Über das Wetter. Das ist doch nicht zu dreist, oder?«
Er holte seine Brieftasche aus der Jackentasche und gab ihr seine Visitenkarte. Sie las:

> CHARLES RAVICH
>
> GENERALDIREKTOR
>
> TEKNETRIX
>
> NEW YORK CHICAGO SAN DIEGO
> SINGAPUR HONGKONG SHANGHAI PARIS

»Ich gehe in ein paar Tagen ins Ausland«, sagte Charlie.
»Für längere Zeit?« fragte sie, während sie ihr Glas rieb.
»Nicht für lange.«
Sie steckte die Karte in ihre Handtasche. »Nach China?«
»Ja.« Er betrachtete sie mit kalten Augen.
»Sie taxieren mich«, sagte sie.
»Ja.«
Sie legte den Kopf zurück und schaute ihn herausfordernd an. »Und? Wie schätzen Sie mich ein?«
Er grinste jetzt breit. Falten in einem Lausbubengesicht. Er war ein Leben lang gutaussehend gewesen, das sah sie.

»Nun kommen Sie, Charlie, sagen Sie es mir«, neckte sie ihn. »Ich vertrage das.«

Er überlegte, das sah sie, er zwinkerte, preßte die Lippen aufeinander, ein Gedanke nahm in ihm Gestalt an. »Warum verabreden wir uns nicht auf einen Drink morgen abend, sagen wir um sieben?«

»Meinen Sie das im Ernst?«

Er nickte. »Ja, das meine ich.«

»Sie machen das nicht aus Mitleid –«

»Nein.« Er grinste.

»Ich nutze nicht etwa Ihre Geduld oder Ihr Wohlwollen oder einen Augenblick der Schwäche aus –«

»Nein, nein und nochmals nein.«

Sie fühlte sich leicht benommen. »Aber wissen Sie, ich kann ein ziemlich freches Biest sein.«

»Schon recht.«

Sie kaute an einem Strohhalm. »Sie können damit umgehen.«

»Vielleicht nicht.«

»Wahrscheinlich schon.«

Er stand zum ersten Mal neben ihr, und sie war erstaunt, wie groß er war. Sie mochte das. Sie gingen auf den Ausgang zu. Er ging langsamer, als sie erwartet hatte, vielleicht mit einem leichten Hinken. Draußen auf der Fifth Avenue im Schatten der Bäume wandte er sich zum Abschied noch einmal zu ihr. Sie sah, daß er nicht recht wußte, was er tun oder sagen sollte, und auch das mochte sie. Dann stellte sie sich auf die Zehenspitzen und gab ihm einen Kuß auf die Wange. Ich muß mit ihm wohl etwas kühner werden, dachte sie.

In der Nähe der Thirteenth Street/ Tenth Avenue, Manhattan 21. September 1999

Nichts zu tun ist auch eine Beschäftigung. Das behaupteten die Kolumbianer, hatte Tony Verducci gesagt, und nun wandte Rick die Devise der Kolumbianer gegen Tony Verducci an. Er tat nichts, und das sehr gründlich. Der Pick-up stand in dem Parkhaus schräg gegenüber von seinem Fitneßcenter an der Lafayette Street, diesmal nicht im ölverschmierten Untergeschoß, sondern im ebenso ölverschmierten zweiten Obergeschoß. Er hatte ein Arrangement mit einem Russen getroffen, der ein paar Zähne in Moskau gelassen und Ricks Ausführungen nur mit einem Kopfnicken quittiert hatte. Russen in New York sahen die Welt auf ihre eigene Art; sie glaubten, der wahre Weg müsse notwendigerweise ein krummer sein. Er hatte den Wagen gleich neben den mit Taubenkot verschmutzten Fenstern auf der Seite zur Avenue geparkt, so daß er die Straße unter sich im Auge hatte. Umgekehrt konnte er von der Treppe vor dem Fitneßcenter aus beobachten, wer sich im zweiten Obergeschoß des Parkhauses an seinem Wagen zu schaffen machte. Das Fitneßcenter hatte noch mehr Vorteile für ihn. Ganz im Sinne eines modernen kapitalistischen Unternehmens, hatte man verschiedene Funktionen gebündelt, und so verkaufte man dort Fitneßkleidung, Badeanzüge, Fruchtsäfte, proteinreiche belegte Brötchen, Schokoriegel, die die Muskelbildung förderten, sowie diverse Nahrungszusätze in Pulverform, auf deren Etiketten vermerkt war, daß die aufgeführten Eigenschaften nicht von der staatlichen Lebensmittelkontrolle geprüft worden waren. Doch davon einmal abgesehen, konnte Rick seine Übungen machen, den Pick-up im Auge behalten, duschen, eine Toilette benutzen und sich seinen Lunch kaufen, und das alles an einem Ort. Er mischte sich nicht unter die gestylten Kickboxer und die athletischen Schwarzen mit den chinesischen Tätowierungen an den Armen. Er hatte auch keine Augen für die Frauen im Sport-BH, die auf den verchromten Fitneßmaschinen keuchten und so taten, als schielten sie nicht ständig zur übrigen Kundschaft hinüber, vor allem nicht zu den schwarzen Jungs mit den chinesischen Tätowierungen. Er sprach mit niemandem, sondern absolvierte, ein Handtuch um den Hals, seinen Parcours von Trainingsgerät zu Trainingsgerät, vorbei an den Berühmtheiten der City, die sich auf den Heimtrainern abstrampelten und gleichzeitig mit einem Finger auf dem Touchscreen durchs Internet surften. An der Decke hingen Dutzende Bildschirme, und fast täglich war irgendein Filmteam oder ein Fotograf für eine Fotosession zu Gast in den Räumen. Kein Mensch kümmerte sich darum, nicht in New York. Unterhaltung sorgte lediglich für eine weitere Windung in der endlosen Freizeit-Konsum-Spirale, die sich immer rascher ins Endlose drehte, obwohl sich die Leute nichts sehnlicher wünschten, als ihrem ironischen Bewußtsein der ironischen Natur der Dinge zu entkommen. Sie verfolgten auf dem Bildschirm die Kurve des Dow-Index und hätten doch am liebsten ihre Medienübersättigung ausgeschwitzt, während draußen vor den Fenstern der Spätsommer langsam dem Herbst wich. Er sehnte sich nach seinem Garten, den Sonnenblumen, die gegen Ende der Saison die schweren Häupter neigten und dicke Samen fallen ließen, die wie Tränen aussahen. Aber mein Platz ist jetzt hier, sagte sich Rick, während er eine Hundertpfundhantel vor dem Spiegel stemmte. Ich bin hier, um mich bereitzumachen. Die drei, vier Stunden Training täglich trugen schon Früchte: Er hatte wieder imposante Bizepse,

einen prächtigen Rücken und einen muskelgepanzerten Brustkorb bekommen. Auch sein Appetit war gewaltig. Proteine für die Muskelmasse und Kohlenhydrate als Energiespender.
Das Nichtstun verbrauchte jedoch viel von dieser Energie. Christina, so hatte er herausgefunden, besuchte das Jim-Jack nicht nur, sondern arbeitete auch dort. An den vorangegangenen zwei Tagen war er um die Mittagszeit bis zur Bleecker Street Ecke Broadway gegangen, hatte seinen Lunch am Hot-dog-Stand gekauft und dabei durch den Verkehr hindurch Christina beobachtet, wie sie gerade Kunden bediente. Nur ein kurzer Blick. Sie trug ein Tablett mit gefüllten Tortillas, gedünstetem Gemüse und einer Cola ohne Eis. Wie gern wäre er geradewegs hineingegangen. Er hätte sich an die Bar gesetzt und auf sie gewartet. Hallo, Baby. Sie hätte weggeschaut. Wenn sie aber seinen Blick erwidert hätte, dann hätte er sie mit den Augen verschlungen. Doch das war keine gute Idee. Sie würden dort nicht miteinander reden können. Sie würde ihm nur mit vorwurfsvollem Schweigen begegnen. Nein, er mußte einen Weg finden, sie wissen zu lassen, daß er in der Nähe war. Und daß er nun anders geworden war. Vielleicht sollten sie sich zum Abendessen verabreden, zu einem gepflegten Abendessen. Abends waren die Straßen voll von Leuten, die die Speisekarten vor den Restaurants studierten und dann zum Tête-à-Tête bei Kerzenschein und Lachs eintraten. Das hätte ihm gefallen und, so glaubte er, auch Christina. Sie würden sich darüber unterhalten, wie sie früher einmal gewesen waren und wie das Böse seinen Lauf genommen hatte. Er würde die Verantwortung für alles übernehmen, um Entschuldigung bitten, ihr versprechen, daß er mit Geld aushelfen könnte – er würde sich großzügig wie ein Prinz zeigen. Und von seiner Zeit draußen auf Long Island würde er erzählen, vom Meer, der Scheune, dem Garten, dem romantischen, sturmumtosten Cottage. Und dann würden sie ins SoHo Grand Hotel gehen.
Aber noch nicht jetzt. Statt dessen aß er seinen Hot dog und

zwang sich wegzuschauen. Danach nahm er sich eine Stunde Zeit, um zum Pick-up zurückzugehen, immer darauf bedacht, nicht beschattet zu werden – das war der andere Grund, weshalb er noch nicht über die Straße und ins Jim-Jack hineingegangen war. Denn er wurde beschattet. Das stand fest. Nicht ständig, nicht regelmäßig und nicht immer von derselben Person. Aber da war manchmal jemand hinter ihm, der im gleichen Tempo ging wie er. Drehte er sich um, dann betrachtete der andere ein Schaufenster. Ein Mann, der in ein Drugstorefenster schaut. Was zum Teufel gab es in einem Drugstorefenster zu begaffen? Er drehte sich um, und hinter ihm kramte eine Frau in ihrer Handtasche. Frauen in New York durchwühlten nicht auf offener Straße ihre Handtaschen. Oder es fuhr ein neulackiertes Taxi ungewöhnlich langsam an ihm vorüber. Er spürte diese Schatten, diese Störungen im Gesichtsfeld, genauso wie vor fünf Jahren auf der Crosby Street unterhalb von Houston. Damals hatte er plötzlich ein ungutes Gefühl bekommen, hatte den Rückwärtsgang eingelegt, war gegen den Verkehr einen Block weit zurückgefahren, auf die Avenue gewechselt und hatte dann den Lkw mit einer ganzen Ladung CD-Spielern in der Nähe der U-Bahn-Station Grand Street stehenlassen. Dort war er in den Zug nach Brooklyn gesprungen und von dort in einen Casino-Bus Richtung Atlantic City umgestiegen. Da hatte er sogar Geld gewonnen.
Den Pick-up hatte er die ganze Zeit über abgeschlossen im neuen Parkhaus stehenlassen; er hatte Streichhölzer in die Ritzen zwischen Tür und Rahmen gesteckt. Die Polizei konnte jedes Fahrzeug, das Verdacht erregte, öffnen, besonders einen alten Pick-up, und auch Tony Verducci hatte einen Mann, der darauf spezialisiert war. Er hatte einen normalen Job als Mechaniker, war aber rund um die Uhr per Bieper erreichbar, um gegen Bargeld jedes Fahrzeug aufzumachen. Immer wenn Rick nach dem Fitneßcenter zum Pick-up zurückkehrte, umschritt er den Wagen erst einmal und hielt am Boden nach Streichhölzern Ausschau.

Er brauchte jeden Hinweis. Muster. Paul hatte ihn gewarnt. Er versuchte in ein Muster zu geraten, das ihn schützte. Worauf wartete er eigentlich? Gute Frage. Er schlug die Zeit tot, wartete auf das Klingelzeichen, wartete auf die Enthüllung.

Dann, am dritten Tag, einem warmen Nachmittag, als der Wind über den Broadway fegte und die Werbezettel der Schuh-Discountläden aus den überquellenden Mülleimern fortriß, sah er Christina aus dem Jim-Jack treten. Sie setzte eine Sonnenbrille und eine Baseballkappe auf. Sogar über die Kreuzung hinweg spürte er ihre Präsenz. O Baby, du haust mich um, bringen wir es hinter uns. Christina verwöhnte einen nicht gerade mit Liebenswürdigkeiten, aber wenn sie einem ein Lächeln schenkte und einem fest in die Augen schaute, dann war das ein Blankoscheck für alle Wünsche, mochten sie auch noch so wüst sein. Ihre Augen sagten: Das ist nur eine Frage der Zeit. Bis dahin laß die Finger vom Hosenstall. Sie trug eine Papiertüte einer großen Buchhandelskette. Den Kopf gesenkt, überquerte sie an der Ampel die Straße und stolzierte in Jeans und Stiefeln an ihm vorbei. Er spürte die Würze des Hot dogs im Mund und schluckte. Hatte sie schon immer diesen Schwung in den Hüften gehabt? Er merkte, daß sie auch den anderen Männern auffiel. Er sah aber auch, daß sie jetzt nicht behelligt werden wollte. Sie war mehrere Stunden auf den Beinen gewesen, hatte zuviel Kaffee getrunken, Zigaretten geraucht und freute sich nun auf ihre Bücher. Er ließ sich vom Strom der Passanten mitreißen und folgte ihr. Jetzt ist es soweit, sagte er sich, jetzt.

Sie ging mit raschen Schritten, erst auf der Bowery zwei Blocks nach Norden, dann auf der East Fourth Street wieder nach Osten. Er folgte ihr mit einem halben Häuserblock Abstand. Er fing an zu schwitzen, während er in und aus dem Schatten der Markisen von Bodegas, Computerläden und anderen Kleinhandelsgeschäften sprang, hinter den Treppeneingängen Deckung suchte und wieder hervorkam. Ein paar Junkies genossen die späte Sonne und fragten ihn, ob er nicht einen Einkaufswagen voller Kupferkabel erstehen wolle, die sie vermutlich aus der U-Bahn gestohlen hatten. Er winkte ab. Nettes Viertel, in dem sie wohnte. Die Hälfte der Häuser schienen kurz vor dem Zusammenbrechen zu stehen. Er schaute sich ängstlich um und sah, daß ihm niemand folgte, kein Auto fuhr langsam die Straße hinab. Er blieb weiter hinter ihr. Der Gedanke kam ihm, zu ihr vor zu rennen und sie zu überraschen. Christina, ich bin's, Rick. Er war nahe daran, es zu tun. Aber sie dachte jetzt an schöne Dinge. Das sah er an ihren Schultern, ihrem Nacken, an der Art, wie sie ihr Haar im warmen Wind badete.

Vielleicht hatte Pauls Frau recht, und sie hatte schon jemanden gefunden, der es ihr besorgte. Dreh deswegen nicht durch, sagte er sich, bleib ruhig. Mach jetzt keinen Fehler. Sie hielt an und kramte in ihrer Handtasche, ehe sie ein Apartmenthaus betrat. Es scheint ihr gutzugehen, dachte er, sie hat eine Bleibe gefunden. Er ging die andere Seite des Häuserblocks hinauf und blieb in einem spitzen Winkel zu dem Gebäude stehen, so daß sie ihn, falls sie Fenster zur Straße hatte, nicht sehen konnte.

Rick ging zum Eingang, um sich die Briefkästen unten anzusehen. Er ging die paar Stufen zur Tür hinauf und schirmte die Augen mit der Hand ab, um durch die gläserne Eingangstür zu gucken. Viel zu sehen war da nicht: ein langer gekachelter Flur, trübes Licht, auf dem Boden Anzeigenblätter und Zettel mit dem Menü eines Pizza-Service. Ein Treppenabsatz ragte in den Flur hinein. Auf der Wechselsprechanlage waren die einzelnen Apartments mit Abkürzungen wie 1A, 1B, 1C, 1D, 2A, 2B, 2C usw. aufgeführt. Er warf einen Blick auf die Namensschilder; Christinas war nicht darunter. Fünf Apartments hatten keine Namensschilder. Obgleich es nicht auszuschließen war, daß sie jetzt unter einem falschen Namen lebte, war ihre Wohnung wahrscheinlich eine der unmarkierten: 3A, 4C, 5D, 6C, 6D. Ferner fiel ihm auf, daß dies alles Apartments in den höheren

Stockwerken waren, vielleicht nach hinten hinaus gelegen, falls die vorderen mit A und B bezeichnet wurden. Er ging wieder zurück auf die andere Straßenseite und betrachtete das Gebäude. Sechs Stockwerke, vier Fenster auf jeder Etage. Aus den unterschiedlichen Vorhängen und Pflanzen in den Fenstern schloß er, daß die vier Fenster zu zwei verschiedenen Wohnungen gehörten. Zwei Wohnungen vorn, zwei hinten. Die zur Straße gelegenen Wohnungen waren beliebter, was bedeutete, daß Christina wahrscheinlich nicht in einer davon lebte. Die Verteilung der unmarkierten Apartmentnummern bestätigte das. In den weniger beliebten Wohnungen wechselten die Mieter häufiger, folglich war die Wahrscheinlichkeit höher, daß sie leer standen oder erst kürzlich wieder bezogen worden waren, so daß keiner seinen Namen an der Wechselsprechanlage angebracht hatte. Oder, was auch möglich war, es wohnten dort Leute, die ihre Anwesenheit nicht schon am Gebäudeeingang kenntlich machen wollten. Vielleicht.

Oder vielleicht täuschte er sich mächtig, wenn er glaubte, Röntgenaugen zu haben. Er wartete lange, so daß sogar jemand, der in den obersten Stock steigen mußte, inzwischen angekommen sein mußte. Niemand zeigte sich an irgendeinem der Fenster. Er wartete noch länger. Der Stand der Sonne hatte sich geändert. Ihm fiel auf, daß die Marken der Klimaanlagen der einzelnen Wohnungen nicht die gleichen waren. Diese Scheißklimaanlagen. Wegen diesen Dingern war Christina ins Gefängnis gewandert. Meine Schuld, sagte er sich, es war meine Schuld, daß sie verhaftet wurde. Ein ganzer Lkw voller blöder Klimaanlagen, und sie mußte vier Jahre lang im Knast sitzen.

Er betrachtete wieder die Fassade des Gebäudes. Daß verschiedene Marken verwendet wurden, konnte bedeuten, daß der Hausbesitzer sie nicht stellte, sondern daß die Mieter sie sich angeschafft hatten. Das wiederum hieß, daß jede Wohnung über einen eigenen Stromzähler verfügte, da kein Hausbesitzer, der bei Sinnen war, Klimaanlagen in Apartments duldete, in denen kein Stromzähler installiert war. Eine große Klimaanlage fraß mehr Strom als eine Waschmaschine. Beide vorderen Apartments auf dem dritten Stock besaßen schöne Klimaanlagen, wie man an den Fenstern erkennen konnte. Wieder unter der Voraussetzung, daß A und B die Apartments zur Straßenseite waren, hieß das, daß Christina nicht in 3A wohnte, der einzigen Wohnung ohne Namensschild auf dem dritten Stock. Also blieben nur die vier unmarkierten Wohnungen in den drei obersten Stockwerken. Er konnte bei allen klingeln und sehen, ob sie antwortete. Und das tat er denn auch: 4C gab keine Antwort; bei 5D antwortete ein kleines Mädchen mit »Mom, Dad will auch Zigaretten«; 6C brachte nach einem erbarmungswürdigen Hustenanfall nur ein »Si?« heraus; 6D blieb stumm.

Er zog sich wieder auf die andere Straßenseite zurück, enttäuscht, aber auch nervös, weil ihn vielleicht jemand beobachtet haben konnte. Wenn ihn jemand beschattet haben sollte, hätte der Betreffende sein Verhalten wohl höchst aufschlußreich gefunden. Noch drei Minuten, sagte er sich. Er bemerkte, daß das Fenster von 5A oder 5B weit offenstand und daß ein Handtuch auf dem Fensterbrett lag, darüber lag etwas Rosafarbenes. Da trocknete etwas in der Sonne, etwas Rosafarbenes, das konnte Unterwäsche sein. Das sprach für Christina. Sie würde ihr Trinkgeld bestimmt nicht für Trockner in einem Waschsalon verschwenden, wenn sie es vermeiden konnte. Aber es war eine der vorderen Wohnungen, was nicht zu seiner bisherigen Theorie paßte.

Er überquerte wieder die Straße und kontrollierte den Namen bei Wohnung 5A: M. Williams. Bei 5B stand H. Ramirez. Er nahm nochmals Abstand. Nun ging das Fenster mit der Unterwäsche auf. Ein Frauenfuß kam hervor und wedelte in der Luft, offenbar um den Nagellack auf den Fußnägeln zu trocknen. Christina? Der Fuß verschwand. So wie er sie kannte, würde gleich der andere Fuß erscheinen – und da kam er auch schon! Ja! Die Zehen gestreckt, ihr süßer Fuß, Größe acht; Über die Jahre hatte er für Christina mindestens dreitausend Dollar für Schuhe ausgegeben. Und sie war da oben und lackierte sich die Fußnägel. Aber war sie nun in 5A oder in 5B? Er klingelte bei 5B. Keine Antwort. Er klingelte nochmals. Nichts. Er eilte aus dem Hausflur und schaute nach oben. Die Füße waren noch da. Er kehrte in den Hausflur zurück und klingelte bei 5A. Er rannte auf die Straße und schaute hoch. Die Füße waren weg.

»Ja?« kam es gereizt aus der Wechselsprechanlage.

Rick schaute auf den Briefkasten. »Mr. Ramirez?«

»Das ist 5B«, sagte Christina.

»Okay.«

»Versuchen Sie's mal mit Lesen«, bemerkte sie noch.

Versuch mal nicht so zickig wie in alten Tagen zu sein, dachte Rick glücklich über den Erfolg; obwohl ich es ja liebe, setzte er hinzu. Aber jetzt saß er im Hausflur in der Falle. Wenn sie aus dem Fenster schaute, würde sie ihn sehen. Er schlich aus der Eingangstür. Die Füße oben am Fenster waren wieder da und paddelten in der Luft. Jetzt aber weg hier, Rick, du weißt nun, was du wissen wolltest. Er lief schwitzend ein, zwei Blocks weit die Straße hinunter und verlangsamte erst dann seine Schritte. Sein Plan ging auf. Er hatte Geld, er sah wieder präsentabel aus, er hatte sie schließlich gefunden. Nun überlegte er sich, wie er Kontakt zu ihr aufnehmen sollte. Man mußte bedenken, was für ein Leben sie jetzt führte. Sie baute sich gerade eine neue Existenz auf. Er dagegen stand da, Hände in den Hosentaschen, und spielte mit seinem Schwanz. Denk nicht dauernd an Sex, du Saftkopp. Was würde Paul wohl an seiner Stelle tun? Paulie würde sagen, wenn du unbedingt wieder in Kontakt mit ihr treten willst, wenn du es wirklich mußt, dann mache es mit klarem Kopf. Denke dabei nicht an Sex oder Liebe oder Vergebung. Das würde sie sofort durchschauen. Sie wüßte dann, daß du an dich selbst und nicht an sie denkst, und sie würde dir den Laufpaß geben. Er mußte also für die Begegnung mit ihr bereit sein. Wenn er reden und zuhören sollte, dann konnte er nicht gleichzeitig an das andere denken.

Eine Stunde später stand er in einem Apartmenthaus in der East Fifty-second Street unweit der UN-Zentrale und schaute in eine Überwachungskamera. Er nannte seinen Namen.

»Haben Sie einen Termin?« fragte eine weibliche Stimme durch die knackende Wechselsprechanlage.

»Ja, ich habe vorhin angerufen.«

»Einen Augenblick, bitte.«

Er hatte in der Zeitung eine Anzeige gefunden und aus einer Telefonzelle angerufen. Man hatte ihm gesagt, zu einer bestimmten Straßenecke zu gehen und dort von einer anderen Telefonzelle wegen weiterer Informationen nochmals anzurufen, und das hatte er getan.

»Wie war doch gleich der Name?«

»Rick.«

Der Türöffner summte, er drückte die Tür auf und ging drei Treppen hoch. Noch eine Tür, noch ein Türöffner, und dann trat er in einen Empfangsraum. Der Rausschmeißer, der es sich auf einem Sofa gemütlich gemacht hatte, hob die Augen und stand auf, als er Ricks imposante Erscheinung sah.

»He«, sagte Rick, »bleib cool, Mann.«

»Dürfte ich Sie um Ihren Namen bitten?« fragte eine Frau hinter einem Fenster.

»Rick.«

»Wir brauchen den vollen Namen und eine namhafte Kreditkarte.«

Er schob ihr die American-Express-Card zu, die ihm Paul gegeben hatte.

»Okay.«

»Wie wird das hier verbucht?« fragte er.
»Als Abrechnung eines Reisebüros.«
»Gut.« Paul brauchte es ja nicht zu erfahren.
Sie nickte dem Rausschmeißer zu. Er kam herüber und tastete Rick von oben bis unten ab. »Er ist sauber.«
»Wir haben eine ganze Reihe sehr netter Mädchen.«
Er bezweifelte das, denn wenn es wirklich nette Mädchen wären, was taten sie dann hier? Durch eine weitere Tür mit elektrischem Öffner gelangte er in einen größeren Raum, der ganz in Leder und Chrom gehalten war. Sieben Mädchen, alle im Badeanzug und mit hochhackigen Schuhen, saßen im Halbkreis in großen Sesseln und blätterten in Zeitschriften oder schauten fern. Es roch wie in einem chinesischen Schnellimbiß.
»Ich brauche zwei«, sagte Rick. Er sah, daß der anschließende Flur zu mehreren Türen führte, die alle rot gestrichen waren.
»Zwei? Das können wir arrangieren. Wen möchten Sie –«
»Das überlasse ich Ihnen«, sagte Rick. »Ich brauche auf jeden Fall zwei.«
Die Dame erklärte ihm, daß er bei ihr den Service des Hauses zahle und daß jedes Mädchen ihren eigenen Honorarsatz aushandle.
»Schön.« Die ganze Rechnung belief sich auf neunhundert Dollar. »Geht alles auf meine Karte.«
Sie maß ihn mit einem Blick von oben bis unten. »Ich glaube, ich gebe Ihnen am besten LaMoyna. Sie haben doch nichts gegen schwarze Mädchen?«
»Keineswegs.«
»Manche Männer wollen keine schwarzen Mädchen. Sie werden von ihnen eingeschüchtert.
»Ist schon in Ordnung.«
»Das andere Mädchen ist Kirby«, sagte sie, als würde sie eine Partnerin für ein Kindergartenspiel aussuchen.
»Kirby?«

»Wissen Sie, sie kommt aus Kalifornien, da haben sie solche Namen.«

Die Schwarze hatte gewaltige Brüste, die schon seit geraumer Zeit die Existenz der Schwerkraft erfahren hatten. Außerdem schien sie an einer Hautkrankheit zu leiden, die er nicht kannte. Das andere Mädchen war klein und hatte blondes Haar, das ihr bis zur Taille reichte. Schmale Schultern, schmaler Hintern. Lippen so rot wie gekochte Shrimps. Keine von beiden machte ihn an.

»Wie möchtest du es gern, Süßer?« fragte die Schwarze, während sie ihn an der Hand zum Zimmer führte. Ihr blauer Bademantel war offen, der Gürtel schleifte auf dem Fußboden hinter ihr her. Ihre Füße hatten eine dicke Hornhaut, und auch sonst war ihre Haut überall trocken und rissig.

»Ich möchte euch abwechselnd«, sagte er.

Das Bett war groß und frisch bezogen, aber ohne Decken.

»Sollen wir entscheiden, wer drankommt, oder willst du das machen?«

»Das ist mir gleich.«

»Was soll die andere machen, wenn sie nicht mit dir beschäftigt ist?«

»Das ist mir gleich.« Er fragte sich, ob er nicht gleich wieder gehen sollte. »Ihren Spaß haben«, sagte er schließlich. »Mit mir und jeder für sich.«

»Wie sich's gerade so ergibt, ja?«

»Ja genau.« Sie fragten ihn, ob er ein paar Getränke auf seine Rechnung bestellen wolle, was er bejahte. Sie gaben die Bestellung auf.

»Du hast für zwei Stunden gezahlt?« fragte die Schwarze.

»Ja.«

»Warum?«

Er zuckte mit den Achseln. »Schien mir angebracht.«

»Wir werden dich früher k. o. machen, als du denkst, Süßer.«
Es klopfte an der Tür. Ein anderes Mädchen brachte ein Tablett mit Gläsern und einer Flasche herein.
»Wir haben gleich eine ganze Flasche bestellt«, kicherte Kirby.
»Schon recht.«
Das Mädchen mit dem Tablett wartete. Er stand auf und gab ihr einen Zehndollarschein.
»Du bist nicht gerade redselig«, neckte ihn Kirby.
»Ich kann sprechen.«
»Komm mal her«, sagte LaMoyna, »mal sehen, was du zu bieten hast.«
Er ging zu der Schwarzen hinüber. Sie schaltete eine Lampe neben dem Bett an und zog ihn nahe ans Licht. Dann schob sie einen Daumen unter den Gummizug seines Slips und zog ihn hinunter.
»Du bist ja ganz zusammengefaltet.« Sie brachte die Lampe noch näher heran. »Wie ein olles Akkordeon.« Sie zog an ihm, bis er langsam Volumen gewann. Er sog die Luft durch die Nase ein. »So, na, das sieht schon besser aus.« Dann zeigte sie auf eine runde Narbe und strich mit dem Daumen darüber. »Was ist denn das?«
»Zigarettenglut.«
»Hm, was ist da passiert?«
»Ein Mädchen hat mich da mit ihrer Zigarette verbrannt.«
»Die war wohl wütend auf dich, was?«
»Ziemlich wütend.«
Sie bearbeitete ihn weiter mit fester Hand. Sie wußte, was sie tat, und er schloß die Augen. »Hast du keine Lust, dein Ding in jemanden reinzustecken?«
»Doch, schon.«
»Kirby, wäre das ein Problem für dich?«
Die Blondine kam herüber und schaute. »Ja.« Sie lächelte Rick an. »Aber der Typ ist mir sympathisch.«

»Spielst du Football?« fragte LaMoyna. »Du erinnerst mich an einen Typ, der auch mal hier war und der gesagt hat, er spiele bei den New York Jets.«
»Ich habe nur in der High School gespielt, sonst nicht.«
Während die Frauen ihre Gläser leerten, ging er zum Fenster und beobachtete den Verkehr vier Stockwerke tiefer. Der Himmel hatte sich bezogen, es sah nach Regen aus. Auf dem Gehweg schaute ein alter Mann auf seine Armbanduhr, ging ein paar Schritte und schaute nochmals auf die Uhr. An der Ecke vor der Ampel stand eine Frau im gelben Kleid und hielt die Hand eines kleinen Jungen. Sie warteten, daß die Ampel auf Grün sprang. Mach das hier, damit du nachher einen klaren Kopf hast, sagte Rick zu sich selber.

Achtzig Minuten später rief die Schwarze: »Jetzt bin ich aber mal dran.«
»Noch nicht«, rief die Blondine.
»Doch, jetzt bin ich dran.«
Er hörte das, aber wie aus der Ferne. Die Schwarze gab ihm einen spielerischen Klaps auf den Hintern. Da ließ er von der Blondine ab, die sich sofort wie eine Katze einrollte. Die Schwarze spreizte die Beine und zeigte ihm ein dichtes Vlies, zwei dunkle Lippen und etwas, das fast wie die rosa Spitze einer Zunge aussah. Eigentlich verstehe ich mich im Leben nur auf vier Dinge, dachte er, während er in sie eindrang. Ich weiß, wie man große Sachen klaut, wie man Fische ins Boot kriegt, wie man Gewichte stemmt und wie man bumst. Nur das Fischen ist von Nutzen für die Allgemeinheit. Bei jedem dieser Spezialgebiete verhält es sich ähnlich: Erst studiert man es eingehend, dann setzt der Frust ein, und plötzlich lernt man ganz unerwartet neue Dinge hinzu. Beim Bumsen zum Beispiel war es nun so, daß es erst interessant wurde, wenn man die erste halbe Stunde ohne zu ejakulieren hinter sich gebracht hatte. Diesen Punkt hatte er nun erreicht. Er nahm

die Schwarze hart, so hart, wie er es sich wünschte, aber ohne wahre Lust zu empfinden. Minutenlang stieß er gleichbleibend hart zu. Das Mädchen hatte den Kopf zurückgeworfen, die Augen geschlossen, und wenn er zustieß, runzelte sie die Stirn und gab leise, unverständliche Laute von sich. Je härter er zustieß, desto modulierter und erregter wurden ihre Laute. Es hätte Schmerz sein können, doch das war es nicht. Sie hakte sich mit den Beinen über seine Schultern ein und strich mit den Händen über seine Hüften, wie jemand, der träumerisch das Finish eines neuen Wagens prüft. Er pumpte anhaltend im gleichem Rhythmus, so daß sie immer einen Augenblick verschnaufen konnte. Alle drei, vier Stöße entließ ihre Vagina die Luft, die er hineingestoßen hatte. Dabei entstand ein feuchtes, furzartiges Geräusch. Aber sie befanden sich inzwischen längst jenseits aller Peinlichkeit, Identität, Macht und Rassenzugehörigkeit. Fragen wie ›Wer ist der gegenwärtige Präsident der Vereinigten Staaten?‹ oder ›Welchen Tag haben wir heute?‹ waren belanglos geworden, solange er an diese idiotische Maschine der Gier gekettet war und auf seine Erlösung wartete. Doch noch war es nicht soweit, deshalb atmete er tief durch – letztens hatte er gut sechs, sieben Kilometer auf dem Fitneßrad heruntergerissen – und machte weiter, ohne selbst zu wissen, warum, während die Schwarze, das Gesicht zu einer zornigen Grimasse verzerrt, den Kopf auf dem Kissen wälzte und wie im Wahn leise mit sich selber redete. Mit der Zunge leckte sie den Schweiß, der von seiner Brust troff, und von Zeit zu Zeit ließ sie ihre rechte Hand an seinem muskulösen Arm emporgleiten, kniff oder zerrte an ihm, dann wieder machte sie eine Faust und trommelte in ohnmächtigem Protest gegen seinen Brustkorb, stirnrunzelnd und mit geschlossenen Augen, als stelle sie ihm stumme Fragen, auf die es keine Antwort gab. Warum machst du das mit mir? Warum wünsche ich mir das? Was weiß ich von dir, und was weißt du von mir? Dann aber gab sie das Verhör auf und zog sich in sich zurück, ließ ihre Hand kraftlos auf das Kissen zurückfallen. Er schaute zu dem blonden Mädchen hinüber. Sie hatte sich langsam auf Arme und Knie gestützt und wollte nun vom Bett kriechen und vielleicht auf die Toilette gehen. Genau das war es aber, was ihn erregte – sie so zu sehen, ohne einen Gedanken an ihn, in einem Augenblick verletzlicher Selbstversunkenheit. Er mochte das – ihr Desinteresse an ihm. Er wollte es zerstören. Speichel sammelte sich in seinem Mund. Er stieß die Schwarze weg, die ihre Brüste bedeckte und erleichtert aufseufzte, packte das blonde Mädchen von hinten an den Hüften und zerrte sie über das Bett wieder zu ihm. »Ich kann nicht schon wieder«, rief sie, die Arme über dem Kopf. »Tut mir leid.« Er scherte sich nicht darum – kein bißchen. Pech, da war einfach nichts zu machen. Sie wog wohl knappe hundert Pfund, also hob er sie in die Höhe und steckte sie auf sich drauf, und für einen Augenblick sah sie aus wie eine Flickenpuppe, die weinend und schreiend um sich schlug. Dann schob er mit den Knien ihre Beine weiter auseinander, legte sich ganz auf sie und drang tiefer in sie ein. Sie lag flach auf dem Bett, Arme rechts und links weit von sich gestreckt. Er schob seine Arme unter sie, um sich zu stützen und sie besser atmen zu lassen. Als sie seinen Daumen vor ihrem Mund spürte, packte sie ihn mit den Zähnen und biß und saugte wütend an ihm, während er immer wieder in sie eindrang und sich bei jedem Stoß mit dem ganzen Körper gegen sie warf. Ob ich das so durchhalte? dachte er. Und dann fing sie an, mit ihrem kleinen Hintern zu wackeln und sich gegen sein Gewicht zu pressen; sie versuchte, ihm ihren eigenen rebellischen Rhythmus aufzuzwingen, ihm die Kontrolle zu entreißen. Dann machte sie einen Arm frei, schob ihn am eigenen Bauch entlang nach unten, tiefer noch als dort, wo er in sie rein- und rausging, und streckte die Finger so weit, daß sie mit den Nägeln von unten seine Hoden packte. Das und ihr herausforderndes Po-Wackeln trieben seine Erregung zum Äußersten, seine Gesichtsnerven verkrampften sich, er gab sein Letztes, die Hände an ihre Hüften geklammert, bis zuckend der ellenlange milchige Strang aus ihm herausschnellte. Erst dann, während er noch nach Atem rang, beruhigte er sich allmählich.

Seine Gier war tot, sein Haß verraucht.

Das blonde Mädchen kroch unter ihm hervor. »Das hat aber weh getan, du Arsch.«

Doch die Schwarze lachte. »Aber nein, Kirby. Ich hab's genau gesehen. Du hast gewimmert, aber vor Lust.«

Das blonde Mädchen lächelte. »Ja, aber dafür kann ich jetzt echt nicht mehr gehen.«

Doch er hörte schon nicht mehr hin. Er wollte sich nur anziehen und dann rasch hinaus in den späten Nachmittag. Sein Kopf war jetzt klar. Es hatte geklappt – sogar ausgezeichnet. Er konnte jetzt mit Christina reden. Er würde im Fitneßcenter duschen und eine Tasse Kaffee trinken, sich ein frisches Hemd aus dem Pickup holen und dann zu ihrem Apartmenthaus gehen und bei M. Williams klingeln. Er war bereit, ohne Furcht und bei klarem Bewußtsein zu ihr zu sprechen.

Wieder in Unterhemd und Hose stand er auf. Das blonde Mädchen ging aus dem Zimmer und ließ die Tür offen. Er fischte nach Hemd und Socken. Die Schwarze zündete sich eine Zigarette an. Sie nahm ihre linke Brust in die Hand, hob sie hoch und prüfte die verschwitzte Falte darunter.

»Wonach guckst du denn?« fragte Rick, während er einen Schuh anzog.

»Ach, ich habe da so Sachen, Hautabschilferungen nennen das die Ärzte. Kommt von der Reibung. Diese kleinen Fetzen –« Sie schaute auf und atmete scharf ein. »Kann ich etwas für die Herren tun?«

Ihre Stimme hatte plötzlich einen anderen Klang, und Rick drehte sich um.

Drei Männer standen in der Tür. Der Kleine fiel durch eine grüne

Baseballjacke, silbrig schimmernde Socken und teure Lederschuhe auf. Die anderen beiden hatten fast Ricks Statur und trugen zweireihige Anzüge.

»Sie müssen Rick sein«, sagte der in der grünen Jacke. »Ich heiße Morris.«

»Sind Sie von der –?« begann Rick.

»Sie wissen, wer wir sind, würde ich meinen.« Morris' Stimme war ruhig, fast respektvoll. »Ziehen Sie sich ruhig den anderen Schuh an, nur keine Hast.« Und an die Schwarze gewandt: »Pardon, Gnädigste, wir wollen Sie nicht kompromittieren.«

Sie rührte sich nicht. »Wo ist denn Jason?«

»Der ist draußen.«

Sie versuchte, keinen verängstigten Eindruck zu machen.

Ich kann nicht aus dem Fenster springen, dachte Rick, dafür ist es zu hoch.

Der Rausschmeißer kam ins Zimmer und hob den blauen Bademantel auf. »Gehen wir, Baby.«

LaMoyna warf die Laken zurück und nahm eine königliche Pose an, während der Rausschmeißer ihr den Mantel hielt. Sie war nicht schön. Die anderen Männer sahen gleichmütig zu, als warteten sie auf einen Zug, von dem sie wußten, daß er immer Verspätung hatte. Morris machte den Reißverschluß seiner Jacke auf und holte eine Brieftasche heraus.

»Madame«, sagte er in soigniertem Ton, »das ist für Ihre Bemühungen.« Er reichte ihr einen neuen Hundertdollarschein. Einen weiteren gab er dem Rausschmeißer. »Hier, mein Herr, für Sie.«

Rick stand auf. Die beiden anderen Männer kamen auf ihn zu und legten ihm Handschellen an. Morris deutete auf die Tür. »Gehen wir. Wie ein paar Kumpel, die einen Spaziergang machen, ja?«

»Ja«, flüsterte Rick mit tonloser Stimme.

Das waren keine Bullen. Bei der Polizei ging es nie ohne lange Warterei ab. Sachen mußten schriftlich festgehalten werden, und einer hatte immer ein Funkgerät dabei. Sie führten ihn schwei-

gend die Treppe hinunter und dann zu einem grünlackierten Taxi. Sie schoben ihn in den Fond, und die beiden großen Männer setzten sich neben ihn. Morris ging ans Steuer. Neben ihm auf dem Beifahrersitz standen zwei große Werkzeugkisten.
»He, sagt mal«, brachte Rick mühsam hervor.
»Wir reden, wenn wir da sind«, antwortete Morris. »Lehn dich zurück und entspann dich. Das wird keine große Sache, wirklich nicht.«
»Ihr arbeitet für Tony Verducci?«
»Ja, so kann man es sagen.« Morris bog in die Second Avenue ein. Es hatte zu regnen begonnen. Er blickte Rick im Rückspiegel an. »Die anderen beiden sind Tommy, links neben dir, und Jones.«

Zehn Minuten später hielten sie vor einem alten Fabrikgebäude unweit der Tenth Avenue stadtabwärts. Draußen prasselte der Regen auf die Windschutzscheibe. Die Scheiben beschlugen, während sie im Auto warteten. Seine Gelenke schmerzten ihm von den Handschellen. Ein nasser Hund schnüffelte an einem Abfallhaufen neben einer Ziegelmauer.
»Der hat etwas von einem Windhund«, sagte Morris. »Man sieht es an dem gekrümmten Rücken.«
»Der ist grad' am Verhungern«, entgegnete Jones.
»Das glaube ich nicht.« Morris öffnete die Fahrertür und pfiff. Der Hund stellte die Ohren auf und hob den Kopf. Morris pfiff noch einmal, doch der Hund strich weiter.
»Tommy, nimm du die andere Kiste.«
Sie stiegen im Regen aus, und diesmal hielt Jones eine Hand hinter Rick.
Tommy trug die eine Werkzeugkiste, Morris die andere, beide schienen schwer.
Rick bemerkte, daß die Tür, die Morris aufschloß, ein schweres, teures Schloß hatte. Sie gingen langsam eine Zementtreppe hin-

auf und durchquerten eine nur halb mit Parkett ausgelegte Fabrikhalle von der Größe eines Basketballfeldes. Durch die gelblichen, teilweise zerbrochenen Fensterscheiben fiel gerade so viel Licht ein, daß Rick erkennen konnte, wie heruntergekommen hier alles war. Der Raum hatte abwechselnd für unterschiedliche Zwecke gedient, was man an den vielen Schraublöchern im Fußboden erkennen konnte. Hier hatten nacheinander verschiedene Maschinen gestanden und Spuren hinterlassen; überall waren Farbe aus Spritzpistolen, Gummistreifen und Ölflecke zu sehen. Und Fledermauskot bedeckte alle Fensterbretter. In der dunklen Ecke am anderen Ende lag eine alte Matratze, aus der Schaumgummiflocken gerieselt waren. Daneben leere Flaschen und ein Haufen alter Kleider.
Dort standen auch drei Stühle und ein Arbeitstisch; darüber, mit Klemmen befestigt, ein paar Arbeitslampen.
»Okay«, sagte Morris. »Wir hätten dich gern da auf dem Tisch. Setz dich drauf.«
»Wie beim Doktor in der Praxis«, bemerkte Tommy.
Morris zog seine Baseballjacke aus und legte sie über die Rückenlehne eines Stuhls. Unter einem grünen Sporthemd zeichnete sich sein teigiger Körper ab. »Ich werde dir jetzt ein paar Fragen stellen. Bist du bereit, Rick?«
Rick nickte. Die Hände in Handschellen, saß er unbequem auf dem Tisch. Tommy schaute in eine der beiden großen Werkzeugkisten.
»Wo ist sie?« fragte Morris. »Diese Christina Welles.« Er lächelte. »Ich würde sie nämlich zu gern mal treffen, habe so einiges von ihr gehört.«
»Ja, sie war schon ein tolles Mädchen«, pflichtete Rick ihm bei. Er sah, wie Tommy ein schweres Verlängerungskabel abwickelte.
»So ...« Morris wartete. »Würdest du uns bitte sagen, wo sie sich aufhält?«
»Das weiß ich nicht.«

Morris spielte mit einem Ring an seinem Finger – einem Ehering, wie Rick erkennen konnte.

»Ich gebe ja zu, daß ich nach ihr gesucht habe«, fuhr er fort. »Ich vermute, daß sie irgendwo in Greenwich Village ist, aber –« Er zuckte mit den Achseln. »Ich bin, glaube ich, nahe dran.«

Morris streifte seine goldene Uhr vom Handgelenk und steckte sie in die vordere Hosentasche. »Du meinst also, nahe dran zu sein?«

»Ja.«

»Wie nahe?«

»Ich finde sie schon noch.«

»Aha.« Morris deutete auf die Werkzeugkiste. »Tommy, ich brauche den Sechsmillimeterbohrer.«

»Wartet, wartet«, sagte Rick hastig.

Sie hielten ihn nieder, und Morris schaltete die Bohrmaschine ein. »Jetzt wartet doch!« Er wehrte sich, doch Tommy legte ihm wortlos den Lauf einer 38er ans Auge. Er hielt still. »Okay, okay.«

Morris schaltete die Maschine wieder aus. »Was heißt okay?«

Er keuchte, ihm wurde plötzlich ganz heiß im Hals. »Okay. Reden wir.«

Morris starrte Rick an. »Bist du sicher?«

»Ja.«

»Alles cool?«

»Ja.«

»Kann ich meine Uhr wieder anziehen?«

»Warum?«

Sie hielten ihn immer noch nieder. »Weißt du, gewöhnlich nehme ich sie bei solchen Operationen ab.«

»Nein, nein«, sagte Rick, der erst jetzt verstand. »Du kannst sie wieder anziehen.«

»Okay«, sagte Morris. »In einer Sekunde.«

Die Bohrmaschine heulte plötzlich auf, und Rick spürte, wie

etwas durch seinen linken Schuh ging, ein heißer Nagel bohrte sich durch den Fuß, kam unten heraus. Er schrie auf, der Nagel blieb in der Sohle hängen und wurde dann herausgerissen.
»Scheiße, Scheiße, ich rede ja.«
Sie ließen ihn los. Er bückte sich jammernd, umfaßte den Schuh mit den gefesselten Händen. Blut quoll aus dem Loch im Oberleder. Er drückte mit den Fingern gegen das Loch. Paul, ich brauche dich, dachte er.
Morris hielt die Bohrmaschine vor ihm senkrecht in die Höhe, während die blutige Bohrerspitze langsam auslief. »Wir meinen es ernst, Rick.« Er reichte Tommy die Maschine, holte seine Armbanduhr hervor und streifte sie über. »Wir müssen das hier hinter uns bringen.«
»Ja, natürlich«, sagte Rick und hielt sich den Fuß. »Ich hab's kapiert. Wirklich.«
Morris holte einen Zettel aus seiner Brusttasche. Ricks Schuh wurde eng, vermutlich schwoll der Fuß schon an. Es schmerzte ihn, wenn er die Zehen bewegte. Es fühlte sich an, als ob die Knochen nicht mehr zusammenpaßten. Das wird schon wieder, sagte er sich, die machen das nur, um dir einen Schrecken einzujagen.
»Ich habe das Ganze in eine Reihenfolge gebracht«, begann Morris. »Beantworte die Fragen nacheinander, dann können wir alle schnell wieder gehen.«
Morris stellte einen Kassettenrecorder auf den Arbeitstisch. »Zuerst sagst du mir bitte alles über das Verschlüsselungsverfahren von Christina, das ihr beide benutzt habt.«
»Okay.« Rick versuchte, wieder ruhig zu atmen, und hoffte, daß seine Stimme vernünftig klingen würde. »Also wir hatten damals diese Lkws, die –«
Morris runzelte die Stirn, nahm seine Uhr ab und ließ sich von Tommy die Bohrmaschine reichen.
»Verdammt, wartet doch!«

Der Bohrer drang gerade oberhalb des Schuhs in die Außenseite seines linken Fußknöchels. Diesmal war es schlimmer: Die Bohrerspitze fraß sich in die Gelenkkapsel, perforierte die Sehnen, ging durch das Fleisch, bis sie auf der anderen Seite des Knöchels wieder herauslugte. »O mein Gott, bitte«, rief Rick, klammerte sich mit den Händen an den Tisch und drückte die Augen zu. »Verdammte Scheiße!« Er versuchte sich aufzurichten, und als sie ihn schlugen, trat er wild um sich und biß sogar Jones in die Hand, bis Tommy ihn mit beiden Händen würgte und er schlaff wurde.

Der Bohrer drang erneut in seinen Knöchel. »Scheiße, aufhören!« Er wand sich vor Schmerz, brüllte Unverständliches.

»Bist du jetzt soweit?« schrie Morris.

»Ja, ja. Ich bin soweit.«

Morris zog den Bohrer heraus, Blut spritzte auf Ricks Hemd und Hose, auf Morris' Arme und Gesicht.

Er lag starr auf dem Tisch, wollte es nicht glauben, obwohl er wußte, daß es wahr war. Die Hände zitterten ihm, während er versuchte, durch die Nase zu atmen, um sich zu beruhigen. Er hatte das Gefühl, daß sein linker Knöchel völlig zerstört war. Er richtete sich auf. Der linke Schuh war nun voller Blut. Der Bohrer war durch Sehne, Knochen und Socke gegangen. Er bückte sich und hielt sich den Fuß, drückte gegen die Wunde. Sein Rücken war klitschnaß vor Schweiß, er roch Urin. Zwischen den Beinen breitete sich ein warmer Fleck aus.

»Gut so, verschnauf mal kurz.« Morris wischte sich das Blut ab, während Tommy die Bohrmaschine hielt. »Atme ruhig durch, Rick, und dann erzählst du uns alles.«

Alles, nur nicht, wo sie ist, nahm er sich vor. Alles, nur das nicht. Das verspreche ich dir, Christina. Ich sage es ihnen nicht, und wenn sie mich umbringen. »Wir hatten Lkws«, setzte er neu an, den zerschundenen Knöchel so fest drückend, wie er nur konnte. »Wir mußten hinein nach New York ... Das Problem bestand nur darin – o diese verfluchten Schmerzen – das Problem war, daß die Bullen alle unsere Telefone angezapft hatten. Immerhin, wir wußten das und konnten uns darauf einstellen. Vielleicht wurden aber auch die Münztelefone rund um das Lkw-Depot überwacht. Wir wußten, daß auf die Telefone kein Verlaß war … Außerdem wollte Tony keine Handys verwenden, bei denen jede Verbindung digital registriert wird. Er traute den Dingern nicht. All das habe ich Christina erklärt, woraufhin sie sagte, sie könnte sich ein System ausdenken.« Er wußte nicht, was er sagte. »Tony gefiel die Idee. Aber er wollte, daß wir sie auch durchführen, damit so wenig Leute wie möglich davon erfuhren. Er selbst wollte das System noch nicht mal kennen, damit er nicht in die Verlegenheit kam, es preiszugeben. So war das.« Er langte mit einer Hand an die Wunde. »Das System – unser System – funktionierte folgendermaßen: Nehmen wir mal an, wir machten es mit Frankie, einen von Tonys Hehlern –«

»Wir hatten Frankie in der Mangel, nachdem Christina verhaftet worden war«, sagte Morris.

»Ach ja?« sagte Rick unruhig.

»Wir dachten erst, er hätte es getan.«

»Was?« Rick schaute in Jones' und Tommys Gesichter. Nichts. Männer, die auf einen verspäteten Zug warteten.

»Verstehst du nicht?« fragte Morris.

»Nein.« Sein Fuß schmerzte ihm. »Was denn?«

Morris strich sich das Hemd glatt. »Er hat es nicht getan. Es hat eine Weile gedauert, das herauszubekommen.«

»Was?«

»Als ob du nicht wüßtest, was geschehen ist und wer es war.«

»Wer?«

»Vielleicht du, vielleicht Christina.«

»Wie? Nein. Auf keinen Fall.«

Morris rieb das Gehäuse seiner Uhr. »Na schön, erzähl weiter.«

»Die Lieferungen kamen monatlich … Mehr konnten wir nicht

riskieren, aber wenn die Ladungen voll waren, reichte das auch. Also mußten beide, Christina und der Hehler, wissen, wo die Lieferung hereinkam. Gewöhnlich benutzten wir einen ganz normalen Neun-Meter-Truck, keinen Sattelschlepper mit Auflieger. Damit konnten wir die Ladung auch tagsüber hereinbringen, was viel besser ist, weil es weniger Verdacht erregt ...« Er hielt inne. Was wollten sie noch von ihm? Er zog den Schnürsenkel aus dem Schuh seines heilen Fußes und band ihn über den verwundeten Knöchel, um den Blutfluß zu stoppen.

»Gar nicht dumm«, sagte Morris. »Aber binde es nicht zu stramm.«

»Was wir wollten, war ein Verfahren, mit dem sich Christina und der Hehler über einen Ort einigen konnten. Aber keiner würde es im voraus wissen ... Was wir brauchten, war ein ›Zufallsgenerator‹, so nannte das Christina. Das ist ein fester Begriff, den kann man nachschlagen. Die Zahl, die man durch dieses System bekommt, bezeichnet den Ort, wo die Fracht abgeholt werden soll. Wir brauchten ein Verfahren, nach dem jeder eine Zahl, und zwar dieselbe Zahl erhielt, ohne daß darüber eine Absprache stattfand. Es mußte ein öffentlicher Ort sein. Für den Fall, daß man beschattet wurde, sahen die Typen also nur, daß man auf einem öffentlichen Platz umherspazierte und alles anschaute, was jeder andere auch sehen konnte.« Er fühlte sich etwas ruhiger. »Was wir brauchten, war also ... Sagt mal, könnte ich nicht wenigstens etwas zu trinken bekommen?«

»Tommy, gib dem Mann einen Drink. Wir haben noch was im Auto.«

»Okay.«

»Kannst du nicht dieses Ding da weglegen?« Rick deutete auf die Bohrmaschine.

»Mehr Informationen, Rick. Wir brauchen noch mehr Informationen.«

Er holte Atem, aber nicht sehr tief.

»Es mußte ein ziemlich großer Platz sein, damit Christina und der Hehler sich nicht zu nahe kamen. Tony gefiel die Idee, aber er sagte, sie dürften sich nicht jedesmal am gleichen Ort treffen. Sie sollten sich an einem anderen Ort treffen. Christina mußte verschiedene öffentliche Plätze in Manhattan ausprobieren, wo man eine Zufallszahl ablesen kann.« Er schaute die Männer an und mahnte sich, weiterzureden. Rede sie voll, du Mistkerl, und paß auf, daß du ihnen nicht verrätst, wo Christina ist. »Im voraus wird nur bestimmt, an welchem Tag beide dort sein sollen, um nach der Zahl Ausschau zu halten. Am selben Tag, zur selben Zeit. Außerdem brauchte man eine Zahl, die für eine kurze Zeit, mindestens zehn Sekunden gleichblieb, also einen gewissen Spielraum für Verspätungen ließ, Menschen sind schließlich keine Roboter. Andererseits mußte die Zahl doch ziemlich rasch wechseln, damit sie nicht so leicht für jedermann zu erkennen war. Wenn Christina eine Minute vor so einem Zufallsgenerator stand, konnten zum Beispiel fünf Zahlen nacheinander auftauchen, ohne daß ein Beobachter hätte sagen können, auf welche es ankam.«

»Erzähl weiter.«

»Das tue ich doch schon die ganze Zeit.« Rick atmete schwer und versuchte den Fuß zu bewegen. Unmöglich. Er blutete immer noch, aber nicht lebensgefährlich. Tommy kam zurück und reichte ihm eine Flasche Eistee. Warum redete er soviel? Was würde er noch alles sagen? »Es ist schon ein paar Jahre her, nicht? Christina erklärt es Tony also, aber er sagt, schön, aber jetzt möchte ich ein paar andere Orte, ich möchte, daß du und der Hehler überhaupt nicht mehr miteinander reden müßt. Und Christina tüftelt auch das aus.«

»Aber woher wißt ihr, wann ihr am entsprechenden Ort sein müßt?« fragte Morris. »Das müßt ihr doch jeden Monat entscheiden.«

»Man konnte dafür einen wiederkehrenden Zeitpunkt festsetzen … Aber damit wäre man vorhersagbar geworden. Christina baute auch hier einen Kniff ein. Man entnimmt nämlich Tag und Zeitpunkt den Zahlen selbst. Dazu verbindet man die letzte Zahl mit der neuen Zahl. Die letzte Zahl gibt die Stunde an und die neue Zahl den Tag. Wenn zum Beispiel die alte Zahl drei hieß und die neue Zahl vier, dann bedeutete das, man sollte sich um drei Uhr am vierten des folgenden Monats treffen.«

»Was ist mit der Null?« Morris schaute auf seinen Zettel. »Wie habt ihr das geregelt?«

»Die Null war die Zehn. Außerdem legte Christina fest, daß die Zahlen sieben bis neun immer vormittags meinten, null war zehn Uhr vormittags; die Zahlen eins bis sechs waren nachmittags … So war sie immer am Platz, wenn viele andere Leute auch draußen waren, das fiel dann nicht auf. Was das Datum betraf, benutzte man null bis neun. Auch in dem Fall bedeutete null soviel wie zehn. Auf diese Weise erhielt man das Datum des nächsten Treffens.«

»Wie war das mit dem Datum und der Uhrzeit der Lieferung? Man kann das doch nicht dem Zufall überlassen bei dem Verkehr und den Parkproblemen, von den blöden Paraden und dem ganzen Scheiß ganz abgesehen.«

»Richtig. Aber auch dafür hatte sie eine Lösung.«

»Wenn man wegen dem Lkw die Verkehrslage zu berücksichtigen hatte, konnte man nur eine ordentliche Tageszeit für ein bestimmtes Datum festlegen.«

»Stimmt«, gab Rick zu, »aber wenn dieselbe Zahl zweimal in einer Reihe erscheint, was vorkommen kann, hätte das zur Folge, daß der Lkw zwei Monate hintereinander am gleichen Ort zur gleichen Zeit am gleichen Wochentag auftaucht, was zu gefährlich wäre. Nein, sie hatte etwas in ihr System eingebaut, um das zu verhindern, aber ich erinnere mich nicht mehr daran.«

Morris schaute wieder auf seinen Zettel. »Was ist mit den Orten, an denen die Zahlen abgelesen wurden?«

»Da kann ich mich an mehrere erinnern«, sagte er schwach. Der Schmerz von der Fußwunde und der Schmerz, den ihm der Knöchel bereitete, waren nicht mehr voneinander zu unterscheiden. »Einer war die Penn Station, und zwar die Tafel mit den Abfahrtszeiten der Züge. Ein anderer war die große Tafel mit der Angabe der Staatsverschuldung, die man am Times Square angebracht hat. Dann war da noch das Digitalthermometer oben auf dem Gebäude der Gulf-Western, wahrscheinlich die letzte Stelle der Ziffer –«

Morris nahm seine Armbanduhr ab.

»He«, rief Rick, »ich habe euch doch alles gesagt!«

»Du hast uns nicht gesagt, wo Christina ist.«

»Ich habe gesagt, daß ich selber nach ihr suche. Ich bin vielleicht nahe dran, aber –«

»Bohrer.«

Er wehrte sich so gut er konnte, stieß mit dem Kopf zu, trat mit den Füßen, doch sie hatten ihm die Handschellen nicht abgenommen, und während Tommy ihm die Arme über den Kopf nach hinten bog und Jones die Füße festhielt, setzte Morris den Bohrer an Ricks Rippen. Er spürte, wie das Metall den Knochen zermahlte und den ganzen Brustkorb zum Vibrieren brachte.

»Rick«, zischelte ihm Morris ins Ohr, »sei ein guter Kumpel, sag uns, wo sie ist.«

Er hielt sich die Rippe so gut er konnte. »Ich weiß es nicht«, brachte er mühsam hervor. »Ich – Moment, ich – oh …« Mit einem Mal stieg Haß in ihm auf. »Oh, hol euch der Teufel, ihr Schwanzlutscher.«

Morris grinste zu Tommy und Jones. »Der Kiefer.«

Sie packten ihn an Hals und Kopf und drückten ihn auf den alten Arbeitstisch. Nun wehrte er sich mit der ganzen Kraft, die ihm noch geblieben war. Er versetzte einem von ihnen einen harten Tritt mit dem heilen Fuß, spürte weder den zerschundenen Fuß noch die lädierte Rippe, kämpfte nur blindlings gegen sie, gegen die eigene Furcht und für sein Leben. Sie packten ihn an den Haaren, rissen seinen Kopf hoch und schmetterten ihn nach unten gegen die Tischplatte. Für einen Augenblick verlor er das Bewußtsein. Und dann heulte der Bohrer wieder auf, ging durch seine unrasierte Wange und zerbrach einen oberen Backenzahn. Der Schmerz strahlte in Auge, Ohr und Hals, er sah heißes, gleißendhelles Licht, hielt aber den Mund auf und drückte die Zunge nach unten, um dem Bohrer auszuweichen. Der blieb in ihm, wirbelte Blut und Fleisch im Mund umher, fuhr durch die zerstörten Zahnwurzeln vor und zurück und füllte seinen Kopf mit rasendem Schmerz. Hatte er dabei geschrien? Er wußte es nicht. Alles an ihm wurde schwer, die Augen fielen ihm zu, der Mund füllte sich mit Blut. Morris zog den Bohrer aus dem Kiefer, nicht behutsam, vielmehr schleifte er ihn über den unteren Backenzahn, und wieder jagte der Schmerz in Ricks Augenhöhle, zog sich bis in die Gehörgänge und in die Nase. Er spürte kühle Luft durch die Wange kommen. Blut staute sich klebrig und warm im Hals. Er probierte vorsichtig, den Mund auf- und wieder zuzumachen, wobei er mit der Zunge Zahnsplitter gegen den Gaumen bewegte.

»Das war ein Fehler, wie ich unumwunden zugebe«, sagte Morris.

»Warum?« fragte Jones.

»Wenn du einen Typ zum Sprechen bringen willst, bohrst du ihm nicht den Mund kaputt.«

»Da ist was dran.«

Morris kam ganz nahe an Ricks Ohr; sein Atem roch metallisch, fast wie die Nebenwirkung eines Medikaments: »Wir kennen Personen, die dich in ganz Greenwich Village gesehen haben. Du stöberst in Läden herum und fragst Leute aus. Glaubst du etwa, wir wüßten das nicht?«

»Halt, wartet«, er atmete schwer. »Sie ist wahrscheinlich unten in der Stadt – könnte auch anderswo sein ... Ich weiß nicht –«

Morris hörte nicht zu. »Tommy, hast du die Kühlbox mitgenommen, wie ich dir gesagt habe?«
»Im Auto.«
»Dann hol sie.«
»Okay.«
»Bring auch die Kamera mit.«
»Mach' ich.«
»Hör zu, Rick«, begann Morris wieder, »du weißt, sie ist es nicht wert. Stimmt doch, oder? Wir sind vernünftige Leute. Du sagst uns alles, dann setzen wir dich im Krankenhaus ab, dort flicken sie dich wieder zusammen. Du blutest jetzt, schau, und steckst ziemlich in der Scheiße. Sag uns jetzt alles, und du kommst sofort in die Notaufnahme.«
Er machte ein Geräusch mit dem Mund.
»Es ist keine große Sache, in fünf Minuten ist alles vorbei.«
Er spürte Nässe in der Leistengegend, der Kopf brannte ihm. Seine Hände waren kalt, und er war furchtbar müde. Vielleicht würden sie ihn in die Notaufnahme bringen. Sicherlich. Er konnte doch jetzt nicht sterben, dafür war es zu früh.
Morris schaltete wieder die Bohrmaschine ein.
Rick schloß die Augen. »Jim-Jack«, rief er, der Mund eine einzige Pein. »Bleecker.«
»Was macht sie da?«
»Arbeitet.«
»An welchen Tagen?«
Er wußte es nicht, doch das würden sie ihm nicht glauben. »Montag bis Samstag.«
»Abends, tagsüber?«
»Ja, ja.«
»Unten in der Stadt – da können wir sie jederzeit hopsnehmen«, sagte Tommy.
»Schön.« Morris wandte sich wieder Rick zu. Er schaute auf die Bohrmaschine, prüfte sie. »Wo wohnt sie?«

»Ich – ich weiß es nicht.« Er wollte es nicht preisgeben. Ihm tat es leid für alles, und er schloß schluchzend die Augen.

»Es kommt gleich«, sagte Morris. »Ich kenne das.«

»Ich liebe sie … ich liebe diese Frau!« Die Bohrmaschine heulte neben seinem Ohr auf, und nun weinte er, weinte aus Verzweiflung darüber, wie wertlos, schwach und gebrochen er doch war, ein Niemand, der sich vor dem Sterben fürchtete. »Ich liebte …« Er schluchzte wieder und bedeckte die Augen mit den gefesselten Händen.

»Nicht doch, Rick«, sagte Morris beschwichtigend, »nicht das, du kannst doch jetzt nicht einfach zusammenbrechen. Du mußt dich erst noch einmal zusammenreißen und die Adresse sagen. Sag es doch – du kannst es. Sprich es einfach aus.«

»Ich liebe sie, wirklich«, heulte er und haßte sich dabei.

»Ich weiß, daß du sie liebst«, ließ sich Morris' verständnisvolle Stimme vernehmen. »Das ist bewunderungswürdig, ich habe alle Achtung vor dir, aber leider hilft dir das jetzt gar nichts. Du mußt uns ihre Adresse sagen, Rick. Du mußt. Sonst muß ich wieder zum Bohrer greifen. Du weißt, daß ich es tue, stimmt's? Ich kenne mich aus, Rick. Ich habe neun Jahre lang als Sanitäter gearbeitet, mir macht niemand etwas vor. Ich habe dich voll im Griff, Rick, deinen Körper und deinen Geist. Und ich habe noch andere schlimme Sachen in meiner Kiste. Also, nenn mir jetzt ihre Adresse, oder es geht dir sehr schlecht.«

»Ah …« Er keuchte, wußte nicht, was er tun sollte.

Wieder das Heulen der Bohrmaschine. Er hielt die Augen geschlossen, doch die Maschine war so nahe, daß er den sengenden Geruch des Elektromotors spürte. Der Bohrer war neben seinem Gesicht, an der Nasenspitze, in einem Nasenloch, kitzelte schon – »East Fourth!« rief er. »East Fourth … First Avenue. Auf dem Briefkasten steht Williams.«

»Williams?« sagte Morris und nahm den Bohrer weg.

»Ja.«

Morris schaltete die Bohrmaschine aus. »Gut, sehr gut.«
Ein paar Minuten vergingen. Aus seinem Mund troff eine Mischung aus Speichel und Blut. Der Knöchel und die Rippe kümmerten ihn nicht, wohl aber der Zahn, der vom Bohrer zermahlt war, und die blankliegende Wurzel, die frei an der Luft lag, und das Loch in der Wange, das er mit der Zungenspitze fühlen konnte. Sie richteten ihn auf und gaben ihm Orangensaft zu trinken. Er bekleckerte sich das Hemd damit. Der Saft brannte im Zahn, spülte aber den Hals.
»So«, sagte Rick schließlich. »Fertig?«
»Wo ist das Geld?«
»Wie?«
Tommy schleifte eine große Kühlbox über den Fußboden. An seinem Hals hing eine Polaroidkamera.
»Das große Geld, die Kisten.«
»Da gibt's kein Geld in Kisten!« rief Rick entsetzt. Er versuchte zu stehen, sackte aber sofort zu Boden. »Ihr müßt mich jetzt ins Krankenhaus bringen!«
»Wir sind hier noch nicht fertig«, stellte Morris fest. »Tommy, zeig Rick mal die Kühlbox.«
Tommy schleppte die Kiste heran. »Normalerweise nehme ich die mit auf mein Boot.«
»Wir haben die Sache hier im Griff, Rick«, sagte Morris. »Helft ihm wieder auf den Tisch.« Er feuchtete einen Finger an, streifte seinen Ehering ab und steckte ihn in die Tasche. »Schön, jetzt wollen wir einmal sehen, ob du weißt, wo das Geld versteckt ist.«
»Nein –« Er verstand nicht, schüttelte den Kopf.
»Wirklich Rick, wir haben die Sache im Griff, keine Panik.«
Er konnte nicht richtig reden, weil sein Mund so geschwollen und wund war. Morris zeigte auf Ricks Arme.
»Wir amputieren einen.«
»Nein, bitte nicht!« Er schaute in Morris' Augen.

»Tommy, hast du einen Film eingelegt in die Scheißkamera?«
»Klar doch.«
»Tony will Beweise, weißt du.«
»Scheiße!« stieß Rick hervor. »Was soll das?«
»Der rechte oder der linke? Wir machen's nach Wunsch.«
Er wollte es nicht glauben.
»Welchen?« fragte Morris.
»Ich brauche den rechten!«
»Dann nehmen wir also den linken.« Morris zeigte auf Ricks Handschellen. »Macht ihm den linken frei und befestigt den rechten am Tisch.«
Morris öffnete eine der beiden Werkzeugkisten, während die Männer Rick festhielten und die Handschellen neu anlegten. »Ich habe hier eine Arterienklemme, mit der ich die Blutzufuhr am Oberarm unterbinde«, sagte Morris beruhigend. Sanftheit, ja Seelenruhe sprach aus ihm. »Damit hier ja keiner verblutet. Und das Annähen des amputierten Arms ist dann auch kein Problem. Richtig gekühlt, hast du gut vier Stunden Zeit. Kein Grund zur Unruhe, also.«
»Ich hab' doch alles gesagt!« protestierte Rick.
Morris ging auf ihn zu und setzte sich neben ihn. »Schau mal Rick, es steht jetzt folgendes an: Wir hatten eine gute Diskussion, aber nun müssen wir uns der Hauptsache zuwenden. Wenn du uns sagst, wo das Geld ist, hören wir sofort auf.«
Er suchte in Morris' Gesicht nach einer Erklärung. Er verstand überhaupt nichts mehr.
»Tust du es aber nicht, dann fahren wir mit meinem Programm fort. Ist es einmal weit genug fortgeschritten, dann müssen wir weitermachen, schließlich will ich hier keine Sauerei hinterlassen. Nun weißt du Bescheid. Schön, hör mir genau zu, denn je mehr Panik du hier machst, desto schwieriger wird alles.« Morris' Augen kamen Rick immer näher. Sie waren weder rot unterlaufen, noch zeigten sie Anzeichen von Müdigkeit. »Zuerst lege

ich eine Kochsalzinfusion an den anderen Arm. Damit kann ich den Blutverlust ausgleichen, der jedoch wirklich kein kritisches Ausmaß erreichen sollte, falls ich es schaffe, die Arterie schnell genug abzuklemmen –«

»Nein, nein!«

»Ich gehe davon aus, die Arterie in sechzig Sekunden abgeklemmt zu haben, fünfundvierzig wäre optimal«, dozierte Morris. »Bei der Kochsalzlösung benutze ich eine Vierzehner-Kanüle; die ist groß genug, um einen Liter pro Minute zuzuführen, wenn das erforderlich sein sollte. Ferner kann ich damit das nötige Morphin verabreichen. Wir beginnen mit einer Dosis von fünfzehn Milligramm, beobachten aber genau, ob deine Atmung flacher wird. Gewöhnlich gebe ich dem Patienten fünf Milligramm, aber im vorliegenden Fall sind wohl fünfzehn besser.« Morris nickte zufrieden über seine eigene Analyse. »Ich werde den Oberarm durchtrennen, erst den Bizeps, dann den Humerus – ein einzelner Knochen – und dann den Trizeps. Eine Kleinigkeit, nur Muskeln und Knochen. Das Ellbogengelenk lasse ich aus dem Spiel. Das Gelenk ist sehr kompliziert – viele Nervenstränge und Blutgefäße laufen da zusammen. Zwar hätte ich genügend Morphin, um den Schmerz zu dämpfen, das ist nicht das Problem. Wenn aber Komplikationen auftreten, dann könnte es für mich schwierig werden, die Arterie zu finden.« Der Mann war in seinem Element. »Wenn es neunzig Sekunden dauert, bis wir dich abgeklemmt haben, dann können wir einen kritischen Blutverlust bekommen. Am Oberarm ist die Arterie kein Problem. Wenn wir außerdem den Ellbogen durchtrennen würden, bliebe der Arm für immer geschädigt. Der Oberarm sollte hingegen kein Problem sein. Die Jungs in der Unfallchirurgie des Bellevue Hospitals vollbringen wahre Wunder, wenn sie es mit einem sauberen Schnitt zu tun haben. Schön. Aber der Schlüssel zu allem ist diese Klemme.« Er hielt eine stählerne Gefäßklemme mit Fingergriff in der Hand. »Die wirkt stärker als ein Druckverband. Haben wir erst einmal den Arm abgetrennt und die Klemme angelegt, bist du auf der sicheren Seite, Rick. Du wirst davon nicht sterben. Du wirst vielleicht das Gefühl haben zu sterben, du könntest in einen Schockzustand geraten, aber du wirst keineswegs sterben. Der menschliche Körper erholt sich erstaunlich schnell. Er schützt sich selbst. Wir sorgen dafür, daß die Wunde mit Jodlösung gereinigt und dann verbunden wird. Die Jungs im Bellevue Hospital können dann an einer sauberen Wunde arbeiten. Tommy wird von jeder Operationsphase Aufnahmen machen. Den abgetrennten Arm versorge ich mit einer Fucidine-Gaze auf der Schnittfläche, wickle dann das Ganze in Aluminiumfolie und lege es auf Eis. Keine Sorge, der Arm kommt nicht in direkte Berührung mit dem Eis. Der Arm soll gekühlt, aber nicht gefroren werden. Gekühlt und in antiseptischer Umgebung gelagert, kann er gut und gerne drei, vier Stunden halten. Bis dahin bist du längst in Bellevue, und dort näht man ihn dir wieder an. Ich tue alles, um den Jungs die Arbeit zu erleichtern.«

Morris schien auf Ricks Protest zu warten, doch der fühlte sich zu schwach und hilflos, der Schmerz sägte durch den blutenden Zahnstumpf, ihm wurde dunkelrot und trübe vor den Augen.

»Ich kümmere mich schon um dich, hörst du? Wenn du aber jetzt nicht redest, sondern anfängst, mich zu beschimpfen oder um dich zu schlagen, dann gebe ich dir Lorfan. Du fragst dich vielleicht, was das ist. Ich nenne es eine Spritze mit der Macht eines Gottes. Es wirkt antagonistisch zum Morphin, es ist sozusagen sein Gegenspieler. Mit Lorfan können Typen, die nach einer Überdosis schon wie tot aussehen, plötzlich wieder aufstehen und singen. Ich habe das ausprobiert, ein Bombenerfolg, das kannst du mir glauben. Wenn du Scheiße machst, Rick, gebe ich dir zwei Milligramm Lorfan. Das reicht, um die fünfzehn Milligramm Morphin zu blockieren, die ich dir vorher verabreicht habe. Die Wirkung setzt nach zwanzig Sekunden ein. Mit anderen Worten, du bekommst ein Gefühl, als ob dein Arm, der dir bis dahin überhaupt nicht weh getan hat, plötzlich abgetrennt worden sei, was« – und hier dämpfte Morris die Stimme – »dann ja auch tatsächlich passiert ist.« Er schaute zu Tommy hinüber. »Gib mir die Säge. Außerdem habe ich noch ein paar Plastikkittel eingepackt. Okay. Dann macht mal die Musik an.«

»Hast du Kassetten?« Tommys Stimme hallte in dem großen Raum wider.

Ich liebe meine Hand, meine Finger, dachte Rick mit merkwürdigem Abstand. »Warte, warte«, sagte er schwach. »Warte –«

»Ich habe die Rolling Stones, ich habe Salt'n'Pepper, Bruce Springsteen, Willie Nelson – du weißt doch, ›Blue Eyes Crying in the Rain‹ –, nur tolle Musik.« Morris wandte sich wieder an Rick. »Hast du einen speziellen Wunsch?«

Rick machte eine Faust mit der linken Hand, nur um sich zu erinnern. O Paul, dachte er, bitte tu doch etwas.

»Such dir was aus«, befahl Morris.

Er spuckte einen Zahnsplitter auf die Unterlippe. Jetzt schmerzte ihn auch wieder die lädierte Rippe. »Dann nehme ich Bruce Springsteen.«

»Eine gute Wahl.« Morris nickte zustimmend. »Schön. Stell die Musik richtig laut, Tommy. Ja, gut so. Jetzt die Säge.« Er schaute Rick an, den Mund konzentriert zu einem dünnen Schlitz zusammengekniffen. »Das geht ruck, zuck, Mann, hör einfach der Musik zu.«

Zimmer 527, Pierre Hotel
Sixty-first Street/Fifth Avenue
21. September 1999

Jemand kauft seine Anzüge für ihn, dachte sie, als sie Charlie an der Hotelbar stehen sah. Er hatte ein Blatt Papier in der Hand, das er gerade las, und trank währenddessen. Er bemerkte gar nicht, daß sie auf ihn zukam. Das verwirrte sie, denn sie hatte viel Zeit und Geld darauf verwendet, durch ihr Äußeres glauben zu machen, sie sei jemand, der sie in Wirklichkeit nicht war. Sie hatte einen neuen Lippenstift aufgetragen und anderes Parfüm benutzt und trug Ohrringe aus Golddoublé. Der Aufwand, den sie betrieben hatte, kam ihr lächerlich vor bei dem Gedanken, daß er sich wahrscheinlich überhaupt nichts dabei gedacht hatte. Wieder hatte sie sich in ihr kleines Schwarzes gezwängt – sie hatte ja nichts anderes. Du mußt eben der sein, der du bist, hatte es im Knast immer geheißen. Nach der Mittagsschicht im Jim-Jack war sie gegen vier bei sonnigem Wetter nach Hause gegangen, hatte geduscht und sich gefragt, was Männer Ende Fünfzig wohl an einer jungen Frau besonders liebten. In erster Linie wohl die jugendliche Frische, aber nichts Grelles oder Billiges. Ein Mann wie Charlie würde sich auf nichts einlassen, wenn er sich mit der Frau nicht wohl fühlte. Er würde nur höflich lächeln und weitergehen. Nun glitt sie an den anderen Männern an der Bar vorbei und berührte dann sanft Charlies Ärmel.

»Hallo«, sagte sie gedämpft, als er sich umdrehte. »Erinnern Sie sich noch an mich? Ich bin die Frau, die gestern abend mit Ihnen geflirtet hat.« Sie gab ihm einen Kuß auf die Wange und hinterließ eine Lippenstiftspur. Sie war ein wenig nervös und unsicher, doch das würde sich nach einem Drink geben. »Sind Sie schon lange hier?«

»Nein.« Er schüttelte den Kopf, faltete das Papier, das er gerade gelesen hatte, und steckte es in seine Brusttasche. Sie blieben einen Augenblick wortlos nebeneinander, und wie schon tags zuvor schien er sie zu betrachten. Doch sein Blick war nicht kalt und hart; vielmehr schien er aus seinem Innern zu kommen. Seine blauen Augen verrieten Sorge. Sie erinnerte sich daran, was er über seinen Sohn gesagt hatte.

Sie bestellte sich etwas zu trinken. »Sie sehen bedrückt aus. Oder besorgt. Oder uninteressiert.«

»Nein, nein«, sagte er. »Bloß geschäftlicher Kram.« Er verlagerte sein Gewicht auf das eine Bein.

»Bloß die alten Sorgen ums Geschäft, die einen drücken?«

»So ist es«, sagte er. »Jeder trägt einen feinen Anzug und versucht, als erster seinen Konkurrenten abzuschießen.«

Sie berührte die Narbe an seiner Hand. »Warum sind Sie überhaupt Geschäftsmann geworden?«

»Ich wollte zu Geld kommen.«

»Hatten Sie nie andere Ziele im Leben?«

»Sie meinen künstlerische oder musische? Steptanz oder so etwas?«

»Ich weiß nicht.«

»Ich mußte etwas finden, um meine Familie durchzubringen. Ich brauchte eine zündende Idee.«

Sie nippte an ihrem Glas, wußte nicht recht, was sie sagen sollte.

»Damals war ich Anfang Dreißig und brauchte einen neuen Start im Leben.«

Es schien nicht vorstellbar, daß er jemals in der Lage gewesen wäre, nicht zu tun, was er wollte. »Ist Ihnen damals etwas zugestoßen?«

»Irgend etwas passiert immer, Melissa. Auch Ihnen ist im Leben sicherlich schon manches zugestoßen.«
»Warum sagen Sie das?« Sie spürte, wie der Alkohol ihre Wangen wärmte. »Glauben Sie nicht, daß Sie hier eine nette junge Frau vor sich haben, die gern mit Ihnen plaudert?«
»Sie sind ganz bestimmt eine bezaubernde junge Frau, aber was ich nicht verstehe, ist, warum sie nicht schon verheiratet sind oder mit einem tollen Mann einen Aufbruch wagen.«
Wenn Sie wüßten, dachte sie. »Wenn Sie wüßten«, sagte sie.
»So schlimm kann es doch nicht sein.«
»Nein«, gab sie zu. »Das stimmt schon. Aber gestern abend bin ich in diese Bar gekommen und habe gehört, wie Sie am Telefon jemandem den Marsch geblasen haben, und dann haben Sie mich angeschaut, als ob ich das Problem sei, und da dachte ich, der ist aber geladen.« Sie gab ihm einen Knuff. »Okay?«
»Okay.« Er lächelte. »Sie sind eine Persönlichkeit.«
»Das muß ich ja wohl«, neckte sie ihn. »Wie soll ich sonst Ihre Aufmerksamkeit bekommen?«
»In der Beziehung haben Sie alles richtig gemacht.«
»Ich habe bemerkt, daß Sie Schmerzen im Rücken haben.«
»Es geht schon.« In diesem Punkt blieb er einsilbig.
»Sie sind nur ein bißchen steif gegangen, das ist alles.«
Er nickte, sagte aber nichts mehr.
»Haben Sie sich da verletzt?«
Er zog das Blatt Papier hervor, das er kurz zuvor weggesteckt hatte, las es mit besorgter Miene und faltete es wieder zusammen. »Das ist lange her.« Wieder Schweigen. Er kann nicht darüber reden, dachte sie. Er möchte, weiß aber nicht, wie. Sie neigte sich näher zu ihm. »Charlie«, flüsterte sie.
»Ja?«
Sie ließ ihre Hand auf seinem Arm und strich über das geschmeidige, weiche Tuch. »Besorgen Sie uns ein Zimmer.«
»Hier?«

Sie nickte. »Seien Sie so gut. Sie können sich hinlegen, ich massiere Ihnen den Rücken und mache geistreiche Konversation dazu, von der Sie aber kaum etwas mitbekommen werden, weil Ihnen die Rückenmassage so guttun wird.«
Er betrachtete sie, traurig, wie es schien, und mit einem schmerzlichen Verlangen. »Melissa«, hauchte er. »Ich bin ein alter Mann. Ich –«
Sie legte ihm einen Finger auf die Lippen. »Vertrau mir«, flüsterte sie, ganz nah an seiner Wange. »Wir reden einfach miteinander, wenn du das möchtest.«
Er nickte langsam, als ob er nicht anders konnte, als zuzustimmen, und holte seine Brieftasche hervor. Er legte eine Kreditkarte auf die Theke, nahm eine Visitenkarte, zückte seinen Füller und schrieb: »Ich hätte gern ein schönes Zimmer für zwei Personen, und zwar jetzt gleich. Bitte arrangieren Sie das. Buchen Sie 500 Dollar Trinkgeld für sich ab.«
Er winkte dem Barmann und schob ihm Kreditkarte und Visitenkarte hin.
Der Barmann warf einen Blick auf die Mitteilung, nickte zustimmend, schaute Christina nicht an und verschwand zum Telefonieren.

Das Zimmer war zu kühl, deshalb stellte er die Klimaanlage schwächer. Die Lampen schalteten sie nicht ein, so daß nur die letzten Sonnenstrahlen das Zimmer erhellten. Er saß, ihr zugewandt, in einem Sessel. Sie sagte sich, schau ihm in die Augen, da findest du ihn. Alles andere ist nicht er selber, vielleicht sogar eine Verkleidung, so wie du dich ja auch verkleidet hast. Sie zündete sich eine Zigarette an. »Das sollte ich eigentlich nicht.«
»Es stört mich nicht.«
Sie zog einmal an der Zigarette, drückte sie dann aus. Sie fragte sich, ob sie ihn wohl verführen konnte, und sie fragte sich auch,

warum sie das wissen wollte. »Was hast du gemacht, als du in meinem Alter warst?« fragte sie.
»Wie alt bist du denn?«
»Siebenundzwanzig.«
Er schwieg. Dann: »Ich habe Flugzeuge geflogen.«
Sie war überrascht. »Was für welche?«
»Kampfflugzeuge.«
Sie musterte ihn und versuchte, die Aussage mit dem Mann in Verbindung zu bringen, der vor ihr saß. »Wie schnell konntest du fliegen?«
»Ich bin oft die doppelte Schallgeschwindigkeit geflogen. Das sind über 2500 Stundenkilometer.«
Sie sah nur eine Hälfte seines Gesichts, im Licht trat die feuchte Wölbung des Augapfels hervor. »Warst du auch in Vietnam im Einsatz?«
Er nickte.
»Hast du Bomben abgeworfen?«
»Ja.«
»Raketen und Napalm und das ganze Zeug?«
»Das ganze Zeug, ja.«
»Bist du während des Krieges in Saigon gewesen?«
»Ja, natürlich.«
»Hast du damals deine Frau betrogen?«
»Nein.«
»Nie?«
»Nie.«
»Warum nicht?«
»Es interessierte mich nicht wirklich.«
»Was interessierte dich denn?«
»Fliegen.«
»Fliegst du immer noch?«
»Nur noch Business Class.«
»Nicht mal eine kleine Cessna oder so was?«

»Das hätte keinen Sinn.«
Er gab ihr wenig, womit sie das Gespräch hätte fortsetzen können. Ich habe zu viele persönliche Fragen gestellt, sagte sie sich.
»Du bist glücklich verheiratet, nehme ich an?«
»Einigermaßen.«
»Was heißt das?«
»Das heißt, daß es okay ist.«
»Hat sie dich je betrogen?«
»Ja, möglicherweise.«
»Hat es dir etwas ausgemacht?«
»Nein.«
»Warum?«
»Das kann ich nicht erklären. Nicht nach … In jüngeren Jahren hätte es mir vielleicht etwas ausgemacht.« Er schaute aus dem Fenster. »Ich war für längere Perioden fort, ohne daß man Genaueres über mich wußte. Es wäre also verständlich gewesen. Sonst bin ich kein besonders duldsamer Mensch, aber in diesem Fall schien es mir verzeihlich.«
Entweder verschwieg er ihr etwas, oder sie hatte ihn nicht richtig verstanden. »Hast du nie gefragt?«
Er schüttelte den Kopf, als sei ihre Frage überflüssig.
»Warum?«
»Ich brauchte nicht.«
»Wie lange warst du von zu Hause weg?«
»Öfters sechs, sieben Monate am Stück.«
»Aber das ist nun schon lange her«, sagte Christina, die auf der Bettkante saß.
»Sehr lange, ja, vor Urzeiten.«
»Du warst also bei der Navy –«
»Bei der Air Force, bitte.«
»Air Force, meine ich ja, und dann bist du Geschäftsmann geworden?«
»Ja, so ungefähr.«

»Ich bin so jung, daß ich deine Tochter sein könnte, was ich vielleicht nicht hätte erwähnen sollen.«
Es wurde ihm unbehaglich in seinem Sessel. »Du bist jünger als meine Tochter, Melissa.«
»Du hast mir nicht gesagt, was mit deinem Rücken passiert ist.«
»Ich bin mehrmals operiert worden.«
»Wie hast du dich da verletzt?«
Er schloß die Augen und holte tief Luft. Dann öffnete er sie wieder und blickte in die Ferne. »Darüber rede ich nicht gern.«
Sie dachte, wenn ich mich nicht täusche, hat er eine unheilbare Krankheit oder so etwas. »Charlie«, sagte sie enttäuscht, »gibt es da ein Problem? Magst du nicht darüber sprechen?«
»Es tut mir leid, Melissa.« Er stand auf und begann im Zimmer auf und ab zu gehen. »Es liegt an mir, nicht an dir. Du bist hinreißend, das darf ich sagen, wirklich. Daß ich bedrückt bin, ist nicht deine Schuld, wirklich nicht.« Er lockerte seine Krawatte. »Ich möchte hier mit dir zusammensein, aber gleichzeitig mache ich mir Sorgen, weil ich mir das wünsche. Ich habe mich immer an die Regeln gehalten. Aber jetzt scheine ich –« Charlie hielt inne. »Da spielen noch andere Dinge eine Rolle.«
Sie ging zu ihm, sie mußte einfach seine Hand nehmen und die Narbe streicheln. Keiner sprach ein Wort. Sie überlegte, daß er einmal ein gutaussehender junger Mann gewesen sein mußte. Und nun war er ein Geschäftsmann im Maßanzug, eine elegante Erscheinung trotz des leichten Hinkens. Sie konnte es sich nicht recht erklären, fühlte aber, daß es richtig war. Sie zog ihm die Anzugjacke aus. Er half ihr nicht, wehrte ihre Hand aber auch nicht ab. Sie legte seine Jacke über die Stuhllehne.
»Okay?« flüsterte sie. Er sagte nichts. Sie löste seine Krawatte. Seide. Sie legte sie über die Jacke und knöpfte ihm das Hemd auf. Er atmete tief durch die Nase, die Lippen fest aufeinandergepreßt, die Augen unstet. Sie merkte, daß sie ihm beim Ausziehen helfen mußte, weil er mit der einen Schulter Schwierigkeiten

hatte. Er trug noch ein T-Shirt unter dem Hemd. Sie bat ihn, die Arme zu heben, und als er es tat, spürte sie den salzigen Männergeruch, den sie liebte. Er wendete sich im Dunkeln ihr zu, und sie fuhr mit den Händen über ihn. Eine breite, sichelförmige Narbe und schmalere Schnitte zogen sich über die linke Schulter. Seine Wirbelsäule wies drei Narben auf, eine davon war fast dreißig Zentimeter lang und befand sich unten im Kreuzbereich. Dann sah sie die sehr große Narbe an seinem Ellbogen.

»Hast du noch mehr Narben?« flüsterte sie.

Er schloß die Augen.

Sie kniete nieder und löste ihm die Schnürsenkel, zog die Schuhe aus und stellte sie Absatz neben Absatz beiseite. Dann stand sie auf, öffnete seinen Gürtel, knöpfte die Hose auf und ließ sie fallen. Er stieg langsam aus den Hosenbeinen. Sie strich mit den Händen über sein Bein und hielt plötzlich inne. Sie konnte nicht glauben, was sie fühlte: In der weichen Beinmuskulatur war vorn und hinten eine kraterförmige Vertiefung – eine Eintritts- und eine Austrittswunde. Ein Großteil der Muskelmasse fehlte einfach. Sie tastete weiter hinunter bis zu den Waden und zog ihm dann die Socken aus. An seinem linken Fuß fehlten zwei Zehen. Sie stand auf und schaute ihm ins Gesicht, die Hände sanft auf seine Brust gelegt. Sie spürte seinen Atem. Seine Haut war warm. Ich will ihn, dachte sie. Ich will ihn wirklich. Ihre Hände glitten an ihm hinunter und zogen an seinen Boxershorts, bis sie zu Boden fielen. Sein Penis fühlte sich schlaff an, normal. Sie fuhr noch tiefer mit der Hand. Er hatte nur einen Hoden. Sie hielt ihn in der Hand wie eine Frucht, die Haut fühlte sich narbig an. Sie schaute ihn an, er hielt die Augen geschlossen, er zitterte leicht. Dann drehte sie ihn. Eine der Operationsnarben am Rükken setzte sich bis zur linken Hinterbacke fort. Eine andere zog sich wie eine Rinne über das ganze Gesäß.

»Bist du einmal abgestürzt?« fragte sie.

»Ja, abgeschossen.«

»Bist du gefangen worden?«
Er nickte.
»Wie lange warst du in Gefangenschaft?«
Er schüttelte den Kopf.
»Wohin hat man dich gebracht?«
Er schaute sie an.
Sie legte ihm einen Finger auf die Lippen. »Sag es mir doch.«
Er schloß wieder die Augen.
»Bitte, sag es mir.«
Er behielt die Augen geschlossen. Kein Wort kam über seine Lippen.
Sie küßte ihn auf die Brust. Er war ein gebrochener Mann und doch so schön. Sie fühlte die Wärme seiner Haut. Ich liebe ihn, sagte sie sich immerzu, es ist verrückt, aber wahr. Sie drückte ihn langsam auf das Bett nieder.
»Ich bin mir nicht sicher, ob ich –«
»Was?« fragte sie sanft.
»Ich bin kein junger Mann«, entschuldigte er sich. »Zum Teil ist der Rücken daran schuld.«
Sie half ihm mit dem Mund, ohne daß es ihr etwas ausmachte, vor allem, weil er es nicht von ihr erwartete. Er bewegte das Becken und wuchs in ihr zu voller Größe.
Sie schlüpfte rasch aus ihren Kleidern.
»Nehmen wir etwas zur Verhütung?« fragte er besorgt.
»Das ist in Ordnung.« Darum würde sie sich später sorgen. Die Chancen waren sowieso gering. Als sie sich rittlings auf ihn setzte, bemerkte sie, daß sie nun ganz feucht war. Sie kam gewöhnlich leicht zum Orgasmus, erwartete aber diesmal nicht zuviel. Sie wollte ihm einfach nur nahe sein.
»Bitte nicht mit deinem ganzen Gewicht«, flüsterte er.
Sie saß in der Hocke auf ihm, statt sich auf die Knie zu stützen und sich nach hinten zu setzen. »Ja«, antwortete sie, während sie auf ihm ritt. Der Rhythmus war gut. Sie fühlte ihn tief in sich,

und das ließ sie erbeben. Seine großen Hände hielten ihre Hüften, sie nahm sie, führte sie hinauf zu ihren Brüsten und preßte seine Finger gegen ihre Brustwarzen.
»Ich möchte mich auf den Rücken legen«, sagte sie nach einer Weile.
»Ich weiß nicht, wie gut ich es kann«, sagte er.
»Versuchen wir's.«
Sie stieg ab und legte sich auf den Rücken. Er kniete zwischen ihren Schenkeln, während sie die Hand auf ihm behielt, damit er hart blieb. Von ihr geführt, senkte er sich in sie.
»Oh«, stöhnte er.
»Tut es dir weh?« flüsterte sie.
»Nein, nein. Es ist gut.«
Sie schloß ihn in die Arme, die Narben rollten unter ihren Fingern. Sie wußte, daß er nicht lange durchhalten würde. »Komm«, spornte sie ihn an. »Nimm mich.« Er begann zu stoßen, aber die Bewegung war nicht flüssig, sondern ging ruckartig und etwas seitwärts. Sie legte eine Hand nach unten und preßte die Finger gegen ihn, während er ein- und ausfuhr. »Bitte«, hauchte er überrascht, »mach das weiter so.« Sie merkte, wie ihm der Schweiß ausbrach und sein Atem schneller wurde. »Komm«, sagte sie, »ich will dich jetzt.«
Er stieß nun rascher, es mußte ihm schrecklich weh tun, er kämpfte gegen den Schmerz, das fühlte sie, doch sie hatte Vertrauen in ihn. Ihre Hände wanderten über seinen knotigen Rükken, bis sie seinen Hals erreichten. Sie hob den Kopf und schaute in seine weitgeöffneten Augen, von denen sie wußte, daß sie blau waren, und dann stieß sie die Zunge so weit sie konnte in seinen Mund, denn sie liebte ihn, sie liebte ihn einfach, sie würde ihn nie kennen, aber sie verstand nun, was für ein Mann er war, und dafür liebte sie ihn. Man kann so viel über einen Menschen lernen, wenn man sich selbst hingibt, und so preßte sie einfach ihre Zunge in seinen Mund zum Zeichen ihrer Liebe und zum

Zeichen dafür, daß sie etwas von seiner Existenz als Gefangener verstanden hatte, denn das war sie ja auch gewesen. Beide, so glaubte sie fest, fühlten die Traurigkeit im anderen, und sie wollte sich ihm schenken und ihm über den Schmerz hinweghelfen. Sie troff aus allen Poren, drängte ihn, nicht nachzulassen, und er schien nun zu verstehen, daß sie alles für ihn hinnehmen würde, um es zu Ende zu bringen. Sie zog an ihm, flehte ihn an, sie so hart zu nehmen, wie er nur konnte, und küßte und liebkoste ihn. Und wirklich wurden seine Stöße schneller und härter, und plötzlich erfüllte jenes verrückte Gefühl ihren Kopf, die Spannung in ihr stieg und brachte sie zum Zittern, während er sie in seinem Schmerz zerstieß. Atemlos klammerte sie sich an ihn und ließ sich dann erlöst zurückfallen. Gleichzeitig spürte sie, wie ein Zucken durch ihn ging, wie ihm der Schweiß von den Rippen rann, wie sein ganzer Körper in zitternde Agonie geriet, bis er in höchstem Drang aufschrie und sich tief in sie warf – den Kopf im Nacken, die Augen geschlossen, die Zähne entblößt, vollkommen bewegungslos, starr, hart. Dann kippte er im Dunkeln den Kopf wieder nach vorn, atmete aus und öffnete die Augen. Jetzt sah sie genau, was er vor ihr und allen anderen so lange verborgen hatte – sie sah, daß dieser Mann früher das Handwerk des Tötens betrieben hatte.

Sie blieben fast eine Stunde lang im Bett liegen. Er sprach wenig, und sie fragte sich, ob er aus Enttäuschung oder Reue so einsilbig war. Sie nahm seine Hände und küßte sie, und er legte eine Hand unter ihren Nacken und zog sie an sich. Sie leckte seine Brustwarze, knabberte daran. Dann sagte er:»Ich glaube, du hast mich ins Leben zurückgeholt.«

Sie fühlte sich von diesen Worten geschmeichelt, sagte aber: »Du warst schon voller Leben, glaub mir.«

Er schaute auf die Uhr.

»Ich könnte hier drei Tage liegen bleiben, Melissa.«

»Mußt du gehen?«
»Ich muß morgen nach China, um das Problem mit dem Fabrikbau zu lösen.«
»Hast du denn keine ehrgeizigen jungen Stellvertreter, die das an deiner Stelle tun könnten?«
Er seufzte, als ob ihm diese Frage nicht zum ersten Mal gestellt worden wäre. »Schon, aber dann würde herauskommen, daß es ein Problem gibt, und bald würde alle Welt davon wissen.«
»Kann ich dich wiedersehen, wenn du zurückkommst?«
»Ja.« Er richtete sich auf und setzte die Füße auf den Boden. »Ganz bestimmt.«
Sie lehnte sich an seinen warmen Rücken. Fürs erste Mal war es ziemlich lustvoll gewesen, aber hier, das sah sie, ging es um mehr als nur um Sex. Sie fühlte sich bei ihm geborgen, das war es. Sie mußte ihm ihren richtigen Namen nennen, später, wenn er sich enger an sie gebunden hatte. Wenn sie bereit war. Und vielleicht kann er mir sogar helfen, dachte Christina.
Während er unter der Dusche stand, durchsuchte sie die Taschen seiner Jacke, nicht um ihn zu bestehlen, sondern auf der Suche nach etwas, daß ihr mehr über ihn verraten könnte. Sie mußte das einfach tun. Da waren ein Füllhalter, eine Büroklammer, eine Münze aus Hongkong. Dann bekam sie das gefaltete Blatt Papier zwischen die Finger, das er in der Hotelbar gelesen hatte. Sie horchte auf das Rauschen des Wassers und schaltete eine Lampe neben dem Bett an.

Industriesektor: Telekommunikation
Unterkategorie: Komponenten für
Telekommunikationsgeräte
Firma: Teknetrix

DIE FOLGENDE BEWERTUNG IST EINE VERTRAULICHE ANALYSE UND AUSSCHLIESSLICH FÜR DIE

ABONNENTEN VON MARTIN NOFFS WEB-SITE BESTIMMT. FÜR TÄGLICHE AKTUALISIERUNGEN WÄHLEN SIE BITTE UNSERE HOTLINE-NUMMER.

Eine feindliche Übernahme von Teknetrix durch MT scheint unausweichlich. Beide Firmen stellen mehr oder weniger die gleichen Komponenten her, nur hat Teknetrix einen Qualitätsvorsprung: Die Produktlinie ist hinsichtlich Signalklarheit, Geschwindigkeit und Effizienz deutlich besser. Die Telekommunikationszulieferer sind jedoch zur Fertigung immer billigerer Komponenten gezwungen, da die Hersteller Kosten sparen, wo sie nur können. Bei einer Übernahme würde MT neben zusätzlicher Fertigungskapazität auch die Markentreue der Teknetrix-Kunden und das vorhandene Vertriebsnetz erwerben.

Es heißt, Teknetrix entwickle einen neuen Mikroprozessor, den Q4; jedoch geht auch das Gerücht um, beim Bau einer neuen Fabrik in China sei es zu Verzögerungen gekommen. Das Management der Firma sei zwar schlank, beharre aber angeblich zu sehr auf eingefahrenen Strategien. Die Prognose lautet, daß der Teknetrix-Vorstand, der selbst nur einen schmalen Aktienanteil besitzt, von den Aktionären zu einem Verkauf gezwungen werden könnte und daß MT die amerikanische Firma in den nächsten achtzehn Monaten schlucken wird. Damit würde MT seinen Marktanteil vergrößern, was einen steigenden Aktienpreis bedeuten würde. Unsere Empfehlung: Teknetrix-Aktien abstoßen, MT-Aktien erwerben.

Sie verstand nicht, was es genau bedeutete, auf jeden Fall nichts Gutes. Vielleicht war das der Grund für seine gedrückte Stimmung. Sie hörte, daß die Dusche abgedreht wurde, und steckte das Blatt wieder in seine Tasche zurück.

Als er aus dem Badezimmer kam, half sie ihm beim Anziehen.

Vom gewöhnlichen Triumphalismus der Männer nach dem ersten gemeinsamen Sex war bei ihm nichts zu spüren. Er schien wieder betrübt zu sein und fragte sie, ob es ihr etwas ausmache, wenn sie nicht gemeinsam das Hotel verließen. Er wolle vermeiden, auf Bekannte zu stoßen.

Sie tat so, als störe es sie nicht. »Das ist schon in Ordnung, Charlie.«

Er zog sein Jackett an.

»Ich möchte dich wiedersehen, wenn du aus China zurück bist«, sagte sie.

Er nickte. »In fünf, sechs Tagen. Vielleicht auch schon früher.«

»Darf ich in deinem Büro anrufen?« fragte sie, weil ihr einfiel, daß er sie nicht telefonisch erreichen konnte.

»Das kannst du, aber meine Sekretärin wird dir nicht sagen, wann ich zurückkomme.«

»Kannst du ihr nicht sagen, daß sie es mir sagt?«

Er band sich die Krawatte. »Das könnte ich schon, aber sie würde das merkwürdig finden.«

»Ich könnte schwer erreichbar sein, deshalb frage ich.«

Er dachte darüber nach. »Du hast mir nie eine Telefonnummer gegeben.«

»Nein«, räumte sie ein.

»Ich könnte dich anrufen, sobald ich wieder zurück bin.«

»Ich glaube, es ist besser, wenn ich dich anrufe.«

Er schaute sie an, sagte aber nichts. Er ist zu klug, um nach dem Grund zu fragen, dachte sie.

»Ruf in vier Tagen in meinem Büro an«, sagte Charlie, »und nenne meiner Sekretärin – sie heißt Karen – deinen Namen. Ich hinterlasse eine Nachricht nur für dich.«

»Okay«, sagte sie.

»Heißt das: Okay, wenn's sein muß, oder: okay, prima?«

»Okay, prima.« Sie drückte ihn an sich. Bei ihm fühlte sie sich sicher, wirklich.

Nachdem er gegangen war, ging sie ans Fenster, vielleicht konnte sie ihn ja auf der Straße sehen. Er brauchte ein paar Minuten bis ins Erdgeschoß, und so wartete sie, bis schließlich ein hochgewachsener Mann, der wie Charlie aussah, vorsichtig – oder auch nachdenklich – die Straße überquerte und dann, ein Bein leicht nachziehend, in den Schatten der Bäume verschwand. Irgendwie liebe ich ihn schon, dachte sie, doch noch darf ich mir das nicht erlauben. Sie ging ins Badezimmer, wusch sich das Gesicht, trug den Lippenstift auf und räumte alle Seifen, Shampoos und sonstigen Toilettenartikel in ihre Handtasche. Dann schaute sie in der Minibar nach und steckte ein paar kleine Getränkeflaschen ebenfalls ein. Außerdem noch einen Schokoriegel und eine Büchse Cashewnüsse. Sie machte eine Whiskyflasche auf und genehmigte sich einen tüchtigen Schluck. Ah, das tat gut. Dann bürstete sie sich das Haar, seufzte laut und sagte »okay« in den Spiegel, als ob sie sich überzeugen wollte, daß sie nun auch gehen könne und alles bestens war. Warum sollte es auch nicht?
Niemand belästigte sie auf dem Weg nach draußen, niemand schaute sie an, als wäre sie eine Hotelprostituierte. Der Portier im grauen Zylinder und weißen Handschuhen nickte nur und fragte, ob sie ein Taxi brauche. Verträumt, wie sie sich fühlte, antwortete sie ja. Das war ein Effekt des Geldes. Wo Geld war, wurden einem die Türen geöffnet. Das Taxi fuhr vor. So, sie hatte also ein Verhältnis mit einem älteren Herrn. Gut. Es war kein sexuelles Abenteuer, nicht eigentlich, obgleich sie auf ihre Kosten gekommen war. Und er hatte sie auch gemocht, da war sie sich sicher. Er hatte eine Weile gebraucht, aber dann hatte er auf sie angesprochen. Sie war zufrieden. Bei ihm fühle ich mich sicher, sagte sie sich wieder, ganz und gar.
Das Taxi flog die Fifth Avenue hinunter, die Lichter der City rauschten vorüber. Der Fahrer war überrascht, als sie ihm das Fahrtziel nannte, schließlich war sie ja aus einem Nobelhotel gekommen. Sie bat ihn, an der Ecke East Fourth Street zu halten.

Dann stieg sie aus und kaufte noch ein paar Lebensmittel in einem durchgehend geöffneten Deli-Laden. Eine Minute später stand sie vor dem Eingang ihres Apartmenthauses, kramte ihren Schlüssel heraus und stieg mit der Einkaufstüte beladen müde die Treppe hinauf.

Als sie auf ihrem Stockwerk angekommen war, schaute sie den Korridor hinunter – ihre Tür stand offen. Sie blieb stehen. Alle Türen zu den anderen Zimmern waren geschlossen; hinter einer hörte man indische Musik, und vielleicht hing auch ein leichter Haschischgeruch in der Luft. Der Korridor wirkte verlassen und trostlos, niemand sah, daß sie hier wie angewurzelt stand, ebensowenig hatte jemand bemerkt, daß man in ihr Zimmer eingedrungen war. Wer mochte da drin sein?

Sie ging einen Schritt weiter. Vielleicht sollte sie doch lieber die Vermieterin benachrichtigen? Aber Mrs. Sanders war eine alte Dame mit Katzenfutter im Ohr. Sie tat zwei Schritte, ohne etwas zu hören. Wenn jemand auf sie wartete, dann hielt er sich mucksmäuschenstill. Sie nahm ein Glas fertiger Tomatensauce aus der Tüte und hielt es als Wurfgeschoß bereit. Dann zog sie die Schuhe aus und schlich den Korridor hinunter.

Alle Lichter in ihrem Zimmer waren an. Sie machte die Tür weit auf. Drinnen sah sie ihr Bett, ihren Schreibtisch. Man hatte gestöbert, aber keine Unordnung angerichtet. Die Kartons mit Melissa Williams' Papieren standen unberührt in der Ecke.

Da, ein Geräusch aus dem Badezimmer! Sie schrie auf und warf das Glas Tomatensauce gegen die Wand. Das Glas zerbrach, roter Brei lief langsam die Kacheln hinunter.

Sie wartete.

Nichts. Sie schaute in die Badewanne. Wie dumm sie sich vorkam. Es war sicherlich ganz harmlos. Vielleicht war Mrs. Sanders oben gewesen und hatte vergessen, das Licht auszuschalten und die Tür zuzumachen. Vielleicht wollte jemand den Stromzähler ablesen oder so etwas.

Erst als sie die Tür wieder zumachen und abschließen wollte, sah sie das Polaroidfoto, das in Augenhöhe innen an der Tür befestigt war. Zuerst verstand sie nicht. Dabei war es ganz eindeutig, und doch verstand sie nicht. Sie wollte einfach nicht verstehen. Das Vorhandensein des Fotos und die Sorgfalt, mit der es aufgehängt worden war, waren an sich schon verwirrend, aber noch verwirrender war das, was man auf dem Bild sehen konnte – ein Mann mit gestutztem Bart blickte sie angsterfüllt an. Es war Rick, es war Ricks Gesicht mit einer geschwollenen, bläulichen Wunde an der Wange, und er hielt etwas hoch. Er schaute mit verschwitztem, furchtverzerrtem Gesicht gerade in die Kamera und hielt – nun sah sie es, sah das Entsetzliche – einen Armstumpf. Man hatte ihm den linken Arm über dem Ellbogen abgeschnitten, mit einem sauberen Schnitt, wie der eines Metzgers, der einen Schinken anschneidet. Mit dem anderen Arm hielt er ihr den Stumpf entgegen. *Komm her,* sagten seine Augen, *geh zurück.* Sie erkannte voller Furcht, daß Rick für ihre Taten bestraft worden war, aber sie wußte nun auch, daß er ihrem Leben wieder eine Richtung gegeben hatte, in die sie nicht gehen wollte. Sie begriff, ohne das Wie und Warum zu kennen, daß er die anderen zu ihr geführt hatte. Alles, was sie wollte, was sie sich immer schon gewünscht hatte, war Freiheit und ein bißchen Frieden. Sie spürte, wie eine sehr alte Last sich wieder auf sie senkte. Eine Last, die sie schon vor ihrer Verhaftung getragen hatte, als sie erkannt hatte, daß sie eigentlich Rick und die anderen hätte fliehen sollen. Es war eine mächtige Last, ein Haufen Backsteine, eine Last, die sie besonders in den Tagen nach ihrer Ankunft im Gefängnis bedrückte. Beim Anblick der Mauern, des Stacheldrahts und der toten Augen ihrer Mitgefangenen hatte sie sich geschworen: Wenn das bei der Liebe herauskommt, dann werde ich in Zukunft vorsichtig sein, dann werde ich mir überlegen, wie ich anders lieben kann, denn meine bisherige Art zu lieben hätte mich beinahe umgebracht. Ich werde mit der Liebe ganz neu anfangen und nicht wollen, daß sie mich an etwas erinnert, das ich schon gesehen oder gehört habe. Und so war es dann mit Mazy, die von Kummer und Gram so ausgehöhlt war, daß sie auf die schlichteste Form der Zuneigung mit überschwenglicher Dankbarkeit antwortete. Die Last war leichter geworden, als Christina beschloß, gemeinsam mit den anderen Frauen zu leben und nicht gegen sie. Doch nun brachte das Foto von Ricks amputiertem Arm und der Gedanke an Charlies Visitenkarte in ihrer Handtasche und an seinen Samen zwischen ihren Beinen die alte Last mit aller Macht wieder zurück. Die Last türmte sich zu einem Haufen Backsteine von der Größe einer Kirche auf, und wieder dachte sie – nicht mit Bitterkeit oder plötzlicher Furcht, sondern mit abgrundtiefer Traurigkeit: Das ist also aus meiner Liebe geworden.

Notaufnahme, Bellevue Hospital
East Twenty-seventh Street/First Avenue
Manhattan
22. September 1999

Die Sträucher mit den Riesentomaten standen in schnurgeraden Reihen Spalier, während er im Sonnenschein an ihnen entlangging. Hier und da befühlte er die basketballgroßen Früchte, die meisten tiefrot, manche noch grün, und freute sich, wie makellos sie waren; keine trug Flecke oder Spuren von Insektenbefall. Wenn er die Nase durch die Ranken schob und die Tomaten aus der Nähe betrachtete, ja wenn seine Wimpern die pralle Haut der Früchte berührten, konnte er in sie hineinschauen, als wären es durchscheinende Bälle: Entzückt sah er in jeder Frucht das rote Gesicht seiner Mutter. Sie hielt die Augen vor Erschöpfung geschlossen und den Mund nur gerade so weit geöffnet, daß sie flach atmen konnte. Über ihr schütteres Haar hatte sie ein Taschentuch gebunden. Ab und zu öffnete sie die Augen ungleichmäßig, als seien es die mit Gewichten beschwerten Augenlider einer Puppe. Hallo, Rickie, mein Liebling, Mama ist heute müde. Sie lächelte mit gespielter Süße und bedeutete ihm damit, anderswo nach Zärtlichkeit zu suchen, denn sie hatte sich zum Sterben gelegt. Deine Mutter ist sehr krank, Rick, wir müssen still sein im Haus – und bald konnte sie nicht einmal mehr lächeln; sie schloß die Augen wieder ungleichmäßig wie eine Puppe, nur daß diesmal ein Auge ein paar Sekunden länger offenblieb und ihn befremdet anschaute. Er trat aus den Tomatensträuchern zurück und ging wieder die Reihen entlang bis zu seinem gelben Truck, den er in der Nähe abgestellt hatte. Während er über den weichen Boden schritt, änderte sich die Größe der Pflanzen. Reichten sie ihm anfangs bis zur Schulter, so schrumpften sie jetzt auf die Höhe seiner Hüften, seiner Knie und zuletzt seiner Füße. Auch die Reihen wurden immer enger. Da ging ihm auf, daß seine eigene Größe sich änderte, daß er immer riesiger wurde, bis die Tomatensträucher nur noch ein grünes Vlies waren, über das er mit den Fingern strich. Dann erschien eine schwarze kotartige Ausscheidung, ganz wie das Zeug, das aus den kranken Austern quillt, die man beim Fischen mit dem Netz hochzieht. Diese Austern wollte niemand, sie machten einen krank, aber hier überwucherten sie den Wagen, überzogen Stoßstange, Türen und Dach. Er mußte den Scheibenwischer einschalten, um die Windschutzscheibe freizubekommen. Die Wischer zerdrückten die Schalen der Austern und hinterließen einen braun-grünen schmierigen Film auf dem Glas. Er stieg aus der Kabine und holte die hinter der Rückbank liegende Schneeschaufel hervor. Man mußte die Austern schnell wegkratzen, ehe sie nachwuchsen, aber dabei wurde auch der Lack beschädigt, es war nicht zu vermeiden. Nachdem er ein paar Minuten gekratzt und die Reste zu einem Haufen zusammengekehrt hatte, holte er den Benzinkanister aus dem Wagen und goß Benzin über die Austern. Streichhölzer hatte er in der Brusttasche. Eine große Stichflamme, dann schwarzer Rauch. Diese ekelhaften Austern. Die Schalen fielen in sich zusammen, wurden weich in der Hitze, verbrannten wie Gummi zu einer schwarzen, blubbernden Suppe, die rasch abkühlte, als das Feuer erlosch. Übrig blieb ein großer schwarzer Pfannkuchen. Er schob an einer Seite das Schaufelblatt unter den Pfannkuchen und hob ihn hoch; wie er vermutet hatte, kam eine glänzende metallische Fläche zum Vorschein. Mit der Schaufel löste er den Rand ab und klappte die gewaltige schwarze Platte um. Das Ding war furchtbar schwer;

er spürte, wie sich die Muskeln in den Schenkeln spannten, die Sehnen um die Knie herum dehnten, die Wadenmuskeln schmerzten. Ruhig bleiben, Rick, halte das Gleichgewicht, dann schaffst du es. Die Ränder hingen wie etwas Totes über das Schaufelblatt hinunter. Er atmete tief durch und wendete die Schaufel. Das schwarze Zeug fiel schwer zu Boden, und die glänzende Unterseite zog sich zu einer silbrigen Lache zusammen. Er beugte sich darüber und schaute hinein. Er tunkte ein Bein mit Stiefel und allem hinein, und als er es wieder herauszog, hing ein zappelnder Seebarsch anstelle seines Fußes daran. Er spürte den zappelnden Schwanz des schönen Tiers, jede Schuppe war vollkommen. Er tauchte sein Fisch-Bein wieder hinein und zog dann sein normales Bein heraus. Er bewegte die Zehen in der warmen Socke. Ausgezeichnet. Aber wie war es mit dem Arm, konnte er das gleiche auch mit dem Arm machen? Die Frage beunruhigte ihn. Na komm, Rick, du Mietzenfreak. Steck ihn rein. Paul würde so etwas nie tun. Paul würde sagen: »Du bist mit dem Bein heil davongekommen, steck jetzt nicht den Arm rein. Mach das bloß nicht.« Nun, darin unterschieden sie sich eben, er und Paul. Mit neunundzwanzig hatte er sich drei Monate lang menschliche Wachstumshormone gespritzt und die Bodybuilding-Regionalmeisterschaften des Staates New York gewonnen. Seine Bizepse waren damals so groß wie ein Baumast. Mit vierundzwanzig hatte er eine chemische Lösung getrunken, die man in Gestüten dazu benutzte, Hengste brünstig zu machen. Das war ein verbotenes, gefährliches und, wie andere Bodybuilder versicherten, sensationelles Mittel. Danach hatte er ein Mädchen sechs Stunden am Stück gebumst. Sein Schwanz wurde so knüppelhart, daß die Haut zu platzen drohte und dies stellenweise auch tat. Er pfiff auf die Halluzinationen und die furchtbaren Krämpfe in der Brust. Auch daß er dabei sechs Pfund verlor, störte ihn nicht. Am darauffolgenden Tag war er so lahm im Kreuz, daß er nicht mehr gehen konnte, und das Mädchen mußte sich von einem Gynäkologen behandeln lassen. Es war nicht seine Schuld, daß sie einen Selbstmordversuch beging, als er ihr eröffnete, er wolle sie nicht mehr sehen. Mit neunzehn war er die Haupttrosse der Brooklyn Bridge hinaufgeklettert, immer ein Fuß vor den anderen setzend, als die Steigung der Trosse zur Spitze des steinernen Brückenturms hin immer steiler wurde. Oben angekommen, schrieb er mit der Spraydose seinen Namen über die bereits vorhandenen anderen Namen, rauchte eine Zigarette und dachte ans Hinunterspringen. Was war also schon dabei, wenn man den Arm in eine Silberlache steckte? Mit fünfzehn hatte er zusammen mit zwei anderen Jugendlichen auf der südlichen Zufahrt des Brooklyn-Queens-Expressway zehn Matratzen in Brand gesetzt, die sie in einem Motel beim John-F.-Kennedy-Airport gestohlen hatten. Du kannst mich mal, Paulie, du mit deinem ganzen Besitz, deinem Auto, deiner Frau, deinem Aktenvernichter und deinen makellosen Zähnen. Was hast du denn in deinem Leben gemacht? Ich habe immer alles gemacht, was ich wollte, also mache ich auch das. Du hast mich immer gehaßt und ich dich ebenfalls. Ich stecke meinen Arm da rein, du wirst es sehen. Er schob den linken Arm in die kühle, silbrige Masse. Es fühlte sich fast feucht an. Bis über den Ellbogen steckte er ihn hinein, die Finger hielt er mal gekrümmt, mal gestreckt in der warmen Flüssigkeit. Beim Herausziehen war sein Arm plötzlich zu einer röhrenden Parkettschleifmaschine geworden, die die silbrige Flüssigkeit überallhin verspritzte. Eine Höllenmaschine, die seinen ganzen Körper in Schwingungen versetzte. Industriestandard – sie lief mit 220 Volt. Man mußte zu zweit sein, um die eine Treppe hochzutragen, und er wirbelte sie einfach mühelos herum. Man durfte nicht an den Treibriemen kommen, sonst war das Fleisch weg. Er ließ die Schleifmaschine wieder in der silbrig schimmernden Lache versinken. Er spürte, wie die Maschine zu rotieren aufhörte, das Gewicht war von seinen Schultern genommen. Alles war bestens. Was aber nun hervorkam, war ein Stück verrostete Ankertrosse, die ihn kniff und scheuerte, ja, ihn regelrecht sengte. Ein Stück weit über dem Ellbogen ging der Schmerz in gerader Linie durch den Arm, so heiß war die Kette, daß man sie nicht anfassen konnte, und doch, o Gott, wie gern hätte er es getan, nur um zu wissen, ob es wirklich stimmte, aber es tat so schrecklich weh, daß –

»Das Lorfan beginnt zu wirken«, verkündete eine ruhige Stimme. »Vielleicht noch zehn Sekunden.«

Er öffnete die Augen, er wollte sehen, wie sich die Trosse um den Arm gewunden, wie sie ihn geschnitten, ja vermutlich sogar durchtrennt hatte, und als er dann tatsächlich um sich blickte, sah er drei Männer, die ihn ihrerseits anstarrten, Männer, an die er sich erinnerte, aber die er nicht kannte. Auf dem Fußboden lagen Pappteller aus einem Schnell-Imbiß, außerdem stand ein Fernsehgerät da.

»O bitte!« rief er, den Mund vor Schmerz verzogen. »Macht, daß es aufhört!«

»Geht nicht, Rick«, antwortete der eine mit Namen Morris. »Dein Herzschlag ging mir doch etwas zu langsam. Deshalb mußte ich dich zurückholen.«

Er lag in einem blutigen T-Shirt auf dem Tisch. Er rappelte sich mühsam auf, sein rechter Arm war immer noch mit der Handschelle am Tisch befestigt. Sein linker Arm ragte kaum aus dem Ärmel heraus. Eine Metallklemme saß fest im Verband. »Ihr Schweine habt mir den Arm amputiert!«

Morris legte ihm eine schwere Hand auf die Brust. »Ganz ruhig«, sagte er und drückte Rick sachte wieder nach unten, wie ein Mann, dem verwundete Körper vertraut waren.

»Mein Arm! Ihr Schweine habt mir den Arm amputiert!«

Morris schaute auf die Uhr. »Wie ich dir vorhin schon sagte, haben wir noch Zeit. Wir haben noch eine Stunde, vielleicht neunzig Minuten, ehe das Zusammenflicken problematisch wird.« Er nickte. »Ich habe den Arm tadellos verpackt. Lehrbuchmäßig.«

Ich fühle mich so schwach, dachte Rick.
»Fragst du ihn noch mal nach dem Geld?« sagte der eine, der Tommy hieß.
»Er weiß nichts von dem Geld«, sagte Morris, die flache Hand auf Ricks Stirn.
»Woher weißt du das?«
»Woher?« Er runzelte die Stirn. »Ich habe schätzungsweise zweitausend Leute im Schockzustand behandelt. Wer unter Schock steht, kann nicht lügen.« Morris nahm Ricks Puls und schaute auf die Uhr. »Der Körper funktioniert nicht auf diese Weise. Der Körper vergißt manches im Schock, aber lügen kann er nicht.«
»Wie spät ist es?« fragte Rick.
»Spät. Früh. Fast Morgen.«
»Ist mein Arm hier irgendwo?« rief er.
»Dein Arm ist in der Kühlbox«, antwortete eine andere Stimme. »Wir haben ihn auf Eis gelegt. Wie Flaschenbier.«
»Kann ich ihn kriegen?« fragte er mit schwacher Stimme.
»Noch nicht«, erwiderte Morris.
»Wann?«
»Wenn wir hier fertig sind.«
Er fühlte sich nicht imstande, den Kopf zu heben. Ihm wurde heiß und kalt zugleich. »Wann wird das sein?« Er schloß wieder die Augen. Der Schmerz kam ihm wie eine bloßgelegte Feuchtigkeit vor; wenn er den Arm wieder an den Stumpf gesetzt bekäme, würde der Schmerz vielleicht aufhören. Fuß, Rippe und Mund schmerzten ihn, als ob Löcher darin wären, und Nägel, Glasscherben und Knochensplitter. »Was um alles in der Welt wollt ihr denn noch von mir?« rief Rick zur Decke hinauf.
»Was alle Welt will«, antwortete Morris. »Wir wollen Geld.«
Er hatte jetzt Schmerzen beim Atmen, die Rippe mußte daran schuld sein. Der Schmerz war aus dem Arm in die Atemwege gewandert. Er drehte sich unruhig, um mehr zu sehen.

»Je mehr du dich bewegst, Rick, desto unregelmäßiger wird der Rand der Wunde verheilen.« Morris zog einen Schokoriegel aus der Tasche. »Hier.« Er zog das Papier weg, brach ein Stück ab und schob es zwischen Ricks Lippen. »Du brauchst jetzt Kalorien.«

»Wo ist mein Arm?«

Morris hob Ricks Kopf ein wenig und deutete mit der Hand auf eine rote Kühlbox, groß genug, um neunzig Pfund Thunfischsteaks darin zu verstauen, und mit Klebeband versiegelt. Er sank auf den Tisch zurück.

»Nun sag mir, wo das Geld ist, Rick«, sagte Morris.

»Wenn wir im Krankenhaus sind.«

Morris gab Rick den Schokoriegel. »Wir können dich nicht ins Krankenhaus hineinbringen.«

»Dann laß mich an der Ecke aussteigen.«

Die Männer schauten sich an. »Der weiß nichts von den Kisten«, sagte Tommy. »Nicht nach all dem.«

»Aber seinen Anteil wird er irgendwo gebunkert haben.«

»Wieviel hast du gekriegt, Rick?«

»Mein Gott«, hauchte er. »Vielleicht vierzigtausend.«

»Nicht genug, Mann.«

Er hatte hundert Typen wie diese hier gekannt. »Mehr habe ich nicht gekriegt.« Er aß den Rest des Schokoriegels. Es half. Vielleicht konnte er bald wieder richtig reden, trotz der Schmerzen im Zahn. Morris wollte die Sache jetzt zu Ende bringen. »Bringt mich und meinen Arm zum Krankenhaus oder wenigstens bis zur Ecke. Ihr kriegt alle etwas … Dreizehn-, vierzehntausend für jeden von euch. Mehr habe ich nicht. Ich hatte die ganze Kohle im Haus meiner Tante versteckt.«

»Ja, das wissen wir. Wo ist sie jetzt?«

Er starrte mit einem Mal gebannt zur Decke hinauf.

»Was ist los mit ihm?«

»Er muß wohl gerade einen Schub Zucker gekriegt haben.«

»Wo ist der Pick-up, Rick?«
»Mein Auto? Im Parkhaus.«
»Schau mal nach dem Parkschein in seiner Brieftasche.«
Jemand zog ihm die Brieftasche aus der Tasche.
»Nichts.«
»Gib dem Mann seine Brieftasche wieder, wir brauchen kein popeliges Kleingeld.«
»Wie habt ihr mich gefunden?«
Morris beachtete die Frage nicht. »Wo ist das Parkhaus, Rick?«
Er fühlte sich seltsam. »Es ist verrückt«, sagte er, »aber ich habe meine Mutter in einer Tomate gesehen.«

Sie waren sicherlich keine ehrenwerten Herren, aber sie dachten doch vernünftig, besonders wenn es um leichtes Geld ging und der Gefangene wirres Zeug redete. Deshalb warfen sie ihm einen alten Mantel über, mit dem sie seinen bandagierten Armstumpf verhüllten, schleppten ihn zu dem alten Taxi, dessen Aufschrift und Erkennungsnummer nur notdürftig übermalt waren, und setzten ihn auf die Rückbank. Dabei taten ihm Armstumpf und Rippe höllisch weh. Zwei von ihnen packten die Kühlbox bei den Griffen und wuchteten sie in den Kofferraum. Die Werkzeugkisten kamen wieder auf den Beifahrersitz. Er schaute auf die Straße und sah einen mageren Hund, der in seine Richtung blickte. Etwas hing aus dem Maul. Morris gab Rick eine große Flasche Fruchtsaft und sagte: »Trink das aus, du mußt dich hydrieren.« Er tat, wie ihm befohlen wurde, und fühlte sich sogar etwas besser. Wieder saß rechts und links von ihm je ein Bewacher. Nach der langen Nacht roch keiner besonders gut. Morris saß am Steuer und fuhr auf der Fourteenth Street, vorbei an friedlich spazierengehenden Passanten, quer durch die Stadt. He, die haben mir den Arm amputiert! Das konnte er nicht herausschreien, sonst würden sie ihn nicht zum Krankenhaus bringen. Außerdem fühlte er sich schwach, Fuß und Knöchel schmerzten ihn, ebenso wie der Arm, er konnte nicht richtig atmen, war immer noch durstig, und sein Kopf tat ihm weh. Er wollte schlafen, nur schlafen.

»Bist du in Ordnung, Rick?«

»Er ist immer noch im Schock«, sagte Morris mit einem Blick in den Rückspiegel. »Seine Pupillen sind geweitet. Er ist von der liegenden in die sitzenden Position gekommen. Sein Herz schlägt etwas schneller, und vermutlich war zuviel Zucker in dem Schokoriegel. Seine Nieren haben nicht genug Flüssigkeit, aber das kommt noch. In fünf Minuten ist er besser drauf.«

»Aber du erinnerst dich an den Pick-up, ja, Rick?«

»Ja.«

»Vergiß das bloß nicht.«

Er schüttelte den Kopf, das Gesicht schmerzverzerrt. »Nein.«

Ein paar Minuten später waren sie in der Nähe des Bellevue Hospital angekommen. Der Wagen hielt nach einer Ampel.

»Rick, das Krankenhaus ist gleich da drüben.« Morris schaute in den Rückspiegel. »Du gehst einen Block weiter, und schon bist du da.«

»Helft mir erst aussteigen.«

»Reden wir erst über das Geld.«

»Draußen. Helft mir raus.«

Sie machten ihm die Tür auf. Was für Gentlemen. Sie hätten ihn auch ganz leicht ins Auto zurückstoßen können, wenn sie das gewollt hätten. Er schleppte sich über die Sitzbank und setzte einen Fuß auf den Gehweg. Er wußte nicht, wie er gehen sollte, so sehr schmerzte ihn der zerbohrte Fuß.

»Wir haben uns zurückgehalten, Rick. Jetzt bis du dran.«

»Ein gelber Truck. Das ist meiner.« Irgend etwas stimmte nicht. Ihm dröhnten die Ohren.

»Er sieht aus, als würde er gleich umkippen.«

»Wo ist der Pick-up?«

»Fragt den Russen.«

Tommy gab ihm eine Ohrfeige. »Wie?«

»Parkhaus, gegenüber vom Fitneßcenter. Lafayette Ecke Grand Street. Zweites Obergeschoß. Fragt den Russen.«
»Ist das Geld im Auto?«
Er nickte erschöpft. »Im Kühler. Am Draht ziehen.«
»Was hängt an dem Draht?« fragte eine Stimme an seinem Ohr.
»Ein Plastikbeutel. Mit Hundertern.«
Die Männer schauten sich an. »Dann mal los.«
Sie machten den Kofferraum auf und stellten die große versiegelte Kühlbox auf dem Gehweg ab. »So, Rick, wir waren sehr kulant«, sagte Morris. »Du bist einen Block vom Krankenhaus entfernt. Die Kühlbox steht neben dir, der Arm ist drin. Alles paletti. Nun steh auf und wandle.«
Er erhob sich mühsam, sein Fuß schmerzte, und er verlor Blut. In den langen Mantel gehüllt taumelte er bis zur Kühlbox und setzte sich darauf. Die Tür wurde zugeschlagen, das Auto fuhr los, erreichte die Ampel an der nächsten Kreuzung und bog ab. Er zog unentschlossen an dem Klebeband um die Kühlbox. Steh auf, sagte er zu sich selbst. Er konnte sich nicht auf den Beinen halten. Es mußte trotzdem gehen. Er sollte jemanden um Hilfe bitten. Aber wer würde ihm um diese Uhrzeit helfen? Er kniete nieder, packte die Kiste am Griff und hob sie an einer Ecke hoch. Sie kam ihm unglaublich schwer vor. Wie war das möglich? Da mußte jemand einen Fehler gemacht und zuviel Eis eingefüllt haben. Tragen konnte er sie auf keinen Fall, aber doch schleppen, und so wartete er, bis die Ampel auf Grün sprang. Denk nicht weiter nach, sondern schlepp die Kiste einfach über die First Avenue. Überlaß die Arbeit den Beinen. Was die Polizei sagen wird, darüber kannst du später nachdenken, du willst jetzt erst einmal deinen Arm wiederhaben, alles andere zählt nicht. Der Schmerz fraß sich in die linke Körperhälfte. Im Krieg halten Männer so was durch, also schaffst du das auch. Die Ampel sprang auf Grün, und er zog los. Mein Gott, war die Scheißkiste schwer, die mußte glatt drei Zentner wiegen, mit dem ganzen Eis drin. Die Kiste war einfach zu groß,

eine Kiste dieser Größe wäre nicht nötig gewesen. Er stieß das Ding vom Bordstein und schleifte es hinter sich her, Knie und Rücken waren gebeugt, der linke Armstumpf dagegen baumelte nutzlos herum und tat höllisch weh. Er schleppte die Kiste über die erste Straßenhälfte und hinterließ eine Schleifspur auf dem Asphalt. Die Taxifahrer beobachteten ihn. Wegen des langen Mantels bemerkte keiner, daß ihm ein Arm fehlte, keiner sah den blutigen Fuß, und das war gut, denn nun würde er es schaffen, er würde nur noch Gutes tun … Auf halber Strecke sah er einen Lieferwagen mit überhöhter Geschwindigkeit die First Avenue heraufkommen. Er war sich unschlüssig, ob er weglaufen oder stehenbleiben sollte, und schleppte dann einfach die Kiste weiter, um sie aus der Bahn zu schaffen. Doch seine Anstrengung hatte nicht den erhofften Erfolg, der Fahrer des Lieferwagens hupte wütend und bremste nicht, sondern riß das Lenkrad herum – nicht so sehr wegen Rick, als wegen des alten Mannes, der zehn Schritt hinter ihm auf der First Avenue stand. Der Fahrer hatte die Wahl zwischen dem alten Mann oder Ricks Kiste, und so entschied er sich für die Kiste. Der Lieferwagen stieß die Kühlbox aus Ricks Hand. Rick sprang zurück, der Fuß ein einziger brennender Schmerz.
Der Lieferwagen hielt. »He, du da«, rief der Fahrer, ein junger Mann mit kahlgeschorenem Kopf, und sprang aus der Kabine. »Was machst du da, du verdammter –« Dann sah er das Blut auf Ricks T-Shirt, blieb stehen und sprang zurück in den Wagen.
Rick griff sich die Kühlbox, die zwar eingebeult, aber sonst noch heil war, und schleppte sie bis zum Bordstein. Er bemerkte einen kleinen Abflußstöpsel am Boden der Kiste und zog ihn heraus. Wasser strömte auf die Straße. War es etwa leicht rot gefärbt? Egal, er war ja fast am Ziel.

Er schleppte die Kiste durch die automatischen Türen der Notaufnahme, am Wachmann vorbei und bis zur diensthabenden Schwester.

»Mir ist der Arm amputiert worden«, brachte er heiser hervor.
»Wie bitte?«
Er schüttelte den weiten Mantel von der Schulter. Sein T-Shirt war blutdurchtränkt.
»Legen Sie sich hin«, kommandierte sie. »Clyde, ich habe hier einen Notfall. Rufen Sie Dr. Kulik.« Dann wieder zu Rick gewandt: »Legen Sie sich hin! Sie brauchen –«
»Er ist da drin«, sagte er und klopfte auf die Kühlbox. »Holen Sie jemanden, der ihn wieder annähen kann!«
»Was? Den Arm?«
»Ja«, sagte er, ihm war plötzlich schwindelig.
Sie griff zum Telefon. »Ich brauche eine Rollbahre, einen Tropf und eine Blutkreuzprobe.«
»Die Kühlbox …«, flüsterte Rick.
»Clyde«, befahl die Schwester, »brech die Kühlbox da auf. Aber faß nichts an. Legen Sie sich doch hin, Sir. Wir bringen Ihnen sofort eine Bahre.«
Der Wachmann trat mit einem Taschenmesser neben die Kühlbox. Er schnitt das Klebeband mit vier schnellen Schnitten auf und hob den Deckel ab. Dann schaute er Rick an.
»Holen Sie ihn raus!« rief Rick.
Der Mann nahm seine Taschenlampe und stocherte im Eis herum. Als er gegen etwas stieß, beugte er sich vor.
»Berühren Sie keine Körperpartien«, rief die Schwester.
»Sie können mal meine Körperpartien berühren, Schwester«, murmelte der Wachmann. »Hier ist jedenfalls was schiefgelaufen.«
Unterdessen kam ein Pfleger mit einer Rollbahre. »Sir?«
»Was – Moment«, bat Rick. »Erst möchte ich meinen Arm sehen.«
Der Wachmann griff in die Kühlbox, Eiswasser schwappte über. »Da, ich hab's.«
»Zeigen Sie ihn mir!«

Der Wachmann schüttelte angewidert den Kopf. »Das ist aber kein Arm.«

»Was?« rief Rick. »Schauen Sie doch genau hin.«

»Nein, guter Mann, schauen Sie selbst rein.« Der Wachmann hob die Kiste an, wobei ein Großteil der Eiswürfel herausfiel, und zog den gefrorenen Kopf eines Truthahns hervor, gefolgt von dem mächtigen gerupften Körper. Es war ein vielleicht dreißig Pfund schweres Monster, das irgendwie asymmetrisch aussah. Die gefrorenen schwarzen Füße ragten gespreizt in die Luft. Der Wachmann betrachtete den Truthahn und deutete auf einen Punkt. »Hier hat man einen Flügel abgeschnitten.« Er ließ den Schlachtkörper wieder in die Kühlbox fallen und schaute Rick an. »Sonst ist nichts drin.«

Rick stieß die Rollbahre weg und sank auf ein Knie, dann auf das andere. Ihm war, als müsse er sich übergeben, aber er tat es nicht, obwohl ihn ein Schauder befiel, ein kalter Schmerz und dann ein Gefühl der Vernichtung, das ihn völlig lähmte. Der Hund, er hatte ihn aufgefressen. Er stützte sich mit der verbliebenen Hand gegen den gefliesten Fußboden, dann fiel er zu Füßen der Umstehenden der Länge nach hin. Natürlich, man kann einem Hund keinen gefrorenen Truthahn zu fressen geben.

Sir, sagte jemand, wir machen Ihnen eine Infusion. Er war nun jemand anderer, für immer. Er legte sich auf die rechte Seite, zog die Beine an, wie ein kleines Kind, das sich unter die Bettdecke kuschelt. Ja, nun war er erlöst. Er hatte lange Jahre gewartet, und nun war es endlich eingetroffen. Er hatte seine Strafe erhalten.

Peace Hotel,
Shanghai, China
24. September 1999

Sein Taxi raste vom Flughafen über eine Hochstraße, vorbei an Hunderten von riesigen Baustellen, die sich nach allen Richtungen in die dunstige Landschaft ausbreiteten. Shanghai, die neue und schon wieder nachfuturistische Metropole, sprengte die Verkrustung früherer Epochen, radierte die schmalen Gassen aus Ziegelbauten und Pagodendächern aus, verdrängte die massiven, aber verwahrlosten englischen Villen – Überreste einer kurzlebigen europäischen Hegemonie – und machte noch nicht einmal vor den grauen zehnstöckigen Wohnblocks halt, die unter dem Regime von Mao entstanden waren. Das Alte wurde niedergerissen, planiert und weggekarrt. Fort damit – für immer oder vorübergehend. Die schon fertigen fünfzig Stockwerke hohen Wolkenkratzer mit ihrem Außenskelett aus Stahl und Glas türmten sich, mechanischen Fingern gleich, zu unmenschlichen Dimensionen auf, während die noch im Rohbau stehenden Bauten – große Betongerippe mit Bambusgerüsten – die schwüle, verpestete Luft durchstießen. Durch das schattige Innere dieser Gerippe huschte das flackernde Licht der Schweißbrenner, Kräne hievten schwere Lasten in die Höhe, und käfigartige Aufzüge sausten an den Fassaden in die Tiefe, während graue Arbeiter mit gelben Sicherheitshelmen sich ameisenhaft an den Kanten der Betonklötze zu schaffen machten.

Doch der Anblick der Stadt half ihm nicht über sein Elend

hinweg; seit dem schlaflos verbrachten Flug nach Hongkong hatte er wieder ständig Schmerzen im Rücken, an der Stelle im Kreuz, wo er mehrmals operiert worden war. In der schlechten Luft fiel ihm auch das Atmen schwer. Der Anzug klebte ihm an der Haut, im Mund hatte er einen unangenehmen Geschmack, und die Augen brannten ihm. Die Schlaftabletten hatten nichts genützt – Marvin Noffs Voraussage über das baldige Ende von Teknetrix hatte ihn nicht zur Ruhe kommen lassen. Und er machte sich Sorgen wegen Melissa Williams. Ellie würde womöglich dahinterkommen. Aber er dachte auch darüber nach, was jener Abend eigentlich bedeutete, was er davon denken sollte. Mit einer Frau, die ihn mehr als gut verstand und nicht einmal halb so alt war wie er, in einem Hotelbett herumzuturnen, das hatte nicht in seinen Plänen gestanden. Schließlich kannte er sich doch. Und trotzdem hatte er so rasch nachgegeben. Warum? Lag es nur daran, daß er sich einsam fühlte? Er mochte sie ganz einfach. Was war denn so schlecht daran? Sie gab ihm das Gefühl, jünger zu sein, wenn auch nur für zehn Minuten. Nicht eigentlich jünger, sondern lebendiger, fähig, zu erschaffen und zu zerstören. Vielleicht hatte er sich beim Sex den Rücken verspannt. Wahrscheinlich. Sicherlich. Doch das war es ihm wert gewesen. Er fragte sich, ob sie es auch genossen hatte. Emotional wohl schon, so nahm er wenigstens an. Vielleicht hatte sie am Ende sogar einen Orgasmus gehabt, er wußte es nicht. Für eine zwanzig oder dreißig Jahre jüngere Frau war er kein ebenbürtiger Partner, das verstand sich von selbst, darüber brauchte man kein Wort zu verlieren. Sie hatte gesagt, er brauche sich keine Sorgen wegen der Verhütung zu machen – wahrscheinlich nahm sie die Pille wie die meisten Frauen ihres Alters. Er bezweifelte sehr, daß sie Aids hatte. Die Statistik sprach nicht dafür: Schließlich war sie eine weiße Frau mit akademischer Bildung. Und die anderen Geschlechtskrankheiten bereiteten ihm keinen Kummer, nicht in seinem Alter, nicht mit all den Risiken, die auf ihn warteten. Was aber suchte sie bei ihm? Wollte sie Mutter werden? Brüste, Hüften und ihr weicher Bauch sprachen dafür. Konnte er sie beim nächsten Mal danach fragen? Nein, noch nicht. Damit konnte man eine Frau nicht so einfach überfallen. Aber er würde sie wiedersehen, das war sicher. Ja, Charlie, du Schlawiner. Vielleicht wieder im Pierre, vielleicht auch anderswo. Er mochte ihr Äußeres und schätzte ihre Intelligenz. *Ab wann haben Sie mehr an die Vergangenheit als an die Zukunft gedacht?* Er hätte mit Ellie noch tausend Jahre zusammenleben können, und doch hätte sie niemals diese Frage gestellt. Weil ihr die Zukunft angst machte. Er würde Towers, den Detective, anweisen, mehr über Melissa herauszufinden. Damit tat er ihr kein Unrecht an, es ging ihm ja nur um ein paar ganz einfache Auskünfte.

Er legte die Hand ins Kreuz und beobachtete, wie die Häuser an ihm vorüberhuschten. Etwas hatte ihn unten in der Lendenregion gepackt, dort wo man ihm zwei Wirbel zusammengeflickt hatte, und nun spürte er wieder die alten Nähte. Irgend etwas mußte sich verschoben haben und schabte nun am empfindlichen Rükkennerv. Die Ärzte hatten die am stärksten beschädigten Wirbel fixiert, aber einige andere nicht angerührt, damit sie aneinanderscheuerten und sich allmählich auflösten. Er brauchte ein Medikament, damit er zumindest wieder gehen konnte, ohne wie ein Hundertjähriger auszusehen. Rückenschmerzen waren eine komplexe Angelegenheit, die teils psychisch bedingt war, auch wenn die physische Ursache hauptverantwortlich war. Vielleicht hatte auch die Anspannung der letzten Tage ihren Teil daran – die Firma, und dann das Vorhaben, ein Kind austragen zu lassen. Mittlerweile erscheint ihm das abwegig. Wie hatte er nur diese Anzeige in die Zeitung setzen und Leute dafür anwerben können – als ob er eine Firmenexpansion plante, verdammt noch mal, und unternehmerisch handeln mußte. Vielleicht war es wirklich besser, eine Frau zu finden, die er mochte, eine junge und kluge Frau, mit der er sich verstand, und der er privat die

Frage stellen konnte, ob sie ein Kind von ihm wollte. Vielleicht wollte ja Melissa Williams ein Kind. Die Vorstellung war nicht völlig abwegig. Warum nicht? Man konnte ein Arrangement treffen. Alles schriftlich niederlegen, aber auf der Grundlage gegenseitiger Wertschätzung.

Doch im Leben lief alles anders, sagte er sich. Im Leben ging vieles schief, Flugzeuge stürzten ab, und die eigene Gattin begann wunderlich zu werden. Sex mit einem flotten Mädchen in einem Hotelzimmer zu haben war nicht das Wahlkriterium, um einen Stammhalter zu zeugen. Angenehm, gewiß, aber nicht Bestandteil eines vernünftigen Plans. Das Klügste wäre zweifellos, zu vergessen, welchen Genuß er gehabt hatte, wie bezaubernd und intelligent sie war, und alles, ganz gleich, welchen Verlauf ein weiteres Gespräch nehmen würde, zu einem gütigen Ende zu bringen. Möglicherweise konnte man sich noch zwei- oder dreimal treffen, damit das Ende nicht zu abrupt kam. Und dafür sorgen, daß man sich nicht im Zorn oder im Schlechten trennte. Zornige Frauen konnten sehr kostspielig werden. Es war besser, die Dinge auf Distanz zu halten, seinen Plan mit Marthas Hilfe und den Frauen, die ihm geschrieben hatten, zum Abschluß zu bringen. Falls sie ihm Ärger bereiten sollte, würde er – er wußte nicht recht, was – ihr Geld geben, damit sie ihn in Ruhe ließe? Oder sie über einen Anwalt wissen lassen, daß –?

War er wirklich schon so vernagelt? War er zu keinem Vertrauen fähig? Er hatte keinen Grund anzunehmen, daß sie kein nettes Mädchen war, das einfach Trost bei einem älteren Mann suchte. Viele Frauen waren so – sie fühlten sich besser verstanden, geborgen, väterlich behütet. Er hatte lange den Verdacht gehabt, daß Julia mit mehreren Professoren geschlafen hatte und kein Bedauern darüber empfand. Was war daran eigentlich so falsch? Aber sicherlich würde er Ellie niemals verlassen. Er fragte sich, wie sie es wohl aufnehmen würde, wenn sie davon erführe. Bestimmt nicht gut.

Er rutschte unter Schmerzen auf seinem Sitz hin und her. Daß er sich nicht die Zeit genommen hatte, in Hongkong zu schlafen, sondern nonstop gleich mit Tiger Air nach Shanghai weitergeflogen war, hatte die Sache nur noch verschlimmert. Für solche strapaziösen Reisen wurde er zu alt. Und heute war noch ein Abendessen mit Tom Anderson geplant. Dem werde ich die Hölle heiß machen, dachte Charlie. Er hoffte, nur drei, vier Tage zu bleiben, je nachdem, wie ernst die Probleme waren. Der Bau hatte noch vor drei Wochen genau im Zeitplan gelegen. Er vermutete, daß jemand aus Mr. Mings Büro in Shanghai schon zur Baustelle gefahren und Rapport erstattet hatte. Wieviel wußte Ming? Hatte er Marvin Noffs Voraussage gelesen?

Schlechte Stimmung, schlechte Luft. Das Taxi brauste in Richtung Bund, der einstigen Prachtstraße, die von imposanten europäischen Bauten gesäumt war und sich entlang des Huangpu erstreckte. Unter den Inkrustationen von Neonleuchtschriften und Fernsehantennen konnte man die Silhouette der großen Handelsmetropole des neunzehnten Jahrhunderts erkennen – die Stadt, durch die sich China in selbstausbeuterischer Absicht dem Westen geöffnet hatte. Damals hatte es Engländer mit Melone gegeben, die sich in Rikschas umherfahren ließen. Opiumhöhlen. Chinesische Mädchen mit Zigarettenspitzen, die nach dem Pariser Dernier cri frisiert waren. All das war vom Zweiten Weltkrieg und der Revolution von 1949 weggefegt worden. Danach kümmerte sich die Zentralregierung nicht mehr um Shanghai, dieses Symbol der westlichen Dekadenz, und ließ die Stadt verkommen und verrosten.

Nun wurde alles nach Standards des einundzwanzigsten Jahrhunderts neu gebaut. Und dazu griff man wieder auf diese verdammten Bambusgerüste zurück, die schon seit über fünfhundert Jahren in Gebrauch waren und mit denen die Chinesen schon ihre Prachtbauten errichtet hatten, als in Europa noch finsteres Mittelalter herrschte. Das Holz war außergewöhnlich stabil und leicht. Auch die Vietnamesen verwendeten die gleiche Technik für Brücken und Gebäudemauern. Er erinnerte sich, Bambusgerüste auf Fotos der Luftaufklärung gesehen zu haben. Damals bedeuten sie Ärger, heute bedeuteten sie Ärger! Seine Firma Teknetrix, Marktwert fünfhundert Millionen Dollar, hatte sich in ein zweiundfünfzig Millionen Dollar teures Bauprojekt gestürzt, das plötzlich auf der Kippe stand, weil es nicht möglich schien, ein paar Dutzend Bauarbeiter zu bekommen, die einen Haufen langer Stöcke zu Gerüsten zusammensteckten. Schwachsinn! Und dabei fehlte es gar nicht an Arbeitskräften. In einem Umkreis von hundertsechzig Kilometern lebten hier sechzig Millionen Menschen. Unterhalb der Hochstraße wimmelte es von Taxis, Fahrrädern, dreirädrigen Motorrikschas und von mit Röhren, Ziegelsteinen oder Zement vollbeladenen Lkws. Er wünschte sich, Ellie könnte das sehen. Sie war noch nie mit ihm nach China gereist. Zuviel Schmutz und Krankheit. Sie saß lieber in italienischen Kathedralen und las im Kunstführer nach, welcher Maler welche Fresken geschaffen hatte. Na gut. Einen schönen Lebensabend in Vista del Muerte.

Seine halbfertige Fabrik lag am anderen Ufer des Huangpu im Stadtteil Pudong, was an sich schon erstaunlich war, wenn man bedachte, daß sich noch vor zwei Jahrzehnten hier unbebautes Land erstreckte. Auf dem Schwemmland, wo es früher nur ein paar Fischerhütten und einige niedrige Ziegelbrennereien gegeben hatte, entstand nun das Finanzviertel Pudong mit einer Architektur aus Stahl und Glas. Es hieß, das Viertel sollte in Zukunft eine ähnliche urbane Dichte wie New York, Tokio, Hongkong und London erreichen. Im Westen zweifelten viele an einer solchen Entwicklung in China: Würde es jemals gelingen? Würde das Resultat überzeugen? Würde es ohne große wirtschaftliche Umbrüche vonstatten gehen? Als ob es in der Geschichte der Vereinigten Staaten oder Großbritanniens oder Deutschlands nicht auch Krisen und Zusammenbrüche gegeben hätte! Aber

Neues konnte nur entstehen, wenn Altes zerstört wurde. Auf der anderen Seite des Flusses fuhr das Taxi am Mori-Building vorbei, dem drittgrößten Gebäude in ganz China, einem Gebäude, das aussah wie ein Raketenschiff mit Pagodendach und das durch seine schiere Größe beeindruckte.

»Stop«, befahl Charlie. »Das Gebäude will ich mir ansehen.«

Der Taxifahrer ließ stolz seine Zähne blitzen. »Ja, sehr gut. Nummer eins.«

Charlie kurbelte die Fensterscheibe herunter und lugte nach oben; die Spitze des Gebäudes verlor sich im Dunst. Amerika weiß nichts davon, sinnierte er bitter, will nichts davon wissen. Wir sind zu jung, wir kennen die Geschichte nicht. Chinas Aufstieg war nicht die Folge des gegenwärtigen Konjunkturzyklus oder eines Politikwechsels; nein, es war ein Wiedererstarken auf der ganzen Linie, denn China war immer wieder in seiner Geschichte zu neuer Stärke gekommen. Die gegenwärtige Wirtschaftskrise in Asien würde in ein, zwei Jahren vergessen sein. Neben dem Mori Building wuchs das World Financial Center in den Himmel; es sollte einmal das höchste Bauwerk der Welt werden. Er erinnerte sich, daß noch vor zwei Jahren die ganze Baustelle nur ein schlammiges Terrain war, wo riesige Dampframmen Stahlfundamente in den morastigen Boden hämmerten. Jetzt war der Bau hochgezogen, hatte Dach, Fenster und Elektrizität und schloß auch schon ein Hotel ein. So hoch war das Gebäude, daß es Gästen passieren konnte, oben aus ihrem Zimmer in den Sonnenschein hinauszuschauen, eine Minute später den Aufzug ins Erdgeschoß zu nehmen und in den prasselnden Regen hinauszutreten.

Und wie stand es um sein bescheidenes Fabrikprojekt? Er gab dem Fahrer die Adresse, und wenig später erreichten sie Pudongs Gewerbegebiet. Sie fuhren an großen Fabrikbauten mit den Namen Kodak, Ericsson, Motorola und Siemens vorbei. Hier war es: ein eingezäuntes Areal mit einem Schild, auf dem in bereits verblassender Schrift die Fertigstellung der Fabrik für den kommenden Monat angekündigt wurde – ein mittlerweile unmögliches Ziel. Er konnte von Glück reden, wenn er es innerhalb der nächsten drei Monate schaffte. Doch das durfte er weder Marvin Noff noch Mr. Ming sagen.

Er bat den Fahrer zu warten, weil er kurz aussteigen wollte. Sein Rücken quälte ihn! Er kletterte mühsam aus dem Auto und hinkte auf die abgesperrte Baustellenzufahrt zu.

»Ich helfe Ihnen«, sagte der Fahrer und eilte zu ihm.

Charlie stützte sich auf den Arm des Chinesen, bis sie den Zaun erreicht hatten. »Danke«, sagte Charlie. »Ich weiß das zu schätzen.«

»Sehr schlechter Rücken, glaube ich«, bemerkte der Fahrer und deutete auf Charlies Rücken.

»Ja«, hauchte Charlie unter Schmerzen. »Könnten Sie mich zum Freundschaftsladen bringen?« Er erinnerte sich daran, daß es im Kaufhaus für ausländische Gäste gewöhnlich westliche rezeptfreie Medikamente zu kaufen gab. »Wir können erst dahin fahren und dann zurück ins Hotel.«

»Freundschaftsladen heute geschlossen«, sagte der Fahrer. »Ich kenne bessere Adresse.«

»Dann gehe ich zum Hotelarzt.«

Der Fahrer lachte.

»Was ist daran so komisch?«

»Mit Hoteldoktor viele Leute sterben.«

»Das glaube ich eigentlich nicht.«

»Hoteldoktor gut, chinesische Medizin sehr, sehr gut. Nummer eins.«

»Sind Sie sich da sicher?«

»Sehr, sehr gut, ich verspreche. Chinesische Medizin sehr gut.«

»Okay.« Er hielt sich mühsam am Bauzaun fest. »Ich würde alles versuchen.«

Der Fahrer holte sein Handy hervor und begann in Chinesisch zu schwatzen. Charlie schaute zu seiner Fabrik hinüber, zu seinem Traum. Der Bau – fünf fensterlose Stockwerke mit jeweils 5500 Quadratmetern nutzbarer Fläche – war seit seinem letzten Besuch nur geringfügig vorangekommen. Kupferrohre und Paletten mit Ziegelsteinen standen immer noch am selben Platz. Und es gab keine Baugerüste. Auch eine Ladung Eisenträger lag da, die Enden hatten schon einen Rostansatz. Altes Packpapier wehte über die Baustelle, verfing sich im verschlossenen Tor. Er umfaßte eine Gitterstange, fühlte sich ausgesperrt. Ihm war klar, in welcher Patsche er da saß. Die Subunternehmen hatten die Baustelle verlassen – keine Elektriker, keine Klempner, es gab keine Handwerker mehr, die sich um die Klimaanlagen kümmerten. Er würde Mr. Ming belügen, irgend etwas über den Baufortschritt phantasieren müssen, wenn er die nächste Kredittranche erhalten wollte. Eine solche Vorspiegelung falscher Tatsachen war bereits ein hinreichender Grund für eine Annullierung der Kreditzusage. Die Mühle kam ins Trudeln. Mit jedem Tag, an dem sich der Produktionsstart verzögerte, gingen die Produktionseinnahmen des zweiten Quartals des folgenden Jahres verloren – ein Defizit, zu dem sich die schmaler werdenden Einnahmen der auslaufenden Produktlinien gesellten. Währenddessen vergrößerte Manila Telecom seinen Marktanteil und brachte Teknetrix in Bedrängnis. Wenn Marvin Noff wüßte, wie weit sie mit dem Bau in Verzug geraten waren, würde er die Teknetrix-Aktie mit dem Hinweis SOFORT VERKAUFEN abhaken. Die bringen mich um, dachte Charlie, und zwar nach allen Regeln der Kunst.

»Ich bringe Sie zu sehr, sehr guter Medizin«, versprach der Fahrer nochmals.

Vielleicht lohnt es sich, überlegte Charlie. In den nächsten Tagen muß ich in Form sein. Ein schmerzender Rücken könnte mich ruinieren. Er klatschte in die Hände. »Dann mal los.«

Zehn Minuten später schlängelte sich das Taxi durch die Altstadt von Shanghai. Der Verkehr in den Straßen war so dicht und die Scharen von Radfahrern kamen dem Taxi so nahe, daß Charlie problemlos die Hand aus dem Fenster hätte strecken und die Klingeln an den Lenkern hätte betätigen können. Die meisten Radfahrer trugen helle, westliche Kleidung, doch hin und wieder sah man ältere Männer in Mao-Anzügen vorübergehen, so als wären sie nicht ganz überzeugt, daß die wirtschaftliche Liberalisierung des vergangenen Jahrzehnts wirklich von Dauer sein könnte. Der Taxifahrer hielt vor einer chinesischen Apotheke mit einem männlichen Akupunkturmodell im Schaufenster. Das Modell war mit zierlichen chinesischen Schriftzeichen bedeckt, die sich vor allem um die diskret angedeuteten Genitalien herum konzentrierten. Charlie stimmte das nicht sehr hoffnungsvoll. Ein paar Passanten auf der Straße beobachteten neugierig seine Ankunft. Der Fahrer stützte ihn wieder auf dem Weg in den Laden, vorbei an Reihen von Gefäßen mit traditionell hergestellten Arzneien bis zu einem Tresen, wo eine alte Frau mit Stößel und Mörser etwas zubereitete.

Der Fahrer begrüßte sie. Daraufhin blickte sie Charlie an und stellte sogleich ein paar Fragen. Der Fahrer wandte sich an Charlie.

»Sie möchte wissen, wie lange haben Sie schon Schmerzen im Rücken.«

Er seufzte resigniert. »Schon sehr lange.«

Der Fahrer übersetzte dies der Frau. Sie sprachen untereinander. Der Fahrer nickte. »Wie lange in Tagen und Wochen?«

Die Frau sah ihn erwartungsvoll an, vielleicht hatte sie nie zuvor einen Weißen behandelt.

»Seit siebenundzwanzig Jahren«, gab Charlie zur Antwort. Er schaute sich im Laden um. Ein paar Chinesen starrten ihn erst an, lächelten dann und rückten näher.

»Jahre? Schreiben Sie auf.«

Er tat wie geheißen, reichte das Stück Papier weiter, bis es in die knotigen Hände der alten Frau gelangte. Sie besprach sich wieder mit dem Fahrer.
Der nickte und fragte dann: »Sie haben gute Verdauung?«
»Ja.«
Sie sprachen wieder untereinander.
»Haben Sie Herzschmerzen?«
»Nein.«
Die Frau nickte. »Haben Sie saubere Lungen?«
»Ja.«
»Haben Sie schlechte Träume?«
»Ja.«
»Haben Sie Schmerzen in den Beinen?«
»Ja, aber das kommt von alten Verletzungen.«
»Essen Sie Pilze?«
»Nein.« Ich frage doch lieber im Hotel nach einem Arzt, dachte er. Mittlerweile standen schon ein halbes Dutzend Chinesen beobachtend und kommentierend um sie herum.
»Nehmen Sie irgendwelche chinesische Medizin?«
»Nein.«
»Haben Sie starke Manneskraft?«
Charlie verzog das Gesicht. »Sie meinen, ob ich –?«
Der Fahrer lächelte. »Ja, stark oder nicht so stark?«
»Nicht so stark«, räumte Charlie ein. »Eher schwach.«
Seine Antwort wurde übersetzt. Die Zuschauer nickten und tuschelten untereinander. Die Frau löste den Blick nicht von Charlies Gesicht. Dann sprach sie wieder.
»Ihr Rücken, singt er manchmal oder weint er immer?«
»Er weint immer«, sagte Charlie spontan.
»Sie möchte Ihre Hände sehen.«
Die Frau hielt Charlies Hände, rieb die Knöchel und zog an den Fingern. Sie schaute ihm in die Augen und drückte mit ihrem grauen Fingernagel hinter sein Ohr. Sie schaute ihm auf die

Zunge und drückte sie mit einem Löffel. Die Untersuchung fand die Zustimmung des Publikums, das auf ein Dutzend Zuschauer angeschwollen war; die kleinen Kinder standen ganz vorn. Dann legte sie ein Stück Papier auf den Tresen und suchte sich aus den vielen kleinen Schubladen ihrer Apotheke Zutaten zusammen: Stücke von Borke, getrocknete Seepferdchen, Kräuter, getrocknete Blumen, Stücke von Knochen und Horn und eine Reihe von roten, gelben und braunen Pulvern. Sie besann sich ein-, zweimal und legte die Substanzen wieder weg. Dann murmelte sie etwas zu dem Fahrer.

»Sie sagt, sie muß riechen.«

»Bitte.«

Die Frau kam hinter dem Tresen hervor und legte die Nase an Charlies Rücken.

»Sie sagt, sie möchte Ihren Rücken berühren.«

Er legte sein Jackett ab und zog sein Hemd aus der Hose. Das versammelte Publikum lachte nervös; das hier war besser als die Seifenopern im Fernsehen. Die alte Frau hob ohne zu zögern Charlies Hemd hoch, und als sie die Narben sah, schien sie mit dem Fahrer zu schimpfen. Während Charlies Rücken immer noch entblößt war, diskutierten die Leute lebhaft untereinander.

»Was hat das zu bedeuten?«

»Sie ist außer sich.« Der Fahrer grinste verlegen. »Sie sagt, sie macht keine gute Medizin für Sie, wenn sie nicht genug sieht.«

Die alte Frau rieb und knetete die Narben mit rauhen Fingern. Dann sprach sie wieder.

»Sie sagt, bitte Hosen runter, sie muß alles sehen.«

Das war nun allerdings lächerlich. »Nein«, protestierte Charlie kläglich.

Sie verstand, daß er sich zierte, starrte ihn an und schwatzte in Chinesisch weiter. Dabei kam sie ihm so nahe, daß er die braunen Zahnstümpfe in ihrem Mund erkennen konnte.

»Sie sagt, Sie sind nicht aufrichtig mit ihr. Sie will Ihnen doch

helfen! Sie sagt, Sie mögen sie nicht, Sie halten sie für nicht gut. Sie haben sie beleidigt.«
»Fahren wir in Gottes Namen zum Hotel zurück.«
Auch das schien die alte Frau zu verstehen. Obwohl sie ihm kaum bis an die Brust reichte, stellte sie sich dicht vor ihn hin und redete so zornig auf ihn ein, daß er einen Schritt zurücktrat. Sie schüttelte die Fäuste, starrte ihn an und tat, als könne sie nicht glauben, daß er sie nicht verstanden habe.
»Sie sagt, sie muß es sehen.«
»Also gut.« Er spähte zu den Leuten hinüber, die nun im ganzen Laden vom Tresen bis zur Tür standen. Sie lächelten und nickten mit den Köpfen. »Können Sie den Leuten sagen, sich zurückzuziehen?« fragte er den Fahrer.
Der Mann bellte etwas in Chinesisch. Niemand rührte sich.
»Das ist schon ziemlich peinlich«, sagte Charlie.
Der Fahrer schnauzte noch einmal, aber ohne Überzeugung. Das lockte noch mehr Leute in den Laden. Was blieb Charlie anderes übrig? Sein Rücken tat ihm in jeder Position weh. Er konnte sich kaum auf den Beinen halten. Er kehrte der Versammlung den Rücken und lockerte versuchsweise den Gürtel seiner Hose. Die alte Frau stellte sich hinter ihn und zog ihm ohne Warnung die Hose runter, bis sie ihm in den Kniekehlen hängenblieben. »Was hat sie vor?«
Mit einer Hand hielt sie einen Hemdenschoß hoch, mit der anderen zog sie energisch seine Boxershorts nach unten. Dann begutachtete sie seine blassen, narbigen Hinterbacken, die jetzt von allen gesehen werden konnten. Durch die Versammlung ging ein lautes Murmeln. Sie betastete die größte Narbe und sagte etwas zum Fahrer. Dann zog sie Charlies Unterhosen wieder hoch.
»Sie verspricht, gute Medizin zu machen.«
Er zog rasch seine Hose hoch und ließ sich vom Fahrer ins Jakkett helfen. Die alte Frau wandte sich wieder ihren Zutaten zu, nahm einiges fort und tat anderes hinzu und schaute dabei wie

ein Porträtzeichner immer wieder kurz zu Charlie hinüber. Dann zerstampfte sie alle Ingredienzen zu einem groben Puder, entfernte ein paar überzählige Körnchen, füllte einen Briefumschlag damit, verschloß ihn und kritzelte ein paar chinesische Schriftzeichen darauf. Dann reichte sie Charlie das fertige Präparat. Die Versammlung murmelte beifällig.
»Das ist ein Tee«, erläuterte der Fahrer. »Sie trinken es morgens und abends. Fünf Tage lang.«
»Ich gebe eine Prise davon in heißes Wasser?«
»Sie trinken das Wasser mit der Medizin, alles.«
Er hielt das Päckchen unter die Nase. Es roch faulig. Vielleicht war es giftig. »Wie heißt das eigentlich?«
Der Fahrer fragte die Frau. Sie antwortete, ohne vom Tresen, den sie aufräumte, aufzuschauen.
»Sie sagt, es heißt Frühlingsbambus«, übersetzte der Fahrer.

Das Peace Hotel, ein düsterer Art-déco-Bau, lag auf der anderen Seite des Flusses. Die Fassade blickte auf die Zhongshanstraße mit ihrem ununterbrochenen Strom von Taxis und Radfahrern. An den Straßenecken postierten sich Gruppen von Geldwechslern, die schwarz Geld tauschten. Frauen, die Postkarten feilboten, sprachen jeden Passanten an, der irgendwie ausländisch aussah. Bauarbeiter, eine Handvoll aus dem Millionenheer der anderen, ruhten sich in einer Seitengasse am Boden liegend von der Nachtschicht aus. Es waren Bauernjungen aus den fernen Provinzen, die nicht mehr besaßen als ihre Werkzeuge und die trotz ihrer Jugend schon von der Arbeit gezeichnet waren. Sie hatten keine Chance bei den begehrenswerten Shanghai-Mädchen, die mit ihrem amerikanischen Make-up und ihren japanischen Handys eine andere Welt verkörperten. Der Taxifahrer trug Charlies Gepäck ins Hotel.
Von seinem Zimmer aus bestellte er heißes Wasser. Als es ihm gebracht wurde, gab er einen Teelöffel von der Arznei in eine

Tasse, goß das Wasser darüber, schüttete Zucker dazu, rührte um und trank alles in drei langen Zügen. Dann legte er sich mit dem Handy aufs Bett. Es war sechs Uhr nachmittags in Shanghai, also sechs Uhr morgens in New York. Wahrscheinlich zu früh, als daß Towers, der Privatdetektiv, schon in seinem Büro wäre. Er wählte trotzdem die Nummer, und tatsächlich nahm jemand ab.

»Towers? Hier ist Charlie Ravich. Ich wollte Ihnen eigentlich etwas auf den Anrufbeantworter sprechen.«

»Ich fange schon früh an. Wir sind dabei, den Bericht über die drei Kandidatinnen abzuschließen.«

Auch die Bewerbung von Pamela Archer war darunter, die Frau, mit der sich Charlie unterhalten hatte, ehe er von Tom Andersons Anruf aus Shanghai unterbrochen worden war. »Gut«, sagte Charlie.

»Wir machen das heute noch fertig und schicken es Ihnen zu.«

»Sehr schön«, sagte er ohne großen Enthusiasmus. »Das heißt, warten Sie, schicken Sie es nicht in mein Büro. Schicken Sie es mir direkt.«

»Okay.«

»Ich habe noch einen weiteren Namen, den Sie bitte überprüfen sollten.«

»Sagen Sie ruhig.«

»Melissa Williams. Wohnt in New York. Downtown, glaube ich. Dürfte Mitte Zwanzig sein, gebildet.«

»Ihre Sozialversicherungsnummer haben Sie vermutlich nicht?«

»Nein.«

»Macht nichts. Wir bekommen das rasch heraus. Und ihre äußere Erscheinung?«

»Eine Weiße, dunkles Haar, schlank, vielleicht ein Meter siebzig.«

»Gut.«

Er erhob sich vom Bett und stellte sich ans Fenster. Auf der anderen Seite des Flusses sah man die Lichter von Pudong.

»Wie rasch können Sie mir die Auskünfte beschaffen?«
»Einiges kann ich bis morgen herausbekommen. Viel wird es nicht sein.«
»Ich verstehe.«
»Haben Sie sonst noch Wünsche?« fragte Towers.
»Ja, sagen Sie Martha nichts von dieser Frau.«
»Rein technisch bin ich von Ms. Wainwright abhängig.«
»Nicht in letzterem Fall«, präzisierte Charlie. »Schicken Sie die Rechnung direkt an mich.«
»Sie zahlen dafür?«
»Ja.«
Er schaute sich kurz die Baseballergebnisse auf CNN an, dann machte er sich frisch, um im französischen Hotelrestaurant mit Tom Anderson zu Abend zu essen. Im Lift prüfte er seinen Rükken. Der Schmerz hatte etwas nachgelassen. Anderson, ein stämmiger, fünfunddreißigjähriger Mann in einem guten Anzug, wartete schon auf Charlie und schüttelte ihm zuversichtlich die Hand. »Schön, Sie hier zu sehen, Mr. Ravich.«
»Ich bin denkbar schlechter Laune, Tom.«
»Ja, das glaube ich.«
»Ich bin nicht auf der anderen Seite des Globus«, fuhr Charlie in lautem Ton fort, während sie immer noch standen. »Sie mögen das vielleicht denken, aber es ist nicht so. Ich lasse Ihnen keine Ruhe, bis Sie mir diese Fabrik gebaut haben, Tom. Ich werde Ihre Arbeitgeber anrufen und sagen, was für eine Scheißarbeit Sie bis jetzt geleistet haben. Ihre Firma bewirbt sich um den Bau von fünf weiteren Elektronikfabriken in Asien. Die anderen Telekommunikationsunternehmen gehören nicht zu unserer direkten Konkurrenz. Ich kenne die Generaldirektoren von drei dieser Unternehmen persönlich. In zwanzig Minuten kann ich sie alle anrufen. Viele Leute haben großes Vertrauen in Sie gesetzt, Tom, ich frage mich, warum. Jetzt müssen Sie sich schnell etwas einfallen lassen. Entweder Sie bringen die verfahrene Situation

wieder in Ordnung, oder ich stelle jemand anderen an. Das kostet mich zwar mehr, könnte aber das Projekt wieder flottmachen. Das würde selbstverständlich bedeuten, daß wir Ihre Firma wegen dieser Mehrkosten gerichtlich belangen würden.« Er legte eine Pause ein, um zu sehen, welche Wirkung seine Worte hatten. »Habe ich mich deutlich ausgedrückt?«

»Ja.«

Sie setzten sich. Die chinesischen Kellnerinnen, dünn wie Hänflinge in ihrer Seidentracht, hielten sich im Hintergrund. Anderson rauchte seine Zigarette bis zum Filter hinunter. Charlie beobachtete ihn. Er hatte das gleiche Alter, das Ben jetzt hätte. Er wartete noch ein paar Minuten, nur um die Qual des Nachwuchsmanagers auf die Spitze zu treiben, dann sagte er: »Tom, ich glaube, ich weiß, was hier läuft.«

Anderson schaute auf. »Wirklich?«

»Wie lange sind Sie jetzt in Shanghai, ein halbes, ein ganzes Jahr?«

Anderson wiegte bekümmert den Kopf. »Zehn Monate.«

»Und das macht Sie fertig?«

»Ja.«

»Aber es ist nicht die drückende Schwüle, die fremde Sprache, der Lärm und das Menschengewimmel, obwohl auch das an einem zehrt.«

»Nein.«

»Und die Straße mit den Animierlokalen?« Charlie war dort gewesen – es wimmelte von Deutschen, Amerikanern und Australiern; für jeden westlichen Mann gab es drei oder vier schöne chinesische Mädchen. »Macht Ihnen die hiesige Kultur Probleme?«

Anderson nickte.

»Sie sind verheiratet und haben Frau und kleine Kinder daheim in Amerika?«

»Ja.«

»Aber die chinesischen Frauen hier –«

»Verfolgen einen auf Schritt und Tritt«, unterbrach ihn Anderson. »Leute aus dem Westen sind für chinesische Verhältnisse immer noch reich.«
»Gibt es in Ihrer Firma keine Regel, wie mit chinesischen Besucherinnen in firmeneigenen Wohnungen zu verfahren ist?«
Anderson winkte ab. »Ich habe mir eine eigene Wohnung gemietet.«
»Wie viele Mädchen haben Sie angestellt?«
Anderson ließ den Kopf hängen. »Drei.«
»Fürs Kochen, fürs Putzen und für alles andere auch«, sagte Charlie. Er erinnerte sich an einige Männer aus seiner Fliegerstaffel in Thailand. Alle paar Monate hatte einer der Männer ein Problem. Manche glaubten, es sei Liebe. Manchmal war es das auch. »Sie sind ständig müde, Sie sind zerstreut, Sie hören, wie die Mädchen reden, und wissen nicht, worüber – vielleicht machen sie sich über Sie lustig, aber vielleicht auch nicht; Sie fragen sich, ob Sie bestohlen werden, Sie trinken zuviel.«
»Ja.« Anderson schaute auf. »Woher wissen Sie das alles?«
Charlie zuckte die Achseln. »Das spielt keine Rolle. Jedenfalls kümmern mich Ihre persönlichen Probleme nicht. Ich habe kein Verständnis dafür. Ich kann mir das nicht leisten. Dafür hängen zu viele Leute von mir ab. Entweder Sie bekommen den Fabrikbau auf die Reihe, oder Sie können gehen. Sie sind jetzt auf der Führungsebene, Tom. Entweder Sie leisten, was man von Ihnen erwartet, oder Sie sind erledigt.«
Er hörte schweigend zu.
»Und jetzt«, sagte Charlie abschließend. »sagen Sie mir, wie Sie das Problem lösen wollen.«
Erleichtert sprach Anderson über die Schwierigkeiten mit der Baustelle. Ja, es stimmte, er hatte ein paar Planungsfehler gemacht, die den Bau etwas verzögert hatten, doch im Gesamtplan gab es etwas Luft, um solche Fehler aufzufangen, zumal die Chinesen bereit waren, gegen entsprechende Bezahlung auch nachts

zu arbeiten. Das eigentliche Problem lag bei der Gerüstfirma. Es war, als ob die Chinesen es darauf abgesehen hätten, ihm Steine in den Weg zu legen. Sie wollten den Vertrag neu verhandeln, weil ihrer Ansicht nach die Kosten höher lagen als geplant. Normalerweise hätten die Behörden hier eingreifen müssen, aber an der Spitze der Stadtverwaltung stand der Cousin des Mannes, der die Vertragsverhandlungen für die Gerüstfirma leitete, und daher zeigte er keine Neigung, gegen die unstatthaften Geldforderungen der Gerüstfirma Einspruch zu erheben. Anderson war die Kalkulation noch einmal durchgegangen und hatte sie mit vergleichbaren Aufträgen verglichen. Nach seiner Ansicht warf die Geschäftsleitung der Gerüstfirma nur Nebelkerzen und versuchte, den Preis in die Höhe zu treiben. Tatsächlich hielten die Herren die Hand auf und warteten darauf, bezahlt zu werden. Mit Anderson wollten sie nicht reden, er stand nicht hoch genug in der Hierarchie. Obendrein hatte er den Vorsitzenden der Gerüstfirma, einen Mr. Lo, beleidigt, weil er mit ihm direkt verhandeln wollte. Die letzte Unterredung war in frostiger Atmosphäre verlaufen und hatte zu keinem Ergebnis geführt. Aber nun wußte Mr. Lo, daß Charlie nach Shanghai kommen würde, und Anderson hatte sich die Freiheit genommen, ein Treffen mit ihm auf den nächsten Morgen zu terminieren.

»Gut«, sagte Charlie und überlegte schon, wie er Mr. Lo wohl dazu bringen könnte, die Arbeit wiederaufzunehmen. Ausländische Firmen verwendeten gewöhnlich einen chinesischen Vermittler, der schwierige Verhandlungssituationen auflockerte und Rechnungen präsentierte, die nie genau belegt wurden. »Ist Lo vertrauenswürdig?« fragte er.

»Den Eindruck habe ich nicht«, antwortete Anderson. Charlie dachte über Andersons Einschätzung nach und fragte sich, wieviel sie ihn kosten, welchen Nutzen sie ihm bringen würde.

Das Peace Hotel war berühmt für seine alten Musiker, die jeden Abend Jazzstandards und Show-Melodien für die Hotelgäste spielten. Die Männer, von denen die meisten die Sechzig überschritten hatten, waren durch die Verfolgungen während der Kulturrevolution so verängstigt gewesen, daß sie Trompeten, Cello und Schlagzeug vergraben hatten. Nun hatte ihnen der geschichtliche Wandel wieder eine Chance gegeben, und so spielten sie wieder »Moon River«, »Besame Mucho« und andere Evergreens für eine entzückte Zuhörerschaft aus amerikanischen und deutschen Touristen. Auch Charlie saß dort und beobachtete die Musiker, nahm hin und wieder einen Schluck von seinem Drink, las Seite für Seite die *International Herald Tribune* und kostete ein Stück Schokoladenkuchen.

Da es seinem Rücken besserging, konnte er auf einem Stuhl sitzen und ein paar Anrufe machen. Also suchte er sich einen ruhigeren Tisch weiter hinten aus und ließ sich vom Kellner ein normales Telefon bringen. Ich muß jetzt ein paar nicht ganz saubere Tricks anwenden, dachte er. Gott sei Dank macht der Aufsichtsrat ja alles mit, was ich ihm sage. Die Mitglieder des Aufsichtsrats waren alles zweitklassige Führungskräfte, die im Ruhestand lebten und die eigens wegen ihrer Trägheit ausgewählt worden waren. Wenn Manila Telecom wirklich Teknetrix zu übernehmen versuchte, dann sollte das möglichst teuer für sie werden. Er rief in der Teknetrix-Zentrale an und bat Karen, eine Leitung für ihn zu reservieren. Dann rief er nacheinander erst das PR-Büro an und teilte mit, Teknetrix werde Aktien zurückkaufen – das war immer ein gutes Zeichen für Investoren –, und außerdem stehe der baldige Produktionsbeginn des Quad-Port-Transformers in der neuen Fabrik in Shanghai bevor. »Geben Sie das an die Presse weiter«, sagte er. »Schon morgen.« Was störte es schon, daß die Firma weder den Produktionsplan für den Q4 ausgearbeitet noch das Management für die Fabrik aufgestellt, noch die Verträge mit den Zulieferern unter Dach und Fach hatte.

Die Meldung würde rasch ihren Weg in die Wirtschaftsnachrichten, in die Internet-Sites für Anleger und in Mr. Mings Gehirn finden. Als nächstes machte er den Leuten von der Abteilung Forschung und Entwicklung klar, daß der Q4 rascher in die Produktion gehen müsse. Weitere Effizienz könne noch in den nächsten sechs Monaten entwickelt werden, wenn Marktanteile hinzugewonnen wären und der Cash-flow stimmte. Tatsächlich hatte er die Absicht, eine schmale Gewinnmarge abzuschöpfen. Manila Telecom würde das Nachsehen haben. Was noch? »Geben Sie mir die Verkaufsabteilung, Karen.« Er wies die Abteilungsleitung an, einen Teil der Orders des dritten Quartals zum Gewinn des zweiten Quartals zu addieren, der demnächst veröffentlicht werden sollte. Die Buchprüfer konnten die Zahlen später korrigieren, damit die Bilanz mehr oder weniger mit den gesetzlichen Vorschriften in Einklang stand.

»Irgendwelche Anrufe für mich?« fragte er Karen, als sie ans Telefon zurückkam.

»Nichts Wichtiges«, sagte sie.

Er hatte den Kopf voll mit Einzelheiten zu Teknetrix, doch ein paar andere Dinge durfte er nicht vergessen.

»Ich könnte einen Anruf von einer gewissen Melissa Williams erhalten.«

»Bisher hat niemand mit diesem Namen angerufen«, sagte Karen.

»Gut.« Ganz wie abgesprochen.

»Sie scheinen bei Laune zu sein, Charlie.«

»Das bin ich.«

Als nächstes rief er Jane in London an.

»Charlie!«

»Ich habe Sie gerade noch erwischt.«

»Ja, ich habe schon seit Wochen nichts von Ihnen gehört.«

»Haben Sie den Mercedes gekriegt?«

»Nein, das konnte ich nicht machen.«

»Ganz wie Sie wollen.«
»Haben Sie wieder einen heißen Tip?«
»Nein«, winkte er ab. »Ich möchte den Gewinn aus dem GT-Handel auf das Konto meiner Bank in New York überweisen.«
»Das ist die Citibank und ihr Bankier ist Ted Fullman, nicht wahr?«
»So ist es.«
»Die ganze Summe oder nur einen Teil?« fragte Jane.
»Die ganze.«
»Wird in einer Stunde erledigt. Sie wirken irgendwie aufgekratzt, Charlie.«
Bei Laune und ganz oben, sagte er sich selbst. Acht Millionen aus dem Mund eines Toten, Sex mit einer siebenundzwanzigjährigen Frau, und obendrein trinke ich einen Tee aus getrockneten Seepferdchen.
Als nächstes rief er Fullman an, der ganz aufgeregt auf die Mitteilung reagierte, daß in Kürze sechzehn Millionen Dollar auf Charlies Konto eintreffen würden. »Das ist ein großer Batzen, Charlie. Was soll ich damit machen?«
»Zweierlei, Ted. Erstens überweisen Sie bitte acht Millionen auf mein Privatkonto. Die Kapitalerträge aus diesem Konto sind kurzfristig abrufbar. Mit der anderen Hälfte der Summe möchte ich meiner Frau ein Haus kaufen.«
»Soll ich das für Sie übernehmen?«
Immer hilfsbereit, sein persönlicher Bankier. »Ja, ich bitte darum. Das Haus steht in einem Wohnpark in der Nähe von Princeton und heißt Vista del Mar. Dabei liegt es gar nicht am Meer. Ellie hat eine Anzahlung geleistet. Bitte rufen Sie die Verwaltung an und zahlen Sie den noch ausstehenden Betrag. Es dürfte sich um ein, zwei Millionen handeln. Sie haben ja noch die Vollmacht.
»Wenn Barzahlung möglich ist, kann ich das rasch erledigen.«
»Ich möchte meine Frau damit überraschen.«

»Das ist schon ein tolles Geschenk, Charlie.«
»Ja.«
»Sie müssen sie ja wahnsinnig lieben.«

»Dad?« kam am nächsten Morgen Julias Stimme aus dem Telefon. Er hatte beim Aufstehen Kopfschmerzen und wollte sofort von dem stark riechenden Tee. »Mit Mom stimmt etwas nicht. Irgendwie hat sie sich am Fahrstuhlführer vorbeigeschlichen und hat im Bademantel nach einem Taxi gerufen.«
»Wie?«
»Sie stand mit einem kleinen Koffer draußen an der Straße.«
»Wohin wollte sie denn?«
»Ich weiß es nicht. Der Portier hat sie wieder ins Haus gebracht und mich sofort angerufen. Ich bin gleich hingefahren, und zusammen sind Mom und ich zu Dr. Bergers Praxis gegangen. Er hat sich sofort um sie gekümmert und ihr ein Beruhigungsmittel gegeben. Der Arzt wollte nicht, daß sie heute nacht allein in der Wohnung bleibt, deshalb habe ich sie zu uns nach Hause genommen.«
»Kann ich mit ihr sprechen?«
»Sie schläft im Gästezimmer. Ich möchte sie lieber nicht wecken, Dad.«
»Was fehlt ihr denn, nach Meinung des Arztes?«
»Das kann er noch nicht sagen. Sie ist unruhig. Ich weiß, daß sie viel an Ben gedacht hat ...« Julia bedauerte ihre Mutter. »Sie hat zu viele Schlaftabletten genommen, aber sie zeigt auch gewisse Symptome ... Man hat sie sediert – richtig außer Gefecht gesetzt – und wird später noch einen Bluttest durchführen. Dr. Berger hat die Blutwerte des vergangenen Jahres, und morgen wird man kontrollieren, ob es Veränderungen bei den Proteinablagerungen in Moms Blut gibt. Aus den Ablagerungen kann man eine Prognose wagen, wie rasch sie fortschreitet.
»Was schreitet fort?«

»Die Alzheimerkrankheit. Mach dir nichts vor, Dad. Mom ist seit ein paar Monaten nicht mehr die alte.«

»Sie war klarsichtig genug, ohne mein Wissen ein Haus für den Ruhestand in New Jersey zu kaufen«, gab Charlie zu bedenken. »Das kann doch wohl nur jemand, der seine fünf Sinne beisammen hat.«

»Das spricht gerade für meine These«, versetzte Julia, mehr denn je die Juristin, die seine Argumente zerlegte und sie für ihre Zwecke neu zusammensetzte. »Ja, vor einem Monat war sie dazu auch noch in der Lage, zumal man heutzutage die älteren Menschen Schritt für Schritt durch diese Prozeduren lotst. Aber jetzt, jetzt stellt sie sich im Bademantel an die Straße und ruft nach einem Taxi!«

»Na schön«, sagte er schließlich.

»Sie hatte Lippenstift aufgelegt.«

»Welchen Unterschied macht das?«

»Es erklärt vieles – oh, das verstehst du nicht.«

»Versuch's trotzdem, bitte.«

»Es bricht einem das Herz.«

»Der Lippenstift?«

»Ja. Das zeigt doch, daß sie sich für stadtfein hielt, tatsächlich wollte sie ausgehen.«

»Wohin wollte sie denn gehen?«

»Auf dem Weg zu Dr. Berger war sie müde und unwillig, da hat sie nicht viel gesagt, aber ich glaube, daß sie zu dir wollte.«

»Zu mir?« Er erhob sich wankend vom Bett und holte das Teepäckchen.

»Sie sagte, sie wolle nach China reisen.«

»Warum?«

»Ich weiß es nicht. Das habe ich nicht verstanden. Sie sagte, ein Bote habe irgendeine Sendung für dich zu Hause abgegeben, sie habe den Umschlag aufgemacht und gedacht, du bräuchtest die Papiere.«

»Was für Papiere?«
»Keine Ahnung. Ich bin noch nicht bei euch oben in der Wohnung gewesen.«
War es etwa der Bericht von Towers, dem Privatdetektiv? Was konnte es sonst sein? dachte Charlie. Ich wollte, daß er ihn mir hierherschickt, habe ich das nicht gesagt? Was sonst hätte Ellie so aus dem Häuschen bringen können? Wahrscheinlich hatte sie den Umschlag vom Tisch neben dem Fahrstuhl genommen, ihn gleich geöffnet, da sie glaubte, es sei etwas Dringendes, und dann hatte sie den Schock ihres Lebens bekommen.
»Gehst du in die Wohnung zurück?« fragte er Julia ängstlich, während er etwas Tee in ein Glas mit kaltem Wasser schüttete. Vielleicht war Opium oder Kokain oder sonst etwas drin, aber er brauchte es jetzt sofort.
»In einer Stunde, ja, dann hole ich ihr Nachthemd und ein paar persönliche Sachen. Der Doktor möchte, daß sie zehn bis zwölf Stunden schläft. Sie wird sich wohler fühlen, wenn sie ihre Sachen bei sich hat. «
»Bestimmt«, pflichtete er ihr bei. Er schaute nach dem Teeaufguß. Ein paar trockene Krümel schwammen obenauf. Warum wollte er das Getränk jetzt so dringend haben? Er stürzte das Glas mit dem dicken bräunlichen Brei in einem Zug hinunter.
»Was sagst du?«
»Nichts.«
»Du hast so ein komisches Geräusch gemacht.«
»Ich habe gerade etwas getrunken, Schatz.« Julia würde auf der Suche nach Hinweisen, die den Geisteszustand ihrer Mutter erklärten, wahrscheinlich die ganze Wohnung durchstöbern. Wenn Ellie den Bericht des Privatdetektivs dort hatte liegenlassen, dann würde Julia ihn finden.
»Dad?«
»Ja.«
»Kannst du gleich nach Hause kommen?«

Er mußte sich noch überlegen, wie er die Verhandlungen mit Mr. Lo beschleunigen konnte. »Ich glaube, daß ich morgen fliegen kann, Schatz.«

»Wie geht's deinem Rücken?«

»Erstaunlich gut.«

»Wie das?«

»Ich probiere eine traditionelle chinesische Arznei aus. Man hat sie vor meinen Augen zusammengemischt. Wirklich ganz –«

»Dad?« unterbrach ihn Julia. »Ich habe einen Anruf auf der anderen Leitung. Kann ich damit rechnen, daß du in achtundvierzig Stunden wieder daheim bist?«

»Ja.« Er dachte an die Papiere des Privatdetektivs, die vielleicht auf dem Küchentresen oder anderswo in der Wohnung lagen. »Wird Mom heute abend bei dir zu Hause sein?«

»Ich denke schon.«

»Vielleicht sollte sie ein, zwei Nächte bei euch bleiben.«

»Das geht nicht. Brian ist bis Ende der Woche in L. A., und ich fliege morgen nach London.«

»Dann«, fragte Charlie, in Gedanken schon die Antwort befürchtend, »wird Mom also morgen vormittag oder nachmittag wieder in unserer Wohnung sein?«

»Wohl am Morgen. Sie hat Tabletten bekommen, die sie beruhigen werden.«

Nicht wenn sie den Bericht wieder durchliest, sagte er sich. »Sag ihr, sie braucht sich nicht zu sorgen. Ich komme ja bald nach Hause.«

Er suchte Tower's Nummer heraus und stellte sich vor den Badezimmerspiegel. Dann zog er sein Hemd aus und betrachtete seinen Bauch. Ein schrecklicher Anblick. Wie der seines Vaters vor zwanzig Jahren. Melissa Williams muß verrückt gewesen sein.

Er rief Towers an. »Sie haben mir etwas zugeschickt?«

»Sie haben es also erhalten – gut.«

»Ich bin in China«, sagte Charlie gequält.

»Moment, das verstehe ich nicht«, sagte Towers. »Sie haben mich heute morgen um sechs Uhr angerufen und gesagt, schikken Sie es mir direkt, aber nicht ins Büro.«
»Ja eben«, sagte Charlie.
»O Gott, das tut mir jetzt aber leid, Mr. Ravich.«
»Mir auch. Was war denn drin?«
»Nur die in solchen Fällen üblichen Angaben.«
»Wirklich?«
»Ich habe auch interessante Informationen über diese Melissa Williams bekommen.«
Einen Augenblick spielte Charlie mit dem Gedanken, die Nachforschungen über Melissa Williams abzublasen. Vielleicht wäre es besser. Aber die Neugier ließ ihm keine Ruhe. »Tun Sie mir einen Gefallen«, sagte er schließlich.
»Selbstverständlich.«
»Schreiben Sie nichts nieder, keinen Bericht, kein Fax, nichts.«
»Ich habe nur meine handschriftlichen Notizen.«
»Lesen Sie sie mir vor und dann vernichten Sie sie.«
»Wann?«
Er schaute auf seine Armbanduhr. Die Kopfschmerzen gingen allmählich weg. Er hatte noch das Treffen mit Lo vor sich. »Rufen Sie mich gegen Ende des Tages an. Meine Uhrzeit hier in Shanghai. Siebzehn Uhr.«
»Das hieße für mich fünf Uhr morgens.«
»So ist es«, bestätigte Charlie kalt.
»Geht in Ordnung«, antwortete Towers. »Ich rufe Sie an. Bitte entschuldigen Sie nochmals das Mißverständnis.«
Der Tee begann zu wirken, und das half ihm beim Denken. Er wollte wissen, was in Tower's Bericht stand, mehr noch, er wollte ihn aus der Wohnung bekommen, ehe er Julia in die Hände fiel. Nach dem, was er über Ellie gehört hatte, mußte sie wohl ziemlich benebelt gewesen sein, als sie zu ihrem Hausarzt kam. Julia hingegen würde kein Komma übersehen. Er rief den Emp-

fang im Apartmenthaus in der Fifth Avenue an. »Hier ist Charlie Ravich.«
»Guten Abend, Mr. Ravich«, meldete sich der Portier Kelly. Nicht bei mir hier, dachte er. »Ach bitte, hat Lionel noch Dienst?«
»Er hat gerade seine Schicht begonnen.«
»Könnten Sie mich mit dem Telefon im Fahrstuhl verbinden? Ich möchte ihn um etwas bitten.«
»Kein Problem, Mr. Ravich.«
In der Leitung knackte es. »Hier Lionel.«
»Lionel, Charlie Ravich am Apparat.«
»Mr. Ravich.«
»Ich brauche Ihre Hilfe, Lionel.«
»Keine Frage, Mr. Ravich.«
»Fahren Sie bitte auf mein Stockwerk.«
»Wird gemacht.«
Charlie konnte das ferne Summen des Fahrstuhls hören. Dann hielt die Kabine an, und gleichzeitig hörten die Störungen auf.
»Sir?«
»Lionel, sehen Sie den Schirmständer in der Ecke?«
»Ja.«
»Darunter liegt ein Schlüssel.«
»Soll ich etwa den Fahrstuhl verlassen?«
»Ja. Nur für einen Augenblick.«
»Sir, ich verlasse nie meinen Fahrstuhl.«
»Ich weiß. Es ist auch ein großer Gefallen, um den ich Sie bitte.«
»Das ist ganz gegen meine Gewohnheit.«
»Im Leben geht nicht immer alles nur nach Gewohnheit. Wir wissen nie, was als nächstes kommt.«
»Ja, Sir, aber ich vermeide möglichst alles, was gegen meine Gewohnheit ist.«
»Sie müssen das jetzt für mich tun, Lionel. Nachmittags ist doch nicht so viel Betrieb.«

»Mrs. Rosen kommt gewöhnlich um diese Zeit herunter.«
»Stellen Sie einfach den Fahrstuhl ab und holen Sie den Schlüssel.«
Die Leitung war still. »Okay.«
»Ich möchte jetzt gern, daß Sie folgendes tun: Schließen Sie die Wohnungstür auf und schauen Sie im Eßzimmer und in der Küche nach einem Umschlag oder Geschäftsbrief mit dem Namen einer Anwaltskanzlei.«
»Was soll ich damit machen?«
»Finden Sie ihn erst einmal.«
Charlie hörte das Quietschen der Fahrstuhlkabine. Dann Stille. Dann vielleicht das Geräusch einer Tür, die geöffnet wurde. Dann gar nichts. Lionel schlich wohl auf Zehenspitzen durch die Wohnung und bestaunte die antiken Möbel, die Ellie über die Jahre zusammengekauft hatte.
»Ich bin wieder da.«
»Und?«
»Ich habe nichts gefunden.«
»Bitte schauen Sie noch einmal nach. Gehen Sie auch ins Schlafzimmer. Gehen Sie in jedes Zimmer. Vermutlich sind es mehrere Blätter und ein Umschlag. Es ist per Boten zugestellt worden.«
»Ich schaue also noch einmal.«
Er hörte Lionel weggehen.
»Jetzt habe ich es«, sagte er nach einer Weile.
»Was ist es?«
»Ein Brief von einem Mr. Towers. Ist es das?«
»Bitte lesen Sie es mir vor.«
»Sind Sie sicher?«
»Ja. Bitte lesen Sie es vor und dann –«
»Moment. Ja?« Lionel sprach in die Wechselsprechanlage des Fahrstuhls. »Mrs. Rosen wartet. Ich hole sie. Ich muß jetzt gehen, Mr. Ravich.«

»Nein, Moment, Lionel. Ich möchte die Verbindung nicht unterbrechen. Legen Sie nicht auf.«
»Es wird ein paar Minuten dauern.«
»Das macht nichts. Ich rufe aus China an. Ich möchte nicht das Risiko eingehen, später keine Verbindung mehr zu bekommen.«
»Ja, Sir.«
Charlie hörte, wie der Fahrstuhl in den zwölften Stock hinauffuhr.
»Guten Abend, Mrs. Rosen.« Lionels Stimme klang echohaft.
»Lionel, ich warte jetzt schon fast zehn Minuten.«
»Entschuldigen Sie bitte, Mrs. Rosen. Ich –«
»Ganz gleich aus welchem Grund Sie aufgehalten worden sind, Sie hätten doch dafür sorgen können, daß man mich anruft und mir sagt, daß Sie später kommen würden … Mehr verlange ich ja gar nicht.«
»Jawohl, Madam.«
»Sie wissen, daß mein verstorbener Gatte 1947 hier eingezogen ist. Seit mehr als einem halben Jahrhundert wohnt meine Familie nun schon in diesem Apartmenthaus. Wir hätten anderswohin ziehen können, wir hatten die Mittel dafür. Wir haben sogar von anderen Häusern das Angebot bekommen, eine Eigentumswohnung zu erwerben. Wir hätten es tun können, es war Gesprächsthema. Drei Blocks weiter hätte man uns liebend gern genommen. Aber wir haben nein gesagt. Wir sagten, daß wir mit den schlechten Fahrstühlen und anderen technischen Problemen leben könnten. Dann änderte sich die Qualität der Bewohner, und wir sind trotzdem sehr tolerant gewesen.«
»Ja, Mrs. Rosen.«
»Die Verwaltungen der anderen Häuser bedrängten Mort, Wohneigentum zu erwerben«, fuhr sie fort. »Er wurde von allen geachtet. Sie wollten, daß er bei ihnen investierte, damit sich die Leute wohl fühlten. Sie wußten, wenn Mort Rosen hier Geld anlegt, dann ist es solide. Er war wie die Goldwährung.«

»Ja, Mrs. Rosen.«
»Er stand in hohem Ansehen.«
»Ja, Mrs. Rosen. So, wir sind in der Eingangshalle.«
Die Fahrstuhltür quietschte wieder.
»Ja, Mr. Ravich. Ich habe den Brief oben gelassen.«
»Gut, dann fahren wir noch mal rauf, Lionel.«
Im achten Stock verschwand Lionel wieder vom Telefon. »Ich habe ihn«, sagte er, als er zurückkam. »Zwei Seiten.«
»›Betr‹«, begann Lionel. »Fehlt da nicht etwas?«
»Das ist die Abkürzung für Betreff, eine Formalie. Weiter.«
»›Ihr Auftrag vom 20. Sept. 1999. Sehr geehrter Mr. Ravich. Wir danken für den oa‹. Was heißt oa?«
»Oben angeführt.«
»›Oben angeführten Auftrag. Wunschgemäß haben wir die Bewerbungen der drei von Ihnen ausgewählten Frauen überprüft. Nach unseren Rächer–‹«
»Recherchen.«
»›… halten wir zwei der drei Kandidatinnen aufgrund ihrer persönlichen und familiären Vorgeschichte, ihres‹ – jetzt kommt wieder so ein schweres Wort: ›Ausbildungsni-‹«
»›Niveaus‹ heißt es sicherlich.«
»›… niwos für besonders geeignet, Ihnen ein Kind zu gebären. Beide zeigen das glaubhafte Bestreben –‹«
»Halt, das langt mir«, unterbrach Charlie.
»Halt?« fragte Lionel.
»Ja.« Er hatte genug gehört. »Bitte vernichten Sie dieses Schreiben. Werfen Sie es in den Müllschlucker.«
»Sind Sie sich da sicher?«
»Ja. Tun Sie es gleich.«
»Wie Sie wünschen.«
Stille in der Leitung, dann ein gedämpftes Geräusch. »Haben Sie's weggeworfen?«
»Ja. Erledigt.«

»Vergessen?«
»Hundertprozentig, Mr. Ravich.«
»Vielen Dank, Lionel.«
»Nichts zu danken, Mr. Ravich!«

»Willkommen, Mr. Ravich!« rief Mr. Lo zur Begrüßung und bat Charlie, in einem Sessel mit Zierdeckchen auf den Armlehnen Platz zu nehmen. Es war der traditionelle chinesische Sessel fürs Geschäftsessen. Er war zusammen mit Tom Anderson zum Sitz der Gerüstfirma gefahren. Es war ein neues, aber so eilig hochgezogenes Gebäude, daß es bereits alt aussah. In der Eingangshalle waren sie vom Trio der Lo-Söhne empfangen worden, drei dünnen Männern mit schlechten Zähnen, die kaum Englisch sprachen.
Charlie saß neben Mr. Lo und nahm eine Tasse grünen Tee entgegen. Er schaute sich angewidert um. Die Sessel waren alt und dreckig, der Raum kaum gelüftet. Wenn Corvoy in Shanghai gewesen wäre, wäre so etwas nicht passiert. Daß dieses Treffen überhaupt stattfand, belegte Tom Andersons Unerfahrenheit. Das hier war eine unbedeutende Firma, die in der Gerüstbranche nur zufällig zum Vertragspartner von Teknetrix aufgestiegen war. Wenn er es richtig sah, dann waren sie heillos überfordert. Offensichtlich hatten sie ihn unterschätzt, und er sie überschätzt. Mr. Lo trug zwar einen guten Anzug, aber er hatte schwielige Hände; er überwachte immer noch die Arbeit auf den Baustellen, seine Kontakte zu westlichen Geschäftsleuten waren begrenzt. Hier habe ich es mit einer kleinen Nummer zu tun, dachte Charlie, vergleichbar einem Mittelständler aus Queens. Seine Gastgeber hatten sich für einen traditionellen chinesischen Empfang entschieden, nur weil sie es anders nicht kannten.
Eine verschüchterte junge Frau wurde als Dolmetscherin vorgestellt und nahm neben Mr. Lo Platz. Dieser saß am hinteren Ende des Konferenzzimmers und erging sich in langen Ausführungen,

während seine drei Söhne Charlies Miene beobachteten. Charlie erfuhr an diesem Tag mehr über den traditionellen chinesischen Bambusgerüstbau, als er sich jeweils hätte träumen lassen. Er lernte, wie der Bambus gepflanzt, gepflegt und geerntet wurde, wie er nach Dicke ausgewählt, zu drei Meter langen Stücken zurechtgeschnitten und mit tausend Bändern zusammengebunden wurde. Die hierzu verwendeten Knoten gehörten zum Berufsgeheimnis des Gewerbes und wurden vom Meister an den Gesellen weitergegeben. Das wird hier nichts, dachte Charlie, alles ist viel zu steif und förmlich. Ich brauche eine Situation, in der ich verhandeln kann. Sie beäugten ihn genauso, wie er sie beäugte. Die Söhne hatten einen Dia-Vortrag vorbereitet, und nun holte Mr. Lo einen Laser-Pointer hervor und machte, dem roten Lichtpfeil schwenkend, sicherlich sehr lehrreiche Kommentare zu den einzelnen Bildern: Hier sah man Mr. Los Arbeiter beim Errichten schwindelerregend hoher Gerüste; Mr. Lo bei der Überwachung der Arbeiten; Mr. Lo oben auf einem zwanzig Stock hohen Gerüst; Mr. Los Söhne mit Schutzhelmen bei einer Projektbesprechung; der Ahn der Lo-Sippe, ein weiser alter Mann mit traditionellem Spitzhut; Mr. Los Söhne beim Zuschneiden von Plastikbändern …
Charlie war entnervt, am liebsten hätte er den Laser-Pointer in Mr. Los Auge gerammt. Tom Anderson, dem Charlies Gereiztheit nicht verborgen blieb, rutschte unruhig auf seinem Platz hin und her. Charlie brauchte jetzt die effiziente Lösung, den weitgreifenden Zug, den Luftschlag. Ich muß doch unhöflich werden, dachte Charlie. Er schaute auf seine Armbanduhr. Man ignorierte das. Er beugte sich vor, schaute noch einmal auf seine Uhr und zählte langsam bis fünfzehn.
Mr. Lo sagte etwas in scharfem Ton. Augenblicklich hatte die Dia-Show ein Ende.
Charlie blickte auf. Mr. Lo lächelte. Seine Söhne lächelten. Die Dolmetscherin lächelte.

»Die Darstellung«, verkündete Charlie, und seine gebieterische Stimme, füllte den ganzen Raum, »die Mr. Lo von der angesehenen Bambusgerüstfirma seiner Familie gegeben hat, war sehr informativ.« Er nickte ernst der Dolmetscherin zu. »Bitte sagen Sie ihm, daß ich alles mit Interesse verfolgt habe.«

Als Mr. Lo seinen Namen hörte, blitzte Freude in seinen Augen auf.

»Sagen Sie ihm auch, daß mir deutlich geworden ist, daß wir seiner Firma und seiner exzellenten Geschäftsführung noch nicht die richtige Anerkennung gezollt haben.«

Die Dolmetscherin übersetzte diese Aussage. Mr. Lo strahlte.

»Bitte sagen Sie Mr. Lo, daß es mir eine große Ehre wäre, wenn er heute abend im Restaurant Phönix-Drache im Peace Hotel mein persönlicher Gast sein würde.«

Die Dolmetscherin übersetzte Mr. Los Antwort. »Mr. Lo freut sich über die Einladung. Sechs Uhr scheint ihm eine sehr passende Zeit zu sein.«

Charlie erhob sich und reichte ihm die Hand.

Die Dolmetscherin fügte hinzu: »Mr. Lo fragt, ob Sie einen Dolmetscher für die Unterredung brauchen.«

Charlie schaute Mr. Lo an. »Nein«, sagte er sanft, ohne Lo aus den Augen zu lassen. »Nur wir beide.«

Um fünf Uhr saß er auf seinem Hotelbett und schaute sich auf CNN die Ergebnisse der Football-Spiele mit abgeschaltetem Ton an. Das Telefon klingelte. »Towers«, meldete sich der Privatdetektiv mit müder Stimme. »Ich habe getan, was an einem Tag möglich war. Nicht mehr, aber auch nicht weniger.«

»Schießen Sie los.«

»Melissa Williams ist siebenundzwanzig Jahre alt«, begann er. »Sie wohnt in der East Fourth Street. Sie arbeitet bei der SharkByteMediaNet, Inc. So heißt die Firma, die mit großem Erfolg ein spezielles Design für Firmenpräsentationen im Internet produziert. Die Büros sind am Broadway und in der Prince Street. Keine Vorstrafen, keine Pfändungen. Trägt Kontaktlinsen. Ihr Kreditkartenkonto ist unauffällig.« Towers legte eine Pause ein, wahrscheinlich um einen Blick auf seine Notizen zu werfen. »Nach ihren Käufen mit Kreditkarte zu urteilen dürfte ihr Jahreseinkommen bei zirka 38 000 Dollar liegen. Personen ihres Alters und Ausbildungsniveaus verwenden einen vorhersagbaren Prozentsatz des Einkommens für Konsumkäufe. Ihr erster Führerschein wurde im Bundesstaat Washington ausgestellt. Eine bundesweite elektronische Cluster-Suche nach ähnlichen Namen ergab, daß ihre Familie wahrscheinlich in Seattle ansässig ist. Eine Suche im Internet brachte das Ergebnis, daß sie am Carleton College in Minnesota – einer angesehenen Hochschule – ihr Studium summa cum laude abgeschlossen hat.«

»Was noch?« fragte er. Keine von Tower's Auskünften schien ihm besonders spezifisch zu sein.

»Sie ist nie verheiratet gewesen – jedenfalls nicht im Staat New York. Sie hat eine Bankverbindung mit der Citibank und ein inaktives Konto in Seattle, was ebenfalls für familiäre Wurzeln dort drüben spricht. Bei einer Suche in Berufsverzeichnissen der Region Seattle konnte ein zweiundfünfzigjähriger Unternehmensanwalt namens John J. Williams ermittelt werden, vermutlich ihr Vater. Er gehört in seiner Heimatstadt zu den Honoratioren und besitzt ein Haus auf Bainbridge Island, das er vor drei Jahren für 820 000 Dollar gekauft hat. Ein anderes Familienmitglied, John jr., vermutlich ein jüngerer Bruder, ist wegen kleinerer Drogen- und Verkehrsdelikte aufgefallen.« Towers holte tief Luft. »Aus einer vertraulichen Quelle beim Roten Kreuz wissen wir, daß Melissa Williams Anfang des Jahres Blut gespendet hat. Daraus können wir schließen, daß sie vorher alle üblichen Tests auf mögliche Infektionen mit HIV, Hepatitis und so weiter absolviert hat. Dank unserer Kontakte zur Versicherungsbranche

haben wir medizinische Auskünfte, wonach sie in den vergangenen Jahren in New York regelmäßig Vorsorge-Untersuchungen und medizinische Dienstleistungen in Anspruch genommen hat. Das wäre alles, was wir heute herausbekommen konnten.«
»Nicht schlecht«, sagte Charlie und stand auf, um seinen Rücken zu testen. Er schien ihm locker und warm. »Und was lesen Sie zwischen den Zeilen?«
»Ein gutes Mädchen, würde ich sagen. Lebt sauber, arbeitet regelmäßig, zahlt ihre Rechnungen, achtet auf ihre Gesundheit, kommt aus einer ordentlichen Familie aus einer guten Region. Es ist der jüngere Bruder, der aus der Art schlägt. Das ist meine Einschätzung.«

Die Kerle verstanden immer mehr Englisch, als sie offen zugaben. Das verrieten Mr. Los strahlende Augen, als Charlie gesagt hatte, Los Firma habe noch nicht die ausreichende »Anerkennung« gefunden. Nun saßen er und Lo an einem Tisch und tranken und aßen schweigend. Der Schweiß lief Charlie den Rücken hinunter, während er überlegte, wie er die Sache hier hinter sich bringen konnte. Nicht im Hotelzimmer, nicht im Restaurant, nicht auf der Promenade am Bund, wo man sie beobachten und beschatten konnte.
»Gehen wir nach draußen«, schlug Charlie vor, nachdem er den Scheck unterschrieben hatte. Er sah auf seine Uhr. Sieben Uhr, das hieß, daß Ellie gerade in Julias Wohnung aufwachte.
Sie fuhren schweigend mit dem Fahrstuhl nach unten und passierten die Drehtür. Charlie wandte sich an Lo. »Nehmen wir ein Taxi?«
»Nein, nein«, antwortete Lo. »Sie sehen gleich.«
Sie gingen vom Hotel aus einen Häuserblock weit durch die abgasverpestete Dämmerung. Dreirädrige Motorrikschas knatterten vorbei. Lo schaute Charlie an, und der nickte. Lo machte einer Motorrikscha ein Zeichen und sagte etwas zum Fahrer.

Dann stiegen sie ein, zuerst Charlie, unter dessen Gewicht sich das Fahrzeug zur Seite neigte. Die Motorrikscha schlängelte sich an Radfahrern vorbei und durch den übrigen Verkehr; Abgase drangen in Charlies Lungen. Doch trotz der Enge auf der Bank tat ihm der Rücken nicht weh. Mr. Lo zog die Vorhänge zu, nun waren beide ungestört inmitten des abendlichen Verkehrs.

»Okay«, sagte Charlie. »Wieviel wollen Sie?«

Lo holte einen Taschenrechner hervor. Niemand hörte sie, niemand sah sie. Kein schriftlicher Beleg. Lo gab eine Summe ein: 70 000.

»Dollar?« fragte Charlie.

Lo nickte.

Charlie nahm den Taschenrechner und gab 30 000 ein.

»Nein, nein, nein.« Lo winkte ab. »Richtige Anerkennung, ja?« Er drückte erneut die Tasten: 55 000.

Charlie nahm den Taschenrechner und schaute auf die Summe. Verglichen mit dem, was hier auf dem Spiel stand – Teknetrix' Marktanteil, Mings zweiundfünfzig Millionen, Ellies Geisteszustand – war der Betrag lächerlich. Peanuts. Die Motorrikscha schaukelte hin und her. Lo beobachtete ihn mit undurchdringlicher Miene. Charlie nickte. »Ich will, daß die Arbeit rasch getan wird«, sagte er schließlich. »Verstehen Sie?«

»Ja, wir Nummer eins.«

»Und kein Bockmist.«

»Ja.«

»Verstehen Sie das Wort ›Bockmist‹?«

»Bockmist, Bockmist.« Lo lächelte. »Sehr schlecht.«

»Ja. Sie sind ein mächtiger Mann«, sagte Charlie.

»Ich glaube, Sie sind sehr mächtiger Mann. Zu sehr mächtig für mich.«

»Nein, nein.« Du mußt ihm Respekt zollen, dachte Charlie. Das ist es, was sich die Kerle über Geld hinaus von einem *gweilo* wünschen. »Ich zahle Ihnen dreißigtausend jetzt und fünfundzwanzigtausend, wenn die Arbeit erledigt ist. In sechs Wochen.«

»Nein, nein.«

»Was dann?«

Lo tastete 40 000 ein. »Jetzt. Dann wir machen sehr gute Arbeit. Nummer eins.« Dann löschte er die Anzeige und tastete 15 000 ein. »Sechs Wochen. US-Dollars.«

Charlie blickte in Los Gesicht. Der Mann war alt genug, um vor dreißig Jahren Soldat gewesen zu sein. Die chinesische Armee hatte Nordvietnam auf allen Gebieten geholfen. Auch damals herrschte großer Bedarf an Bambusgerüsten, haha. Er streckte die Hand aus. »Vierzigtausend US-Dollar jetzt. Fünfzehntausend in sechs Wochen, wenn die Arbeit erledigt ist.«

Lo schlug ein. »Ja, sehr gut.«

Charlie hatte zwanzig Umschläge in seinen Westentaschen, in jedem steckten fünftausend Dollar. Der Geschäftsführer des Peace Hotels hatte auf Charlies Anfrage nach Bargeld genickt und die Summe sowie eine kleine Gebühr auf die Hotelrechnung gesetzt. Charlie holte acht Umschläge hervor und reichte sie Lo. Im Dämmerlicht schaute Lo in jeden Umschlag und zählte mit flinken Fingern die Hundert-Dollar-Scheine durch, was auf einige Erfahrung im Umgang mit Bündeln von Yuan schließen ließ. Niemand auf der Straße konnte sie sehen, und der Fahrer mußte auf den Verkehr achten. »Gut«, sagte Lo schließlich. »Sechs Wochen. Dann sehr gute Arbeit fertig.«

Charlie nickte.

Lo steckte die Umschläge in seine Westentasche und rief dem Fahrer etwas zu, woraufhin dieser sogleich am Straßenrand hielt. Ohne sich noch einmal zu Charlie umzudrehen, sprang Lo auf die Straße und verschwand in der Menge. Ein Chinese unter Chinesen, dem zu folgen unmöglich schien. Die Motorrikscha glitt wieder in den Strom des Großstadtverkehrs. Mittlerweile war es dunkel geworden. Die Männer, die gleich neben dem Rinnstein auf der Straße saßen und Fahrradschläuche flickten, bemerkten den amerikanischen Geschäftsmann, der da in einer klingenden Rikscha durch die Abenddämmerung ratterte, gar nicht. Okay, Ellie, dachte er. Ich komme so schnell wie möglich wieder nach Hause.

Pioneer Hotel
Broome Street 341, Chinatown, Manhattan
27. September 1999

Sie hatte Betina Bedford als Namen angegeben, doch darum scherte sich hier niemand. Gegen das Bargeld, das sie unter der kugelsicheren Plexiglasscheibe durchreichte, erhielt sie einen Zimmerschlüssel. Fünf Tage lang hatte sie auf ein Klopfen an der Tür gewartet, darauf, daß Tony Verduccis Kettenhunde sie finden würden. Und in dieser Zeit hatte sie genug Gelegenheit gehabt, ihre neue Zelle zu erkunden.

Sämtliche Flächen des Zimmers waren feldgrau gestrichen. Es gab keine Fenster, Geruch von Insektenspray hing in der Luft. Ein Ort wie dieser war die letzte Station vor dem Nirgendwo. Draußen auf dem Korridor schlichen ausgeglühte alte Männer vorbei, die Christinas Anwesenheit registrierten, aber über ihre Chancen im ungewissen waren. Einer kippte eine Handvoll Kleingeld von einer Hand in die andere, ein anderer pfiff ein paar unvollständige Takte einer vergessenen Melodie. Unschlüssige Schritte und unpassendes Lächeln. Rede mit niemandem, ermahnte sie sich. Bleib so unauffällig wie möglich. Aus Langeweile machte sie ein paar Sit-ups und las die Maßnahmen im Brandfall durch, die auf der Tür angebracht waren. Sie schaute im Wandschrank nach, ob sie einen Besen auftreiben konnte, fand aber nur einen leeren Eimer mit der Aufschrift »Feuer«. Sie machte ihr Bett, hörte, wie ein Mann nebenan schluchzte, putzte sich die Zähne mit Zahnseide.

Die Zeit totschlagen, damit die anderen mich nicht totschlagen. Die meiste Zeit schlief sie, aber je mehr sie schlief, desto müder fühlte sie sich. Ein-, zweimal traute sie sich nach draußen und kaufte sich eine Tüte Lebensmittel und eine Zeitung. Sie versuchte, sich für den Leitartikel zu interessieren, war aber zu unruhig. Ich bin niemand, sagte sie sich, ich bin allein.
Nach dem Schock beim Anblick von Ricks Foto hatte sie eilig ihre Sachen, darunter auch das schwarze Kleid, zusammengepackt und dann aus dem Apartmenthaus gespäht. Niemand war zu sehen gewesen, was freilich keine Beruhigung war, da sie auch vorher niemanden bemerkt hatte. Um drei Uhr früh konnte man schwerlich erkennen, wer in den vor dem Häuserblock geparkten Autos saß. Sie mußte es einfach versuchen, und das tat sie dann auch, lief die Straße bis zur nächsten Avenue und rief dort ein Taxi. Sie sagte dem Fahrer, er solle sie vor dem Jim-Jack aussteigen lassen. Dort klopfte sie wie rasend an die Tür, bis sie der Nachtportier endlich hörte. Sie bestach ihn mit zwanzig Dollar, damit er sie im Lagerraum übernachten ließ. Sie machte sich aus vier Fünfzig-Pfund-Säcken Zucker ein Lager und legte sich darauf, ohne jedoch Schlaf zu finden. Am nächsten Morgen kündigte sie, ließ sich den restlichen Lohn, 43,56 Dollar, in bar auszahlen und fuhr mit dem Taxi stadtabwärts.
Mit dem Geld konnte sie drei Tage leben. Zu ihren Habseligkeiten gehörte das Handy des flippigen Fotografen Rahul, das sie bisher noch nicht benutzt hatte, und Charlies Visitenkarte. Was ist mein Ziel? fragte sie sich. Meine Mutter erreichen. Aber wann war ihre Mutter zu Hause? Sie brauchte so bald wie möglich Geld. Wie riskant war es, einen anderen Job als Kellnerin anzunehmen? Seit ihrer Entlassung aus dem Gefängnis hatte sie ihren wahren Namen nicht benutzt, und dennoch hatten Tony Verduccis Kettenhunde sie gefunden. Jetzt hatte sie nicht einmal genug Geld für ein Busticket nach Florida. Außerdem wußte sie nicht, ob ihre Mutter überhaupt zu Hause war. Auf jeden Fall wäre der

Bungalow ihrer Mutter die erste Adresse, wo Tonys Leute nach ihr suchen würden. Vielleicht waren sie sogar schon dort.
Ich werde hier noch verrückt, dachte sie. Ich kann doch nicht bloß herumsitzen und warten, bis mir das Geld ausgeht. Sie holte Ricks Foto aus ihrer Handtasche und betrachtete es erneut. Er sah furchtbar aus, doch in seinen Zügen konnte man auch eine Spur trotziger Zuversicht erkennen. Das war typisch Rick – er gab nie auf, ließ nie locker, auch wenn er es eigentlich hätte tun sollen. Aber vielleicht hatten sie ihn doch umgebracht. Vielleicht dachten sie, er wisse etwas von den Kisten, die sie beim letzten Coup hatte mitgehen lassen. Aber er war ahnungslos. Sie hatte weder ihm noch sonst irgend jemandem davon erzählt. Sie schaute wieder auf das Foto und erschauderte beim Anblick der feuchten Wunde und beim Gedanken, wie sie sich wohl anfühlte. Wenn sie Rick so gefoltert hatten, was würden sie wohl mit ihr tun?
Ich brauche Charlie. Das hatte sie sich vorhin schon gesagt. Sie hätte es vorgezogen, weder ihn noch sonst jemanden zu brauchen, aber es war nicht zu ändern. Er war freundlich und ehrlich, und sie hatte einmal mit ihm geschlafen, und vielleicht zählte das doch. Er hatte ihr gesagt, daß er sie nach seiner Rückkehr wiedersehen wollte. Wenn sie bis dahin durchhielte, konnte sie ihm vielleicht ihre Lage erklären, oder doch so weit, daß er Mitgefühl für sie haben würde. Sie konnte ihn um etwas Geld bitten – ein Darlehen –, um eine Zeitlang außerhalb von New York leben zu können. Er hatte doch genug Geld. Und wenn er noch einmal mit ihr schlafen wollte, dann hätte sie kein Problem damit. Ich mag ihn, sagte sie sich, keine Frage.
Unterdessen konnte sie vielleicht Rahuls Handy verkaufen. Sie hatte es in ihrer Handtasche verschwinden lassen und es dann vergessen. Jetzt klappte sie es auf und drückte eine Taste. Es funktionierte. Vielleicht hatte Rahul noch gar nicht gemerkt, daß es verschwunden war. Oder er war doch nach Deutschland

geflogen. Oder es störte ihn nicht, daß sie es nun hatte. Oder er hoffte, sie würde ihn anrufen. Es war weit schwieriger einen Anruf von einem Mobiltelefon zu orten als einen Anruf mit einem normalen Telefon. Man bekam allenfalls die Zone, aus der der letzte Anruf getätigt wurde. Sie lag auf dem Bett und horchte auf den Wählton. Dann wählte sie den Wetterbericht. Dann die Auskunft. Dann ihre Mutter. Wieder keine Antwort – doch als der automatische Anrufbeantworter piepte, kam ihr plötzlich eine Idee. »Mom«, sagte sie, »leider habe ich dich wieder nicht angetroffen. Ich habe einen tollen Typ kennengelernt, über den ich gern mit dir reden würde. Ich bin heute um ein Uhr mit ihm zum Lunch im SoHo Grand verabredet. Das ist dieses echt coole Hotel in Manhattan. Ich habe mir ein tolles grünes Kleid gekauft. Ein bißchen nervös und aufgedreht bin ich schon. Ich rufe dich nach dem Lunch noch mal an und erzähle dir, wie es gelaufen ist.«

Zwei Stunden später stand sie mit Sonnenbrille und Baseballkappe, aber ohne grünes Kleid am Broadway Ecke Grand Street. Das Hotel lag auf der anderen Straßenseite. Das ist nur ein Test, sagte sie sich, ein Test, um zu sehen, ob das Telefon ihrer Mutter angezapft war. Wenn jemand das Telefon abhörte, konnte sie es auf diese Weise herausbekommen. Es mußte nicht unbedingt die Polizei sein, es war sogar unwahrscheinlich. Tony fand immer Telefonreparateure, die gern spielten. Eine hohe Kreditrate oder Spielschulden, und schon hatte er sie in der Tasche und zwang sie zu Gefälligkeiten.
Sie zog ihre Kappe tief in die Stirn. Wenn sie Tony Verduccis Typen richtig einschätzte, dann würden sie vor der Zeit ankommen und sich in der Nähe des Eingangs postieren. Viertel vor eins fuhr ein schöner Lincoln vor, und zwei kräftig gebaute Männer in Anzügen stiegen aus. Sie beobachtete, wie einer von ihnen dem Portier Geld zusteckte und mit dem Kopf in Richtung Auto

zeigte. Das konnten sie sein. Wahrscheinlich. Beide Männer gingen hinein.
Sie ging die Straße weiter hinunter, hielt kurz neben dem Auto, merkte sich die Nummer, ging weiter zur nächsten Straßenecke, stellte sich neben ein Münztelefon und wählte den Polizeiruf. Als sich eine Beamtin meldete, sagte sie: »Vor dem SoHo Grand Hotel parkt ein blauer Lincoln. Zwei Männer haben etwas aus dem Kofferraum geholt, und beim Vorbeigehen habe ich zufällig gesehen, daß da Maschinenpistolen drinlagen.« Sie wiederholte die Autonummer und hörte, wie die Beamtin die Meldung tippte.
»Maschinenpistolen in einem relativ neuen blauen Lincoln«, sagte Christina. »Das sollten Sie überprüfen lassen.«
Sie ging in ein Café auf der anderen Straßenseite und bestellte sich etwas zum Lunch. Wenige Minuten später glitt ein Polizeiauto neben den Lincoln und hielt an. Zwei Polizisten stiegen aus und untersuchten die geparkte Limousine. Ein Beamter sprach in sein Funkgerät. Christina verließ das Café und ging Richtung Süden zurück zu ihrem Hotel.

Der Streich, den sie Tony gespielt hatte, machte ihr Laune. Als sie wieder in ihrem schäbigen Hotelzimmer war, schloß sie die Tür ab und überlegte, was sie noch anstellen konnte. Ich nehme an, daß er mich sucht, dachte sie. Ich brauche etwas Zeit zum Nachdenken; ein, zwei Tage würden genügen. Vielleicht gab es eine Möglichkeit, Tony abzulenken oder seine Pläne zu durchkreuzen. Ihn aus der Fassung zu bringen. Sie stand vor dem Spiegel, bürstete sich das Haar und überlegte. Dann griff sie zu Rahuls Handy.
Einen Tony Verducci gab es nicht im Telefonverzeichnis von Long Island, was sie aber nicht überraschte. Sie rief die Erzdiözese New York an und stellte sich als eine lang verschollene Cousine von Mrs. Tony Verducci vor. Ihre Tante liege im Sterben, ob bei den kirchlichen Stellen etwa eine Telefonnummer

von Mrs. Tony Verducci bekannt sei. Sie müsse sie dringend sprechen. In der Erzdiözese suchte man nach einer Mrs. Verducci. Sie hätten zwar keine Nummer, wohl aber eine Adresse, dorthin könne sie vielleicht ein Telegramm schicken. Sie rief die Energieversorgung Long Island an, nannte Tony Verduccis Adresse und sagte, sie rieche Gas in der Wohnung, ob man nicht rasch jemanden vorbeischicken könne. Als nächstes rief sie die Zentralen der drei größten Zementhersteller der Region an und fragte nach den Namen der Vorstandsvorsitzenden. Sie vertrete einen neuen Golfclub in Locust Valley und werbe neue Mitglieder an. Ob man dem Herrn Vorsitzenden eine Einladung schikken dürfe. Auf diese Weise erhielt sie drei Namen. Dann wählte sie ein Nobelrestaurant ein paar Blocks weiter in Little Italy und ließ für jeden der drei Herren reservieren. Die Rechnung gehe auf den Namen von Mr. Tony Verducci. Sie wußte nicht, wer wessen Feind war, doch der Restaurantgeschäftsführer würde es schon wissen. Dann rief sie das Büro von Paul Bocca, geprüfter Buchhalter, auf Staten Island an. Sie habe eine Nachricht von Tony weiterzugeben. Die Fotos Ihres Bruders sind ganz toll geworden. Messerscharf. Bitte gleich zurückrufen. Moment, sagte die Sekretärin, welche Nummer denn? Ob sie die richtige Privatnummer habe, fragte Christina. Ich weiß es nicht, Augenblick, sie schaue gleich mal nach. Die Sekretärin ging ihre Telefonliste durch und nannte eine Nummer, die Christina notierte. Vermutlich eine von Tonys »öffentlichen« Nummern. Ja, genau, sagte sie.

Während sie vor dem Spiegel die Poren ihrer Nase inspizierte, wählte sie als nächstes den Regionalsitz des Steueramts und erhielt die Nummer eines Abteilungsleiters, eines gewissen Mr. Zack. Selbstverständlich konnte man diese Leute nicht direkt sprechen, man konnte ihnen lediglich eine Nachricht hinterlassen; und das tat sie denn auch. Sie rufe im Namen von Paul Bocca, geprüfter Buchhalter, an, der Mr. Tony Verducci vertrete.

Mr. Verducci wolle über einen Antrag auf Steuerbefreiung diskutieren, bitte rufen Sie uns unter folgender Nummer an. Als nächstes rief sie Tony unter derselben Nummer an, die sie von Boccas Sekretärin erhalten hatte. Dies sei die Dienststelle von Mr. Zack, Abteilungsleiter im Steueramt, man habe über das Büro von Paul Bocca, geprüfter Buchhalter, erfahren, daß Mr. Verducci zu einem Gespräch über eine Steuerbefreiung ins Steueramt kommen wolle. Bitte rufen Sie bald zurück, hier ist unsere Nummer.

So kann man seinen Spaß haben, sagte sich Christina. Als nächstes rief sie ein Bestattungsinstitut in North Shore unweit von Tony Verduccis Haus an. Wir haben einen Todesfall in der Familie, sagte sie betont ruhig. Sie gab die Privatadresse an, die sie bei der Erzdiözese erhalten hatte. Bitte schicken Sie Ihre Bestattungshelfer zu uns, sie sollen läuten und draußen warten. Selbstverständlich, antwortete eine tiefe Stimme, wir kommen sofort.

Sie wanderte in ihrem Zimmer auf und ab und dachte weiter nach. Das war noch nicht genug. Für Tony war nichts genug. Als nächstes rief sie das Regionalbüro des FBI an und hinterließ einem gewissen Doughty, FBI-Agent, eine Nachricht. Unter der Angabe, Tonys Tochter zu sein, sprach sie von der Depression und den suizidären Neigungen ihres Vaters. Dieser sei ihrer Meinung nach bereit, über gewisse Dinge zu reden. Sie beendete die Verbindung und kramte in ihrer Handtasche nach ihrem Lip-Gloss. Sie fand es und trug es auf. Dann rief sie mit verstellter Stimme – sie ahmte ihre Mutter nach – nochmals Paul Boccas Büro an. Sie sei vom FBI und bitte Herrn Bocca, baldmöglichst mit Agent Doughty Kontakt aufzunehmen. Sie hinterließ Doughtys Durchwahlnummer.

Schließlich wählte sie die Nummer auf Charlies Visitenkarte und erreichte seine Sekretärin.

»Darf ich Sie um Ihren Namen bitten?« fragte die Frau.

»Melissa Williams.«

»Ja, Ms. Williams, Mr. Ravich ist gestern zurückgekommen.«
Eine Überraschung. »Ich dachte, seine Reise würde länger dauern.«
»Das dachten wir alle«, sagte die Sekretärin mit professioneller Herzlichkeit. »Aber manchmal stimmt die Chemie von Anfang an und die Verhandlungen kommen rasch zum Abschluß … Ich soll Ihnen ausrichten, daß Ihr Treffen mit Mr. Ravich auf heute abend sieben Uhr im Pierre angesetzt ist. Unsere Firmensuite steht für Sie bereit, wenn Sie es wünschen. Mr. Ravich wird aus der Empfangshalle anrufen. Kommen Sie mit dem Flugzeug?«
»Ja«, antwortete Christina.
»Sehr schön. Dann schicke ich Ihnen einen Wagen zum Flughafen.«
»Oh, bitte, machen Sie sich keine Umstände«, wehrte Christina ab. »Ich weiß Ihr Angebot zu schätzen, komme aber schon selbst in die Stadt. Ich bin dann gegen sechs im Hotel.«
»Fragen Sie an der Rezeption einfach nach Ihrem Schlüssel«, sagte die Sekretärin. »Alles geht auf unsere Rechnung.«
»Schön«, sagte Christina nervös.
»Mr. Ravich ruft dann gegen sieben von der Halle aus an«, wiederholte die freundliche Stimme.
»Danke«, sagte sie. Vielen, vielen Dank.
Ihr blieb nur noch eine Zigarette. Ich kann nicht länger warten, dachte sie. Ich mag Zigaretten, sie machen mich glücklich. Doch vorher wollte sie nochmals bei ihrer Mutter anrufen. Sie klappte wieder Rahuls Handy auf und gab die Nummer ihrer Mutter ein. Sie stellte sich vor, wie die zwei Telefone im rosa Bungalow klingelten und wie ihre Mutter in adretter Hose und Sweater ihre Brille aufsetzte, um ans Telefon zu gehen. Ihre Mutter hatte solche dummen Angewohnheiten. Sie wartete, bis sich der Anrufbeantworter einschaltete, dann beendete sie die Verbindung. Wieder nicht daheim? Auf Reisen? Vielleicht war ihre Mutter ja krank. Vielleicht war sie sogar im Krankenhaus. Mrs. Mehta, die

Nachbarin, mußte es eigentlich wissen. Sie sahen sich schließlich jeden Tag. Sie wandte sich an die Auskunft, erhielt die Nummer und rief an. Sie dachte sich, daß Tony keinen Grund hatte, auch das Telefon der Nachbarin anzuzapfen. »Mrs. Mehta«, sagte sie, als sich die Frau meldete, »hier ist Christina Welles am Apparat. Ich wollte wissen, wie es meiner Mutter geht.«

»Ihrer Mutter?«

»Ja«, sagte sie beunruhigt. »Wo ist sie denn?«

»Ihrer Mutter geht es gut. Ich habe sie vor ein, zwei Tagen gesehen. Das heißt, vielleicht ist es auch schon eine Woche her. Sie könnte auf einem ihrer kleinen Ausflüge sein.«

»Aber wie geht es ihr?«

»Es geht ihr gut, Christina. Sie ist in letzter Zeit viel Fahrrad gefahren.«

»Steht das alte Auto meines Vaters immer noch hinten in der Garage?«

»Was sagen Sie?«

»Der alte blaue Ford Mustang, ist der immer noch in der Garage?«

»Oh, ich glaube, den hat sie verkauft.«

»Wie?« entfuhr es Christina.

»Ihre Mutter hat eine Annonce in die Zeitung gesetzt. Daraufhin ist ein Mann gekommen und hat gesagt, er würde ihn nehmen.«

»Und hat er das Auto mitgenommen?« rief Christina. »Hat er es gekauft?«

»Er kam eine Stunde später mit einem Abschleppwagen wieder. Ihre Mutter und ich standen vor dem Haus und schauten zu.«

»Was ist mit den Sachen geschehen, die im Auto waren, mit den Kisten und allem?«

»Das weiß ich nicht genau … Das heißt, eigentlich doch. Ich stand ja dabei. Sie hat dem Mann gesagt, er soll alles mitnehmen.«

»O nein.«

»Das waren Ersatzteile, die Ihr Vater gesammelt hat, nicht wahr? Auch Ölkännchen und so was.«
»Sind Sie sich sicher, Mrs. Mehta?«
»Ja.«
»Wirklich ganz sicher?«
»Ja, ziemlich sicher.«
Sie dankte Mrs. Mehta und legte erschöpft das Handy weg. Dann zündete sie sich mit zitternden Händen die letzte Zigarette an. Die Zigarette fiel auf den Boden und glomm dort weiter. Mir bleibt nur noch Charlie, dachte sie, die Verabredung heute abend mit Charlie.

Vista del Mar, Seniorenwohnpark
Princeton, New Jersey
27. September 1999

Kein schlechter Ort zum Sterben, dachte Charlie am Steuer des Firmen-Lexus, während er den Blick über die Greens der Golfanlage schweifen ließ. Ein etwa achtzigjähriges Paar, das auf dem asphaltierten Weg spazierenging, schien geradewegs einem Fernsehspot für Vitaminpräparate entsprungen zu sein. »Nicht wahr?« sagte Ellie vom Beifahrersitz aus, »hier ist es doch wirklich schön. Ich habe es dir schon so lange zeigen wollen, Charlie. All die herrlichen alten Bäume und die Bretterzäune aus alten Eisenbahnschwellen.« Sie sah so hoffnungsfroh aus dem Seitenfenster, daß auch der letzte Rest seiner Verbitterung dahinschmolz. Sie war mit dem Einrichten des Hauses fast fertig. Zwei Dutzend Heckenbüsche und Zierbäume sollten am nächsten Morgen kommen, die Pflanzlöcher waren schon ausgehoben und ein Beutel mit Dünger neben jedem Loch bereitgestellt. Für den Nachmittag war die Lieferung der restlichen Möbel vorgesehen. Ellie wollte hier übernachten, um sicherzugehen, daß am folgenden Tag alles nach Plan verlief. Bisher hatte sie alles hervorragend organisiert. Er war fast erschrocken, wie alles schon bis ins kleinste eingerichtet war. Sicherlich glaubte sie, daß Julia schließlich doch noch schwanger würde. Sie hatte ein Zuhause geplant, wo ein Enkelkind herumtollen konnte. Was heißt ein Enkelkind, viele Enkelkinder! Sie hatte einfach an alles gedacht. Die Sprinkleranlage wurde von der Garage aus digital gesteuert.

Sie hatte eigens einen High-Tech-Telefonanschluß legen lassen, der bis zu zehn Leitungen zuließ. Es gab Fußbodenheizung, eine automatisierte Beleuchtung, die sich einschaltete, wenn man den Raum betrat, und wieder ausschaltete, wenn man ihn verließ. Außerdem ein Sicherheitssystem, das so intelligent war, daß es fast Gedanken lesen konnte. Sie hatte ihm ein Arbeitszimmer eingerichtet mit einem komfortablen Ledersessel, einer Stehlampe und einem schönen alten Orientteppich vor dem Kamin. Auf dem Schreibtisch stand ein neuer Computer, der leistungsstark genug war, um alle aktuellen Teknetrix-Daten herunterladen zu können. Sie hatte ihm vorher die Werbebroschüre gezeigt, um ihn einzustimmen, damit es ein Vergnügen und kein Schock für ihn würde. Das Haus hatte schon Betten, Bettzeug und Geschirr. Und Briefpapier mit aufgedruckter neuer Adresse in der Schreibtischschublade. Und Briefmarken und Füllhalter und Briefklammern. Und Zahnpasta und Pulver für die Geschirrspülmaschine, und im Badezimmer gab es einen Vorrat all ihrer vom Arzt verschriebenen Medikamente. Es gab sogar ein Telefon mit bereits einprogrammierten Kurzwahlnummern. Und eine ganze Garnitur Golfschläger in der Garage. Er hatte den Caddy nach draußen gezogen und im Vorgarten einen Schläger ausprobiert. Seinem Rücken ging es einfach prächtig. Er hatte den übelriechenden chinesischen Tee drei Tage hintereinander zweimal täglich getrunken. Das Zeug tat seine Wirkung, er fühlte sich locker und warm, sogar etwas tiefer, in den Lenden, fühlte er diese Wärme, es war so etwas wie ein angedeutetes männliches Wohlgefühl. Ich bin allzeit bereit für dich, alter Hund, bereit für Melissa heute abend. Der Tee hatte offenbar auch eine leicht euphorisierende Wirkung. Wer sich darauf verstand, konnte die Mischung als Muster verwenden, die Pharmakonzerne arbeiten vielleicht schon daran. Er würde, wenn nötig, einiges dafür zahlen. Wenn er den Tee nicht zur rechten Zeit einnahm, bekam er Kopfschmerzen. Da mußte irgendein pflanzliches Stimulans drin sein.

Vielleicht machte die Teemischung auch ein bißchen süchtig. Sein Vorrat reichte noch für einen Tag. Im Peace Hotel hatte er dem Concierge den Auftrag erteilt, bei der Apothekerin mehr von dem Tee zu bestellen und ihn nach Amerika zu schicken. Etwas abgenommen hatte er auch. Hatte sich sein Herzschlag beschleunigt? Schwer zu sagen. Diese chinesische Kräutermedizin blieb bis heute ein Geheimnis. Auf jeden Fall hatte er das Gefühl, mehr Kraft zu haben. Ellie hatte es gleich gemerkt, als er den Golfschläger schwang und die Luft mit energischen Hieben zerfurchte. Sie hatte angenommen, daß er sich über das Haus freute. Und sie hatte nicht versäumt zu erwähnen, daß die neuen Golfschuhe im Wandschrank für ihn bereitstanden. Sie hatte an alles gedacht, das mußte man ihr lassen.
Selbstverständlich gab es heutzutage alles im Versandhandel zu kaufen. Man konnte ein ganzes Haus innerhalb von drei Tagen komplett ausstatten, wenn man genügend Zeit am Telefon verbrachte. Und genau das hatte sie vor vielen Wochen schon getan, wie sie ihm neulich abends erzählte, nachdem sie ihm gestanden hatte, daß sie das Haus schon im Juli erworben hatte, als er auf Geschäftsreisen war. Genaugenommen hatte sie einen Hypothekenvertrag unterschrieben, als sie fürchtete, die Krankheit könnte weiter fortschreiten. Sie hatte gehandelt, bevor sich ihr Zustand tatsächlich verschlechterte. Und nun konnte er sie mit der Nachricht überraschen, er habe den noch ausstehenden Betrag der Kaufsumme beglichen, sein Bankier Ted Fullman habe für ihn alles geregelt. Um fünf Uhr nachmittags desselben Tages konnte sie sich als Eigentümerin des Hauses in Vista del Muerte betrachten – von nun an bis in alle Ewigkeit. Sie hatte die Hände zusammengeschlagen und ihn geküßt. Oh, Charlie! Der einzige Nachteil bei dem Kaufvertrag bestand nach Teds Ansicht darin, daß das Anwesen nach dem Tod des überlebenden Ehepartners nicht auf Kinder oder andere Erben übertragen werden konnte. Die Testamentsvollstrecker würden das Haus an einen Käufer

veräußern müssen, der vorher von der Verwaltung von Vista del Mar ausgesucht worden sei. So wurde der Zugang zur Seniorengemeinschaft effizient kontrolliert. Doch Ellie und Charlie befanden sich in einer vorteilhaften demographischen Situation, wie Julia dargelegt hatte. Die Welle der geburtenstarken Jahrgänge folgte ihnen; es würde also zur gegebenen Zeit keinen Mangel an potentiellen Käufern geben. Ellie hatte ihn mit Tränen in den Augen umarmt, glücklich, daß er das Haus und ihre Entscheidung schließlich doch akzeptiert hatte. »Ich wußte, daß am Ende alles gut würde«, sagte sie erleichtert. »Ich wußte es.«
Sie sagte auch nichts mehr über die Papiere, die sie glaubte, in der Wohnung gelesen zu haben, und der Grund dafür war sehr einfach: Die Papiere existierten nicht mehr. Lionel hatte Towers' Bericht in den Müllschlucker geworfen und niemandem davon erzählt, nicht einmal Mrs. Ravich, als sie am folgenden Tag nach der peinlichen Episode wieder nach Hause kam. Da sie nirgendwo eine Spur von den Papieren fand, weder in der Küche noch im Schlafzimmer, noch in Charlies Arbeitszimmer, fragte sie sich, ob sie sich das Ganze nicht ausgedacht habe, ob es nicht ein Produkt ihrer delirierenden Phantasie gewesen sei. Das hatte Charlie zumindest bei seiner Rückkehr vermutet, denn nicht nur erwähnte sie das Papier mit keinem Wort, sondern sie hatte auch all ihre geliebten Schlaftabletten weggeworfen. »Ich war sozusagen auf Entzug, als du in China warst«, war alles, was Ellie ihm sagte, dazu die Bemerkung, Dr. Berger sei überrascht gewesen über die Menge und die Mischung der Tabletten, die sie sich selbst verordnet hatte. »Ich war tatsächlich etwas verwirrt, aber Julia hat mich abgeholt und zu Dr. Berger gebracht, und nun fühle ich mich sehr viel besser.«
Sie sah gut aus, wie sie sich in den Lederpolstern des Lexus zurücklehnte, mit nach hinten frisiertem Haar und einer Spur Lippenstift auf dem Mund. Ihre Augen strahlten, als sie die Bäume des Parks betrachtete. Doch in ihr ging vieles vor, sagte er sich,

nicht nur freudige Erregung, sondern Furcht und Selbstzweifel. »Vielleicht ist es die Demenz, aber mit Sicherheit eine wachsende Besorgnis«, hatte Julia ihm berichtet, als er vom Flugzeug aus angerufen hatte. »Was hältst du von dem Dokument, das sie gelesen haben will«, fragte Charlie verschlagen. »Ich weiß nicht so recht, Dad«, hatte Julia geantwortet. »Ich war drüben und habe überall gesucht, aber ich habe nichts gefunden. Der Doktor sagt, wenn sie so ängstlich und vielleicht auch tablettensüchtig war und wenn dann noch der erste Anflug von Alzheimer hinzugekommen ist, dann muß ihr Zustand als hochgradig suggestibel bezeichnet werden. Er habe Patienten gekannt, die Dinge im Fernsehen gesehen hatten und dann Stein und Bein schworen, es am selben Tag erlebt zu haben.« Mit siebenundfünfzig Jahren? Ob das nicht ein wenig zu jung sei? »Das gleiche habe ich ihn auch gefragt, Dad.« Julia hatte geseufzt, die Last der töchterlichen Verantwortung war nur allzu deutlich zu spüren. »Die Testergebnisse werden in ein paar Tagen vorliegen. Vorläufig ist sie wiederhergestellt. Sie braucht jetzt vor allem viel Zuspruch.« Zuspruch. Ja. So kam es also zur Restzahlung durch Ted Fullman, so kam es also, daß Charlie sich bereit erklärt hatte, gleich am Nachmittag mit dem Firmenwagen vom Flughafen zum Haus in Vista del Mar zu fahren, wo Ellie schon auf ihn gewartet hatte.
»Kanadagänse«, sagte Ellie mit einer ausladenden Geste, als Charlie um den Parksee fuhr. »Ursprünglich war es der Ententeich der Farm, man hat ihn erweitert.« Es hieß, im Winter werde es so kalt, daß man auf dem gefrorenen See Schlittschuh laufen könne. Der Bauer würde das Eis prüfen, und sobald die Decke drei Zoll dick sei, dürfe jeder hier Schlittschuh laufen.
Sie möchte hier leben, sagte er sich. Sie weiß, daß sie Hilfe braucht, wenn sich die Krankheit verschlimmert. Hilfe, die sie nicht von mir bekäme, jedenfalls nicht wirkliche, vorbehaltlose und mit leichtem Herzen erbrachte Hilfe, nicht solange ich mich um die Firma kümmern muß. Sie weiß, daß ich ein egoistischer

alter Sack bin, dachte Charlie, also hat sie entsprechend geplant. Er hatte doch eine kluge Frau. Sie hatten die Pflegeeinrichtung besichtigt, die technisch und personell gut ausgestattet schien. Es gab nicht nur die Krankenhausabteilung für Ernstfälle sowie Betten, Speisezimmer und Räume für Physiotherapie, sondern auch einen Operationssaal. Warum denn das? hatte er ihren Begleiter, den Verwalter des Seniorenwohnparks, gefragt. Der Mann, ein Graukopf mit der abgeklärten Freundlichkeit eines Ministers im Ruhestand, hatte charmant über seine Halbgläser hinweg gelächelt. Warum einen Operationssaal? Ja, warum denn nicht? Ältere Herrschaften hatten doch genug Auswüchse, die man besser entfernen sollte – Geschwülste aller Art, Polypen und Knoten. Verschiedene Eingriffe konnten hier durchgeführt werden: Kauterisierungen mit Endoskopie, Angioplastik in jeder vorstellbaren Größe, Hüfteinrenkungen, Operationen bei Eingeweidebrüchen, Entfernen von chronisch entzündeten Großzehenballen, Rejektionen von malignomen Darmpartien und Gängigmachen sklerotischer Blutgefäße. Schließlich sollten die Bewohner von Vista del Muerte am Leben bleiben und die jährlichen Beiträge in die Kassen fließen.

Die gesamte Anlage dehnte sich über sechsunddreißig Hektar aus, und Ellie wollte, daß er sich alles anschaute. Was hatten sie nicht schon alles gesehen: die Festhalle, das Dienstleistungszentrum mit Reisebüro, Immobilien- und Makleragentur, das Spielecenter, den Swimmingpool im Grünen, das Hallenbad, das Basketballfeld, die zwanzig Tennisplätze, die drei Bankautomaten und die Büros des Hausbesitzervereins. Die Gemeinschaftsgebäude, die unnötigerweise durch Zäune verbunden waren, rochen von innen wie Ferienhotels. Das Personal trug grüne Uniformen mit goldgesticktem VdM-Monogramm auf der Brusttasche. Alle lächelten spontan und oft, was auf gute Bezahlung oder antrainierte Reflexe oder beides hindeutete. Die Belegschaft schien mehrere Dutzend Männer und Frauen zu umfassen,

die überall damit beschäftigt waren, Laub zusammenzurechen, Bäume zurechtzustutzen und Rabatten mit Mulch abzudecken. Charlie fuhr in gemächlichem Tempo durch die Anlagen. Vom Golfplatz gelangten sie zu einer der fünf Häusergruppen. Um die älteste oder genauer gesagt um die zuerst ausverkaufte Gruppe standen Bäume und Büsche im üppigen Laubkleid, und die Dächer zeigten bereits Zeichen von Verwitterung. Charlie fiel auf, daß die VdM-Verwaltung bei der Vergabe der Grundstücke ein Auge auf die demographische Zusammensetzung der Bewohnerschaft gehabt hatte. Offenbar wollte man vermeiden, daß sich die ältesten Bewohner in einem Areal konzentrierten. Auf diese Weise erhielt man eine gleichmäßige Verteilung der Sterberate über den gesamten Seniorenwohnpark. In der kalten Jahreszeit fiel ein gewisser Prozentsatz der älteren Bewohner der jährlichen Grippewelle zum Opfer, folglich konnte die VdM-Verwaltung, so mutmaßte er, in jedem Frühjahr neue Verkaufsobjekte in der gesamten Parkanlage anbieten. Schlau ausgedacht.
Und wieviel würde Charlie der ganze Spaß kosten? Am Abend zuvor war er den Kaufvertrag durchgegangen und war zu dem Ergebnis gekommen, daß sich die Gesamtkosten am Ende auf zwei Millionen Dollar belaufen würden. Jawohl mein Herr, zwei Millionen. Vielen Dank Sir Henry, denn Sie wissen nicht, was Sie für mich getan haben. Der Mitgliedsbeitrag betrug 250 000 Dollar, das Haus kostete eine Million, die gärtnerische Gestaltung des Anwesens fünfzigtausend, die Möbel – obwohl keinesfalls Antiquitäten – kamen wohl auf insgesamt zweihunderttausend Dollar, der beheizbare, zwölf Meter lange Swimmingpool (Ellie dachte, schwimmen würde Charlies Rücken guttun), einschließlich Sonnenterrasse, Cabana und unterirdischem Maschinenraum rund hundertfünfzigtausend Dollar. Ellie redete auch schon von einem Gäste-Cottage und einem Tennisplatz. Julia spielte gern Tennis, hatte schon in Yale damit begonnen. Er hatte noch gar nicht nach der Vermögenssteuer gefragt, rechnete aber

schon jetzt mit vierzig-, fünfzigtausend jährlich. Gutes Geld, aber leicht verdient, dank Sir Henry Lai, dem Blut und Erbrochenes aus dem Mund gequollen war. Friede deiner Asche, chinesischer Gentleman und Milliardär. Frag nicht, wem die Stunde schlägt, alles für Vista del Muerte. Ich bin doch ein ziemliches Schlitzohr. Na prima.

War er nun frei? Ja, fast. Je nachdem, wie man die Sache sah. Was blieb, war die Frage, wer Melissa Williams war und wie es um die Zukunft der Firma bestellt war. Nachdem er Mr. Lo geschmiert und das verbliebene Geld dem Hotelgeschäftsführer zurückgegeben hatte, war er eine Stunde lang am Telefon geblieben und hatte versucht, den Teknetrix-Preis an der New Yorker Börse hochzupuschen. Am folgenden Morgen berichtete Tom Anderson dem kurz vor der Abreise stehenden Charlie, daß auf der Baustelle ein Heer von Arbeitern wieder erschienen sei und mit ihnen Material für die Bambusgerüste. Mit Charlies Erlaubnis könne er noch mehr Arbeiter einstellen. Der Bauboom in Shanghai hatte erheblich nachgelassen, man fand inzwischen Schweißer und Elektriker, die tageweise arbeiteten. Vielleicht war es eine weitere Wirkung des exotischen Tees, denn Charlie hatte die Zusatzkosten gebilligt und Anderson eine Hunderttausend-Dollar-Prämie in Aussicht gestellt, wenn unter seiner, Andersons, Leitung die Fabrik doch noch zum festgesetzten Termin fertig würde. Jetzt, einen Tag später, blieb Marvin Noff zwar unbelehrbar, aber der Preis der Aktie kletterte nach dem Tiefstand des letzten Quartals wieder nach oben. Das Volumen war etwas größer als durchschnittlich. Ein paar Anleger, die gegen den Strom schwammen, kauften jetzt. Und Ming hatte angerufen und sich erfreut über die Pressemeldung zum Q4 gezeigt. Die Firma war nicht aus der Problemzone, noch nicht, aber die Entwicklung ging in eine gute Richtung. Unternehmen hatten zu kämpfen, das war die Wahrheit. Sie kämpften mit der Konkurrenz, dem Markt und mit sich selbst, und bisher hatte sich Tekne-

trix immer behaupten können. Sie hatte den plötzlichen Verlust an Höhe, das Flügelvibrieren, die Treibstoffknappheit und die Risikolandung immer wieder gemeistert.
Und wie stand es mit Melissa Williams? War sie ein Abweg oder wies sie eine neue Richtung? War sie ein Fest des Lebens oder der erste Kübel Dreck auf seine Ehe? Da war noch mehr Forschung und Entwicklung nötig. Aus diesem ganz besonderen Sturzflug kam er noch nicht heraus. Du bist wohl noch nicht nahe genug am Desaster, Charlie-Boy. Wenn du aber ins Trudeln kommst, steigst du aus, in mehr als einem Sinn, haha, und kehrst heim. Nur noch einmal, dachte er. Diesmal mache ich's besser, das weiß ich. Wie 1963 beim Wechsel vom T-37-Trainingsflugzeug zum Kampfjet F-101. Beim ersten Mal klappte es nie richtig, man verstand die Geschwindigkeit des Flugzeugs nicht, man hatte noch kein Gefühl für die Maschine. Aber beim zweiten Mal ging es schon besser. Er hatte Karen gesagt, sie solle ein Zimmer im Pierre reservieren. Sie würden sich heute abend wiedersehen. Ellie hatte am Abend zuvor Lust auf Sex gehabt, aber er hatte vorgegeben, von der Reise erschöpft zu sein. Er wollte sich sein Pulver für heute abend aufsparen. Selbstverordnete Schonung. Diesmal würde sein Schwanz wie eine Eins stehen, das wußte er. Seinem Rücken ging es jetzt so gut, daß er sich nicht besonders beleidigt gefühlt hatte, als er am Morgen in der IVF-Klinik angerufen und man ihm mitgeteilt hatte, sein Ejakulat sei wertlos. »Beweglichkeit durchschnittlich, Samenzahl ungenügend«, hatte ihm der Arzt gesagt. »Was nicht heißt, daß sie eine Frau nicht schwängern könnten. Aber wir brauchen bei unseren Fertilisierungstechniken besseres Ausgangsmaterial, um einen negativen Befund möglichst zu vermeiden.«
Vielleicht war aber ein negativer Befund auch eine gute Nachricht. Vielleicht hatte er so die Chance, den ganzen Quatsch um Samenspende und Leihmutter zu vergessen. Das war nur eine Verschwendung von Zeit und Geld, mehr nicht. So konnte man

es sehen. Oder vielleicht willst du immer noch ein Kind, Charlie-Boy. Vielleicht gerade jetzt, da Ellie nach Vista del Muerte abgeschoben war. Die praktischen Voraussetzungen waren besser. Vielleicht konnte man das Kind sogar hin und wieder besuchen. Nur so für eine Stunde zu Besuch kommen – ohne sich größer zu engagieren, nur mal reinschauen, hallo sagen, und huh, der wird aber langsam schwer. Ein warmes Fläschchen. Finger und Zehen. Gute Nacht, lieber Mond. Und vielleicht kam gerade hier Melissa Williams ins Spiel. Er hatte über sie nachgedacht, er hatte viel zuviel über sie nachgedacht. Im Zusammenhang mit dem Kinderwunsch, aber nicht nur. Sie war so lieb und großzügig gewesen. Ihm war nicht entgangen, daß sie für eine junge Frau viel sexuelle Erfahrung besaß, die sich bei ihm in Geduld und Liebenswürdigkeit ausdrückte. Wenn Frauen über Männer redeten, dann kommentierten sie meist ihre Liebhaberqualitäten, in der stillen Annahme, daß es Männern gleichgültig sei, wie sich die Frauen verhielten, solange sie nur die Beine spreizten und nicht gerade dabei Fernsehen guckten. Doch das stimmte nicht. Manche Frauen gaben Männern ein Gefühl schwerelosen Behagens. Sie schenkten sich aus sexueller Großzügigkeit, und das konnte man auch von Melissa Williams sagen. Gleich danach hatten ihn Zweifel und Ängste befallen, aber je länger er über sie nachgedacht hatte, im Peace Hotel in Shanghai am Morgen vor seinem Abflug, während die Dschunken auf dem trüben Fluß vorübersegelten, desto lebhafter wurde die Erinnerung an ihre gemeinsame Nacht im Pierre. Und dieses Erlebnis wollte er noch einmal haben. Es war klar, daß er einer Frau nicht so leicht ein Kind machen konnte, und ebenso klar war, daß sie nicht zu denen gehörte, die gewisse in der Bevölkerung zirkulierende Viren und Krankheiten mit sich herumtrugen. Towers' Bericht, in dem Bluttests erwähnt wurden, war in dieser Hinsicht beruhigend gewesen. Eine Befürchtung, ein Zweifel weniger. Sie wollte ihn, und er wollte sie. Vielleicht würden sie noch ein paar Rendezvous haben, und dann konnte er ja das Thema Kind anschneiden. Aber vielleicht blieb ihnen nur noch ein letztes trauriges Wiedersehen heute abend, ehe sie sich für immer trennten. Er würde sich für die eventuelle Verwirrung und den Kummer, den er ihr bereitet hatte, entschuldigen. Aber das wußte er jetzt noch nicht und wollte es auch gar nicht wissen. Er wollte sich einfach nur gegen vier Uhr nachmittags verabschieden, über die Stadtautobahn New Jersey nach New York City hineinfahren, den Wagen parken, duschen, Ellie anrufen und ihr sagen, daß er gut angekommen sei, und dann gegen sieben Uhr zum Pierre hinübergehen. Im Hotel ist eine Melissa Williams abgestiegen, welches Zimmer hat sie bitte? Er wollte sie wirklich wiedersehen. Alles, was Towers ihm mitgeteilt hatte, deutete darauf hin, daß es sich um ein anständiges Mädchen handelte. Gute Familie, gute Werte.

»Woran denkst du gerade?« fragte Ellie plötzlich mit spitzer Stimme und funkelnden Augen. »Seit fünf Minuten hast du keinen Ton mehr gesagt.«

»Werte«, sagte Charlie. »Gute Werte.«

»Meinst du, daß dies hier die guten Werte sind?«

»Ja, unbedingt.«

Sie schaute ihn sanft an. »Es ist das Richtige, Charlie.«

»Ja, du hast recht.«

»Ich wünschte, du könntest noch eine Nacht hierbleiben.«

»Ich auch.«

»Könnte Karen nicht den Papierkram hierherschicken?

»Ich muß ein paar Leute treffen, ein paar Dinge auf den Weg bringen«, sagte Charlie und konzentrierte sich auf die Straße vor ihm, obwohl er nur zwanzig fuhr. »Morgen habe ich einen langen Tag vor mir.«

»Mit den neuen Tabletten bin ich schon um neun Uhr bettreif.«

»Ich rufe dich an, wenn ich in Manhattan bin und dann morgen früh«, sagte er.

»Schön. Du fährst so gegen vier?«
»Ja, das sollte ich schon.«
»Nur eines möchte ich dir noch zeigen«, sagte sie froh, »und ich bin sicher, daß du mir das nachsiehst.«
»Was ist es denn?«
»Der Nistkasten hinten im Garten. Ich habe mich gewundert, daß du ihn nicht bemerkt hast. Oben auf einer Stange neben der Blautanne. Da ist Platz für sechsunddreißig Stare.« Sie lächelte ihm zu. »Wie ein kleines Hotel für Vögel.«
»Ja.« Er streckte den Arm aus und nahm ihre Hand – Handfläche, Finger und Ehering. »Das ist alles gut. Wir werden hier bestimmt eine schöne Zeit verbringen.«
»Oh, Charlie.« Sie strahlte ihn an, mit geröteten Wangen und großen Augen voller Liebe für ihn, den Vater ihrer Kinder, den schneidigen Flieger.

Melissa Williams befand sich in der Suite 840, die Teknetrix regelmäßig nutzte; dort klopfte Charlie sachte an, das Haar noch feucht von der Dusche.
Die Tür ging auf, und da stand sie in einem hübschen schwarzen Kleid und schaute ihn an. Sie sah jung aus. Sie nahm seine Hand und zog ihn herein. »Ich habe auf dich gewartet«, beklagte sie sich sanft und mit einem kleinen diabolischen Lächeln. »Damit du es weißt.«
»Du, ich bin um den halben Globus gereist, um dich wiederzusehen.«
Sie legte die Wange an seine Brust und schien zu seufzen oder tief durchzuatmen. Er spürte ihre Wärme an der Brust, ihre Hand auf seinem Rücken, ihren Kopf unter seinem Kinn. Sie klopfte leicht auf eine Seite seines Jacketts. »Hast du ein Handy in der Westentasche oder bist du einfach glücklich, mich zu sehen?«
»Gehts' dir gut?« fragte er, denn er hatte bemerkt, daß sie schon etwas getrunken hatte.

»Mir geht's gut. Ich habe nur gewartet, das ist alles.«
Sie schien besorgt, die Augen waren ein wenig blutunterlaufen, das Gesicht müde. Dennoch war es das Gesicht einer Siebenundzwanzigjährigen – es konnte gar nicht richtig müde aussehen.
»Möchtest du mir etwas Bestimmtes sagen?« fragte er behutsam.
Sie schüttelte den Kopf. »Nicht jetzt.«
»Gut.« Er umarmte sie, wie er früher immer Julia gehalten hatte, wenn sie wegen irgend etwas verängstigt war: Er legte eine Hand um ihren Nacken.
»Ich war so allein. Meine Mutter fehlt mir sehr.«
Bei diesen Worten fühlte er sich alt, aber er wußte, daß sie es so nicht gemeint hatte. »Möchtest du deine Eltern anrufen?«
»Nein, ich –« Sie hielt inne. »Später schon.«
»Wenn du möchtest, kannst du gleich von hier aus anrufen«, sagte er.
Sie umarmte ihn. »Nein, nein, es ist schon gut.«
Er fuhr mit einem Finger an ihrem Rückgrat hinunter. »Gehst du dort manchmal aus?«
»Was meinst du mit dort?«
»Seattle.«
»Ach so, nein«, gab sie zerstreut zur Antwort.
Er rieb ihr den Nacken am Haaransatz und spürte, wie sie weich wurde. »Redest du viel mit deinem Vater?«
»Nein, eigentlich nicht«, sagte sie in seine Brust und nestelte an der Krawatte.
»Hat er beruflich viel zu tun?«
»Nein.«
»Nein?«
Sie schaute mit verletzlicher Miene zu ihm auf und schien etwas verdrängen zu wollen. »Charlie?«
»Mm?«
»Weißt du?«
Ja, er wußte, was sie wollte. Sie schaltete das Licht aus und zog

die Bettdecke weg. Er drosselte die Klimaanlage, und als er sich wieder zu ihr umdrehte, war sie vollkommen nackt. Ihre Brüste wirkten größer, wenn sie nackt war. Bei manchen Frauen war das so. Er begann den Knoten seiner Krawatte zu lösen.

»Nein«, sagte sie mit Nachdruck. »Ich mache das alles.«

Wieder entkleidete sie ihn mit vertrauten Handbewegungen, kniete sich nieder und zog ihm zuletzt die Unterwäsche aus. Kaum war er aus den Boxer-Shorts gestiegen, nahm sie, immer noch kniend, sein Geschlecht in den Mund, die Augen fest auf ihn geheftet. Ich mag ja ein alter Narr sein, dachte er, aber dafür ein mit Lust beschenkter.

Sie ließ von ihm ab, streichelte ihn aber weiter mit einer Hand.

»Du bist heute aber –«

»Ja.«

»Ungeduldiger?«

Chinesische Medizin. »Meinem Rücken geht es viel besser.«

Sie folgte ihm ins Bett, und er hielt sie in den Armen, weil er spürte, daß sie es brauchte.

»Okay«, flüsterte sie nach einer Weile.

»An welchem Ende beginnen wir?« fragte er. »Wenn du verstehst, was ich meine.«

»Ich verstehe schon«, seufzte sie, hielt ihn aber an den Ohren zurück, als er an ihr hinuntergehen wollte.

»Nein?«

»Schieben Sie die Karte in Pfeilrichtung in den Schlitz, ganz wie es in der Gebrauchsanweisung steht.«

»Wie du willst.«

»Nein, wie du willst, Charlie.«

Es war alles Schmeichelei, aber er nahm sie an. Er brachte sich über ihr in Stellung, und sie half ihm dabei. So jung, dachte er, während er ihr ins Gesicht schaute. Ich werde die Stöße zählen, mal sehen, wie lange ich es aushalte. Ich glaube eigentlich nicht, daß sie beim letzten Mal überhaupt zum Höhepunkt gekommen ist; ich war zu schnell, beide waren wir zu nervös. Sie hielt die Augen geschlossen und biß sich auf die Oberlippe. Er verschnaufte kurz und sah, wie sie ganz in sich ging. Ich muß mich konzentrieren, dachte er. Er ging bis fünfzig und noch weiter, dann, bei zweiundsechzig, zuckte sie unter ihm, ihre Bauchmuskeln wölbten sich und flachten wieder ab. Er machte weiter, hielt ihre Hände locker über ihrem Kopf fest. Sechsundneunzig. Dann bäumte sie sich wieder unter Zuckungen auf und wimmerte diesmal leise, wobei sich ein leichter Alkoholgeruch in ihren Atem schlich. Dann wieder. Hundertundzwanzig. Sie atmete kurz durch und schaute ihn herausfordernd an, wieder bereit, als sei ihr Verlangen gerade erst aufgeblüht. Hundertzweiunddreißig, zählte er. Sie will noch mehr, ich fühle das. Ich bin ein alter Mann, ein verdammt alter Mann.

Er hielt inne, holte tief Luft und machte weiter. Er hatte Schmerzen in der Brust. Ich bin gar nicht in Form, dachte er. Aber darum ging es jetzt nicht. Er machte weiter, und sie machte weiter, sie zuckte und bebte alle halbe Minute, die Arme um seinen Nacken geschlungen. Fünf Orgasmen … sechs, sieben … acht. Er mußte eine Pause einlegen, also drückte er den Beckenmuskel zusammen, um sich zurückzuhalten. Als er langsamer wurde, seufzte sie und fuhr ihm zärtlich über Wangen, Ohren und Augen, bis er wieder anfing und sie ebenfalls. Zehn weitere harte Stöße, und wieder kam sie unter heftigem Beben. Sein Nacken glühte, sein Rücken war schweißnaß, aber nichts tat ihm weh, als ob die lädierten Nervenfasern weggeschmolzen wären. Nach weiteren zwanzig Stößen war sie wieder vor dem Höhepunkt, doch er hielt inne, bewahrte sich seine Kraft, schaffte weitere achtzehn Stöße, bei denen er ein bißchen in ihr kreiste – Ellie hatte das gemocht, ehe sie Ende Vierzig zu trocken dafür wurde –, und dann kam sie wieder, grub ihre Fingernägel in seine Schultern, gerade in die Narben, doch er spürte das gar nicht. Er fühlte, was für ein grenzenloses sexuelles Verlangen sich da unter ihm auftat, ihn einsog und mit keuchendem Atem weitertrieb. Bei ihr fing das Spiel erst an. Bis jetzt hatte er sie kaum mehr als angekratzt. Er hatte erst ein paar Handvoll Regenwasser aus einer bis zum Rand gefüllten Tonne geschöpft. Sie waren vielleicht gerade zehn Minuten dabei – das zählte fast nicht. Sie hätte immer so weitermachen können, das wußte er, aber er konnte das nicht. Sie leckte ihm von unten den Hals und wartete auf mehr. So etwas habe ich noch nie erlebt, dachte Charlie, weder mit anderen Mädchen vor Ellie noch mit Ellie, als sie noch jung war.

»Bitte«, flehte sie. »Laß mich. Ich gehe auf die Knie.«

Sie bot sich ihm von hinten dar. Langsam, sagte er sich, geh es langsam an. Das ist deine einzige Chance. Sie hatte das Gesicht in den Händen verborgen, als ob sie in ein stummes Gebet versunken wäre, während seine Finger ihre Hüften umfaßten. Er drang in sie ein, seine knochigen Hüften preßten sich gegen das feste Fleisch ihres Hinterns, und wieder fühlte er, wie sich ihre Muskeln zusammenzogen. Dabei hatte er kaum etwas getan. Er pumpte langsamer, zählte bis dreißig, bis sie die Arme nach vorn warf und das Kopfteil des Bettes zu fassen bekam. Er bewegte sich nicht mehr, blieb aber hinter ihr knien. Ihm glühte der Kopf, die Schenkel wurden müde. Er war eben kein junger Mann mehr. Dann begann er, so gut er konnte, von neuem, obwohl er in der Brust ein beengendes Gefühl spürte. Sie war ganz in sich versunken, das sah er, tief in sich selbst; Worte waren überflüssig. Sie benutzte ihn gerade – er war jetzt etwas, das in sie ein- und ausfuhr und ihr guttat. Ihr Rücken glänzte vor süß duftendem Schweiß. Nun breitete sie die Arme aus und hielt sich an der Matratze fest. Er langte nach unten und schob ihre Beine enger zusammen. Sie trat ungebärdig gegen die Bettdecke. Ich kann noch nicht, dachte er. Oder allenfalls einen Zoll tief vor und zurück. Eins und zwei. Er zählte still bis einunddreißig und schaute aus dem Fenster zu den Schatten auf der anderen Straßenseite. Sie zuckte wieder und schlug mit den Handflächen gegen die Bettdecke.

»Hör noch nicht auf«, befahl sie. Er machte weiter, und sie stöhnte und strampelte. Sie fuhr mit den Händen über das Laken, bis sie ein Kissen fand, es ergriff und fortwarf. »Oh, verdammt noch mal«, keuchte sie.

Er ließ nicht nach. Nicht zu schnell, gerade so, daß sie es gern schneller hätte. Sein Penis schwamm in ihr, so feucht war sie geworden, wie ein Strom, der einen Fisch aufnimmt, nur daß dieser Strom zupackte und wieder losließ, wenn sie bebte und aufschrie. Das ist wirklich ihre Nummer, nicht meine, sagte sich Charlie und lächelte schmerzlich im Dunkeln. Ich zähle hierbei nicht. Ich bin nur ein alter Mann, dem der Zufall heute nacht einen harten Schwanz beschert hat. Mehr nicht. Er hielt inne und atmete durch, ein sonderbarer Schmerz zog durch seine Brust. Wenn ich doch jetzt einen Herzanfall bekommen könnte, ging es ihm durch den Kopf. Aber nein, der Himmel hatte kein Einsehen. Er kniete hinter ihr, kniete in einer seltsamen, dunklen Kapelle. In was für eine Messe bist du da geraten, Charlie?

Du spinnst doch komplett. Wie kannst du nur so was machen? Weil du mußt, und weil du es willst. Ihr Hintern bebte, und er fuhr mit flacher Hand beruhigend über die Backen. Vielleicht mußte sie jetzt doch aufhören.

Er setzte sich in die Hocke, und sie drehte sich um. Sie mußte zur Ruhe kommen, dachte er. Das wäre vernünftig nach zwölf Orgasmen oder mehr. Doch sie hob die Beine und legte sie ihm über die Schultern. Er spürte, daß sie sich vor kurzem die Beine rasiert und mit Creme eingerieben hatte. Mit einer Hand gab sie ihm einen Klaps auf den Schenkel. Er rührte sich nicht. Sie schlug härter zu. Er bewegte sich vorwärts, und sie zog umstandslos an seinem Penis und steckte ihn sich hinein. Ein ziemlich abgebrühtes Mädchen, dachte er, erstaunlich abgebrüht für ein Mädchen, das – und mit einem Mal ergaben die verschiedenen, kaum erkennbaren Ungereimtheiten ein Bild: keine Telefonnummer oder Visitenkarte, keine Brille oder Kontaktlinsen, die sie laut

Towers' Recherchen tragen sollte; sie redete nicht über ihren Job, zeigte sich aggressiv, reagierte kaum auf seine Frage nach Seattle.

Kälte senkte sich über ihn. »Du bist gar nicht Melissa Williams«, sagte er.

Sie machte die Augen auf. »Wie?«

»Du bist nicht Melissa Williams.«

Sie zwinkerte rasch und lachte auf. Nervös, wie ihm schien. »Was willst du damit sagen?«

»Damit will ich sagen, daß du nicht Melissa Williams bist, sondern eine andere.«

Sie überlegte, was sie darauf entgegnen sollte, und während sie nachdachte, sah sie zu, daß er nicht aufhörte. So feucht, so gut. Der beste Fick seit Jahren, vielleicht der beste überhaupt.

»Wer sollte ich denn sein, wen wünscht du dir?« hauchte sie schließlich.

Er starrte in ihr Gesicht – Dunkelheit in der Dunkelheit. Er war an eine unbekannte Frau Ende Zwanzig geraten, die eine orgasmische Gabe besaß und dabei so abgebrüht war, daß sie behaupten konnte, jemand anderes zu sein, und wie jemand anderes Orgasmen am laufenden Band erlebte. Sie war nicht Melissa Williams, sie konnte jede sein, nur nicht Melissa Williams. Sie war kein nettes Mädchen aus Seattle, sondern irgendein cleveres Flittchen, das die Tricks des Gewerbes kannte, gebildet klang und damit den Weg in die Bar des Pierre gefunden hatte. Dort hielt sie dann nach einem einsamen, eingebildeten Trottel wie Charlie Ausschau, den sie leicht ausnehmen konnte. Der Gedanke machte ihn wütend und trieb ihn zugleich zum Weitermachen an. Er wußte wohl, daß er besser aufhören, seinen Schwanz rausziehen und in eine Schale mit pharmazeutischem Alkohol oder Insektizid legen sollte. Er hätte sie jetzt eigentlich fragen sollen, was zum Teufel hier eigentlich gespielt wurde, doch er tat es nicht. Nein, im Gegenteil. Wenn er jetzt aufhörte, würde das eine Niederlage für ihn bedeuten, und sein Zorn ließ das nicht zu. Er stieß härter zu, doch sie schien das zu mögen, sein wildes Zustoßen, seinen Kampf mit ihr. Sie schien Gefallen daran zu finden, daß er nicht wußte, wer sie war, daß sie Macht aus seinem Nichtwissen schöpfte. Mit einem Mal waren die Machtverhältnisse ausgeglichen: ihr Geheimnis und ihre Jugend gegen seinen höheren Status und sein Alter. Aber wenn du das harte Spiel mit mir spielst, dann sollst du es noch härter zu spüren bekommen. Ich pfeif auf den Rücken, ich pfeif auf Ellie, auf Teknetrix, Mr. Lo und Vista del Muerte! Er rammte sie, sein Schwanz hart wie Granit, schonungslos und mit einer verbissenen Energie, wie er sie seit fast dreißig Jahren nicht mehr an sich gekannt hatte. Dank der chinesischen Medizin spürte er seinen Rücken nicht mehr und konnte sich ganz auf die eine Frage konzentrieren, die ihm ständig im Kopf herumspukte: *Wer bist du?* Er artikulierte sie sogar stumm mit den Lippen, während sie sich immer wieder aufbäumte und erbebte, ein Orgasmus nach dem anderen sie durchzuckte und in einen Zustand wüster halluzinatorischer Ekstase brachte. Wütend schlug sie mit den Fäusten in der Luft und knurrte etwas, als komme sie mit etwas Fürchterlichem nieder, als presse sie eine Epoche ihres Lebens aus sich heraus. Und als der Augenblick gekommen war, drückte er seine heiße Stirn gegen die ihre und ergoß sich in sie – die Bombe, der Haß, der Tumult; die Freude, die Traurigkeit, der Traum.

Nach dem Duschen saß sie auf der Fensterbank, ihr nackter Körper im Schatten. »Bis du böse?« fragte sie ihn im Dunkeln.

»Ja.«

»Wie hast du es herausgefunden?«

»Ich habe jemanden beauftragt, ein paar Auskünfte über Melissa Williams einzuholen. Ihr Vater ist in Seattle ein stadtbekannter, sehr gefragter Anwalt. Sie trägt Brille oder Kontaktlinsen.«

Sie rückte auf die andere Seite der Fensterbank. »Was hat dich überhaupt neugierig gemacht?«
»Ich wollte eben wissen, wer du eigentlich bist. Oder besser gesagt, nicht bist.«
»Warum?« fragte sie gespielt schüchtern. »Ich bin wahrscheinlich bloß ein Mädchen, dem deine Krawatte gefiel.«
Sie hat Angst, dachte Charlie. »Wie hast du Melissa Williams kennengelernt?«
Sie schüttelte den Kopf. »Oh, für mich ist sie nur eine Kiste mit Papieren, die ich im Wandschrank gefunden habe, als ich neulich in meine neue Wohnung eingezogen bin. Ich kenne das Mädchen gar nicht.«
Sie glitt von der Fensterbank und kam auf ihn zu. Etwas an ihrer Art, sich nackt zu bewegen, erinnerte ihn an Ellie eine Generation früher – vor Teknetrix, vor dem Tod seines Vaters, vor Ben, vor Vietnam. Ellie war seitdem nicht mehr so unbekümmert mit ihrer Nacktheit umgegangen, sie behielt sie für sich, und das war auch gut so. Er wollte sie eigentlich nicht mehr so sehen.
»Erzähl mir doch alles.« Er beobachtete, wie sie vor ihm stolzierte. Fall nicht darauf herein, warnte er sich selbst, du bist nicht sentimental, du glaubst nicht, daß das hier mehr ist als eine kurze, merkwürdige Episode. Du kannst die Zeit und das Alter nicht zurückdrehen. Sie kam aufs Bett und legte sich neben ihn. »Willst du wirklich die Wahrheit wissen?« fragte sie sanft. »Sie ist nicht so rosig.«
»Sag mir die Wahrheit, oder ich verlasse das Zimmer in der nächsten Minute.«
»Oh, tu das nicht.« Sie nahm seine Hand und drückte sie fest an sich.
»Dann sag mir, wieso.«
»Weil ich dich sehr mag.«
»Hast du keinen besseren?«
Sie dachte darüber nach und sagte nichts. Er wartete eine Minute,

seufzte, setzte sich aufrecht und setzte die Füße auf den Boden. Ich kann noch nach Hause fahren, dachte er, ein Bad nehmen und die Nachrichten anschauen.

»Warte«, sagte sie.

»Ja?«

Sie seufzte. »Ich hasse es, die Wahrheit zu sagen. Es befreit einen nicht, sondern macht alles nur noch schlimmer.«

»Na wunderbar«, sagte Charlie kalt. »Da weiß man doch, woran man ist.« Er stand auf. »Ich gehe. Ich war ein Idiot, und du hast mich angelogen.« Er suchte seine Sachen zusammen. »Trotzdem schönen Dank für den Sex, Miss. Vermutlich war es der letzte tolle Sex meines Lebens, dafür bin ich dankbar, selbst unter diesen Umständen. Du bist voller Energie, du bist intelligent, ich verstehe nicht, warum du das tust – mehr noch, warum du dir das selbst antust. Ich glaube sogar, daß du besser bist als das, was du jetzt machst, aber du kannst dich nicht dazu aufraffen. Das ist meine schlichte psychologische Erklärung für heute abend. Leb wohl.«

Sie ließ den Kopf hängen und fuhr sich mit den Fingern durch die Haare. »Ich heiße Christina, okay? Christina Welles. Ich bin in der Nähe von Philadelphia aufgewachsen, nicht in Seattle.«

»Leben deine Eltern dort?« fragte er etwas freundlicher.

»Mein Vater ist tot«, sagte sie.

»Was hat er beruflich gemacht?« fragte Charlie.

»Er hat U-Bahn-Züge für die Southeastern Pennsylvania Transit Authority repariert. Er war ein Mann, der eine billige Armbanduhr trug. Meine Mutter wohnt jetzt in Sarasota, Florida. Ihr Name ist Anita Welles. Früher war ich einmal ein nettes kleines Mädchen, das immer Einser nach Hause brachte und jeden Nachmittag Klavier spielte …« Sie blickte ihn schmerzlich amüsiert an. »Dann ist einiges in meinem Leben passiert. Gewöhnliches und nicht so Gewöhnliches. Das Wichtigste im Hinblick auf deine Befürchtungen, und deine Phantasien, ist wohl, daß ich,

Christina Welles, die Frau, mit der du gerade zu beiderseitigem Vergnügen gebumst hast, vor drei Wochen aus dem Frauengefängnis Bedford Hills entlassen worden bin.«
»O Gott«, stöhnte Charlie.
»Mein Freund war der Anführer einer Bande von Lkw-Piraten und Schmugglern. Man hat uns geschnappt, als wir gerade eine Ladung nach New York brachten, und ich mußte in den Knast.« Sie stand auf und holte ihre Handtasche von der Anrichte. »Das Ganze ist noch komplizierter, aber das ist erst mal das Grundlegende. Ich bin wieder draußen und versuche, ein neues Leben zu beginnen. Ich arbeite als Kellnerin in Manhattan – ebenfalls unter dem Namen Melissa. Ich bin nicht wirklich schlecht, Charlie. Ein bißchen verkorkst, das schon. Aber kein billiges Flittchen.«
»Scharf, aber nicht billig.«
Sie machte eine neue Packung Zigaretten auf und zog eine heraus. »Ja, auch das.«
»Hast du studiert?«
Sie steckte sich die Zigarette in den Mund und neigte den Kopf ein wenig, als sie sie anzündete. »Columbia. Ich habe mein Studium abgebrochen, weil ich Probleme hatte. Ich fühlte mich nervös und unsicher. Ich mochte das Leben in den Studentenwohnheimen nicht und kam auch mit den Kommilitonen nicht zurecht. Aber ein paar Jahre lang war ich eine gute Studentin.« Sie legte sich aufs Bett und zog die Decke über sich. »Dann bin ich auf diesen Typ abgefahren, Rick hieß er, und wollte nur noch bei ihm sein. Er war ein Bodybuilder. Er sah prächtig aus, hatte traurige Augen und war wie alle Männer fürchterlich aufgeblasen. Ich war ziemlich verrückt nach ihm. Eine Zeitlang, meine ich.« Sie blies Rauch in die Dunkelheit. »Ich bin so unbeständig«, sagte sie fast zu sich selbst und ohne Freude. »Bin es früher schon gewesen und werde es immer bleiben. Wenn man zu tief verletzt wurde, wird man so. Das ist die traurige Wahrheit. Damit fingen all meine Schwierigkeiten an. Ich habe viel in meinem

Leben versaut. Aber jetzt bin ich hier bei dir, weil ich dich mag, Charlie. Glaube mir, seit ich nach New York zurückgekommen bin, hat es an Angeboten nicht gefehlt.«

Er bekam gerade die ungeschminkte Wahrheit über ihren Charakter mit, ihre Unbeständigkeit, ihre Verletzlichkeit und ihre Leidenschaft. »Und da steckt kein Trick dahinter?«

»Nein.«

»Du hast keine sexuell übertragbaren Krankheiten?«

Sie nahm wütend die Zigarette aus dem Mund. »Also hör mal, Charlie, ich war vier Jahre lang im Gefängnis. Seit ich wieder draußen bin, hatte ich mit einem Yuppie Sex, aber der hat, anders als du, ein Kondom benutzt. Ich nehme auch keine Drogen, ich bin clean, ich –«

»Schon gut«, unterbrach er sie und stand auf, um nach seinen Hosen zu suchen. »Erzähl mir, was jetzt geschehen ist, die ganze Geschichte.«

»Ja, gewiß, nur laß mich einen Augenblick verschnaufen. Geh nicht fort, Charlie, bitte.«

»Keine Angst, ich bin ganz ruhig.« Er ging zur Klimaanlage und regulierte sie. »Sprich weiter. Ich möchte von deinem kriminellen Leben hören.«

»Du bist nicht mehr böse?«

»Du etwa?« fragte er.

»Nein«, sagte sie, fast schon wieder mit einem koketten Unterton.

»Dann bin ich es auch nicht.«

»Und du magst mich immer noch?«

»Ja.«

»Du findest mich immer noch umwerfend?«

»Du hältst dich für was Besonderes, wie?«

Das gefiel ihr. »Schön.« Sie setzte sich mit einem Kissen im Rücken gegen das Kopfteil. »Ich habe dir schon erzählt, daß ich meinem Freund dabei half, gestohlene Lkw-Ladungen zu schmuggeln. Nach einer Weile koordinierte ich die ganze Planung: von der Ankunft in New York bis zu den Anweisungen an den Käufer, wo er die Ware zur richtigen Zeit am richtigen Ort abholen sollte. Mit einem Wort, ich war für den reibungslosen Ablauf zuständig. Ich mochte das.«

»Eine intellektuelle Aufgabe.«

»Genau. Ich hatte eine Karte aller Lkw-Depots an der Ostküste, für den Fall, daß wir Probleme mit dem Lkw bekämen. Ich hatte gefälschte Importeurrechnungen, falsche Orderscheine von Briefkastenfirmen, falsche Telefonnummern, falsche Anrufbeantworter ...« Sie nahm die Kissen und schüttelte sie wieder auf. »Rick besaß einen echten Lkw-Führerschein. Wir waren immer darauf bedacht, gültige Nummernschilder an den Autos zu haben. Dazu nimmt man am besten Schilder von Lkws, die gerade repariert wurden.«

»Schlau.« Charlie legte sich wieder aufs Bett. »Erzähl weiter«, sagte er. »Christina, nicht wahr?«

Sie gab ihm einen sportlichen Klaps. »Du wirst die neue Christina noch lieber mögen, da bin ich mir sicher.«

»Ja, sicher.«

»Das heißt, wenn du mich überhaupt noch wiedersehen willst.«

»Bevor ich dich wiedersehe, muß ich erst noch trainieren. Aber jetzt erzähl.«

»Das war ganz einfach«, fuhr sie fort. »Ich hatte die Nase voll und wollte aussteigen. Das ist der einzige Wunsch, den ich seit nun schon fünf Jahren habe: Ich will einfach nur für mich allein sein. Ich wollte mit Rick und all den anderen nichts mehr zu tun haben.« Während sie sprach, starrte sie zur dunklen Zimmerdecke hinauf. »Er wollte noch drei Dinger drehen, jedes größer als das vorangegangene, möglichst viel einsacken und dann anständig werden. Er wollte einen Autohandel, ein Fitneßcenter, eine Bar oder etwas Ähnliches erwerben. Sein älterer Bruder war ein Buchhalter der Mafia; er hätte ihm zu einem Geschäft ver-

helfen können. Bei einem wirklich guten Coup verdiente er hunderttausend Dollar im Jahr. Ich half ihm in allem.«
»Warst du nicht ständig in Sorge?« fragte Charlie. Er konnte es sich nicht verkneifen, ihr den Bauch zu streicheln.
»Drei, vier Tage im Monat waren hektisch, alle wurden dann nervös, aber wenn das Ding einmal gelaufen war, dann konnte man wieder ausspannen.« Sie wandte sich ihm zu und drehte ihn auf die Seite. »Gewöhnlich gönnten wir uns dann einen kurzen Trip irgendwohin, um uns zu erholen. Aber ich wollte aussteigen, obgleich ich Rick nie etwas davon gesagt habe.« Sie rieb seine Narben auf dem Rücken, während sie erzählte. »Ich hatte bei sechzehn Coups mitgemacht und war es leid. Ich hatte auch von Rick genug. Das Ganze führte zu nichts. Aber ich kam ... na ja, von seiner Art, Sex zu machen, nicht los. Ich wollte, aber ich schaffte es nicht. Ich war einfach dumm. Ich hätte mit allem Schluß machen müssen, aber wenn ich einfach weggegangen wäre, hätten die anderen nach mir gesucht.«
»Du wußtest zuviel.«
»Sie konnten es sich nicht leisten, mich frei herumlaufen zu lassen. Besonders ihr Boß, Tony Verducci, machte mir angst. Ich mußte stets auf der Hut sein. Damals stand eine große Lieferung an, und ich verbrachte viel Zeit mit der Planung. Es ging um Klimageräte. Bei diesen Geschäften ging es darum, die Ware so rasch wie möglich loszuwerden. Wir sollten den Lkw übernehmen – das war Ricks Aufgabe – und dann in die City fahren. Der Hehler wollte die Ladung binnen einer halben Stunde mit einem Gabelstapler abladen. Wenn es sich um Paletten handelt, ist das kein Problem, besonders wenn man über zwei Gabelstapler und Männer verfügt, die ihren Job verstehen.«
Er stellte sich das Ganze vor. »Ich habe öfter gesehen, wie Gabelstapler große Transportflugzeuge in einer Stunde beladen haben.«
»Es ist nicht schwer«, pflichtete sie ihm bei. »Wir wollten aber

auch den Lkw wiederhaben. Manchmal holten wir uns ein gebrauchtes Taxi von der Tonnelle Avenue in Jersey City, wo sie für acht-, neuntausend Dollar angeboten werden, benutzten es ein paarmal, dann machten wir es mit dem Staubsauger sauber, entfernten Haare und dergleichen, wischten Fingerabdrücke ab und ließen es dann irgendwo stehen. Aber den Lkw wollten wir behalten. Die Ladung bestand also aus Klimageräten. Im Sommer wird es in Manhattan so heiß, daß die Leute losrennen und sich das erstbeste Gerät kaufen. Oder sie lassen ihr altes Tag und Nacht laufen, bis es plötzlich den Geist aufgibt. Ein kleines Klimagerät kann dreihundert Dollar kosten. Mitte Juli war die beste Zeit. Die Leute, die am Unabhängigkeitstag in den Urlaub gefahren waren, kamen zurück und gerieten in die große Sommerhitze. Wer Ende Juli ein Klimagerät kauft, denkt sich, eine gute Entscheidung getroffen zu haben, weil man das Gerät noch weitere sechs Wochen benutzen kann.«

»Wenn man dich so reden hört, glaubt man, eine Marketingexpertin vor sich zu haben.«

»Ich könnte ja in deiner Firma für dich arbeiten.«

Er grunzte zum Zeichen, daß das wohl keine gute Idee sei. »Erzähl weiter.«

»Hörst du gern zu?«

»Für mich klingt das alles sehr exotisch.«

Sie streckte die Beine aus. »Versteh doch, eine junge Frau wie ich weiß nicht recht, wie sie sich gegenüber einem älteren Herrn wie dir verhalten soll. Ich habe Angst, womöglich keinen Eindruck auf dich zu machen.«

»Das ist eine Lüge, und du weißt das.«

Sie lachte. »Ja, ich weiß.«

»Sie haben ganz erstaunliche Fähigkeiten, mein Fräulein.«

»Kommt drauf an, wer mein Gesprächspartner ist.« Sie kletterte über seinen Rücken und küßte ihn auf den Nacken. Er spürte ihre Brüste und ihren warmen Bauch.

»Erzähl mir den Rest der Geschichte.«
Sie legte sich neben ihn und sprach in sein Ohr. »Okay. Wir hatten fünf Hehler, die die Ware vom Lkw kaufen wollten. Die Klimageräte kosteten pro Stück 849 Dollar im Großhandel. Wir wollten sie für zweihundert Dollar an die Hehler verkaufen, die sie ihrerseits ohne Schwierigkeiten für vierhundert absetzen würden. Sie machten also fünfzig Prozent Profit ohne Unkosten oder Steuern. Und wir nahmen zweihundert Dollar brutto pro Kiste ein. In einem zwölf Meter langen Sattelauflieger konnte man 416 solcher Kisten verstauen. Jede Kiste war hundert mal sechsundsechzig Zentimeter groß und wog zweiunddreißig Kilo.«
»Ganz schön schwer.«
»Insgesamt ergab das ein Ladegewicht von vierzehn Tonnen. Nur Klimageräte. 416 mal zweihundert Dollar macht 83 000 Dollar, das war unsere Bruttoeinnahme. Davon gingen noch Kosten ab, aber für drei Tage Arbeit war es nicht schlecht. Wir hatten Bestellungen über fünfhundert Klimageräte.«
»Warum habt ihr eine Sattelschlepperladung gestohlener Ware in eine Stadt geschafft, in der der Verkehr so zäh läuft?« fragte er. »Wenn man euch verfolgt hätte, hättet ihr nicht rasch fliehen können, schon gar nicht mit einem Lkw samt Auflieger.«
»Das stimmt schon«, räumte sie ein. »Aber der Vorzug von New York liegt in der Dichte. In der City wird man 416 Klimageräte spielend los. Kaum werden sie angeboten, finden sie schon ihre Käufer. Die Ware verschwindet spurlos – die Hälfte der in Chinatown verkauften Sachen ist geklaut, nicht wahr? Das Ding war also leicht zu drehen … Das Problem war nur, daß ich aussteigen wollte. Ich wollte einfach auf und davon, am Meer sitzen und irgendwelche billigen Zeitschriften lesen oder nichts tun.«
»Etwas in dir hatte sich verändert.«
Sie nickte, ihre Wange gegen seinen Rücken. »Ich sagte Rick, daß ich aussteigen wollte, und der schickte mich zu Tony, zum

Boß, der seine Finger überall drinhatte. Der versuchte, mich zu halten, und bot mir verschiedene Jobs an: ein Restaurant zu managen, das als Geldwaschanlage benutzt wird, ein Wettbüro zu führen und noch anderes. Auf jeden Fall mußten wir erst einmal das Ding mit den Klimageräten durchziehen. Sie kamen aus Taiwan. Das Schiff sollte im Hafen von Newport News einlaufen und dort um die zweihundert Container abladen.«

»Du hast mir gesagt, du würdest nichts von Containerfracht verstehen«, erinnerte sie Charlie.

»Ich wollte eben, daß du mich magst«, sagte sie. »So schlecht bin ich wirklich nicht.«

Ich muß verrückt sein, hierzubleiben, dachte er. »Wenn du es sagst.«

»Allerdings. Also, Rick sollte zwei Lkw-Ladungen erhalten … Es gab da irgendein Geschäft mit dem Spediteur; es werden ständig neue Deals gemacht und verändert und abgeblasen. Für Rick waren also zwei Lkw-Ladungen vorgesehen, die er und ein anderer Typ Richtung Norden fahren sollten. Die erste Ladung wollten sie in Washington, D. C., Baltimore und Philadelphia absetzen. Die Ware kann man in den schwarzen Wohnvierteln vom Lkw weg verkaufen, gegen bar und ohne daß Fragen gestellt werden.«

Sie setzte sich aufrecht, und er bemerkte, daß sie sich jetzt stärker konzentrierte.

»Dann fragte Tony, wie es mit der Planung stehe. Er sagte, daß plötzlich nur noch ein Lkw gebraucht werde und daß wir die Ladung gleich nach New York bringen sollten. Er habe nicht zwei Lkw-Ladungen kriegen können. Ich dachte mir, daß das wahrscheinlich bloß Geschwätz war, denn mit jedem Containerschiff kommen Tausende und Abertausende von Waren – Klimageräte, Fernseher, Computer. Ich rief den Spediteur an und erfuhr, wo das Schiff überall haltmachte, ehe es den Bestimmungshafen Newport News erreichte. Es lief viele Häfen an, unter anderem auch einen in Thailand. Dort wird viel Opium hergestellt.«

»Ich weiß – ich habe dort gelebt.«

»Ach ja?« fragte sie.

»Als Pilot.«

Sie schien darüber nachzudenken. »Hast du viele Menschen getötet?«

»Das frag mich lieber nicht.«

»Warum?«

»Es ist zu schmerzhaft.«

»Ich denke, daß es viele waren.«

Woher konnte sie das wissen?

»Aber du hast es für dein Land getan«, sagte Christina.

»Damals habe ich das geglaubt.«

»Und was glaubst du heute?«

»Ich glaube, daß die Air Force sich sehr gut darauf versteht, Leute zu rekrutieren, die an hohe Werte glauben und gleichzeitig Kampfjets fliegen können.«

»Geht das zusammen?«

»Das ist eine vertrackte Frage.« Und die wollte er nicht beantworten. »Aber du hast gerade von Thailand gesprochen.«

»Ja. Also, damals wußte ich noch nicht richtig Bescheid über Tony. Es war also nicht mehr als eine Vermutung. Dann rief er plötzlich an und sagte, er kenne jemanden, der gleich mehrere Klimageräte kaufen wolle. Der Typ sei aber nervös und wollte als erster bedient werden und als erster wieder verschwinden. Okay, sagte ich. Verstehst du, Tony baut das Geschäft auf, und wir bezahlen ihn dafür, und außerdem treten wir ihm auch noch einen Anteil am Erlös ab. Er verdient rund zwanzigtausend bei dem Ding, die von unseren 83 000 abzuziehen sind. Er erzählt mir also von diesem Typ, der sich Frankie nennt und den ich nicht kenne. Bald darauf erfahre ich, daß der Mann ein bekannter Heroindealer ist.«

»Jetzt ist ein Problem da.« Das Gespräch wurde ihm allmählich unbehaglich.
»Das kannst du laut sagen«, pflichtete ihm Christina bei. »Ich fragte mich, ob Tony Heroin nach New York einschmuggelte und Rick und mich als Träger mißbrauchte. Vielleicht dachten wir, wir transportieren Klimageräte, was wir ja auch taten, aber möglicherweise hatten wir auch Heroin an Bord. Anfangs fürchtete ich, Tony könnte versuchen, uns auffliegen zu lassen. Aber das ergab keinen Sinn, denn wenn wir geschnappt wurden, wäre es ein leichtes gewesen, unsere Spur bis zu ihm zurückzuverfolgen. Tatsächlich lag ihm sehr daran, daß uns der Coup gelang. Wir würden den Lkw schon vollbeladen übernehmen. Tonys spezieller Kunde wollte die ersten zehn Kisten der Ladung. Er würde wissen, welche, ich dagegen nicht. Jede Kiste wog wie gesagt zweiunddreißig Kilo. Wenn wirklich Heroin drin gewesen wäre, dann hätte das einen sehr großen Haufen Geld bedeutet.«
»Mehrere Millionen«, sagte Charlie und dachte an Sir Henry Lai.
»Vielleicht war aber nur etwas Heroin in jedem verpackten Klimagerät«, fuhr Christina fort. »Sagen wir zehn Kilo in jeder Kiste. Zehn Kilo reines Heroin mal zehn Kisten. Ich dachte, daß vielleicht Tony seine Kolumbianer auszutricksen versuchte. Wenn wir geschnappt würden, dann konnte er ihnen sagen, daß es nicht seine Schuld war. Er organisierte etwas, aber so, daß er immer sauber dastand, wenn etwas schiefging. So jedenfalls habe ich es mir erklärt. Ich wußte nicht, was alles lief – Mafia- und Kartellpolitik und was sonst noch.« Sie hustete. »Mit den Typen aus dem Milieu war ich nie vertraut. Noch etwas anderes beunruhigte uns: Rick war sich ziemlich sicher, daß man uns überwachte. Es gab angezapfte Telefone. Irgend etwas war im Gange. Er hatte einen toten Briefkasten, dessen Nachrichten weder bis zu ihm noch bis zu sonst jemandem zurückverfolgt werden konnten, aber er glaubte, daß die Leitung angezapft wurde.«

»Wie funktioniert so etwas?« fragte Charlie. »Du weißt ja, ich bin in der Telekommunikationsbranche.«

»Technisch gesehen ist es einfach«, sagte sie. »Man braucht drei Telefone, eines davon muß ein Handy sein, und zwei Computer. Der Anruf kommt über eine ganz normale Leitung auf dem ersten Telefonapparat herein. Dieser Apparat ist mit dem Computer verbunden. Sobald das geschieht, stellt der Computer selbsttätig zu einer anderen Nummer durch und benutzt dazu das Handy. So kann man nicht feststellen, woher der Anruf gekommen ist. Unterdessen nimmt der Computer die Nachricht des ersten Anrufs auf und beendet die Verbindung. Es funktioniert auf zwei verschiedene Weisen. Man kann eine normale telefonische Nachricht hinterlassen, die erst digitalisiert, dann wie ein Fax durch das Handy zum dritten Apparat geschickt wird. Dieser ist mit dem zweiten Computer verbunden. Der zweite Computer nimmt die elektronische Nachricht auf, beendet die Verbindung, entschlüsselt die digitalisierte Nachricht und spielt sie nach Bedarf noch einmal vor. Der erste Computer löscht den Speicher, sobald er den Anruf weitergeleitet hat, und der zweite Computer löscht die Nachricht, nachdem er sie dem Hörer vorgespielt hat. Das Schöne daran ist nun –«

»Mein Gott«, rief Charlie, »wer konnte sich denn bloß so was ausdenken?«

»Ich.«

»Du?«

»Den abstrakten Plan.« Sie stieß ihm zärtlich in den Rücken. »Von Elektronik verstehe ich nämlich gar nichts. Das Programmieren hat ein Spezialist übernommen.« Sie nahm seine Hand in die ihre und küßte die Narbe. »Das wollte ich schon tun, als ich dich zum ersten Mal sah«, sagte sie, die Lippen noch auf seiner Haut.

»Wie sah die andere Möglichkeit aus?« fragte er.

»Wir hatten eine Reihe von Nachrichten, die durch eine Zahl verschlüsselt wurden. Zum Beispiel: ›Ich komme erst später‹ war eine Nachricht, die die Zahl drei bekam. Der Computer am ersten Telefon sendet einen Ton, der besagt, daß man eine Nachricht hinterlassen kann; der Anrufer gibt die Zahl drei ein, der Computer nimmt die Zahl drei auf und beendet die Verbindung. Fertig. Dann benutzt der Computer das Handy und wählt den dritten Apparat an. Oder wo immer man auch erreicht werden wollte. Es gab eine Möglichkeit, die zur Weitervermittlung dienende Nummer aus der Ferne umzuprogrammieren. Dahinter steckte die Idee, so viele Zwischenschritte einzuschalten, daß nach der Übertragung die Nachricht nicht mehr zurückverfolgt werden konnte. Während zwischen dem Telefon, das die Nachricht empfängt, und dem Handy, das sie weiterträgt, eine Nähe nachgewiesen werden kann, ist es nicht möglich nachzuweisen, daß die Telefone nebeneinander oder in irgendeiner kausalen Verbindung stehen.«

»Sofern man nicht die Computer fand.«

»Richtig. Also gibt es eine zweite Möglichkeit: Der Computer ruft den Betreffenden dort an, wo es gewünscht wird, und produziert ein Fax. Was wird gefaxt? Die Speisekarte eines Pizza-Lieferservice.« Sie legte eine Pause ein, um sich eine Zigarette anzuzünden. »Sieht nach nichts aus. In Wirklichkeit kommt es darauf an, wie oft man das Fax erhält. Bekommt man das Fax dreimal, dann ist die Zahl drei die Botschaft. Wer nicht eingeweiht ist, nimmt das Fax und fragt sich, was das zu bedeuten hat. Nichts.«

»Aber dieser Rick hat doch den Verdacht gehabt, daß es nicht funktionierte.«

»Doch, es hat tadellos funktioniert, nur hatten sie irgendwo die Leitung angezapft«, sagte Christina. »Sie überwachten uns, vermutlich über das erste Telefon. Ich glaube allerdings nicht, daß sie die Weiterleitung über das Handy abgefangen hatten. Vielleicht wußten sie von dem Computer und dem Handy und warteten ab. Rick machte sich Sorgen. Er sagte mehrere Sachen ab und wurde nervös. Damit lag er richtig, wie sich später herausstellte.«

Charlie war sich nicht sicher, was das Telefon mit dem Lkw zu tun hatte. »Na, auf jeden Fall stecktest du ganz scheußlich in der Klemme. Du hattest den Heroin-Dealer mit im Boot. Du wolltest aussteigen. Ständig lief irgend etwas.«

»Ja. Ich war wütend, daß Tony einen Haufen Geld an einem Geschäft verdiente, bei dem ich das Risiko trug. Aber eigentlich sollte das mein letzter Job in diesem Gewerbe sein. Ich wollte diesen einen großen Coup landen und danach nichts mehr in dieser Richtung. Ich wollte von Rick und der ganzen Bande loskommen. Also plante ich den Coup so, daß am Ende etwas schiefgehen mußte, die Polizei auftauchen würde und die Typen verhaftete.

»Warte einen Moment.« Charlie stand auf und ging ins Badezimmer. Dort gab es ein Telefon an der Wand neben der Toilette, damit wackelige alte Herren wie Sir Henry Lai selbst beim Scheißen noch Hilfe holen konnten. Aber nicht ich, dachte Charlie, ich kann noch bumsen. Ellie schlief jetzt und träumte von Rosensträuchern. Er erleichterte sich mit einem kraftvollen Strahl, dann schaute er sich im Lampenlicht über dem Waschbecken seinen Penis an. Das Schamhaar war fast völlig ergraut, das Fleisch darunter schlaff. Da hing er, nach links geneigt, gegenwärtig ohne Funktion. Das geheimnisvolle Geäder unter der Haut, rot und bläulich, dünn und dick. Mein Leben lang habe ich auf dieses Ding gestarrt, dachte er, und ich verstehe bis heute nicht, was es eigentlich genau ist. Immerhin scheine ich ihr einen guten Schuß verpaßt zu haben, für meine Verhältnisse wenigstens. Scheiß auf die kümmerliche Spermaprobe. Klar war es peinlich, auch wenn er nur noch einen Hoden besaß. Wie viele Männer, die eine Salve aus einem M-16-Schnellfeuergewehr zwischen die Beine bekommen hatten, waren überhaupt noch in der Lage, Spermaproben zu liefern? Wer mit dem Leben davonkommt, soll auch etwas davon haben, und zum Überleben gehört auch Sex. Melissa – er meinte Christina – war viel vitaler als Ellie. Seit fünfundzwanzig Jahren war er aus der Übung. Gib zu, daß du diese Frau magst, sagte er sich, auch wenn sie unehrlich ist und dich ein wenig erschreckt. Er rieb sich mit einem Finger am Penis und führte den Finger dann an die Nase, erkannte ihren Geruch. Das Leben hält immer noch Überraschungen für mich bereit, dachte er.

»Erzähl weiter«, rief er, als der Geruch von Zigarettenrauch ins Badezimmer drang. Er schaute sich im Spiegel das graue Haar auf Brust und Bauch an, trank ein Glas Wasser und füllte es nochmals. »Ich höre.«

»Dann habe ich mich mit Rick vor einem Einkaufszentrum außerhalb von Philadelphia getroffen«, berichtete sie vom Schlafzimmer aus. »Gemeinsam sollten wir hinauf nach New York fahren. Wenn ich schon diese Kisten transportieren mußte, dann wollte ich wenigstens wissen, was ich da eigentlich mitschleppte. Es wurmte mich, daß ich nicht wußte, was dort drin war. Es gab zwei Möglichkeiten, an sie heranzukommen. Entweder während der Fahrt oder bei der Ankunft in New York an der Verladerampe in Chelsea. Ich hielt es für klüger, die Kisten vor unserer Ankunft zu inspizieren. Meine Eltern wohnten damals in Chester County unweit von Philadelphia. Ich kenne dort alle Straßen. In meiner Kindheit war das noch Ackerland …« Ihre Stimme klang traurig. »Na, jedenfalls hatte ich mit Rick abgesprochen, bei meinen Alten zu Mittag zu essen. Den Lkw würden wir am Straßenrand parken.«

Er reichte ihr das Glas. »Hätte das nicht bei den Nachbarn Verdacht erregen können?«

»Nein, eigentlich nicht.« Sie trank einen Schluck Wasser. »Es war keine bevorzugte Wohngegend, weißt du, eher der Rand einer Vorstadtsiedlung. Ein Lkw, der vor ihrem Haus parkte, war nichts

Ungewöhnliches. Außerdem standen meine Eltern kurz vor dem Umzug, die Nachbarn mochten glauben, daß es sich um einen Möbelwagen handelte. Wir gingen also in Moms und Dads Haus, und beide empfingen Rick sehr herzlich. Meine Mutter hatte ein tolles Essen für uns gekocht. Danach sagte ich Rick, daß ich Lust auf Sex hätte. Wir gingen in mein früheres Mädchenzimmer und bumsten. Danach wollte Rick schlafen, wie ich erwartet hatte. Ich versprach ihm, ihn nach einer Weile wecken zu kommen. Mein Vater sah unterdessen fern. Er fühlte sich nicht besonders gut. Er hatte Geldsorgen, und bei dem Gedanken an den Umzug nach Florida war ihm nicht wohl. Er war gerade erst in Rente gegangen. Ich ging also zu dem Lkw und machte die Tür zum Laderaum auf. Wir hatten den Wagen so geparkt, daß er mit der Rückseite zu unserem Garten stand. Ich hievte mich hoch und untersuchte die Ladung. Die Kisten mit den Klimageräten sahen natürlich alle gleich aus. Ich war nicht dabeigewesen, als sie verladen wurden. Frankie erwartete sie sicherlich an einer bestimmten Stelle im Laderaum, doch es mußten nicht unbedingt die ersten zehn Kisten sein.« Sie setzte sich aufrecht und zog an Charlies Oberhemd, unter dessen umgeschlagenem Kragen noch der Schlips hing. »Ich konnte keine Regel erkennen, deshalb begann ich aufs Geratewohl ein paar Kisten aufzumachen. Ich hatte schon acht oder neun aufgemacht, da stieß ich auf eine der richtigen Kisten.«

»Und?« fragte Charlie. »Drogen?«

Sie blickte ihn an. »Es war kein Heroin.«

»Sondern?«

»Bargeld.«

»Bargeld?«

»Alte Hundert- und Fünfzigdollarscheine. Sie rochen auch etwas. Dann holte ich die Personenwaage meiner Mutter aus dem Badezimmer und wog die Geldkiste und dann eine von den normalen mit den Klimageräten drin. Beide wogen gleich viel. Da waren umsichtige Leute am Werk gewesen.«

»Was hast du dann gemacht?« fragte Charlie, dem ganz flau wurde.
»Ich bin ausgeflippt«, sagte Christina, »was denn sonst? Ich dachte an meinen Vater, der da drinnen vor dem Fernseher saß und nicht wußte, wie er und meine Mutter sich mit seiner Rente in Florida durchschlagen sollten. Er hatte sein Leben lang gearbeitet. Nun war er krank, und alles, was er vorzeigen konnte, das war ich, seine Tochter, die ihr Studium an der Columbia University abgebrochen hatte. Das war die Enttäuschung all seiner Erwartungen und Hoffnungen. Und da dachte ich, jetzt könntest du doch einmal im Leben etwas für ihn tun.«
Plötzlich kamen ihr die Tränen, und trotz allem Mißtrauen zog er sie an sich. »Oh, Charlie, ich war ja so dumm, so unglaublich dumm. Ich verlor einfach den Kopf, das passiert mir sonst nie! Ich dachte nur daran, wie sehr ich meinen Vater enttäuscht haben mußte. Ich war immer das Mädchen mit den Einsern gewesen, und nun stellte ich ihm meinen Freund vor, einen Typ mit Muskelarmen und einem Ring im Ohr.« Sie hustete mit tränenerstickter Stimme. »Meiner Mutter war das egal, sie mochte Rick, sie wurde schon feucht, wenn ein Mann sie nur anlächelte, sie ist wahrscheinlich die Frau, die am leichtesten einen Orgasmus kriegt, aber mein Vater war nobel in seiner stillen Art. Er saß immer in seinem abgewetzten Sessel und las Bücher über den amerikanischen Bürgerkrieg und alles mögliche, und ich –«
»Schon gut, schon gut«, beruhigte sie Charlie.
»– ich war seine Tochter, sein einziges Kind, und ich hatte ihn schon so sehr enttäuscht. Ich fürchtete, er würde sterben, ohne daß ich – ich habe das noch niemandem gesagt, ich konnte einfach nicht – ich habe lange im Gefängnis darüber nachgedacht, bis mir klargeworden ist, warum ich das eigentlich gemacht habe – ich war ja so dumm. Ich wollte keinen Ärger machen … Ich hatte nur diesen Fimmel, immer alles auf meine Art zu

machen, und mein Vater war so sanft und verständnisvoll zu mir, wie du, so fürsorglich, nie wurde er wütend, das überließ er meiner Mutter. All das schoß mir durch den Kopf, als ich da mit der Kiste voll von Geldscheinen stand und nicht so dachte, wie ich eigentlich hätte sollen.«
»Was hast du getan?«
Sie stand auf und ging nervös ans Fenster. »Ich fand noch eine andere Kiste mit Geld und stellte beide hinunter auf die Zufahrt. Dann stapelte ich die Kisten in der vorderen Reihe wieder so auf, daß es aussah, als sei nichts verändert worden. Von außen war nichts zu erkennen, man mußte schon die ganze vordere Reihe wegräumen. Dann erst sah man die Lücke.«
»Du mußt völlig von Sinnen gewesen sein.«
»Ja, ich weiß«, sagte Christina. »Ich trug die beiden Kisten in die Garage. Mein Vater hatte dort sein altes Mustang-Kabrio, an dem er herumbastelte. Die Polster waren noch original, auch das zierliche Lenkrad. Meine Mutter schrieb mir ins Gefängnis, daß ihre Lover, die sie oft wechselte, ihr nach dem Tod meines Vaters vorgeschlagen hätten, den Wagen zu reparieren, doch sie hatte es nie erlaubt.«
»Als sei es ein Schrein gewesen.« Wie Ellies Wandschrank mit Bens Sachen darin.
»Ja, so etwas Ähnliches. Ich wußte, daß sie vorhatten, den Mustang mit nach Florida zu nehmen. Ich wußte auch, daß sie ihn dort einfach in die Garage schieben und stehenlassen würden. Mein Vater war damals schon zu krank, um ihn reparieren zu können. Die Rückbank war voll mit Ersatzteilen. Ich räumte sie weg und stellte statt dessen die beiden Kisten hinein. Ich weiß nicht, wieviel drin war.«
»Könnte eine Million gewesen sein«, sagte Charlie und dachte dabei an die fünfzigtausend, die er Lo in Shanghai gegeben hatte. Die Scheine hatten problemlos in seine Brusttasche gepaßt. »Sogar locker.«

»Könnte mehr gewesen sein«, sagte sie. »Ich glaube, es war mehr.«
»Hast du es nie gezählt?«
»Ich bin ja nie dazu gekommen. Wir mußten wieder gehen, wir mußten die Lkw-Ladung abliefern. Als Rick aufwachte, sagte er, wir wären schon spät dran … Und nun saß ich da und zerbrach mir den ganzen Weg über nach New York den Kopf, was ich tun sollte. Wenn Tony herausbekam, was ich getan hatte, dann steckten wir in der Klemme. Die Übergabe hätte wie geplant stattgefunden. Aber bei der Ankunft des Lkws hätte dieser Frankie als erster mit dem Abladen begonnen und binnen Minuten gemerkt, daß zwei Kisten fehlten. Was hätte er dann sofort getan? Er hätte Tony angerufen, nicht wahr? Und so saß ich, schaute aus dem Fenster, rauchte tausend Zigaretten und grübelte darüber nach, wie ich aus dem Schlamassel irgendwie rauskommen konnte … Mir wurde klar, daß Tony nichts machen konnte, wenn die Polizei auftaucht. Also mußte ich dafür sorgen, daß die Polizei kam. Ich wollte, daß wir auffliegen, aber nicht, daß ich selbst verhaftet wurde. Dazu mußte ich mich im rechten Augenblick abseilen. Das Problem dabei waren jedoch die anderen Bandenmitglieder. Wenn sie erwischt wurden, ich aber nicht, dann hätte früher oder später einer von ihnen gesungen. Die Polizei wäre mir sehr bald auf die Spur gekommen. Auf diese Weise bekam ich die Situation also nicht in den Griff.«
Er hörte ihr jetzt ängstlich zu. »Du wolltest es also auf eine andere Art und Weise machen.«
»Ja«, sagte Christina. »Mir ging auf, daß es gerade andersherum sein mußte: Ich werde verhaftet, die anderen kommen ungeschoren davon. Wenn ich dann den Mund halte, kann Tony vielleicht meinen, wir seien quitt. Dann wäre die Sache gebongt. Ich konnte ruhig ein paar Jahre warten, wenn ich die Gewißheit hatte, daß Tony mir nichts nachtrug und daß meine Eltern das Geld hatten. Es schien ein akzeptabler Handel zu

sein. Zumindest war ich so dumm, das anzunehmen, aber ich war nun einmal verzweifelt. Wir würden nach New York hineinfahren, und dort würde alles schiefgehen. Ich wollte lieber mit der Polizei als mit Tony zu tun haben. Er hatte so eine sadistische Ader.«

»Also hast du dich festnehmen lassen –«

»Ja, und zwar nur mich, so konnte ich den weiteren Gang der Ereignisse bestimmen, oder?« fragte Christina rhetorisch. »Wenn ich einen Weg finden konnte, noch während der ganzen Operation verhaftet zu werden, dann würde es gut um mich stehen. So dachte ich jedenfalls. Denn wenn ich keinen von den anderen verpfiff, dann würde die Polizei keinen drankriegen, jedenfalls nicht, wenn ich es richtig plante. Und vielleicht würde ich ja nur achtzehn Monate oder zwei Jahre absitzen müssen. Ich weiß, das hört sich lang an. Aber so hätte ich mir diese Gangster vom Hals geschafft. Ich würde viel lesen, so stellte ich es mir vor. Meine Mutter konnte mir Bücher ins Gefängnis schicken, und ich würde viel lesen. Das klingt jetzt lächerlich, aber damals dachte ich so. Vielleicht dachte ich auch, daß mein Vater sterben würde, und diesen Gedanken ertrug ich nicht. Außerdem hatte ich wirklich Angst vor Tony und seinen Leuten. Er ließ jede ein, zwei Jahre jemanden umbringen, das war Tatsache. Das Gefängnis schien der sicherste Ort für mich zu sein.«

Charlie stand auf und öffnete die Minibar. Er holte eine Packung Cashewnüsse und eine Dose Orangensaft heraus. »Möchtest du etwas?«

»Ist Fruchtsaft da?«

»Bedien dich.« Er setzte sich wieder aufs Bett. »Möchtest du sonst etwas? Soll ich den Etagenkellner rufen?«

»Nein, danke«, sagte sie. »Haben wir die ganze Nacht für uns?«

»Ja.« Er machte die Cashewpackung auf. »Ich muß nur meine Frau morgen gegen acht Uhr anrufen. Aber das kann ich auch von unserer Wohnung aus machen.«

Sie stibitzte ihm eine Nuß aus der Hand. »Ich würde gern mit dir zusammen schlafen, Charlie – richtig schlafen, meine ich.«
»Und wenn ich unter der Decke furze?«
Sie lachte. »Wenn du wüßtest, wie das erst im Gefängnis ist.«
»Ich dachte immer, Frauen machen so was nicht.«
»Frauen sind da kein bißchen besser, glaub mir.«
Er nickte. »Sie machen es nur diskreter.«
»Während es bei Männern lauter ist, was es schlimmer macht.«
»Eine exquisite Unterhaltung.«
»Vielleicht können wir zusammen frühstücken?«
»Abgemacht.«
»Hättest du etwas dagegen, mit mir so gegen sieben Uhr früh das Hotel zu verlassen?«
»Nein.« Er aß eine Handvoll Nüsse. »Also, wie ging es weiter?«
»Wir sollten um vier Uhr mit dem Abladen bei einer Lagerhalle an der Twentieth Street Ecke Ninth Avenue beginnen. Ich hatte die Gegend mehr als zehnmal ausgekundschaftet und sogar einen Lageplan von den dort ansässigen Geschäften gemacht. Es war ziemlich schwierig, dort rückwärts an die Verladerampe zu fahren, und wenn man erst einmal drin war, steckte man fest. Rick konnte sehr gut mit Lkws manövrieren. Laut Plan würden wir rückwärts einparken, dann würde Rick mit den Hehlern sprechen, während ich in der Fahrerkabine blieb. Wir hatten mit den anderen folgendes vereinbart: Wer irgend etwas Verdächtiges bemerkte, sollte dreimal kräftig auf die Hupe drücken. Ich wußte, daß mit diesem Signal alle abhauen würden. Freilich, wenn ich auf die Hupe drückte, würde Rick sofort kommen und mich zu retten versuchen. Das würde er tun, ganz gleich, was es war. Er würde mich aus der Kabine holen und mich wegbringen, ehe die Polizei mich verhaften konnte.«
»Ein verläßlicher Kumpel, dieser Rick.«
»Wir waren also auf der Stadtautobahn New Jersey –«
»Da war ich heute ebenfalls –«

»Wir hielten gegen drei Uhr an der Vince Lombardi Plaza. Ich gab vor, dringend pinkeln zu müssen, ging in ein Restaurant und benutzte das Münztelefon. Ich war jetzt richtig besorgt. Wir sollten in gut einer Stunde die Ladung abliefern. Ich wußte, daß wir den Lkw an Ort und Stelle fahren und ihn einparken mußten. Wenn ich eine Polizeiwache anrufen würde, wäre es unwahrscheinlich, daß man dort reagieren würde. Ein Anruf wie, hallo, ein paar Burschen wollen geschmuggelte Klimageräte gegen vier Uhr da und da abladen, das nimmt keiner ernst. Und falls doch, wäre die Meldung erst durch die ganze Polizeibürokratie gelaufen. Schließlich kriegt die Polizei dauernd Anrufe von irgendwelchen Verrückten. Ich hätte einen Drohanruf machen können, in dem ich sagte, daß eine Bombe in einem Gebäude in der Nähe des Übergabeplatzes hochgehen würde. Aber dann hätten wir wegen der Feuerwehrfahrzeuge nicht in den Häuserblock einparken und abladen können. Tony Verduccis Leute mußten unbedingt den Eindruck bekommen, daß die Operation wie geplant verlief und wir wirklich überrascht wurden, weil man uns die ganze Zeit überwacht hatte. Ich mußte aber vermeiden, daß man mir später bei einem Prozeß nachweisen konnte, daß ich den Anruf getätigt hatte. Und Rick wartete jetzt draußen im Lkw und schaute wahrscheinlich auf die Uhr. Er sorgte sich wegen des Verkehrs, schließlich mußten wir noch nach Manhattan hinein, und er ärgerte sich bestimmt, weil ich den Ablauf unnötig verzögerte.«

»Was konntest du in dieser Lage tun?«

»Meine einzige Hoffnung«, fuhr sie fort, »war, daß Rick mit seinem Gefühl, der tote Briefkasten könnte angezapft werden, recht hatte. Wenn das stimmt, dann hatte ich eine Chance. Zuerst wählte ich das Computertelefon an, umging das Menü und die Nachrichtenoption und programmierte es neu, so daß das Handy, das den nächsten Anruf machte, die Auskunftnummer wählte, wenn beim ersten Telefon das nächste Mal ein Anruf einging.

Fünf-fünf-fünf-eins-zwei-eins-zwei. Ich mußte das machen, weil der Computer jede neu eingegangene Mitteilung aufnahm und an das Handy weiterleitete. Ich wollte aber nicht, daß meine Mitteilung an die normale zweite Nummer weitergeleitet wurde, an die der andere Computer angeschlossen war, weil Tony vielleicht diese Mitteilung irgendwie später erhielt und herausbekam, daß ich sie geschickt hatte. Ebendas verhinderte ich mit meinem Trick. Der nächste eingehende Anruf würde also an die Auskunft weitergeleitet werden. Das Fräulein vom Amt würde denken, sie habe es mit einem falsch programmierten Anrufbeantworter zu tun, und würde auflegen. Daraufhin würde der erste Computer die Mitteilung löschen. Das mußte blitzschnell gehen. Rick wartete ja im Lkw. Ein paar Typen hätten uns an der Übergabestelle beim Abladen geholfen. Auch die Hehler würden rechtzeitig dort sein.«

»Du mußtest aber noch zurückrufen«, sagte Charlie.

»Genau. Ich wählte also die Nummer des ersten Computers an und sagte so etwas wie: ›Hallo, ich bin's. Ladung kommt heute, 15.45 Uhr, Twentieth Street Ecke Ninth Avenue in der Mitte des Häuserblocks. Lkw mit Auflieger. Der kräftige Mann ist um 15.45 Uhr an Ort und Stelle. Übergabe wie besprochen.‹« Christina lachte verächtlich. »Das mußte ganz knapp und schnörkellos kommen. So knapp, daß man es kaum glauben konnte, aber wenn sie das Telefon abhörten, dann würde sie das neugierig machen, und dann mußten sie das auch überprüfen und –«

»Moment«, unterbrach Charlie. »Du hast gesagt, die Übergabe sei für vier Uhr vorgesehen. Warum sagst du jetzt 15.45 Uhr?«

»Dafür habe ich einen guten Grund. Ich wollte sie nämlich warten lassen. Wir mußten Punkt vier Uhr an der Verladerampe sein, das war wichtig. Ich wollte die Gewißheit haben, daß die anderen da waren, wenn ich sie brauchte. Wir fahren also durch den Holland Tunnel und quälen uns in der Hitze zur Twentieth Street durch. Du weißt, wie heiß es am späten Nachmittag in Manhattan werden kann. Ich habe mich auf dem Beifahrersitz gefläzt, die Sonne im Gesicht, und fragte mich wirklich, ob ich nicht alles vermurkst habe. Ich weiß nicht, ob sie meinen Anruf abgehört haben und, wenn ja, was sie tun werden. Rick ist dagegen völlig entspannt. Wir sind wieder in der Zeit. Er weiß von nichts, hört nur der Musik aus dem Radio zu und schaltet die Gänge. Er genießt es. Ich sitze neben ihm und bete, daß die Polizei alles vorbereitet, um uns zu schnappen. Falls nicht, dann wird Frankie binnen Minuten merken, daß die Geldkisten fehlen, und Tony anrufen, der sofort einen Wagen rüberschicken wird. Ich habe Angst, wirkliche Angst. Ich rauche und versuche, nicht ständig auf meinem Sitz hin und her zu rutschen. Schön, aber was kann ich tun? Wir kommen in der Twentieth Street an und fahren an dem Häuserblock vorbei. Die Verladerampe ist frei wie abgesprochen, nichts steht uns im Weg. Wir fahren hinein. Nichts Verdächtiges ist zu bemerken. Wir sehen wie ganz gewöhnliche Lkw-Fahrer aus, die Waren anliefern. Einer der Männer, die beim Entladen helfen sollen, Mickie Simms, ist schon da. Ein großer Typ mit Glatze. Er sagt, alles okay, die Hehler warten schon. Ich schaue mich um in der Hoffnung, irgendwo Polizisten in Zivil zu erkennen. Wenn sie die Meldung erhalten haben, dann müssen sie bereits hier sein, vor mir oder hinter mir, mit Ferngläsern und Funkgeräten, wie sie es sonst machen. Aber ich sehe niemanden. Und Rick ist überhaupt nicht nervös, was mich noch mehr auf die Palme bringt. Um Punkt vier, als Frankie mit dem Abladen anfängt, bitte ich Rick, ob er mir Zigaretten holen kann. Das Deli ist etwas weiter unten im gleichen Häuserblock. Er sagt, jetzt? Und ich schaue ihn nur an, und er lächelt und sagt, okay. Daraufhin sage ich, wie wär's mit einem Sandwich mit Truthahnbraten, Salat, Tomaten und Zwiebeln – also etwas, wofür man ein paar Minuten braucht –, und er sagt den anderen, bin gleich wieder zurück. Mickie Simms begleitet ihn. Als ich sehe, daß Rick das Deli betritt und im Laden verschwindet, so daß er nicht hören kann, was weiter oben in der Straße passiert, drücke ich dreimal auf die Hupe. Ich sehe, wie die Typen draußen einen Schreck kriegen und sofort durch das rückwärtige Gebäude davonlaufen, genauso wie wir es vorher durchgesprochen hatten. Keine fünf Sekunden später hat die Polizei den Lkw umstellt. Sie waren also doch da. Ich halte die Hände hoch, damit sie nicht auf mich schießen. Sie zerren mich aus der Kabine und stellen mich gegen die Tür. Sie waren stinksauer, verständlich, wollten wissen, warum ich gehupt hätte und wohin die anderen geflohen waren und so weiter, aber ich war einfach nur erleichtert, ich war in Sicherheit. Rick war immer noch im Deli, und ich wußte, sobald er die Polizeiwagen sehen würde, würde er abhauen. Später habe ich erfahren, daß er aus dem Laden rennen wollte, um mich zu retten, und daß Mickie Simms ihn daran gehindert habe. Er habe ihm einen Revolver an die Schläfe gehalten und ihn zurückgezerrt.«

Charlie fühlte sich unsicher. Sie war eine Kriminelle, eine blitzgescheite kleine Kriminelle.

»So war das«, sagte Christina abschließend.

Er schaute auf die Uhr. Es war schon spät, nach Mitternacht. Er brauchte Schlaf, das wußte er, aber er war auch verzaubert von diesem unvermuteten Einblick in Christinas Wesen. Sie hatte ihm zwar viel erzählt, doch er konnte noch nicht alles in einen Zusammenhang bringen. »Aber um noch mal auf die Geschichte zurückzukommen«, sagte er, »warum hast du das Geld in dem alten Mustang verstaut? Das scheint mir kein sicherer Platz zu sein.«

»Oh, das war –« Christina hielt inne. »Das Auto bedeutete einfach viel für mich.«

»Was meinst du damit?«

Sie stand auf und begann in seinem Hemd auf und ab zu gehen. »Du weißt alles andere … Da kann ich dir auch noch das erzählen.«

»Was denn?«

Sie setzte sich in den Sessel und streckte die Beine aus; die Füße hielt sie geschlossen wie eine Turnerin.

»Du mußt es mir nicht erzählen«, sagte er.

Sie setzte die Füße auf den Boden auf und starrte auf den schwarzen Bildschirm. »Als ich fünfzehn war, Charlie, arbeitete ich als Aushilfskellnerin. Nach Feierabend lauerte mir dieser Kerl auf. Er schlug mich hart, erst auf den Mund und dann auf die Nase, er brach mir das Nasenbein, wie sich später herausstellte.« In ihrer Stimme klang die Erinnerung an das Entsetzen von damals mit, sie war matt von der alten, schmerzvollen Bürde. »Er schlug mich fast bewußtlos, fesselte mich und fuhr dann mit mir in seinem Lieferwagen los. Es war in der Nacht, da konnte man einen Lieferwagen überall verstecken.«

Aus Christinas Gesichtsausdruck schloß Charlie, daß der Mann genau das getan hatte.

»Er hielt mich drei, vier Stunden in seiner Gewalt. Das Schlimmste war nicht die Vergewaltigung – ich meine, es war schon schrecklich, ich war damals noch unberührt –, schlimmer war, daß er mich so hart schlug. Ohne Grund. Ich war zu schwach, um mich zu wehren, ich konnte kaum atmen, Nase und Gesicht waren ganz angeschwollen. Und er wollte immer, daß ich zu ihm sagte, daß ich ihn liebte.«

»Hast du es gesagt?« fragte Charlie, dem bei der Vorstellung ganz übel wurde.

»Nein.«

»Und deswegen schlug er dich weiter?«

»Er wiederholte immer wieder: ›Sag, ich liebe dich.‹ Ich schüttelte den Kopf, und er schlug mich erneut.«

»Du warst ein tapferes Mädchen.« Er rieb sich traurig über die Stirn und stellte sich Julia mit fünfzehn vor. Sie hatte lange, staksige Beine und eine Ponyfrisur. Sie kaute damals ständig Kaugummi. Wenn man eine Tochter hat, trauert man um alle

Töchter, dachte er. Sie hat mir das aus einem bestimmten Grund gesagt. »Mein Gott, das tut mir wirklich leid«, sagte er schließlich.

»Er setzte mich auf der Landstraße aus. Er machte einfach die Hecktür seines Lieferwagens auf und warf mich hinaus. Wahrscheinlich dachte er, ich würde sterben. Ich hatte keine Kleider an. Das war mir gleich. Ich ging also die Landstraße hinunter, bis ich zu einem kleinen Haus kam. Ich erinnere mich, wie ich völlig nackt auf der Veranda gestanden und auf die Klingel gedrückt habe. Die Frau, die mir öffnete, war so überrascht. Aber sie verstand sofort, und das war großartig. Auch ihr Mann verstand die Situation, nahm seine Jagdjoppe vom Haken und legte sie mir um die Schultern. Sie taten alles Nötige, sie riefen die Polizei und benachrichtigten meine Eltern. Sie verstanden, und dafür liebte ich sie.«

»Hat man den Kerl erwischt?«

Sie nickte. »Jemand aus dem Restaurant kannte ihn. Er gestand alles. Oder man hat es aus ihm herausgeprügelt, ich weiß es nicht.«

»Ist er ins Gefängnis gekommen?«

»Er hat sechs Jahre gekriegt. Ich hatte Angst bei der Vorstellung, was wohl geschehen würde, wenn er wieder in Freiheit kam. Der Gedanke, daß er wieder frei herumlaufen würde, beunruhigte mich. Ich war lange Zeit verstört. Ich fürchtete, einen Herzanfall zu bekommen ... Vor allem wenn sich der Tag jährte, überfielen mich regelmäßig schreckliche Ängste. Man vergißt dieses Datum nicht. Weil man danach eine andere ist, man ist einfach anders. Es ist schwer, wieder Vertrauen zu fassen, Vertrauen in die Welt zu haben – du verstehst, was ich meine? Ich war vorher Jungfrau gewesen, hatte kaum jemals einen Jungen geküßt. Als ich dann mit Rick ging, erzählte ich ihm alles. Dann hieß es, der Typ solle demnächst entlassen werden. Er kam auf Bewährung frei, mußte sich regelmäßig bei der Polizei melden. Aber ich war nach wie vor nervös. Er hätte ja versuchen können, mich wiederzusehen. Dann ging Rick für ein paar Tage fort, und als er zurückkam, sagte er mir, ich brauche mir keine Sorgen mehr zu machen. Er hatte den Typ in Pennsylvania aufgestöbert. Ich glaube nicht, daß Rick ihn umgelegt hat – er war kein Killer. Aber irgend etwas muß er gemacht haben. Du mußt wissen, daß Rick ein ziemlicher Brocken war. Er machte den Leuten angst. Er wollte mich immer beschützen. Manchmal fand ich das schön, manchmal nicht. Es ist ein gutes Gefühl, einen Freund zu haben, nicht wahr? Aber am Ende verdarb er es wieder. Er ging meine Mutter besuchen, was ich eigentlich nicht gewollt hatte, und sie redeten lange über die Vergewaltigung. Dabei erzählte ihm meine Mutter auch Dinge, die er besser nicht erfahren hätte.«

»Zum Beispiel?«

Sie zog die Beine an und starrte weiter auf den schwarzen Bildschirm. »Der Typ hatte mich geschwängert. Vorher hatte ich noch nie Sex gehabt, und nun war ich geschändet und obendrein schwanger. Es klingt seltsam, aber ich wollte das Baby behalten. Ich hatte Grauenhaftes erlebt, aber dafür würde ich ein Baby bekommen. Es schien so – du mußt bedenken, daß ich damals nicht einmal sechzehn war –, als ob aus dem Bösen, das mir zugestoßen war, doch etwas Gutes, nämlich das Baby, für mich blieb. Es spielte keine Rolle, woher es kam, es war auf jeden Fall meines. Das Baby war unschuldig, es wußte ja von nichts, warum sollte also sein Leben vernichtet werden? Das war jedenfalls meine Meinung. Auch bedeutete eine Abtreibung für mich nur noch mehr Gewalt, und die Vorstellung ertrug ich nicht.

Anfangs bin ich wieder zur Schule gegangen, aber man redete über mich, mein Gesicht war demoliert. Dann brachte man mir die Aufgaben nach Hause. Meine Mutter sagte mir immer wieder, du mußt es loswerden, solange es noch kein richtiges Baby ist. Es wäre wie ein Klotz am Bein für dich, dein ganzes weiteres Leben wäre ruiniert. Ich wußte irgendwie schon, daß sie recht

hatte, und dennoch – ich konnte mich nicht dazu durchringen. Mein Vater hielt sich raus, er war sich wohl selbst nicht schlüssig. Meine Mutter wurde nervös, je mehr Zeit verstrich. Anfangs hatten meine Eltern nicht gewußt, daß ich schwanger war. Ich hatte meine Periode nicht bekommen, doch das konnte auch der Schock verursacht haben. Außerdem kommen bei Fünfzehnjährigen die Monatsblutungen noch nicht so regelmäßig. Schließlich brachte mich meine Mutter unter dem Vorwand zum Arzt, es sei nur wegen einer Untersuchung, aber als mir der Arzt die Spritze an die Vene setzte und ich die Gesichter der Umstehenden sah, wußte ich mit einem Mal alles. Ich wehrte mich mit Händen und Füßen. Man mußte mich niederhalten. Man –«
Sie hielt inne, weinte aber nicht. »Man spreizte mir gewaltsam die Beine. Es war grauenhaft. Ich war außer mir, ich riß den Schlauch weg, biß meiner Mutter in die Hand. Als ich dann wieder erwachte, war alles vorbei. Danach kam eine schwere Zeit. Meine Mutter hatte getan, was sie für richtig hielt, sie meinte es gut mit mir. Ich verstand das, aber es war mir aufgezwungen worden, ohne daß wir darüber gesprochen hätten.« Christina ging ans Fenster. »Mein Vater erfuhr erst später davon. Meine Mutter hatte auch ihn hintergangen. Ich brauchte jemandes Hilfe, und er sagte, er wolle mir das Autofahren beibringen. Das tat er auch wirklich, eben in dem Mustang. Wir machten lange Fahrten – über dreihundert Kilometer weit –, und ich durfte am Steuer sitzen und Zigaretten rauchen, alles, was ich wollte. Er verstand mich, er verstand, daß ich das aus mir herauslassen mußte. Und er sagte, daß ich stark sei und darüber hinwegkommen würde. Nach der Führerscheinprüfung durfte ich den Mustang fahren. Das ärgerte meine Mutter, denn sie durfte ihn nicht fahren. Mein Vater wußte, daß ich vorsichtig mit dem Auto umgehen würde, außerdem bezahlte ich das Benzin. Das Fahren beruhigte mich. Ich brauchte ungefähr zwei Jahre, dann ging es mir wieder gut. Ich hatte zum ersten Mal Sex, ich meine echten Sex, in diesem

Auto, und ich erzählte es meinem Vater, vielleicht ein bißchen vorwitzig. Schau, was ich gemacht habe. Und er war sehr verständnisvoll. Er fragte: War der Junge rücksichtsvoll? Und ich sagte, ja. Er behandelte mich wie einen Erwachsenen, nicht so wie meine Mutter.
Das war wohl der Grund, weshalb ich die Geldkisten im Auto deponiert habe. Ich wollte, daß mein Vater das Geld fand und keine Sorgen mehr hatte. Das war dumm, Charlie, unglaublich dumm. Aber ich liebte ihn so sehr, verstehst du? Ich wollte einfach – ich weiß nicht, ich wollte –«
»Erlösung«, sagte Charlie mit einer Stimme, die nicht die seine schien. »Du wolltest erlöst werden.« Er war jetzt müde, fragte aber dennoch: »Ich verstehe nicht, warum du nicht gleich nach der Entlassung aus dem Gefängnis nach Florida hinuntergefahren bist.«
»Weil ich fürchtete, verfolgt zu werden. Und ich wollte nicht, daß meine Mutter da hineingezogen würde.«
»Kannst du nicht zur Polizei gehen?«
»Nein.«
»Warum?«
»Weil – das ist kompliziert. Irgendwie war die Polizei an meiner Freilassung beteiligt.«
»Was will dieser Tony eigentlich, das Geld oder Rache?«
»Wahrscheinlich das Geld«, antwortete sie.
»Könntest du es holen und es zurückgeben?«
Sie antwortete nicht direkt, statt dessen ging sie zu ihrer Handtasche und holte ein Foto hervor. »Das haben sie letzte Woche getan, in der Nacht, in der wir zusammen waren. Das hätten sie auch mit mir gemacht, wenn ich nach Hause gefahren wäre, Charlie.«
Er betrachtete das Foto: Ein Mann hielt den feuchten Stumpf seines amputierten Arms, sein T-Shirt schien mit etwas befleckt, das wie Blut aussah. »Wer ist das?«

»Das ist Rick.«
Geh fort, dachte er. Aber er konnte nicht. »Wo ist er jetzt?«
»Ich weiß es nicht … Ich bezweifle allerdings, daß man ihn umgebracht hat.«
Charlie legte das Foto beiseite. »Wir sollten jetzt schlafen.« Er griff zum Telefon und verlangte einen Weckruf für fünf vor sieben. Sie kam zu ihm unter die Decke. Er legte sich auf die Seite hinter sie. Ellie schläft allein, dachte er traurig, allein in ihren Schlaftablettenträumen.
»Lange her, daß ich die Nacht mit einem Mann verbracht habe«, murmelte Christina. »Schön ist das.«
»Fühlst du dich sicher?« fragte er sanft.
Sie nahm seine Hand und zog sie zu sich. »Ich fange an, mich sicher zu fühlen.«

Dann war er wieder wach, die chinesische Zeit steckte noch in ihm, Morgenlicht kam durch das Fenster, die Uhr zeigte Viertel nach sechs. Er schwang die Beine aus dem Bett und hätte sich am liebsten fortgestohlen, aber die Angst, den Bann zu brechen, hielt ihn zurück. Er betrachtete seine Füße – sie waren knochig, an einer Seite abgehackt, mit Venen wie die einer Leiche. Er fühlte sich erschöpft – zuwenig geschlafen, schaler Geschmack im Mund – und doch auch wieder seltsam lebendig. Bring dich ins Spiel, Charlie. Er stand auf und pirschte durch das Zimmer. Wie sie so dalag, sah sie zart und verletzlich aus. Er schaltete das Fernsehgerät ein, stellte den Ton ab und sprang von Sender zu Sender, bis er in einem Footballspiel landete – Dan Marino bei einem Touchdown. Don Shula blieb unerreicht. Er stellte wieder ab und schaute auf ihre Zigarettenkippen. Verdammt noch mal, Charlie, du bist achtundfünfzig Jahre alt und hast die Nacht mit einer Frau verbracht, die erst kürzlich aus dem Knast entlassen wurde und dich belogen hat …
Sein Blick fiel auf das Foto ihres Freundes, das auf dem Tisch

lag. Ein großer, kräftiger Bursche stand da und hielt seinen feuchten Armstumpf hoch. Schauderhaft. Ich sollte wirklich das Weite suchen, dachte er. Melissa – er meinte Christina – bedeutete Probleme über Probleme. Wie unschuldig sie dalag, im Tiefschlaf, mit wirrem Haar, ein Fingerknöchel gegen die Lippen gepreßt. Er fand ihre Handtasche und schaute ohne große Skrupel hinein. Eine Haarbürste, etwas Kleingeld. Ein Handy. Er schaute nach der Marke und lächelte in sich hinein – da steckten elektronische Komponenten seiner Firma drin. Kosmetiksachen. Ein Bleistift. Vermutlich der gleiche Kram wie in Ellies Handtasche. Was Frauen bloß immer mit ihren Handtaschen hatten – sie hielten sie für einen Teil ihrer Intimsphäre. Und dann die Speisekarte eines Restaurants mit dem Namen Jim-Jack sowie ein kleiner Parfüm-Flakon. Er fand auch seine eigene Visitenkarte mit allen geschäftlichen Telefonnummern einschließlich seiner Handy-Nummer. Außerdem ihre Brieftasche. Keine Kreditkarten, keinen Führerschein, nur einen zerknitterten Sozialversicherungsausweis. Es gab kein einziges Dokument mit einem Foto von ihr. Wie war das möglich? Sie hat viel vom Autofahren erzählt, hat aber keinen Führerschein bei sich. Wurde einem der Führerschein weggenommen, wenn man ins Gefängnis mußte? Er bezweifelte das. Nichts aus der Handtasche bewies die Identität der Frau, die hier auf dem Bett lag.
Scheiße, dachte er. Und wenn nun auch der Name Christina nur erfunden war? Er holte noch einmal das Handy aus der Handtasche, klickte es an und ging auf dem Display die rund hundert Nummern des persönlichen Telefonbuchs durch. Eine merkwürdige Ansammlung: Firmen aus der Pharmabranche, deutsche Fotoagenturen, ein Möbelhändler von der East Side, ein Hotel in London, dessen Name er nie gehört hatte, zwei Frauen, deren Namen mit dem Zusatz »Einlauf O. K.« versehen waren. Alle Adressen lagen im Süden Manhattans – ein Klempner, ein Elektriker, ein Maler, ein Gipser und ein Heizölhändler. Kein Rick,

kein Tony, keine Christina oder Melissa oder sonst irgendein Name, den sie erwähnt hatte. Ich versteh' das nicht, dachte Charlie, als er das Handy zurück in die Handtasche legte, für mich ist das völlig rätselhaft.
Mittlerweile war es halb sieben. Er erinnerte sich an das Telefon im Badezimmer, ging dort hinein und verriegelte die Tür. Dann stellte er den Ventilator an. Das Brummen würde seine Stimme überdecken. Ihre Mutter wohne in Sarasota, hatte sie gesagt. Anita Welles. Er rief die Auskunft an. Es gebe hier nur eine A. Welles, sagte die Angestellte. Er notierte sich die Nummer. Sie könnte auch diesen Namen erfunden haben, dachte er. Ob die Nummer wirklich die ihrer Mutter ist? Vielleicht ist Christina eigentlich Anita? Die Namen haben eine gewisse Ähnlichkeit. Vielleicht ist A. Welles ja sogar Christinas Ehemann, das würde ich schon gern wissen. Und worin besteht die Verbindung zu deutschen Fotoagenturen? Alles, was sie mir gestern nacht erzählt hat, könnte falsch gewesen sein. Ich brauche irgendeinen sicheren Anhaltspunkt.
Er nahm wieder den Telefonhörer ab. Ich habe ein Recht, das zu tun, dachte er.
Er wählte die Nummer in Florida. Nach dem dritten Läuten krächzte eine Frauenstimme: »Hallo?«
»Bin ich bei Christina Welles?«
»Ich bin ihre Mutter«, kam als Antwort.
»Anita Welles?«
»Ja. Wo ist Christina?
»Sie ist hier in New York«, sagte Charlie erleichtert. »Es geht ihr gut. Entschuldigen Sie bitte, daß ich Sie zu so früher Stunde störe.«
»Oh, ich bin schon seit einer Stunde auf den Beinen, Lieber«, sagte ihre Mutter, als würde sie mit einem alten Freund sprechen. »Hab zuviel Kaffee getrunken. Wir kriegen hier vielleicht noch einen Wirbelsturm. Das macht mich ganz krank. Der letzte hat

das Garagendach abgedeckt. Sind Sie ihr Freund? Sie hat versucht, mich zu erreichen. Sagen Sie ihr, daß ich den ganzen Tag daheim bin und gern mit ihr sprechen würde.«

»Selbstverständlich«, sagte Charlie. Er fühlte sich schon viel wohler.

»Sie rufen aus New York an, sagten Sie?«

»Ich bin ein Freund.«

»Geht es ihr gut?«

»Sie schläft noch.«

Die Mutter wurde neugierig. »Sie klingen wie ein älterer Freund.«

»Ja, das bin ich wohl.« Er wollte das Gespräch beenden. »Möchten Sie, daß Christina Sie zu einer bestimmten Zeit anruft?«

»Ich bin den ganzen Tag zu Hause. Vielleicht sollte ich in New York anrufen, damit ich sie nicht verpasse.«

»Oh.«

»Darf ich Sie um Ihre Nummer bitten?«

Er starrte auf das Telefon. Christina wollte vielleicht nicht, daß ihre Mutter wußte, wo sie sich aufhielt. Sie würde sich aber vielleicht auch darüber freuen. Auf jeden Fall würden sie das Zimmer sowieso verlassen.

»Ich habe was zum Schreiben«, drängte ihn die Mutter.

Er nannte ihr die Nummer des Hotels. »Zimmer 840.«

»Sagen Sie ihr, ich kann es schon kaum mehr erwarten, mit ihr zu reden.«

Dann stand er neben Christina und betrachtete sie gedankenversunken. Er hätte sie gern wieder nackt gesehen, vor allem die zarten Brüste, doch er wagte nicht, die Bettdecke wegzuziehen. Die Erinnerung an die vergangene Nacht kam zurück. Für alle Beteiligten wäre es wohl das beste, dachte er, wenn er diese Ekstasen vergessen würde, sonst wäre er kaum imstande, mit Ellie ihre gemeinsame eheliche Routine wiederaufzunehmen. Vielleicht wäre es auch besser, wenn Christina ihn nicht im hellen Morgenlicht nackt sähe. Er kehrte ins Badezimmer zurück, schloß wieder die Tür ab, bestellte den Weckruf ab und rief dann in seiner Wohnung an, um zu erfahren, ob Ellie eine Nachricht hinterlassen hatte, aber das war nicht der Fall. Steig wieder ins Spiel ein, sagte sich Charlie.

Er duschte sich und seifte ausgiebig sein Geschlecht ein. Er würde unrasiert und in den gleichen Kleidern wie am Tag zuvor sein Apartmenthaus betreten, aber das war nicht zu ändern. Er trocknete sich ab und zog sich im dampfigen Badezimmer an. Als er schließlich hinaustrat, fand er Christina aufrecht im Bett sitzen.

»Möchtest du frühstücken?«

»Gern«, sagte sie noch etwas benommen.

»Ich habe dich ein bißchen länger schlafen lassen.«

Sie zog ein Kissen zu sich heran. »Wie spät ist es eigentlich?«

»Gleich halb acht.«

»Schön.«

»Ich habe etwas Verrücktes gemacht«, gestand er mit einem Lächeln.

Sie drehte sich um, als wollte sie zurück in den Schlaf sinken. »Was denn?«

»Ich habe deine Mutter angerufen.«

Sie runzelte die Stirn. »Sag das noch mal.«

»Ich habe deine Mutter angerufen.«

Sie schaute ihn entsetzt an, ihre Müdigkeit war mit einem Schlag verflogen. »Wann?«

»Ungefähr vor einer Stunde. Ich wollte wissen, ob du wirklich die Person bist, die zu sein du vorgegeben hast. Sie sagte, sie würde dich hier anrufen.«

»Hast du ihr die Nummer gegeben?«

»Ich habe darin nichts Kompromittierendes für mich gesehen.«

»Du!« Sie warf die Bettdecke von sich und suchte nach ihren Kleidern. »Du! Ich kann das gar nicht glauben.«

»Wieso denn?« Er reichte ihr das schwarze Kleid.

»Das war unglaublich dumm«, rief sie voller Wut, während sie

BH und Slip anzog. »Mit welchem Recht eigentlich? Jetzt wissen Tonys Leute, wo ich bin! Mein Gott! Für jemanden, der in der Elektronikbranche mitmischt, bis du nicht sehr helle.«

»Jetzt warte doch –«, begann er, verwirrt und verletzt zugleich.

Sie zitterte, ihre Augen funkelten. »Ich muß hier sofort weg.«

Er schlang die Arme um sie. »Schau –«

»Du Trampel«, schrie sie, riß sich los und zog ihre Pumps an. »Die sind wahrscheinlich schon unten und warten auf mich!«

Sie steckte ihre Habseligkeiten in ihre Handtasche und ging geradewegs zur Tür. Er schaute sich rasch im Zimmer um, nahm Uhr und Brieftasche an sich und auch Ricks Foto, da es ihm irgendwie kompromittierend erschien. Dann folgte er ihr.

Im Lift schüttelte sie zornig den Kopf. »Tony hat ihr Telefon angezapft.«

»Das hast du mir aber nicht gesagt.«

»Ich hätte auch nie gedacht, daß du meine Mutter anrufst, Charlie!« Die Fahrstuhltüren gingen auf. Christina strebte mit gesenktem Kopf eilig dem Hotelausgang zu. »Wie konntest du das nur tun«, zischte sie.

Sie traten auf die Sixty-first Street hinaus, und er wollte gerade vorschlagen, ob sie nicht irgendwo frühstücken sollten, aber da war sie schon davongeeilt.

»He, Christina!« rief Charlie.

Sie wartete am Bordstein, bis zwei Taxis vorübergefahren waren, zog währenddessen ihre Pumps aus und lief dann barfuß und mit wehendem Haar über die Fifth Avenue in den Central Park. Zu schnell für mich, dachte Charlie, ich würde sie in tausend Jahren nicht einholen. Er sah, wie sie mit einem Schuh in jeder Hand weiterlief und schließlich zwischen den Bäumen verschwand. Er suchte verwirrt die Straße mit den Blicken ab. Was hatte er Schlimmes getan? Konnte sie ihm irgend etwas vorwerfen, außer daß er ihre Mutter angerufen hatte? Hatten sie nicht eine schöne Nacht verbracht? Ich zahle ihr eine Suite, dachte er verbittert, ich biete ihr allen Luxus, und sie läuft mir einfach davon. Wovor hat sie solche Angst?

Dann schlenderte er die Avenue entlang und genoß sogar ein bißchen die Morgenluft, auch wenn sich der Schmerz im Rücken wieder meldete. Bei der Bumserei gestern nacht, dachte er nicht ohne Stolz, muß sich irgend etwas verzogen haben. Aber es war den Schmerz wert. Ob er es wohl noch einmal genauso machen könnte? Warum nicht? Er hatte noch etwas von dem chinesischen Tee in der Wohnung. Und eine weitere Lieferung war unterwegs! Der Gedanke daran hob seine Stimmung etwas. Er würde duschen und frühstücken. Eier, er konnte sich ein paar Eier braten. Auf der Sportseite den Bericht über die Jets lesen. Bill Parcells. Ellie anrufen und sich ihr Gebrabbel über die Azaleen anhören.

Als er an der Ecke in die Sixty-third Street einbog, kam ihm ein hochgewachsener Mann entgegen, der eine *New York Post* vor sich hielt. »Darf mich vorstellen, Sir.« Er streckte ihm die Hand entgegen. »Tommy ist mein Name.«

Charlie nickte dem Mann zu, ohne aber anzuhalten. Der Portier Kelly stand vor dem Apartmenthaus und hielt gerade ein Taxi an. Ob in Hitze oder Kälte, immer hatte er ein Lächeln auf den Lippen.

»Sir?« rief der große Mann, der inzwischen Charlie gefolgt war.

Charlie drehte sich verärgert um. »Was gibt es denn?«

Der Mann ließ die Zeitung zurückgleiten, und es kam eine schwarze halbautomatische Pistole zum Vorschein. »Steigen Sie in den Wagen.«

Tatsächlich war eine Limousine unauffällig herangefahren, ein anderer Mann stieg hinten aus, ein dritter in einer grünen Baseballjacke saß hinter dem Steuer.

»Meine Herren«, sagte Charlie in freundlichem Ton, »Sie schnappen sich den Falschen.«

Der Fahrer in der grünen Jacke schob die Sonnenbrille hoch, als

der erste Mann Charlie fest am Arm packte. »Das glaube ich nicht«, sagte er höflich.
Sie legten Charlie Handschellen an. Während sie stadtabwärts fuhren, durchsuchte Tommy Charlies Brieftasche und fand dann die Papiere zu Vista del Mar in der Brusttasche. Der Fahrer stellte sich als Morris vor.
»Ihre Freundin ist uns durch die Lappen gegangen«, sagte er.
Charlie blieb stumm.
»Ich sagte, sie ist uns durch die Lappen gegangen.«
»Das schien mir auch so.«
»Da werden Sie uns aushelfen, nicht wahr?«
»Der Typ heißt Charles Ravich«, verkündete Tommy. »Wir haben seine Privatanschrift, seine Geschäftsadresse, und das hier scheint seine Ferienwohnung in New Jersey zu sein.«
»Schau nach, ob er eine Ehefrau hat.«
Tommy blätterte in den Vista-del-Mar-Papieren. »Elizabeth.«
»Was hat er noch bei sich?«
»Ein Handy in der Jackentasche.«
»Charles«, fragte Morris. »Hat sie Ihre Telefonnummer?«
»Ja.«
»Schalte das Handy ein, Tommy.«
»Hey, was haben wir denn da?« rief Tommy, der Ricks Foto gefunden hatte und es nun vor Morris' Nase schwenkte. »Schau dir das mal an.«
»Welche Bestie mag das wohl getan haben?« Morris schüttelte den Kopf. »Wirklich barbarisch.«
Sie fuhren auf der Fourteenth Street Richtung Westen und dann einen Häuserblock nach Süden bis ins frühere Schlachthofviertel. Dort hielten sie vor der rostigen Eisentür eines Fabrikgebäudes an und zerrten ihn aus dem Wagen. Ich komme hier schon wieder raus, Ellie, sagte er sich, keine Sorge.
»Haben Sie Probleme mit dem Rücken?« fragte Morris, der Charlie beobachtet hatte.

»Es geht schon.«
Im Gebäude führten sie ihn erst eine betonierte Treppe hinauf und dann durch einen Raum, der früher einmal eine alte Fabrikhalle gewesen sein mußte. Er bemerkte auf einer Seite eine zerfledderte Matratze. Vor ihm stand ein breiter Arbeitstisch, Lampen und drei Stühle. Auf einem saß ein Mann von ungefähr sechzig Jahren.
»Sie setzen sich hierher«, sagte Morris und schob Charlie auf den fleckigen, schartigen Tisch. Mit einem Arm kettete er ihn an einen Eisenring. »Das hier ist Mr. Ravich«, sagte er.
»Hallo, Mr. Ravich.« Der ältere Mann hob eine Hand zum Gruß.
»Wer sind Sie?« fragte Charlie. »Tony?«
Morris lächelte. »Ich habe doch gesagt, daß wir den Richtigen geschnappt haben.«
Tony stand auf. »Mr. Ravich, wie ich sehe, sind Sie ein erfolgreicher Geschäftsmann.«
Er zuckte nur die Achseln.
Das Handy in Tommys Hand klingelte. Er reichte es Morris. »Ja?« Er hörte zu. »Sie ist es«, sagte er.
»Gib sie mir mal.« Tony nahm das Handy. »Christina, hast du die fünf Millionen Dollar jetzt? … Hast du nicht gesehen, was mit deinem Freund Rick geschehen ist? … Das ist mir gleich – ich will es in drei Stunden. Du hast mich viel Zeit gekostet, weißt du das? Jahre. Und was soll dieser bescheuerte Termin beim Steueramt? Meine Frau erwartet mich zum Lunch. Bis elf Uhr will ich das Geld auf dem Tisch sehen, sonst kannst du deinen neuen Freund als Pastetenfüllung verwenden. Als nächstes ist dann deine Mutter dran, klar? Wir wissen, daß sie zu Hause ist, in ihrem rosafarbenen Schlafzimmer … Ruf niemanden dort an … Wenn meine Leute nicht mein – das ist kein Bluff. Einer meiner Jungs sagt, sie sprengt gerade ihren Rasen. Die Garage ist von einer blühenden Kletterpflanze überwuchert … Glaubst du mir jetzt?« Er sah zu Charlie hinüber. »Sie möchte mit Ihnen reden.«

Tony hielt das Handy an Charlies Ohr. »Es tut mir leid«, sagte Christina. »Es tut mir so leid.«
»Sag ihnen, wo –«
Tony nahm das Handy wieder an sich. »Ruf in zehn Minuten wieder an. In zehn Minuten ... Du hilfst uns hier in der Sache.« Dann wählte Tony eine andere Nummer, die Morris ihm gegeben hatte. »Ja, ist da Mrs. Ravich? ... Wir sind von der Bell-Telefongesellschaft und überprüfen Ihre Leitung, Madame.« Er nickte Charlie zu. »Alles in Ordnung ... Wir hatten Monteure in der Gegend. Ja. Danke schön.« Tony legte auf. »Scheint eine nette Dame zu sein. So, Charlie, das ist die Lage. Wir haben Sie, und wir wissen, wo Ihre Frau ist. Christina haben wir nicht, aber wir wissen, wo ihre Mutter ist. Sie weiß, wo die fünf Millionen sind, die sie mir gestohlen hat, sagt uns aber nicht, wo.«
Ich will es ihnen eigentlich nicht sagen, dachte Charlie, aber sie wissen, wo Ellie ist. Und Christina, oder wie sie auch heißen mag, kann es egal sein.
»Das Geld ist in zwei Kisten in der Garage ihrer Mutter gelagert, genauer gesagt auf der Rückbank eines alten Ford Mustang«, sagte Charlie. »So hat sie es mir erzählt.«
»Nein, da ist es nicht«, erwiderte Tony. »Wir haben dort alles durchsucht. Ein Mustang-Kabrio gibt es da nicht. Alles, was wir gefunden haben, ist eine Sammlung alter Puppen und anderen Krimskrams. Sonst nichts. Ich weiß es, ich bin dem Geld schon seit Monaten hinterher.«
»Dann kann ich Ihnen auch nicht helfen.« Er beobachtete, wie Tommy zwei schwere Werkzeugkisten herbeitrug.
»Natürlich können Sie das«, sagte Tony lächelnd. Er hatte Charlies Visitenkarte gesehen.
»Wie denn?«
»Ich weiß, daß Sie der Generaldirektor einer Firma namens Teknetrix sind. Klingt nach Geld. Sie haben's reichlich. Ihre Freundin hat mir mein Geld gestohlen, also werden Sie an ihrer

Stelle zahlen. Sie kann es ja bei Ihnen auf andere Weise wiedergutmachen.«

»Ihr Leute habt einen großen Fehler gemacht«, sagte Charlie betont locker. »Ich kann solche Summen nicht aus dem Ärmel schütteln. Und ich weiß nicht, wo das Geld ist, hinter dem ihr her seid.«

Morris holte eine Bohrmaschine aus dem Werkzeugkasten und schloß sie an.

»Es ist doch bloß Geld«, sagte Charlie noch.

»Es ist eben nicht bloß Geld.« Tony schüttelte den Kopf, als sei er es leid, mißverstanden zu werden. »Es geht noch um anderes: Unehrlichkeit und Mangel an Respekt. Auch spielt die Tatsache eine Rolle, daß es genaugenommen nicht mein Geld war. Ich mußte den fehlenden Betrag aus anderen Töpfen zusammenkratzen, was mir weitere Unannehmlichkeiten bereitet hat. Daraus entwickelte sich ein anderes kleines Problem ... was mich auch wieder Geld kostete. Wir dachten lange Zeit, jemand anderes hätte uns reinlegen wollen. Ein Einzelgänger namens Frankie. Er wußte, daß wir ihm nicht glauben würden, wenn er sagte, er sei es nicht gewesen.« Er zeigte mit dem Kinn auf Morris. »Mein Freund hier hat die Gabe, Menschen zum Sprechen zu bringen. Wir haben einiges von Christinas Exfreund erfahren, was er anfangs nicht sagen wollte.«

»Tony, Tony«, bat Charlie, der versuchsweise an den Handschellen zerrte, »bleiben wir doch vernünftig.«

Das Handy klingelte wieder. »Ja?« sagte Tony. »Nur ganz kurz –« Er hielt das Handy in die Richtung, wo Morris stand.

Morris ließ die Bohrmaschine aufheulen.

»Hörst du das, Schätzchen?« fragte Tony und gab Morris ein Zeichen, die Maschine auszuschalten. »Richtig. Wir machen das auch mit deiner Mutter, wenn du mir bei der Sache hier nicht behilflich bist.« Er gab Charlie das Handy.

»Ja?« sagte er. »Christina?«

»Charlie? Haben sie dir etwas angetan?«
»Mir geht es gut.«
»Ich tue alles für dich, Charlie.«
»Gib ihnen das verdammte Geld zurück!«
»Ich habe es nicht!« antwortete sie.
»Aber gestern abend hast du doch noch gesagt –«
»Meine Mutter hat das Auto wegschaffen lassen«, sagte sie mit tränenerstickter Stimme. »Das wußte ich nicht.«
»Wann?« rief er. »Wann wußtest du das nicht?«
»Ich habe es erst gestern erfahren«, flüsterte Christina. »Gestern, Charlie.«
»Du hättest es mir sagen können.«
»Es tut mir leid, aber ich kann nicht die Polizei verständigen.«
Er hielt die Luft an. »Weil die Leute deine Mutter in ihrer Gewalt haben?«
»Ja, Charlie.«
»Dann ist also entweder deine Mutter oder ich dran?« sagte Charlie gequält.
»Nein, Charlie, ganz so ist es nicht.«
Morris nahm das Handy. »Gib mir deine Nummer«, sagte er zu ihr. Er notierte sie sich. »Bleib, wo du bist.« Morris klappte das Handy zu und reichte es Charlie.
Tonys Miene verfinsterte sich, er schob den Unterkiefer vor. »Tun Sie was. Schließlich haben Sie ein Handy. Beschaffen Sie mir das Geld.« Er holte ein Kreuzworträtsel hervor und schaute auf seine Armbanduhr. »Sie haben drei Stunden, länger warte ich hier nicht.«
Charlie starrte auf das Telefon. Das durfte doch nicht wahr sein. Vor einer Stunde hatte er noch im Pierre unter der Dusche gestanden. Der Kopf tat ihm weh. Kein Kaffee, kein Tee und schon nach acht Uhr.
»Und keine Mätzchen, sonst bekommt die alte Dame in Florida Besuch von meinen Jungs.«

»Ich beschaffe Ihnen das Geld«, sagte Charlie in bitterem Ton. Er wählte Ted Fullmans Nummer bei der Citibank. Was soll daran so schwierig sein, dachte er. Ted arbeitet in einer Bank. Er macht das Geld von meinem Konto locker, und ich komme hier raus. Fünf Millionen Dollar, wie gewonnen, so zerronnen – ein Koffer Geld von Sir Henry Lai. »Ted, hier ist Charlie Ravich.«

»Was kann ich zu so früher Stunde für Sie tun?«

Er hörte im Hintergrund das Geräusch klickender Computertasten. »Machen Sie auch Barauszahlungen?«

»Manchmal schon, kommt drauf an.«

Er rieb sich die Schläfe. »Ich meine, könnten Sie Bargeld in mein Büro schicken?«

»Wieviel?«

»Sehr viel. Eine siebenstellige Zahl?«

»Normalerweise haben wir Bargeld in solcher Höhe nicht vorrätig.«

»Verstehe.«

»Wir könnten einen Bankscheck ausstellen.«

»Wie rasch?«

»Am selben Tag. Er wird von einem Boten überbracht.«

»Stellen Sie überhaupt Bargeld zur Verfügung?«

»Nicht kurzfristig, Charlie. Und keinen siebenstelligen Betrag. Wenn es um hohe Summen auf Privatkonten geht, müssen wir erst eine Menge Formalitäten erfüllen.«

»Was für Formalitäten?«

»Da gibt es gesetzliche Vorschriften, Maßnahmen gegen Geldwäsche und dergleichen. Wieviel brauchen Sie denn?«

»Viel.«

»Für Beträge über fünfzigtausend Dollar ist die Unterschrift des Abteilungsleiters nötig und dann –«

»Augenblick bitte – «, sagte Charlie. Und dann, zu Tony gewandt: »Ich kann einen Bankscheck bekommen.«

»Sie wollen mich wohl verarschen.« Tony blätterte sein Heft

durch auf der Suche nach einem Kreuzworträtsel, das er noch nicht gelöst hatte. »Bargeld, Mr. Ravich. Nur Bares ist Wahres.«
»Wie wäre es mit einer Überweisung auf das Konto einer Auslandsbank?«
»Auf keinen Fall«, sagte Tony. »Ich traue dem nicht.«
Unruhig geworden, sprach Charlie wieder in das Handy: »Ted, ich probiere etwas anderes. Könnten Sie ein Drittel des unlängst eingetroffenen Geldes zurück an Jane nach London transferieren?«
»Das ist kein Problem. Ein Drittel?«
»Mehr oder weniger. Sagen wir fünf Millionen.«
»Ist bei Ihnen alles in Ordnung, Charlie?«
»Alles bestens.«
Ted kicherte. »Wieder ein neues Pferdchen im Rennen?«
»Ja«, sagte Charlie eilig. »Ted, wir sollten uns vor Jahresende mal zum Lunch verabreden.«
»Gern.«
»Wie rasch geht das Geld zurück an Jane?«
»In zwei Minuten müßte sie den Betrag auf ihrem Bildschirm haben.«
»Schön, sehr schön. Ich rufe Sie morgen noch mal an.«
Er beendete die Verbindung.
»Wo bleibt das Geld?« fragte Tony.
»Ich arbeite daran.« Achte darauf, daß deine Stimme ruhig bleibt, sagte er sich.
»Sie haben es nach London geschickt?«
»Dadurch wird es verfügbarer«, erläuterte er. »Das ist keine Bank, sondern eine Brokerfirma.«
»Sie haben es verdammt noch mal nach London geschickt?«
»Ich habe es bloß zu einem anderen Computerterminal geschickt«, murmelte Charlie.
Er überlegte. Fünf Millionen auf dem Londoner Konto. Wie

konnte er daraus Bargeld machen? Man konnte keine Aktien oder andere Wertpapiere verkaufen und sofort die Belege darüber erhalten. Heutzutage lief alles elektronisch ab. Er schaute auf die Uhr. 8.30 Uhr hier in New York, also war es 1.30 Uhr in London. Wenn sich die Sache hinzog, konnte er Probleme mit den verschiedenen Zeitzonen bekommen. Er rief Jane an.

»Charlie?« fragte Jane.

»Jane, würden Sie bitte einmal kontrollieren, was sich auf meinem Konto getan hat?«

»Selbstverständlich. Einen Augenblick bitte.«

Er sah, wie Morris eine Arbeitslampe näher rückte.

»Ihre Bank hat gerade etwas mehr als fünf Millionen Dollar transferiert. Möchten Sie Euros kaufen?«

»Nein, danke. Ich bin heute nicht in Spekulierlaune.«

»Was kann ich dann für Sie tun?«

»Zahlt Ihre New Yorker Filiale Bargeld aus?«

»Das glaube ich eigentlich nicht.«

»Kaufen Sie Goldkontrakte?«

»Manchmal.«

»Was geschieht, wenn der Kontrakt gutgeschrieben wird?«

»Oh, das Gold geht nie wirklich in die Hände des Besitzers über«, erklärte sie. »Das ist alles nur Papier. Ich weiß nicht einmal, wo sich die Goldbarren tatsächlich befinden. Im Tresor irgendeiner Bank wahrscheinlich.«

»Na gut. Ich brauche jemanden in Ihrer New Yorker Filiale, der mir behilflich ist.«

»Ich kann Sie verbinden. Der Broker dort hat den gleichen Bildschirm vor sich wie ich.«

»Sie sind aber noch für ein paar Stunden zu erreichen, oder?«

»Noch zwei Stunden. Aber bei uns ist heute viel los.« Er hörte einen Piepton. »Timothy, es geht um Mr. Charlie Ravich. Ich habe Ihnen doch von seinem erfolgreichen Handel mit der GT-Aktie vor ein paar Wochen erzählt, nicht wahr? Er braucht Hilfe.

Charlie ist einer unserer besten Kunden. Wenn er von Ihnen einen Kopfstand verlangt, dann machen Sie's, ich würde es jedenfalls für ihn tun.«

»Danke, Jane«, sagte Charlie gequält, während er beobachtete, wie Tony nach einem Bleistift in seiner Tasche suchte.

»Was kann ich für Sie tun, Sir?« meldete sich Timothy.

»Haben Sie mein Konto auf Ihrem Bildschirm?«

»Ja.«

»Wie hoch ist der verfügbare Betrag?«

»Etwas mehr als fünf Millionen.«

»Ihr zahlt kein Bargeld aus, nehme ich an.«

»Nein, Sir, wir bewegen Geld hin und her, aber wir sehen nie etwas davon.«

»Befaßt sich Ihre Firma noch mit Inhaberschuldverschreibungen? Solche Titel sind praktisch Bargeld.«

»Das stimmt. Aber solche Papiere sind heute veraltet. Ich glaube nicht, daß es sie in diesem Land überhaupt noch gibt.«

,Ich bin ein alter Mann.«

»Ja, Sir.«

»Sind Sie den ganzen Tag über zu erreichen?«

»Den ganzen Tag.«

»Dann rufe ich Sie später noch einmal an.«

»Was haben Sie erreicht?« fragte Tony, dessen Stimme gegen die zerbrochenen Fensterscheiben widerhallte. »Nichts?«

»Ich arbeite immer noch daran.«

»Er hat nichts erreicht«, stellte Morris lakonisch fest.

»Ich könnte meinen Banker anrufen«, sagte Charlie, »aber dann würde der merken, daß irgend etwas nicht stimmt.«

»Dann lassen Sie es«, bellte Tony.

Morris reichte Tony etwas. »Haben Sie das schon gesehen, Boß?«

»Woher kommt das?« Es war das Foto mit Rick drauf.

»Es steckte in Charles' Jackentasche.«

»Ihr kotzt mich an«, sagte Tony. »Sie war im Hotel mit Mr. Ravich. Wie konntet ihr sie bloß entkommen lassen?«

Tommy breitete abwehrend die Hände aus. »Sie haben uns gesagt, nicht durch den Eingang mit den Videokameras zu gehen.«

»Draußen am Gebäude waren auch Kameras«, fügte Morris hinzu. »Wir waren vorsichtig, Tony.«

Tony nickte. »Machen Sie weiter, Charles.«

Er legte das Handy auf den Tisch, überlegte, wie er Geld auftreiben konnte, und versuchte gleichzeitig Ellies Lage einzuschätzen. Er erinnerte sich daran, daß sie für diesen Vormittag die Lieferung von Bäumen für den Garten erwartete. Das war gut, so würden Arbeiter um sie herum sein.

Das Telefon klingelte. »Ja, er ist hier«, sagte Tony, »aber du hörst jetzt genau zu.« Er gab Morris ein Zeichen. »Hilf ihr mal auf die Sprünge.«

Morris holte eine elektrische Säge aus der Werkzeugkiste.

»Um Gottes willen«, protestierte Charlie. »Das brauchen wir wirklich nicht.«

Die Männer zogen ihm einen Schuh aus. »Schauen wir mal«, sagte Morris.

»Halt, halt!« schrie Charlie, als ihm auch der Strumpf ausgezogen wurde. »Sie brauchen wirklich nicht –«

»Ihm fehlen schon ein paar Zehen«, stellte Morris fest. »Jemand ist uns zuvorgekommen.« Er ließ Charlies Fuß los und untersuchte seine Hand. »Was ist das hier – Moment – da hat etwas fast senkrecht die Handfläche mit hoher Geschwindigkeit durchdrungen …«

»Es war eine Salve aus einer M-16.«

»Eine Kugel aus einer Maschinenpistole?« Morris rieb sich nachdenklich die Nase. »Da stimmt was nicht.«

»Was meinst du damit?« fragte Tony und hielt noch immer das Handy von sich gestreckt.

»Ich bin mir noch nicht sicher.« Morris schaute Charlie an. »Heben Sie mal die Arme.«
Er tat, wie ihm befohlen wurde. Tu, was sie von dir verlangen, sagte er sich. Reize sie nicht unnötig.
»Stehen Sie auf.«
Er stand auf.
»Was soll der Scheiß?« fragte Tony. »Ist das etwa Aerobic?«
»Bücken Sie sich«, befahl Morris. »Strecken Sie die Arme einfach nach vorn.«
Er bückte sich, so weit er konnte.
»Was ist mit Ihrem Rücken los?«
»Nichts.«
»Können Sie sich nicht weiter bücken?«
»Nein.«
»Ihr vergeudet meine Zeit!« bellte Tony. »Ruf in fünf Minuten wieder an«, sagte er ins Telefon.
Morris zog Charlies Hemd hoch »Ich wußte es. Ein schwerer Wirbelsäulenschaden.«
»Was hast du vor?« rief Tony.
»Ich brauche nur ein paar Minuten, Tony.« Sie drückten Charlie flach auf den Tisch, und Morris richtete eine Arbeitslampe aus. »Ihre Lumbaraponeurose ist schwer geschädigt … Was ist denn zerstört? Der vierte und fünfte Lendenwirbel? Vielleicht auch das Steißbein.« Er prüfte einen Rückenwirbel. »Das könnte ein Knochensplitter des Gelenkfortsatzes sein oder sehr hartes Narbengewebe …« Er tastete die Dornfortsätze von Charlies Lendenwirbeln ab und tat ihm damit weh. »Das war mal mein Fach. Ich … Das ist eine Rückenwirbelfusion!« rief er freudig. »Stimmt's?«
»Ja.« Charlie sah, wie Tony ein Blatt Kaugummi auspackte.
»Sie sind mein erster Patient mit einem solchen Schaden«, sagte Morris, während er in seiner Werkzeugkiste kramte. Er holte nacheinander verschiedene kleine Teile heraus, die er aber alle

wieder weglegte. »Irgendwo habe ich noch …«, murmelte er. »Möbeltischler benutzen so was.«
»Tony!« rief Charlie, der auf dem Bauch lag. »Soll ich versuchen, Ihnen das Geld zu beschaffen, oder soll ich hier untersucht werden?«
Morris kam zum Tisch zurück. »Hat man damals Schrauben oder Metallplatten verwendet?«
»Wie bitte?« rief Charlie.
»Schrauben, Platten? Oder Stifte? Manchmal verwendet man sogar kleine Titannetze.«
Morris drückte Charlies Rückgrat mit beiden Daumen. »Das hat man mal bei einem Footballprofi gemacht, glaube ich.«
»Wen interessiert das schon?« fragte Tony.
»Wann hat man Sie operiert?« erkundigte sich Morris.
»Vor fünfundzwanzig Jahren«, rief Charlie, die Augen auf den Fußboden gerichtet. »Tony, geben Sie mir das Telefon. Ich bemühe mich um das Geld, einverstanden?«
»Eine Schande ist das«, sagte Morris, ohne Charlies Ungeduld zu beachten. »Heutzutage gibt es dafür eine neue Technik, Eigentransplantat aus dem Darmbein. Man nimmt die Knochenzellen aus der Hüfte und –«
»Wovon reden Sie überhaupt?« schrie ihn Charlie an.
Morris betrachtete Charlie kühl. »Zieh ihm mal einen über«, sagte er zu Tommy.
Tommy kam heran und versetzte Charlie einen harten Schlag gegen die Schläfe.
»O Gott«, stöhnte er, blinzelte und sah einen Augenblick lang schwarz vor Augen.
»Für die herkömmliche Rückenwirbelfusion«, dozierte Morris weiter, »war eine Thorakotomie nötig. Das hat man bei Ihnen gemacht, vermute ich. Die Narbe am Rückgrat ist fast fünfzig Zentimeter lang. Man hat Ihnen eine Rippe herausgenommen und den Knochen für die Verbindung der Wirbel benutzt.« Er

zog seine grüne Baseballjacke aus und legte sie sorgfältig über eine Stuhllehne. »Heute macht man erst eine Endoskopie der Wirbelsäule, um mit möglichst kleinen Schnitten auszukommen, und benutzt Knochen aus der Hüfte. Man setzt den Knochen zwischen die Wirbel, um sie zu stabilisieren und die Bandscheiben im richtigen Abstand zu halten. Seit kurzem testet man auch synthetisch hergestelltes menschliches Protein, das das Knochenwachstum anregen soll.« Er wandte sich an Tony.

»Boß, ich möchte ihn gern mal aufschneiden und sehen, was damals bei ihm gemacht wurde.«

»Kann er dabei telefonieren?« fragte Tony.

»Aber gewiß doch. Ich habe alles Nötige für eine Epiduralanästhesie mitgebracht.« Morris kehrte zu seiner Werkzeugkiste zurück. »Das habe ich immer dabei.« Er holte eine in Plastik eingeschweißte Nadel und einen langen Schlauch, der mit einem Infusionsbeutel verbunden war. »Drehen Sie sich mal«, sagte er zu Charlie. »Das hier gibt man einer Frau, die in den Wehen liegt. Oder auch Patienten, bei denen eine Rückenmarkspunktion gemacht werden soll. Wenn die Nadel richtig drin ist, spüren Sie gar nichts mehr.«

»Wohin stecken Sie das?« fragte Charlie.

»Sie geht direkt in den Rückenmarksnerv. Ich habe mal in der Universitätsklinik gesehen, wie ein Typ das gemacht hat. Der Patient muß absolut still liegen.

»Tony, so bekommen Sie kein Geld aus mir!« rief Charlie entsetzt. »Das ist doch Wahnsinn, Tony, so geht das nicht –« Er versuchte, sich zu wehren, doch zwei kräftige Männer hielten ihn nieder, einer legte eine Hand auf seine Luftröhre.

»Leg los«, sagte Tony.

»Halten Sie absolut still«, wies Morris Charlie an. »Keinen Millimeter … Im Krankenhaus muß man eine besondere Einverständniserklärung für diesen Eingriff unterschreiben wegen des Risikos, gelähmt zu bleiben … Halte das mal hoch, Tommy … okay.«

Charlie spürte einen Einstich im Rücken, dann nichts mehr.
»Das hätten wir.« Morris zog eine der Arbeitslampen herüber und befestigte den Infusionsapparat daran. »Funktioniert einwandfrei. Drehen Sie sich nicht, Charlie, Sie könnten sonst die Nadel verschieben. Wenn sie abbrechen sollte, habe ich keinen Ersatz dafür.«
»O Gott.«
Doch sein Rücken tat ihm nicht mehr weh – es war sogar besser als mit dem chinesischen Tee. »Ich fühle nichts mehr«, sagte er.
»Ihr Rückennerv ist anästhesiert«, erklärte Morris. »Bei richtiger Dosierung sollten Sie eigentlich gar nichts mehr spüren.«
»Wonach suchst du eigentlich?« fragte Tony.
»Ich möchte sehen, wie sie es gemacht haben. Ob es ein Netz oder eine Platte war und wie viele sie verbunden haben.«
»Um Gottes willen«, schrie Charlie. Der Schweiß brach ihm aus, und sein Atem ging schneller. »Aufhören! Lassen Sie mich das Geld besorgen.«
»Das können Sie auch während ich arbeite«, sagte Morris. »Wenn Sie sich beeilen, bringen wir Sie noch mit angeschlossenem Tropf ins Krankenhaus.«
Wieder klingelte das Telefon. Er lag keuchend auf dem Bauch und fühlte sich wie ein Hund, den man zu Boden zwang. Man reichte ihm das Handy.
»Charlie?«
Es war Christina. »Ja«, hauchte er. »Kannst du mir irgendwie helfen?«
»Wenn ich nur könnte.«
»Ich habe Geld auf einem Wertpapierkonto. Sie machen sonst alles, aber man zahlt es nicht aus. Ich kann keine Aktien oder Wertpapiere kaufen. Was zum Teufel soll ich noch machen, Christina?«
»Kannst du nicht mit dem Geld etwas kaufen und es Tony geben?«

Morris nahm ein Skalpell aus der Kiste und riß die Sterilpackung auf.
»Was denn zum Beispiel?« fragte er, den Blick ängstlich auf Morris gewandt.
»Gold, Diamanten, irgend etwas.«
Er kniff die Augen zusammen, das Blut pochte an den Schläfen. Morris schob ihm etwas in den Rücken hinein. »Die Unze Feingold kostet zur Zeit rund dreihundert Dollar.«
»Fünf Millionen wären dann rund … sechzehntausend Unzen, das heißt ziemlich genau tausend Pfund«, rechnete sie vor. »Das wäre nicht so furchtbar schwer. Das könnte man in zehn Koffern unterbringen.«
»Gold?« rief Charlie zu Tony hinüber. »Wie wäre es mit Gold?«
»Bargeld«, lautete Tonys Antwort.
»Er nimmt kein Gold«, sagte Charlie zu Christina.
»Warum kaufst du nicht Zigaretten?« schlug sie vor.
Er wollte sehen, was Morris mit ihm anstellte. »Ich verstehe nicht.«
»Zigaretten kommen in Containern im Hafen von Newark an. Zwischenhändler verkaufen sie. Es ist ein sogenannter Spotmarkt. Man kauft die Ware, noch ehe sie angelandet wird. Im Hafen zeigt man sein Konnossement, dann wird der Container auf einen Lkw verladen. Das geht umstandslos. Zigaretten für fünf Millionen Dollar ergeben wahrscheinlich eine ziemlich große Menge Kartons. Aber Zigaretten sind leicht zu verkaufen.«
»Ich weiß beim besten Willen nicht, wie ich so was machen soll.« Er wendete den Kopf.
»Nicht bewegen!« schrie Morris. »Ich bin nahe dran!«
»Ruf deinen Broker oder sonst jemanden an«, kam Christinas Stimme, »und frag ihn, ob er ein Akkreditiv ausstellen kann. Ich telefoniere herum.«
»Laß mich nicht im Stich.«

»Nein, ganz bestimmt nicht.«
Er rief Timothy in der Brokerfirma an. » Stellt die Firma Akkreditive aus?«
»Nein.«
Er rief Ted Fullman an und spürte ein Kribbeln an der Wirbelsäule. Er wackelte mit dem Fuß, war sich aber nicht sicher, ob er sich bewegte oder nicht. »Ted, können Sie ein Akkreditiv für mich ausstellen?«
»Sicher.«
»Wie lange dauert das?«
»Meine Güte, zwanzig Minuten.«
»Können Sie es per Boten schicken?«
»Ja. Oder es faxen.« Ted lauschte einen Augenblick. »Geht es Ihnen nicht gut, Charlie?«
»Nein, nein, ich versuche nur einem Freund aus der Klemme zu helfen.« Er bemühte sich, seine Atmung unter Kontrolle zu bringen. Er bemerkte, daß Tommy alles, was Morris tat, mit großem Interesse verfolgte.
»Ich komme auf die Sache mit dem Bargeld zurück«, fuhr Ted Fullman fort. »Wir könnten es bis übermorgen besorgen, wenn wir die Unterschriften haben. Würde das reichen?«
»Stellen Sie ein Akkreditiv über fünf Millionen aus.«
»Das kann ich nicht.«
»Aber eben haben Sie doch gesagt, Sie könnten es!« rief Charlie verzweifelt.
»Sie haben auf Ihrem Konto keine fünf Millionen mehr«, bemerkte Ted sanft. »Sie haben die anderen acht Millionen auf das Treuhandkonto Ihres Buchhalters transferiert, erinnern Sie sich?«
»O Gott.« Er schaute auf den gedielten Boden, sah alte Farb- oder Blutflecke. »Ich werde veranlassen, daß die Brokerfirma das Geld zurückschickt.«
Er rief Timothy an. Die Leitung war besetzt.

»Wie steht's?« fragte Tony. »Tommy, ruf Peck an. Sag ihm, er soll rüberkommen.«
Charlies Handy klingelte. Am Apparat war Christina. »Ich habe den Namen eines Zigaretten-Grossisten. Er hat mir alles erklärt.«
»Gib mir seine Nummer«, verlangte Charlie. Er schrieb sie auf.
»Der Typ verkauft Zigaretten containerweise.«
»Wo bist du jetzt?«
»Auf dem Weg stadtabwärts. Ich bin wieder in dem Restaurant, wo ich gearbeitet habe.«
Ihm war kalt im Rücken, etwas schabte an ihm. »Bleibst du dort?«
»Ja.«
Ich spüre meine Füße gar nicht, sagte sich Charlie. Als ob sie nicht mehr vorhanden wären. Er rief wieder Timothy in der Brokerfirma an. »Schickt das Geld wieder auf mein Bankkonto zurück.«
»Wie bitte?«
Jetzt spürte er einen Anflug von Schmerz in seinem Rücken.
»Schicken Sie es sofort wieder zurück.«
»Ja, aber die Vollmacht –«
»Schicken Sie es einfach zurück, verdammt noch mal, was ist daran so schwierig?«
»Sir, bei einer solch bedeutenden Summe muß die Vollmacht –«
»Jetzt hören Sie mir mal zu, Sie Korinthenkacker«, fuhr ihn Charlie an, »mir steht das Wasser bis hier. Das ist mein Geld, mit Ihrer Brokerfirma mache ich Geschäfte seit gut zwanzig – Jahren.« Morris zog an etwas. »Haben Sie mich verstanden? Schikken Sie das Geld auf der Stelle, oder ich mache Sie zur Minna. Alle nötigen Angaben sind gemacht, schicken Sie es einfach zurück auf mein Konto zu Händen von Ted Fullman bei der Citibank.«
»Ja, Sir.«
Tony erhob sich von seinem Stuhl, tat ein paar Schritte, beugte

sich leicht in der Hüfte und furzte laut. Dann richtete er sich auf und setzte sich wieder. Er zeigte auf Morris. »Du bist wie ein kleiner Junge mit seiner Spielzeugeisenbahn.«
»Ich fühle etwas«, sagte Charlie.
»Ich fühle auch etwas«, fügte Tony hinzu. »Ich fühle eine Leere. In meiner Tasche.«
»Ich kriege das noch«, murmelte Morris.
Das Geld geht wieder zurück zur Citibank, dachte Charlie. Ich bin keinen Schritt weitergekommen. Er rief den Zigarettengrossisten an. »Bei euch kann man große Mengen Zigaretten kaufen?«
»Ja«, bestätigte eine Stimme.
»Wie kann ich Zigaretten im Wert von fünf Millionen kaufen?«
»Da müssen Sie zuerst einmal mit unseren Verkäufern sprechen und sehen, was gerade angeboten wird. Dann –«
»Nein, nein. Ich meine, jetzt, auf der Stelle.«
»Kauft er jetzt Zigaretten?« fragte Tony. »Ideen hat der Mann!«
»Das machen wir nicht«, sagte die Stimme. »Auf Wiedersehen.«
»Sie haben eine Platte«, verkündete Morris. »Gute Arbeit.«
Er rief Christina an.
»Ja? Charlie?«
»Das mit den Zigaretten klappt nicht.«
»Ich weiß, das habe ich auch gerade erfahren. Aber ich habe mit einem Typ gesprochen, der Fracht kauft.«
»Was heißt das?«
»Der Mann jongliert mit allen möglichen Sachen. Er kauft Ware aus Beschlagnahmungen, stornierte Bestellungen und dergleichen auf. Sein Büro hat er in der City, die Lagerhäuser liegen in Newark. Er kassiert das Geld auf elektronischem Weg, indossiert das Konnossement. Soll ich ihn anrufen?«
»Ich mache das.« Er schrieb die Nummer auf.
»Ja, Bob am Apparat«, kam eine Stimme, im Hintergrund hörte man Telefongeklingel.

Charlie fragte wegen Zigaretten an.
»Im Augenblick habe ich keine Zigaretten«, bellte Bob ins Telefon. »Mit wem spreche ich denn?«
Charlie fragte sich, ob sein Fuß zitterte. »Was haben Sie sonst?«
»Ich habe ... ich habe altes Benzin, möglicherweise mit Öl verunreinigt, ich habe Bauholz und irgendwelchen tiefgefrorenen Fisch – den Sie besser nicht kaufen –, ich habe Kaviar, japanische Autoreifen, Nikon-Kameras. Wirklich, ich habe eine ganze Menge anzubieten.«
»Wie läuft das bei Ihnen?« fragte Charlie und versuchte, sich zu konzentrieren.
»Sie haben ein Akkreditiv, ja?«
»Ja. Das heißt, ich kann mir eines besorgen.«
»Veranlassen Sie die Bank, eines auszustellen«, sagte Bob. »Nur einen Ausdruck auf Papier. Wir gehen mit unserem Infrarotscanner drüber und prüfen wegen möglicher Unterschiede in der Tinte. Achten Sie darauf, daß die Angaben vollständig sind – wir brauchen Kontonummer, den Namen des zuständigen Verantwortlichen bei der Bank und seine Nummer. Anderenfalls können Sie das Papier in der Pfeife rauchen. Wir arbeiten nur mit Banken zusammen, die der New Yorker Clearingstelle angehören – Chase Manhattan, Citibank, Crédit Suisse, eben die großen. Wir bestehen auf elektronischer Zahlung auf unser Konto noch am selben Tag. Über diesen Punkt verhandle ich nicht. Wir rufen an und prüfen, ob die Zahlung erfolgt ist. Wenn das der Fall ist, dann brauchen Sie uns nur zu sagen, was Sie gern hätten. Wir können das Konnossement auf Ihren Namen hier ausstellen, was wir nicht empfehlen, oder wir bringen Sie direkt hinunter an den Kai, und dort können Sie in aller Ruhe, und gegen ein Extrahonorar, mit dem Vorarbeiter zusammen den Container öffnen und kontrollieren, ob tatsächlich das drin ist, was sie gekauft haben. Er bricht das Siegel auf und –«
»Was haben Sie jetzt gerade da?« fragte Charlie verzweifelt.

»Wieviel wollen Sie ausgeben?«

»Fünf Millionen.«

»Das ist ziemlich viel. Wie wäre es mit Kaviar?« Er sprach hektisch weiter. »Damit haben Sie eine gute Handelsspanne, und außerdem können Sie die Ladung portionieren, wie Sie wollen. Bei dieser Ware spielt Frische eine Rolle. Wir haben eine Lieferung, die der Käufer nicht –«

»Bleiben Sie bitte einen Augenblick am Apparat.«

»Oh, das mache ich für niemanden«, sagte Bob. »Rufen Sie mich zurück.«

»Wie wäre es mit Kaviar?« fragte Charlie Tony.

»Kaviar? Den können Sie selber essen.«

Er ließ den Kopf sinken. »Was zum Teufel machen Sie mit mir?« rief er ängstlich zu Morris hinüber. »Das tut weh!«

»Bei einer offenen Laminektomie hat der Chirurg gewöhnlich ein automatisches Absauggerät und ein Laser-Messer zur Verfügung«, erklärte Morris. »Aber ich war vorsichtig bei der Blutung.«

»Das kann doch nicht wahr sein«, stöhnte Charlie. Er fühlte etwas Feuchtes, Finger, die gegen ein Stück Knochen drückten. Dann hatte er den Eindruck, als werde an ihm gefeilt. Das Handy klingelte. Es war Christina. »Der Typ hat Kaviar«, sagte er ihr, immer noch mit fliegendem Atem.

»Das ist gut.«

»Tony ist nicht dieser Meinung – oh! Oh, bitte nicht! O Gott!« Mit einem Mal war sein Rücken ein einziges Schmerzgewitter.

»Moment! Die Nadel!« rief Morris. Er rückte sie wieder zurecht. »Ist es jetzt besser?«

»Nein! O Gott, was machen Sie –«

»Und so?« fragte Morris. »So muß es aber besser sein.«

Das war es tatsächlich. Der Schmerz ließ nach, wurde zur Wolke und verflüchtigte sich ganz. Er brach erschöpft auf dem Tisch zusammen. Sein Mund war völlig trocken.

»Die Nadel ist rausgerutscht«, kommentierte Morris. »Zum Glück ist sie nicht gebrochen.«
»Sag ihm, er kann den Kaviar für sieben, acht Millionen verkaufen«, kam Christinas Stimme aus dem Telefon. »Nein, warte, laß mich mit Tony reden.«
Er reichte das Handy hinüber. »Sie können es für mehr verkaufen, sagt sie.«
»Wie?«
»Sie sagt, Sie können es für mehr als fünf Millionen verkaufen.«
Tony nahm das Handy. »Ja? Ich sagte Bargeld. Was soll ich mit Kaviar? Scheiß drauf. Christina, wir machen Hackepeter aus deinem Freund ... Nein, nein, erkläre es ruhig ... Hast du was zu schreiben? ... Nein, nein ... Wie? Ich soll es übernehmen? ... Moment.« Er schaute auf. »Was kostet Kaviar zur Zeit?«
»Mehrere hundert Dollar die Unze«, sagte Morris.
»Man kriegt es auch billiger«, bemerkte Tommy.
»Nicht im Restaurant.«
»Selbst der billigere Kaviar ist immer noch teuer«, sagte Morris zu Tony. »Die meisten Leute können ihn sowieso nicht unterscheiden.«
»Ja ... Warum sollte ich das tun?« sagte Tony. »Das ist nicht so einfach ... Dazu braucht man noch einen Experten, der einem sagt, ob das Zeug was taugt ... Ich nehme nur Sachen, die ich in Chinatown loswerden kann, Sachen, die ich jedem verkaufen kann ...«
»Wie wär's mit Kameras?« rief Charlie dazwischen. »Der Mann hat auch Kameras.«
»Kameras würde ich nehmen«, sagte Tony ins Telefon. »Ich brauche es bis elf Uhr wie gesagt – das machen wir. Eine Ladung neuer Kameras ... Wir können es aufteilen ... Fünf Millionen, das ist billiger als im Großhandel, wahrscheinlich. Du rufst um Viertel vor elf hier an, dann schicken wir – was? ... Deine Mutter wird – nein. Nein! Sobald du mir diesen Wisch bringst, du

kleines Aas, rechnen wir ab, und dann sind wir quitt.« Er grunzte und holte eine Stück Lakritze aus der Tasche. »Die ist schlau, die Kleine, die schlauste, die ich kenne. Bei der Sache mache ich noch einen Profit.« Er reichte Charlie das Handy. »Sie wird das Konnossement für einen Container mit Nikon-Kameras besorgen und es hierherbringen. Ein schlaues Mädchen, Charles.«

»Hör zu«, sagte Christina zu Charlie. »Hast du die Nummer des Spotkäufers aufgeschrieben?«

»Ja.«

»Dann streich sie durch.«

Er schaute auf seinen Zettel. »Warum?«

»Mach's einfach.«

»Okay.«

»Erinnerst du dich an seinen Namen?« fragte sie.

»Bob Soundso.«

»Auf diese Weise kann er keinen Mann schicken, der mich schnappt«, sagte sie.

»Oh«, tat Charlie erstaunt, er konnte ihr nicht recht folgen. »Was mache ich jetzt?«

»Sag mir den Namen deines Bankers.«

»Ted Fullman, Citibank.«

»Ruf ihn an«, sagte Christina, »und sag ihm, daß ich wegen der Einzelheiten noch mit ihm reden werde. Es ist ein dreiseitiges Geschäft. Man zeigt mir das Konnossement, auf dem die Beschreibung der Ladung und die Nummer des Containers stehen. Alle Container sind numeriert. Das Konnossement ist eine übertragbare Eigentumsurkunde. Sie muß übertragbar sein, weil der Container vom Verkäufer an den Spediteur geht und dann vielleicht zu einem anderen Käufer und einem anderen Spediteur und so weiter. Wahrscheinlich hat er schon ein paarmal den Besitzer gewechselt. Manchmal wird dabei betrogen, aber der Typ hier ist verläßlich. Ich behaupte nicht, daß die Kameras nicht gestohlen sind, sondern nur, daß die Kameras tatsächlich im Container sind. Die Bank überweist dem Spotkäufer das Geld, der gibt mir das Konnossement, und ich gebe es dann Tony. Dann steht es ihm frei, die Kameras abzuholen, wann er will.«

»Das habe ich soweit verstanden.«

»Dann ruf deinen Banker an, Charlie. Sag ihm, mein Name ist Sally.«

»Okay.« Er war zu erschöpft, um alles nachzuvollziehen. Nachdem Christina aufgehängt hatte, rief er Ted Fullman an. »Ist das Geld von meinem Broker wieder zurückgekommen?«

»Ja«, bestätigte Ted. »Was nun?«

»Meine Vertreterin, ihr Name ist Sally, wird Sie anrufen und Ihnen sagen, wohin Sie das Akkreditiv schicken sollen. Entschuldigen Sie bitte das ganze Hin und Her, Ted.«

»Um was für ein Geschäft geht es eigentlich, Charlie?«

»O Ted, Sie werden glauben, ich sei übergeschnappt.« Er bemühte sich, seiner Stimme einen jovialen Klang zu geben. »Ich habe Kaviar zu einem ganz tollen Preis bekommen. Die Ware stammt aus einer Beschlagnahme. Die Handelsspanne ist groß, und ich habe schon einen Käufer.«

Ted kicherte. »Charlie, Sie sind ein Spieler. Wir stellen Ihnen das Akkreditiv aus, und dann überweisen wir das Geld gleich nach dem Anruf.«

»Prima«, brachte er mühsam hervor, zu mehr fehlte ihm die Kraft. »Danke, Ted, vielen Dank. Sie – Sally – ruft Sie dann an. Danke.«

Tony schüttelte den Kopf. »Ausgeschlossen, daß das Mädchen hier mit einem Konnossement antanzt, das fünf Millionen Dollar wert ist. Sie braucht nur das Papier auf ihren Namen ändern zu lassen, und dann kann sie es jemand anderem verkaufen. Ich kenn' mich aus in diesen Frachtzentren. Die Typen dort treiben so ihre Spielchen.«

»Also?« fragte Morris.

»Also müssen wir aus Charles herauskitzeln, was sie ihm da gerade erzählt hat. Wir umstellen den Ort und schnappen sie, wcnn sic rauskommt.«
Charlies Telefon klingelte wieder. Tony nahm ab. »Ja, Schätzchen, er ist noch hier. Es geht ihm prima. Nun hör zu: Wenn du das Konnossement hast, dann rufst du nicht diese Nummer an, sondern eine andere, die ich dir gleich gebe.« Er las sie von einem Zettel ab. »Die Nummer und keine andere. Dann verständigen wir uns über die Übergabe. Und keine Tricks, klar?«
Er beendete die Verbindung. »Wenn sie die Nummer wählt, haben Pecks Leute in weniger als zehn Sekunden ihren Standort ausgemacht. Dann rufen sie uns an, wir fahren hin, während die anderen sie am Telefon hinhalten.« Er legte die Hand auf den Tropf mit der Epiduralanästhesie und drückte auf den Beutel. »Das ist unser Ersatzplan, falls Charles jetzt nicht nett zu uns ist.«
Morris wandte sich an Charlie. »Sie werden es uns doch sagen, oder?«
Charles schaute zu ihnen auf. »Was denn?«
»Den Namen des Typs, der die Kameras verkauft.«
»Den kenne ich nicht.« Sie wollten den Ort wissen, soviel verstand er. »Sie hat mir nur die Telefonnummer gegeben.«
»Wie lautet die Nummer?«
Er schaute auf seinen bekritzelten Zettel und erstarrte. »Sie hat mir gesagt, ich soll die Nummer ausstreichen.«
Tony und Morris schauten sich wortlos an. Dann schüttelte Morris verächtlich den Kopf. »Das Mädchen ist clever.«
Jetzt bin ich entbehrlich, dachte Charlie. Sie können mich umbringen, ohne dabei etwas zu verlieren.
»Moment«, sagte Morris.
»Was?« fragte Tony.
»Er erinnert sich an die Scheißnummer«, sagte Morris plötzlich erregt. »Schau ihn dir an!«

Aber das stimmte nicht – nicht um alles in der Welt konnte er sich an die Nummer erinnern. Aber wenn er so tat, als erinnerte er sich, dann, so wurde ihm blitzartig bewußt, dann würden sie ihn foltern, dann würden sie ihn am Leben halten. Vielleicht lange genug, um hier doch noch herauszukommen und Ellie wiederzusehen.

»Er kennt die Nummer«, schrie Morris, »das sehe ich ihm an!«

»Er will sie nur beschützen«, sagte Tommy.

»Das sollten Sie nicht«, warnte ihn Morris.

»Aus welchem Grund denn?« erwiderte Charlie.

»Warum nicht?«

»Fällt Ihnen nichts anderes ein?« schrie Morris. »Ist das alles, was Sie dazu sagen können?«

Er atmete tief durch. Was konnten sie ihm schon in ein paar Stunden antun? Er hatte drei Monate in den Händen der Nordvietnamesen durchgehalten. Er starrte auf seine Armbanduhr und sah, wie der kleine Sekundenzeiger mit idiotischer Präzision weiterrückte.

»Werden Sie reden?«

»Nein.«

Glücklich, auf diese Weise beleidigt zu werden, schaute Morris erst die anderen Männer an, dann wieder Charlie. »Ist Ihnen klar, daß ich Ihr Rückenmark freigelegt habe?«

»Das ist mir klar«, antwortete Charlie. »Ich bin mir über die ganze Situation im klaren.«

Nun erhob sich Tony langsam von seinem Stuhl, wie ein Mann, der zum Abendessen gerufen wird, und ging mit besorgtem Blick ein paar Schritte. »Sagen Sie uns die Telefonnummer, Mr. Ravich. Es wäre wirklich besser.«

»Ich kann es nicht«, sagte Charlie.

»Wollen Sie damit sagen, daß wir sie erst aus Ihnen herausfoltern müssen?« fragte Tony.

Jede Minute, die ich lebe, dachte Charlie, gibt mir die Chance für eine weitere Minute. Er drehte den Kopf soweit er konnte und blickte Morris haßerfüllt direkt in die Augen. »Ja, das meine ich damit.«
Morris nickte kalt, dann riß er die Nadel aus Charlies Rücken. »Die Show beginnt«, sagte er.
Ein, zwei Herzschläge lang passierte nichts.
Dann aber rankte sich der Schmerz rotgebändert in unregelmäßigen Wellen die Wirbelsäule hinauf und strahlte in bohrender, unbegreiflicher Intensität nach außen aus. Als sich der Rücken im Schock über solche Qualen krümmte, brach die pulsierende, brennende Schmerzknospe am unteren Ende der Wirbelsäule auf und pflanzte sich in immer neuen, mächtigen Explosionen fort. »O Gott«, schrie er, »o Gott.«
Die Männer hielten ihn nieder, und Morris holte eine Zange aus der Werkzeugkiste. Damit riß er etwas aus Charlies Wirbelsäule. Der Schmerz wurde halluzinatorisch – eisige Würmer wanden sich in seinem Fuß, sein Anus verkrampfte sich. »O mein Gott«, schrie er, »O mein Gott, bitte.«
Jemand ergriff seine Hand. Er schlug die Augen auf.
Mit einem Lächeln drückte Morris eine blutige Schraube in Charlies zitternde Hand. »Knochenschwund«, erläuterte er. »Das hier hat sich gelockert.«
»O bitte«, schrie Charlie heiser. »Laßt mich meine Frau anrufen.« Er ließ die Schraube fallen und brach unter sirrenden, knisternden Schmerzen auf dem Tisch zusammen. »Gebt mir doch das Telefon … und laßt mich –« Doch der Schmerz kam mit entsetzlicher Gewalt über ihn, fuhr über seinen Rücken wie das Rad eines Lkws und zwang ihn, sich ganz in sich zu verkriechen, um ihn vorübergehen zu lassen. Ich halte das durch, dachte er, ich weiß, daß ich es kann. Er sah, wie Morris eine Stahlklemme prüfte. Ich bin stärker als die da, Ellie, sei ohne Sorge. Ich habe das schon einmal durchgemacht. Nun ver-

krampfte sich seine Wirbelsäule in ruckartigen Stößen, Nerven und Muskeln zuckten durcheinander, rote Lichter platzten vor seinen Augen. Sie können mich nicht umbringen, Liebling, das verspreche ich dir. Er würde durchhalten, Minute für Minute. Bleib bei Bewußtsein. Es ist alles in Ordnung, Ellie! Sag es Julia. Sag es Ben.

Brooklyn-Queens-Expressway
Brooklyn
28. September 1999

Wenn er der Feigling wäre, für den er sich hielt, würde er zu seinem Pick-up gehen, sich ans Steuer setzen, mit der rechten Hand lenken und schalten und zurück nach Orient Point fahren. Immer schön auf der rechten Spur bleiben, das wäre nicht schwer. Dann würde er in gemächlichem Tempo weiterfahren, vorbei an den Farmhäusern und Sonnenblumenfeldern, den Tankstellen und Familienstränden mit ihren Eisverkäufern bis zur Abzweigung zu seinem Cottage. Er würde aussteigen und geduldig die Eiche zersägen, mit der er die Zufahrt blockiert hatte, dann weiterfahren und den Wagen neben dem Haus parken. Und er würde nach den Tomaten und Maiskolben schauen, nach dem tiefroten Geißblatt an der Scheune. Schön, wieder daheim zu sein. Er würde seinen Schlüssel aus dem Versteck unter der Austernschale hervorholen und im Cottage herumstöbern. Wenn sich dann der Hunger meldete, würde er auf der Landstraße, vorbei an den Traktoren der Gemüsefarmer, zu dem kleinen Restaurant mit dem alten Schulbus voller Kaminholz fahren. Er würde eintreten, feige, wie er war, und sich an seinen Stammplatz setzen. Selbstverständlich würden sie auf seinen Armstumpf starren, vielleicht auch fragen, was denn mit ihm passiert sei, vielleicht aber auch nicht, doch das wäre ihm einerlei. Bringen Sie mir mein Abendessen, gebratene Hühnerbrust, wie immer. Nach ein paar Tagen würde sich kein Mensch mehr für ihn interessieren, und er hätte seine Ruhe. Er würde am Fenster seines Cottage sitzen und zuschauen, wie es über dem Meer Tag und wieder Nacht wurde. Dann würde ihm bewußt werden, daß er als Feigling die Sache nicht zu Ende gebracht hatte. Er war wegen Christina nach New York zurückgekehrt. Wenn ihn aber nicht alles täuschte, dann war sie jetzt in größeren Schwierigkeiten als zuvor – es schien um einen Haufen Geld zu gehen –, und er hatte nicht einmal mit ihr reden, geschweige denn ihr helfen können. Er hätte sich sagen können, daß ein amputierter Arm, ein ruinierter Fuß und ein verlorener Zahn Gründe genug waren, ihr nicht mehr zu helfen. Daß er einen mutigen Versuch unternommen hatte und damit gescheitert war. Er hatte alles Geld verloren und war gerade noch einmal davongekommen. Und er konnte wieder neu starten. Er hätte all diese Gründe nennen können, und doch wußte er, daß es bloß Lügen waren.

Eine Stunde später, um sieben Uhr morgens, betrachtete er seinen Armstumpf, während ihm die Krankenschwester den Verband wechselte. Die Ärzte hatten Hautpartien vom Gesäß mit ein paar Stichen an den Stumpf verpflanzt.

»Es heilt gut«, sagte die Krankenschwester.

»Wann werden die Fäden gezogen?« fragte Rick, dessen Wange immer noch schmerzte.

»In zwei Wochen, früher nicht. Ein Teil der Fäden ist aber aus Material, das sich selbst auflöst.«

»Und sonst wird hier nichts weiter gemacht?«

Sie betrachtete ihn mit einem gewissen Wohlwollen. »Heutzutage gibt es neuartige Armprothesen, die auf den Nervenimpuls des Stumpfes reagieren«, sagte sie. »Dazu ist allerdings etwas Training erforderlich –«

»Nein, nein«, murmelte Rick. »Ich wollte nur wissen, ob die Wunde wieder aufbrechen könnte.«

Sie verstand. »Die Ärzte haben die Arterien so umgelenkt, daß das Blut in den Körper zurückfließt«, erklärte sie. »Nach dem Eingriff heilt das Gewebe normalerweise ziemlich rasch. Die Nervenfasern brauchen dagegen etwas länger.« Sie zog ihm den Netzstrumpf aus, den man über seinen linken Fuß gezogen hatte, und betrachtete den Schorf auf der Wunde, die der Bohrer hinterlassen hatte. Das Fleisch um das Eintrittsloch war noch geschwollen und empfindlich, doch es hatte sich kein Eiter gebildet. Die Ärzte und Krankenschwestern hatten ihn gefragt, wie er sich solche Verletzungen zugezogen habe, doch er hatte nur gesagt, er wolle lieber nicht darüber reden.

Nachdem die Krankenschwester gegangen war, langte er mit der rechten Hand in die Schublade des Nachttisches und holte die Bibel heraus. Dürfte schwer genug sein, dachte er. Dann schlug er sich ein paarmal damit auf den Armstumpf, um zu testen, wie es sich anfühlte. Nicht so schlecht. Er wechselte die Richtung und schlug nochmals zu. Es tat weh, aber es blutete nicht.

Um zehn Uhr hatte er das Krankenhaus verlassen und stand vor seinem Pick-up. Er stellte fest, daß jemand unter den Sitzen und im Handschuhfach gewühlt hatte – wohl kaum auf der Suche nach Ostereiern oder Werbegeschenken. Er steckte den Zündschlüssel ins Schloß und fragte sich, ob jemand auch am Motor gefummelt hatte. Doch der Motor sprang sofort an. Er fuhr zu Macy's, dem Kaufhaus, zu dem ihn früher seine Mutter jeden Herbst vor Beginn des neuen Schuljahres mitnahm. Er kaufte sich mit der Kreditkarte seines Bruders Schuhe, Strümpfe, Unterwäsche, ein Oberhemd, einen guten Anzug und eine Krawatte. Auf dem kranken Fuß humpelnd, zog er sich in der Umkleidekabine an. Die Verkäuferin, die ihn bediente, war sehr zuvorkommend und stellte, obwohl sie den Verband bemerkte, keine Fragen.

Von Kopf bis Fuß neu eingekleidet, bewegte er sich behutsam auf dem Broadway durch die Menge, an Kauflustigen aus New

Jersey vorbei und an schwarzen Jungs aus Harlem, die hier gern auf den Putz gehauen hätten. Er trat in einen Elektroladen, dessen Besitzer Iraner waren. Sie sahen seine gute Kleidung und nannten ihn sofort »mein Freund«. Er gab vor, ein Geschenk für seinen Vater zu suchen, der gerade pensioniert worden sei. Er wolle ihm etwas ganz Besonderes schenken, etwas, woran man sein Leben lang Freude habe. Wieviel er denn ausgeben wolle, fragten sie und strichen sich vor Freude die Brust ihrer Seidenhemden glatt. Der Preis spiele keine Rolle, er wolle nur das Beste. Ganz unsere Meinung, sagten sie. Hier sei ein sehr guter Fernseher, das beste Gerät auf dem Markt. Ich zahle Paul das Geld später zurück, dachte er, aber jetzt brauche ich etwas, um es zu Barem zu machen. Er tat zehn Minuten lang, als könne er sich nicht entscheiden, ob er den Fernseher für achttausend oder den für elftausend Dollar nehmen solle. Beides Spitzengeräte, mein Freund. Für Sie machen wir Freundschaftspreis, weil Sie zum ersten Mal bei uns kaufen. Sie sind zufrieden, Sie beehren uns wieder, das wissen wir. Wir sind eine Kaufmannsfamilie seit zweihundert Jahren. Er entschied sich schließlich für das Elftausenddollargerät und fragte sie, ob das eine gute Wahl sei. Sehr gute Wahl, die beste. Wir tragen Ihnen das Gerät zu Ihrem Wagen. Sie haben sehr guten Geschmack, versicherten sie ihm.
Gegen Mittag saß er in einer Bar in Queens, wo er nach dem Lunch den Fernseher für dreitausend Dollar in bar verkaufte, dazu noch eine 22er Luger und eine 12er Winchester-Schrotflinte mit je einer Schachtel Munition. Dann kaufte er sich noch ein paar Sachen: einen eleganten langen Wintermantel, ein Paar Lederhandschuhe, einen Hefter, einen Elektrorasierer, einen Adapter zum Anschluß elektrischer Geräte im Auto, ein Päckchen Watte, eine Rolle Klebeband, ein Schweizer Offiziersmesser und eine Metallsäge. Er parkte den Pick-up unter dem F.-D.-Roosevelt-Drive. Während nicht weit von ihm ein Mann Säcke mit Bauschutt in den East River warf, saß er in der Fahrer-

kabine und maß die Schrotflinte an seinem Armstumpf ab. Dann machte er die Tür auf, klemmte das Gewehr unter seinen Schuh und stutzte mit der Metallsäge den Lauf um rund dreißig Zentimeter.

Danach steckte er das Gewehr in seinen linken Mantelärmel und füllte den Freiraum mit der Watte aus. Den linken Handschuh heftete er an das untere Ende des Ärmels, den er dann mit dem Messer aufschlitzte, so daß er mit seiner rechten Hand an das Gewehr herankam. Zuletzt befestigte er den Gewehrkolben behelfsmäßig mit Klebeband an seinen Armstumpf und zog den Mantel darüber. So war die Waffe verborgen. Mit seiner rechten Hand steckte er seinen Gewehr-Arm in die tiefe linke Manteltasche. Dann lud er die Pistole und steckte sie in die rechte Manteltasche. Rick Bocca, flüsterte er, *botta-bing, botta-boom.*

Dann drehte er den Innenspiegel zurecht und begann, sich zu rasieren. Vorsichtig fuhr er um die Narbe an der Wange herum, dann schor er sich auch das Kopfhaar. Die Haare fielen ihm auf Hemd und Hosen. Es dauerte länger, als er gedacht hatte. Ohne Haare und mit nur einem Arm sah er aus wie ein alter Mann. Für das, was er nun vorhatte, brauchte er Pauls Hilfe, er mußte seinen Bruder aufsuchen. Er schlug sich nochmals auf den Armstumpf, um zu testen, wie weh es tat. Es ging. Die Schweine hatten ihm also den Arm abgeschnitten. Sie hätten ihn gleich umbringen sollen, dachte er, wirklich, das hätten sie tun sollen.

Er ließ den Pick-up in einem anderen Parkhaus und nahm die Fähre nach Staten Island. Auf dem Schiff stand er an die Reling gelehnt und dachte an Pauls Frau Mary. Sie war eine treue Ehefrau und gute Mutter. Sie wußte wahrscheinlich, was für Geschäfte Paulie trieb. Wie hätte ihr das entgehen können? Sie gehörte zu jener Sorte Frauen, die sich in ihre Rolle fügten. Es gab sie überall, und manchmal funktionierte es ja auch. Sie erledigte die Familieneinkäufe, organisierte Geburtstagspartys,

faltete Pauls Unterwäsche, füllte den Freßnapf für den Hund, schmierte Pausenbrote für die Jungen, schleppte Einkaufstüten, sorgte dafür, daß immer Pauls Lieblingsbier im Kühlschrank stand. Die Rechnungen waren säuberlich neben dem Fernseher aufgestapelt, damit sie Paul Montag nachts während der Footballübertragungen durchsehen und begleichen konnte. All das tat sie und noch vieles mehr.
Von Mary wanderten seine Gedanken zu Christina, die immer von sich gesagt hatte, sie werde nie heiraten, sie könne nicht lebenslang einem einzigen Mann treu sein, auch nicht Rick. Er war damals klug genug gewesen, nur zu nicken. Viele Frauen hatten das zu ihm gesagt, damit er sich keine falschen Vorstellungen machte. Sie wollten nicht, daß er glaubte, Macht über sie zu haben. Also keine Illusionen. Das war in Ordnung. Man mußte davon ausgehen, daß die Frauen einen jederzeit verlassen konnten. Wenn man sich das klarmachte, paßte man auf. Und vielleicht verließen sie einen dennoch. Wie seine Mutter. Er hatte sie abgöttisch geliebt, und dann war sie gestorben.
Auf Staten Island nahm er ein Taxi und ließ den Fahrer ein paar Häuserblocks vor Pauls Anwesen halten. Die Schrotflinte, die er sich in den Ärmel seines Mantels gesteckt hatte, wog schwerer als erwartet. Aber vielleicht war seine linke Schulter einfach schwächer geworden. Das machte seinen Gang etwas unbeholfen. Er legte die Strecke in gemächlichem Tempo zurück, hielt vor Pauls hoher Hecke, die aussah, als sei sie erst vor fünf Minuten gestutzt worden, und vergewisserte sich, daß niemand beobachtete, wie er in die Zufahrt einbog. Ein Fahrrad lag auf dem geteerten Weg. Er schlich um die Garagenecke und schaute durch das Fenster. Die Limousine war nicht da, Paul war also noch nicht aus dem Büro nach Hause gekommen. Er suchte das Garagenfenster nach möglichen Alarmanlagen ab. Tatsächlich entdeckte er zwei winzige Sensoren an der mittleren Fensterscheibe, einen, der Bewegungen des Fensters aufzeigte, und

einen anderen, der Glasbruch meldete. Ein gutes System hatte sich Paul da installieren lassen.
Dann ging die Verbindungstür zwischen Garage und Küche auf, und der zehnjährige Paul junior, der schon aus der Schule heimgekommen war, drückte den Knopf für den elektrischen Öffner. Das Garagentor ging rumpelnd auf, und der Junge schob das Fahrrad in die Garage.
Mary steckte den Kopf durch die Tür. »Wenn du es da liegenläßt, fährt Dad mit dem Auto dagegen.«
»Nein, das macht Dad nicht.«
»Er könnte leicht dagegenfahren.«
»Dad ist ein guter Autofahrer«, widersprach der Junge.
»Dad ist sogar ein ausgezeichneter Autofahrer, aber wenn er nach der Arbeit heimkommt, ist er müde und erwartet, daß dein Fahrrad in der Garage abgestellt ist und nicht herumliegt.«
Die Tür ging wieder zu. Der Junge stellte das Fahrrad wie geheißen gegen die Wand und drückte erneut auf den Öffner. Das Tor ging zu. Dann griff er, wie Rick durch das Garagenfenster beobachten konnte, nach einer Gartenhacke und schwang sie wie einen Baseballschläger. »McGwire trifft den Ball und –« Er vollbrachte einen Schlag durch die Luft und bewunderte sich selbst für seine Kraft. Dann fiel sein Blick auf einen schweren Plastiksack voll Gartentorf. Er holte aus und ließ die Klinge der Hacke auf den Sack niedersausen. Ein Wölkchen trockenen Torfmulls entwich aus dem klaffenden Loch in der Verpackung. Diese Nachahmung unbändiger Gewalt reizte den Jungen zu weiteren tödlichen Schlägen mit der Hacke, bis brauner Mull aus einem halben Dutzend Wunden rieselte.
»Paulie!« ertönte die gereizte Stimme seiner Mutter.
»Ich komme ja schon!« Der Junge tat einen letzten Schlag, verfehlte aber den Torfballen und traf statt dessen den Rasenmäher. Es gab einen schrillen metallischen Klang. Er warf das Gerät in die Ecke und eilte in die Küche.

Paul, dachte Rick und lächelte im stillen, würde heimkommen und den Torfmull auf dem Boden der Garage verstreut sehen. Er würde mit seinem Sohn schimpfen und ihn zum Aufräumen zwingen. Das war ganz Paul. Vielleicht war er so ordnungsliebend, weil die beiden Brüder im totalen Chaos groß geworden waren, mit zwei früh verstorbenen Müttern und einem reizbaren, unberechenbaren Vater, der dem Alkohol so verfallen war, daß er manchmal wochenlang das Bett nicht verließ. Von ihm habe ich meine depressive Veranlagung, dachte Rick. Paul hatte die ganze Verantwortung an sich genommen. Wegen allem mußte man sich an ihn wenden. Schon als College-Student verwaltete er das väterliche Geschäft und sorgte dafür, daß Rick Geld für seine Baseballausrüstung, für Kinobesuche und alles sonstige bekam. Später traf er für sich die richtige Karrierewahl und suchte sich die richtige Ehefrau. So gut wie er werde ich nie, dachte Rick.
Er wartete, gegen die Garagenwand gelehnt, gut eine Stunde lang. So wie er aussah, mit einem Armstumpf und einem Loch in der Wange, wollte er sich nicht an der Haustür zeigen, die Jungen hätten einen Schreck bekommen. Außerdem hatte er Schmerzen. Er fragte sich, ob Tony wohl Christina gefunden hatte. Dann hörte er das Geräusch eines Autos, das die Zufahrt herauffuhr, anhielt und langsam weiterfuhr, als das Garagentor aufging. Paul kam früher heim als gewöhnlich, dachte Rick, vielleicht hat der andere Junge ein Footballspiel. Er bog um die Garagenecke, als Paul den Motor abschaltete.
»Paul.«
Paul schaute erschrocken auf. »Rick?«
»Du mußt mir helfen, Paulie.«
Paul schaute ihn an und versuchte, die Lage einzuschätzen. »Rick, ich bin gerade – was ist denn mit deinem Gesicht passiert? Und dein Arm sieht aus, als ob –«
Rick öffnete den Mantel und zeigte den bandagierten Armstumpf. »Ich bin in großen Schwierigkeiten, Paulie.«

»Wir fahren ein Stück zusammen«, sagte Paul.

Noch auf dem Weg aus dem Viertel rief Paul über sein Autotelefon Mary an und sagte ihr, er werde aus geschäftlichen Gründen aufgehalten und komme erst später nach Hause. Es tue ihm leid. Dann legte er auf.

»Sie ist ziemlich sauer.«

»Hat einer der Jungs heute ein Footballspiel?«

»Nein«, antwortete Paul bedrückt. »Das nicht.«

»Was dann?«

»Wir hatten einen Termin beim Arzt. Ich sollte Mary hinbringen.«

»Ist es etwas Ernstes?« fragte Rick.

Paul schüttelte den Kopf. »Nein, nur ein kleineres Problem mit – jedenfalls kein Grund zur Beunruhigung.«

Einige Minuten später fuhren sie zur Verrazano Bridge Richtung Brooklyn. Rick atmete schwer. »Sie haben mir den Arm abgeschnitten, Paulie. Und einen Fuß haben sie mir auch kaputtgemacht.«

Paul sagte nichts, schaute aber immer wieder Rick an. »Wo fahren wir eigentlich hin?« fragte er schließlich.

»Das ist mir egal.«

»Dann nehmen wir den Brooklyn-Queens-Expressway«, entschied Paul. »Da haben wir einen Blick auf die Stadt.«

Zu ihrer Linken tauchte die Skyline von Manhattan wie ein Haufen glänzender Riesenspielzeuge auf, davor kreuzten winzige Schiffe durch den Hafen von New York.

»Ich glaube, sie haben Christina. Ich meine Tony und Peck und dieser Morris.«

»Warum glaubst du das?«

»Sie haben es aus mir herausgequetscht.«

Paul hörte zu, während er den Verkehr auf der Brücke beobachtete.

»Ich brauche dich, damit du mich zu Christina bringst«, sagte Rick.

»Ich weiß nicht, wo sie ist.«
»Ach Paulie, hilf mir doch.«
»Ich kann es nicht.«
»Moment mal.« Rick war verwirrt und fast traurig.
»Was denn?« Paul blickte weiter geradeaus.
»Du hast gar nicht gefragt.«
»Wonach?«
»Wie sie mich gefunden haben.«
Paul rührte sich nicht. »Ja«, sagte er jetzt verächtlich. »Das stimmt, Rick.« Er lenkte den Wagen auf die Hochstraße, die an Baumwimpfeln und Flachdächern vorbei in Richtung Manhattan führte. »Ich habe dich nicht gefragt.«
»Du wußtest es also?«
»Ja«, sagte er wie beiläufig. »Natürlich.«
»Du wußtest auch, was man mit meinem Arm gemacht hat?«
Paul schaute Rick an, dann sagte er kühl: »Es war ausgemacht, daß sie ihn in die Kühlbox legen.«
Rick zog die Schrotflinte aus dem Mantel, spannte sie, hielt den gestutzten Lauf gegen das Heckfenster und drückte ab. Der Schuß riß ein Loch von der Größe einer Grapefruit ins Sicherheitsglas. Durch das Fenster sah man die Sonne und den blauen Himmel.
»Rick, verdammt noch mal, was soll das?«
»Sie haben mir den Arm abgeschnitten, Paulie! Und du hast nichts dagegen unternommen?«
»Weil du Tony und mir glatte fünf Millionen gestohlen hast!«
»Das ist nicht wahr.«
»Du hast sie gestohlen, Rick!« Paul schlug auf das Lenkrad, und die Hupe ging los. »Erzähl mir nicht, du und Christina, ihr hättet das Geld nicht gestohlen! Sie ist in den Knast gewandert, und du hast draußen auf sie gewartet.«
»Ich hab's nicht getan, Paul!«
»Lüg mich nicht an, verdammt noch mal!«

»Ich schwöre es, Paulie. Ich habe keine Ahnung.«
»Komm Rick, beim letzten Ding, das ihr gemeinsam gedreht habt. Du erinnerst dich doch wohl.«
»Die Klimageräte?«
»Genau.«
»Eine Ladung blöder Klimageräte. Das bringt doch keine Millionen.«
Paul erwiderte nichts. »Ich lege Musik auf. Ich muß nachdenken.« Paul atmete verächtlich durch die Nase aus. »Von den Kisten im Lkw gab es zehn voller Banknoten, Rick. Wir mußten das Geld aus Miami herausschaffen. Es wurde immer schwieriger, dort Geld zu waschen, es staute sich. Wir hatten es mit fünfzig bis sechzig Millionen zu tun. Der Typ, der die Geldwäsche betrieb, hatte gesundheitliche Probleme. Hautkrebs. Anfangs war da nur ein kleiner schwarzer Pigmentfleck, und am nächsten Tag hieß es plötzlich, er wird sterben. Daraufhin entschied Tony, das Geld nach New York zu bringen und eine Zeitlang hier zu waschen. Wir brachten es mit mehreren Autos bis Virginia und luden es dann auf den Lkw mit den Klimageräten.«
»Davon wußte ich nichts!«
»Es bestand auch kein Grund für dich, davon zu erfahren. Es waren alles kleine Scheine, Fünfziger und Hunderter, alte Banknoten. Die Kisten waren markiert. Nichts Auffälliges, man mußte schon wissen, wonach man zu suchen hatte. Es war geplant, daß Frankie die Kisten übernehmen würde.« Paul fuhr langsamer, um einen Lkw überholen zu lassen. »Dann ist die ganze Sache aufgeflogen, aus heiterem Himmel tauchten plötzlich Bullen auf, wir wissen bis heute noch nicht, warum. Sie beschlagnahmten den Lkw und die Klimageräte. Eine Stunde später trafen wir Frankie, und er übergab uns die Kisten, die er hatte abladen können. Er sagte, er habe nur acht von zehn gefunden. Wir glaubten ihm. Wir hatten keinen Grund, an seiner Aussage zu zweifeln. Er war pünktlich, und die Kilometerangabe des Liefer-

wagens stimmte ebenfalls. Wir hatten eine versteckte Videokamera im Lieferwagen installiert, von der er gar nichts wußte. Außerdem wurde die Verladerampe von Sicherheitskameras überwacht. Wir besorgten uns das Videoband. Darauf war zu sehen, wie er acht Kisten in den Lieferwagen verlud und dann nach den beiden fehlenden suchte. Auf dem Band sieht man deutlich, wie er sucht.«

»Wirklich? Davon wußte ich nichts«, sagte Rick.

»Du hattest deine Scheißdepression, Rick, du hast gar nichts mitgekriegt.« Paul schaute zu ihm hinüber. »Wir haben drei Monate gebraucht, um dieses Videoband zu bekommen. Man beschloß, daß Frankie die ganze Zeit über in seinem Haus bleiben sollte. Er sagte, er habe nichts zu verheimlichen. Er gab uns sein Auto und seinen Paß und nannte uns seine Bankverbindungen. Alles stimmte. Dann kamen wir auf den Gedanken, daß die beiden Kisten irgendwie unter die von der Polizei beschlagnahmten geraten sein konnten. Wir dachten, irgend jemand habe sie vielleicht aus dem Polizeilokal gestohlen. Wir brauchten wahnsinnig lange, bis wir jemanden gefunden hatten, der für uns dort nach den fehlenden Kisten suchte. Dazu mußte man in ein Polizeidepot gehen; ich weiß bis heute nicht, wo sich das befindet. Jemand ist also hingegangen und hat die Kisten gezählt: Zwei davon fehlten. Das hieß also, daß Frankies Aussage nicht stimmte. Wir drohten ihm, wir würden seine Kinder töten, und er weinte und schwor, er sei unschuldig. Wir glaubten ihm und ließen ihn laufen, und er arbeitete weiter für uns. Wir fragten uns nach wie vor, wo diese verdammten Kisten bloß geblieben sein konnten. Vielleicht hatte ein Bulle sie gestohlen, oder die Polizei hatte nicht in jede Kiste hineingeschaut. Über vierhundert Kisten waren es insgesamt, gewöhnlich prüften sie jede einzelne. Niemand hatte etwas von Geld in Kisten gehört. Wir bezahlten also die Person, die ins Polizeidepot gegangen war, damit sie nochmals nachschaute. Das brauchte Zeit. Wir befürchteten, die Polizei würde die Klimageräte bei einer Auktion von beschlagnahmten Waren versteigern. Dann hätten wir alles zurückkaufen müssen. Wir instruierten also unseren Mann bei der Polizei, daß er nochmals in das Depot gehen und jede einzelne Kiste aufmachen sollte. Wir gaben ihm einen Tacker mit, um die Kisten wieder zu verschließen. Aber Fehlanzeige: kein Bargeld. Also sind wir die ganze Geschichte noch einmal systematisch von vorn durchgegangen. Christina war im Gefängnis, sie konnte also nicht entwischen. Und du warst weit weg vom Schuß, draußen in Long Island, und ständig halb betrunken. Wir verfolgten deine Spur, wir kannten deinen Aufenthaltsort. Tony sagte, wir wollen ihn bloß beobachten. Wir wußten, daß du Geld in Tante Evas Keller versteckt hattest, wir wußten aber auch, daß es nicht unser Geld war. Das Geld in deinem Versteck bestand nur aus Hundertdollarscheinen. Wir spionierten dir in deinem Cottage am Meer und bei der Arbeit auf dem Fischkutter nach. Uns entging auch nicht, daß du ein Verhältnis mit einer geschiedenen Hausfrau mit einem gewaltigen Hintern angefangen hattest. Wir wußten alles über dich. Wir bezahlten die Hausfrau dafür, daß sie uns alles berichtete. Außerdem zapften wir ihr Telefon an, für den Fall, daß sie uns belog. Wir wurden nicht schlau daraus. Du lebtest, als hättest du überhaupt kein Geld, verbrachtest Stunden im Garten nur in Gesellschaft deiner Tomaten. Wir beobachteten und prüften alles. Wir bestachen Gefängnisbeamte, um etwas über Christinas Telefongespräche zu erfahren. Nichts. Sie rief niemanden an, nicht einmal ihre Mutter. Sie schrieb auch keine Briefe. Wer hatte sich das Geld unter den Nagel gerissen? Niemand hörte etwas. Gewöhnlich hört man doch etwas. Vielleicht hatte keiner das Geld. Es war ein Rätsel. Immerhin geht es dabei um fünf Millionen Dollar. Unterdessen schien Frankie die Pedale zu verlieren, er hielt den ständigen Druck nicht mehr aus. Er zog nach Phoenix und fing an, in Las Vegas zu spielen. Wir folgten ihm und stöberten ihn schließlich auf. Ich redete mit ihm. Er sagte: ›Sie können meine ganzen Papiere durchgehen, Paul, jeden einzelnen Beleg.‹ Und tatsächlich, er konnte alles nachweisen, jeden Dollar, den er ausgab und jeden, den er einnahm. Wir recherchierten, wo das Geld herkam, es war sauber.«

Rick beobachtete aus den Augenwinkeln, wie Paul atmete, wie er blinzelte, wie er Ricks Blick vermied. Er kannte alle Eigenarten seines Bruders. Paul hatte ein Alter erreicht, in dem er immer mehr ihrem gemeinsamen Vater ähnelte. Wir gehörten zwar zusammen, dachte Rick, aber wir waren keine richtige Familie. Wir wußten nicht, wie man zusammenlebt.

»Wir blieben also dran«, fuhr Paul fort, während er den Wagen Richtung Manhattan Bridge lenkte. »Tony hatte Videobänder, auf denen zu sehen war, wie das Geld in die Kisten verstaut, wie die Kisten markiert und anschließend in den Lkw verladen wurden. Irgendwo zwischen Virginia und New York verschwanden die Kisten dann. Wir hatten keinen Sender im Lkw, weil ihn sonst andere Leute hätten verfolgen können. Das hätte nur Spuren hinterlassen. Wir fragten nicht dich, weil du bereits unter Beobachtung standst und weil wir dich nicht mißtrauisch machen wollten. Wir kannten den Kilometerstand des Lkws vor der Abfahrt und mußten herausbekommen, wie er jetzt war. Also kauften wir das Fahrzeug bei einer Versteigerung zurück. Aber irgendein Arsch war über dreihundert Kilometer mehr gefahren, als der zu erwartende Kilometerstand gewesen wäre. Du und Christina, ihr hattet nicht genug Zeit, um so viele zusätzliche Kilometer zu fahren. Wir dachten, daß die Polizei den Lkw bei ihren Operationen benutzt hatte und daß die zusätzlichen Kilometer daher kamen. Auf jeden Fall haben wir das Fahrzeug auseinandergenommen und nach möglichen doppelten Böden durchsucht. Nichts.«

Rick erinnerte sich jetzt. Sie hatten damals die Interstate westlich von Philadelphia verlassen und bei Christinas Eltern früh zu Mittag gegessen. Tony hatte nie davon erfahren – ein solcher

Zwischenstop war gegen seine Anweisungen. Aber Christina hatte damals darauf hingewiesen, daß es keine zehn Kilometer bis zu ihren Eltern sei. Sie würde sie so gern wiedersehen, vor allem ihren Vater. Ihr Vater hatte krank ausgesehen, dünn, und trotz der Sommerhitze hatte er gehustet. Aber er freute sich auf den Umzug nach Florida. Christina machte sich Sorgen um die zwei. Nach dem Essen hatte sich Rick dann im hinteren Schlafzimmer für eine Stunde schlafen gelegt. Anschließend waren sie auf der Interstate Richtung New York weitergefahren und direkt in den Schlamassel in Manhattan geraten. Plötzlich waren die Bullen aufgetaucht. Und alles bloß wegen einer Ladung Klimageräte.

Unterdessen waren sie auf der Manhattan Bridge, von wo sie Chinatown erreichen würden. Sie gerieten in zähflüssigen Verkehr. Paul räusperte sich. »Sie hat die beiden Kisten geklaut, Rick.«

»Das glaube ich nicht.«

»Sie hat die beiden Kisten aus dem Lkw geklaut, versteckt und mit irgendeinem Trick die Polizei verständigt. Danach ist sie in den Knast gewandert. Du hattest davon keine Ahnung. Das haben wir erst nach der Sache mit dem Arm herausgefunden. Du wußtest von nichts. Sie war schlau genug, dir nichts davon zu sagen.«

»Das ist doch Quatsch«, sagte Rick, der sich mit einem Mal kalt und einsam fühlte.

»Hör mal, wir haben dir den Arm abgeschnitten, um das herauszubekommen! Ich habe Tony gesagt, du wüßtest nichts davon, aber er hat mir nicht geglaubt! Ich habe dir eine Chance zur Flucht gegeben«, rief Paul. »Ich habe dir eine Kreditkarte und Geld gegeben. Die Karte war so eingerichtet, daß ich über alle Kontobelastungen binnen zehn Minuten informiert würde. So etwas kann man bei Konten für Minderjährige einrichten lassen. Ich dachte, auf diese Weise jederzeit deine Spur zu finden.«

»Ah, und auf diese Weise haben sie mich also in diesem Puff ausfindig gemacht.«
»Ja. Tony wollte das unbedingt.« Paul überholte ein Taxi. »Ich war der Ansicht, daß wir sie früher oder später finden würden, aber du mußtest dich ja einmischen.«
»Du wußtest, daß ich es tun würde.«
»Ich dachte es mir.« Pauls Stimme klang müde. Er mochte Probleme und verfahrene Situationen nicht. Er liebte Geld, Beträge, die man miteinander verrechnen konnte, Soll und Haben.
»Und es war wirklich abgemacht, meinen Arm in der Kühlbox aufzubewahren?« fragte Rick, die Schrotflinte wegsteckend.
»Ja.«
Abgase aus dem dichten Autoverkehr drangen durch die zerbrochene Heckscheibe herein.
»Sie haben sich nicht daran gehalten.«
»Damit wollte mir Tony eins auswischen.« Paul rieb sich die Augen. »Es gab ein paar Unstimmigkeiten zwischen uns. Er wird langsam launisch und unberechenbar.«
»Vielleicht ist er der Typ, den ich erledigen sollte.«
»Nein«, sagte Paul in entschiedenem Ton. »Wir werden die ganze Geschichte durchsprechen und dann nach Hause gehen, Rick.« Paul schaute in den Spiegel. »Am Schluß bekommt jeder etwas, und dann gehen wir nach Hause. Für dich ist der Käse jetzt gegessen, das mußt du doch einsehen. Du mußtest zahlen für das, was du getan, und auch für das, was du nicht getan hast. Jetzt mußt du da raus. Tony wird dir Geld oder einen Job anbieten.«
»Er wird sie umbringen, Paul. Ganz gleich, was er dir gesagt hat.«
Paul schwieg dazu.
»Weißt du, wo sie ist?« fragte Rick.
»Nicht genau.«
Rick nahm das Autotelefon. »Dann finde es heraus.«

»Warte.«
»Du hast mit Tonys Leuten gesprochen, stimmt's?«
»Sie haben Christina nicht«, sagte Paul. »Noch nicht. Aber sie warten darauf, daß sie mit einem Konnossement vorbeikommt, als Ersatz für das Geld.«
»Warum sollte sie so ein Papier besorgen?«
»Weil gerade in diesem Augenblick Tonys Leute Christinas Lover in der Mangel haben. Er liegt auf demselben Tisch, auf dem du auch gelegen hast. Er hat das Geld zusammengekratzt.«
»Liegt ihr denn so viel an ihm?« Ihm gefiel das überhaupt nicht.
»Nein, aber sie haben auch ihre Mutter unten in Florida.«
»Was haben Tonys Leute mit ihm gemacht?«
»Ich weiß es nicht. Aber offenbar ist es ein hartgesottener Bursche, auch schon älter. Er war noch am Leben, als ich vor einer halben Stunde angerufen habe. Ich habe zu Tony gesagt, er soll ihn endlich ins Krankenhaus bringen lassen.« Paul schüttelte angewidert den Kopf. »Diese Leute haben keinen Verstand.« Er schaute auf seine Armbanduhr. »Sie sollte eigentlich vor vier Stunden bei ihnen aufkreuzen.«
»Christina sollte das so schnell erledigen?«
»Ja, Tony hat keine Ahnung, wieviel Zeit es in der wirklichen Welt kostet, solch ein Papier zu bekommen«, sagte Paul bitter.
Sie hatten die Brücke verlassen und fuhren auf der Canal Street in westlicher Richtung. In der Gegend wimmelte es von asiatischen Gesichtern. »Fahr mich da jetzt hin«, sagte Rick.
»Warum? Du bist aus der Sache raus«, versetzte Paul. »Ich kann zu Tony sagen, wir haben Mist gebaut, mein Bruder hat seinen Arm dabei verloren. Wir müssen ihm Geld geben, damit er weggehen und neu anfangen kann.«
Rick nahm wieder die Schrotflinte und schoß durch das Fenster der hinteren Autotür. Der Knall der Explosion drängte schmerzhaft in seinen Ohren; Rauch füllte das Wageninnere und zog

durch die zerbrochene Fensterscheibe ab. Er griff in die Manteltasche und holte Patronen zum Nachladen.
»Was soll das?« schrie Paul.
Rick atmete tief durch, als müsse er sich auf eine anstehende Aufgabe vorbereiten. Dann legte er den noch warmen Gewehrlauf an den Hals seines Bruders. »Ich bin schon einmal weggegangen, Paul, aber es hat mir nicht gefallen.«

M & R Bar – Restaurant
Elizabeth Street 264, Manhattan
28. September 1999

Endlich hatte sie dieses Papier, aber um Stunden zu spät. Sie hielt es in ihrer kleinen, verschwitzten Hand und betrachtete es. Man mochte gar nicht glauben, daß es fünf Millionen Dollar wert war. Es war bloß ein Formblatt in dreifacher Ausfertigung mit einer Seriennummer, versehen mit Datumsstempel und den aufeinanderfolgenden Unterschriften des Schiffsmaklers, des Kapitäns des Containerschiffs, das unter südkoreanischer Flagge fuhr, des Spotkäufers und einer gewissen Sally Rahul. Übertragbar durch Indossament. Außerdem gab es Stempel verschiedener Zollabfertigungsstellen. Aus dem Papier ging hervor, daß der Container NZ783A149ORF hergestellt in Beaumont, Texas, und beladen in Seoul, 2300 Nikon-Kameragehäuse und 1600 200-Millimeter-Teleobjektive enthielt. Die Ladung war bezahlt und konnte gegen Vorlage des Konnossements innerhalb von zehn Tagen an einer bestimmten Verladerampe in Newark abgeholt werden – wie bei jeder anderen Ware, die in einem Lagerhaus deponiert war, nur daß es sich hierbei um eine größere Summe handelte. Auf dem Papier stand weder Tonys noch Charlies, noch Christinas Name. Gewiß, die Rechnungsnummer verwies auf das Büro des Spotkäufers am unteren Broadway, und dort hätten sie Charlies Namen und das Doppel des Akkreditivs vorzeigen können. Wer es schaffte, die Kameras umgehend an den Mann zu bringen, der war ein reicher Mann. Wie sollte sie das anstellen?

Genau wußte sie das nicht. Sie brauchte auf jeden Fall einen Lkw. In ein oder zwei Tagen würde sie einen Typ mit einem großen Lkw schon auftreiben. In der Stadt wimmelte es von Typen mit Lkws.

Sie hatte sich in den schattigen Innenhof des Restaurants zurückgezogen, das um diese späte Nachmittagsstunde fast leer war. Nun war es Zeit. Den ganzen Tag über hatte sie sich mit Tony herumschlagen müssen, der nicht einsehen wollte, daß man solche Papiere nicht so kurzfristig erhalten konnte. Zuletzt war man übereingekommen, daß sie sich um halb vier wieder melden sollte, dann würde er ihr mitteilen, wohin sie das Konnossement bringen sollte. Sie hatte seit Stunden nicht mehr mit Charlie gesprochen. Die elektronische Überweisung der fünf Millionen Dollar von der Citibank hatte geklappt, vielleicht also … Sie wußte nicht recht, ob sie hoffen durfte, daß er noch am Leben war.

Sie zahlte ihr Essen, verbesserte die falsch berechnete Mehrwertsteuer auf der Rechnung, glitt durchs Restaurant, an dessen Wänden Ölgemälde mit Frauenakten hingen, und verließ das Lokal durch den Haupteingang. Sie ging erst nördlich Richtung Houston Street und bog dann nach Westen ab, weil sie sich an zwei Münztelefone erinnerte, an denen sie immer vorbeigekommen war, als sie noch im Jim-Jack gearbeitet hatte. Tony hatte ihr eine siebenstellige Telefonnummer gegeben, die nicht seine Handy-Nummer war. Das hieß, daß ihr Anruf durch die normale Telefonleitung gehen würde. Er will herausbekommen, wo ich mich aufhalte, dachte sie. Er will das wissen, weil er denkt, ich könnte abhauen. Damit könnte er recht haben. Er denkt das, weil ich gesagt habe, daß sein Name auf dem Konnossement steht, da bin ich vielleicht ein bißchen zu deutlich geworden. Er denkt, daß ich denke, was ich gerade denke. Von jetzt ab ist nicht mehr Charlie das Pfand. Das wissen wir beide. Charlie hat die Telefonnummer vergessen, deshalb kann Tony die Adresse des Büros

des Spotkäufers nicht ermitteln. Schlimm. Ich wollte Charlie da nicht mit hineinziehen. Ich war nicht darauf gefaßt. Wenn er doch bloß nicht ihre Mutter angerufen hätte … Das war das noch verbleibende Pfand – ihre Mutter. Die würde sie nicht preisgeben. Christina hatte den ganzen Tag über versucht, ihre Mutter zu erreichen, vergeblich. Und das war gut. Tony, so überlegte sie sich, würde nie denken, daß ich mit dem Konnossement abhauen könnte, wenn er meine Mutter wirklich in seiner Gewalt hätte. Das wiederum bedeutet, daß er denkt, ich könnte herausfinden, daß er sie nicht in seiner Gewalt hat. Er zeigt mir so seine Befürchtung, und er zeigt mir seine Schwachstelle.
Sie nahm Rahuls Handy und wählte nochmals die Nummer ihrer Mutter. Das Lämpchen gab einen niedrigen Batteriestand an. Nichts. Dann der Anrufbeantworter. Gut, dachte Christina. Mom hat heute morgen mit Charlie gesprochen und hat dann vielleicht eine Sause mit einem ihrer Trucker-Freunde gemacht. Ich glaube, ich bin frei. Aber vorher mußte sie noch Tony anrufen. Die beiden Münztelefone standen nebeneinander. Sie prüfte den Wählton bei beiden, kaufte eine Rolle Klebeband in einem Laden in der Nähe und klebte dann die Hörer der beiden Apparate Hörmuschel gegen Sprechmuschel zusammen. Jetzt darf nichts schiefgehen, sagte sie sich. Wenn mir ein Fehler passiert, muß ich alles von vorn anfangen. Sie hoffte, daß die Handy-Batterie noch eine Weile mitmachte. Sie nahm das Wechselgeld aus ihrem Portemonnaie und warf drei Dollar in jeden Apparat, das war mehr als genug für ihre Zwecke. Sie schaute noch einmal auf die Telefone. Das Handy nannte sie A, das linke Münztelefon B und das rechte Münztelefon C. Das Telefon, das sie eigentlich anwählen wollte, bekam die Bezeichnung D.
»Hey, Mädchen, was machst du da für linke Sachen?«
Zwei schwarze Jungen, die an einem Zeitungsstand einen halben Häuserblock entfernt gestanden hatten, kamen herangeschlendert. Sie gingen betont langsam, um ihr angst zu machen.

»Ihr kommt im richtigen Augenblick«, sagte sie.
»Wieso?«
Sie winkte sie heran. »Wollt ihr euch ein bißchen Geld verdienen und dabei noch einen Trick lernen, der in eurer Branche Gold wert ist?«
»Was verstehst du unter ›unserer Branche‹?«
Sie grinste.
»Ach so, okay.«
Sie zeigte auf die Münztelefone. »Paßt auf. Es geht um folgendes: Ein paar Leute wollen, daß ich sie anrufe und dabei eine ganz bestimmte Nummer benutze. Problem ist, sobald ich sie anrufe, wissen sie, wo ich bin.«
Das gefiel den Burschen. »Aha. Polizei.«
»Richtig. So etwas wie eine Polizeinummer. Auf die Weise können sie in fünf bis zehn Sekunden ermitteln, woher der Anruf kommt. Vielleicht sogar noch schneller. Also, mit dem Telefon da« – sie zeigte auf Apparat C – »rufe ich die getürkte Nummer an. Mit dem anderen Münztelefon wähle ich mein Handy an.« Sie schaute sie an, um zu sehen, ob sie verstanden hatten. »Ich wähle zuerst meine Handy-Nummer, das ist dann die bestehende Verbindung.«
»Verstehe, die Bullen einnebeln.«
»Hört zu, Jungs«, sagte Christina. »Könnt ihr fünf Minuten lang hier stehenbleiben und wie richtig böse schwarze Buben gucken? Ja? Okay. Wenn ihr das macht, kriegt ihr in Kürze einen spannenden Film zu sehen.«
»Nämlich?«
»Ihr seht dann, wie ein paar Typen im Auto mit quietschenden Reifen vorfahren und wie wahnsinnig Ausschau halten nach –«
»Dir.«
»Genau.«
Sie nickten. »Geht in Ordnung.«

Nun wählte sie mit dem Telefon B ihr Handy an. Das Warnlicht gab weiterhin einen niedrigen Batteriestand an und blinkte ununterbrochen. Das Handy klingelte, und sie drückte die Sprechtaste. Sie hörte ihre eigene Stimme aus dem Hörer des anderen Telefons kommen. »So, die Verbindung steht. Nun wähle ich das andere an.«
Sie tat es. »Ihr bleibt hier stehen.« Sie stellte sie vor die beiden Münztelefone. Solange die beiden Jungs hier standen, würde sich niemand an den zusammengeklebten Telefonen zu schaffen machen.
»Ja?« machte eine Stimme in ihrem Ohr.
»Also, ich melde mich wieder«, sagte sie. Die Verbindung stand, wenn auch mit viel Nebengeräuschen. Sie tätschelte dem einen schwarzen Jungen die Wange und zwinkerte dem anderen zu.
»Ich melde mich wie verabredet.«
»Wo bist du jetzt?«
»In Manhattan midtown, Forty-second Street Ecke Broadway.«
»Gut.«
Sie ging weiter, das Handy am Ohr.
»Du sagtest Forty-second Street Ecke Broadway?«
»Ja. Was soll ich jetzt machen?«
»Da muß ich erst nachfragen, bleib dran.«
Sie wollten sie hinhalten. Selbstverständlich wußten sie, daß sie log. Sie bog in die Bowery ein und fragte sich, wie lange die Batterie wohl noch halten würde.
»Ja«, sagte die Stimme wieder, »wir wollen, daß du uns einen Weg vorschlägst, wie wir an dieses Papier kommen.«
»Einverstanden«, sagte sie.
»Wie?«
»Ich sagte einverstanden.«
»Die Verbindung ist schlecht.«
»Ich spreche von einem Münztelefon aus.«
»Aha.«

»Also?« Wahrscheinlich hatten sie schon ein Auto losgeschickt. Sie mußte lange genug am Telefon bleiben, damit Tonys Leute dachten, sie sei noch da.

»Wir wollen, daß du uns einen Treffpunkt angibst«, sagte die Stimme.

»Wie wär's mit der Aussichtsterrasse des Empire State Building?« schlug sie vor.

»Ja, also ich glaube nicht ... Ich muß fragen. Wie wär's mit einem Ort, der bei dir in der Nähe ist?«

»Gute Idee.«

Plötzlich war der Hörer voller Geräusche.

»Hey!« rief eine Stimme.

»Hallo? Hallo?« rief eine andere.

»Sie hat uns reingelegt!«

Christina schaltete das Handy aus und ging weiter, das Konnossement sicher in ihrer Handtasche. Ich bin frei, sagte sie sich. Ich brauche nur zurück zum Pioneer Hotel gehen und mir überlegen, wie ich noch ein paar Tage durchhalte. Blieb die Frage, wie es ihrer Mutter ging. Wenn ihre Mutter jetzt den Anruf entgegennahm und wohlauf war, dann brauchte sie sich keine Sorgen zu machen. Sie würde dann in Ruhe überlegen können, was als nächstes zu tun war. Ich probiere es noch einmal, beschloß Christina. Sie klappte das Handy auf. Das Warnlicht blinkte wieder. Sie gab die Nummer ein.

»Hallo?« ertönte die angsterfüllte Stimme ihrer Mutter.

»Mom?«

»Tina, tu, was sie von dir verlangen«, rief ihre Mutter. »Hier sind drei Männer in meinem Wohnzimmer. Sie haben schon das ganze Haus auf den Kopf gestellt.«

Christina spürte, wie sie das Entsetzen packte. Ein Mann kam ans Telefon. »Tony sagt, er schneidet deinen Freund in Stücke. Komm zur Tenth Avenue Ecke Thirteenth Street und bring das Papier mit.« Er legte auf.

Sie ließ sich gegen eine Mauer sinken. Ich bin so schlecht, dachte sie, so schlecht.

Zehn Minuten später stand sie an der Straßenecke, die man ihr genannt hatte. Es war das frühere Schlachthofviertel, überall waren Fenster und Türen mit Brettern vernagelt, Glasscherben und Abfall lagen im Rinnstein. An der Straßenecke stand ein Taxi mit einem platten Reifen; der Fahrer betrachtete wütend den Schaden. Auf der anderen Straßenseite ging eine Tür auf. Sie ging hinüber.

»Also gut, ich bin hier«, sagte sie voller Haß. »Jetzt müßt ihr meine Mutter in Ruhe lassen.«

Sie erkannte Peck. Er zog sie in den Gang und brachte sie die Treppe hinauf in einen großen Raum. Die Fußbodendielen waren stellenweise herausgerissen, die Scheiben der hohen Fenster zerbrochen und dreckig. Sie sah Tony auf einem Stuhl sitzen und in ein Handy sprechen, zu seinen Füßen lagen leere Pizza-Kartons. Er klappte das Handy zu. »Paul kommt hierher«, verkündete er. Dann sah er Christina. »Hast du es dabei?«

»Ja.«

Ein Mann in einer grünen Baseballjacke stand neben Tony. Etwas lag ausgebreitet auf dem Tisch vor ihnen. »Wir haben deinen reichen Freund hier«, rief der Mann.

Sie blieb stehen. »Wo?«

Peck schob sie vorwärts, zum Tisch.

»Gleich hier, ein harter Bursche, muß man sagen.« Er schaltete eine helle Arbeitslampe an.

»Willst du ihn sehen?«

Unweit der Thirteenth Street/Tenth Avenue
Manhattan
28. September 1999

Sie parkten Pauls Limousine mit ihren kaputten Scheiben ein paar Häuserblocks weiter und gingen dann auf die Tür des verlassenen Fabrikgebäudes zu, vorbei an einem Taxifahrer, der gerade ein Rad seines Autos wechselte. »Ich bin's«, sagte Paul in sein Handy. »Ich warte, bis mir jemand aufmacht.« Rick stand neben der Tür auf der Seite, wo die Türangeln angebracht waren. Sie hörten jemanden die Treppe hinunterkommen.

»Laß mich die Situation erklären«, warnte Paul.

»Schön.« Rick ließ Paul glauben, was er wollte. Er hatte seine Schrotflinte wieder geladen.

»Kommen Sie allein?« fragte eine Stimme hinter der Tür.

Rick stieß Paul den Gewehrlauf in den Rücken. »Ja«, antwortete Paul, den Blick auf seine eleganten Schuhe gesenkt.

Die Tür ging auf.

Paul trat ein. »Hallo.«

»Wir haben sie oben –«, begann die Stimme.

Da riß Rick die Tür weit auf und legte den Finger an den Abzug. Detective Peck schaute ihn erstaunt an und hob die Augenbrauen. Rick drückte ab. Der Knall erfüllte den dunklen Treppenaufgang. Peck fiel rückwärts zu Boden, aus seinem Bauch spritzte Blut. Er trat mit den Füßen gegen die Stufen und versuchte aufzustehen. Blut sickerte durch seine Kleider und tropfte auf die Stufen.

»Scheiße«, sagte Paul.
Rick schaute nach draußen. Der Taxifahrer rollte das Reserverad aus dem Kofferraum. Sonst war niemand auf der Straße; niemand hatte etwas bemerkt. Er zog die Tür zu. Peck stöhnte und versuchte hochzukommen.
»Gehen wir«, sagte Rick, der heftig zu schwitzen begann.
Peck drehte sich auf die Seite und schaute die Treppe hoch.
»Wir können ihn doch nicht so liegenlassen«, protestierte Paul.
»Warum nicht?«
Er stieß Paul die Treppe hoch in den großen, düsteren Fabrikraum. »Hier haben sie mir den Arm abgeschnitten, Paul.«
Durch das Halbdunkel sah er Morris, Tony und dann noch jemanden, der auf demselben Tisch lag, wo auch er gelegen hatte – einen älteren Mann ohne Hemd, das Gesicht nach unten gewandt, den Arm angekettet. Mit mehreren Gefäßklemmen hatte man die blutige Metzelei eingedämmt, die sie an der unteren Rückenpartie angerichtet hatten. Leere Infusionsbeutel lagen auf dem Boden. Einen Fuß hatte man ihm amputiert und die Wunde mit einer Klemme versehen. Tony saß auf einem Stuhl und studierte, die Lesebrille auf der Nase, ein Blatt Papier, so als gehe er die tägliche Post durch. Rick schwang das Gewehr in den Raum und behielt seine Hand auf Pauls Schulter. Morris stand aufrecht, eine Pistole auf Rick gerichtet.
»Peck!« rief Tony. »Peck?«
»Wo ist sie?« schrie Rick erregt.
»Hallo, Rick!« sagte Tony. »Sie ist hier. Mit ihrem Freund.«
Morris behielt seine Waffe auf Rick gerichtet. »Ein Wort genügt, Boß, und die Sache ist erledigt«, sagte er zu Tony.
Rick sah Christina, mit Klebeband geknebelt und gefesselt, bewegungslos am Boden sitzen. »Lebt sie noch?« rief er voller Angst. Der ganze Raum schien zu kippen.
»Wir haben sie nicht angerührt.« Morris schaltete die Arbeitslampe aus, dann wieder an.

»Christina?« rief Rick, vom wechselnden Licht irritiert.
Sie rührte sich nicht und blieb stumm.
»Hör auf, an der Lampe herumzufummeln!« schrie Rick. »Was habt ihr gemacht?«
»Gar nichts«, sagte Morris. »Wir haben sie bloß mit Klebeband verpackt.«
Rick schob Paul vorwärts und schielte auf den Mann auf dem Tisch. Dessen eine Hand zuckte noch. Er hatte einen langen Einschnitt am unteren Ende der Wirbelsäule.
»Wer ist das?«
»Das ist ihr Lover.« Tony, der ein weites Hemd über seinen fetten Bauch trug, mahlte mit seinen Schneidezähnen den Überbiß seines Unterkiefers. Sein Lächeln schien der adäquate Ausdruck der Summe aller Täuschungen dieser Welt. »Rick, das hier ist kein Spiel, bei dem du kommen und gehen kannst, wie du willst.«
»Laß sie laufen«, befahl Rick.
»Laß sie selber laufen.« Morris schaltete wieder das Licht ein und aus.
Ich bring ihn um, dachte Rick. Ich muß ihn umbringen.
»Tony«, begann Paul, der versuchte, zwischen Männern zu vermitteln, die den Verstand verloren hatten, »laß sie laufen. Du hast das Geld, das Konnossement. Laß sie alle laufen. Ich habe Leute, die hier alles wieder saubermachen. In drei Stunden ist nichts mehr zu sehen, alles in Koffern verstaut.« Er machte eine Pause. »Du und ich, wir kennen uns seit langer Zeit. Und wir werden noch eine Menge Geld zusammen machen.«
»Wer ist dabei?« fragte Tony, der aufgestanden war und nun das Blatt Papier gefaltet in die Brusttasche steckte.
»Wir«, sagte Paul.
»Wer? Er auch?« Tony zeigte auf Rick.
»Wo sind Jones und Tommy?« fragte Paul. »Du hast doch gesagt –«

»Die fahren immer noch in der Gegend herum und suchen nach ihr.« Tony betrachtete das Handy in seiner Hand. »Das Ding ist tot.«

Morris schwenkte seine Pistole. »Mir gefällt das alles nicht.«

Paul zeigte auf Morris. »Pfeif ihn zurück, Tony, das ist ein Hitzkopf.«

Morris hielt weiterhin die Waffe auf Rick gerichtet und lächelte.

»Christina?« rief Rick, ganz krank und nervös zwinkernd.

Keine Antwort.

»Ich leg den Kerl um, Tony!« Morris stellte sich breitbeinig hin und hielt jetzt die Waffe mit beiden Händen.

»Pfeif ihn zurück!« schrie Paul. Der Schrei hallte in dem leeren Raum wider.

»Warum kann ich sie nicht hören?« fragte Rick.

»Weil sie Klebeband vorm Mund hat, du Idiot.«

»Tony«, schrie Paul nochmals, nun gebückt. »Sag dem Typ da, er soll das Ding wegstecken. Wir können alle aus dieser Geschichte rauskommen, wir –«

Morris drückte ab.

Paul wankte. Der Schuß hatte ihn am Kopf getroffen. Eine Blutfontäne spritzte einen halben Meter aus seinem Schädel empor, dann fiel er auf den Dielenboden. Rick trat schreiend einen Schritt nach vorn und schoß auf Morris, ohne zu zielen. Morris hielt sich den Schenkel. Ich kann mit dem Ding nicht richtig schießen, dachte Rick, humpelte aber weiter vor und schoß auch den zweiten Lauf leer. Nun hatte er keinen Schuß mehr. Morris hob die Hände vors Gesicht und sank stöhnend auf ein Knie nieder. Blut strömte auf seine grüne Baseballjacke. Jetzt bring ich dich um, keuchte Rick. Ja. Er stand über Morris. Ich muß das tun, dachte er, den Mund voller Speichel, denn er hat Paulie getötet.

»Meine Augen«, jammerte Morris. »Meine Augen!« Er stöhnte, eine gallertartige Masse troff zwischen seinen Fingern hindurch.

Rick schlug mit dem Gewehrkolben auf Morris' Kopf ein, als ob er einen Spaten in die Erde rammte. Morris kippte nach vorn, rang nach Atem. Rick wartete. Morris bewegte sich. Er schlug ein zweites Mal zu, wild und mit dem Knie nachhelfend, und dann ein drittes Mal. Er wartete wieder. Dann schlug er noch dreimal zu, um ganz sicher zu sein.

Dann blickte er auf, sein Atem ging schwer, seine Arbeit war getan. Er sah, wie Tony ins Halbdunkel Richtung Ausgang huschte – erstaunlich schnell für einen alten Mann. Er hob das Gewehr und erinnerte sich, daß beide Läufe leergeschossen waren. Die Pistole steckte zu tief in der Tasche. So kriege ich ihn nicht, dachte er. Tony verschwand, kurz darauf knallte eine Tür. Rick ging zu Christina hinüber. Über Augen und Ohren hatte sie eine Lage Klebeband.

»Ich bin's«, sagte er leise, »Rick.« Er würde Mühe haben, sie nur mit einer Hand von der Fesselung zu befreien. »Warte einen Augenblick.«

Er stapfte zu Morris' Werkzeugkiste hinüber und kramte nach einer Schere. Dann ging er zu ihr zurück und legte ihr die Hand auf den Kopf. »Alles in Ordnung. Keine Sorge.« Er begann behutsam, das Klebeband zu zerschneiden, so daß sie erst durchatmen und dann sehen konnte.

»Er lebt ja noch!« rief sie. »O Gott, Charlie?«

»Ist er dein Freund?« Rick folgte ihr, und versetzte einer am Boden liegenden Schraube einen Tritt.

Sie beugte sich über den Mann. Es sah aus, als hätte man ihm Teile der Wirbelsäule herausgeschnitten. Christina legte einen Finger auf das Gesicht des Mannes und streichelte ihm die Wange.

»Mein Bruder ist tot«, flüsterte Rick. »Sie haben ihn umgebracht.«

»Hat Tony das Papier gekriegt, das Geld?« fragte sie.

Er schaute sie an. »Paulie ist tot.« Er war verbittert und voller

Haß auf alles und alle, sogar auf sie. »Ich habe mich so nach dir gesehnt«, sagte er mit kaum hörbarer Stimme.
Sie strich dem alten Mann noch einmal über das Gesicht. »Lebt er noch? Er ist … warm.«
»Nein, er lebt nicht mehr, nicht mehr richtig. Nicht mit all dem Blut, das er verloren hat.«
»Er ist wegen mir gestorben.«
»Das sind alle hier.« Er humpelte zu seinem Bruder hinüber. Als er wieder aufblickte, sah er durch den halbdunklen Raum Christina im Türrahmen stehen. Sie schaute ihn an, dann wendete sie sich ohne ein Wort ab und überließ Rick sich selbst.

US-Luftwaffenstützpunkt Edwards
Kalifornien
Frühjahr 1966

Er würde überleben, ja, verdammt. Durchhalten, nur durchhalten! Preß die Beine fest an, Charlie-Boy, drück das Blut wieder nach oben, du Schwächling, es sind doch bloß die *g*-Kräfte … Er hörte das Rasseln seines eigenen Atems … schreiende Männer, dann Gewehrsalven … Ich lebe noch … Augen geschlossen, bloß müde. Die Beschleunigungskräfte, die auf seinen Rücken drückten, waren auszuhalten. Ich bin noch, ich bin, ich atme, ich bin hier. Er versuchte, den Kopf zu heben, doch der Schmerz schüttelte ihn. Hatte er die Augen offen? Nein, sie waren geschlossen. Dunkel im Helmvisier. Herzschlag langsam. Hatte er davon gesprochen … nein – nein, Ellie, ich … wollte darüber reden, aber ich habe es dann nicht getan, man wollte nicht, daß … Auch nicht über Ben oder Julia. Er hob den Kopf, fiel aber wieder zurück, als er in eine Fünfzehn-Grad-Drehung ging, die Rumpfnase der F-4 war von Millionen Wolken aufgerauht. Ich mache eine komplette Rotation, die Horizontlinie dreht sich im Uhrzeigersinn, es ist wie eine Übung bei einer Flugschau. Die Tanks sind randvoll. Keine Bombenlast. Nur zwei Oberstleutnants dort unten in der Wüste verfolgten ihn mit ihren Feldstechern. Sie kontrollierten, ob man's auch richtig machte. Pedantische Fluglehrer. Er würde in einer Woche nach Wiesbaden in Westdeutschland versetzt, Präsident Johnson war sauer auf Onkel Ho. Bring die Maschine in die Vertikale, drück den

Leistungshebel durch, starte den Nachbrenner, und beschleunige steil in die Höhe. Geh mit Mach 1,6 auf tausend Meter, wobei die *g*-Kräfte die Augäpfel zur Eiform dehnen, dann zieh den Leistungshebel wieder zurück und werde langsam, ganz langsam, bis du nur noch in der Luft schwebst, frei, so frei, wie ein Mensch überhaupt sein kann. Dann fahr eine Klappe aus und laß die Maschine wegfallen und schwenken, bis sie wieder senkrecht steht, mit der Nase nach unten, kein Trudeln, der Leistungshebel ist wieder durchgedrückt, diesmal erdwärts, im Todessturz, wie ein blinkendes Messer, das vom Himmel fällt, die Erde wird zu deinem Himmel, schreckliches Dröhnen im Kopf, ich brauche dringend mehr Sauerstoff; er würde den Sitz der Sauerstoffmaske korrigieren, aber jetzt konnte er den Jungen sehen, wie er über ein Feld lief … Charlie, komm wieder her – dünne Beine, die Knie … Er sieht es, sieht seine Kinder über ein Feld laufen, sieht Kinder in den Reisfeldern unter ihm, das Feuer seiner Bordkanone hackt einen Wasserbüffel entzwei, die Kinder brechen tot zusammen, aber das war später, und ich war nie … Die Zahl war 279, das hatte er ausgerechnet; es war eine Flußfähre gewesen damals, und ein Bus, aber er hatte nie diese Zahl genannt, weder Ellie noch sonst jemandem davon erzählt, aber ich verspreche, ich … Er liebte Kinder, ja wirklich, er hatte es gern, wenn Ben und Julia morgens ins Bett kamen, im Mund noch den Geruch von Milch und Cornflakes. Spiel mit uns, Daddy … Ja, ich will, ich bin, ich bin noch bei Bewußtsein, die Augen geschlossen, sag ihnen nichts, sonst erlauben sie nicht, daß du das letzte Spiel der Saison mitmachst; als die Mutter, die in der Küche am Spülstein stand, sich umdrehte und ihn nackt sah – er war damals vierzehn – wendete sie sich ab; Charlie, ruf deinen Vater zum Abendessen. Dad, ich gehe zur Luftwaffe, eins und zwei, zuviel, das war wieder Manila Telecom, die hinter ihm her war, an ihm zerrte, blutige Fetzen aus seinen Lungen riß, Aktienpreise im freien Fall! Ich möchte ein warmes Bad nehmen, Ellie, mir ist kalt; Charlie, es tut mir leid, aber es gibt kein – aber mir ist so kalt, Ellie, bitte ruf doch die Leute unter uns, schwaches Herz, dagegen ist nichts zu machen, kein warmes Wasser, mir ist so kalt hier, Ellie, mir ist so schrecklich kalt, wir zahlen acht Millionen aus dem Mund eines toten Mannes, und doch gibt es kein – das, das macht mir angst, Ellie, spüre gar nicht mein, hast du es Ben und Julia gesagt? Auch nicht Ben? Aber was könnte man dagegen tun, Manila Telecom ist im Kommen, ich muß das Papier an den Vorstand faxen, weil ich doch nicht – pressen, Ellie, drück auf mein Herz, alles ist kalt, ich werde Teknetrix verkaufen, ehe … Achtung, an Tower, bin ins Trudeln geraten, du hast es Ben und Julia gesagt, Trudeln, dunkel, durstig, weil ich es nicht mehr lange halten kann, Ellie, ich habe Durst und mir ist kalt, diese junge Frau, man hat versucht, ich weiß nicht, wer sie ist, ja, bitte, ich bin, ich bin, Liebling, ich habe jetzt den Finger im Ring, ich ziehe gleich, ich muß Bewußtlosigkeit vermeiden; Trudeln, Blutsturm im Kopf, leergefegt, eins und zwei, Auslösering, ducken vor dem Herausschleudern –

106th Street/Columbus Avenue
Manhattan
2. November 1999

Schwer wie eine Fuhre Backsteine, so fühle ich mich, dachte sie, als sie die Columbus Avenue entlangstapfte. Sie hatte sich doch entschlossen, es ihrer Mutter zu sagen. Warum auch nicht. Auf jeden Fall mußte sie es irgend jemandem sagen. Seit über einem Monat hatte sie nun schon unter dem Namen Betina Bedford gelebt und einen Job als Kellnerin angenommen. Sie lebte unauffällig, wohnte in diesem armseligen Zimmer in der 106th Street. Die meiste Zeit über ging sie spazieren, eingemummelt in ihren Secondhandmantel, ihr Schutz gegen den kalten Herbstwind; sie trug kein Make-up und vermied die Blicke anderer Menschen. Auch jetzt wollte sie nur ein paar Besorgungen machen und gleich wieder in ihr Zimmer zurückkehren. Vielleicht würde sie zur Beruhigung auch ein bißchen fegen.

Charlies Leiche war eine Woche zuvor vierhundertachtzig Kilometer nördlich von New York von einem vierzehnjährigen Jungen gefunden worden, der in einem Maisfeld verbotenerweise Jagd auf Enten machte. Ein nackter männlicher Körper steckte in der Erde, als sei er vom Himmel gefallen. Christina dachte an seine Frau, die jetzt Witwe war. Eigentlich weiß ich überhaupt nichts von ihr, dachte sie, doch für Charlie muß sie irgend etwas Besonderes gewesen sein in all den Jahren, die er mit ihr verbracht hatte. In der *Times* war auch von einer Tochter die Rede, aber von keinem Sohn.

Sie dachte nicht gern daran zurück, auch nicht an das, was mit Rick passiert war. Er war in der ersten Oktoberwoche in der Nähe seines gemieteten Cottage in Orient Point, Long Island, aufgefunden worden. Ein Fischer hatte am frühen Morgen einen alten Pick-up kopfüber in zirka zwei Meter tiefem Wasser liegen sehen. Offenbar war der Wagen bei hoher Geschwindigkeit von der Uferstraße abgekommen und von der Klippe ins Meer gestürzt. Ricks Leiche lag in der Fahrerkabine, neben ihm eine leere Flasche Rum. Sein Tod wurde als Unfall betrachtet, wie aus einer kurzen Meldung in der Lokalzeitung hervorging. Jemand hatte den Bericht ausgeschnitten und anonym an Christinas Mutter geschickt, die ihn an Christina weitergegeben hatte. Auf der Rückseite war eine Anzeige für Kinderschlafanzüge.
Seitdem war das Wetter, der Jahreszeit entsprechend, kalt und regnerisch geworden. Jetzt dachte sie manchmal an das Gefängnis, an Mazy und die anderen Frauen. Ich will nicht mehr dahin zurück, sagte sich Christina. Konnte die Polizei sie mit Charlies Tod in Zusammenhang bringen? Es sah nicht so aus. Sie hatte das Hotel mit ihm verlassen, aber das war viele Stunden vor seiner Ermordung gewesen und Wochen, bevor die Leiche entdeckt worden war. Außerdem war er nach der Nacht im Hotel noch am Leben gewesen und hatte mit seinem Bankier telefoniert. Die Sensationspresse hatte sich auf den Fall gestürzt. Besonders ein Journalist hatte seine Kolumne mit haltlosen Spekulationen gefüllt, wonach Charlie sich den Zorn der Angehörigen eines Milliardärs in Hongkong zugezogen habe. Die Polizei war bei ihren Ermittlungen auf ein Akkreditiv gestoßen, das von Charlies Bank an einen Spotkäufer gegangen war. Doch keiner in der Bank hatte Christina jemals gesehen, und im Büro des Spotkäufers war sie auch nicht länger als eine Minute gewesen. Kein Name, keine Fingerabdrücke. Am Morgen desselben Tages war sie von der Sicherheitskamera gefilmt worden, wie sie zusammen mit Charlie das Pierre verließ. Doch keiner im Hotel kannte

ihren Namen. Und wer wußte überhaupt, daß Charlie im Hotel gewesen war? Nur seine Sekretärin hatte Kenntnis davon, daß er sich dort mit einer gewissen Melissa Williams treffen wollte, und sie hatte vielleicht dieses Wissen für sich behalten aus Rücksicht auf Charlies Witwe. Die Polizei konnte die Belastungen auf Charlies Kreditkarte überprüfen, doch die Kosten für die Hotelsuite an jenem letzten Abend waren auf dem Firmenkonto verbucht worden, wie sie sich erinnerte. Was noch? fragte sie sich, was könnte mir entgangen sein? Charlie hatte eingestanden, daß er jemanden beauftragt hatte, Auskünfte über Melissa Williams einzuholen. Wenn dieser Detektiv aber nach einer Frau dieses Namens suchte, würde er die wirkliche Melissa Williams finden. Mrs. Sanders, die Vermieterin, würde Christina auf einem Foto identifizieren, aber wer sollte ihr das schon zeigen? Keiner, der Christinas Namen kannte, wußte, daß sie ein paar Wochen dort gewohnt hatte.

In den Berichten der *New York Times* und der *Daily News* war auch von einer Containerladung Kameras die Rede, doch das ausgestellte Konnossement war säuberlich von Fingerabdrücken gereinigt worden. Der Container war am Tag darauf im Hafen von Newark von einem gemieteten Lkw abgeholt worden, dessen Fahrer angab, seinen Auftraggeber nicht zu kennen. Vermutlich hatte ihn Tony über Mittelsmänner angeheuert. Er hatte wie verabredet den Auflieger zu einem Rasthof gefahren, den Zündschlüssel steckenlassen und war zum Essen in den Diner gegangen. Als er wieder herauskam, hatte er festgestellt, daß der Lkw nicht mehr da war. Aber das hatte ihn nicht weiter überrascht.

Blieb noch der Anruf aus der Hotelsuite, die auf Melissa Williams' Namen reserviert gewesen war. Charlie hatte Christinas Mutter angerufen. Doch auch das fiel wieder auf die Sekretärin zurück; wenn sie das Verhältnis nicht erwähnte, würde die Polizei den Anruf auch nicht ermitteln. Wenn sie aber redete? Dann würde Christina sagen, sie habe damals mit Charlie die Nacht verbracht und dann ihre Mutter angerufen. Das war nicht weiter schlimm. Nach den Presseberichten zu urteilen, war Charlies Tod nicht in Zusammenhang mit den anderen Toten gebracht worden. Irgendein cleverer Kopf, einer wie Tony Verducci, hatte das zu verhindern gewußt. Der Detective, der ihr Gesicht kannte, war verschwunden und nie wieder aufgetaucht. Genausowenig wie Morris und Paul Bocca. Wie vom Erdboden verschluckt. Die Ironie wollte es, daß Tony sie jetzt beschützte. Noch irgend etwas? fragte sich Christina. Sie hatte an jenem Tag ausgiebig Rahuls Handy benutzt und dann weggeworfen. Aber die Polizei wußte nicht, wer er war, und er selbst würde gewiß nicht aus eigenem Antrieb zur Polizei gehen und wegen Telefongebühren eine Frau anzeigen, die er in seiner Wohnung sexuell belästigt hatte.

Sie schlurfte müde den Gehweg entlang und sagte sich zu ihrer Entlastung, daß sie selbst ja kein wirkliches Verbrechen begangen habe. Was wäre gewonnen, wenn sie zur Polizei ginge? Bei ihrer Vorgeschichte würden sie sich auf sie stürzen und sie über Tony Verducci ausfragen. Aber sie hatte kein Geld für einen guten Rechtsanwalt, und sie wollte nicht Gefahr laufen, als Komplizin oder Mittäterin in einem Mordfall wieder in Bedford Hills zu landen. Wenn sie gegen Tony Verducci aussagte, würden sich dessen Leute womöglich wieder ihre Mutter schnappen. Allein schon beim Gedanken daran wurde ihr übel. Aber sie fühlte sich auch sonst oft unwohl, vor allem morgens beim Aufwachen oder, wie jetzt auch, wenn sie Essen roch.

Sie trat in einen koreanischen Deli und begutachtete die grünen Äpfel. Wieder hatte sie dieses merkwürdige Gefühl in den Brüsten. Vielleicht würde ihre Mutter bei der Nachricht ganz aus dem Häuschen sein. Ich hätte das nie erwartet, dachte sie. Sie legte ein paar Äpfel in ihren Einkaufskorb. Außerdem brauchte sie noch eine Packung Kräcker und Milch. Sie hatte mit dem Rauchen aufgehört und nahm Vitaminpräparate. Nach den

Kosten für Miete und Nahrung blieben ihr jede Woche noch ein paar Dollar. Irgendwie schaffe ich das schon, dachte sie. Vielleicht wird er oder sie blaue Augen haben.
Sie füllte ihre Einkaufstüte, bezahlte alles und machte sich auf den Heimweg. Sie verdiente nicht genug, um sich ein eigenes Telefon zu leisten, deshalb steckte sie einen Vierteldollar in ein Münztelefon an der Straße und meldete ein R-Gespräch an. Wenn Tony clever war, und das war er, dann hatte er schon längst kein Interesse mehr, das Telefon ihrer Mutter zu überwachen.
»Christina?« ertönte die Stimme ihrer Mutter, nachdem sie das R-Gespräch angenommen hatte.
»Ja, ich bin's«, antwortete sie, während sie sich die Einkaufstüte vor die Füße stellte, »in meiner ganzen Herrlichkeit.«
»Wie geht es dir?«
»Oh, ich bin –« Sie hielt inne. An ihr ging gerade eine Geschäftsfrau vorüber. »Ich bin okay.«
»Ich habe darauf gehofft, daß du anrufst«, begann ihre Mutter. »Ich hatte in letzter Zeit viel zu tun. Das Wetter war so schön. Ich habe – Augenblick, ich stecke mir nur eine an –, so, ja, ich war sehr beschäftigt. Nächste Woche mache ich eine kleine Reise, und vorher wollte ich endlich mal den ganzen Kram aussortieren, der im Haus so rumliegt.«
»Ja«, sagte Christina. Sie fühlte sich entmutigt und kaute auf einer Haarsträhne herum.
»All diese Kisten aus der Garage, die ich vergangenes Jahr ausgelagert hatte, müßte ich noch durchgehen, und dann der Keller –«
Sie hob die Augenbrauen. »Was für Kisten?«
»Als vergangenes Jahr die Sturmwarnung kam, habe ich alles, was ich finden konnte, in einem Lagerraum untergebracht.« Ihre Mutter nahm einen tiefen Zug aus ihrer Zigarette. »Die Garage ist – na ja, du wirst es selbst sehen, sie fällt beinah auseinander. Wie übrigens alles andere auch«, seufzte sie.

»Was ist denn in den Kisten drin?« fragte Christina.

»Keine Ahnung. Irgendwelche Sachen von deinem Vater.«

Sie sagte nichts, während ihre Mutter weiterschwatzte, aber sie mußte sich gegen die Scheibe der Telefonkabine lehnen, weil ihr wieder übel wurde, übel und schwindelig. Aber sie fühlte sich auch einsam, verschreckt und schuldig. Ich hätte mir das nie träumen lassen, sagte sie sich wieder, doch das meiste, was ihr in letzter Zeit zugestoßen war, hätte sie sich nie träumen lassen. Und nun wehrte sie sich nicht länger gegen den Gedanken, bald Mutter zu werden. Denn unerwartete Ereignisse hatten ja manchmal auch ihr Gutes, ja sie machten einen vor Freude sprachlos.

Danksagung

Viele Menschen haben mir auf die eine oder andere Weise geholfen. Allen bin ich Dank schuldig: Joe Connelly; Mark Costello; meinem Agenten Kris Dahl; Laura Doggett; Ted Fishman; Stewart Freeman; Donovan Hohn; meinem Onkel Bart Harrison; Dan Healy von der Staatsanwaltschaft Manhattan; Coleman Ho; dem ehemaligen Vorsitzenden des Overseas Press Club William Holstein, der auch mein erster Führer in Hongkong und Shanghai war; Lewis Lapham; Nina Laven; meiner Frau Kathryn, die mir beim Schreiben den Rücken freigehalten hat; Rick MacArthur; James Alan MacPherson; Scott Raab; Mary Reichers vom Frauengefängnis Bedford Hills; Lewis Robinson; Bob Shacochis; Roger Shenazarian; Earl Shorris; Don Snyder; Oberstleutnant i. R. Bob Stein; Jane Ross; Jeca Taudte; Sarah Vos.

Mein Lektor John Glusman ging den Text kritisch durch und bewies dabei beeindruckende Scharfsicht. Ich bin ihm zu größtem Dank verpflichtet.

Ein Großteil dieses Buches geht auf einen unansehnlichen Wust von Blättern zurück, die an einem der hinteren Tische des Noho Star Restaurant in Downtown Manhattan entstanden. Personal und Geschäftsführung des Lokals haben, damals wie heute, ungewöhnlich großes Verständnis gezeigt.